**5-7, rue de l'Ecole-Polytechnique, 75005 Paris**

http://www.harmattan.fr

ISBN : 978-2-343-11947-2
EAN : 9782343119472

# La stimulation intellectuelle au tout début de la vie

Zygmunt L. Ostrowski

# La stimulation intellectuelle au tout début de la vie

Colloque International Organisé sous le haut patronage de l'U.N.E.S.C.O. par l'Association Européenne pour l'étude de l'alimentation et du développement de l'enfant (A.D.E.)

L'Harmattan

Peinture de couverture : *Antoine Vit*

Première édition 1989
Deuxième édition 2017


Association Européenne pour l'Étude de l'Alimentation et du Développement de l'Enfant (A.D.E.), Hôpital Trousseau, 21, Avenue du Dr Arnold Netter, 75012 Paris

# REMERCIEMENTS

Je tiens tout d'abord à remercier Marie-Christine Josse pour les corrections et la mise en forme de cet ouvrage ainsi que pour la préparation de ce colloque.

## Du même auteur

Ostrowski Z.L. et Josse M.Ch., Les Aliments - Tables des valeurs nutritives, Edition J. Lanore, paris, 1978.

Ostrowski Z.L., *Nutrition et croissance. Première table ronde internationale sur l'état nutritionnel des femmes enceintes au Soudan*, Edition ADE, Paris, 1982.

Ostrowski Z.L., *Dynastree - généalogie et génétique*, Programme informatique, Edition Dr Zygmunt L. Ostrowski, Paris, 1989.

Ostrowski Z.L., *La stimulation intellectuelle au tout début de la vie*, Edition ADE, Paris, 1989.

Ostrowski Z.L. et Josse M.Ch., *L'état nutritionnel des enfants de 0 à 3 ans dans 4 pays européenns*, Edition ADE, Paris, 1990.

Ostrowski Z.L. *Soudan, Coulisses d'une guerre oubliée*, L'Harmattan, Paris, 2000

Ostrowski Z.L. *Le Soudan* - A l'aube de la paix - Combat de John Garang, Édition L'Harmattan, Paris, 2005.

Ostrowski Z.L. *Soudan - Combats autour des richesses*, Édition L'Harmattan, Paris, 2010.

Ostrowski ZL et Josse M.Ch., *Health, Nutrition and Socio-cultural status in South Sudan.* Édition Ahfad University, Omdurman, 2015.

Ostrowski Z.L., *Les négociations d'otages*, Éditions L'Harmattan, Paris, 2015

# Avant-propos

En décidant de publier cet ouvrage, mon objectif était de faire connaître le point de vue des différents spécialistes sur un sujet jusqu'à présent peu connu : « La stimulation intellectuelle au tout début de la vie ».

Cet ouvrage intéressera plus particulièrement tous ceux qui se penchent sur le problème de l'enfant aux prémices de sa vie et, notamment, les médecins, du fait du contact unique qu'ils ont avec lui, avant même qu'il voie le jour, contact qui aura des répercussions toute la vie durant.

C'est à eux que je m'adresse en premier lieu, afin qu'ils n'omettent pas, (dans la préoccupation qu'ils ont de la santé de l'homme), de prendre en compte son bien-être.

Mais cet ouvrage est également destiné à ceux qui ont la responsabilité de guider l'enfant, dès sa conception et durant sa prime croissance, en portant une attention toute particulière à son développement intellectuel.

On retiendra que si le niveau intellectuel de l'homme se développe progressivement depuis des millénaires, il augmente toutefois plus particulièrement à la suite de grands "mouvements", comme par exemple les guerres, les catastrophes ou les cataclysmes naturels.

Ces évènements ont eu des répercussions considérables sur les découvertes, les inventions, les idées nouvelles et l'expression artistique (peinture, musique, littérature...), et ont été générateurs d'une recrudescence d'individus ayant une capacité intellectuelle plus importante.

Devant la nécessité d'appliquer les découvertes d'une technologie avancée, l'homme, poussé par l'évolution, s'est vu dans l'obligation d'apprendre toujours davantage, de mémoriser et de faire travailler plus encore son cerveau.

Les générations actuelles et à venir sont plus particulièrement exposées, du fait d'une évolution extrêmement rapide, qui écarte de plus en plus l'utilisation des muscles et des tissus adipeux au profit du cerveau.

De plus, les soins de santé primaires se sont considérablement améliorés, d'où une réduction, dans la plupart des pays du monde, du taux de mortalité et de morbidité. La possibilité de résoudre le problème de la nourriture existe cependant, sauf, bien entendu, dans les cas de catastrophes naturelles.

Si l'homme a fait récemment de grands efforts dans les domaines technologique, scientifique et culturel, il n'a pas pris en considération le fait de mieux se préparer à affronter sa propre progression. Pourtant il a la possibilité d'augmenter sa mémorisation par une meilleure utilisation de son cerveau à partir d'une stimulation intellectuelle, et ceci, dès le début de sa vie.

Jusqu'à présent, nous ne nous sommes pas assez préoccupés de donner cette chance à la nouvelle génération.

Par conséquent, il m'a paru urgent d'attirer l'attention des responsables dans ce domaine.

Lors d'une réflexion commune, des spécialistes des différents domaines concernés ont débattu de ce sujet important qu'est le développement de l'enfant, notamment au tout début de la vie.

Cette réflexion a pu être menée grâce à l'**A.D.E.**, qui a mis tous ses moyens à la disposition de cette cause et grâce à l'**UNESCO**, qui a accueilli en son sein d'éminents spécialistes.

La pauvreté en publications relatives au sujet débattu m'a incité à éditer l'ensemble du débat. Ce fut chose ardue de retranscrire ces réflexions dont le langage médical, biologique, psychologique... était parfois hermétique.

L'édition de cet ouvrage a pu voir le jour grâce aux participants qui ont bien voulu revoir leurs textes et au Docteur Marie-Christine JOSSE à laquelle j'adresse tous mes remerciements pour la mise en forme, les multiples corrections des expressions techniques et l'assistance qu'elle a apporté à la préparation de ce texte.

En ce qui concerne le décryptage des bandes enregistrées et la dactylographie soumise à de multiples corrections, j'adresse un vif remerciement à Mme Sarah SAILLY, pour le travail qu'elle a mené. Je remercie également tous ceux dont les remarques et indications m'ont permis d'élaborer cette édition.

**Docteur Zygmunt L. OSTROWSKI**

*

## INVITÉS D'HONNEUR

Monsieur **A. CHIBA**
Sous-Directeur Général à l'Education, U.N.E.S.C.O.

Madame **M. C. CABANA**
Ambassadeur de France auprès de l'U.N.E.S.C.O.

Madame **ROUSSILLE**
Direction Générale de la Santé, Ministère de la Santé

## PARTICIPANTS

Docteur **C. AMIEL-TISON**
Clinique Baudelocque, Paris

Madame **J. BERTONCINI**
Laboratoire de Sciences cognitives et psycholinguistique, E.H.E.S.S., Paris

Docteur **D. BERSTECHER**
U.N.E.S.C.O., Paris

Madame **B. DE BOYSSON-BARDIES**
C.N.R.S., Centre d'étude des processus cognitifs et du langage, G.H.E.S.S., Paris

Docteur **J. CHALLAMEL**
Centre Hospitalier Lyon-Sud

Professeur **M. CHIVA**
Département de psychologie de l'enfant Université Paris X, Paris

Docteur **B. CONTRAIRES**
Clinique pédiatrique, Bayonne

Docteur **L. CURZI**
Service d'Explorations fonctionnelles INSERM, Hôpital Antoine Béclère Clamart

Professeur **A. FOURNIE**
Hôpital de la Grave, Toulouse

Professeur **M. JEANNEROD**
I.N.S.E.R.M., U-94 et Université Claude Bernard, Lyon

Professeur **P.W. JUSZCZYK**
Laboratoire de Sciences cognitives et psycholinguistique, C.N.R.S. Ecole des Hautes Etudes SS, Paris

Docteur **Z.L. OSTROWSKI**
Association Européenne pour l'étude de l'alimentation et du développement de l'Enfant, Hôpital Trousseau, Paris

Docteur **A. PETTIGREW**
Laboratoire de Neurobiologie et Neuropharmacologie du développement C.N.R.S., Université de Paris Sud et Department of Physiologie University of Sydney

Professeur **D. QUERLEU**
Clinique d'Obstétrique, Roubaix

Professeur **M. SOULE**
Institut de Puériculture, Paris

## PARTICIPAIENT EGALEMENT

Professeur **J.J. BAUDON,** Service pédiatrique, Hôpital Trousseau, Paris

Docteur **BRIARD,** Hôpital Necker, Paris

Docteur **M.Ch. JOSSE,** Association Européenne pour l'étude de l'alimentation et du développement de l'enfant, Paris

Professeur **Cl. POLONOVSKI,** Nutrition pédiatrique, Hôpital Trousseau, Paris

Docteur **J. PERNET ROBERT**, Service pédiatrique, Hôpital Trousseau, Paris.

# PRÉFACE

Les possibilités d'apprendre, de comprendre, d'élaborer, de créer, d'imaginer sont-elles liées à des facteurs innés ou acquis ?

Discussion éternelle et stérile puisque notre pari ne peut être que celui d'un développement intellectuel soumis aux aléas de l'environnement de l'alimentation et des différentes stimulations.

Ce colloque international sur la stimulation intellectuelle revêt donc un grand intérêt.

**Qu'y apprend-on ?**

– L'ampleur des recherches menées par les physiologistes, les biologistes, les néonatologistes, les pédiatres ; la qualité des observations, mais aussi les difficultés de leur interprétation et les contradictions apparentes de certains résultats. Et plus encore, la prudence avec laquelle nous devons tirer nos conclusions en ce qui concerne la maturation, les possibilités de l'influencer.

– Une maturation plus rapide ne conduit pas obligatoirement à un développement plus important des possibilités intellectuelles ; la précocité intellectuelle ne garantit probablement pas une capacité intellectuelle supérieure.

– Par contre, apparaît bien l'importance de stimuler une fonction en temps utile ; dans le processus de maturation des organes, et plus spécialement du cerveau, il est un temps probablement pour que se réalise l'essentielle évolution et les acquisitions. Il est heureux que les constatations des cliniciens recoupent ce que nous apprennent la physiologie et l'étude des stimulations sensorielles précoces.

**Les conclusions** de ce colloque, même si elles ne sont que parcellaires et apparaissent plus souvent comme des suggestions à étayer que comme des propositions définitives, sont importantes.

Elles invitent les grandes organisations, en particulier les organisations internationales, les gouvernements, à étudier avec soin les priorités à donner au cours des années à venir dans la lutte contre le sous-développement psychique et intellectuel pour préparer sur toute l'étendue de notre planète le futur homme du XXIe siècle.

**Professeur G. LASFARGUES**
**Hôpital Trousseau, Paris**

# PRÉFACE POUR LA DEUXIÈME ÉDITION

Depuis la première édition, en 1989, certains sujets évoqués ont été confirmés par des recherches récentes, d'autres restent toujours actuels.

Nous savons que la maturation du cerveau commence très tôt et que le sommeil paradoxal jouerait un rôle dans le développement et la maturation du cerveau qui reste en perpétuelle évolution. La plupart des fonctions sensorielles ont déjà une certaine maturité à la naissance.

Pendant longtemps, les scientifiques ont cru que, le développement du fœtus une fois achevé, les connexions nerveuses étaient définitives. Mais, si les grandes voies du développement cérébral sont effectivement tracées à la naissance, elles ne sont pas arrêtées. Les relations entre les neurones évoluent au cours de la vie. D'autre part, ce n'est pas le nombre de neurones qui diminue avec l'âge, mais celui des contacts entre eux : les synapses. Avec la stimulation intellectuelle, le nombre de connexions entre les neurones (le nombre de synapses) augmente. Les informations sont alors transmises plus rapidement. Le cerveau se voit reconnaître de réelles capacités de régénération et de réorganisation tout au long de la vie.

Les liaisons entre les neurones continuent de se créer jusqu'à 4 ans, puis les circuits non utilisés se résorbent à l'adolescence. Ainsi, plus le cerveau est stimulé, plus les liaisons interneurones persistent.

Nous savons que l'enfant entend dans l'utérus. Le fœtus est baigné dans un environnement sonore permanent. Bien avant la formation de son système auditif, l'enfant perçoit les vibrations des sons de l'extérieur grâce aux os de son crâne et au bassin maternel qui agissent comme des résonateurs. In utero, les émotions du fœtus sont décuplées lorsqu'il entend de la musique dès la 7e semaine de la grossesse, plus spécialement les sons graves, car les fréquences hautes sont diminuées par le liquide amniotique et la paroi abdominale de la mère. Entre le 5e et le 8e mois de la grossesse, le fœtus perçoit déjà bien les sons et possède la capacité de les enregistrer et mémoriser. La musique peut éveiller les fonctions mentales du fœtus, elle développe ses capacités intellectuelles et, plus tard, elle favorise l'apprentissage de la langue.

Dès la naissance, l'enfant tourne la tête vers une source sonore, sans toutefois distinguer les différentes sources sonores. Le 3e mois lui permettra de distinguer les bruits et les voix. Alors que vers 6 mois, la maturation du système auditif sera effective. Avec le temps, l'ouïe du nourrisson ainsi que d'autres sens se développent et participent à la maturation du système neuronal.

Ainsi, l'olfaction et le goût se développent très tôt puisque le fœtus perçoit déjà l'odeur de sa mère contenue dans le liquide amniotique et peut reconnaître le goût sucré et amer. Toutefois, les quatre saveurs (salé, sucré, acide et amer) sont perçues par le bébé dès la naissance par l'allaitement maternel qui favorise la découverte de ces différentes saveurs et développe le goût via le développement des papilles gustatives et la diversification alimentaire. Bien entendu, une alimentation équilibrée agit favorablement sur le développement du cerveau.

Par contre, l'acuité visuelle commence à se développer dès la naissance. Vers 10 jours l'enfant fixe son regard sur les objets proches, vers 2 mois il est attiré par les visages humains, qu'il fixe, et à 6 mois le développement de l'œil est achevé. Toutefois, il faut attendre encore 1 an avant que la vision périphérique s'installe et l'acuité visuelle est de 10/10 vers 24 mois.

Ainsi, le toucher, l'organisateur psychique de l'être humain, est présent chez le fœtus. Il se développe au travers des manipulations répétées, dans la découverte de son corps, et, plus tard, après la naissance, des objets, puis dans l'apprentissage de l'environnement.

L'influence du milieu socioculturel sur les capacités intellectuelles de l'enfant est évidente. Le QI moyen de 100 peut être supérieur à 160 si l'enfant est élevé dans un environnement très enrichi. Le rôle de l'école est primordial. Mais les apprentissages divers jouent un rôle important, telle la musique classique (L'effet Mozart), la connaissance de plusieurs langues maternelles…

Il reste toutefois beaucoup des sujets pas encore approfondis qui peuvent, eux aussi, avoir une influence sur la stimulation intellectuelle au tout début de la vie.

**Dr Zygmunt L. Ostrowski**

# INTRODUCTION

**Monsieur A. CHIBA** : C'est pour moi un grand plaisir de vous accueillir à l'UNESCO et de prononcer quelques mots à l'occasion de l'ouverture de ce Colloque International sur la Stimulation Intellectuelle au tout début de la Vie, colloque organisé par l'Association Européenne pour l'Étude de l'Alimentation et du Développement de l'Enfant. Je souhaiterais vous transmettre les regrets de Monsieur DE BONNECORSE qui, pris par une session du Conseil exécutif, n'a pu être présent personnellement.

Mes remarques d'introduction seront très brèves car je suis ici avec l'intention de vous écouter et de tirer un enseignement de vos discussions, plutôt que pour exprimer mon opinion.

Nous avons conscience que des spécialistes tels que vous ont acquis, au fil des années, une connaissance de plus en plus approfondie du mécanisme de développement du cerveau humain au cours de la période prénatale et des premières semaines, mois et années de la vie, période à laquelle l'intelligence de l'enfant se développe plus rapidement qu'à toute autre période de la vie. Les éducateurs les plus traditionnels reconnaissent eux-mêmes aujourd'hui que les soins et l'attention prodigués par les parents à un enfant lui apportent plus qu'un "sentiment de chaleur" : une telle attitude exerce une influence puissante sur la structure et les fonctions du cerveau de l'enfant.

Plus important encore, il est possible d'observer un phénomène cumulatif : plus les connexions neurologiques sont développées au niveau du cerveau grâce à une stimulation sensorielle précoce, plus l'enfant sera en mesure de recevoir et de répondre à d'autres stimulis au fil de sa croissance. Il semblerait en conséquence que le fait de favoriser des expériences perceptuelles et motrices à un âge précoce exercerait une influence bénéfique sur la capacité à acquérir ultérieurement des connaissances.

Comme vous le savez, des millions d'enfants dans le monde ne reçoivent pas, au début de leur vie, la stimulation qui leur serait nécessaire. Très souvent, la malnutrition contribue à leur déficit développemental. La pauvreté, l'ignorance, les bouleversements sociaux brisent souvent les structures familiales et les méthodes traditionnelles d'éducation de l'enfant, méthodes qui jouaient auparavant un rôle primordial dans son développement intellectuel et social.

Les conséquences sont multiples, parmi lesquelles le gaspillage désastreux du potentiel humain, des investissements coûteux en programmes de rattrapage, des systèmes éducatifs confrontés aux problèmes de l'absentéisme, de la faiblesse des résultats scolaires, et éventuellement à l'abandon scolaire.

Ceci explique clairement la raison pour laquelle la communauté internationale des éducateurs, et l'UNESCO en particulier, porte un vif intérêt aux problèmes que vous allez aborder au cours de ce Colloque. En retour, nous serons heureux de vous informer de l'action de l'UNESCO dans certains programmes éducatifs se rapportant aux thèmes qui seront abordés lors de vos discussions. Il s'agit plus particulièrement de programmes d'éducation de la petite enfance, de la nutrition et de l'éducation de la santé au sein et hors du système scolaire, ainsi que de l'éducation parentale dans le cadre de l'alphabétisation et de l'éducation des adultes.

L'UNESCO a encore beaucoup plus à apprendre de vous, et cela va nous donner des bases bien plus importantes pour le futur programme de l'UNESCO. Nous sommes donc vraiment intéressés par les conclusions de ce colloque.

Au nom du Directeur général, et en mon nom personnel, je souhaite la meilleure réussite possible à vos délibérations.

**Docteur OSTROWSKI** : Monsieur le Président, Mesdames, Messieurs.

Je tiens tout particulièrement à remercier Monsieur M'BOW, Directeur Général de l'UNESCO de nous avoir accordé le patronage de l'UNESCO pour cette manifestation et de nous avoir accueillis au sein de cette illustre maison.

Certes, le thème du Colloque présente un intérêt évident pour les programmes de l'UNESCO, notamment pour son programme relatif à l'éducation dans la petite enfance.

La présence de Monsieur Akihiro CHIBA, Sous-Directeur Adjoint de cette grande Institution Internationale, confirme cet intérêt, et je remercie vivement Monsieur CHIBA d'avoir accepté d'ouvrir cette réunion.

Je suis particulièrement sensible à la présence de Madame CABANA, Ambassadeur de France auprès de l'UNESCO, qui nous a immédiatement apporté son soutien pour l'organisation de ce colloque.

Je tiens également à remercier Madame ROUSSILLE, représentante du Ministère de la Santé. Sa présence parmi nous témoigne de l'intérêt que porte ce Ministère à nos travaux.

J'aimerais remercier les représentants des différentes Organisations Internationales qui se sont déplacés pour ce colloque.

Un certain nombre de personnalités n'ont pu se déplacer en raison de délais d'organisation trop courts. Ils nous envoient leurs vœux de plein succès pour nos travaux. Je pense plus particulièrement à Monsieur DE BONNECORSE, Directeur Général Adjoint de l'UNESCO, au Docteur PETROS-BERVASIAN, Directeur de la Division de Santé et de la Famille à l'OMS, au Docteur SARTORIUS, Directeur de la Division de Santé Mentale de l'OMS à Genève, au Docteur NYI-NYI de l'UNICEF à New-York.

Parmi les participants scientifiques, le Professeur TOUWEN de Groningen, le Professeur KATHY SILVA d'Oxford et le Professeur KRAMER de Genève, m'ont demandé de les excuser de leur absence liée à des occupations universitaires.

**L'OBJECTIF** de ce colloque est d'apporter notre témoignage, nos connaissances, notre expérience et nos observations sur un sujet jusqu'à présent peu exploré, à savoir : **LA STIMULATION INTELLECTUELLE AU TOUT DÉBUT DE LA VIE**

En effet, les travaux scientifiques effectués dans ce domaine sont rares. Une recherche bibliographique informatisée effectuée à l'OMS, sur la période des 20 dernières années, n'a pas permis de retrouver d'ouvrage sur la période néonatale ; seules quelques publications concernaient les premiers mois de la vie. Les autres publications traitaient de l'âge préscolaire, de l'exercice intellectuel, ou de facteurs tels que l'éducation maternelle, l'impact de la famille, le niveau intellectuel de l'enfant.

**QUELLES SONT, À L'HEURE ACTUELLE, LES CONNAISSANCES ACQUISES DANS CE DOMAINE ?**

Les questions qui se posent sont multiples ; beaucoup restent encore sans réponse :

– Le développement intellectuel commence-t-il à l'âge scolaire, préscolaire, ou même beaucoup plus tôt, c'est-à-dire avant que l'enfant lui-même le témoigne par la parole ? Ou même déjà avant la naissance ?

– Le développement intellectuel est-il fonction de différentes stimulations ? Si oui, quelles sont les relations ? Et quelle est la nature de ces stimulations ?

– Quelles stimulations sont-elles perçues par l'enfant ? Et dans ce cas, quand, comment et à quel degré ?

– Ces stimulations ont-elles un impact sur le développement intellectuel dans les premières semaines de la vie ou même avant la naissance ?

– Comment faut-il considérer l'enfant ? Pense-t-il dès sa naissance ? Peut-il penser avant la naissance... et, dans ce dernier cas, à partir de quel âge fœtal ?

C'est seulement dans les dernières années que le problème du développement tout au début de la vie a fait l'objet d'études plus approfondies.

SAINT-ANNE DARGASSIES en 1963 nous a apporté des méthodes d'exploration neurologique du nourrisson et a exploré en 1982 le développement psycho-affectif du nourrisson.

En 1973, BERRY BRAZELTON a publié l'échelle NBAS (National Behavioral Assessment Scale) ; cela permet maintenant de mieux cerner le problème du développement intellectuel ainsi que celui des différents sens dans les premiers mois de la vie.

Récemment, les travaux de Jacques MEHLER et d'autres scientifiques ici présents ont apporté de nouveaux éléments sur la cognition du nouveau-né. Cette science a pour but d'identifier les effets de la stimulation du milieu sur les différentes facultés du nouveau-né. Elle se développe grâce à certains progrès méthodologiques (neurobiologie, informatique).

On sait en tout cas que si, à la naissance, l'enfant ne possède pas encore toutes les facultés caractéristiques de l'adulte, certaines d'entre elles sont déjà cependant pleinement fonctionnelles (P.ex. la vision, l'audition, l'olfaction).

J'ai l'honneur de demander à Madame ROUSSILLE, représentante du Ministère de la Santé d'ouvrir ce colloque.

* * *

**Madame ROUSSILLE** : Je vous remercie de m'avoir demandé d'ouvrir ce colloque. Je vais essayer de vous parler de l'intérêt du sujet que vous traitez, de ses écueils, et de ce que les pouvoirs publics font dans le sens de vos travaux. J'aborderai tout d'abord l'intérêt du sujet et ses écueils.

Le tout début de la vie nous place au cœur du problème de l'existence. L'**enfance**, disait Simone de BEAUVOIR, **est la clef de toute existence** : ce n'est plus une découverte, c'est une donnée qui, depuis ROUSSEAU et le développement de la psychanalyse s'est imposée aux médecins, aux éducateurs et aux philosophes. Même si, nous le savons aussi, tout n'est pas joué avant 6 ans, avant 3 ans, avant 6 mois, avant la naissance. Comme l'a dit Myriam DAVID, à un colloque de l'Association Jeune Enfance du Nord, en juin dernier : "Nous savons bien que nous nous jouons tout au long de notre vie, depuis notre naissance jusqu'à notre mort et que nous sommes actifs, nous continuons à être actifs, pour élaborer ce qui a déjà été préparé et semé, jusqu'au moment où tout est repris, repris encore et toujours".

Lorsque vous parlez de "stimulation intellectuelle", vous évoquez ce qu'il est convenu d'appeler les compétences du nouveau-né, et les perceptions du fœtus. C'est, davantage que l'idée qu'exprimait Simone de Beauvoir, une vérité neuve, même si elle est moins neuve qu'on ne le croit. Avant SPITZ, PICKLER, GRENIER, BRAZELTON, BOLDI, etc., elle n'a pas été vraiment étrangère aux premiers psychanalystes, notamment ceux qui s'occupaient d'enfants, comme Mélanie KLEIN et WINI-

COTT par exemple. Cette notion de compétence se décompose en deux idées qui peuvent paraître contradictoires : la première c'est que le bébé est une personne ; la deuxième est, comme l'a dit WINICOTT, qu'un nouveau-né sans sa mère n'existe pas. Ces deux idées ne sont pourtant contradictoires qu'en apparence, car le bébé a une personnalité pleine et entière, mais située à l'intérieur de limites qui sont celles de son immaturité, de sa dépendance à un environnement disons "maternant" avec lequel il entre en interaction. Autre écueil dans lequel il n'est pas question de tomber ici, ce serait de parler de l'enfant en général, car comme le dit Françoise DOLTO "un enfant, cela n'existe pas, la seule chose qui importe c'est cet enfant-là".

Enfin, je voudrais m'arrêter sur le terme de "stimulation". Au sens étymologique de ce terme (je cite le dictionnaire Robert), il s'agit "**d'apporter l'agent externe ou interne capable de provoquer la réaction d'un système excitable**", c'est-à-dire de faire réagir, d'aider à s'exprimer, d'éveiller par des stimulis sensoriels. Dans ce sens, le mot prête peu à ambiguïté. Apposé au qualificatif "intellectuel", donc "stimulation intellectuelle", il pourrait être employé dans un deuxième sens dérivé, celui (je cite de nouveau le Robert) « **d'augmenter l'énergie, l'activité de quelqu'un** » et ceci peut aller, par exemple, jusqu'aux excès de la "méthode DOMAN DELACATE" reposant sur l'idée que, la fonction créant l'organe, il faudrait "simuler" plutôt que "stimuler" ces fonctions afin que le reste suive. C'est une illusion dangereuse qui nous ramènerait en vérité à plus de 50 ans, voire 80 ans en arrière. À une époque où l'on pensait en effet que l'enfant n'était pas une personne. Je reprendrai là encore une phrase de Myriam DAVID, "**respecter, prendre en compte la compétence de l'enfant, c'est réfléchir aux conditions où elle peut s'exercer, proposer les conditions qui vont permettre l'épanouissement de ses capacités, sans entrer pour au-**

**tant dans le désir de faire un enfant « sur compétent » et d'entrer dans la stimulation**".

J'aborde le deuxième point qui est de présenter brièvement où en est, en France, la prise de conscience et la mise en pratique des découvertes que nous venons de rappeler. Soulignons d'abord que dans toutes les sociétés industrielles de consommation, on est pris dans une immense ambiguïté à propos de l'enfant. D'un côté, l'enfant n'a-t-il pas de plus en plus tendance à devenir un objet ? On le programme, on le revendique par tous les moyens, on l'exige parfait, plutôt d'un sexe que d'un autre... Une fois qu'on a cet enfant, on le veut conforme à l'enfant rêvé, si possible bien doué, éventuellement surdoué, on ne le veut pas gêneur, on lui interdit les pelouses, on ne veut pas qu'il dérange notre emploi du temps.

D'un autre côté, on exalte l'enfant comme sujet, on parle des droits de l'enfant. On remplace le terme mode de garde, par celui de mode d'accueil... On écoute l'enfant, on dialogue avec lui, on le reconnaît en tant que personne...

Au Ministère de la Santé et de la Famille, nous sommes confrontés à ces tendances contradictoires, nous avons à les gérer, même si la première, qui se fonde sur le besoin de sécurité, du "tout tout de suite", nous semble actuellement plus puissante que la seconde.

Alors que faisons-nous dans le sens de cette seconde tendance, c'est-à-dire celle de l'enfant en tant que personne, du droit de l'enfant ? Convenons d'abord que travailler dans le sens du respect de l'enfant dans le cadre d'une administration et d'institutions est une démarche beaucoup plus difficile que celle qui consiste à créer, réglementer des techniques et des savoir-faire ; premièrement, parce que cela ne va pas exactement dans le sens de ce que les institutions savent le mieux faire : produire en série, professionnaliser, médicaliser ; deuxièmement, et surtout, parce que l'écoute, l'accueil, le respect des rythmes, la conscience du fait que tout individu est unique, ne se décrètent pas.

Malgré ces difficultés, je crois que la société française, les professionnels, les institutions, depuis environ une dizaine d'années ont fait des progrès dans ce sens. Après le travail des pionniers (des personnalités comme LEBOYER) et de certains centres pilotes (quelques maternités, quelques dispensaires de P.M.I, centres d'éveil du tout-petit par exemple), un effort a été fait par le Ministère pour diffuser ces pratiques, par exemple par des circulaires. Je veux en citer trois : l'une en date du 1er août 1983 sur l'enfant à l'hôpital, qui met l'accent sur le besoin de continuité de l'enfant et qui essaye de faire admettre dans les hôpitaux, l'idée que l'accueil, la qualité des soins font partie intégrante de sa sécurité et ne s'y opposent pas.

Une autre circulaire, sur l'enfant maltraité, d'une certaine manière va dans le sens inverse de la précédente, dans la mesure où elle met en relief la nécessité parfois, de discontinuité, de rupture de l'enfant avec sa famille, mais au service du même objectif. Une troisième circulaire, du 29 novembre 1985, est relative à la sensibilisation des personnels de maternité à l'accueil des enfants nés handicapés et de leur famille.

La deuxième orientation que nous essayons de promouvoir est l'information et la formation. En ce qui concerne l'information, nous avons organisé deux sessions fin 1986 et début 1987 au Ministère, sur l'accueil de l'enfant en maternité. Ces sessions se sont adressées plus particulièrement aux médecins, aux sages-femmes, aux puéricultrices, aux assistantes sociales de maternités et de P.M.I. Je pense que nous avons un rôle à jouer pour promouvoir nos idées par le biais de colloques ou de réunions comme celle d'aujourd'hui.

Nous militons aussi afin que les services du Ministère qui s'occupent des professions de la santé intègrent, dans la formation initiale et continue du personnel, cette dimension du développement et des compétences du petit enfant. Cela, d'ailleurs, a déjà été fait pour certaines formations, je pense notamment à celle de puéricultrice. Enfin, avec le peu de crédit qui nous reste, nous finançons des actions locales de formation et d'information du personnel dans les régions les plus défavorisées au point du vue de la périnatalité, le Languedoc-Roussillon, le Limousin, la Lorraine, le Nord et la Picardie.

Pour conclure, je voudrais vous remercier, Docteur OSTROWSKI, d'avoir organisé cette rencontre. Elle devrait être non seulement un échange d'idées, mais aussi une confrontation autour des pratiques, car il faut éviter que chaque spécialiste, chaque spécialité travaille pour son seul compte. L'objectif est de tenter de rendre à l'enfant son intégrité et son caractère de personne singulière alors que, dans l'idéologie dominante, dans le fonctionnement de nos institutions, tout semble fait pour le découper en tranches, dans un pays où à l'inverse de ceux qui constituent la majorité de l'UNESCO, de l'UNICEF et de l'OMS, nous n'avons plus guère, heureusement, la priorité lancinante de la survie.

**Monsieur OSTROWSKI** : Je vous remercie, Madame ROUSSILLE. Votre introduction établit le point historique sur tout ce qui a été fait jusqu'à présent. Je suis ravi de voir l'intérêt que porte le Ministère de la Santé français à un domaine qui me semble important à développer dans l'avenir. J'aimerais maintenant donner la parole à Madame CABANA, Ambassadeur de France auprès de l'UNESCO.

**Madame CABANA** : Je voudrais simplement dire que je suis heureuse d'être ici aujourd'hui, heureuse de rendre hommage à mon ami, le Docteur OSTROWSKI, que j'ai rencontré il y a quelques années, aux confins du Soudan, puis retrouvé autour des crèches de Paris, et enfin, aujourd'hui, ici à l'UNESCO.

Je souhaite remercier Monsieur A. CHIBA d'avoir organisé ce colloque sous les auspices de l'UNESCO, ainsi que Madame ROUSSILLE, qui représente le Ministère de la Santé et de la Famille.

Je constate que votre colloque sur la stimulation intellectuelle au tout début de la vie coïncide d'une manière parfaite avec les objectifs de l'UNESCO, à savoir, les aspects éducatifs, scientifiques et culturels concernant la petite enfance. Avec la modestie du diplomate, c'est-à-dire celui qui ne sait rien, qui est totalement incompétent, mais tout à fait enthousiaste, je vous souhaite bonne chance dans vos travaux.

* * *

**Monsieur OSTROWSKI :** Je suis très touché par le fait que vous soyez venue. Vous avez été la première à m'avoir donné la possibilité d'organiser ce colloque dans le cadre d'une Organisation Internationale. Je tenais vous réitérer mes remerciements.

# DÉBAT

## Le sommeil et son organisation

**Monsieur CHIVA** : Je souhaiterais qu'on soit conscient que le concept sur lequel vous démarrez mérite réflexion : vous soulevez le problème du développement intellectuel, encore faudrait-il savoir ce qu'on entend par intelligence. Il me paraît important que l'on ait présent à l'esprit le fait qu'il n'existe par UNE intelligence, mais DES intelligences. On ne peut pas ignorer cela en disant : on parle d'emblée des développements intellectuels. Ceci posé, c'est sûr que ce problème des stimulations précoces est en effet un problème extrêmement important.

**Madame DE BOYSSON-BARDIES** : J'ai une remarque à faire sur le terme de stimulation. C'est un terme ambigu, parce qu'il peut désigner aussi bien des stimulations naturelles que l'enfant reçoit, que d'autres stimulations extrêmement particulières, et je pense qu'il faut être conscient que ce terme de stimulation ne se réfère pas seulement à ces dernières.

**Madame CURZI** : Je vais situer le débat sur un terrain différent de celui de Françoise DOLTO, citée ici par Madame ROUSSEL, et qui disait : " **il n'y a pas un enfant, il y a cet enfant**". En effet, je vais parler des caractéristiques neurophysiologiques communes à tous les enfants d'un âge donné. Il s'agira du développement du sommeil des nouveau-nés prématurés et nés à terme.

Pourquoi traiter ce sujet au cours d'une réunion sur l'importance des stimulations pour le développement de l'enfant ?

Comme vous le savez, un nouveau-né (à plus forte raison prématuré), passe presque la totalité de son temps à dormir. C'est donc pendant le sommeil que lui parviendront les diverses stimulations venant du monde extérieur : bruits, variations de la température, soins médicaux de tous genres, soins et caresses prodigués par la mère... C'est pendant le sommeil qu'il devra intégrer, peut-être mémoriser, rendre siennes, en tout cas, toutes les informations qui lui parviennent.

On sait que le sommeil n'est pas un état homogène. Il est composé principalement de deux stades qui se succèdent de façon périodique : le sommeil agité, proche du sommeil paradoxal de l'adulte et le sommeil calme, proche du sommeil lent de l'adulte.

Sur la première figure (Figure 1) est présenté un exemple de tracé polygraphique au cours du sommeil d'un nouveau-né prématuré de 35 semaines d'âge conceptionnel, le terme normal de naissance étant de 40-41 semaines de gestation. À gauche, on voit une période de sommeil calme, caractérisé par un tracé électroencéphalographique d'aspect discontinu ; les yeux sont fermés et ne bougent pas, la respiration est régulière. À droite est présentée une période de sommeil agité, avec un tracé électroencéphalographique plus rapide et continu ; on observe et on enregistre des mouvements rapides des globes oculaires, de nombreux mouvements des membres et une respiration irrégulière.

Sur la partie supérieure de la figure suivante (Figure 2) est montrée la durée moyenne des stades selon l'âge (de 31 à 41 semaines d'âge conceptionnel), chez des nouveau-nés normaux, avec un poids de naissance normal. Y est représentée aussi la durée du cycle complet d'alternance des différents stades, qui est de moins de 50 minutes en moyenne chez les enfants les plus jeunes (31-34 semaines d'âge conceptionnel) et d'environ 65 minutes à l'âge du terme normal.

Sur la partie inférieure de la même figure est montré le pourcentage de la durée totale du sommeil qu'occupent les différents stades. Chez les plus jeunes prématurés (31-34 semaines d'âge conceptionnel), les stades de sommeil restent indéfinis pendant un tiers du temps. Dès 35 semaines, les périodes avec un sommeil indéfini diminuent brusquement à moins de un dixième du temps. À tous les âges, le pourcentage du sommeil agité est supérieur à celui du sommeil calme. À l'âge du terme normal de naissance, les enfants passent deux tiers du temps en sommeil agité, contre moins de 30 pour cent en sommeil calme. Des résultats identiques sont obtenus chez des enfants de petit poids à la naissance, ayant souffert d'une hypotrophie intra-utérine modérée, mais neurologiquement et cliniquement normaux.

Rappelons que chez l'homme adulte, le sommeil paradoxal proche du sommeil agité du nouveau-né, n'est retrouvé que pendant environ deux dixièmes du temps du sommeil.

Or, que sait-on du rôle de ce sommeil agité, paradoxal ?

Il est connu que l'homme adulte rêve principalement en sommeil paradoxal. Chez les animaux, chez le rat et le chat, la durée du sommeil paradoxal augmente après des séances d'apprentissage.

Il y a quelques jours, avec le Professeur CHIVA, nous assistions à une thèse dont l'un des objets était l'étude du sommeil paradoxal chez les enfants déficients mentaux et chez les enfants surdoués. Chez les enfants surdoués, le sommeil paradoxal est mieux structuré. Les deux groupes d'enfants augmentent leur sommeil paradoxal après une journée d'apprentissage renforcé.

**Figure 1**

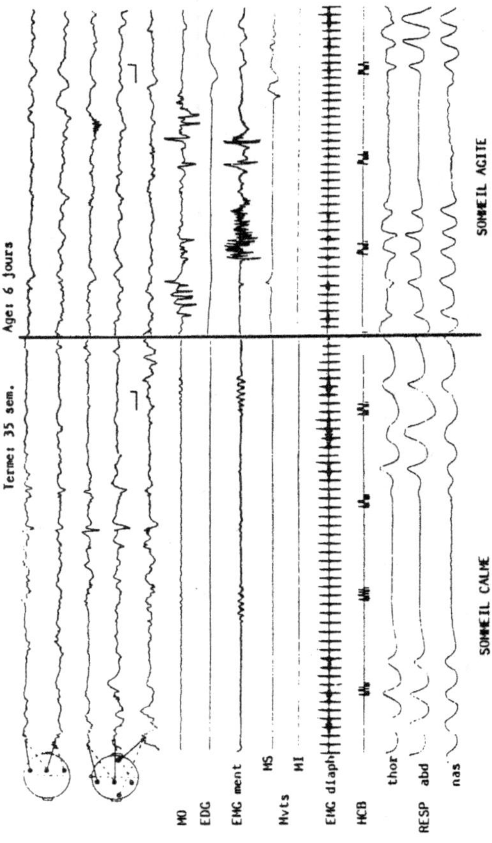
Terme: 35 sem.
Age: 6 jours
SOMMEIL AGITE
SOMMEIL CALME
MO
EOG
EMG ment
Mvts
MS
MI
EMG diaph
HCB
RESP
thor
abd
nas

# Figure 2

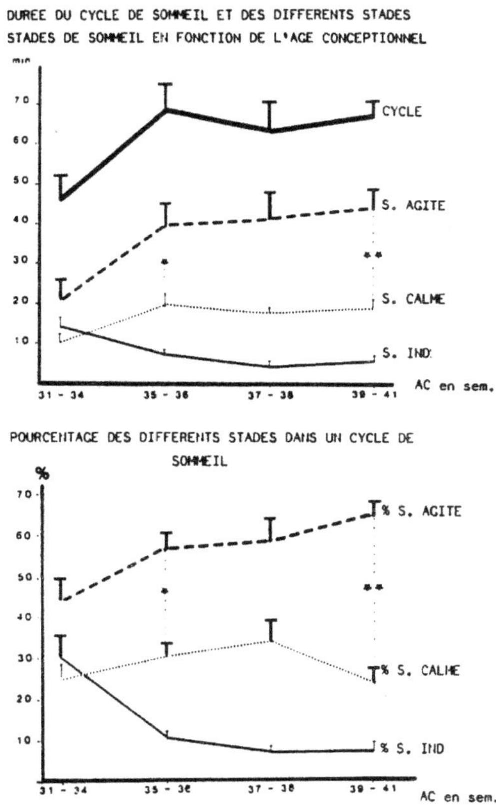
DUREE DU CYCLE DE SOMMEIL ET DES DIFFERENTS STADES
STADES DE SOMMEIL EN FONCTION DE L'AGE CONCEPTIONNEL
min
70
60
50
40
30
20
10
CYCLE
S. AGITE
S. CALME
S. IND
31 - 34
35 - 36
37 - 38
39 - 41
AC en sem.
POURCENTAGE DES DIFFERENTS STADES DANS UN CYCLE DE SOMMEIL
%
% S. AGITE
% S. CALME
% S. IND
AC en sem.

Au lendemain d'une nuit de privation de sommeil paradoxal chez l'adulte, on observe une diminution du temps de réflexion.

Les recherches de l'équipe du Professeur JOUVET à Lyon (INSERM unité 52) montrent qu'il existe une programmation génétique du sommeil paradoxal. Plusieurs données récentes confortent l'hypothèse selon laquelle le sommeil agité serait indispensable, non seulement pour l'intégration des informations provenant du milieu, mais aussi pour l'entretien, la récapitulation, le développement de certaines fonctions innées. Les observations du comportement des fœtus à l'aide de l'ultrasonographie montrent que les deux stades de sommeil existent in-utero, avec une nette prédominance du temps passé en sommeil agité. Après le terme de naissance, la diminution du temps de sommeil paradoxal avec l'âge est parallèle à une augmentation des capacités d'entretenir un état de veille soutenue.

Les quelques données que j'ai présentées montrent que le sommeil agité, dont le rôle est important pour l'intégration des stimulations extérieures, est déjà développé, fonctionnel, bien avant la naissance au terme normal. Le fait qu'une organisation correcte du sommeil soit conservée chez les enfants ayant souffert d'une hypotrophie intra-utérine suggère que cette organisation fait partie des fonctions physiologiques fondamentales, peu affectées par certaines déviations modérées de la norme. Ceci ne préjuge en rien d'éventuels retentissements cérébraux d'une malnutrition grave. On ne rencontre plus ces cas en France, en particulier dans les maternités hospitalo-universitaires où nos recherches ont été menées.

**Monsieur OSTROWSKI :** Merci, Madame CURZI. Je pense qu'il est nécessaire de parler des particularités essentielles de l'enfant avant sa naissance.

**Madame AMIEL TISON :** Je voudrais soumettre à discussion et à l'opinion de Madame CURZI, un article présenté depuis quelques mois, par un groupe de l'OHIO et traitant de l'effet de stimulations vestibulaires sur le développement des stades de sommeil chez l'enfant prématuré. L'idée de base de leur travail était qu'un enfant naissant prématurément est immobile dans son isolette pendant pas mal de semaines, et par conséquent, privé des stimulations vestibulaires de la grossesse normale. Les auteurs ont pris 17 enfants ayant un poids de naissance compris entre 1000 et 1500 g ; 7 enfants appartenaient à un groupe contrôle, 10 enfants recevaient des stimulations vestibulaires et ces stimulations étaient données plusieurs fois par jour sous forme de mouvements imprimés au matelas de l'isolette pendant une session de 10 à 15 minutes. L'expérience durait pendant deux semaines et les stades de sommeil étaient surveillés chez les enfants contrôles et chez les enfants stimulés. Les résultats ont montré que l'augmentation progressive du sommeil calme et la diminution du sommeil actif étaient plus rapides chez les enfants stimulés : ceci a amené les auteurs à se poser la question de savoir si cela était bon ou non. Au cours du sommeil actif, qui est une forme plus primitive de sommeil, on sait que la consommation d'oxygène est plus importante, que le débit cérébral est plus important et probablement que la synthèse des protéines est plus importante aussi. Il n'est pas démontré que, dans la bonne intention de produire des stimulations vestibulaires à peu près identiques ou proches qualitativement de celles que l'enfant recevrait s'il était in-utero, les effets obtenus soient favorables.

**Madame CURZI :** Ce que vous dites est très intéressant. C'est, en effet, pour éviter tous les pièges de cette insuffisance de stimulation ou sous-stimulation dans des isolettes, que nous avons pris soin de faire les enregistrements de sommeil les tout premiers jours après la naissance, en considérant que les déficits provoqués par la sous-stimulation n'avaient pas eu le temps d'agir.

**Madame CHALLAMEL :** Je pense qu'il faut nuancer, car le fœtus in-utero a des mouvements certainement plus importants, plus libres, de plus grande amplitude et plus harmonieux que dans une isolette, ou même dans un lit. On peut donc considérer, dans les deux premiers mois de la vie, en particulier chez le prématuré, que l'enfant est de toute manière privé des mouvements qu'il avait in-utero, puisque ceux-ci sont réalisés en apesanteur, ce qui n'est pas du tout la condition du prématuré, et cet aspect est extrêmement important. D'après ce que vous dites, je crois que le temps de sommeil agité de l'enfant diminue au profit du sommeil calme (et non de l'état de veille). D'autre part, il faut toujours penser que l'enfant dans les tout premiers jours (in-utero et ex-utero) est un enfant qui dort et qu'il se passe certainement dans cette période de maturation, en particulier au cours du sommeil agité, beaucoup plus de choses qu'il ne s'en passe à l'état de veille. Je pense que c'est peut-être dangereux de susciter une maturation trop précoce parce qu'on sait que le rôle du sommeil agité est un rôle de sentinelle, c'est-à-dire qu'il a un rôle de stimulation du système nerveux et des fonctions respiratoires (qui sont importantes chez le prématuré), et que ces fonctions, si le sommeil calme se prolonge, peuvent en être réduites. Je crois qu'il est actuellement impossible de savoir si les stimulations dont on vient de parler sont bénéfiques ou non. Dans la mesure où le nouveau-né bouge certainement plus in-utero, c'est sûrement bénéfique, mais dans le sens où son sommeil agité est certainement très important, dans la période prénatale et périnatale immédiate c'est vraisemblablement quelque chose qu'il faudrait peut-être éviter.

**Monsieur JEANNEROD :** On a beaucoup parlé de stimulation au cours du sommeil ou dans d'autres circonstances. Il existe une hypothèse reliant l'absence de stimulation à l'autisme infantile. Je ne sais pas si l'on peut accorder beaucoup de crédit à tous ces travaux que vous connaissez sûrement, par exemple, ceux d'ORNITZ à Los Angeles. Je suis assez réservé quant à l'utilisation de la stimulation. Je voudrais poser une question : est-ce que ces travaux qui semblaient montrer une synchronisation des mouvements du fœtus in-utero et du sommeil de la mère ont été confirmés ?

**Madame CHALLAMEL :** Non, on avait dit que la mère avait un sommeil paradoxal augmenté et qu'il y avait une augmentation correspondante du sommeil paradoxal chez le fœtus, en particulier au dernier trimestre de la vie fœtale. Actuellement, on sait que ces travaux-là sont rejetés, en particulier par PRECHTL qui a étudié le développement du sommeil fœtal par l'étude échographique des mouvements oculaires, du rythme respiratoire, du rythme cardiaque et surtout des mouvements fœtaux. On peut affirmer actuellement que le sommeil du fœtus est parfaitement indépendant de celui de sa mère.

Il existe une dépendance qui est circadienne pour la fréquence des mouvements corporels et du rythme cardiaque. Cette influence circadienne est perdue à la naissance par le nouveau-né. Le fœtus a un rythme circadien, mais il est difficile de savoir si une mobilité plus importante du fœtus correspond à un rythme circadien ou au fait que sa mère est alors plus relaxée ? Il semblerait qu'il y ait une relation humorale entre le fœtus et sa mère du point de vue des rythmes circadiens, mais il n'y a absolument aucune relation du point de vue du sommeil. Et cette organisation circadienne est perdue à la naissance. On sait que le nouveau-né et le petit nourrisson n'ont pas d'organisation circadienne pour le sommeil, la température, ou les différentes manifestations biologiques, alors qu'elle existe chez le fœtus.

**Monsieur OSTROWSKI :** Y a-t-il des stimulations ou d'autres modes d'action sur le fœtus lors de son sommeil ? Connaissez-vous des expériences ? Que savez-vous des travaux de MADISSON sur la vibration et la stimulation artificielle pendant la 26e ou la 28e semaine de la vie, stimulation telle que le fœtus va réagir par le mouvement ?

**Madame CHALLAMEL :** Oui, on peut stimuler le fœtus de façon synesthésique et il semblerait qu'il ait une certaine mémoire de la stimulation, puisque lorsqu'on répète la stimulation, "on sent le fœtus revenir". Mais c'est très difficile paraît-il. Je n'ai aucune expérience. Mais les mouvements corporels sont trop fréquents pour permettre de dire si telle stimulation a entraîné tel mouvement du fœtus. Pour PRECHTL, qui connaît parfaitement le problème de la motricité fœtale, ce n'est absolument pas contrôlable actuellement. On ne peut pas dire que le fœtus stimulé réagisse par un mouvement corporel spontané. Il est extrêmement difficile de faire la part des choses. Je pense aussi que devant des stimulations données à contretemps, on soulève toujours le même problème : les mouvements quand ce n'est pas le bon moment, sont certainement non seulement inefficaces, mais peut-être dangereux.

**Madame CURZI :** Je n'ai pas d'expérience avec les mouvements in utero, mais en enregistrant des enfants prématurés, on sait que lorsqu'on les stimule dans la phase du sommeil agité, ils font un mouvement beaucoup plus facilement. Ils sont beaucoup plus réactifs dans la phase du sommeil agité.

**Monsieur FOURNIE :** Certains auteurs ont essayé, lors des diverses phases de sommeil du bébé in utero, de le "réveiller". L'enregistrement de la fréquence cardiaque fœtale peut montrer un tracé peu oscillé, relativement plat, ce qui peut correspondre à un état de sommeil calme (ou bien à un état d'hypoxie chronique dans les grossesses pathologiques). Ils ont essayé de "réveiller" les bébés en les stimulants. Il semble que pendant le sommeil calme la réaction de réveil ne s'observe pas ou soit de mauvaise qualité.

Par contre, si le bébé est en phase d'activité cardiaque relativement importante, par conséquent a priori en phase de sommeil actif, on peut avoir une augmentation des mouvements. Mais cela est sans valeur clinique, puisque le bébé, comme vous le disiez, bouge spontanément de manière importante.

**Madame CURZI** : Je ne saurais dire si la réactivité est de mauvaise qualité, en tout cas, elle est moindre.

**Monsieur FOURNIE** : Je ne veux pas dire que l'activité est de mauvaise qualité, je veux dire que la réponse est difficile à fournir au milieu des mouvements multiples des bébés pendant les périodes de sommeil actif.

**Monsieur QUERLEU** : Au sujet des possibilités d'habituer les fœtus à diverses stimulations, il existe quelques informations bibliographiques. L'une provient d'une équipe de Nouvelle-Zélande, de Leader, qui appliquait une stimulation par vibrations et semblait définir une ébauche d'habituation, c'est-à-dire qu'il n'y avait pas d'extinction totale de la réponse mais une diminution de cette réponse, qui était d'ailleurs pour ces auteurs un signe de bonne santé fœtale, au sens physiologique du terme. Par ailleurs, les travaux de LECANUET à Paris montrent aussi l'existence d'une stimulation cardiaque par stimulations sonores. On ne peut pas parler de réveil, mais de réaction cardiaque à la stimulation sonore, laquelle montre aussi une ébauche d'habituation, surtout en l'état de sommeil actif. Cela dit, j'aimerais poser une question aux deux personnes qui ont parlé précédemment : expliquez-nous quelles sont les possibilités d'intégration sensorielle pendant les périodes de sommeil essentiellement actif ou calme, par rapport à celles de l'état d'éveil qui est d'autre part, si rare ?

**Madame CHALLAMEL** : C'est la question des potentiels évoqués. Si l'on prend comme référence le rythme cardiaque, sa variation diffère : en sommeil calme on a une variation peu importante ; en sommeil agité, elle est très variable. Quand l'enregistrement du rythme cardiaque fœtal est bon, on la décèle plus facilement en sommeil calme qu'en sommeil agité, justement parce que c'est une période calme. C'est plus facile en sommeil stable parce qu'en sommeil agité, vous avez des accélérations que vous n'arrivez pas à différencier de celles provoquées par les mouvements corporels ou les mouvements respiratoires irréguliers (qui provoquent des accélérations et décélérations du rythme cardiaque). Vous ne situez pas la stimulation, ou bien vous la situez mal en sommeil agité, par rapport au sommeil calme où vous avez un rythme cardiaque très monotone, pratiquement plat au point que les accoucheurs peuvent le confondre avec un signe d'anoxie et, à ce moment-là, ils réveillent l'enfant pour faire la différence.

**Madame CURZI** : Je ne dispose pas de suffisamment de données sur ce sujet, mais on connaît les anciens travaux de Madame MONOD sur la réactivité et les potentiels évoqués des prématurés. D'autres travaux plus récents montrent la prédominance des mouvements spontanés lors du sommeil paradoxal des nouveau-nés.

**Madame CHALLAMEL** : À propos des potentiels évoqués, on explore le tronc cérébral et, en effet, à ce moment-là, on a peu de différence entre le sommeil calme et le sommeil agité. À propos de certains potentiels semi-tardifs, qui ont été rarement étudiés, on a tenté une expérience chez des enfants de 6 semaines. Il semble que les potentiels évoqués auditifs semi-tardifs disparaissent au cours du sommeil, alors que chez l'adulte (et je pense que Monsieur JEANNEROD peut en parler mieux que moi), les potentiels évoqués auditifs sont très atténués en sommeil lent (équivalent du sommeil calme), mais sont pratiquement identiques au cours des états de veille et au cours du sommeil paradoxal (équivalent du sommeil agité). C'est tout ce qu'on peut dire. À propos des potentiels évoqués visuels, il semble qu'ils disparaissent complètement au cours du sommeil calme et sont atténués au cours du sommeil agité. À mon avis, cela dépend non du sommeil lui-même, mais du moment dans les cycles du sommeil. Au cours du premier cycle, vous avez beaucoup plus de chance d'avoir une réactivité. Plus le temps du sommeil et sa stabilité sont importants, moins la réactivité est importante. C'est donc plus spécifique de la durée du sommeil que d'un sommeil particulier, qu'il soit calme ou agité. Les études que j'ai vues sont contradictoires. Il n'y a rien de précis au sujet des stimulations, en particulier des potentiels évoqués auditifs et visuels.

**Madame AMIEL TISON** : À quel âge ?

**Madame CHALLAMEL** : À 6 semaines, pour un enfant né à terme.

**Madame CURZI** : Il y aurait un autre potentiel évoqué tardif, qui apparaîtrait chez l'homme adulte lors de la survenue d'un phénomène inhabituel. Ces potentiels tardifs sont difficilement obtenus pendant les premiers mois de vie. Ils seraient le témoignage que le sujet intègre l'information et qu'il répond. Ces expériences n'ont jamais été faites chez le nouveau-né à terme. Donc on ne sait pas ce qui se passe à ce moment-là.

**Monsieur OSTROWSKI** : Il existe peut-être un autre point de vue sur ce sujet. J'aimerais savoir ce que pense Monsieur JEANNEROD, au sujet de la maturation ? Si nous parlons du sommeil, à partir de quel moment y-a-t-il des réactions ? S'il y a réaction aux stimulations dans la 26e-28e semaine (selon MADDISSON), est-ce qu'il existerait des réactions plus tôt ? Et à partir de quand ?

**Madame CHALLAMEL** : Les premiers mouvements corporels du fœtus apparaissent à 7-8 semaines. Ces mouvements sont dits endogènes : ce ne sont pas des réponses aux stimulations (mais il semble que les mouvements provoqués par stimulation apparaissent à peu près au même moment). À 7-8 semaines, vous avez les premiers mouvements corporels, puis un contact main-bouche entre la

10e et la 13e semaine selon les enfants. On étudiait au tout début le fœtus ex utero, non viable, les mouvements qu'on provoquait étaient effectués en très mauvaises conditions. Il est sûr que l'échographie fœtale permet de mieux observer les mouvements, c'est quelque chose de très important, parce que ces mouvements in utero persistent à peu près jusqu'au 2e mois. L'étude in utero (par un spécialiste) de l'harmonie de ces mouvements et de leur enchaînement est vraisemblablement un des meilleurs critères pour voir et essayer d'apprécier le mouvement fœtal et l'intégrité du fœtus. Il a été fait des études comparatives entre un fœtus pathologique (anencéphale), et un fœtus sain. Pour celui qui a l'habitude, l'étude de l'harmonie des mouvements corporels et de leur enchaînement est un critère très important pour apprécier l'intégrité neurologique du fœtus. Je pense que Madame AMIEL TISON pourra parler des mouvements corporels des nouveau-nés et de leur mobilité corporelle.

**Monsieur OSTROWSKI** : Alors, dans ce cas, le fœtus est déjà un enfant. Et cet enfant quand il dort, rêve-t-il ? Pense-t-il ?

**Madame CHALLAMEL** : Il faut être très prudent. Je vous parlerai peut-être du sourire : il s'agit de mimiques faciales, qui sont peut-être des "comportements oniriques". Mais je crois qu'il ne faut absolument pas confondre rêve et comportement onirique. Parler de rêves pour le nouveau-né peut être matière à discussion. En tout cas, ces mimiques faciales existent in utero, c'est sûr. Le fœtus dort, il dort comme le prématuré, il dort même pendant l'accouchement. On avait fait des électroencéphalogrammes fœtaux, avec l'équipe d'Edouard-Herriot à LYON, pendant l'accouchement. C'est une technique complètement abandonnée parce qu'elle est invasive et ne sert à rien pour le déroulement de l'accouchement. Mais, le "fœtus" dort pendant l'accouchement et le premier signe d'un accouchement qui se passe mal, c'est que l'enfant se réveille. Il semble que les états de veille augmentent lors de la période où l'enfant va naître, puisque les post-termes ont plus d'états de veille que des nouveau-nés à terme et peut-être ces états de veille jouent-ils un rôle dans le déclenchement de l'accouchement ?

**Madame DE BOYSSON BARDIES** : Vous avez utilisé les termes sommeil agité, sommeil paradoxal, il semble que vous ne les ayez pas utilisés tout à fait au même moment ?

**Madame CURZI** : C'est un problème de principe de l'école dont je faisais partie (l'école de Port-Royal). Chez l'adulte, on utilise le terme de sommeil paradoxal ou de sommeil avec mouvements oculaires rapides. Le terme de sommeil paradoxal a été introduit par Monsieur JOUVET dans les années 1960. Nous avons toujours préféré utiliser le terme de sommeil agité pour ne pas mettre un signe d'égalité entre le sommeil paradoxal de l'adulte et le sommeil du nouveau-né, car ce sont deux choses très différentes. C'est par souci de ne pas les confondre que nous utilisons le terme "sommeil agité".

**Madame CHALLAMEL** : Je suis de l'école JOUVET, je pense que le sommeil agité (SA) n'est quand même pas un très bon terme, mais il existe depuis longtemps, c'est Colette DREYFUS-BRISAC qui l'a ainsi nommé.

Chez le nouveau-né, je dis "sommeil agité", mais je parle très tôt de sommeil paradoxal, dès l'âge de 6 semaines. À propos des fonctions du sommeil qui demeurent parfaitement hypothétiques, je dirais que le sommeil paradoxal a une fonction probablement importante mais je pense que le sommeil agité du nouveau-né (équivalent du sommeil paradoxal) a vraisemblablement une fonction encore plus importante que le sommeil paradoxal de l'adulte ; et j'aurais tendance à parler plutôt, pour le nouveau-né, de sommeil paradoxal parce que je crois qu'il est encore plus "paradoxal" que celui de l'adulte : dans la mesure où il s'agit d'un nouveau-né qui dort il se passe vraisemblablement beaucoup plus de choses par rapport à l'éveil.

**Monsieur OSTROWSKI** : Je voudrais revenir à une question que Monsieur CHIVA a évoquée : le développement du cerveau humain au cours de la période prénatale. Quand j'étais en poste à l'OMS, j'ai discuté avec les scientifiques ou plutôt les planificateurs de santé publique, Japonais, Coréens, etc. Nous avons évoqué le problème de la stimulation lors de la vie fœtale. Dans certaines sociétés, certaines cultures, le fœtus n'est pas considéré comme un enfant avec toutes ses capacités comme, par exemple, un prématuré né au 7e ou 8e mois de la grossesse. Dans d'autres sociétés ou civilisations, par exemple la civilisation chinoise, le fœtus est considéré comme un enfant, parce que chez les Chinois, l'enfant est "né" dès sa conception. La question est de savoir à partir de quand il faut considérer le fœtus comme enfant : à terme, ou avant terme ?

**Monsieur JEANNEROD** : J'avais prévu de faire un petit exposé sur les mécanismes du développement du cerveau, mais on sait peu de chose sur le développement du cerveau du fœtus humain, et la plupart des modèles dont on dispose actuellement pour étudier l'établissement des connexions à l'intérieur du cerveau sont des modèles animaux.

**Monsieur CHIVA** : Je me pose un peu en Candide, en tant que psychologue car je ne suis pas physiologiste. Deux remarques que vous venez de faire maintenant me paraissent importantes.

– Premièrement : que sait-on de plus sur une stimulation éventuelle précoce permettant d'améliorer ce futur individu que sera le fœtus ?

– Deuxièmement : vous venez d'évoquer ce problème de la manière dont on considère l'enfant. Il est important, en effet, de ne pas oublier qu'il y a l'aspect physiologique, biologique, tout ce que nous savons sur le plan médical.

Mais aussi que l'enfant, avec toutes ses extraordinaires compétences, arrive dans un milieu social, humain, sans lequel il ne peut pas survivre. Ce n'est pas seulement ce qu'il peut réellement, mais aussi ce que l'on pense qu'il peut, qui joue dans la mise en place de ce milieu "stimulant" pour son avenir.

**Madame CURZI** : Il existe, en effet, divers travaux, souvent contradictoires, sur l'importance des stimulations précoces. Je n'ai pas l'impression qu'on soit arrivé à des conclusions définitives. Chaque prématuré est un cas à part : il peut présenter une atteinte plus ou moins grave qui nécessite des soins différents de ceux donnés à un autre enfant. De plus, l'attitude des parents n'est pas la même selon qu'il s'agit d'un beau bébé né à terme, ou d'un prématuré fragile, resté longtemps éloigné d'eux et qui, le plus souvent, les inquiète. Depuis les travaux de LEZINE et collaborateurs, on connaît le "syndrome des anciens prématurés". Les relations psychologiques entre les parents et leurs enfants anciens prématurés sont souvent difficiles. Ce sont souvent des enfants qu'on n'aime pas, des enfants battus, etc. Il est difficile, à long terme, de distinguer la part d'une sur-stimulation ou au contraire d'une insuffisance de stimulation pendant la période néonatale de celle du retentissement des relations complexes parents-enfants en pareils cas.

**Monsieur SOULE** : Je crois qu'on risque une grande erreur méthodologique à vouloir passer de la maturation du cerveau à des schémas comme celui de la pensée qui est d'un tout autre registre. Je ne peux pas du tout imaginer que la pensée soit un élément maturatif dans le cerveau. C'est comme si l'on imaginait qu'un ordinateur soit livré avec tous les programmes ou seulement certains. Les autres, on va les faire, on va les fabriquer. Tout ce qu'on vient de dire doit être replacé dans une interaction extrêmement précoce, sans oublier, bien entendu, celle du corps de la mère chez le fœtus. La pensée ensuite va se dégager en fonction de la relation avec la mère et le milieu social. Un livre tout à fait remarquable est paru il y a peu de temps sur les travaux effectués par Madame PINIOL DURIEZ à Aix en Provence, pendant plusieurs années.

Vous venez d'évoquer la notion de syndrome de l'ancien prématuré. Depuis 25 ans, je travaille dans un centre de prématurés, à l'Institut de Puériculture. C'est un sujet que je connais. Il y a deux façons de voir. Ou bien il s'agit d'un élément maturatif qui laisserait des traces ultérieures, ou bien il s'agit d'un élément qui apparaît d'après un type, un modèle d'interaction entre le père, la mère, le milieu social et le prématuré, ou même la fratrie. Cela a changé de nom par la suite : "syndrome de l'enfant vulnérable", "syndrome de l'enfant fragile". On voit bien que ce syndrome a peut-être un élément maturatif, mais il se situe surtout dans l'esprit de l'entourage et provoque des types d'interaction.

Pour le rêve, la question a été posée : est-ce que le fœtus ou le nouveau-né rêve ? Cela dépend de ce qu'on appelle le rêve. C'est quelque chose qui s'élabore beaucoup plus tard en tant que rêve = reflet de la pensée. Il faut donc qu'il y ait une pensée, qu'il y ait des manifestations, des éléments qui vont préparer la possibilité aux rêves d'apparaître. Quand on parle de sommeil paradoxal, on peut imaginer que c'est une fonction, dont on vient d'ailleurs de nous montrer les difficultés d'étude de son développement, de sa maturation. Plus tard, viendra le rêve dont on sait la grande valeur au point de vue libidinisation. Ce rêve sera "accroché" sur cette fonction en la libidinisant, tout va s'étayer sur la fonction du sommeil paradoxal. C'est un peu comme l'appétit : on disait qu'il apparaît même chez le fœtus ; or il y a la faim, mais l'appétit sera quelque chose de très différent, avec une valeur psychologique qui s'accrochera plus tard. C'est un peu la même chose pour le rêve : il y a une fonction qui va maturer, se structurer et quelque chose s'accrochera ensuite dessus, qui aura son rôle, sa fonction, etc. Je crois qu'à vouloir s'acharner à faire des équivalences entre la maturation biologique et le psychologique, on risque de faire de l'adultomorphisme, et même de l'anthropomorphisme, c'est-à-dire d'accrocher des idées d'adulte sur un être qui n'a absolument pas encore le même type de fonctionnement.

**Monsieur CHIVA** : Je pense en effet, que toutes ces données physiologiques, maturatives, etc., sont très importantes, mais ce qui est aussi important, c'est le sens qu'on leur donne. Vous avez prévu de dire quelques mots sur le sourire. C'est un problème passionnant. Faut-il considérer le sourire comme témoignage d'un rêve ? Peut-être bien que oui, peut-être bien que non. Je voudrais rappeler les travaux (déjà anciens, 1963-64) de Peter WOLF, sur l'apparition du sourire. Ce qui est très important, c'est la définition du sourire sur le plan morphologique. Mais ce qui est encore plus intéressant c'est ce que les parents, l'entourage non scientifique considérait comme sourire. Le sourire apparaissait très tôt, mais n'était pas considéré comme tel par la mère et par l'entourage avant qu'il ait une certaine connotation, qu'il soit perçu comme tel, qu'il entraîne une réponse et s'intègre dans un autre système, un système d'accrochage interindividuel, lui-même générateur d'une dynamique autre. C'est pourquoi il me paraît important de connaître d'abord les conditions, mais aussi les critères de la conduite, pour savoir comment elle peut s'intégrer ensuite dans cette activité interpersonnelle, ce qui est probablement le plus intéressant, le plus important pour le devenir individuel.

**Madame CHALLAMEL** : On en reparlera parce que je pense que cela s'intègre bien dans l'évolution du nouveau-né, de l'enfant plus âgé et de la relation avec sa mère.

**Monsieur SOULE** : Cette façon de voir les choses aura des conséquences sur nos discussions. Est-ce qu'il faut stimuler le nourrisson si tout penche du côté de la maturation ? Dans ce cas, il faudrait le stimuler et faire des choses pour qu'il soit en avance. Faire, comme on le voit déjà, les Olympiades du nouveau-né ! On décrit chaque jour des performances encore plus formidables, extraordinaires, du nouveau-né. On va le stimuler, puis il arrivera à faire des choses. Est-ce qu'au contraire, il ne faudrait pas faciliter les relations de l'entourage avec le nouveau-né, celles de sa mère par exemple ? Et que faire pour faciliter la relation entre le bébé, son entourage, son père, sa mère ? On voit bien qu'il y a sans doute deux aspects dans tout cela.

**Madame CHALLAMEL** : Je pense que même pour la mère, ce n'est pas incompatible. Elle a un nouveau-né qui dort environ 90 % de son temps pour un état de veille très bref de moins de 10 % dans les premiers jours. Il faut que la mère comprenne ce qui se passe pendant ce sommeil. La compréhension de ce qui se passe peut être un moyen d'induire une bonne relation avec le nouveau-né. En effet, certaines mères regardent leur enfant dormir, et sont parfois inquiètes devant certaines manifestations survenant en particulier au cours du sommeil agité ; d'autres confondent ce sommeil agité avec un état de veille et réveillent l'enfant à contretemps. Leur expliquer à quoi correspond le sommeil de leur nouveau-né, leur montrer que ce sommeil coïncide vraisemblablement avec une activité importante du cerveau, c'est les aider à respecter ce sommeil, à ne pas réveiller l'enfant à contretemps et probablement permettre l'instauration d'une bonne relation avec cet enfant.

**Monsieur OSTROWSKI** : Le professeur SOULE nous a dit que le cerveau n'était pas prêt pour "emmagasiner" comme un ordinateur. Encore faut-il faire la saisie des données. À partir de quand ? À partir de la naissance ou même avant la naissance ? Si nous considérons que le bébé existe avant sa naissance, ne convient-il pas de revoir l'approche de la "vieille école", selon laquelle le bébé commençait sa vie intellectuelle plus tardivement, après la naissance. Donc, à partir de quel moment pouvons-nous faire la saisie des données ? Après ou avant la naissance ?

## Développement du cerveau de l'embryogenèse à la petite enfance

**Monsieur JEANNEROD** : Comme je vous l'ai dit précédemment, on sait peu de choses sur le développement du cerveau du fœtus humain. Les études fondamentales dans ce domaine sont très rares chez l'homme, voire même inexistantes. Je vous présente donc quelques données sur le développement du cerveau chez le mammifère, d'un point de vue général. Je m'appuie sur une série de travaux qui ont été faits dans notre laboratoire par Henry KENNEDY (article paru dans la Recherche : le Développement du cerveau, janvier 1987). Le développement procède par étapes et par stades. Il y a d'abord une période d'embryogenèse au cours de laquelle on assiste à la mise en place de connexions qui constitueront progressivement le cerveau adulte. On assiste à la mise en place d'une topographie très étroite, très organisée de l'ensemble des connexions du cerveau. On a l'impression à ce moment-là que les connexions s'établissent par un processus quasi-mécanique. Il s'établit, à l'intérieur de l'ébauche cérébrale, des espèces de ponts ou de lignes constitués de cellules gliales, et c'est le long de ces cellules que vont par la suite se déplacer les neurones qui vont migrer depuis la plaque neurale et qui iront se placer par empilements successifs aux places qu'ils doivent occuper. On a l'impression que ce qui détermine la position d'un neurone et finalement ses connexions, c'est l'ordre dans lequel il migre de la plaque neurale primitive le long de ces trajets conjonctifs que sont les cellules gliales. Cette phase d'embryogenèse laisse très peu de place au hasard, à la fantaisie, à des évènements extérieurs. C'est une phase strictement programmée. La théorie qui est celle de la littérature neuroscientifique depuis près de 100 ans, celle de CAJAL, est qu'il existe des attracteurs chimiques qui font que les connexions vont s'établir à tel ou tel endroit. Cette théorie a été remise à l'ordre du jour par Roger SPERRY, qui a créé le mot de chémo-affinité, qui fait bien référence à ce processus de reconnaissance moléculaire. Maintenant, on parle aussi de protéines qui favorisent l'agrégation des cellules, et, en quelque sorte, la consolidation des synapses. Quels qu'en soient les mécanismes intimes, cette phase est celle où se produit un établissement très strict de connexions programmées d'avance.

On passe ensuite dans une deuxième phase, où l'embryogenèse est pratiquement terminée, où va se produire un phénomène d'élimination et de stabilisation. Il s'agit de quelque chose qui se produit probablement dans le dernier tiers de la gestation. Des travaux récents ont été réalisés chez le furet, qui est un animal intéressant car il naît après 45 jours de gestation seulement, dans un état fœtal et probablement très prématuré par rapport à d'autres espèces comme le singe ou l'homme qui naissent, eux, à un degré de maturité avancé. Cela permet d'étudier un animal qui est dans un état post-gestationnel, mais encore très immature. Chez cet animal, il existe un excédent de connexions. On voit, en effet, des connexions qui ne devraient pas se trouver là, comme par exemple une connexion entre le système visuel, (c'est-à-dire la partie du cortex qui reçoit les afférences rétiniennes) et la moelle épinière. Cette connexion est aberrante puisque chez l'adulte, les seules connexions avec la moelle épinière sont des connexions qui partent des régions motrices du cortex pour réaliser la jonction corticospinale et réaliser la commande motrice. Chez le furet à la naissance (comme chez le singe une semaine ou deux semaines avant la fin de la gestation), on trouve des connexions entre le cortex visuel et la moelle épinière (région des motoneurones de la moelle). Ces connexions disparaissent ensuite. Chez le singe de quelques semaines avant la fin de la gestation, il existe également un excès de connexions allant d'un hémisphère à l'autre. Chez le singe adulte, il n'existe pas de connexion de ce type entre les deux aires visuelles ; par contre, quelques semaines avant la naissance, il en existe de très nombreuses qui disparaissent quelques jours avant la naissance : elles n'ont plus leur rôle dans la vie post-gestationnelle.

Quand je dis que ces connexions disparaissent, elles disparaissent en effet. On ne peut plus les mettre en évidence. Mais s'agit-il d'axones qui se rétractent, se détachent en quelque sorte de la surface des neurones où ils s'étaient connectés et qui restent en place, ou bien ces axones meurent-ils ? On sait qu'il y a beaucoup de neurones qui meurent et qui disparaissent autour de la naissance, à la fin de la période gestationnelle.

Il existe un certain nombre d'hypothèses pour savoir quels sont les facteurs qui déterminent l'élimination de certains neurones et la stabilisation des autres, mais aucune donnée ne permet de pencher en faveur d'une hypothèse ou d'une autre.

La troisième période du développement et de la mise en place des connexions du cerveau, c'est la période située autour de la naissance et après la naissance. Il s'agit d'une période où le réseau topographique, mis en place au cours de l'embryogenèse, s'est ensuite stabilisé par élimination d'un certain nombre de connexions, et commence à fonctionner sous l'influence de facteurs extérieurs. Je ne doute pas qu'il fonctionne déjà sous l'influence de facteurs extérieurs in utero, mais le niveau d'information dans l'utérus ne doit pas être très élevé. Au cours de la période post-gestationnelle, se produit encore une autre forme de façonnement, d'amélioration, de modification du réseau nerveux, en partie, cette fois-ci, sous l'influence du fonctionnement extérieur. À ce propos, on peut rappeler les expériences de HUBEL et WIESEL, deux Américains qui, depuis les années 1960, ont réalisé de nombreuses expériences sur le développement de la voie visuelle, chez le singe en particulier. Ils ont montré l'existence de phénomènes de compétition lors du développement final de ces connexions chez l'animal après sa naissance. En effet, les connexions ne sont pas encore toutes stabilisées et, en particulier dans le système visuel, il existe, entre le génicule latéral et le cortex, des fibres qui n'ont pas encore complètement terminé leur migration. Ces fibres correspondent à des informations qui viennent de l'un des deux yeux. HUBEL et WIESEL ont fait l'expérience de clore un œil de l'animal, par simple suture des paupières d'un côté, à différentes phases de la vie post-natale. Ils ont constaté que si on fait cette occlusion pendant une période critique, qui chez le singe est située entre la semaine 0 et la semaine 8 ou 9, des phénomènes de compétition se produisent, qui font que seules se développeront et se fixeront de manière correcte les synapses qui dépendent de l'œil ouvert. Les synapses qui dépendent de l'œil fermé ne se connectent pas et vont rester dans un état tout à fait non fonctionnel. Cette phase est une phase où il existe encore une sorte de plasticité, où le réseau nerveux peut se modifier sous l'influence de facteurs extérieurs. Lorsque le développement se produit de manière équilibrée, c'est-à-dire que les afférences ou les informations en provenance des deux yeux sont identiques, il se produit une certaine répartition, correspondant en gros à 50 % pour chaque œil. Mais lorsque l'on crée un obstacle au développement, une voie prend le pas sur l'autre et l'élimine : c'est un phénomène de compétition. Là encore, les facteurs de cette compétition et le rôle de l'environnement dans cette compétition sont à discuter.

Je pense que dans ces trois étapes que j'ai brièvement rappelées, il y a des arguments pour chacune des deux écoles qui privilégient soit le rôle des facteurs innés, soit le rôle des facteurs acquis. Il y a une phase au cours de laquelle la programmation de l'individu l'emporte pour que l'essentiel des connexions soient établies, il y a ensuite une phase d'élimination et de stabilisation des synapses dont on ne connaît pas exactement le déterminisme. Puis il y a cette phase post-natale qui, elle, est d'évidence sous l'influence de facteurs extérieurs. Je pense qu'on doit trouver la vérité dans une interaction entre les deux positions.

**Madame CHALLAMEL** : J'ai été intéressée par le problème des excédents de connexions chez l'animal immature, en particulier par les connexions entre zones auditives et visuelles. Je pense que cela peut correspondre à cette sensibilité dite « plurimodale » du nouveau-né qui, par exemple, quand il voit quelqu'un tirer la langue, tire la langue. Ces imitations précoces favorisent probablement la mise en place de certains comportements au début et favorisent donc vraisemblablement l'apprentissage.

**Monsieur JEANNEROD** : Chez le singe, quelques jours avant la naissance, il existe une connexion entre les neurones du cortex visuel et ceux du cortex auditif, entre la carte visuelle et la carte acoustique. Ces connexions n'existent plus à la naissance.

**Madame CHALLAMEL** : Mais le singe ne naît-il pas plus mature que le nouveau-né humain ?

**Monsieur JEANNEROD** : C'est un problème. Il existe des différences de maturité à la naissance, mais je ne sais pas ce qui se passe chez le nouveau-né dans ce cas particulier. La connexion entre les zones visuelles et les effecteurs moteurs de la moelle est une connexion très difficile à expliquer. On a très peu de raison d'imaginer cette connexion, pourtant elle existe, mais à la naissance, elle disparaît.

**Madame DE BOYSSON-BARDIES** : J'ai fait des expériences sur les imitations précoces, avec des enfants de 4 jours. Elles existent. Justement, quand j'ai lu cet article de "Recherche", j'ai été très intéressée par ce que vous aviez trouvé dans votre équipe et j'ai eu exactement la même idée. J'avais pensé que chez le bébé, cela pouvait expliquer quelque chose. Il y a des aspects temporels, qui donnent l'impression de quelque chose d'assez contraint dans la façon dont on obtient ces imitations. D'autre part, toutes les expériences qui ont été faites sur les nouveau-nés montrent un même pourcentage qu'on retrouve partout : il y a 40 % des nouveau-nés qui imitent. Tous les gens qui ont travaillé sur ce point, dans le monde, trouvent à peu près le même pourcentage, ce qui demeure inexpliqué.

Qu'advient-il de ces connexions ? Qu'en est-il chez le bébé très jeune ? Pensez-vous qu'il pourrait y avoir là un lien quelconque à étudier ?

**Monsieur JEANNEROD** : On ne sait pas à quoi elles servent, mais on a émis des hypothèses. Une d'entre elles est qu'en ce qui concerne le problème particulier du cortex visuel et du cortex auditif, il s'agit de deux régions qui sont en relation avec l'extérieur, l'espace visuel et l'espace sonique. Il y aurait donc intérêt à un moment donné du développement de mettre ces deux cartes en registre l'une avec l'autre. Il est intéressant que des connexions soient établies à un moment donné pour favoriser une certaine organisation topographique. Ensuite, il faut qu'il y ait une canalisation des afférences visuelles dans le cortex visuel, auditives dans le cortex auditif. Mais à un moment donné, alors qu'aucune information ne pénètre de l'extérieur, il pourrait être intéressant que ces deux cartes se rencontrent, se conjuguent, puis se séparent, sachant que la calibration mutuelle est accomplie pour le moment où arrivera l'information du monde extérieur. C'est une hypothèse peut-être exagérée, mais du domaine du possible. De même, on peut imaginer que des connexions entre le système visuel et le système moteur jouent un rôle précis dans l'établissement de la coordination visuo-motrice, puisque le jeune enfant ou le jeune animal devra diriger ses gestes dans la direction des objets qu'il voit. Et il pourrait être intéressant qu'il y ait eu à un moment donné, où le problème ne se posait pas, où il n'y avait pas de risque d'erreur du comportement, des connexions venues du système visuel pour aller instruire certaines zones de la motricité. À part ce type d'explication un peu gratuite, pour l'instant, je ne vois pas d'autre raison.

**Madame DE BOYSSON-BARDIES** : Est-ce l'information visuelle qui va instruire ?

**Monsieur JEANNEROD** : Ce n'est pas l'information visuelle qui va instruire, c'est l'organisation topographique du cortex visuel. Elle existe déjà avant la naissance puisque les neurones ont migré et que la carte rétinotopique est déjà faite (qui va dire aux neurones du cortex moteur : attention, dans quelques temps nous travaillerons ensemble, et il faut qu'on se connaisse).

**Monsieur CONTRAIRES** : Puisque ces connexions vous paraissent un peu aberrantes du point de vue d'un raisonnement un peu finaliste, est-ce qu'il arrive qu'elles demeurent ?

**Monsieur JEANNEROD** : Chez les espèces très néoténiques, comme le furet par exemple, ces connexions sont présentes encore à la naissance, d'où l'intérêt d'étudier le furet. À la naissance, c'est presque comme s'il était in utero. On ne peut pas le considérer comme un animal mature. Par contre, un certain nombre d'auteurs, en particulier l'équipe de Monsieur IMBERT de Paris, a essayé de stabiliser ces connexions, par exemple la connexion entre le cortex visuel et auditif. Ils ont tenté de la stabiliser en supprimant la vision à la naissance. Ils pensaient : "il n'y aura pas d'information venant faire fonctionner ce système, donc, la connexion n'aura pas intérêt à disparaître, elle pourra persister". Je crois qu'on obtient dans ce cas-là, une stabilisation de ces connexions. Leur avenir, leur disparition, leur stabilisation éventuelle, semblent être en partie sous la dépendance de l'environnement. Pas totalement puisqu'il en existe qui disparaissent bien avant la naissance. Mais certaines semblent dépendre de la stimulation de l'environnement.

**Monsieur OSTROWSKI** : Vous avez parlé de programmation : s'agit-il d'une programmation génétique ? Vous avez dit tout à l'heure que les connexions disparaissaient lors du dernier trimestre de la gestation. Ceci est-il alors déterminé par l'influence de l'environnement, ou déterminé déjà génétiquement ?

**Monsieur JEANNEROD** : Quand j'ai dit programmation, c'est au sens génétique du terme. C'est-à-dire qu'il s'agit d'une sorte de calendrier situé quelque part dans le génome qui est tel qu'à telle époque des connexions s'établissent ou régressent. Je n'exclus pas qu'il existe aussi une programmation de la régression de certaines connexions. Celles qui régressent le plus près de la naissance, ou après la naissance, sont peut-être sous la dépendance de l'environnement, mais celles qui régressent spontanément plusieurs jours avant la naissance semblent sous la dépendance de facteurs génétiques. Qu'il y ait une programmation génétique assez poussée ne devrait pas surprendre. C'est clairement établi pour d'autres systèmes que le système nerveux, par conséquent, je ne vois pas pourquoi celui-ci échapperait à cette règle.

**Monsieur OSTROWSKI** : Existe-t-il des expériences sur différentes espèces de singes, 2 ou 3 espèces par exemple ?

**Monsieur JEANNEROD** : Non, les neurophysiologistes utilisent en général des primates qui ne sont pas des anthropoïdes : des macaques.

**Madame BERTONCINI** : Vous sembliez dire que chez les singes, dès la naissance, vous ne trouviez plus trace de cet excès de connexions. Je voudrais savoir si c'est un phénomène global, si c'est valable pour toutes les régions que vous avez explorées ? Ou bien est-ce que vous n'êtes pas encore en mesure de dire si pour certaines structures particulières cela peut éventuellement dépendre d'autres facteurs ? Si par exemple il y aurait des rapports avec la myélogenèse, dont on sait qu'elle ne se fait pas à la même allure pour toutes les structures nerveuses ?

**Monsieur JEANNEROD** : Il existe encore un certain nombre de connexions en excédent à la naissance, qui disparaissent progressivement au cours des premiers jours de la vie. Il existe également, pour parler d'un système plus simple, plus périphérique, un excès de connexions entre les nerfs et les muscles. Chez le rat en particulier, dans certains muscles de la patte antérieure, on peut compter à la naissance jusqu'à 3 ou 4 fibres nerveuses pour une seule fibre musculaire : il y a donc un excédent, car chez le rat adulte normal, il n'existe qu'une fibre nerveuse par fibre musculaire. Là, il s'agit d'un système périphérique assez facile à étudier. Jean-Pierre CHANGEUX à Paris, a montré que la régression de cette hyper connectivité est sous la dépendance de facteurs de l'environnement. C'est-à-dire que si l'on empêche l'animal de bouger sa patte, en sectionnant les tendons pour empêcher le muscle d'avoir une action, on observe la persistance de la connexion excédentaire. Il n'y a pas de régression au stade optimal adulte. Il y a là un processus de stabilisation, qui se produit non pas sous l'influence de facteurs environnementaux mais sous l'influence du fonctionnement de l'ensemble du système. Cette multi-innervation périphérique réapparaît, chez l'adulte, lorsqu'il y a immobilisation prolongée du membre. Lorsque vous vous cassez la jambe et qu'on enlève le plâtre, vous avez l'impression que votre membre est ankylosé, à cause d'une multi-innervation de vos muscles, qui fait que vous ne pouvez plus les contracter de façon appropriée : c'est une espèce de co-contraction généralisée de l'ensemble du membre et vous ne pouvez plus bouger votre articulation. C'est parce que la multi-innervation (qui correspondait à un stade néonatal) est réapparue ; elle va redis paraître sous l'influence de la kinésithérapie et de la mobilisation progressive. C'est le seul exemple qu'on connaisse où l'on peut observer une stabilisation et une réapparition chez l'adulte du stade de multi-innervation. Dans le cerveau, on sait que cela disparaît avant la naissance, en général encore un petit peu après, et que cela ne réapparaît plus.

**Madame DE BOYSSON-BARDIES** : Quel est le statut de cette disparition si elle peut réapparaître ?

**Monsieur JEANNEROD** : On n'a que des hypothèses, peu d'explication. Soit qu'il s'agisse de la mort de neurones : l'axone dégénère et la connexion n'existe plus et ne peut plus revenir ; soit, comme certains croient l'avoir montré, il existerait une rétraction des axones qui se déconnecteraient du neurone mais demeureraient là, dans la substance blanche. INNOCENTI, qui travaille à Lausanne, paraît avoir montré qu'un certain nombre de neurones se déconnectent sans mourir. Est-ce que ceux-ci ne constitueraient pas une réserve en cas de lésion par exemple ? Dans ce cas, si les facteurs sont réunis, ces axones "en chômage" ne vont-ils pas reprendre une activité et se "reconnecter" ? Dans la mesure où les phénomènes de récupération existent, où on sait qu'il y a un certain remodelage du cerveau qui se produit à la suite d'une lésion, on peut penser que ces axones qui restent en attente joueraient un certain rôle.

**Madame DE BOYSSON-BARDIES** : Je trouve cela très intéressant pour ce qui touche à l'imitation précoce. Mais pensez-vous qu'ils pourraient avoir un rôle fonctionnel ? Même si on n'arrive pas à avoir des connexions aussi précises que celles qui étaient en place auparavant ? Si on regarde les connexions de façon anatomique, pensez-vous qu'elles pourraient avoir encore un rôle fonctionnel de réserve ?

**Monsieur JEANNEROD** : Il y a trois niveaux pour une connexion : soit elle n'existe plus et l'axone s'est rétracté ; soit c'est une connexion de plein droit ; ou bien c'est une connexion qui a une influence très faible et très minime sur le neurone, parce qu'elle est peu utilisée. On retombe sur la théorisation (qui a été faite par HEBB, dans les années 1949-50, et qui a eu énormément d'influence sur les conceptions du développement du système nerveux), qui disait qu'une voie nerveuse est d'autant plus efficace qu'elle travaille davantage. C'est-à-dire que les synapses, les terminales sur un neurone se développent en quelque sorte en fonction du trafic établi sur la voie. S'il diminue, la voie va s'atrophier, elle travaillera peu. Si au contraire, il y a beaucoup d'entraînement, si cette voie est très utilisée, elle va devenir plus importante, elle va croître, selon le terme même de HEBB qui disait que c'est un processus de croissance qui répond à la surutilisation de la voie. Donc il y aurait une possibilité de moduler l'influence d'une terminale sur le neurone en fonction de l'apprentissage. Sur cette théorie de HEBB repose une grande partie de nos hypothèses sur le fonctionnement de l'apprentissage. Je crois qu'il était le premier à donner une espèce de base biologique au phénomène de ce qu'il appelait le "learning", l'apprentissage.

**Madame CHALLAMEL** : J'ai lu un article sur le problème des sur-stimulations qui entraînaient justement des problèmes d'anomalie des connexions.

**Monsieur JEANNEROD** : La théorie de HEBB n'a jamais reçu de démonstration positive, elle n'a reçu qu'une démonstration négative. C'est-à-dire qu'on n'a jamais pu montrer que la sur-stimulation d'une voie provoquait un meilleur fonctionnement de cette voie ; par contre, on a démontré que la non-utilisation d'une voie produisait la diminution de l'efficacité des synapses de cette voie. Ce sont des expériences de privation d'afférence, chez l'animal à certaines périodes de la vie, qui montrent bien qu'une voie dont on a réduit le trafic en supprimant l'afférence de départ est une voie qui fonctionne de moins en moins. Il y a surtout des démonstrations négatives et peu de démonstrations positives.

**Monsieur CONTRAIRES** : Avez-vous des données sur les facteurs extérieurs toxiques ? Chimiques par exemple ? Je pense au syndrome d'alcoolisme fœtal sur lequel j'avais lu qu'il y avait, au premier stade d'embryogenèse, d'histogenèse, des hétérotopies cellulaires quelquefois plus importantes chez des fœtus qui avaient été intoxiqués par l'alcool aux premières semaines de vie.

**Monsieur JEANNEROD** : Cela relève, à mon avis, d'erreurs de programmation ou de déficits de programmation dus à un facteur toxique, à un facteur traumatique ou autre. Je ne connais pas ce problème de l'alcool, mais peut-être avez-vous eu connaissance de ces travaux récents sur la dyslexie ? En particulier ceux de l'école de Galaburda de Boston ? Ils ont mis en lumière que dans le cerveau de certains dyslexiques (le cerveau de 7 dyslexiques en fait), certaines zones du cortex présentaient des ectopies corticales tout à fait spectaculaires. Des îlots de cortex étaient en quelque sorte déplacés dans des zones où ils n'auraient pas dû se trouver. On peut même dater d'une manière assez précise dans le développement de l'individu à quelle période ces déficiences sont apparues, puisqu'on sait à peu près à quelle époque migrent les cellules qui vont du thalamus vers le cortex. Celles qui n'ont pas migré ont donc rencontré des obstacles à un stade particulier de la gestation ou de l'embryogenèse. Il peut s'agir là, soit d'erreurs innées de la programmation, soit d'obstacles dus à des inconvénients survenus au cours de la grossesse. Trouver ces ectopies dans des points particuliers offre un intérêt, quand on sait que ces zones ont un calendrier de maturation précis et qu'on peut dater le déficit.

**Monsieur OSTROWSKI** : Avez-vous fait des expériences ou des observations sur le développement des autres sens lors de la vie fœtale ?

**Monsieur JEANNEROD** : Non, pas vraiment. Ce qui intéresse le neurophysiologiste ce n'est pas le développement de tel ou tel sens, visuel ou auditif ; c'est de trouver un modèle qui soit utilisable, au sujet duquel on connaisse suffisamment de choses sur le plan anatomique pour pouvoir ensuite inférer les mécanismes à partir des observations chez le nouveau-né. Dans le domaine olfactif, je citerai le développement particulier de la muqueuse olfactive, puisque c'est pratiquement le seul endroit à l'intérieur du système nerveux et de ses annexes où se produise un remaniement constant. Les neurones de la muqueuse olfactive continuent à se développer et à apparaître au cours de la vie adulte. Donc il n'y a pas d'arrêt du développement. C'est une simple particularité, un modèle qui a été exploité par des chercheurs et qui peut présenter un certain intérêt. À part cela, je ne vois pas l'intérêt de varier les expériences en fonction du système. Je pense que le mieux est d'avoir un bon modèle et de l'exploiter ensuite pour connaître à fond les mécanismes du développement. C'est le point de vue que nous adoptons chez nous.

**Monsieur CHIVA** : Quant à ce dernier point, je suis particulièrement intéressé, dans la mesure où je travaille aussi sur la gustation et l'olfaction du point de vue du comportement et du développement. Or, il y a quelques temps, on ne savait pas grand-chose là-dessus. On vient d'apprendre, par exemple, concernant l'olfaction, qu'il n'y a pas de composante hédonique inscrite dans l'organisme : il n'y a pas de bonne ou de mauvaise odeur génétiquement programmée. C'est ce que nous disent les biologistes, MAC LEOD par exemple. En revanche, au point de vue comportemental, on a la preuve effective que c'est appris : il existe chez l'adulte, dans une culture donnée, à un moment donné, une sorte de consensus qui s'est mis en place. Dans une perspective du développement, on constate chez les tout-petits (18 mois) qu'il n'y a pas de consensus hédonique ; celui-ci s'établit petit à petit, en cours de route. La question, extrêmement intéressante, est : est-ce que ceci peut être mis en corrélation avec ce que vous venez de dire ? Ce phénomène d'apprentissage hédonique est-il en corrélation avec ce phénomène de remaniement constant des substratums neurologiques ?

**Monsieur JEANNEROD** : Il s'agit davantage d'un remplacement constant des cellules que d'un remaniement. La topographie demeure la même.

**Monsieur JUSCZYK** : Il apparaît que les nouveau-nés peuvent percevoir tous les sons du langage. Puis au cours de la première année, l'enfant devient peu à peu organisé en fonction d'un seul langage. À 6 mois, l'enfant entend les différences entre les sons dans n'importe quel langage. À 9 mois, il commence à entendre seulement les sons du langage maternel. Je me demande si ce mécanisme dont vous parlez peut expliquer comment cela fonctionne ? Par innervation ?

**Monsieur JEANNEROD** : Cela pose la question de la perception de la voix maternelle par le fœtus.

**Monsieur JUSCZYK** : Selon certaines expériences, on donne aux enfants Canadiens les sons dans un langage indien américain : à 6 mois, les enfants perçoivent les différences entre les sons, mais à 9 mois, au contraire, ils ne le peuvent plus. Pour les sons dans un langage comme l'anglais, par contre, ils gardent cette perception.

**Monsieur JEANNEROD** : Vous voulez dire, est-ce qu'il y aurait un substratum anatomique comparable à celui qu'on observe dans la phase péri-natale ?

**Monsieur JUSCZYK** : Oui, c'est-à-dire une sorte de rétraction. Je me demande si c'est possible.

**Monsieur JEANNEROD** : Je pense que cela peut jouer effectivement après sur le neurone un rôle de type "HEBB", c'est-à-dire sur le poids que telle ou telle afférence peut avoir sur tel ou tel neurone. Peut-être que là, il existe un point d'impact intéressant. Mais il sera très difficile de distinguer ce qui relève de l'apprentissage, de l'environnement culturel, sociologique, etc., et ce qui relève de modifications de la structure du réseau à certains âges particuliers. Je pense que c'est très difficile et je m'interdirai d'établir un parallèle continu entre le développement des capacités de l'enfant et le développement du cerveau. Je pense qu'il faut se restreindre à ce que l'on sait, c'est-à-dire à la période périnatale. Il est difficile d'aller plus loin.

**Madame CURZI** : Cette possibilité de connexion entre les systèmes auditif et moteur est sûrement quelque chose de très important au cours de l'ontogenèse. Pour parler une langue, par exemple, il est évident qu'il y a connexion entre l'audition et la commande motrice que l'on donne à ses cordes vocales. Il y a des gens qui ne perdront jamais leur accent s'ils commencent à apprendre une langue au-delà d'un certain âge. L'absence de certains sons dans la langue maternelle conduit à de grandes difficultés à percevoir ces sons, d'où les difficultés d'apprentissage des langues étrangères, par exemple pour les Japonais.

## La transmission des sons et de la voix en milieu intra-utérin

**Madame PERNET ROBERT** : J'aimerais interroger Monsieur QUERLEU sur la compréhension de la langue maternelle in utero. D'anciens travaux prouvent que l'enfant a parfaitement intégré le timbre de la voix maternelle et que vers 2 jours, 3 jours, il perçoit davantage la voix maternelle comme s'il en avait la mémorisation. Actuellement, ces travaux sont controversés par un neurophysiologiste. Celui-ci m'a dit que c'était impossible en raison de la glue qui obstrue les canaux : l'enfant in utero est comme un cosmonaute, dans un liquide, et il ne peut pas entendre. Que pense-t-on de ce sujet actuellement ?

**Monsieur QUERLEU** : Il existe plusieurs réponses. La première, c'est qu'en fait, le milieu utérin est assez riche sur le plan sonore, puisqu'il transmet les sons extérieurs, mais aussi les voix extérieures, y compris la voix maternelle, avec une transmission de l'information purement phonétique assez faible, mais en revanche une excellente transmission de l'intonation et des courbes intonatives. Par exemple, deux comptines reproduites, l'une in utero et l'autre ex utero, sont pratiquement identiques ; les contours intonatifs des voix sont très bien reproduits in utero. Qu'est-ce qu'un fœtus in utero est capable de percevoir ? Cela dépend aussi de son état de vigilance. Il est vraisemblable que c'est plutôt vers l'extrême fin de la grossesse qu'il y a possibilité de perception et d'apprentissage. Il y a d'autres indices d'apprentissage in utero. Est-ce possible sur le plan physiologique ? Nous pensons que oui à partir de la discussion de deux arguments.

Le premier est que l'oreille moyenne serait in utero remplie de tissu mésenchymateux rigide. Or, il semble qu'il n'en est rien, puisque l'impédance acoustique des nouveau-nés, immédiatement avant la naissance est normale. Il n'y a donc pas de mésenchyme rigide.

Le deuxième argument est que l'oreille moyenne étant in utero réellement remplie de liquide, elle ne peut donc pas jouer son rôle de transmission des pressions. Or, il est vraisemblable que sur le plan physiologique, l'interface entre l'air et les liquides, assurée ex utero par la transmission « oreille moyenne » - « oreille interne » est en fait, in utero, assurée par la paroi abdominale maternelle. In utero, il est vraisemblable qu'il y a transmission intégrale des pressions acoustiques enregistrées à travers le liquide amniotique vers l'oreille interne. Cela dit, ce sont des arguments physiologiques indirects. S'il y a démonstration et s'il existe des arguments en faveur d'un certain degré de mémorisation anténatale, on démontre du même coup que l'oreille est fonctionnelle in utero.

**Madame PERNET ROBERT** : Quand vous dites : « certaines mémorisations », pourriez-vous citer lesquelles ?

**Monsieur QUERLEU** : Il existe des expériences sur des animaux. En revanche, pour l'espèce humaine, les travaux de DE CASER montrent qu'un nouveau-né a des réactions de préférence en succion non nutritive pour une comptine qu'il a entendu in utero par rapport à une autre. Un autre chercheur, Brian SATT, a fait une thèse sur ce sujet à Los Angeles. Quant à nous, nous avons observé, avant deux heures de vie, des comportements particuliers du nouveau-né en présence de la voix maternelle.

**Madame PERNET ROBERT** : Il y a donc des mémorisations prénatales absolument sûres ?

**Monsieur QUERLEU** : Il y a de nombreux indices en faveur de mémorisations prénatales.

**Monsieur SOULE** : Vous avez répondu sur la voix extérieure. Je me souviens des recherches sur les problèmes des bruits intérieurs. Par exemple : les bruits de l'aorte (qui peut être tout contre l'oreille du fœtus), les bruits intestinaux, le bruit du cœur, etc., tous ces bruits internes existent. Quelles études a-t-on pu faire sur ces bruits et dans quelle mesure viennent-ils recouvrir ou gêner la perception des bruits externes ?

**Monsieur QUERLEU** : En effet, il y a un bruit de fond intra-utérin constitué de bruits physiologiques issus de l'organisme maternel. Ce sont les bruits vasculaires (parmi lesquels les bruits aortiques et ceux des gros vaisseaux), mais aussi les borborygmes et les bruits placentaires. L'ensemble est de structure grave, rythmique, avec le bruit placentaire qui introduit des fréquences entre 500 et 1000 Hertz, alors que les bruits vasculaires sont beaucoup plus graves. Se pose donc le problème de l'effet masquant de ce bruit basal sur d'éventuelles interventions extérieures ou maternelles. Tout dépend alors de la technique d'enregistrement. Il semble que les premiers résultats des chercheurs (qui datent de 1970 et d'avant), qui avaient enregistré une intensité très importante de ce bruit de fond, aient été obtenus avec du matériel qui avait en lui-même un bruit de fond très important. Avec les progrès de la technique, plus on mesure et plus la mesure du bruit de fond est basse. Notre équipe l'a déterminé avec un matériel dont la chaîne de mesure donnait moins de 10 décibels de bruit de fond d'enregistrement. À ce moment-là, le bruit de fond intra-utérin physiologique était noté à 28 décibels, ce qui est peu. Quand nous avons enregistré l'intensité de la voix maternelle, elle émergeait de 24 décibels au-dessus de ce bruit de fond. Pour les voix extérieures, l'émergence était de l'ordre de 8 à 12 décibels, donc moins importante.

La voix maternelle est perçue de manière plus intense. Cette intensité n'est pas telle qu'elle soit mieux reconnue au sens phonétique du terme, puisque la voix maternelle est plus déformée, car elle fait entrer l'organisme en vibrations. La résultante de ces deux facteurs est telle que la reconnaissance des phonèmes est de l'ordre de 30 % pour la mère, comme elle l'est pour les voix extérieures. Il existe un problème de vibrations et de fréquences graves qui sont surajoutées. Dans l'ensemble, les voix sont dites détimbrées, parce que l'absorption des sons extérieurs est telle que les sons graves ne sont pas absorbés ou peu absorbés et que les sons aigus perdent environ 30 décibels, ce qui fait que le timbre change. En revanche, l'intonation persiste, puisqu'elle se situe en dessous de 800 Hertz et que c'est une fréquence bien transmise in utero.

Les fréquences aiguës sont relativement bien transmises mais pas de manière prédominante. Deux expériences ont été faites à ce sujet. La première était de vérifier si les phonèmes du français sont mieux ou moins bien perçus quand ils sont aigus. En particulier quand on utilise ces familles de phonèmes vocaliques qui sont O, OU, I, qui ont un départ grave, qui s'étagent ensuite dans les aigus. Or, la perception in utero de ces trois phonèmes est identique. Nous avons tenté de vérifier la transmission in utero du spectre du triangle musical, qui a un spectre en raies très fines non périodiques dont on peut repérer les raies dans des fréquences très aiguës. Il y a transmission des fréquences jusqu'à 5 000 ou 10 000 Hertz en ce qui le concerne. Par conséquent, il n'y a pas prédominance des fréquences aiguës, mais il y a quand même une certaine transmission des fréquences aiguës.

**Monsieur SOULE** : Vous avez étudié l'audition du prématuré, dans un service de néonatologie et dans son incubateur. Je citerai des éléments, qu'on a pu remarquer du point de vue clinique, dans l'observation prolongée du prématuré sans appareil. On a hésité sur ce qu'il convenait de faire en fonction de l'idée qu'on avait sur l'audition du prématuré. Par exemple, on imaginait qu'il était dans un désert acoustique parce qu'il était dans un incubateur. Ensuite, on s'est aperçu qu'il pouvait entendre des quantités de bruits : les battements de son cœur, qui sont enregistrés et amplifiés, d'autres bruits encore (ceux de la rue, par exemple). Notre Institut de Puériculture est situé sur un boulevard très fréquenté, d'où une quantité de bruits qui pénètrent par les fenêtres. Considéré au départ comme isolé, on en est maintenant arrivé à l'attitude qui consiste à dire que le prématuré est sur-stimulé par une quantité de bruits, parce qu'il n'a pas les protections dont vous parliez tout à l'heure. Je voudrais savoir ce qu'il en est ? Ce qui est remarquable, c'est de voir que les prématurés, juste après la naissance, ont effectivement des soubresauts qui correspondent aux vibrations très lointaines d'un bruit que nous ne percevons pas, mais que lui perçoit, parce qu'il est transmis par l'armature en béton par exemple. De ce fait, un bruit dans une chaudière, conduit par un tuyau, va amener une vibration que le prématuré percevra, et qui se traduira par un sursaut. Avez-vous un certain nombre d'études sur ce que perçoit un prématuré en réanimation et en situation de survie ?

**Monsieur QUERLEU** : Oui, il existe des enregistrements et des réponses. Elles sont doubles, c'est-à-dire qu'il est à la fois sous et sur-stimulé. Je cite des travaux auxquels je n'ai pas participé, qui ont consisté à enregistrer tout au long d'une journée le niveau sonore qui existe à l'intérieur de l'incubateur ; le prématuré est donc sur-stimulé par le bruit du moteur et de ses vibrations, qui atteint des niveaux importants ; par des bruits dits impulsionnels, comme ceux qui existent dans un service de néonatologie : des claquements de portes et autres bruits que le personnel éduqué arrive d'ailleurs à diminuer. Le seul fait de poser un dossier sur une isolette produit un bruit épouvantable. Les sonneries d'alarme sont extrêmement agressives. On a calculé que le niveau de bruit auquel était exposé le prématuré était très supérieur aux normes acceptées pour un travailleur adulte. Par ailleurs, le prématuré est aussi sous-stimulé, soumis à peu de stimulations sensorielles dites physiologiques ou structurantes. Une fois le couvercle de l'isolette fermé et le moteur mis en route, les voix extérieures lui parviennent très masquées. Les voix masculines fortes se transmettent relativement bien, mais les voix féminines sont totalement masquées.

**Docteur CONTRAIRES** : Quelle différence y-a-t-il entre les isolettes fermées et les tables de réanimation ouvertes ? Peut-on en tirer une leçon ?

**Monsieur QUERLEU** : Oui. La leçon a été la suivante : il vaudrait mieux que tout le monde soit dans un incubateur ouvert si on pouvait se l'offrir. En effet, l'incubateur ouvert offre des conditions supérieures et plus favorables à la communication. Toutes les mesures ont été faites en incubateurs fermés et c'est l'incubateur ouvert qui est de loin le meilleur.

**Monsieur OSTROWSKI** : J'aimerais revenir sur l'exposé de Monsieur JEANNEROD et poser une question : si le fœtus perçoit la voix et fait une "saisie" des données dans son cerveau, que deviennent les données mémorisées lors du dernier trimestre de la grossesse, alors qu'il y a disparition de certains neurones ?

**Monsieur JEANNEROD** : On pourrait adopter un modèle général en disant que tous ces processus de stabilisation/élimination à l'intérieur du cerveau, qu'ils se produisent avant ou après la naissance, dépendraient des stimulations extérieures. Dans ce cas, les informations sensorielles parvenues au fœtus pendant cette période joueraient un rôle de déclencheur ou de stabilisateur. J'ai du mal à admettre cette hypothèse. Il ne faut peut-être pas chercher à unifier ce qui se passe avant et après la naissance. Ce sont peut-être des processus distincts qui tendent à une même chose : focaliser l'information, rendre la canalisation de l'information plus étroite et plus fonctionnelle. Mais ils peuvent être ou non placés sous la dépendance de l'environnement. Ce qui se passe avant la naissance est une chose. Ce qui se passe après est peut-être une autre chose. La quantité et la structuration des informations qui parviennent après la naissance n'a rien à voir avec ce qui se passe avant. Les objets ne sont plus seulement acoustiques après la naissance. Ils sont aussi visuels. Il existe aussi le contact. La stimulation sensorielle après la naissance est d'une autre qualité, d'une autre structure que celle d'avant la naissance.

**Monsieur CONTRAIRE** : Avant la naissance, existe une afférence qui disparaît ensuite : l'afférence placentaire. Est-ce que pour les neurophysiologistes, il y a un passage transplacentaire de neurotransmetteurs, d'information d'ordre chimique ?

**Monsieur JEANNEROD** : Il y a un filtre. Ce qui passe par le placenta, ce sont des molécules d'un poids relativement faible. Mais il y a des médiateurs qui peuvent passer, d'autant plus que la barrière hémato-encéphalique joue très peu de rôle chez le fœtus.

**Madame CURZI** : Nous connaissons tous des personnes nées très prématurées. À une époque où les incubateurs n'existaient pas, les prématurés étaient élevés dans du coton. S'ils n'étaient que prématurés sans autre pathologie, leur développement était parfait. On peut donc compenser la prématurité par un environnement adapté.

**Monsieur QUERLEU** : Il y a un élément de réponse du fœtus aux passages humoraux. Il n'y a pas d'expérience caractérisée, mais j'ai lu un travail publié par VISSER (école de Groningen) dans la littérature obstétricale. Chez les obstétriciens, il était fréquent, en cas de rythme cardiaque légèrement aplati (comme c'est le cas dans le sommeil calme), de donner des stimulations manuelles ou sonores pour tenter d'obtenir une accélération cardiaque, indice du bien-être fœtal. La question posée était de savoir si l'accélération survenue au moment de l'intervention du stimulus lui était liée, ou était simplement aléatoire ? VISSER a randomisé deux groupes de patientes : un premier groupe où en période de rythme plat ou d'oscillations réduites, il donnait au bout de 10 minutes une stimulation, et un autre groupe où il ne la donnait pas. Le résultat de cette expérience est que, au bout de 10 minutes, il y a accélération du rythme cardiaque du fœtus avec ou sans stimulus. Son interprétation était qu'il n'y avait aucune relation de cause à effet entre le stimulus et l'accélération. Mon interprétation personnelle est que le groupe randomisé est un merveilleux exemple de stress maternel et que, vraisemblablement, la mère qui sait qu'au bout de 10 minutes précises il va se passer quelque chose (elle ne sait pas encore quoi), transmet des influx humoraux qui donnent à ce moment-là une accélération du rythme cardiaque fœtal.

**Monsieur CONTRAIRE** : Si on admet que l'enfant ait pu entendre le coup de timbale réel, on conçoit qu'il ait pu avoir un sursaut. Mais si la mère seule a pu l'entendre avec des écouteurs et que l'enfant ait eu la même réaction il faut imaginer une information plutôt humorale.

**Monsieur JEANNEROD** : La possibilité de passages comme cela existe. Le problème avait été évoqué pour l'état de sommeil de la mère. Existe-t-il une modification du comportement fœtal ? Dans la mesure où le sommeil s'accompagnerait de la libération d'un certain nombre de facteurs humoraux ?

**Monsieur OSTROWSKI** : Est-ce que le sommeil du fœtus est dépendant du comportement de sa mère ?

**Madame CHALLAMEL** : Le sommeil du fœtus est complètement indépendant de celui de sa mère ; il existe cependant une influence circadienne, celle-ci est vraisemblablement d'origine humorale.

**Monsieur OSTROWSKI** : A-t-on observé pour le sourire dans l'état de sommeil, un impact des excitations ou des stimulations extérieures par voie humorale ou non ?

**Madame CHALLAMEL** : Je n'ai pas étudié le sourire in utero ; PRECHTL à qui j'en ai parlé, m'a dit qu'il existait aussi des sourires in utero. Dans l'étude sur le sourire, nous avons essayé de tester s'il était plus ou moins dépendant des stimulations exogènes (maternelles) ou s'il existait une relation avec la proximité des repas.

Dans la première étude que nous avons faite sur 12 nouveau-nés enregistrés pendant 3 heures, nous n'avons aucune relation entre stimulation extérieure et fréquence des sourires chez le nouveau-né entre 4 et 9 jours. Par ailleurs, pendant le sommeil agité, sur les 3 sommeils que nous avons enregistrés, il y en a un seul qui est particulièrement riche en sourires et en mimiques faciales. Il existe donc vraisemblablement une organisation de l'activité sourire au cours du nycthémère ; cette organisation est-elle circadienne ? Il est trop tôt pour le dire. Nous avons montré enfin qu'il existait une relation entre cette activité sourire et les autres activités phasiques du sommeil agité, c'est-à-dire le taux de mouvements oculaires, la stabilité du sommeil.

## Le goût et l'olfaction

**Monsieur CHIVA** : Les travaux personnels que j'ai faits se situent après la naissance. Néanmoins, j'ai des informations sur ce qui se passe avant. Notamment sur ces deux modalités sensorielles que sont le goût et l'olfaction. Depuis longtemps, très peu de travaux ont été réalisés sur ces deux modalités sensorielles qui peuvent avoir une influence par la suite sur d'autres comportements nutritionnels ou non. Ces deux modalités sont souvent traitées ensemble alors qu'elles devraient être dissociées. Elles sont fonctionnelles très tôt, pratiquement dès le 4e mois de vie intra-utérine. Une série de travaux faits chez l'homme comme chez l'animal montre que la gustation est présente dès le 4e mois. Chez l'homme cela a été prouvé par exemple par l'injection de solutions de glucose dans le liquide amniotique ; à ce moment-là, le fœtus se met à téter et à avaler beaucoup plus de liquide qu'auparavant. Alors qu'à d'autres moments, lorsqu'il urine par exemple, et que le liquide amniotique devient plus amer, il ne tète plus. Il attend que la composition du liquide redevienne normale. Chez l'animal, des fœtus ont été sortis du ventre de leur mère : après leur avoir implanté des instruments de mesure, ils ont été réintroduits in utero. On a pu les étudier pendant des mois. On sait la manière dont ils avalent, n'avalent pas, dont ils perçoivent les différences, etc. Il est très clair que dans notre espèce en tout cas, la gustation apparaît dès le 4e mois de grossesse.

L'olfaction est une modalité un peu différente. Pourquoi parler d'olfaction et de gustation ? Cela a un certain intérêt dans la mesure où, phylogénétiquement, ce sont des activités archaïques. Dans le cas de la gustation, il existe aussi un autre élément intéressant. Dans le domaine de la gustation, il y a quatre grandes familles sapides : salée, sucrée, acide et amère. Une programmation hédonique est établie à l'égard de ces quatre saveurs. En dehors de tout apprentissage, il y a attirance pour la saveur sucrée et un rejet pour l'amertume. L'une et l'autre se manifestent dès que la sensation est fonctionnelle, dans notre cas dès le 4e mois de la grossesse. Elle est phylogénétiquement pratiquement identique dans toutes les espèces. Il existe bien sûr des exceptions, par exemple chez les herbivores qui sont des mangeurs spécialisés.

Dans le cas de la gustation, quand on parle de rejet ou d'attirance, de plaisir ou de déplaisir, il s'agit de réactions émotionnelles primitives, profondes, commandées viscéralement. Elles surviennent en dehors de tout apprentissage. Mais par la suite, après la naissance, elles faciliteront ou rendront plus efficaces toutes sortes d'apprentissages. Car l'apprentissage discriminatif et identificatoire s'établira aussi sur la base de réactions viscérales profondes. Cela est vrai pour la gustation, mais non pour l'olfaction. Celle-ci est une sensation beaucoup plus riche. Si nous percevons quatre saveurs de base, en revanche, nous percevons un grand nombre d'odeurs différentes : 500 ou 600 pour le commun des mortels et jusqu'à 5000-10 000 lorsqu'on est plus doué et avec un peu d'entraînement. Pour les odeurs, l'attirance ou le rejet ne sont pas inscrits dans l'organisme. De ce fait, on se trouve devant une situation paradoxale car lorsqu'on utilise le stimulus olfactif, il y a toujours connotation émotionnelle à la perception des odeurs. Cette connotation serait intégralement apprise : en fonction d'une part des normes culturelles, d'autre part des expériences de l'individu.

J'ai fait des travaux concernant la gustation sur des enfants dès la naissance. J'ai expérimenté la gustation dans le suivi de ces enfants. La question que je me posais était : quelle est la place de la gustation dans la genèse de notre comportement ? Cela posait le problème suivant : comment savoir si le nouveau-né perçoit ou non la sensation gustative ? Et quel rôle cela peut avoir dans les conduites ultérieures ?

Le travail a été fait sur des enfants nés à terme, sans problème. Ils ont été vus pour la première fois moins de 24 H après la naissance et ils étaient suivis ensuite pendant 2 ans ; j'ai suivi une quarantaine d'enfants. La question était de savoir si la stimulation était perçue. Je n'ai pas utilisé les méthodes de potentiels évoqués, de conditionnements aversifs, ou des méthodes intrusives, ou inadéquates (car il existe des différences énormes d'un individu à l'autre).

J'ai donc utilisé le réflexe gusto-facial. C'est un phénomène réflexe qui n'est pas le propre de l'homme, et qui n'apparaît que lors d'une stimulation sapide. Il y a alors une mimique qui surgit, distincte, selon la stimulation que l'on donne. J'ai utilisé pour cette étude des stimulations représentant les quatre grandes saveurs : pour le sucré, une solution de saccharose ; pour le salé une solution de chlorure de sodium ; pour l'acide, une solution de citrate ou de préférence de tartrate parce qu'il n'a pas d'odeur ; et pour l'amer, du sulfate de quinine.

Plusieurs remarques concernant cette mimique : il s'agit d'une réaction réflexe, stimulo-dépendante, qui existe chez l'adulte et ne s'éteint pas avec la répétition. Ce qui semble intéressant est qu'elle est utilisée par les chercheurs comme accusé de réception de la perception sapide. Or, les parents (qui étaient présents) ont deux types de réactions : lorsqu'ils sont seuls, ils font souvent les mêmes mimiques que l'enfant ; lorsqu'ils sont en public, ils font un commentaire à la réaction : c'est-à-dire qu'il y a immédiatement interprétation par les parents du réflexe de l'enfant. Prenons le cas de parents qui ont un premier enfant, et n'ont aucune expérience antérieure. Cet enfant vient de naître, on lui met dans la bouche une substance inconnue d'eux. Les parents ne connaissent pas la nature de cette substance ; l'enfant fait une grimace et les parents me disent : "il aime" ou "il n'aime pas". C'est d'autant plus étonnant que l'enfant ne pleure ni ne crie. Il y a donc une interprétation immédiate de sa mimique. Ceci est d'autant plus important, qu'on retrouve par la suite cette connotation émotionnelle sous-jacente, si bien que ces mimiques réflexes provoquées par une stimulation sapide, acquièrent par la suite valeur de communication. Le suivi de ces enfants sur deux années concernait d'une part l'évolution de la perception de la stimulation et son lien avec la formation des habitudes alimentaires ; d'autre part, superposées, l'évolution de cette mimique, de sa valeur de communication non verbale (valeur émotionnelle), et la manière dont l'enfant se l'appropriait pour communiquer, voire pour manipuler l'environnement.

**Monsieur OSTROWSKI** : Ici je pourrais apporter un témoignage à partir d'observations personnelles faites en France, et dans trois autres pays européens, au cours d'une étude sur l'alimentation des enfants tout au début de la vie. Nous avions été amenés alors à prendre en considération plus de 1 500 aliments qui étaient à la disposition de l'enfant. Chacun de ces aliments ayant ses propres composantes olfactives, il y avait donc plusieurs centaines de stimulis différents.

Une autre étude, réalisée au Sud Soudan sur des enfants de même âge et vivant dans des conditions très sommaires, montrait que ces enfants n'avaient que 7 aliments à leur disposition et donc une stimulation très pauvre. Ne faut-il donc pas poser la question : est-ce que ces 7 aliments seulement, par la pauvreté des stimulus du goût ou de l'olfaction, ne jouent pas un très petit rôle, un rôle insuffisant dans la stimulation du cerveau ?

Et aussi, au tout début de mon séjour au Sud Soudan, quand je me trouvais le soir, devant le feu, avec les pères et leurs fils âgés de 7 à 12-13 ans, je me posais la question de savoir comment un enfant pouvait se développer intellectuellement avec un père qui n'échangeait avec lui, toutes les heures ou les demi-heures, qu'une phrase ou deux concernant en général, la vie des vaches ?

Lors de notre présence sur place, nous avons alors essayé de donner aux enfants non seulement une alimentation différente, mais aussi des jeux, des paroles différentes. Le docteur JOSSE leur a appris, par exemple, quelques mots ou phrases en français. À chacun de mes retours au Sud Soudan, toutes les 6 semaines, les enfants se rappelaient bien les mots français et les reconnaissaient tout de suite. Ils rajoutaient bien sûr des mots Shilluk ou Dinka, mais ils utilisaient aussi les mots français. D'autre part, grâce à notre présence et à celle d'une équipe d'une quarantaine de Français de la Compagnie de Construction Internationale (qui construisait là le plus grand canal d'Afrique), ces enfants ont reçu des aliments qu'ils n'avaient jamais goûtés, jamais imaginés. Ils ont également reçu d'autres stimulations : découverte de couleurs nouvelles qu'ils n'avaient jamais vues, de nouvelles formes,... Les enfants commençaient à dessiner des voitures, des objets jamais vus auparavant.

Après 3 ans, nous avons pu observer une différence significative de leur niveau intellectuel. Il est vraisemblable que ces changements dans l'environnement des enfants (élargissement du vocabulaire, découvert de nouveaux aliments ou de nouveaux modes de préparation...) ont eu un impact positif sur la stimulation intellectuelle.

**Monsieur CHIVA** : Comme vous avez dit que 3 ans après ils étaient devenus plus intelligents, ce n'est pas seulement l'alimentation qui est en cause, mais aussi autre chose.

Ce qui me paraît important à savoir, c'est que les travaux que je connais portant sur le problème de la malnutrition précoce et du développement intellectuel, s'ils montrent en effet qu'en cas de malnutrition précoce il peut y avoir atteinte du développement intellectuel ultérieur, montrent aussi que lorsque c'est le cas, ce n'est pas seulement à cause de la malnutrition, mais également d'une pauvreté générale de la stimulation.

Il existe une étude relativement ancienne faite par un Canadien et un Indien (DAS et PIVATO) qui ont travaillé en Inde sur des populations mal nourries, mais dont certaines avaient, suivant leur caste, des comportements éducatifs différents par rapport aux enfants. On voyait très nettement qu'à comportement différent (on les touchait davantage), à degré égal de malnutrition il y avait une différence entre les groupes, et des différences significatives au plan du développement intellectuel.

Les stimulations sont-elles nécessaires, utiles ? Peuvent-elles compenser ou non un développement carencé par ailleurs ?

Si j'ai évoqué le problème des mimiques du réflexe gusto-facial, c'est parce qu'il s'agit d'un phénomène universel, qui n'est pas appris, qui est intégré dans la communication mère-enfant ou enfant-entourage en général. Dans la mesure où il s'agit de quelque chose d'universel et de réflexe, ce peut être, à peu de frais, une possibilité d'améliorer le contact mère-enfant ou entourage-enfant, et, par conséquent, la qualité de la relation, voire celle de la stimulation. Une tentative, que l'on a essayé de faire aussi aux Indes où elle n'a pu avoir lieu pour des raisons budgétaires, était de prendre un certain nombre de mères dans un groupe mal nourri et de leur apprendre à faire attention aux réactions de leur enfant au moment des repas, non pas pour le fait que l'enfant sourit tôt ou tard, mais pour que la mère fasse attention au fait qu'il sourit, et à la limite considère que c'est ou non un sourire.

**Madame CHALLAMEL** : Votre expérience a-t-elle été faite en regardant un écran ou l'enfant ?

**Monsieur CHIVA** : Dans ce cas, c'était toujours en regardant l'enfant. C'est un travail qui était fait à la maison. A ce moment-là, j'ai utilisé une caméra "Super 8", très légère. J'interprétais les films par la suite en lisant image par image. Les parents ne voyaient que l'enfant et les stimulations qu'on lui donnait.

Des phénomènes très intéressants à étudier sont ceux relatifs au parallélisme enfant-parents. Ce n'est pas facile de motiver les parents. L'une des manières d'être accepté par eux était de leur dire : « je fais des photographies et je vous les donne ». Un jour, la caméra est tombée en panne, j'ai donc pris des photos et j'avais un champ beaucoup plus grand que lors du film. J'ai vu alors ceci : il s'agissait d'un enfant d'un an assis sur les genoux de sa mère. Elle ne voyait que 1/3 du visage de l'enfant et elle ne savait pas ce qu'on lui donnait. La mère faisait les mêmes mimiques que l'enfant !

**Madame CHALLAMEL** : Les enfants étaient-ils réveillés ?

**Monsieur CHIVA** : Bien entendu. Par exemple, à la maternité c'était au moment du réveil et en général avant la tétée.

**Madame CHALLAMEL** : Avez-vous pu faire une différence entre les qualités des périodes calmes ou agitées... ?

**Monsieur CHIVA** : Je n'ai pas fait cette recherche. Pendant la période calme, nous avons pu faire une meilleure observation. D'une façon générale, les stimulations étaient données le matin, et parfois c'était l'après-midi ; chez les mêmes enfants, c'était toujours à la même heure de façon à garder la différence matin et après-midi.

**Madame CHALLAMEL** : Pour les saveurs sucrées la réaction était-elle un sourire ou une mimique ?

**Monsieur CHIVA** : Je n'ai pas fait ce type d'analyse. Je me suis inspiré de l'analyse des images mise au point par ECKMAN. En fait, j'ai utilisé ma propre technique de décodage facial : une méthode d'analyse des composantes faciales de la mimique, sans interprétation. Cela m'a permis par la suite de faire des analyses de mimiques, alimentaires ou non, chez des enfants plus grands.

**Madame CHALLAMEL** : Avez-vous eu l'occasion d'étudier des enfants atteints de pathologie neurologique ?

**Monsieur CHIVA** : Non. Par définition, je les ai écartés. C'étaient des enfants français, nés à terme, sans pathologie ni pendant la grossesse ni à la naissance, et vivant dans leur famille.

**Madame DE BOYSSON-BARDIES** : À partir de quel moment des commentaires accompagnaient-ils ce que vous leur donniez ?

**Monsieur CHIVA** : Les enfants ne disaient rien du tout jusqu'à 6 mois. C'est environ vers 9 mois que se situe la seconde étape où il y a un début de contrôle de la mimique qui réapparaît d'ailleurs lorsque la stimulation est plus forte. Puis, à partir de 14-15 mois environ, apparaît l'utilisation très nette de cette mimique dans le processus de communication. La stimulation faite, l'enfant est capable d'augmenter sa mimique, de l'amplifier. En fait, c'est à ce moment-là, qu'il commence à faire des commentaires (babil) ; plus tôt, il peut y avoir des vomissements, mais pas de commentaires.

**Madame CHALLAMEL :** Est-ce que la mimique du partenaire existe aussi entre deux adultes, quand quelqu'un fait une grimace amère et que le partenaire est en face ?

**Monsieur CHIVA** : Tout le problème de la communication non verbale est là. Il y a très peu de travaux dans ce domaine, et il existe actuellement une série d'études où l'on s'interroge sur les réactions musculaires de celui qui perçoit la mimique, l'expression. ECKMAN et FRIESEN ont passé un an, en laboratoire, devant une glace avec des micro-électrodes implantées, en essayant de voir jusqu'où on peut maîtriser chaque muscle du visage. Lorsqu'ils n'étaient pas sûrs de pouvoir mouvoir un muscle, ils donnaient une petite stimulation électrique pour obtenir le mouvement de ce seul muscle ou bien ils utilisaient une micro-électrode pour être sûrs que c'était bien ce muscle-là qui avait bougé. Un jour, ils se sont rendu compte qu'en prenant telle attitude, ils ressentaient l'ébauche d'une émotion. Il existe un système qui ferait que l'adoption de certaines attitudes déclenche l'ébauche d'une émotion et qu'on aurait un "pattern" moteur inscrit provoquant une ébauche de mimique et de posture. Lorsqu'un adulte ou un enfant observe quelqu'un qui a une mimique nette, cette simple perception induit chez lui des mouvements dans le même sens (connaissance utilisée d'ailleurs par les publicitaires). Une série de travaux est en cours, notamment au Québec, et on commence à avoir quelques réponses. Des observations ont aussi été faites dans les pubs, et dans des bars en Belgique pour voir si les mimiques de certains buveurs influençaient les autres en fonction de la bière qu'ils buvaient. Il semblerait que oui. C'est une réaction à l'amertume, bien entendu.

**Madame DE BOYSSON-BARDIES** : Une étude a été réalisée pour essayer de voir quelle pouvait être la fonction du sommeil paradoxal pendant l'ontogenèse. Cette étude a été faite chez 12 nouveau-nés à terme enregistrés pendant 3 heures dans des conditions les plus favorables possibles : enregistrement polygraphiques, avec enregistrement vidéo des mimiques faciales. Les enfants avaient entre 4 et 9 jours, les enregistrements ont été faits en maternité. Chaque enfant était préparé pour l'enregistrement polygraphique dans les bras de sa mère. Cette mère était très au courant des enregistrements qui allaient avoir lieu puisqu'elle venait de voir la veille l'enregistrement d'un autre enfant. Ces enfants avaient été nourris avant l'enregistrement et couchés. Ils étaient libres de leurs mouvements.

Nous nous sommes intéressés dans un premier temps à une seule mimique : le sourire. Il a été étudié d'une façon précise, y compris les sourires qui duraient moins d'une seconde. 388 sourires ont été enregistrés, tous sauf 4 au cours du SA équivalent du sommeil paradoxal. Les 4 autres sont survenus au cours de périodes transitionnelles vers le sommeil paradoxal. On a essayé de rechercher s'il y avait une corrélation entre la quantité des sourires et les mouvements corporels. On n'en a pas trouvé. Nous avons montré que la distribution des sourires était inégale en fonction des sommeils agités et que généralement une seule période de SA sur trois enregistrées était riche en sourires.

Mais il n'a pas été noté de corrélation entre l'alimentation, les stimulations maternelles et la densité des sourires. Ces stimulations maternelles ont eu lieu en fin d'enregistrement au cours d'une période de sommeil agité. Elles avaient été faites pour voir si elles pouvaient entraîner l'apparition d'un sourire. Nous avons, par contre, démontré qu'il existait une relation entre la fréquence des sourires, la stabilité du sommeil et la densité des mouvements oculaires. Le nombre moyen de sourires était de 32 par 100 min de SA. Il y avait peu de différence entre les enfants puisque la déviation standard était de 12 sourires. Cette déviation est peu importante pour une constante biologique observée dans les premiers jours de la vie. Il n'existait pas de différence en fonction du sexe. Pour la qualité du sourire, sa durée est exactement la même ou même un peu plus longue que celle du sourire social de l'adulte. Celui-ci dure de 3/4 à 4 secondes ; nos sourires ont duré de 1 à 5 secondes. Il existait 40 % de sourires qui duraient plus de 2 secondes. Le "pattern" de ce sourire est exactement le même que le sourire social de l'adulte.

Notre étude montre que lorsque les sourires étaient unilatéraux, il existait une prédominance significative des sourires à gauche. Nous enregistrons actuellement les enfants pendant 24 heures pour essayer de voir la distribution du sourire. Nous avons aussi essayé d'aller un peu plus loin en étudiant des hydrocéphales. Ces enfants ont un comportement de sommeil, c'est-à-dire qu'ils présentent des phases de repos et d'activités, ont des mouvements corporels et des mouvements oculaires au cours des périodes de sommeil agité, mais n'ont aucune motricité faciale au cours de ce sommeil, alors qu'ils ont une motricité faciale "normale" au cours des pleurs. Cela permet de penser que les mimiques émotionnelles observées au cours du SA chez le nouveau-né nécessitent l'intégrité du cortex cérébral.

Nous avons fait une étude sur toutes les mimiques faciales au cours de deux heures d'enregistrement chez un seul enfant. Sur 1 900 mimiques faciales analysées, de façon très objective, puisque cette étude a utilisé la méthode ECKMAN, il existe plus de mimiques au cours de l'état de veille qu'au cours du sommeil agité. Toutes les actions faciales observées chez l'adulte sont présentes chez le nouveau-né. Mais les mimiques qui ont une connotation émotionnelle dite universelle ou fondamentale, telles que celles de la peur, de la tristesse, de la joie, de la surprise, du dégoût, ou de la colère sont uniquement présentes au cours du SA et pas à l'état de veille chez les enfants enregistrés pendant les premiers jours de vie.

Cette étude permet de poser plusieurs questions. La prédominance hémifaciale gauche du sourire unilatéral pose le problème de l'existence dès la période néonatale d'une dominance fonctionnelle hémisphérique droite au cours du SA. Ce qui est important, puisqu'on sait que le cerveau droit est le cerveau de l'émotion et des phénomènes dits d'activation qui sont dus à la capacité de réagir rapidement à ce qui se passe dans l'environnement. Cette capacité est vraisemblablement très importante pour la survie du nouveau-né. Notre étude était complètement naïve puisqu'elle n'était pas orientée sur l'existence ou non d'une dominante hémisphérique. Il existe peut-être donc, dès les premiers jours de vie, une activation hémisphérique droite au cours du SA. C'est un point important car chez l'adulte on a actuellement de nouveaux arguments au sujet de la fonction mentale du sommeil paradoxal. Cette fonction mentale était abordée auparavant par l'étude du contenu du rêve obtenu après réveil du sommeil paradoxal.

**Madame CHALLAMEL** : Chez l'adulte, l'un des moyens pour étudier le rôle du rêve est d'en analyser le contenu. Actuellement, l'un des moyens d'aborder la fonction du sommeil paradoxal est d'explorer cette fonction au moyen de tests cognitifs qui explorent le cerveau droit ou gauche. Ces tests cognitifs sont réalisés juste après une période de sommeil paradoxal ou une période de sommeil lent. Les tests cognitifs explorant le cerveau droit seraient nettement plus performants après une période de sommeil paradoxal alors que ceux explorant le cerveau gauche seraient plutôt améliorés après une période de sommeil lent.

Ces études montrent qu'il y aurait peut-être un équilibre entre activation hémisphérique droite au cours du sommeil paradoxal et activation hémisphérique gauche au cours du sommeil lent ; ce qui peut être intéressant puisqu'il existerait une fonction "mentale" au cours du sommeil lent. Chez le nouveau-né, il existe une quantité de SA (équivalent du sommeil paradoxal), importante. Notre étude, qui montre une nette prédominance à gauche des sourires unilatéraux, permet peut-être de penser qu'il existe une activation hémisphérique droite plus importante au cours de ce sommeil agité. Il existe également des études anatomiques qui montrent qu'il existe déjà dès l'âge de 30 semaines des problèmes de dominance hémisphérique.

Notre étude est peut-être un début de réponse à l'hypothèse de JOUVET sur le rôle de programmation génétique des comportements au cours du sommeil paradoxal. Elle est peut-être également un élément de réponse à l'hypothèse de ROFFWARG de 1966 qui supposait que le sommeil agité sert à la mise en place et au développement des circuits nerveux pendant la vie fœtale et pendant les premiers mois, période où l'enfant est sensoriellement privé. Le sommeil permettrait une stimulation endogène des futurs circuits nerveux, en particulier des circuits visuels, en l'absence de stimulation exogène. Le rôle du sommeil agité serait de mettre en place les circuits nerveux futurs de façon à ce qu'ils soient rapidement fonctionnels. Alors que pour JOUVET le sommeil paradoxal servirait à répéter à blanc nos programmes d'espèces. Il a en effet montré que si on supprime, chez le chat, l'atonie du sommeil paradoxal, on met en évidence chez ces chats qui dorment, mais qui ne sont plus paralysés, toute une série de comportements d'espèce qui se déroulent pendant le sommeil paradoxal : comportements d'agressivité, de peur, de poursuite, de chasse.

C'était un peu pour répondre à cette hypothèse et pour répondre à la critique qui était faite à JOUVET, critique disant qu'il n'existait pas chez l'homme de programme d'espèce, que l'étude sur le sourire a été faite. On sait qu'actuellement avec les compétences du nouveau-né, cette critique disparaît un peu. On peut donc faire éventuellement le parallèle entre SA et mise en place de ces processus de communication chez le nouveau-né, ce qui est important pour sa survie. En revanche, pour moi, l'existence de comportements émotionnels au cours du sommeil ne correspond pas à une programmation psychologique, mais simplement à une programmation de moyens de communication. Il existe en effet dans notre étude peu de différences dans la quantité des sourires entre les différents enfants ; et quand on regarde l'enchaînement de ces mimiques faciales au cours du sommeil, on peut aussi voir des mimiques très joyeuses accolées immédiatement à une mimique triste ; il s'agit, pour moi, vraisemblablement d'une programmation d'outils de communication et non d'une programmation psychologique.

**Monsieur OSTROWSKI** : Lors de vos observations sur les prématurés, le sourire est-il différent avant stimulation ?

**Madame CHALLAMEL** : Les prématurés sourient très tôt. Le premier sourire que j'ai pu observer lors du sommeil a été noté chez un prématuré de 26 semaines, c'est-à-dire de 5 mois 1/2 de gestation, période où il existe un tout début de différenciation du sommeil agité. Les sourires existent in utero, PRECHTL m'a affirmé qu'il en avait vu lors d'observations échographiques et je crois qu'il en parle dans un de ses articles. Le fait d'observer des sourires in utero est un facteur en faveur du caractère endogène de ces sourires. Au niveau du rôle des stimulations, il existe certains endormissements après le biberon, et cela a été signalé, où il existe des sourires très répétitifs. Cette étude n'a pas été contrôlée du point de vue de l'enregistrement polygraphique ; nous ne l'avons pas observé au cours de nos enregistrements. Ce qui me paraît important, c'est que si l'adulte ne s'endort jamais en sommeil paradoxal, le nouveau-né, lui, s'endort presque toujours en sommeil agité. C'est cette proximité que l'on a entre l'état de veille calme du nouveau-né (où l'enfant est vraisemblablement très réceptif et interactif) et le sommeil agité (au cours duquel il existe vraisemblablement une activité importante au niveau du cortex), c'est cette proximité, donc, qui permet peut-être d'intégrer les perceptions qui ont lieu en état de veille calme. DENNEBERG a montré qu'il existait une relation très étroite entre l'augmentation en quantité d'état de veille calme, période où le nouveau-né a une activité mentale, et la diminution du sommeil agité dans les 6 premiers mois de vie, l'un remplaçant vraisemblablement l'autre. Au niveau du sourire, ce que l'on sait c'est que le sourire au cours du sommeil tend à disparaître à partir du moment où les mimiques à l'état de veille sont parfaitement fonctionnelles, c'est-à-dire vers l'âge de 4 mois 1/2.

**Monsieur CHIVA** : J'ai deux ou trois remarques à faire : l'une est un peu d'étonnement à propos des sourires asymétriques que vous avez observés. Si on se réfère de nouveau aux travaux de EKMAN et de son école, une des caractéristiques de l'expression d'une émotion est qu'elle est bilatérale et que, justement, l'asymétrie apparaît lorsque l'on fait la chose sur commande, ou bien lorsqu'il y a simulation. On se pose la question, chez les malades mentaux par exemple, de savoir si l'on a affaire à de vraies ou à de fausses émotions. Les travaux sur les mimiques des enfants sont très rares parce que justement, en partant de ce principe de simulation, il faudrait travailler chez le tout-petit lorsqu'il n'y a pas encore de mimique sur commande ; donc trouver un tel pourcentage de mimiques asymétriques pendant le sommeil est passionnant, et il faudrait reprendre la discussion.

La deuxième remarque est un complément d'information que j'ai oublié de donner tout à l'heure, lorsque je vous ai parlé des mimiques provoquées par la gustation : il n'y a pas l'équivalent pour l'olfaction. Un seul auteur, STEINER, qui a décrit pour la première fois les réflexes gusto-faciaux à Jérusalem, a cru mettre en évidence la même chose à propos des stimulations olfactives. L'observation a été reprise par nous, tout comme par des collègues américains, et cela n'a jamais été retrouvé. Lors d'une discussion, STEINER a reconnu qu'en fin de compte il a voulu pousser un peu trop vite. Donc l'olfaction ne provoque pas de mimique réflexe.

La troisième remarque concerne ce que vous étiez en train de dire concernant la latéralisation inter-hémisphérique sur le plan fonctionnel ; c'est une question concernant les travaux de Monsieur TSUNODA, un chercheur japonais, qui, à partir d'un système d'écoute dychotique avait mis en évidence une différence dans la dominance fonctionnelle inter-hémisphérique chez les Japonais par rapport aux Occidentaux. Après toute une série de travaux, il était arrivé à la conclusion que cette différence fonctionnelle serait due à la structure de la langue. Par la suite, pour voir si c'était un problème génétique ou bien un problème en relation avec le bain linguistique, (vu la structure de la langue japonaise), il a étudié des Japonais élevés au Japon, des Japonais nés et élevés aux États-Unis, mais également des individus issus d'autres cultures ayant des langues semblables à la structure phonétique du Japonais (Tahitien ou langues polynésiennes de ce style). Il aurait trouvé la même chose. Est-ce que ces travaux ont été confirmés ? Est-ce qu'il y a cette modification fonctionnelle inter-hémisphérique en fonction du bain linguistique précoce ? J'aimerais savoir si d'autres travaux confirment ces constats.

**Madame DE BOYSSON-BARDIES** : Je crois qu'il est difficile de répondre à l'heure actuelle. En effet, pour le japonais, on a parlé de bain de langue, on a aussi parlé du rôle de l'écriture. Pour l'écriture, je ne connais pas bien les travaux. Pour les voyelles, il faut se méfier, parce qu'au début, on avait pensé que toutes les voyelles étaient traitées à droite parce qu'il n'y avait pas de perception catégorielle. Cela dépend beaucoup de la façon dont c'est étudié. Je ne peux pas vraiment répondre là-dessus, parce que je crois qu'on a remis en question un certain nombre de choses.

Par contre, je voudrais parler du sourire. Vous avez l'air de dire que le sourire volontaire arrivait plus tard. Dans le travail que j'ai fait étant étudiante, sur des imitations précoces : j'essayais de faire imiter par des enfants de 4 à 6 jours, des mouvements de bouche qui se produi-

sent lors de la prononciation des syllabes : "PA, PI, POU". On prenait les enfants bien éveillés, et on les détendait avec la méthode du Docteur GRENIER. C'est-à-dire qu'on ne commençait l'expérience que lorsqu'ils étaient complètement détendus avec les bras bien souples et qu'ils regardaient le visage de l'expérimentateur. Un des résultats les plus spectaculaires était la fréquence des sourires : des vrais sourires avec plissement des yeux, etc. Ils se répétaient plusieurs fois avec regard sur l'examinateur. Cela indépendamment des stimulis : ce n'était pas lorsqu'on présentait les PI, par exemple, qu'on obtenait plus de sourires. Ce n'était pas lié à la forme de la bouche. On a eu énormément de sourires surtout dans le premier temps de l'expérience. Je n'ai malheureusement pas étudié les caractéristiques de ces sourires, mais c'était des grands sourires à bouche ouverte, ce n'était pas des sourires fermés.

**Madame CHALLAMEL** : J'aimerais bien qu'on parle un peu des travaux de GRENIER, parce que j'ai finalement l'impression qu'il provoque de façon artificielle la libération de ces comportements qui sont complètement masqués en temps normal. Comment peut-on expliquer cela ? Ce qui me paraît très important, c'est de savoir s'il n'y a vraiment pas seulement la posture qui rentre en jeu.

**Monsieur CONTRAIRES** : Je travaille quotidiennement avec Monsieur GRENIER, je peux vous expliquer ce qu'est notre expérience, qui est une expérience de praticien, qui n'a pas toujours l'œil critique du psychophysiologiste. En fait, tout est parti de la nécessité d'avoir une appréciation sur les possibilités motrices de l'enfant qui était au départ un enfant à risque dans un service de néonatologie.

Il est évident que l'appréciation de la motricité du nouveau-né livré à lui-même sur un plan dur, couché sur le dos, est difficile, dans la mesure où il paraît entièrement soumis à une réactivité primaire que vous connaissez, que

l'on peut susciter à volonté, indéfiniment, dans ses réflexes archaïques, notamment le réflexe de Moro. Je n'insiste pas là-dessus. Monsieur GRENIER a essayé de voir si, derrière cette motricité de type primaire qui ne semble pas témoigner d'une normalité intégrale (en tout cas corticale) particulière, il y avait une autre motricité, une autre possibilité d'apprécier l'enfant.

Il faut pour cela deux conditions : d'une part faire taire cette réactivité primaire, et d'autre part obtenir ce qui nous a paru être (ce qui nous paraît être quand on en a la pratique fréquente) un certain état de communication, d'assentiment de l'enfant. Ce n'est peut-être pas aussi automatique que vous avez l'air de le dire. Il faut certainement deux conditions : d'une part un enfant qui n'est pas malade, qui ne souffre pas, d'autre part, un enfant qui est dans un état de disponibilité, donc de veille calme. On peut susciter cet état en faisant taire la réactivité primaire. Pour cela, Monsieur GRENIER a proposé assez simplement de solidariser de façon souple mais réelle le tronc et la tête en empêchant les mouvements cervicaux brutaux qui déclenchent toujours automatiquement le réflexe de Moro. Ceci peut se faire en situation assise verticale ou légèrement couchée sur le côté, dans une position qu'il appelait la "position Récamier", quelques enfants se prêtant plus facilement à une "libération" (puisqu'il appelait cela un état libéré) quand ils sont un peu couchés d'un côté ou de l'autre. En pratique, cela nécessite quelques minutes, en usant de sollicitations interactives assez fortes, dans un état de confort pour l'enfant suffisant pour qu'il n'ait pas de nuisances proprioceptives, qu'elles soient extérieures lors de la mobilisation des membres, ou même intérieures avec les difficultés digestives que l'on perçoit très bien. Si cet enfant est assez calme, on arrive assez rapidement à obtenir un état de relâchement.

La plupart d'entre vous, je pense, ont pu expérimenter cette modification de la situation neuromotrice qui est tout

à fait étonnante, parce qu'on met l'enfant dans un état de disponibilité et de communication assez extraordinaire. Ainsi, on peut obtenir des sourires qui sont des grands sourires, qui ont une tonalité communicative telle que l'on peut l'exploiter bien sûr avec la famille. Cela nous intéresse que l'enfant fasse lui-même la démonstration de ses aptitudes à la famille qui a vécu tant d'inquiétudes. Je ne dis pas que c'est un sourire automatique mais cela vient très facilement. On retrouve très facilement des imitations de gestes de la langue, d'ouverture de bouche qui sont tout à fait étonnants. Grenier est allé un peu plus loin à un moment donné, jusqu'à détourner, en quelque sorte, sur l'objet l'attention de l'enfant (entre 8 jours et 3 semaines d'âge corrigé après le terme), et on a vu des mouvements qui correspondaient certainement à quelque chose qui ressemble à une préhension volontaire. En tous cas, une avancée de la main vers l'objet et quelquefois, des manipulations de cet objet avec des mains ouvertes où disparaît le réflexe de grasping, et avec la possibilité de caresser, de lâcher, de toucher. Ces moments d'attention soutenue ont pu dans certains cas dépasser les 20 minutes, quelquefois jusqu'à une demi-heure.

**Madame CHALLAMEL** : Donc on provoque un état de veille calme ?

**Monsieur CONTRAIRES** : On provoque un état de veille calme. Ce n'est pas tout à fait automatique, on ne peut pas le décréter. Par exemple, il est certain que l'on considère qu'il y a des enfants qui ont droit à une certaine convalescence et qui sont pleins de raideurs difficiles à vaincre, mais la possibilité de les examiner fréquemment ou de choisir de bons horaires nous autorise chez certains enfants à provoquer assez facilement cet état de veille calme. Certains s'y prêtent plus facilement que d'autres. On n'a pas fait d'étude suffisamment large, suffisamment longitudinale pour savoir si c'étaient des surdoués futurs, mais certains enfants s'y prêtent avec une grande facilité.

On ne l'a pas non plus souvent reproduit chez les mêmes enfants parce que l'on ne veut pas qu'il y ait là une espèce d'idée d'apprentissage précoce : nous n'avons pas suivi plusieurs jours consécutifs un enfant particulièrement doué pour le faire jouer avec un objet, mais je pense qu'il y a des gens qui le font.

**Madame CURZI** : À quel moment peut-on obtenir la fixation oculaire ? On a l'impression quelquefois d'avoir une communication visuelle avec les nouveau-nés.

**Monsieur CONTRAIRES** : On peut obtenir la fixation oculaire dès la naissance. Sur le premier regard on peut l'obtenir assez facilement.

Dans mon expérience, en salle d'accouchement, après quelques accouchements quelquefois un peu traumatisants, en présence du père, au moment où cela allait mieux, il m'arrivait d'observer le premier regard de l'enfant, le tout premier regard en direction de son père ; l'on peut obtenir un état qui, quelquefois, peut être intéressant pour susciter une interaction père-enfant après cette période d'émotion un peu difficile. Cela se fait assez rapidement chez un enfant né à terme.

**Madame AMIEL TISON** : Pendant les deux ou trois premières heures de la vie l'inondation des catécholamines est très particulière, c'est pour cela qu'il est si facile en salle de travail d'obtenir le contact oculaire, alors que les deux jours suivants c'est beaucoup plus difficile.

**Madame CHALLAMEL** : Les mères font assez peu attention à ces mimiques faciales, on a d'ailleurs appelé ce sourire : le sourire "égocentrique", le sourire "gastrique", le sourire "aux anges". Il y a des mères qui se sentent frustrées par ce sourire qui ne leur est pas adressé. Quand on leur explique à quoi cela peut correspondre ou tout au moins quand on leur explique que le sommeil n'est pas un état passif au cours duquel il ne se passe rien, elles sont très passionnées par ces mimiques faciales et c'est un moyen de provoquer une interaction ou tout au moins d'éduquer les mères à ne pas intervenir avec leur enfant de façon inappropriée, à repérer les états de veille calme, à ne pas prendre l'enfant n'importe quand. Pour le sommeil agité, certaines mères confondent ce sommeil avec un état de veille : elles prennent l'enfant dans les bras, lui donnent à manger, il est complètement mou, il a la mâchoire qui pend, il se réveille, s'énerve, hurle et une véritable incompréhension peut s'installer entre une mère anxieuse et son nouveau-né. Nous expliquons le sommeil du nouveau-né aux mères particulièrement anxieuses, en particulier à celles qui ont perdu un enfant de mort subite ; nous leur expliquons ce qui se passe au cours du sommeil, nous leur apprenons à respecter le rythme de l'enfant, à ne pas intervenir. Expliquer le sommeil remet quelquefois les choses en place et donne au nouveau-né une certaine personnalité.

**Monsieur CHIVA** : Je crois que vous venez de mettre le doigt sur un point important, dans la perspective qui nous réunit ici : c'est là un des points de départ possibles pour apprendre aux parents non seulement à stimuler ou ne pas stimuler, mais à faire attention aux signaux de l'enfant et au bon moment. Le cas du sourire est caricatural mais tout à fait remarquable, parce que selon les parents, mais aussi selon les civilisations, on y fait ou non attention. En ce moment, on est en train de mener en Algérie, c'est-à-dire dans un pays de culture différente, un travail axé sur la mise en place d'un outil adapté pour l'étude du développement pendant la première année de vie, en essayant aussi de voir par exemple, l'influence possible du mode d'élevage, traditionnel ou non, sur le développement de l'enfant. Nous avons été frappés par le fait que par exemple, tous les renseignements concernant l'émission vocale de l'enfant, les prémices du langage, étaient extrêmement difficiles à obtenir, tout simplement parce qu'avant trois ou quatre mois, les parents ne conçoivent pas que l'enfant puisse émettre des sons significatifs, donc n'y font pas attention. En changeant de technique, en expliquant aux mères que l'enfant peut faire des choses, en leur demandant de faire attention et en revoyant les mères trois jours après, on obtient toute une série de renseignements qu'il était impossible d'obtenir spontanément. Et de ce fait, je dis qu'il me paraît très important de tenir compte à la fois de ce qui est attendu dans une culture donnée et par un parent donné et d'autre part, de préparer les parents à recevoir et à être attentifs aux signaux. Ceci déjà, en soi, est infiniment plus efficace que de mettre en place un appareillage lourd.

**Madame CURZI** : Je voudrais juste vous livrer un petit renseignement en ce qui concerne le réflexe psychogalvanique. Chez l'homme adulte, on l'obtient à l'occasion d'une émotion ou du calcul mental : dans ces situations, des charges microscopiques de sueur apparaissent sur la plante des pieds et sur la paume de la main. Il s'agit sûrement d'un phénomène atavique, car lors d'une fuite, il faut que la peau soit bien humidifiée pour être moins fragile. Quand on étudie le réflexe psychogalvanique spontané chez les enfants nouveau-nés, on constate, y compris chez les prématurés, une activité très intense de ce réflexe pendant le sommeil agité, du niveau de celui qu'on trouve chez l'homme adulte. Pendant le sommeil lent, au contraire, le niveau est très inférieur comparé à celui de l'homme adulte et ne parvient aux valeurs adultes qu'après l'âge de 3 mois. On n'observe pas de différence entre l'activité à droite et à gauche. Par ailleurs, l'expérience montre que si on réveille un sujet adulte en sommeil paradoxal, certains tests sont plutôt bien compris.

**Madame CHALLAMEL** : Ce sont des tests cognitifs explorant les fonctions hémisphériques droites ou gauches.

**Madame CURZI** : Sur le plan méthodologique, comment être sûr que si le sujet exécute mieux les tests destinés à l'hémisphère droit, c'est parce que cet hémisphère était en action ?

**Madame CHALLAMEL** : Il y a une activation corticale importante au cours du sommeil paradoxal, chez l'adulte : il semble que cette activation soit plus importante au niveau de l'hémisphère droit. Ces études ont été répétées par plusieurs équipes mais restent assez contestées par d'autres.

**Monsieur FOURNIER** : Beaucoup de choses ont été dites précédemment sur l'organisation des cycles de sommeil. Les rythmes du sommeil existent déjà à la naissance et puis, progressivement, nous avons une synchronisation qui s'établit, avec des activités respiratoires, physiques, etc., qui montrent que les cycles se rapprochent progressivement de ce que nous avons à la naissance. Chez le prématuré, nous trouvons la même chose.

**Madame CHALLAMEL** : Au cours du sommeil agité du nouveau-né, on observe beaucoup plus de mouvements oculaires que dans le sommeil paradoxal de l'adulte. L'activation corticale est moins importante, mais les manifestations périphériques du sommeil sont beaucoup plus importantes chez le nouveau-né que chez l'adulte : il est sûr que ces manifestations diminuent en intensité avec l'ontogenèse. Je crois à cette hypothèse de mise en place des circuits nerveux au cours du sommeil paradoxal, pendant les périodes de privation sensorielle de la vie fœtale ou chez le nouveau-né. La fonction de ce sommeil évolue certainement au cours de l'ontogenèse, c'est-à-dire que c'est peut-être une mise en place de circuits nerveux dans la période fœtale et néonatale. Ensuite la fonction est autre, comme l'état de veille a une autre fonction, mais ce n'est pas parce qu'il y a des sourires chez le nouveau-né ou le fœtus qu'il rêve. Il y a certainement une fonction qui change eu égard à la maturation, et les hypothèses de programmation génétique et de mise en place des circuits nerveux au cours du sommeil paradoxal (qui sont des hypothèses), sont vraisemblables dans cette période.

**Madame PERNET ROBERT** : Je voudrais interroger Madame AMIEL-TISON sur ce qu'elle a dit tout à l'heure, à savoir l'inondation des catécholamines dans les deux ou trois premières heures de vie. Vous faites allusion là aux travaux de BOUNT, qui a parlé très longuement de la mise à feu des cellules.

**Madame AMIEL TISON** : Il y a eu plusieurs publications montrant qu'il y avait des taux extrêmement élevés : il ne s'agissait pas de catécholamines maternelles avec passage placentaire, mais de catécholamines produites par le nouveau-né au cours du travail. Les taux sont très différents selon que l'enfant naît par césarienne ou par voie basse. Nous pouvons faire une interprétation finaliste, (d'ailleurs proposée dans un article), qui est que ces quelques heures d'inondation de catécholamines sont très favorables à l'interaction précoce, parce qu'elles créent cet état d'alerte, de conscience très aiguë, et que l'imitation de geste, la poursuite oculaire sont très importantes.

## La motricité du nouveau-né et de son développement

Madame AMIEL TISON pourrait peut-être nous éclairer sur ces problèmes, la façon dont on peut en juger l'impact. Comment cette motricité peut-elle exprimer les différences entre les enfants ?

**Madame AMIEL TISON** : Ce sujet est vaste. Il y a différentes étapes dans la maturation et il y a, de plus, des différences individuelles. Par ailleurs, la façon dont on s'occupe d'un enfant et dont on le manipule dans les premières semaines (sujet auquel Monsieur GRENIER et Monsieur CONTRAIRE ont fait précédemment référence), fait que la motricité peut être plus ou moins harmonieuse, et plus ou moins avancée.

**Monsieur CONTRAIRE** : Avez-vous des informations sur l'appréciation de la qualité de la mobilité anténatale en tant que facteur de vitalité, de bien-être, de dépistage de souffrance anténatale ?

**Madame AMIEL TISON** : Oui, cela a été étudié notamment par PRECHTL et par d'autres équipes. Comme il a été rappelé précédemment, la qualité de la motricité fait partie du bien-être fœtal. Un enfant qui a des signes neurologiques déjà présents, ou une souffrance liée aux conditions in utero bouge de façon plus anarchique, moins variée.

**Monsieur CONTRAIRE** : Il y a des items d'appréciation de ce genre de situation ?

**Madame AMIEL TISON** : Cela est très subjectif. SADOWSKI a fait mesurer la motricité fœtale et les mouvements par les mères pour suivre le bien-être fœtal ou les risques encourus. À Baudelocque, nous avons une opinion assez négative à ce propos. Je ne sais pas si Monsieur FOURNIE en a l'expérience et s'il s'en sert cliniquement.

**Monsieur FOURNIE** : Nous n'avons pas l'expérience de l'étude des mouvements fœtaux. D'une part, il y a une grande variabilité d'une mère à l'autre dans la perception des mouvements des bébés. D'autre part, dans les grossesses pathologiques, nous avons tendance à ne pas l'utiliser parce que l'expérience montre que chez certaines femmes, il est extrêmement anxiogène de compter sur 2 heures de temps (par exemple) le nombre de mouvements, ou de regarder sur le chronomètre combien de temps va mettre le bébé pour effectuer 10 mouvements. De plus, il y a plusieurs techniques de mesure.

Il y a une sorte de "standardisation" qui est une évaluation échographique des mouvements actifs. C'est ce qui s'appelle le score biophysique de Manning, lequel est bien utilisé. Pour le tonus, il comporte une évaluation qualitative ; cette méthode a permis aux échographistes d'évaluer comment bougeait le bébé, ce qui était négligé auparavant. Les critères de numération et de quantification des mouvements sont à la portée d'un échographiste attentif.

Ce que fait PRECHTL demande des moyens techniques et intellectuels relativement importants. C'est un élément supplémentaire qui s'ajoute à une sémiologie clinique qui est en train de se perfectionner. Pour les interprétations des rythmes cardiaques, il y a des différences de comportement avec l'âge du bébé, ou des différences de résultat liées aux conditions physiologiques maternelles... L'hypoglycémie, par exemple, peut jouer sur le compte des mouvements respiratoires. Il y a des différences de mouvements respiratoires au cours de la journée. C'est une sémiologie de base qui est en train de se préciser, en complément des études physiologiques dont on parlait tout à l'heure et qui sont beaucoup plus compliquées.

Mais il faut faire attention de ne pas extrapoler. Quand on lit les différentes publications qui existent sur cette question, on voit que tout le monde ne parle pas de la même chose et que tout le monde n'utilise pas la même méthodologie. PRECHTL et l'équipe de GRONINGUE utilisent des fenêtres d'observation d'environ 3 minutes. Certaines équipes allemandes comme JUNGE utilisent des fenêtres de 1 minute. Les résultats ne sont pas toujours les mêmes et les gens ne parlent pas toujours de la même chose.

La manière de compter les mouvements actifs du fœtus, peut être soit appréciée par échographie, soit appréciée par la maman, soit appréciée par l'observateur.

Chaque méthode doit donner des résultats différents. Il n'y a pas actuellement, à ma connaissance, de standardisation des choses. Certaines personnes (tel PRECHTL) s'intéressent au plan physiologique. D'autres personnes s'intéressent plus à la physiopathologie (et non à la physiologie), à partir d'enregistrements de longue durée, mais on enregistre beaucoup moins de paramètres, ce que font JUNGE et d'autres. Ces derniers ont travaillé sur les rythmes veille-sommeil, à partir essentiellement de l'électrocardiogramme. D'autres, en clinique, travaillent avec des fenêtres de plus courte durée dans des situations qui ne sont plus des grossesses normales. Les articles qui ont paru, utilisant les techniques de PRECHTL, concernent uniquement des hypotrophes légers et excluent, pour la plupart, les hypotrophes des toxémies gravidiques sévères.

**Monsieur OSTROWSKI** : Il est intéressant de comparer les différentes techniques et méthodes. Je voudrais demander au Docteur CHALLAMEL ou au Docteur CURZI s'ils ont comparé leurs études avec d'autres et quels sont les résultats de leurs comparaisons.

**Madame CHALLAMEL** : Une étude de ENDE a utilisé une méthode visuelle (deux observateurs regardent le nouveau-né pendant une certaine période) et ils ont eu beaucoup moins de sourires qu'avec la méthode vidéo (nous passons et repassons la bande, nous nous arrêtons sur le sourire et nous jugeons si le mouvement facial correspond bien à la définition du sourire que nous avons). Je n'ai pas encore vu, pour le sourire endogène, la méthode utilisée par la vidéo.

**Madame CURZI** : Quand on travaille sur le sommeil de l'homme adulte ou du nouveau-né, on enregistre des mouvements oculaires qui sont le témoin de ce qu'on appelle l'oculographie. On colle des électrodes et on enregistre des variations dans un champ électrique. Or, chez les tout petits prématurés, cette variation du potentiel est très petite parce que, physiologiquement, la différence de potentiel entre la rétine et la cornée est minime.

Si vous voulez utiliser des enregistrements oculographiques pour enregistrer vos mouvements oculaires, vous n'aurez pas de mouvement oculaire. Chez les tout petits prématurés vous direz, il n'y a pas de sommeil paradoxal. Or, quand on observe les bébés on voit qu'ils bougent les yeux pendant certaines périodes. Nos résultats sont donc obtenus avec une RÉTINOGRAPHIE. Nous attachons un petit quartz physioélectrique sur la paupière et ce que nous enregistrons c'est le mouvement, pas les variations de potentiel. Nous avons vraiment des périodes bien distinctes. Donc nous ne parlons plus de la même chose. La méthodologie est fondamentale, mais ce sont des questions de spécialistes qui souvent se disputent alors qu'ils ne parlent pas de la même chose.

**Monsieur FOURNIE** : Les techniques que vous avez montrées ce matin se rapprochent beaucoup des méthodes utilisées par PRECHTL, excepté pour les mouvements oculaires. Il faut faire attention parce que certains extrapolent à partir des techniques simplifiées et donc différentes, et tirent des conclusions différentes sur les états comportementaux lors d'influences pharmacologiques extérieures.

## La communication verbale

Pouvez-vous, Madame BERTONCINI, nous faire part de vos observations sur **les capacités de perception de la parole chez le nouveau-né ?**

**Madame BERTONCINI** : Je travaille dans l'équipe de Jacques MEHLER du CNRS. Nous nous intéressons à la perception de la parole chez les enfants de 3 à 4 jours. Il ne semble pas qu'il y ait une nette influence (au niveau de l'acquisition du langage) des types d'élevage et des types d'interaction, entre le petit être apprenant à parler et les aînés qui lui délivrent les stimulations nécessaires pour cela. Quel que soit le type de langue ou le type d'interaction qui existe entre les aînés et le jeune enfant, tous les enfants semblent passer par les mêmes stades d'acquisition. La façon dont le langage est acquis semble être sous l'influence principale de la maturation du système nerveux. Cela se fait dans des conditions où l'environnement offre toutes les stimulations nécessaires. À partir du moment où un environnement est appauvri et où certains types de stimulation n'existent pas, nous sortons du "cadre normal" et nous ne pouvons dire ce qui va se passer. Mais dans les conditions normales, les stimulations jouent plutôt un rôle de déclencheur d'un certain nombre de capacités, peut-être déjà programmées et qui sont sous l'influence principale de la maturation du système sous-jacent.

**Précisons un point sur la méthodologie** :

Nous utilisons une méthode pour tester chez les tout petits bébés les capacités premières à traiter les informations de la parole : les stimulis linguistiques. On utilise une méthode qui est devenue classique maintenant et qui est basée simplement sur un phénomène "d'habituation". Lorsqu'arrivent dans l'environnement du bébé des stimulations (par exemple sonores), on observe bien souvent une réaction d'orientation. La répétition d'un même type de stimulus provoque plutôt la diminution des réponses d'orientation. Nous avons affaire-là, à un phénomène "d'habituation".

La méthode basée sur le recueil des taux de succion est bien connue. On utilise le taux de réponse de succion que peut émettre un bébé lorsqu'on lui donne une tétine vide, qui ne lui fournit rien d'autre que la possibilité de déclencher des succions. Cette méthode consiste à enregistrer le taux de succion pendant 1 à 3 minutes au cours desquelles le bébé ne reçoit aucune stimulation. Au moment où l'on entre en phase expérimentale le bébé reçoit des stimulations sonores chaque fois qu'il produit des réponses de succion. En règle générale, le taux des réponses augmente. Enfin, intervient le phénomène d'habituation qui se traduit par une diminution du taux de réponses.

À ce moment précis, nous faisons intervenir quelque chose de très important. Nous attendons que tous les enfants soient à peu près dans le même état de satiation vis-à-vis de la stimulation et nous effectuons un changement des stimuli pour toute une partie des sujets, l'autre partie continuant à entendre le même type de stimulus.

Nous dirons que les enfants ont perçu la différence entre tel type de stimulus et tel autre à partir du moment où nous aurons : d'une part, une remontée du taux de succion, indiquant une réaction à la nouveauté de la stimulation et, d'autre part, une différence significative entre les réponses du groupe qui aura subi un changement et celles du groupe qui n'en aura pas subi.

Toutes les équipes n'utilisent pas le même type de technique. La réponse de succion non nutritive est très utilisée dans l'étude des très jeunes enfants. Pour les nourrissons âgés de 1 à 4 mois, d'autres techniques sont disponibles, toujours basées sur le principe "d'habituation" et de « déshabituation ».

Des études ont montré que dès les premières semaines, les enfants étaient capables de faire une discrimination sur plusieurs types de contrastes utilisés dans les langues naturelles, contrastes phonétiquement pertinents.

Au sein de notre équipe, les quelques travaux effectués sur des enfants de 1 à 4 jours ont montré que, dès les premiers jours, ils étaient capables de distinguer des différences entre phonèmes.

L'équipe de WERKER et coll. s'est intéressée à un problème légèrement différent : de quelle façon l'expérience de la langue et les stimulations liées à une langue particulière peuvent-elles jouer sur la perception des contrastes ? Ils ont observé les capacités de discrimination des enfants sur des contrastes de la langue anglaise ou des contrastes d'une langue parlée par quelques indiens de Colombie Britannique, la langue Thompson.

Ils ont soumis des sujets adultes et des sujets de quelques semaines à des séries de sons dont certains appartenaient à deux catégories phonétiques différentes en langue Thompson : 80 % des enfants âgés de 6 mois sont capables de discriminer le contraste. Fort peu d'Anglais adultes y parviennent. 100 % d'adultes de langue Thompson y parviennent.

Il s'en est suivi des recherches en fonction de l'âge : à quel moment les adultes ont-ils perdu cette capacité à discriminer des sons qui n'ont pas de valeur contrastive dans leur langue ?

La même équipe de chercheurs a réalisé une étude longitudinale, avec les mêmes sujets testés plusieurs fois au cours de la première année. C'est vers la fin de la première année que l'on assiste à une diminution de cette capacité à percevoir des contrastes étrangers. Ils ont donc contrôlé cela chez des enfants de 11 ou 12 mois, élevés par un entourage qui parle la langue dans laquelle ces contrastes sont utilisés. Il y a 100 % de réussite. Alors que les enfants de 10 à 12 mois d'un entourage anglophone ont perdu cette capacité.

Voilà un type de résultat qui peut nous renseigner sur la façon dont l'environnement influence la sélection des aspects pertinents de la langue par l'enfant. Le fait de savoir à partir de quand, et avec quel type de traitement des informations, l'enfant sélectionne les indices pertinents, la façon dont l'enfant extrait les différences pertinentes dans la langue, relève plus d'un phénomène de sélection que d'un phénomène où l'environnement instruit le système.

La recherche réalisée par G. LAMBERTZ a donné lieu à une publication dans les comptes rendus de l'Académie des Sciences. Des enfants français de 4 jours ont été soumis à des séquences de discours spontané qui duraient une vingtaine de secondes, au cours desquelles on a enregistré leur taux de succion. On a partagé les enfants en deux groupes, un groupe recevait des énoncés en français, et l'autre groupe recevait des énoncés similaires prononcés par la même voix mais en russe. On s'est aperçu dans la première phase de l'expérience que les enfants qui entendaient les énoncés en français tétaient plus que les enfants qui recevaient le même type d'énoncé en russe. On a soumis les mêmes séquences de français et de russe à des enfants dont les mères parlent une langue étrangère. Dans ce cas, il n'y a pas de différence de succion.

## L’apprentissage du langage

**Monsieur JUSCZYK** : Nous avons fait le même type d’expérience aux États-Unis avec des enfants qui sont nés là-bas. Les parents ne parlaient ni français, ni russe. Ces enfants de 2 mois ne peuvent pas discerner la différence entre le français et le russe. Si on leur passait une bande italien-anglais, nous avons trouvé qu’ils discernaient la différence entre l’italien et l’anglais. C’est-à-dire que s’ils ont un peu d’expérience avec un langage, ils peuvent trouver les caractéristiques qui marquent celui-ci. Nous pensons que c’est l’intonation qui est l’élément le plus caractéristique d’un langage, et que c’est quelque chose qu’ils peuvent entendre in utero ; c’est peut-être pour cette raison qu’ils discernent la différence. Jacques MEHLER pense plutôt que c’est pendant les 4 premiers jours de vie que les enfants ont appris à distinguer le langage maternel. Nous sommes en train de faire une expérience avec des enfants français de 12 H pour voir s’il existe une différence. Il me semble que Jacques MEHLER a raison. C’est-à-dire que pour l’instant, ces enfants ne peuvent pas discerner la différence entre le français et le russe, mais il est trop tôt pour l’affirmer définitivement.

Un autre type de recherche, avec des enfants plus âgés, concerne la langue maternelle et l’apprentissage du langage. Quand un adulte parle avec un enfant, il change sa voix, son intonation. Alors, on a la possibilité de remarquer des choses importantes. La question est de savoir comment l'enfant détermine les frontières entre les mots, voire même entre les phrases. Nous avons décidé d'observer si l'intonation dans l'usage du langage avec les enfants peut donner une indication des frontières. Pour cela, nous avons marqué un temps d'arrêt soit entre les phrases, soit à l'intérieur des phrases, avec le même nombre de coupures, mais à des endroits différents dans la phrase. L'enfant, assis sur les genoux de sa mère, entend par deux haut-parleurs, d'un côté les phrases naturelles, de l'autre les mêmes phrases non naturelles. Les enfants ont le choix d'écouter l'une ou l'autre. Nous avons trouvé qu'ils préfèrent écouter les phrases naturelles plus longtemps que les autres chez 15 sujets sur 16. Nous avons fait le même type d'expérience avec un autre type de langage, le polonais, avec des enfants américains. Nous avions choisi le polonais, parce qu'il n'y existe pas dans la phrase un seul ordre des mots, il peut y en avoir plusieurs (contrairement à l'anglais, où les mots ont une place plutôt fixe). Nous avons pris des enfants de 6 mois et ils ne faisaient pas en polonais la différence entre les phrases naturelles et les phrases non naturelles. Peut-être qu'ils ne font pas attention à une langue qui n'a pas la même phonétique.

**Madame CURZI** : Qu'arrive-t-il si le texte en anglais est lu par une femme qui ne connaît pas l'anglais et qui n'a pas l'intonation adéquate ?

**Monsieur JUSCZYK** : Je pense que, dans ce cas, cela ne devrait pas marcher, parce que l'intonation est très importante.

**Madame BERTONCINI** : On sait très peu de choses sur la façon dont nous, adultes, qui maîtrisons particulièrement bien une langue, agissons devant quelqu'un qui a un accent très prononcé. On ne sait pas quels sont les procédés qui permettent de pallier certains défauts de prononciation de notre interlocuteur. Il est donc difficile de voir ce qui se passe chez l'enfant.

**Monsieur JUSCZYK** : Cela soulève une autre question. Notre recherche sur le russe et le français amène ce type de question. Comment se fait-il qu'un enfant qui entend tout le temps deux langues ne fait pas un mélange des deux ? Il faut pour cela trouver les règles propres à chaque langue. Notre travail montre que les enfants ont les moyens de le faire tout de suite. C'est-à-dire qu'ils peuvent utiliser l'intonation pour faire une catégorisation des différentes langues. De cette manière ils peuvent conserver ce qui appartient au français dans une catégorie, et ce qui appartient au russe dans une autre.

**Madame CURZI** : Est-ce que les 4 premiers jours sont décisifs ? Que se passe-t-il si une maman anglaise accouche dans une maternité étrangère ?

**Monsieur JUSCZYK** : Nous allons essayer de trouver des mères bilingues en leur demandant de parler seulement une langue pendant les 4 premiers jours pour savoir si ça marche ou non.

**Madame PERNET ROBERT** : Et les enfants qui arrivent du Vietnam ou de Colombie à l'âge de 3-4 mois ou même 1 an, ont-ils des problèmes verbaux ultérieurement ?

**Monsieur JUSCZYK** : Un enfant a probablement la capacité de parler n'importe quel langage. Il est possible qu'un enfant né en Colombie vienne tout de suite à Paris, où il faut parler le français. L'enfant doit avoir aussitôt qu'il entend une langue les moyens de trouver les règles de cette langue et la capacité de reconnaître les mots très vite ; car nous parlons très vite ! Un jour LIBERMAN a noté que nous avions la capacité de comprendre la parole avec un débit de 40 phonèmes par seconde. C'est quelque chose d'incroyable ! Pour faire cela, il faut vraiment être "spécialisé" dans l'analyse de la structure sonore des mots.

**Madame CHALLAMEL** : Il y a une grande école de traduction à Genève. On y prend préférentiellement les enfants de parents bilingues. Il paraît que ce sont les seuls qui arrivent à une vitesse de traduction très importante et qu'ils ont une capacité supérieure par rapport aux enfants dont les parents parlent une seule langue.

**Monsieur JUSCZYK** : Il y a des enfants qui ont cette particularité.

**Madame CHALLAMEL** : Il semble que les Russes, les Polonais et certaines ethnies aient beaucoup plus de facilités quant à l'acquisition de plusieurs langues. On explique cela par le fait que leurs langues d'origine ont un large spectre. Est-ce exact ou non ?

**Monsieur OSTROWSKI** : Je peux vous parler de ma propre expérience. Il semble en effet que Polonais et Russes parlent plus facilement les autres langues. J'ai peut-être trouvé ici la réponse à cette constatation : dans la langue polonaise, il n'y a pas de syntaxe de phrase ; le polonais a un plus large spectre, avec des phrases très longues ou très courtes. Quand j'ai appris la langue thaïlandaise ou la langue arabe, je me suis aperçu qu'il m'était assez facile de les apprendre, même si l'intonation de ces langues thaïlandaise (ou chinoise), en différentes hauteurs (pas seulement longueurs), les rendait difficiles. J'ai trouvé aussi dans les langues arabe, thaïlandaise (ou même dans la langue shilluk), une particularité de syntaxe que je ne trouve pas du tout en polonais, en russe ou en tchèque et qui, alliée à la connaissance de la musique, a pu me faciliter l'étude des autres langues. Par contre, les langues allemande, anglaise ou française ne m'ont pas aidé à mieux comprendre ou à mieux apprendre une autre langue.

J'aimerais vous poser une question sur ce que vous avez dit concernant la reconnaissance de la langue dans les 4 premiers jours de la vie. Est-il possible que l'enfant ait appris de sa mère, dans les 4 premiers jours, la langue maternelle ? Je me demande si l'enfant est déjà capable de la comprendre et de tout enregistrer dans les seuls 4 premiers jours. Dans ce cas c'est un phénomène ! N'a-t-il pas plutôt appris à reconnaître la langue maternelle lors de la grossesse ?

**Monsieur JUSCZYK** : Oui, c'est ce que je pense. Mais Jacques MEHLER pense autrement.

**Madame CHALLAMEL** : Je pense au phénomène d'empreinte dans cette période critique.

**Monsieur JUSCZYK** : C'est vrai.

**Madame BERTONCINI** : Oui. Je ne crois pas que nous puissions encore éliminer une période critique. Je pense qu'à 4 jours elle est loin d'être terminée. Il faut être prudent. Les résultats dont Peter JUSCZYK a parlé tout à l'heure concernant les enfants de moins de 12 H sont des résultats tout à fait préliminaires. Je me garderais bien de leur accorder une trop grande valeur. J'aurais aimé que le Docteur QUERLEU, malgré ses réticences, nous dise quelques mots sur une étude faite à Roubaix à peu près sur le même type de problème, avec une méthodologie différente. Ce que je voudrais souligner, juste avant qu'il n'intervienne, c'est le fait que Peter JUSCZYK montre qu'avec le « motherism », il obtient un certain nombre de résultats, qu'il n'obtient pas avec un discours adressé à un adulte. Je ne sais pas s'il serait d'accord avec moi, mais cela ne veut pas dire pour autant que le « motherism » soit nécessaire, qu'il y ait une espèce de filtrage indispensable par le « motherism » pour l'acquisition de la parole. Je ne crois pas cela. Je ne sais pas ce que Peter JUSCZYK en pense. Il faut, me semble-t-il, éviter de croire que les mamans doivent nécessairement utiliser le « motherism ».

**Monsieur JUSCZYK** : Oui, ce n'est pas vraiment le silence qui est critique dans cette situation. Il y a d'autres choses. Par exemple, on baisse la voix, on allonge les syllabes justes avant la fin d'une phrase. Il existe d'autres indices dans l'intonation qui indiquent les frontières. Je suis d'accord pour dire que tout le monde fait le « motherism » très naturellement. Ce n'est pas quelque chose qu'on doit apprendre. C'est très rare de trouver quelqu'un qui ne parle pas de cette façon avec un enfant, c'est le cas le plus fréquent. Quelqu'un qui ne parle pas comme cela avec un enfant est un peu bizarre, parce que c'est naturel de parler comme ça.

**Monsieur CHIVA** : Cette possibilité de mémorisation du langage pendant les 4 premiers jours me paraît extrêmement intéressante, parce que (et laissons le langage de côté), d'autres choses se passent le 4e jour ; notamment, d'après les travaux de CHALLE, on sait que c'est au 4e jour qu'il y a reconnaissance réciproque bien établie mère/enfant par l'odeur.

**Monsieur JUSCZYK** : Monsieur MEHLER pense que l'expérience que l'enfant a avec sa mère est très importante : quand la mère donne la nourriture, elle parle souvent avec son enfant.

**Monsieur CHIVA** : Il y a des tas de choses qui se passent à ce moment-là sans qu'on sache exactement pourquoi.

**Monsieur OSTROWSKI** : Avez-vous une expérience avec des prématurés ?

**Monsieur QUERLEU** : Je peux vous rapporter l'expérience des psychologues de l'Université de Lille. Le protocole qui est à peu près identique a recherché la préférence du nouveau-né de 2 à 5 jours pour la langue maternelle versus une langue étrangère (dans ce cas la langue allemande). Les psychologues ont utilisé la procédure qui consiste à fournir au nouveau-né un son donné au moment des intervalles entre les rafales de succions basses et à en fournir d'autres si la moyenne des intervalles est élevée.

Il semblait y avoir un indice de préférence pour la langue maternelle, mais seulement lorsque l'exercice consistait à accélérer la succion et non pas à la ralentir.

Pensez-vous qu'on peut explorer la succion du nouveau-né de 2 heures de vie de la même manière qu'on explore la succion d'un nouveau-né de 4 jours de vie ?

**Madame BERTONCINI** : Il y a des observations aussi sur des nouveau-nés de moins de 12 H.

Il semble qu'il y a un peu plus de difficultés à observer la succion à 12 H qu'à 4 jours de vie. Les taux de succion sont tout à fait comparables.

**Monsieur OSTROWSKI** : Avez-vous essayé d'autres sons que la voix maternelle, par exemple le bruit de l'environnement ou de la musique ?

**Monsieur JUSCZYK** : J'ai essayé avec de la musique, par exemple Mozart, et aussi avec le bruit de l'environnement. Ces expériences ont été faites avec des nouveau-nés de 12 H.

**Monsieur OSTROWSKI** : Que pensez-vous des expériences faites aux États-Unis, dans le cadre des "Universités pour les bébés", où on utilise la musique pour stimuler les enfants ?

**Monsieur JUSCZYK** : Il est difficile de dire ce qui se passe, aujourd'hui, avec ce genre d'expérience et il est difficile de croire que les enfants apprécieront mieux Mozart que le rock.

**Monsieur SOULE** : Les enfants in utero et après la naissance sont souvent soumis à la musique de la télévision (par exemple lors de la publicité de la 5e chaîne). Lors des examens au 8e jour, j'ai vu leur comportement se modifier quand ils entendaient les indicatifs de la 5e chaîne qu'ils connaissaient très bien.

**Monsieur OSTROWSKI** : Intéressé dans ma jeunesse par la musique classique, j'ai lu les biographies des grands compositeurs tels que Beethoven, Schubert, Liszt, Mozart... Je me suis intéressé à ce qui s'était passé avant leur naissance. Les biographes rapportent qu'en fait, il s'est toujours passé des évènements exceptionnels lors de la grossesse.

On peut prendre en considération ces observations pour illustrer l'impact des évènements exceptionnels extérieurs ou des comportements inhabituels de la mère sur le développement intellectuel du bébé.

## La maturation cérébrale et l'audition

**Monsieur PETTIGREW** : Les travaux que nous avons effectués à Sydney (Australie) ont concerné le temps de latence des potentiels évoqués auditifs.

Il existe une diminution des latences des potentiels évoqués auditifs au niveau du tronc cérébral entre 28 semaines et 18 mois, avec un raccourcissement de la latence entre le pic 1 et le pic 5 qui représente la vitesse de conduction au niveau du tronc cérébral.

Le pic 1 représente la vitesse de conduction dans le nerf, et la latence entre le pic 1 et le pic 5 représente la vitesse de conduction entre le nerf auditif et le follicule inférieur au niveau du tronc cérébral. On a ainsi une représentation de la vitesse de l'influx nerveux au niveau des voies auditives, et au niveau du tronc cérébral entre le nerf auditif et le follicule inférieur. On obtient finalement un reflet de la maturation de ce tronc cérébral. Un exemple montre la conduction, qui passe de 7 à 3,9 entre 28 semaines et 18 mois, et un autre exemple donne une représentation de la diminution de la latence entre 25 semaines et 70 semaines. Cette diminution se fait spécialement entre 25 semaines et 40 semaines. Elle est beaucoup plus lente après 40 semaines. La latence va diminuer jusqu'à 2-3 ans. La vitesse de la maturation est donc très précoce, puisqu'on a une diminution très importante entre 25 et 40 semaines. Les potentiels évoqués auditifs servent de test pour tester l'audition du prématuré en mesurant les réponses à différentes intensités, par exemple entre 10 et 60 Db.

À 10 Db, il n'y a pas de réponse. Les nombreuses études faites ont montré qu'il y avait une relation importante, pour tester l'audition, entre cette méthode des potentiels évoqués à différentes intensités et les autres méthodes de test. Le seuil à partir duquel on peut parler de déficit auditif est inférieur à 30 décibels : par exemple on peut en parler dans le cas d'un enfant chez qui il y a absence de réponse à un son de 80 Db. Dans une étude longitudinale de l'audition, pour certains enfants de 30 à 32 semaines, il y a déjà une audition à 30 Db, mais pour d'autres enfants il y a une audition à 60 Db ou même 80 seulement, mais pas en dessous. Pourtant, ces enfants, à 36 ou 40 semaines, auront pour la plupart une audition normale. On voit en particulier ce trait vertical où à 3 jours près on passe de 80 à 30 Db ; donc il y a des enfants qui semblent avoir un déficit à 30 semaines, mais la plupart n'en ont absolument plus, après maturation, à 40 semaines.

Il y a certains enfants qui ont un déficit d'emblée et pour lesquels ce déficit se maintient. Pour certains, il y a une maturation qui est retardée avec des points qui descendent progressivement pour atteindre, un peu plus tard que normalement, l'audition à 30 Db : ces enfants ne sont pas déficients auditifs mais ont simplement un retard de maturation de leur audition qui n'est pas expliqué. Par contre, on a des courbes où ces enfants gardent un déficit de l'audition.

Une étude d'un groupe contrôle, n'ayant aucun déficit auditif, et d'un groupe ayant un déficit auditif à été effectuée pour essayer de voir quels étaient les facteurs pathologiques qui pouvaient influencer ces déficits auditifs. Ce qui est ressorti de significatif, ce sont les hémorragies intraventriculaires, les maladies pulmonaires chroniques et les poids de moins de 1 kg, une oxygénothérapie de plus de 27 jours, une mise en ventilation sous pression positive de plus de 5 jours, un âge gestationnel de moins de 30 semaines, paradoxalement pas le facteur d'asphyxie, une photothérapie (non significative), et les traitements par les aminosides (significatifs).

**Madame CURZI** : Ce seraient des étiologies définies par le médecin comme étiologies principales ?

**Monsieur PETTIGREW** : Oui, mais quand on utilise l'âge corrigé après le terme, quand on fait une comparaison plus fine où on élimine certains facteurs comme l'âge, le poids et le sexe, on a beaucoup moins de facteurs significatifs. Les seuls facteurs significatifs qui ressortent sont la ventilation à pression positive de plus de 5 jours, et la durée du traitement par les antibiotiques.

**Monsieur JUSCZYK** : Une chose me vient à l'esprit : elle concerne les différentes manières employées par les enfants pour l'acquisition du langage. Certains enfants vont adopter une stratégie plus globale, en obtenant d'abord l'intonation, alors que d'autres vont se focaliser sur une prononciation exacte de chaque mot. Nous n'avons aucune idée de la raison pour laquelle les enfants adoptent ces différentes stratégies. Il n'est pas rare de voir plusieurs enfants d'une même famille employer des stratégies très différentes. En cherchant par quelle voie exploratoire se fait le choix des stratégies, je me demande s'il y a une quelconque relation entre cela et ce que vous avez trouvé.

**Monsieur PETTIGREW** : Pour obtenir plus de détails il faut que vous veniez à Sydney !

**Madame CURZI** : Dans votre première partie il semble que vous ayez trouvé une augmentation des pertes auditives au fur et à mesure des années qui passent, alors que cela n'apparaît pas aussi évident dans des études plus récentes.

**Monsieur PETTIGREW** : Tous les cas, hormis un, étaient des réponses à des stimulations cérébrales. La plupart ont été diagnostiqués par un test audiométrique précis, et dans trois cas seulement les deux mesures ont été utilisées. Il y a un autre problème : divers groupes adoptent des raccourcis différents comme si c'était normal.

**Madame CHALLAMEL** : Quel est l'impact du bruit sur un enfant, à l'intérieur de l'incubateur ?

**Monsieur PETTIGREW** : Je n'arrive pas à me rappeler le chiffre exact, mais le bruit à l'intérieur de l'incubateur peut être considéré en termes de contenu. Pas seulement l'intensité de la fréquence, mais le contenu même de la fréquence. Si la fréquence d'un son est inférieure à 100 Hz, c'est une extrêmement basse fréquence. Un ventilateur produisant un bruit à 100 Hz (avec une puissance de 40 Db) ne pourrait pas, à mon avis, être entendu par l'enfant prématuré, et ce bruit ne présenterait pas d'inconvénient pour le fonctionnement de son système auditif.

**Madame CHALLAMEL** : Il ne vous semble donc pas que le bruit de fond qui est de très basse fréquence puisse être entendu... Et les enfants qui ont eu des problèmes de maturation auditive, par exemple des sous-alimentés, ont-ils des problèmes à propos de l'installation du langage ?

**Monsieur PETTIGREW** : Nous n'avons pas encore de réponse, les enfants n'ont pas encore l'âge pour qu'on puisse le vérifier ou le confirmer.

**Monsieur POLONOVSKI** : Comment interprétez-vous l'action de la pression partielle positive autrement que par l'indication que vous avez donnée, d'une plus grande gravité des cas qui ont été sous pression partielle positive prolongée ? Car on ne voit pas très bien le rapport entre la pression partielle positive et l'audition.

**Monsieur PETTIGREW** : Je pense que le problème peut être simplement lié au fait d'être intubé. Cela affecte l'oreille moyenne, provoquant une infection qui peut elle-même affecter la cochlée.

Avec le Professeur JEANNEROD, nous avons parlé de l'alcoolisme fœtal.

Voici un exemple : il s'agit là des courbes de potentiels évoqués de l'enfant, répétés 3 fois chez un même enfant. Un des enfants (contrôle) a des potentiels évoqués normaux, les autres (b, c, et d) sont des enfants atteints d'un alcoolisme fœtal certain, puisque leurs mères ont avoué l'alcoolisme. Elles sont venues au cours de leur grossesse, elles ont été souvent hospitalisées avec des taux d'alcool très importants. Par conséquent, on est sûr de l'imprégnation alcoolique au moment de la gestation. Or, sur ces potentiels évoqués, on constate des anomalies bien moins de l'onde I (donc de la conduction nerveuse au niveau des nerfs auditifs) ou même des ondes II et III (qui représentent la conduction avant le follicule inférieur) mais, bien davantage, une réponse du pic V présente à l'endroit de la conduction synaptique et du follicule inférieur, tout à fait anormale et surtout très variable. Elle témoigne d'une conduction synaptique variable, donc vraisemblablement de problèmes de transmission synaptique anormale. C'est alors qu'on peut parler de neuromédiation.

**Madame CHALLAMEL** : Ces enfants, que sont-ils devenus ? N'avaient-ils pas une audition défectueuse ?

**Monsieur PETTIGREW** : Je ne sais pas.

# L'acquisition du langage chez l'enfant

**Madame DE BOYSSON-BARDIES** : Pour parler de la parole et de ses débuts, il faut faire un choix. Nous examinerons en particulier la période de babillage et celle de transition entre le babillage et les premiers mots.

Les études sur le babillage considéré comme un pré-langage sont récentes, et relativement rares. L'enfant vocalise très tôt, mais ses vocalisations jusqu'à 5-6 mois sont contraintes par des facteurs biologiques et la plupart de ses comportements vocaux sont psychologiquement programmés. Pour une large part, ils sont indépendants de ce que l'enfant entend. Jusqu'à 5-6 mois, l'enfant sourd vocalise comme l'enfant entendant. Certaines caractéristiques du comportement vocal du premier âge semblent aussi contraintes par des facteurs génétiques : ainsi vers 2-3 mois, le "dialogue" avec l'adulte. L'enfant vocalise quand l'adulte cesse de lui parler et cette situation de "chacun son tour" se reproduit. Ce comportement s'observe chez le bébé sourd comme chez le bébé entendant, il est donc déclenché autant par la vue des mouvements de la bouche que par l'audition des sons. Les productions vocales des premiers mois se distinguent assez nettement des productions de babillage.

Il se produit en effet un changement assez net dans les productions vocales de l'enfant vers 6-7 mois (les dates sont approximatives parce qu'il y a des grandes variations entre les enfants). À cet âge, l'enfant commence à articuler des syllabes ou des suites de syllabes (souvent répétées), ayant les caractéristiques des syllabes adultes quant à leur longueur, leur transition entre les consonnes et les voyelles, leur type de résonnance, etc. Le terme de babillage sera réservé à ce type de production. Les formes de babillage deviennent plus complexes dans les mois qui suivent et coexistent assez longtemps avec les premiers mots de l'enfant.

Les études sur le babillage ont été longtemps bloquées par l'idée, défendue par JAKOBSON, que les formes pré linguistiques étaient de simples exercices articulatoires et qu'il y avait solution de continuité entre le babillage et les premiers mots. Les recherches actuelles ont remis en cause cette interprétation restrictive du babillage. On a montré qu'il y avait continuité entre la distribution et l'organisation des sons du babillage et des premiers mots : ceux-ci étaient pris dans le stock des formes du babillage.

On continue cependant à considérer que les formes de babillage comme celles des premiers mots dépendent essentiellement de contraintes biomécaniques liées à des caractéristiques du tractus vocal, à l'état de maturation de l'enfant et à son indépendance par rapport à son environnement linguistique. Ces formes de babillage seraient donc universelles et constantes entre les enfants des différentes communautés linguistiques. C'est une opinion largement répandue. Il est exact qu'il existe des caractères universels dans les productions des enfants à la fin de la première année et au début de la deuxième : plus de syllabes ouvertes que de syllabes fermées, plus d'occlusives au début des syllabes que de fricatives, dévoisement de la consonne finale, rareté des voyelles d'arrière, etc. Ces tendances se retrouvent dans les formes de babillage des enfants de toutes langues. Cependant, on constate des différences importantes entre les enfants. Ces différences sont de deux types : d'abord individuelles entre les enfants d'une même communauté linguistique ; les enfants ne font pas tous le même choix, dans leur façon de maîtriser le langage. Ainsi certains enfants introduiront leurs productions par des labiales, quand d'autres introduiront la plupart de leurs syllabes par des vélaires. Certains négligent le début des mots, d'autres la fin. Ces choix sont des choix "stratégiques" qui vont marquer la forme du développement phonologique. Cette variabilité interindividuelle a été très bien étudiée par l'équipe de Stanford (Pr. Ferguson et Dr. Vihman) qui, les premiers, ont mis en évidence la large possibilité de modulation de la production des enfants et la variété des styles du développement.

Dans notre équipe, nous avons essayé de voir si il y avait variabilité due à l'influence de la langue maternelle avant les premiers mots. Nous avons centré nos travaux sur le babillage d'enfants appartenant à des communautés linguistiques très différentes : le cantonais (une langue à tons), l'arabe maghrébin et plus particulièrement l'algérien (une langue à accents dont le corps de consonnes est extrêmement riche par rapport à celui des voyelles, ce qui permet de tester la fréquence relative des consonnes et des voyelles), l'anglais parce que c'est une langue à stress et qu'on y possède de nombreuses études sur les adultes et les enfants (études qui permettent des références et des comparaisons), enfin le français. On a travaillé principalement sur ces quatre langues.

Nos premières expériences ont été des expériences de choix. On présentait deux échantillons de 3 secondes de babillage d'enfants soit maghrébin/français, soit cantonais/français à des juges adultes français. La tâche des juges consistait à indiquer l'échantillon attribué à l'enfant français. Les choix des juges ont été corrects à plus de 70 %. Cependant, les jugements des adultes ne nous permettaient pas de connaître les facteurs qui avaient fondé leur choix : facteurs intonatifs ou déjà mise en place de caractéristiques phonétiques. L'intonation joue un rôle important. Les commentaires des sujets dans ces expériences l'indiquent : "ça, ça ressemble à de l'arabe parce qu'il y a des variations fortes de hauteurs, des genres de sons glottaux, des attaques extrêmement brutales, alors que ça c'est du français, parce que c'est plus doux". Pour l'instant, nous avons laissé de côté l'analyse des facteurs d'intonation car il existe très peu de modèles intonatifs adultes des langues, ce qui ne permet pas les études comparatives. La référence à des modèles adultes est en effet un passage nécessaire dans nos recherches comparatives.

Il nous a semblé intéressant de tester l'influence des langues cibles sur les enfants, et particulièrement les voyelles chez les enfants de 10 mois. En effet, à 10 mois la réorganisation du tractus vocal permet à l'enfant de contrôler assez bien ses productions (Buhr 1980) et les travaux sur la perception ont montré qu'il y avait vers 10 mois un réaménagement des capacités de discrimination des contrastes phonétiques. Les contrastes phonologiquement pertinents dans la langue continuent à être discriminés, alors que ceux non phonologiquement pertinents dans la langue ne sont plus discriminés. On peut penser qu'un ajustement des capacités de discrimination de l'enfant à sa langue maternelle peut commencer à se traduire par ces productions. Nous avons donc recherché si, à 10 mois, on trouvait une différence systématique dans l'espace vocalique des enfants des différentes communautés linguistiques.

Pour renforcer cette position, il faut relier ces éventuelles différences aux caractéristiques de la langue parlée chez les adultes. Nous avons des connaissances assez précises sur les espaces vocaliques des langues adultes. Ainsi en anglais, on trouve beaucoup de voyelles diffuses avec un premier formant assez bas et un deuxième très haut ; en cantonais, plus de voyelles compactes avec un premier formant haut et un deuxième bas. Une éventuelle influence de la langue maternelle devrait se marquer par des tendances semblables dans les productions vocaliques des enfants anglais et des enfants cantonais. Certes, nous n'émettons pas l'hypothèse qu'à 10 mois, les enfants "ont" l'espace vocalique de la langue adulte, mais qu'une tendance se manifeste dès cet âge-là.

Des corpus de 5 enfants cantonais, 5 enfants algériens, 5 enfants français, 5 enfants anglais ont été recueillis sur place (Tableau 1). On a procédé à une analyse acoustique des voyelles de ces corpus en extrayant les deux premiers formants de chaque voyelle. Ces deux premiers formants permettent de situer les voyelles sur l'espace vocalique. Je n'entrerai pas davantage dans les détails méthodologiques et présenterai les résultats obtenus sur l'étude de plus de 250 voyelles (50 à 60 environ par enfant) par groupe linguistique.

Dans la Figure 3, nous donnons les résultats généraux. Les points représentent les voyelles obtenues pour les 20 enfants étudiés et les ellipses entourent 75 % des productions des enfants pour chacune des langues considérées. L'ellipse avec E correspond à l'espace vocalique des enfants anglais, puis F, celui des français, A des algériens et C des cantonais. Selon notre hypothèse, les enfants anglais et les enfants français aussi ont un espace vocalique qui est plus haut, c'est-à-dire avec un premier formant plus bas et un deuxième plus haut que celui des cantonais et des algériens (Tableau 1 et Figures 3, 4, 5, 6, 7).

**Tableau 1**

| | Français | Anglais | Cantonais | Algérien |
|---|---|---|---|---|
| **F1** | 878 (239) | 876 (207) | 1047 (241) | 976 (282) |
| **F2** | 2456 (439) | 2628 (452) | 2343 (381) | 2341 (459) |

**Figure 3**

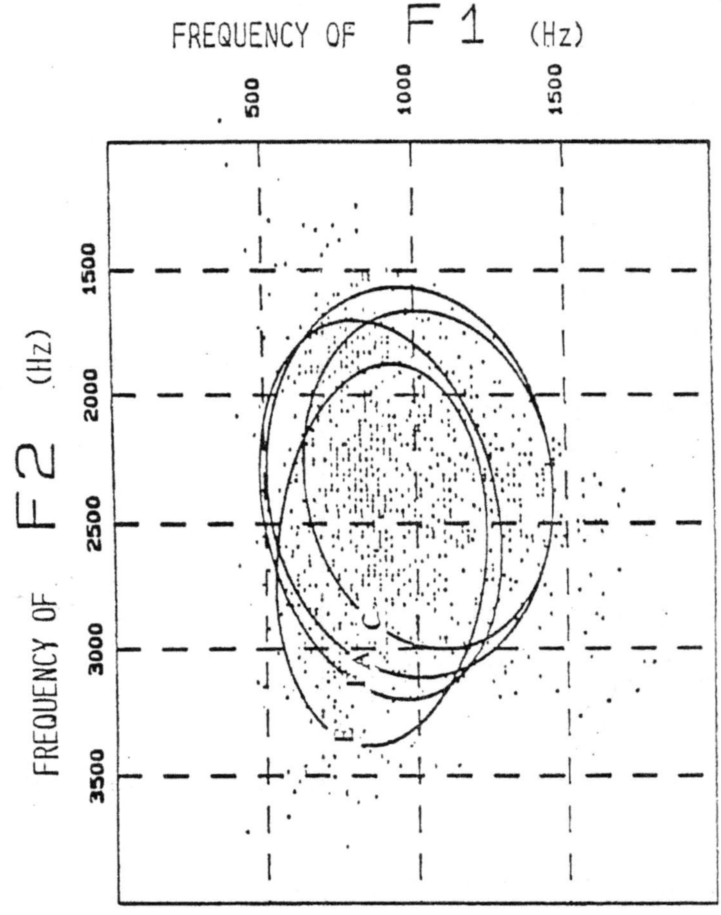
FREQUENCY OF F 1 (Hz)
500
1000
1500
FREQUENCY OF F 2 (Hz)
1500
2000
2500
3000
3500

**Figure 4**

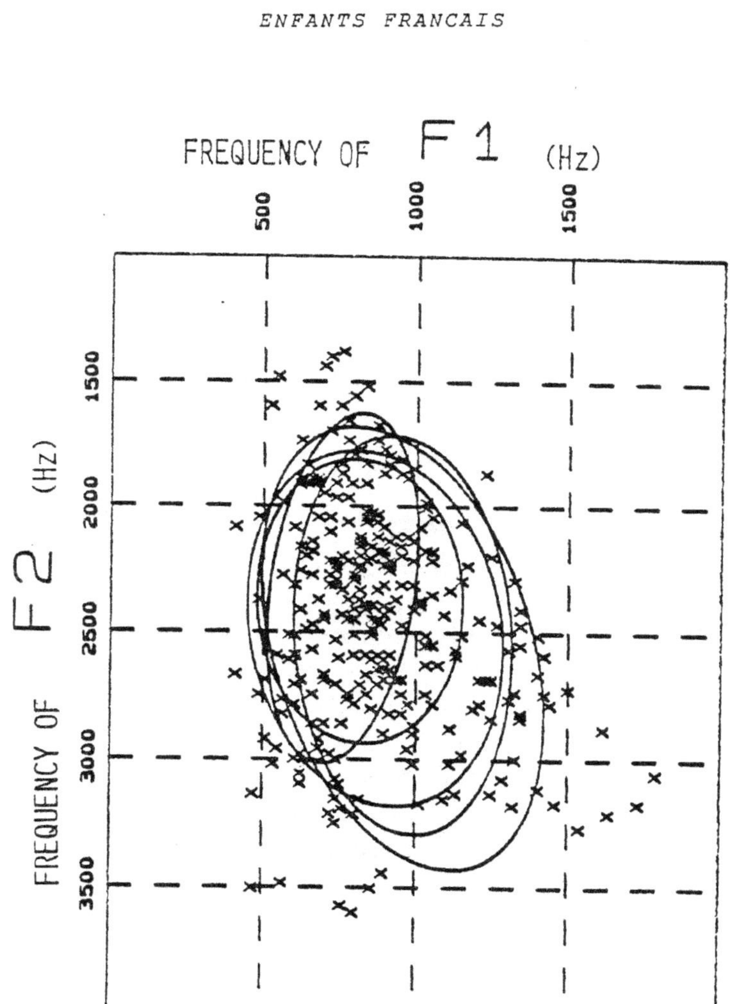

ENFANTS FRANCAIS
FREQUENCY OF F1 (Hz)
500
1000
1500
FREQUENCY OF F2 (Hz)
1500
2000
2500
3000
3500

**Figure 5**

*ENFANTS ANGLAIS*

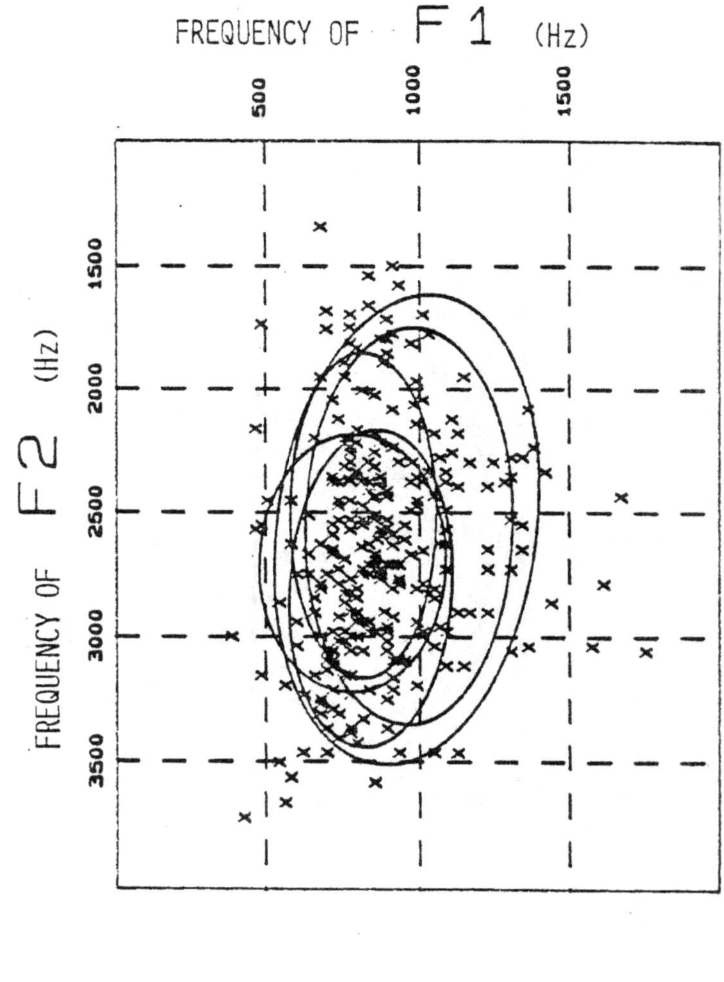

**Figure 6**

ENFANTS CANTONAIS

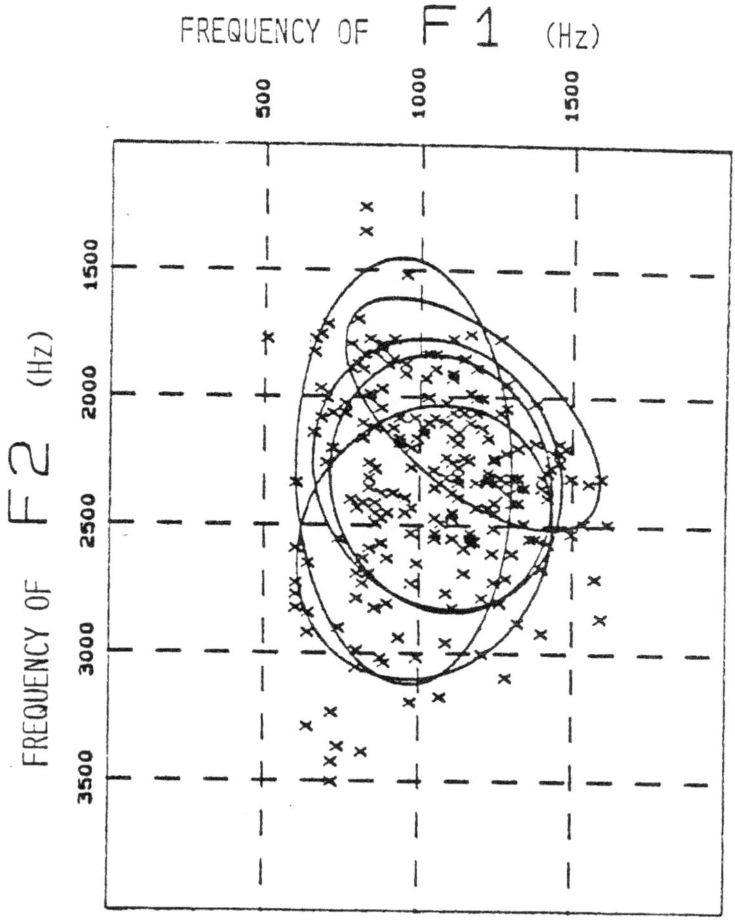

**Figure 7**

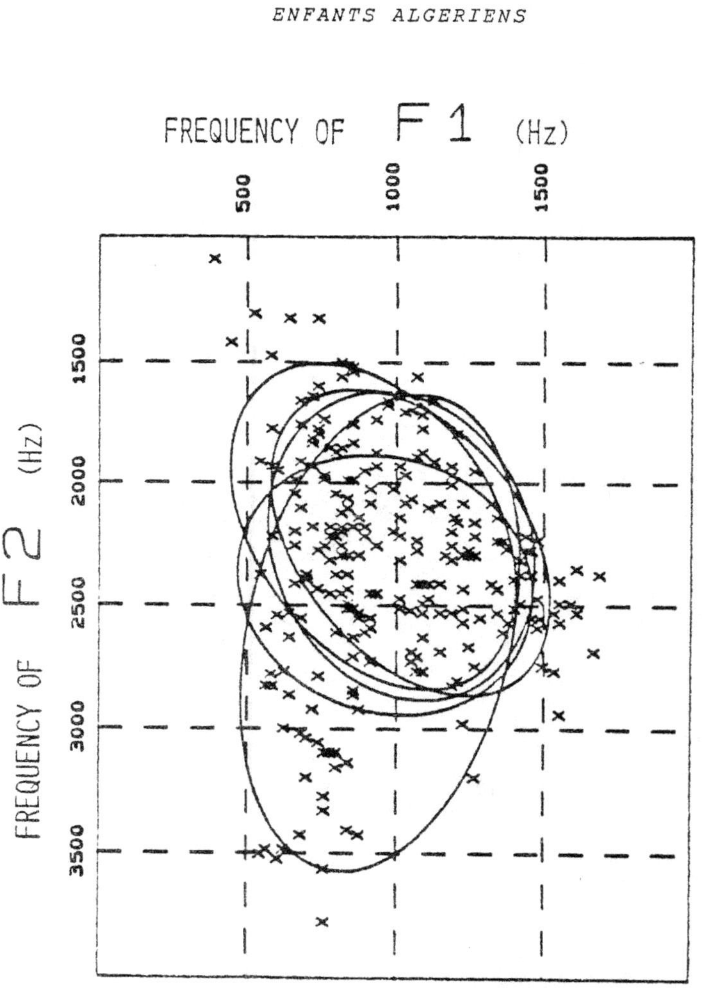
ENFANTS ALGERIENS
FREQUENCY OF F 1 (Hz)
500
1000
1500
FREQUENCY OF F 2 (Hz)
1500
2000
2500
3000
3500

On trouve des différences individuelles mais aussi des tendances identiques pour la plupart des enfants dans chacune des langues : ainsi chez tous les enfants anglais, l'espace est concentré vers le quart supérieur gauche (voyelles diffuses), tandis que chez 4 des 5 enfants cantonais, il se centre dans le quart inférieur droit (voyelles compactes) de l'espace vocalique.

Les analyses statistiques confirment que les différences entre groupes linguistiques sont plus importantes que les différences individuelles. Quoique des analyses portant sur un plus grand nombre d'enfants soient nécessaires, on peut donc penser que la langue maternelle influence la production vocalique des enfants de 10 mois.

Cela va à l'encontre des convictions actuelles qui posent d'une part une séparation entre la perception et la production à cet âge-là, et d'autre part, une origine essentiellement biomécanique du babillage.

**Monsieur POLONOVSKI** : Ces enfants étaient-ils dans un milieu où ils ne parlaient pas leur langue maternelle mais celle d'un autre pays, leur permettant de dissocier ces facteurs ?

**Madame DE BOYSSON-BARDIES** : J'ai oublié de dire que tous ces enregistrements ont été faits sur place. Étant donné les capacités perceptives des enfants, nous avons jugé nécessaire d'enregistrer dans leurs milieux d'origine : les enfants cantonais à Hong Kong, les enfant algériens à Alger, les enfants français à Paris, et les enfants anglais à Londres. Nous avons aussi fait attention au dialecte ; il y a de grandes variétés dialectales dans des pays comme l'Algérie par exemple ; nous avons pris des enfants issus de milieux parlant un dialecte bien défini.

**Monsieur POLONOVSKI** : Vous n'avez pas pris de cantonais adoptés ?

**Madame DE BOYSSON-BARDIES** : Non, absolument pas. L'étude d'enfants de milieu bilingue est un autre problème.

On connaît encore peu de choses sur la mise en place de la parole chez un enfant de milieu monolingue et l'on ne peut répondre, à partir de cela, à des questions sur l'influence du bilinguisme dans le développement du langage. Il existe beaucoup d'études actuellement sur les enfants en milieu bilingue et même trilingue mais elles sont faites, en général, dans une optique assez différente.

**Monsieur POLONOVSKI** : L'adopté total est monolingue.

**Madame DE BOYSSON-BARDIES** : C'est sans aucun doute un point qu'il faudra étudier, quoiqu'on ne voie pas pourquoi l'adopté tout jeune devrait avoir un développement linguistique différent.

**Monsieur SOULE** : Vous dites : "à partir de 10 mois". On a pourtant vu que la mère influence la sélection et les choix du bébé beaucoup plus tôt, me semble-t-il. Cela commence au moment de la vie fœtale.

**Madame DE BOYSSON-BARDIES** : D'une part, je parle de production. Ce dont vous parlez est de la perception. D'autre part, dans la perception les résultats présentés sont de la discrimination : il semble que les premiers mois, l'enfant "préfère" la langue maternelle, ou du moins discrimine deux langues très tôt. Mais il y a des contraintes, dans le domaine de la production. Le tractus vocal de l'enfant, comme vous le savez, est différent de celui de l'adulte. Il est non coudé et ne lui permet pas de produire un certain nombre de sons jusqu'à 7-8 mois, justement jusqu'au début du babillage. Il en est de même pour le contrôle de la phonation. L'enfant n'a pas un très bon contrôle de sa phonation avant 4 ou 5 mois. Autrement dit, même si l'enfant avait une "représentation" des sons de sa langue et qu'il essayait de les atteindre, il ne pourrait pas les produire correctement avant 6 mois parce que ni la forme de son tractus vocal ni le contrôle de sa phonation ne le lui permettraient.

Personnellement, je pense, en effet, qu'il y a une "représentation" relativement précoce (9-10 mois), des sons de la langue. Comme on l'a montré hier, l'enfant discrimine tous les contrastes phonétiques qu'on lui présente jusqu'à à peu près 8 mois. Ce n'est qu'entre 8 et 10 mois qu'il y a une élimination. C'est toujours un processus de sélection et d'élimination. L'enfant commence à se centrer sur des discriminations qui font partie de la représentation phonologique de sa langue, c'est-à-dire sur les contrastes qui servent à exprimer les différences de sens dans sa langue. Il est certain qu'il y a un problème pour passer des données perceptives aux données de la production.

Peter JUSCZYK a parlé non seulement des discriminations de deux contrastes phonétiques mais du traitement des phrases ou des facteurs syntaxiques et cela paraît très intéressant.

À propos du babillage, il est possible que l'enfant (et c'est un peu notre idée), essaye d'atteindre non seulement des phonèmes ou des syllabes préférentielles, mais déjà des syllabes ou des mots dont il a saisi qu'ils faisaient partie de sa langue. Ce n'est pas tout à fait la même chose que de discriminer ou d'avoir une préférence au départ. Je pense qu'il existe un niveau qualitatif au sujet duquel on sait relativement peu de choses pour l'instant. Mais il y a encore très peu d'études qui relient les données de la perception des nourrissons aux données des productions pré linguistiques. Les recherches en perception et en production ont été menées en parallèle. Cela favorise la position dominante dans ce domaine selon laquelle d'une part, il y aurait indépendance entre le développement des traitements perceptifs et celui de la production et, d'autre part, le système perceptivo-moteur ne serait en place qu'après la première année.

**Monsieur SOULE** : Je voudrais répondre au Professeur POLONOVSKI, au point de vue clinique. Moi qui ait vu beaucoup d'enfants adoptés, j'ai toujours constaté que des enfants issus d'une langue tout à fait différente (par exemple les Coréens actuellement adoptés très petits qui arrivent en France), au bout de 1 ou 2 ans, ne présentent cliniquement aucune différence, aucune intonation particulière. J'ai vu souvent des enfants venus d'Asie, élevés dans des "placements nourriciers" dans le Morvan en France où existe un fort accent du Centre de la France. C'était toujours un effet comique de voir un petit enfant asiatique réciter exactement comme les écoliers de l'endroit, la première fable de La Fontaine avec un accent du Massif Central "à couper au couteau".

**Madame DE BOYSSON-BARDIES** : Oui, le fait qu'à 10 mois existent déjà des caractéristiques qui tendent vers la langue maternelle ne veut pas dire qu'il n'y a pas flexibilité et qu'un enfant adopté après 10 mois ne puisse récupérer très vite. On sait les possibilités remarquables des très jeunes enfants pour apprendre des langues étrangères sans accent. Ces possibilités durent bien après l'acquisition du premier langage.

**Monsieur OSTROWSKI** : Si le petit enfant avant 10 mois mémorise déjà bien le langage, stimuler un enfant en fonction du langage offre-t-il ou non un intérêt ?

**Madame DE BOYSSON-BARDIES** : Il y a plusieurs types de stimulations. D'abord, l'enfant est toujours stimulé par le langage, je veux dire dans les milieux dits "normaux". La plupart des enfants vivent dans des milieux qui leur proposent suffisamment de langage pour qu'il n'y ait pas de problème. Deuxièmement, il y a des stimulations plus particulières aux mères. En général, en Europe ou aux U.S.A., ce sont les mères qui parlent le plus aux enfants. A Hong Kong et en Algérie, la famille joue un rôle très important. L'enfant vit souvent dans des familles "larges" avec des grand-mères, des frères et sœurs, cousins, tantes. Il y a de nombreux locuteurs autour de l'enfant.

De nombreuses études ont été faites pour contrôler le rôle des différents types de stimulations : correction par la mère, incitation à répéter, commentaires reprenant la production de l'enfant, etc. Les études que je connais, sur les très jeunes enfants, n'ont pas pu montrer de liens systématiques entre la quantité des productions des mères et de celles des enfants. Une exception peut-être pour la qualité : le niveau syntaxique de l'enfant pourrait être favorisé quand les mères ont l'habitude de commenter en les développant les productions de l'enfant.

**Madame AMIEL TISON** : On ne peut pas répondre scientifiquement, mais empiriquement. Je pense qu'on voit des différences chez les nourrissons de 3 mois avec des mères qui leur parlent beaucoup, et qu'il y a des enfants qui ont une façon de babiller quantitativement et qualitativement.

**Madame DE BOYSSON-BARDIES** : Il n'est pas certain que si cela joue à 3 mois, ce soit la même chose qu'après 6 mois.

**Madame AMIEL TISON** : La production de babillage à 3 mois est très variable, elle peut être très pauvre ou extraordinaire et je pense que c'est en relation avec les mères qui parlent beaucoup directement à leur enfant : c'est un phénomène d'interaction.

**Madame DE BOYSSON-BARDIES** : Je pense que toutes les vocalisations avant 3 mois sont plus du domaine de la communication et qu'après, le début du langage et de la parole existent. Je ne veux pas dire que le langage n'est pas de la communication, mais c'est quand même quelque chose d'un peu spécial dans la communication et je ne suis pas sûre que ça obéisse tout à fait aux mêmes lois. Je voudrais insister sur l'énorme variabilité qu'il y a dans les styles qu'adoptent les enfants et dans les modalités d'accession au langage.

On est en train actuellement de faire une étude comparative avec des enfants anglais, suédois et français, en les suivant à partir de 9 mois, jusqu'à ce qu'ils aient 50 mots. Il y a vraiment une énorme variabilité entre les enfants, dont certains développent relativement vite 25 ou 50 mots mais en utilisant un seul mot à la fois, et qui dénomment les choses alors que d'autres enfants sont beaucoup plus lents mais, avant d'avoir 15 mots, ont déjà des petites phrases de 2 mots très intonées. On a l'impression qu'ils cherchent déjà à atteindre les syntaxes plutôt que des mots. Il y a une grande variabilité. Jusque-là on avait recherché ce qui était invariant dans le comportement de l'enfant, et maintenant on commence à s'occuper de la variabilité.

**Monsieur SOULE** : Il y a un système de sélection dans les réponses, un système de récompense de variation affective. Comment peut-on arriver à sélectionner ce qui appartient à l'équipement et ce qui appartient à l'effet extrêmement précoce du milieu sonore ambiant et particulièrement de la mère ?

**Madame DE BOYSSON-BARDIES** : Personnellement, je pense qu'il y a vraiment des facteurs de tempérament très forts qui sont simplement modulés par l'interaction avec la mère. Je pense qu'il y a des facteurs génétiques très forts pour adopter certaines stratégies d'apprentissage du langage.

**Monsieur SOULE** : On nous a dit hier que ce qui était perçu par le fœtus c'était justement des modulations, et moins un certain nombre de caractéristiques du langage. Il y a donc, très tôt, des effets qui vont intervenir et ils vont déjà amener des sélections qui vont faire que les ellipses se situent à tel ou tel endroit. Quand vous dites qu'il y a un facteur héréditaire très fort, j'aimerais vous demander comment arriver à le séparer ? Pour répondre à la question de Monsieur POLONOVSKI, il ne faudrait pas demander si l'enfant a été adopté, par exemple, dans un autre pays, mais si la mère a vécu la grossesse dans un autre pays pour qu'il ait dès sa vie fœtale entendu des ambiances sonores différentes.

**Madame DE BOYSSON-BARDIES** : Il n'y a pas de réponse pour l'instant à cette question.

**Madame AMIEL TISON :** On peut faire éventuellement une comparaison avec la motricité. Il y a des enfants qui ont des phases de transition, qui marchent d'abord à 4 pattes, et d'autres qui un jour se redressent et se mettent directement debout et marchent. Donc il y a des patterns absolument différents et je ne sais pas du tout ce qui est dû à l'environnement et ce qui est dû à la génétique.

**Madame DE BOYSSON-BARDIES** : À propos de la motricité, il semble que ce n'est pas seulement dû à l'environnement. Je pense que les enfants sont différents : ils ont des équipements qui ne sont pas exactement les mêmes, mais il est certain que l'interaction avec le milieu joue aussi un rôle. Je ne crois pas qu'actuellement, il y ait une possibilité de répondre à cette question, surtout avec tout ce qu'on sait maintenant sur les possibilités motrices dans la vie intra-utérine.

**Monsieur SOULE** : Au sujet de cette production du premier babillage et du premier langage, l'influence du mode de garde vous paraît-il important ? Il y a des enfants qui ne voient leur mère que pour dormir.

**Madame DE BOYSSON-BARDIES** : Il est certain qu'un enfant en France qui va à la crèche entend parler autour de lui des langues différentes, mais je n'ai pas trouvé de différence entre ceux qui vont à la crèche et ceux qui restent toute la journée chez eux. Peut-être que parmi ces derniers certains sont plus avancés pour le lexique, et cela se recoupe avec le style d'apprentissage de l'enfant.

J'ai trouvé des enfants très dénotatifs, peut-être parce que les mères l'étaient aussi mais, comme je vous dis, si une mère dit le nom et que l'enfant ne veut pas répéter il n'y a rien à faire. Il y a des enfants qui ne répètent pas. Je crois qu'on s'est trop peu penché sur les styles d'entrée dans la parole parce qu'on a cherché les invariants. Il y a des invariants ; ces invariants ne sont pas aussi nets qu'on le pensait.

**Monsieur POLONOVSKI** : Est-ce que vous ne pourriez pas prendre des jumeaux, volontairement soumis à des influences différentes, pour voir vraiment les parts respectives de l'environnement et de la génétique ?

**Madame DE BOYSSON-BARDIES** : On peut difficilement trouver des jumeaux qui soient adoptés par deux personnes différentes. On fait rarement maintenant adopter des jumeaux par deux personnes différentes. L'expérimentation alors n'est pas toujours très facile.

**Monsieur SOULE** : Il y a un élément intéressant : pour les jumeaux qui vivent ensemble pendant les premiers mois, ils ont leur fameux langage entre eux. On sait qu'au point de vue de la façon dont ils construisent les mots, ils le font par opposition aux adultes, ils le font pour que ce soit un code. Il serait intéressant de voir s'ils ont les mêmes intonations, telles que vous les avez décrites, ou si au contraire ils les ont déplacées pour avoir un code à eux. Le seul ennui, c'est qu'ils n'acceptent jamais de parler ce langage quand il y a un étranger. Si vous amenez des appareils, peut-être ils le permettront.

**Madame DE BOYSSON-BARDIES** : J'avais étudié aussi ce langage auquel on ne comprend rien, ces enfants qui jargonnent très tard. On retrouvait la répartition des phonèmes du français. C'était des sons qui au point de vue phonétique appartenaient au français. Même pour la phonotactique, c'était une suite de sons qui était assez française.

**Monsieur OSTROWSKI** : Que pensez-vous des conséquences que pourraient avoir certaines "politiques" telles que celle de "l'enfant unique" en Chine ? Dans ce type de société, les enfants (mis à part ceux fréquentant les crèches) sont seuls avec leurs parents et leurs grands-parents. Par ailleurs, avez-vous fait des études dans différents groupes socio-économiques ou génétiquement déterminés ?

**Madame DE BOYSSON-BARDIES** : Non, nos études sont interculturelles, dans des milieux qui étaient relativement semblables, de la "middle class". Nous n'avons pas du tout essayé de faire des études sur des milieux différents, mais au contraire, nous avons essayé jusqu'à maintenant de neutraliser ce facteur. Non pas parce qu'il n'est pas intéressant, mais parce qu'on n'est pas assez nombreux à travailler. D'autre part, il y a des civilisations où les parents ne parlent pas aux enfants et où les enfants sont élevés par leurs frères et leurs sœurs, et où il n'y a quasiment pas de question de « motherism ».

**Monsieur SOULE** : Il n'y a pas que la parole qui compte pour le bébé. Maintenant on commence aussi à étudier l'environnement non humain du bébé. J'ai été frappé de voir la différence entre les jouets musicaux dans les civilisations : par exemple, les Européens n'ont pas les mêmes jouets musicaux qu'en Chine ou en Asie. Il y a aussi d'autres bruits, par exemple dans un milieu européen, il y a la télévision ou la radio qui marche continuellement, et beaucoup d'autres éléments de cet ordre. Je me demande si cela ne joue pas un peu dans le choix au niveau des sélections et des réponses, en dehors bien entendu de la prévalence de la parole et de la voix maternelles.

**Madame DE BOYSSON-BARDIES** : Justement, à un moment on se disait qu'il y aurait une expérience à faire pour savoir si un enfant qui n'entendrait que la radio ou la télévision apprendrait à parler ou pas. Évidemment, ce n'est pas une expérience qu'on peut faire parce qu'on ne peut pas s'amuser à élever un enfant comme cela. Il serait intéressant de savoir si un élément humain de transmission est nécessaire ou pas.

**Monsieur POLONOVSKI** : Nous avons l'expérience d'un enfant élevé par une mère dans une chambre, totalement isolé, comme un enfant sauvage, avec pour tout accompagnement un transistor et les chansons qu'il entendait sur ce transistor. C'était un grand encéphalopathe, récitant parfaitement tout ce qu'il entendait sur son transistor. Il n'y avait pas eu de communication humaine directe, et on savait qu'il n'avait eu que ce mode d'éducation. Il ne savait pas parler, mais il savait chanter avec des mots. Ce n'était pas bien prononcé mais on reconnaissait exactement la chanson qu'il prononçait, qu'il avait entendue.

**Madame DE BOYSSON-BARDIES** : Mais il n'avait pas du tout appris à parler ?

**Monsieur POLONOVSKI** : Il n'avait pas appris à parler avec quelqu'un, c'était purement spontané.

**Madame PERNET ROBERT** : La question est de savoir si la mère avait mis cet enfant dans la cave parce qu'il était au départ anormal où si cet enfant est devenu anormal parce que la mère l'avait mis dans la cave pour s'en débarrasser pour une raison inconnue.

**Monsieur POLONOVSKI** : Il avait été élevé comme ça, psychotique après ou psychotique avant.

**Madame PERNET ROBERT** : On n'a jamais su ce qui s'était passé. C'était une famille extrêmement fruste de la Beauce. Nous sommes allés le chercher avec l'un des chefs de clinique de Monsieur POLONOVSKI. C'était presque une expédition punitive : une histoire extravagante que d'aller quérir cet enfant que l'on a ainsi sorti de la cave...

**Monsieur OSTROWSKI** : Il faudrait peut-être pouvoir mieux évaluer l'impact des paroles sur le développement de l'intellect de l'enfant.

## La succion nutritive

**Madame AMIEL TISON** : Je voudrais vous résumer un travail américain sur le **rôle de la succion nutritive** pendant les gavages. Je trouve que c'est un modèle du genre qu'on peut essayer de décrire sous le terme « early intervention ». Il s'agit d'un groupe de pédiatres de Philadelphie qui ont pris 30 enfants prématurés à la période à peu près stable, c'est-à-dire vers le 10e jour de vie. Ils les ont choisis d'un poids normal pour l'âge, en post-soins intensifs et tous d'un poids de naissance de moins de 1 500 g, sans pathologie majeure. L'hypothèse de départ était de savoir si, au moment où ces enfants ne peuvent être nourris que par gavage, il est utile et cela change quelque chose de leur donner une tétine à téter pendant la durée des gavages. Deux groupes ont été tirés au sort : il a été décidé que ces enfants n'auraient rien à téter en dehors des temps de gavage et que les enfants appartenant au groupe expérimental n'auraient la tétine que pendant les gavages. Ces deux groupes sont nourris par gavage discontinu, avec des doses caloriques strictement identiques de 100 à 120 calories/Kg/24 H. Quand ils allaient bien, on commençait à les nourrir au biberon, à partir du poids de 1 700 g, ce qui était l'habitude dans le service concerné. On a enregistré cette succion à partir du "Pacifier", on a considéré l'allure de la courbe de succion. Les expérimentateurs ont estimé qu'il y avait "pattern" **organisé** quand on avait plus de trois succions consécutives et un autre "pattern" appelé **sporadique** quand il n'y en avait qu'une ou deux, de temps à autre. On a mesuré la dépression exercée par la succion et on a fait ces enregistrements une fois par semaine pendant 1 minute, 2 minutes après le début du gavage. Tout cela était parfaitement standardisé. On a mesuré les résidus gastriques (c'est-à-dire que chaque fois que l'on nourrissait un enfant par gavage discontinu, on aspirait ce qu'il y avait comme résidu gastrique), le nombre de selles et on a fait un test au rouge carmin pour étudier la rapidité du transit gastro-intestinal. Ensuite, après cette période de nutrition par gavage, c'est-à-dire quand on commençait à les nourrir au biberon, à partir de 1 700 g, on a mesuré le temps mis pour boire les 5 premiers biberons, autrement dit, l'efficacité de la succion ; on a mesuré le nombre de jours nécessaires à la période de transition (tantôt gavé, tantôt nourri au biberon), puis la durée du séjour hospitalier.

Les résultats ont été les suivants et ont été pour la plupart extrêmement significatifs : l'allure de la succion était différente selon les groupes, c'est-à-dire que les succions **organisées** (plus de 3) étaient en moyenne plus nombreuses avec une évolution beaucoup plus rapide dans le groupe expérimental. Puis on a contrôlé la prise de poids. C'est un chapitre fort intéressant parce que ces nouveau-nés étaient nourris strictement de la même manière au point de vue calorique, et avaient un poids identique au départ de l'étude. Dans le groupe expérimental, il y a eu prise de poids de 180 g par semaine contre 120 g dans le groupe contrôle, donc une différence significative, à partir de la deuxième semaine. Le test au rouge carmin montrait un transit intestinal moyen de 23 H dans le groupe expérimental contre 25 H chez les témoins (différence non significative). La deuxième semaine, le résultat commençait à être significatif avec respectivement 22 H contre 26 H. On a aussi mesuré le temps nécessaire à la prise des 5 premiers biberons en minute par once et on a obtenu 6 contre 10 (signification supérieure à 0,01). Puis la durée de la période de transition mesurée en jours et on a obtenu 10 contre 16 (résultat également très significatif). Le temps passé jusqu'à l'obtention du poids de 2 kg est de 30 jours contre 36. La durée d'hospitalisation est de 51 jours contre 58.

La succion existe et elle est déjà très fonctionnelle chez le fœtus puisqu'elle fait partie du cycle du liquide amniotique. Elle est indispensable à la vie fœtale. On sait empiriquement que jusqu'à 34 semaines d'âge conceptionnel, la succion existant évidemment, ou bien l'enfant nouveau-né est trop fatigable ou bien la succion n'est pas assez rythmée pour lui permettre une alimentation orale. On sait aussi qu'il existe une période d'apprentissage pour avoir une succion parfaite, qui permette l'absorption complète du biberon. Donc c'est un bon exemple pour établir la **distinction entre maturation et expérience**. Cette étude fait apparaître qu'il y a une organisation de la succion différente d'une semaine environ, chez les enfants qui ont expérimenté, appris la succion, par rapport à ceux qui ne l'ont pas apprise. Le résultat important sur la différence de prise de poids n'était pas attendu par les expérimentateurs. Ils ont fait plusieurs hypothèses sur les mécanismes. Une de ces hypothèses était que les enfants s'oxygènent mieux du fait de la succion ; des mesures de la pression d'oxygène transcutanée ont été faites, elles ont montré que le taux d'oxygène était différent pendant la succion et hors succion. Une autre hypothèse était que les enfants sont plus calmes quand on leur donne la tétine : ils luttent moins contre le gavage, donc ils dépensent moins d'énergie. Une autre encore est que l'absorption digestive est meilleure, liée à l'augmentation de la lipase linguale qui est stimulée. Chez les ruminants, des expériences importantes ont montré le fait que la lipase est entretenue par la succion. Par conséquent, il est possible que ce soit cette activité lipasique qui joue son rôle.

Cette recherche clinique, relativement simple, est un bon exemple des effets de l'apprentissage sur une fonction qui existe déjà, comme celle de la succion. C'est un exemple sur le rôle manifestement bénéfique de l'apprentissage, puisque la durée du séjour hospitalier diminue d'une semaine et que probablement la période transitionnelle de l'alimentation se passe mieux.

**Monsieur POLONOVSKI** : Je considère ce travail comme très intéressant en ce qui concerne la lipase linguale qui a toujours été matière à discussion, et dont ce travail considère qu'elle joue un grand rôle. Cette étude montre bien que si ce facteur intervient, on devrait retrouver sa trace dans les stéatorrhées du prématuré comme différence : c'est-à-dire qu'en poursuivant le travail fait, on pourrait observer si, effectivement, outre les autres facteurs que vous avez mentionnés, il existe ou non une influence sur la stéatorrhée (ce qui signifierait que la lipase linguale joue un rôle). On pourrait alors tenter de mesurer la teneur de lipase linguale dans les liquides gastriques en succion et hors succion (ça fait une importante différence).

À part cela, il est évident qu'on change un tas de choses dès lors qu'on motive l'enfant. Au lieu d'un gavage passif, les stimulations transforment tout le conditionnement. C'est la raison pour laquelle les paramètres doivent être nombreux. Malheureusement pour nous, nous avons fait l'expérience inverse. Nous avons mis des enfants en nutrition parentérale totale très prolongée. Nous avons eu des résultats extrêmement lourds de conséquences. Ayant fait des interruptions d'alimentation orale pendant des périodes prolongées et n'ayant pas suffisamment stimulé la succion-déglutition, nous avons eu d'extrêmes difficultés pour la reprise de cette fonction. Elle avait été parfaitement conditionnée dans la période prénatale, mais s'était déconditionnée. Au besoin, elle pouvait se remanifester sous forme oppositionnelle à la succion-déglutition. Nous avons actuellement une enfant qui a développé une véritable phobie de la succion-déglutition, et pour laquelle la réalimentation pose des problèmes énormes. C'est actuellement un phénomène si connu que l'on ne donne plus aucune alimentation parentérale sans entretenir aussi la succion-déglutition, mais je pense que le faire en discontinu et motivé, plutôt qu'au hasard et en subcontinu, c'est très différent.

**Madame AMIEL TISON** : Pour ceux d'entre nous ici, qui nourrissons des prématurés dans cette période transitionnelle, le gavage continu offre une solution de facilité. Bien sûr, cela ne joue pas beaucoup parce que la plupart de ces enfants sont normaux et vont très bien se débrouiller, mais le gavage continu c'est trop facile. Les infirmières mettent la pompe (c'est tellement commode), il n'y a pas d'accident, alors on s'endort, dirais-je, dans le gavage continu, plusieurs semaines au-delà de la période qui paraît nécessaire. Comme tout le monde, nous avons remarqué que le gavage continu établit un rythme veille-sommeil tout à fait différent : en gavage continu, les enfants ne sont jamais vraiment réveillés et ignorent la sensation de faim.

**Madame CHALLAMEL** : Peut-on vraiment parler d'apprentissage de la succion-déglutition, ou bien plutôt d'une remise dans les conditions de la vie fœtale où cette déglutition existe ?

**Madame AMIEL TISON** : Je ne sais pas.

**Madame CHALLAMEL** : Savez-vous si cette déglutition au cours de la vie fœtale est périodique ou continue ?

**Madame AMIEL TISON** : Oui. Elle est périodique, d'une manière très visible.

**Monsieur SOULE** : Je voudrais ajouter trois remarques. La première est qu'autrefois, il était fréquent qu'on fasse le gavage parfois très longtemps sans introduire la succion-déglutition. À Margency où les enfants avaient subi des opérations d'exclusion et étaient en gavage extrêmement longtemps, on ne comprenait pas ce qui se passait (cela remonte à 5 ou 6 ans) : les enfants suçaient le chambranle des portes. Il y avait de petits morceaux de bois dans leurs intestins et dans leurs selles. Non seulement ils suçaient le bois, mais en même temps, ils le mordillaient et en laissaient la trace sur les portes. Cela traduisait de manière explicite un besoin évident qui n'était pas comblé et qui même était complètement scotomisé par le gavage. Le second point est que, avec KREISLER, on a pu dépister maintenant a minima, dans un certain nombre de cas, chez les prématurés ou les jeunes enfants qui subissent un gavage, des mérycismes sur sonde : ils ont comme des sortes de régurgitations, de petits vomissements. L'enfant, étant frustré de la succion et de la déglutition, la reproduit par les moyens qui sont les siens. C'est-à-dire qu'il fait revenir de l'alimentation dans la bouche, d'où il peut déglutir à nouveau. Le troisième point est que le nourrisson va ajouter à la fonction qu'on vient de décrire - la succion-déglutition - une notion de plaisir qui intervient et va être très importante. Au point que si elle est modifiée, cela va perturber la succion-déglutition, et va en quelque sorte polluer tous les aspects de ce plaisir. Si elle fonctionne quand même tant mieux. Sinon, cela va gêner tout le reste. Ces anorexies primaires qui semblent se déclencher à la naissance, en fait, c'est inexact. Si on étudie avec précision ce qui s'est passé pendant les premières heures de vie, on constate qu'à partir d'un enfant qui n'avait pas tout de suite une bonne succion-déglutition, la mère a réagi en étant angoissée, agressive. Comme vient de le dire Monsieur POLONOVSKI, il s'ensuit un blocage. Alors, la solution de facilité est celle du gavage parce qu'on a peur que l'enfant perde du poids et l'on enclenche un système dont on ne sortira plus. Ensuite, on a du mal à enlever la sonde parce qu'on craint pour la vie du nourrisson. C'est tout un problème. On pourrait dire que c'est un blocage phobique, comme vous venez de le dire, grosso modo, par rapport à la succion-déglutition. Je pense que c'est un problème très important, immédiat à la naissance, mais que faut-il leur donner à sucer ?

**Madame AMIEL TISON** : Une tétine bouchée, qui ne leur fait pas avaler trop d'air.

**Madame CHALLAMEL** : À partir de quel âge ?

**Madame AMIEL TISON** : Dans le travail cité, on commence à 33-34 semaines, c'est-à-dire quand les enfants vont suffisamment bien, au point de vue respiratoire et autres. La seule distraction, dirais-je, d'un prématuré en incubateur à 35 semaines est d'avoir des repas et de boire lui-même.

**Monsieur SOULE** : Il y a très longtemps, un fameux article avait paru dans la "Semaine des Hôpitaux" à propos de tous les méfaits de la sucette. Il avait révolutionné tout le monde pédiatrique parce qu'elle était décrite comme la source de tous les vices. Donner une sucette à l'enfant pour qu'il s'endorme, conduisait à la masturbation, à l'adultère, à la délinquance... C'était absolument extraordinaire à ce moment-là, tout ce qui avait agité les pédiatres et qui était vécu comme une très précoce auto-masturbation du nourrisson.

**Monsieur CONTRAIRES** : La sucette n'est proposée que de façon discontinue, au moment des gavages.

**Madame CHALLAMEL** : C'est important, parce qu'il y a le plaisir de la déglutition avec le lait et l'association avec la succion.

**Madame AMIEL TISON** : Le substitut sucette avec le tube n'est pas formidable ! Mais on fait ce qu'on peut !

**Madame CHALLAMEL** : Oui, mais on associe déjà deux choses. Ce qui peut être important.

**Monsieur POLONOVSKI** : La mise au sein des prématurés est-elle beaucoup plus précoce ici ?

**Madame AMIEL TISON** : On peut mettre un prématuré directement au sein à partir de 36 semaines environ. Cela marche très bien.

**Monsieur POLONOVSKI** : C'est pour ça qu'il est regrettable que les centres de prématurés les séparent de leurs mères. C'est une hérésie, étant donné qu'elles sont beaucoup plus protectrices quand elles sont présentes. Généralement on met les enfants en couveuse complètement isolés des mères.

**Madame AMIEL TISON** : Ca, c'est de l'histoire ancienne.

**Monsieur POLONOVSKI** : Ce n'est pas de l'histoire ancienne. Tous les centres de prématurés ne sont pas pourvus en lits mères-enfants, alors que pour moi, tous devraient être comme ça. Par conséquent, beaucoup de mères ayant accouché prématurément ont leur allaitement stoppé uniquement parce qu'on leur dit : "votre enfant est parti à l'hôpital (ou n'importe où) et donc, vous ne pouvez pas allaiter !" Quand elles sortent, elles ne peuvent plus allaiter car elles n'ont plus de lait.

**Madame AMIEL TISON** : À Baudelocque, la plupart des mères qui ont un prématuré gardent leur lait. Elles peuvent le mettre au sein quand il rentre à la maison.

**Monsieur POLONOVSKI** : Parce que ce sont des prématurés normaux, mais quand ils passent au centre de réanimation ou dans d'autres conditions, nous voyons de façon permanente que ces séparations s'accompagnent d'une perte de l'allaitement. Il n'existe pas de milieu hospitalier sur le modèle des structures familiales mères-enfants. Dès qu'ils sont hospitalisés, les prématurés sont systématiquement séparés de leur mère. Non seulement en couveuse, et la couveuse est déjà une séparation, mais en plus éloignés de leurs mères !

**Madame CURZI** : Actuellement dans les services de réanimation des hôpitaux parisiens, dont Baudelocque et Port Royal, tout est mis en œuvre pour faire entrer les mères très tôt à l'hôpital et pour les mettre en contact avec leurs bébés.

**Monsieur POLONOVSKI** : C'est dans un pays d'Amérique du Sud que les enfants sont gardés constamment au contact de la mère : on les met dans des sacs en plastique de façon à les réchauffer, un peu comme dans les plaques d'aluminium et on maintient le prématuré constamment au contact de sa mère, qui l'allaite à la demande. On arrive ainsi à les élever hors de toute couveuse, dans des conditions absolument physiologiques par rapport à celles d'un nourrisson normal. Je pense qu'il y a certainement là quelque chose à apprendre, étant donné que nous n'avons pas du tout cette psychologie, et que nos structures ne comportent pas cette possibilité que la mère et l'enfant soient constamment ensemble.

**Madame CHALLAMEL** : Il y a le problème des autres enfants qui restent à la maison.

**Monsieur POLONOVSKI** : Ce problème existe toujours, c'est pourquoi je n'en parle pas. Justement, ils font cela dans ce pays d'Amérique du Sud de façon familiale. Il ne s'agit pas de structure hospitalière. Ils prennent les prématurés sous surveillance et les gardent en structure familiale. Nos centres de prématurés sont des centres non pas de mères-enfants prématurés, mais des centres de prématurés tout seuls. Alors visites ou pas visites, il n'y a pas de commune mesure entre stimulation intermittente ou contact permanent.

**Monsieur CONTRAIRES** : Vous parlez, je pense, de l'expérience de Bogota où l'hospitalisation au centre de prématurés entraînait obligatoirement une mortalité importante. C'était le seul moyen de réduire cette mortalité.

**Madame AMIEL TISON** : Ce n'est pas transposable actuellement dans notre situation.

**Monsieur CONTRAIRES** : C'est difficile à transposer. Par contre, ils nourrissent très précocement les enfants par expression du lait et à la petite cuillère, à des âges gestationnels qui semblent correspondre à 32-33 semaines.

**Madame AMIEL TISON** : Oui, c'est une question de temps pour les infirmières. Si on a du temps l'enfant avale le lait. Simplement, il n'a pas une succion suffisante et une fonction respiratoire suffisante pour boire son biberon en un temps considéré comme raisonnable.

## L’état affectif du nourrisson et de sa mère

**Monsieur SOULE** : Je voudrais parler de quelque chose qui me paraît capital pour le développement précoce de l’être humain. Il s’agit de l’état du nourrisson, de sa **dépression** ou à l’inverse de son **euphorie** et de sa **gaieté**.

La situation affective du nourrisson, qu’il s’agisse de sa dépression ou de sa gaieté, est un facteur capital de son développement. C’est une notion récente. Longtemps, on a dénié au nourrisson toute vie affective importante. Le paradoxe est que très peu de choses ont été publiées sur la gaieté du nourrisson alors que tous ceux qui étudient son développement, reconnaissent que le nourrisson ne peut faire aucune acquisition si son apprentissage n’est pas accompagné d’un affect positif. Ce n’est pas seulement quand le nouveau-né est dans une situation négative de type dépressif qu’aucun apprentissage ne peut se faire ; c’est également impossible lorsqu’il est dans une période d’état thymique moyen. Comme le dit Daniel STERN, il faut que la connotation d’un affect positif vienne "accrocher" l’acquisition. La mémorisation d’une expérience n’est possible pour le nourrisson que si elle est le souvenir de quelque chose de positif. C’est un élément capital de son développement.

De fait, on voit les mères passer leur temps à solliciter l’affect positif d’une manière plus ou moins habile. Par exemple, quand elles chatouillent leur bébé pour le faire rire à tout prix. Dans l’interaction mère-bébé, la recherche d'un affect positif est constante. Un bébé qui sourit ou qui rit renvoie à sa mère la signification "tu es une bonne mère, une gentille maman, qui s'occupe bien de moi". C'est rassurant et les mères peuvent donc constamment être rassurées par ce phénomène.

Cet élément capital a été très peu étudié par les pédiatres ou les psychiatres. Des auteurs comme STERN ou EMDE remarquent que l'on s'est beaucoup plus penché sur la dépression du nourrisson que sur cette gaieté qui est indispensable à l'apprentissage dans toutes ses modalités (motricité, langage, etc.). La nécessité d'une connotation positive explique un des aspects catastrophiques des situations de privation de soins et de stimulations. Ces nourrissons sont entraînés sur un terrain où les affects positifs disparaissent complètement et où aucun apprentissage ne se fait, pas même avec des objets.

Avec la dépression, on entre dans un domaine mieux balisé. On peut même rappeler que dans le monde de la pédiatrie, l'apparition des études sur le nourrisson s'est faite en 1946 avec la première publication de SPITZ sur une forme très particulière et très précoce de dépression : la dépression « anaclytique ». Cet apport n'a pas été suffisamment remarqué à l'époque car on l'a beaucoup confondu avec les situations de carence maternelle qui venaient d'être décrites et avaient déclenché une très grande controverse.

La dépression du nourrisson survient souvent lorsque la mère a vécu un deuil. C'est un point intéressant à souligner aujourd'hui dans les pays où le nombre des naissances est en diminution. En effet, s'il y a peu de naissances et donc de conceptions, il est intéressant de connaître les raisons du désir d'enfant. Le seul élément qui se dégage des études, c'est que le fait de réaliser une relation fécondante survient souvent dans les mois qui suivent le décès d'un membre de la famille, parent ou grands-parents. Les démographes ont pu facilement vérifier ceci et nous avons de très nombreuses observations de jeunes couples qui décident d'avoir un enfant alors qu'ils viennent d'apprendre que leur père ou leur mère est frappé d'un cancer mortel. La femme va être enceinte et la mort du parent survient pendant ou en fin de grossesse. Le deuil pendant les trois derniers mois de grossesse est une des causes majeures de dépression et, dans ce cas, une culpabilité s'ajoute car cet enfant, la mère l'a voulu pour remplacer le parent... alors elle va tenter des mesures réparatrices comme de donner à l'enfant le prénom du parent.

La notion du deuil récent, vécu au cours de la grossesse est un facteur important, qui devrait figurer de manière systématique dans l'anamnèse. Mais il y a beaucoup d'autres circonstances où une mère peut vivre un deuil affectif sans qu'il y ait mort d'un personnage. Il peut s'agir simplement d'une séparation du couple ou du désintérêt du père. D'une façon plus difficile à percevoir, mais qui a sans doute plus d'importance encore, une femme peut vivre un troisième mode de deuil, le deuil de l'imaginaire. Prenons l'exemple d'une mère qui a dans sa tête un enfant imaginaire de tel type, de tel sexe, de telle ou telle caractéristique et qui met au monde un enfant réel qui n'y ressemble pas du tout. L'exemple le plus typique est l'enfant prématuré... Non seulement il n'est peut-être pas du sexe qu'elle avait imaginé, mais il n'a pas le même aspect physique. Elle en est séparée et il lui crée des ennuis : toutes les conditions sont réunies pour qu'elle se trouve en deuil de l'enfant imaginaire. On rencontre beaucoup de mères qui ont du mal à entrer en relation avec leur bébé prématuré. L'enfant ressemble si peu à celui qu'elles avaient dans leur tête qu'il devient un étranger inquiétant. Certaines de ces mères ne pourront pas, par exemple, mettre le bébé au sein ; ceci leur crée un malaise, on peut même voir des évanouissements, et, bien entendu, on repère souvent des dépressions. Ce phénomène peut se produire dans bien d'autres circonstances.

Il est une forme grave de la dépression maternelle que l'on voit rarement aujourd'hui, c'est une psychose puerpérale. Cette disparition est probablement liée aux procédés actuels de contraception, ainsi qu'à l'I.V.G. Autrefois, on pouvait imposer à une femme un enfant dont elle ne voulait pas, né d'un homme dont elle ne voulait pas. La femme sans moyen de réagir versait dans un épisode psychotique localisé ; le délire lui permettait de nier avoir eu un enfant, de nier que ce soit son enfant, et en même temps d'exprimer tous les souhaits de mort. Comme on le disait alors : "Il faut vraiment être fou pour dire toutes ces horreurs"... alors cette femme devenait "folle" pour pouvoir les dire. Mais il s'agissait bien de ses propres pensées agressives profondes à l'égard du bébé. À ce propos, je voudrais rapporter l'histoire des trois dernières psychoses puerpérales dont j'ai eu à m'occuper, car elles réalisaient de manière expérimentale ce scénario d'enfant étranger qui ne peut coïncider avec l'enfant imaginé. Dans ces trois cas, il s'agissait d'une mère adoptive partie en Colombie pour accueillir le bébé tant désiré. Les couples avaient été candidats à l'adoption et avaient eu des entretiens préalables. Ces femmes savaient bien qu'elles auraient des efforts à faire pour s'adapter à un enfant étranger, mais elles arrivaient là-bas dans des conditions stressantes que l'on peut facilement se représenter : le voyage en avion, la solitude de la chambre d'hôtel, la visite à l'institution (plus ou moins bien équipée, plus ou moins licite) et, enfin, la rencontre. On ment assez souvent à ces femmes et l'enfant qu'on leur présente n'est pas du tout celui de la photo. Il est plus âgé ou d'un sexe différent, il est encore plus étranger à l'enfant imaginé. C'est dans ces circonstances que j'ai vu se déclencher trois dépressions graves, psychose puerpérale avec délire et rapatriement sanitaire d'urgence sous neuroleptiques.

Il faudrait pouvoir parler plus longtemps de la façon dont la dépression maternelle agit sur le nourrisson. Elle produit une sorte d'occultation de l'interaction. Si cette dernière est totale, le nourrisson ne reçoit plus aucun message et l'on pourrait le comparer aux astronautes dans leur navette spatiale qui, en l'absence de message de la terre, paniquent et dépriment ! Dans d'autres cas, l'occultation est partielle, le nourrisson reçoit des signaux très abondants, mais contradictoires. Ainsi, certaines mères moyennement déprimées, se trompent dans leurs mesures et sucrent davantage les biberons comme si elles voulaient essayer d'apporter quelque chose de plus. L'enfant reçoit des messages carencés, ou même ils sont absents à certains moments, surabondants à d'autres ; il peut aussi s'agir de messages atypiques, survenant au mauvais moment ou n'ayant pas de point de repère possible. La mère perd alors la possibilité de s'identifier aux besoins du nourrisson. Elle perd la possibilité de répondre en synchronie. STERN appelle ce phénomène "l'accordage psychique" et il décrit comment l'interaction s'établit dans une succession de modifications réciproques de comportement. Dans le cas d'occultation, l'accordage psychique est désarticulé, inefficace. Le nourrisson, qui n'a aucune possibilité de comprendre ce qui lui arrive, va intégrer des choses qui sont de l'ordre de l'absurde : il envoie des signaux qui devraient recevoir des récompenses et c'est exactement le contraire qui survient.

Les conséquences pour le nourrisson sont diverses avec des répercussions à la fois sur le plan somatique et sur le plan des acquisitions. On peut avoir là l'origine de nombreuses maladies ; cela pourrait, par exemple, jouer un rôle dans la mort subite du nourrisson : certaines recherches avancent que des épisodes antérieurs de dépression aient pu provoquer une carence dans certains domaines de l'équipement du nourrisson. Il faut également se poser la question de la récupération : est-elle possible de façon complète ? Est-ce qu'un nourrisson qui a vécu un tel épisode ne devient pas prédisposé à certains types de maladies psychosomatiques ? Le risque est que la faille ainsi créée ne constitue une sorte de facilité et que les affects puissent alors passer dans le corps sans que les processus de mentalisation puissent faire tampon.

Les personnels des maternités et les pédiatres sont maintenant mieux informés au sujet de ces problèmes ; on peut donc penser que des mesures préventives pourraient facilement démarrer. Dans un premier temps, il faudrait déterminer quelles sont les femmes qui ont des grossesses à risque. Cela concerne les maternités. Pendant les quelques jours que les femmes y passent, un personnel bien informé pourrait repérer les petits signes qui traduisent la dépression de la femme. Cela ne peut être indiqué dans des questionnaires. Il faut une observation globale qui prenne en compte l'ensemble de la vie de ces femmes. Par exemple, on demanderait à la mère, au cours de l'entretien, ses idées sur le choix du prénom, ce qu'elle a prévu pour l'enfant, comment réagit le père, si elle a des visites... Il est certain qu'une femme qui n'a préparé aucun vêtement, qui ne sait pas quel est le prénom ou qui ne voit pas à qui son enfant ressemble est dans une situation dépressive. Bien entendu, ce n'est pas sur un seul item que l'on va juger d'une dépression.

Certains pourront dire que l'on va "psychiatriser" le séjour en maternité : c'est peut-être une chance pour le nourrisson que l'on "psychiatrise" les problèmes de sa mère. Si l'on se contente de dire "ce n'est rien, ça va se passer", les choses vont peut-être s'arranger pour la mère, mais pas pour le nourrisson. D'autre part, ce n'est pas le rôle du psychiatre que de faire ces entretiens : des puéricultrices, des sages-femmes, ou des obstétriciens sensibilisés à ces problèmes peuvent très bien faire cette évaluation et déterminer les femmes à risque, afin d'organiser avec elles la prise en charge et la sortie. Après le retour au domicile, les puéricultrices et travailleurs sociaux peuvent jouer un grand rôle, à condition de ne pas se retrancher derrière l'idée qu'ils ne peuvent intervenir que s'il y a une demande. Les femmes déprimées, même d'une manière minime, ne demandent rien : elles vont rentrer chez elles et s'installer dans un certain marasme dont le bébé va pâtir. De nombreuses mesures préventives sont possibles sans pour autant constituer une police de dépression. Ce soutien est nécessaire car les impératifs de la société pèsent lourd sur les mères et les bébés d'aujourd'hui. Certes, pendant des siècles, on ne s'est pas beaucoup préoccupé de cela, mais il faut rapprocher cette évolution de celle de la mortalité infantile : tous ces bébés "étrangers", tous ces nourrissons non investis par la mère, c'était ceux-là qui mouraient en premier.

**Madame AMIEL TISON** : À quel âge moyen apparaissent les premiers symptômes de la première forme de dépression du nourrisson dite mentalisée ?

**Monsieur SOULE** : On est tout à fait frappé de voir dans cette dépression "mentalisée" des formes très précoces. Bien entendu, c'est de plus en plus rare. On en voit davantage quand on entre dans la période décrite au commencement de ce colloque, période où l'on a l'impression qu'il existe un substratum pour que le rêve apparaisse, et où donc il y a déjà les prémices d'une vie mentalisée. Cela se situe à ce moment-là et plus tardivement, à partir du deuxième semestre de la vie. Mais des dépressions peuvent se voir au troisième mois, qui suscitent cette question : est-ce que c'est mentalisé ou pas ? On en est encore aux supputations et à l'adultomorphisme. On se projette soi-même. Nous sommes en train de faire un film avec KREISLER. Nous avons recherché des enfants déprimés. Cela nous a amené chez LEMERLE, qui étudie actuellement la douleur chez le nourrisson, ce qui est un autre énorme problème. On arrive très bien à faire la distinction entre douleur et dépression, bien que cela complique un peu les choses. Nous sommes en train de prendre d'autres types de dépressions pour les filmer.

**Madame CHALLAMEL** : N'existe-t-il aucune relation entre les types de dépressions maternelles et les types de dépressions du nourrisson ?

**Monsieur SOULE** : Je ne peux pas vous répondre aujourd'hui.

**Madame CHALLAMEL** : Qu'est-ce que cela veut dire dépression "anaclytique" ?

**Monsieur SOULE** : Le nom de cette forme de dépression décrite par SPITZ indique qu'elle détruit les fonctions, c'est-à-dire qu'on assiste à la régression totale de l'appétit, du sommeil, une dissolution des fonctions et des acquisitions.

SPITZ avait écrit, et avait tourné un film. Il travaillait dans une crèche annexée à un établissement de filles délinquantes. La situation était la suivante : il s'agissait de jeunes mineures délinquantes, qu'on faisait vivre avec leur bébé et qui avaient donc avec lui une relation très étroite. La loi voulait qu'à 6 mois, on les sépare : c'est alors qu'apparaissait la dépression. J'ai revu le film de 1956, en noir et blanc, un peu sautillant, parce que SPITZ (ce n'était pas encore le grand SPITZ) avait seulement quelques vacations, peu d'appareils et pas de crédit. C'est un film assez émouvant parce qu'il ressemble à un film d'amateur, et on y voit des tableaux de dépression "anaclytique" extraordinaires.

**Monsieur JEANNEROD** : C'est un point d'information. Quelle relation y a-t-il entre la dépression de l'enfant et l'autisme infantile ? Y a-t-il une corrélation entre les deux ?

**Monsieur SOULE** : Nous ne pouvons pas entrer aujourd'hui dans le problème de l'autisme. On s'interroge énormément sur l'origine de l'autisme et je pense qu'on ne s'en sortira jamais si on veut faire de l'autisme uniquement la conséquence d'une cause génétique. Il y a un équipement défaillant (il y a beaucoup d'hypothèses sur les équipements qui peuvent être défaillants), mais il y a immédiatement interaction parce que la mère est déroutée par la façon dont cet équipement défaillant va la solliciter. Dans un délai très court, cette interaction va être de plus en plus aberrante : c'est-à-dire qu'à la fois la mère va avoir des réactions aberrantes et le nourrisson aussi. Ce qui fait que très vite, on va se trouver devant une situation identique à celle de l'autisme. De plus, il existe plusieurs formes d'autisme. C'est une réponse globale. Il se peut qu'au départ, il existe des formes différentes d'autisme. Il faut aussi distinguer ce qu'on appelle l'autisme primaire des réponses autistiques secondaires. Pour répondre précisément à votre question, je dirais que lorsqu'un nourrisson "défaillant" (sur tel ou tel système de son équipement ou en retard pour l'émission de ses propres signaux pour telle ou telle raison), se trouve face à une mère elle aussi "défaillante" à ce moment-là (parce que déprimée par exemple), leur interaction va être malheureusement catastrophique.

**Monsieur CONTRAIRES** : La dépression anaclytique est-elle un état durable, chronique, par exemple dans les formes à traduction psychosomatique ? Est-ce un mode de réponse, face à la réalité ou à une agression, qui demeure ensuite ?

**Monsieur SOULE** : Oui.

**Monsieur CONTRAIRES** : On reste un psychosomatique toute sa vie ?

**Monsieur SOULE** : Non, on ne peut pas généraliser, d'autant plus qu'on n'a pas encore d'étude longitudinale et encore moins d'étude rétrospective. Mais en fait, ce que l'on peut voir, c'est ce que tout le monde voit quotidiennement. Par exemple, dans toutes les familles, le bébé qui est mis à la crèche et qui se portait très bien, fait sa rhinopharyngite. On peut dire qu'il rencontre pour la première fois des microbes étrangers qu'il ne connaissait pas, mais on peut dire aussi qu'il a une dépression a minima. À ce moment-là, si on fait des dosages (personne ne les fait, car expérimentalement cela paraît difficile) et dans les cas où on les fait pour d'autres raisons, on a trouvé une chute des défenses immunitaires suite à une certaine forme dépressive due à l'entrée à la crèche, et cela quelles que soient les précautions. Bien sûr, il y a le microbe nouveau que l'enfant ne connaissait pas à la maison et la chute immunitaire consécutive : l'ensemble donne cette rhino-pharyngite qui se déclenche classiquement à l'entrée à la crèche. Mais cette rhino-pharyngite ne se déclenchera pas dans les familles carentielles. C'est dans une famille qui s'en occupait bien que l'enfant fait sa rhino-pharyngite à l'entrée à la crèche.

Voilà l'exemple d'un trouble psychosomatique simple. Ce que je dis a très bien été décrit par SPITZ. Au bout d'un certain temps l'enfant reprend du poil de la bête et se ré débrouille. Mais il s'installe par exemple sur un mode affectif différent. Il ne va plus engager la même relation avec l'extérieur. Un peu comme s'il disait : "On m'a fait le coup de l'affection et voilà ce qui m'est arrivé. Donc, je ne recommencerai plus". Donc, il ne va plus engager le même type de relation avec les conséquences que cela peut avoir.

**Madame PERNET ROBERT** : Avez-vous observé des troubles de la succion dans les toutes premières semaines ?

**Monsieur SOULE** : Cela se peut. L'enfant peut perdre le goût de se servir des différentes parties de son corps.

**Monsieur OSTROWSKI** : La dépression de la mère a-t-elle un effet négatif sur le fœtus ?

**Monsieur SOULE** : La dépression d'une femme enceinte et ses effets sur le fœtus soulèvent toutes les hypothèses : par où cela passe-t-il ? Par voie humorale ? On a parlé de messages chimiques. Il se peut que la dépression passe par voie chimique sur le fœtus.

**Madame DE BOYSSON-BARDIES** : Vous avez parlé de l'enfant gai et de l'enfant déprimé. Je voulais parler des enfants dont on dit "ils sont sérieux". Il y a des enfants très sérieux mais qui n'ont aucune histoire clinique : ils ne sont pas malades, ne font pas d'anorexie et dorment bien. Est-ce que vous considérez cela comme des dépressions légères ?

**Monsieur SOULE** : Oui, mais on ne peut pas dire qu'ils soient tout le temps sérieux. Un enfant sérieux toute la journée a été décrite comme suspect de psychose ; en fait ce n'est pas tout à fait exact. En tout cas, ce que vous décrivez, si c'est toute la journée, c'est certainement a minima une dépression. Parfois, beaucoup sont sérieux mais avec des périodes de gaieté.

**Monsieur CONTRAIRES** : Je suis parfois frappé devant les tableaux très fréquents de gastro-entérite. La famille prend alors toutes les précautions diététiques, utilise tous les moyens thérapeutiques, mais sans succès : l'enfant arrive à l'hôpital et guérit brutalement, avant toute action médicale propre. Peut-on retenir cela comme une forme d'intolérance vis-à-vis de la mère à un moment donné ? La dépression est-elle un état durable qui va laisser des traces et qui traduit une personnalité particulière ou est-elle un accident qui va laisser des traces ? Est-ce qu'on peut parler de bouffée de dépression tout à fait isolée ?

**Monsieur SOULE** : Les deux cas existent. Si on reprend les descriptions de SPITZ, il parle très bien de cela et dit que dans certains cas l'enfant s'en tire tout seul en quelque sorte. Bien entendu, cela dépend de la durée pendant laquelle il va rester dans une période de deuil. Si on apporte rapidement un remède à la situation, par exemple si la mère le reprend, et que cela dure peu de temps, il se "rattrape". SPITZ décrit aussi des cas pour lesquels le rattrapage n'est pas total et où il demeurera quelque chose.

**Monsieur POLONOVSKI** : Est-ce qu'en cas de rejet pendant la grossesse, on a trouvé des états dépressifs à la naissance ?

**Monsieur SOULE** : En fait, devant un bébé déprimé, il faut faire une étude approfondie de plusieurs paramètres dont ceux qui concernent la façon dont sa mère a vécu sa grossesse.

**Monsieur POLONOVSKI** : Est-ce que ce rejet pendant la grossesse entraîne une accélération du processus dépressif ?

**Monsieur SOULE** : Je ne sais pas.

**Madame CURZI** : On dit que le sentiment maternel s'éveille avec le temps : il apparaîtrait immédiatement avec le deuxième enfant, plus tôt qu'avec le premier. Les premières grossesses sont plus déprimantes que les suivantes.

**Monsieur SOULE** : Je n'ai pas de réponse à apporter parce que je n'ai pas de chiffre, mais vous avez raison. C'est ce que je disais tout à l'heure. Autrefois, les petites filles étaient éduquées dans une famille où la plupart du temps il y avait 3 ou 4 enfants. Elles pouvaient voir leur mère élever des enfants. Donc tout ce qui était "des recettes de bonne femme", c'est-à-dire l'image de la bonne mère, passait et au fond les enfants apprenaient cela. Actuellement, ce n'est plus le cas. Une étudiante de mon équipe a fait passer des films sur la relation mère-enfant devant des adolescents de collèges (jeunes filles et jeunes gens de 15-16 ans) et même de Centres pour enfants un peu défaillants et généralement peu attentifs à tout ce qui est scolaire. Eh bien ! C'est extraordinaire le succès de ces films et l'intérêt que les adolescents et les adolescentes y ont trouvé. Pour la simple raison qu'ils n'avaient jamais vu cela : un bébé avec sa mère. Alors, cela les a tout à fait intéressés ! Beaucoup de conclusions ont été tirées de ce fait. L'une de ces conclusions est que même délinquants, les adolescentes ont évolué. Autrement dit, l'instinct maternel n'est pas encore présent, mais les jeunes filles semblent avoir évolué et l'on verra par la suite ce qu'elles vont devenir comme type de mère. On a un groupe témoin, le groupe banal habituel, chez lequel on peut retrouver cela : là on peut répondre qu'on a amélioré les relations.

A-t-on pu améliorer la vie du bébé ? En tout cas, on oublie qu'on pourrait montrer des films aux adolescents sur la relation mère-enfant et que cela les intéresse énormément.

**Madame DE BOYSSON-BARDIES** : Dans une expérience qu'avait faite Jacques MEHLER, il s'agissait de reconnaissance de la voix maternelle par rapport à la reconnaissance de la voix d'une autre mère. En général, les enfants préféraient la voix de leur mère. Curieusement, il y avait des enfants qui rejetaient absolument, à 2 mois, quand ils tétaient, la voix de leur mère, dès qu'ils l'entendaient. Il y avait vraiment un phénomène de rejet.

**Monsieur SOULE** : Oui, comme disait dans son livre Jules Vallès : "Quand j'étais petit, quand j'avais mal et que je tombais, jamais je n'appelais maman, parce qu'elle serait venue vous savez".

## Les compétences du nouveau-né ?

**Monsieur CONTRAIRES** : En ce qui concerne les compétences du nouveau-né et du petit nourrisson, je me placerai sur le plan simplement des compétences motrices qui sont comme vous le savez difficiles à percevoir naturellement. Il faut se souvenir que le fœtus a été quelquefois filmé en échographie dans une gestualité très semblable à la nôtre. Par exemple, chez les jumeaux, il y a des films échographiques d'activités exploratoires de jeux avec le cordon, de jeux mutuels, d'ouverture de mains... Cette gestualité ne se retrouve pas à la naissance, sauf dans des conditions très rares, très brèves, très privilégiées. Pour quelle raison ? Pour des raisons neurologiques de mise en jeu d'une réactivité primaire réflexe qui perturbe toute l'activité motrice globale de l'enfant, pour des raisons d'insuffisance de force musculaire contre la gravité. On sait que l'enfant nouveau-né a un poids de tête qui véritablement l'entraîne alors qu'il n'a aucune possibilité de le contrôler de façon efficace. On sait combien l'entraînement des mouvements de la tête et du cou retentit sur toute la motricité, déterminant le réflexe de l'escrimeur ou bien le réflexe de Moro lors des chutes de tête en arrière. Une autre raison d'impotence motrice provient certainement d'impossibilité ou de difficultés d'initiatives idéo-motrices. Encore qu'on ne voit pas très bien pourquoi, ce que l'enfant réalise avec certainement un certain plaisir dans l'utérus ne se retrouve pas après. Enfin, d'autres raisons peuvent être aussi très envahissantes : état thymique de sommeil, état de non-disponibilité parce qu'il faut bien s'alimenter et parce que l'alimentation digestive pour le nouveau-né est douloureuse ; on a vraiment l'impression quand on perfuse un nouveau-né qu'il retrouve un certain confort et quand il faut lui faire avaler finalement une ration hydrique et calorique, certainement lourde par rapport à sa taille, on a aussi l'impression que tout en prenant un certain plaisir à cette alimentation, il en souffre ; il faut entendre les plaintes des mères sur les distensions, les rejets. Il est certainement douloureux de se goinfrer à la façon d'un nouveau-né et c'est pourtant vital pour lui.

Donc tout ceci masque certainement une compétence du nouveau-né que GRENIER a révélée, avec d'autres, comme étant réelle et certainement une compétence motrice tout à fait semblable à ce qu'on peut constater chez les enfants d'âge beaucoup plus élevé, lorsqu'on leur demande de réaliser spontanément certaines performances.

Nous avons pu mettre un nouveau-né en condition de réaliser ces performances en permettant d'une part un état de libération motrice par le soutien manuel de la nuque, soit en situation verticale, soit en situation inclinée sur le côté, avec d'autre part la sollicitation d'une interaction permanente, avec ensuite la substitution à l'initiative de l'enfant, en dirigeant son attention soit vers l'examinateur, soit vers des objets. On a vu des performances tout à fait étonnantes dans l'ordre de la communication au cours de la première semaine de vie ; on peut également demander à cet enfant de réaliser des performances motrices qui sont tout à fait semblables à celles qu'il va réaliser plus tard pour s'équilibrer dans tous les plans de l'espace.

Les classiques manœuvres du tiré-assis, du relevé de tête en position ventrale sont peu significatives, peut-être pour des raisons d'ailleurs plus périphériques, plus musculaires que neurologiques. On sait qu'un enfant qui vit sur le ventre a souvent un renforcement de ses plans musculaires postérieurs tel qu'il a un relevé de tête tout à fait extraordinaire, mais par contre dans le tiré-assis, il est incapable de ramener sa tête, non pas parce qu'il ne peut pas mais parce qu'il a des muscles postérieurs trop courts.

De la même façon, les enfants qui ont une attitude en chandelier des membres supérieurs de façon assez permanente, sont soumis à des phénomènes de raccourcissement acquis du trapèze, qui ne leur laissent pas une disponibilité motrice suffisante pour les membres.

Donc il existe des raisons tout à fait contingentes de limitation des compétences motrices, dues à des phénomènes de pesanteur et d'habitudes posturales. On connaît aussi la même chose chez les enfants qui ont une habitude posturale, acquise peut-être avant la naissance, de tenir leur tête préférentiellement tournée d'un côté, avec des phénomènes de rétraction des muscles sterno-cléido-mastoïdiens, bloquant le cou dans certaines situations, entraînant un style moteur qui va parasiter leur motricité. Pour ces raisons contingentes certainement transitoires, mais qui ne permettent pas d'évaluer l'enfant, on est souvent bloqué. Mais si on arrive à obtenir **un état libéré**, on peut très bien inciter l'enfant à se redresser, notamment dans le plan latéral. Il est très intéressant d'observer une espèce d'aspiration à la verticalité tout à fait présente à la naissance. L'enfant redresse sa tête sur un plan vertical, cherche un appui sur l'épaule et au fur et à mesure qu'il grandit, qu'il prend de la force, peut prendre appui sur son coude, sur sa main (largement ouverte), jusqu'à arriver à un état de redressement quasi spontané identique à ce redressement spontané que nous avons, adultes, lorsque nous sommes allongés sur notre serviette à la plage. On peut tout à fait mettre en évidence ce genre de performance chez des enfants ayant un certain goût postural, un plaisir de se mouvoir dans tous les plans de l'espace dès le premier mois de vie, avec des appuis alternés d'un côté et de l'autre sur des mains largement ouvertes, le tout dans un état de communication et de libération motrice. La même chose peut se produire pour les membres inférieurs. L'enfant peut escalader, se redresser d'une façon active sur les membres inférieurs, non plus dans ce réflexe inné qui est un réflexe de redressement, d'allongement croisé ou de marche automatique, mais dans une activité beaucoup plus dissociée d'un côté et de l'autre, qui peut certainement correspondre à une activité motrice plus élaborée et qui sera par la suite sa marche définitive.

**Madame DE BOYSSON-BARDIES** : Il est curieux de voir que pour la motricité, de même que pour la parole, tout ce qui est sous l'influence de facteurs moteurs retarde la mise en évidence de compétences sous-jacentes. Tant que l'on n'avait pas fait toutes ces expériences sur les compétences perceptives, on ne pouvait pas prédire, à partir du comportement de l'enfant, qu'il était capable de discriminer les sons, par exemple. Tant qu'on n'a pas de moyen très fin d'analyser les productions de l'enfant, on ne peut pas prédire qu'il est en train d'orienter ses productions vers telle ou telle chose.

**Monsieur CONTRAIRES** : On peut se demander si ce n'est pas un comportement de défense naturelle : l'enfant s'en remettant obligatoirement à sa mère. Pourquoi cette motricité reste-t-elle cachée ? Je ne sais pas. Il est certain que les mères repèrent le moyen de traverser l'état ingrat de l'enfant nouveau-né dans son comportement, car elles ont souvent avec lui des moments de communication qui n'étaient pas apparus au médecin dans les conditions de l'examen clinique.

Il y a là un enseignement à tirer sur la façon de considérer l'enfant : comme étant capable de beaucoup plus que ce qu'il montre. Il se réfugie peut-être dans un état très fermé et qu'on ne peut pas solliciter sans que ce soit douloureux pour lui, cette réactivité primaire. Il y a certainement une façon d'accorder des soins de puériculture à l'enfant qui tient compte de cela : il n'est certainement pas agréable pour lui de se voir bouleverser dans tous les sens, sur un plan dur, sur un plan froid.

**Monsieur JEANNEROD** : C'est très intéressant ce problème de la motricité libérée, puisqu'elle fait justement apparaître qu'il y a un certain nombre de conditions à respecter pour qu'elle intervienne : par exemple, si on met les nouveau-nés dans les piscines très tôt ils ont des mouvements importants, gracieux, etc.

Le problème essentiel est le maintien de la tête et la constitution d'une espèce de référentiel postural à partir de la tête. Du fait de son poids, de la taille des muscles et de leur faible importance à la naissance, la tête ne peut pas être maintenue par ces muscles.

Inspirés par les travaux de GRENIER, nous avons montré chez l'adulte que le fait d'être libre de ses mouvements a une très grande importance sur la précision. Même un adulte à qui on bloque la tête parce qu'on veut s'affranchir d'un certain nombre de mouvements ou parce qu'on veut dans une situation expérimentale mieux les contrôler, dégrade considérablement la précision de ses gestes. Lorsqu'on rend aux sujets la liberté complète de leur tête, à partir du moment où ils contrôlent eux-mêmes la propre motricité de leur tête, on s'aperçoit que la précision des gestes est considérablement améliorée. La position de la tête intervient à tous les âges comme référentiel qui fournit un certain nombre d'afférences dans les mouvements et dans les postures.

**Monsieur CONTRAIRES** : La seule règle incontestée à respecter pour le mouvement de grande rapidité et de grande précision qui est celui du golf, est la parfaite immobilité de la tête. Elle semble constituer la référence par rapport à laquelle la balle est localisée. Dans toutes les activités sportives de précision, il faut trouver le moyen de bloquer la tête.

**Monsieur JEANNEROD** : Lorsque l'on étudie les mouvements de la tête chez des sujets tout-venants, lors des tâches de précision, on s'aperçoit que la plupart d'entre eux n'alignent pas vraiment leur tête sur la cible : les yeux font une partie du trajet et la tête aussi. Par contre, lorsqu'on s'adresse à des sujets entraînés, comme des basketteurs, ou des joueurs de ping-pong ou d'autres sports de lancer, ils alignent systématiquement leur tête sur la cible. Donc ce qu'ils semblent avoir appris dans leur entraînement sportif pour être très précis, c'est justement d'utiliser ce référentiel fourni par la position de la tête.

**Monsieur CONTRAIRES** : Certains enfants mettent manifestement beaucoup de temps à témoigner de leur motricité et sont tout à fait normaux. Par contre, d'autres enfants ont une appétence pour ce type de situation immédiate extrêmement gratifiante pour l'examinateur. Ils sont de bons sujets d'examen et ne se révèlent pas plus précoces dans d'autres performances. Mais c'est une impression. On n'a pas de série suffisante pour en tirer des conclusions. On est souvent parasité par ces phénomènes musculaires : les contentions des soins des nouveau-nés ou la façon dont ils ont été contraints au niveau musculaire parasitent très certainement la liberté de la solidarisation tête-tronc, point de repère dans l'espace. Cela est certainement un facteur de retardement d'apparition d'une motricité de meilleure qualité.

**Monsieur OSTROWSKI** : Peut-on envisager l'enfant comme adulte à partir du contrôle des mouvements de sa tête ?

**Monsieur CONTRAIRES** : À partir du moment où l'enfant tient sa tête, est-il adulte ? C'est peut-être trop vite dit. Sûrement pas, mais il y a quand même beaucoup de cela dans ce phénomène. À partir du moment où l'enfant a un contrôle cervical de bonne qualité, à partir de 3 mois, il commence à être libre pour beaucoup d'autres activités. On le voit chez des enfants très musclés qui ont toujours la tête en arrière et qui pleurent tout le temps, parce qu'ils sont mal à l'aise. Vers l'âge de 4 mois 1/2, à partir du moment où ils ont une certaine libération de leurs mains, ils peuvent ouvrir les mains, et mobiliser la tête. Elle n'est plus fixée, mais mobilisée dans tous les plans et ils acquièrent une disponibilité motrice qui les apaise énormément. Je pense qu'il y a une certaine souffrance pour les enfants, à n'avoir pas la liberté des mouvements de la tête.

**Madame CHALLAMEL** : Leurs mères ne savent plus quoi faire avec ces enfants qui sont hyperexcitables. On ne peut les nourrir que difficilement car ils rejettent la tête en arrière de façon extraordinaire. Les mères ne sont souvent tranquilles que quand ils dorment.

**Monsieur JEANNEROD** : La manipulation de la tête est-elle compliquée ? Est-ce qu'on ne pourrait pas l'apprendre aux mères d'une manière un peu systématique, tout au moins ses rudiments ?

**Monsieur CONTRAIRES** : Oui, il arrive qu'on dise à une mère : "ne laissez pas tomber la tête", mais c'est à peu près tout. On ne leur apprend rien, on ne leur montre rien. Mais si on examine toujours les enfants en présence des parents, il est vrai qu'ensuite les mères qui ont vu cela un certain nombre de fois, sont très à l'aise avec leurs enfants : elles les tiennent très bien. Il existe de jeunes mères (et cela rejoint ce qu'a dit Monsieur SOULE) qui ne savent pas, qui n'ont jamais vu de nouveau-né. Elles ignorent comment les tenir, comment les prendre. Il est exact que des mères d'anciens prématurés (et Dieu sait si dans les premiers jours leur motricité a posé des problèmes ingrats) savent très bien les prendre et que les enfants ne pleurent pas du tout dans leurs bras. Mais la seule consigne est une consigne négative : "ne le soulevez pas sans tenir la tête".

**Madame CHALLAMEL** : Fréquemment, les mères de ces enfants hyperexcitables ratent complètement leur relation avec eux dès le départ. Ne pourrait-on pas leur apprendre à les tenir ? Ce pourrait être l'occasion de provoquer une relation, de sorte que la mère puisse les nourrir et qu'il existe une interaction entre eux.

**Monsieur CONTRAIRES** : C'est difficile. Je pense que le fait d'expliquer que l'enfant va très vite aller mieux, qu'il ne le fait pas exprès, que ce n'est pas dans son caractère, que ce n'est pas définitif, dédramatise déjà beaucoup. D'autre part, il m'est arrivé d'essayer de vaincre par une physiothérapie ce genre de prédominance musculaire ou de conseiller pour l'enfant d'adopter d'autres postures ; mais s'il est exact que ces postures-là le bloquent, il est aussi exact que ce sont celles de son repos, celles dans lesquelles il se sent bien. Et vous savez comme il est difficile de contraindre un enfant à se coucher sur le dos quand il est habitué sur le ventre et réciproquement. En pratique, c'est donc la temporisation qui paraît être la méthode la plus simple et peut être la plus efficace, si on parvient à la faire accepter.

**Madame DE BOYSSON-BARDIES** : Vous parlez de la posture. On sait que chez l'enfant la préhension et la posture sont liées. L'enfant arrive à prendre dès lors qu'il se tient relativement en posture dégagée assise. Il est intéressant qu'on ait fait des études comparatives entre les enfants français et africains. L'enfant africain est nettement plus en avance pour la posture assise, donc plus en avance aussi pour un certain nombre d'autres choses. Mais cela ne joue pas pour la préhension fine. Il semble que ce soit une question d'âge chronologique, non liée au moment où l'enfant acquiert une bonne position assise.

**Monsieur CONTRAIRES** : Ce que nous avons observé plusieurs fois, et nous l'avons filmé, ce sont des enfants qui avaient des manipulations très fines à mains ouvertes. Il est interdit de penser qu'ils avaient une pince quelconque, mais ils avaient une ouverture de main avec un mouvement qu'on peut qualifier, à la limite, de caressant. Or, un mois plus tard ces mêmes enfants étaient totalement incapables de réaliser cela, ils étaient devenus beaucoup moins disponibles, avec des mains fermées et cherchant à manipuler des objets à coup de poing.

**Monsieur JEANNEROD** : Cela correspond bien aux observations de TREVARTHEN et d'autres qui montrent ce qu'ils appellent des pré-manipulations, où l'on voit des bébés qui font des gestes très gracieux avec leurs doigts, avec, en effet, par moment, une constitution en pince. Mais ces gestes ne sont pas orientés vers des objets, ils ne correspondent pas à de la préhension. La préhension fine correspondant à un petit objet, on ne la voit que beaucoup plus tard.

**Madame CHALLAMEL** : Voit-on vraiment l'enfant fixer l'objet, aller le prendre en ouvrant les mains et en posant sa main dessus ?

**Monsieur CONTRAIRES** : Oui. On l'a filmé plusieurs fois dans une manœuvre qui ne paraît pas tout à fait aléatoire. Mais dans des conditions d'expérimentation qui n'étaient pas aussi structurées que les exigerait une neurophysiologiste. C'est quand même assez impressionnant. Le plus souvent, pratiquement tous les enfants utilisent la main gauche.

**Monsieur OSTROWSKI** : Pourquoi la main gauche ? Cela me paraît être un phénomène intéressant.

**Madame CHALLAMEL** : Peut-être parce qu'il y a une avance maturative au niveau du cerveau droit !

Il existe chez le nouveau-né vraisemblablement des dominances fonctionnelles. Le cerveau droit est peut-être important dans les tout premiers jours de la vie et pour le sourire endogène.

**Monsieur CONTRAIRES** : Il existe une dissociation complète des deux mains avec manipulation de la main gauche et l'autre main en position de repos.

**Madame CHALLAMEL :** Sait-on, à propos du développement du cerveau, s'il existe des différences de maturation entre le cerveau droit et le cerveau gauche ?

**Monsieur JEANNEROD** : Non, je ne pense pas. Il n'y a que des observations comme celle-ci qui peuvent éventuellement donner des indications. J'ai entendu dire d'autre part qu'effectivement, il y a une prédominance gauche au début.

**Madame CHALLAMEL** : Au point de vue fonctionnel, il semble exister une prédominance hémisphérique droite au cours du SA chez le nouveau-né. La période néonatale correspond à un taux de SA très important. Il existe sur l'électroencéphalogramme de légers arguments en faveur d'une activation de l'hémisphère droit au cours du SA, plus importante que celle de l'hémisphère gauche. Une nette prédominance pour les sourires unilatéraux de l'hémiface gauche est un autre argument qui donne à penser qu'il existe une activation plus importante du cerveau droit. Le sourire du sommeil paradoxal du nouveau-né est nettement unilatéral gauche.

**Madame PERNET ROBERT** : Monsieur JEANNEROD, avez-vous connaissance d'un développement asymétrique des deux hémisphères ? Le cerveau droit se développant dans les toutes premières semaines puis stagnant tandis que le cerveau gauche se développe. La taille et le poids des deux hémisphères sont-ils ou non égaux ?

**Monsieur JEANNEROD** : Au sujet de la taille des hémisphères, je n'ai aucune donnée. Je ne sais pas. Par contre, au sujet du développement dont on parle, il semble y avoir un certain nombre d'arguments en faveur d'une dissociation des deux hémisphères ou en tout cas une spécialisation très précoce pour certaines tâches. Par exemple, l'écoute dichotique semble révéler une prédominance de l'oreille droite, donc de l'hémisphère gauche, plus précoce encore chez les filles que chez les garçons.

**Madame CHALLAMEL** : Une prédominance fonctionnelle précoce, avec des différences dans certaines régions ont été trouvées avant 30 semaines de gestation.

**Monsieur JEANNEROD** : C'est ce que je viens de répondre à Madame PERNET ROBERT. Ce n'est pas surprenant si on considère l'asymétrie morphologique des deux hémisphères au niveau de la région temporale (c'est-à-dire celle qui va devenir la zone spécialisée du langage), puisque cette prédominance gauche existe dès l'âge pré-gestationnel.

**Madame PERNET ROBERT** : Augmente-t-elle brutalement au moment de l'acquisition de la parole ?

**Monsieur JEANNEROD** : Je ne sais pas.

**Madame CHALLAMEL** : À quoi correspond la circonvolution de HASCHL au point de vue fonctionnel ? Il semble qu'elle soit plus importante à droite qu'à gauche ?

**Monsieur JEANNEROD** : C'est l'aire auditive primaire.

## L'impact de la malnutrition sur le développement intellectuel

Monsieur OTROWSKI : Je me permettrai d'abord de rappeler quelques exemples. Des études faites aux Pays-Bas, à Amsterdam, dans les années 1960, sur les adolescents nés durant l'hiver 44-45 (c'est-à-dire de mères malnutries), et qui effectuaient leur service militaire, ont montré qu'il n'y avait pas eu d'impact négatif sur leur développement intellectuel. Ce groupe d'adolescents ne présentait pas de différence avec un autre groupe d'enfants nés à la même période, mais dans une région où n'existaient pas de tels problèmes nutritionnels. D'autres études comparables réalisées à Leningrad ont conclu au même résultat.

Par ailleurs, une étude en Amérique Latine sur les nouveau-nés a démontré que les enfants mal nourris après la naissance avaient un Q.I. plus bas que celui des enfants bien nourris.

Une étude plus récente de RICHARDSON (1977) ne permet pas de conclure de façon aussi affirmative. Il a démontré que des élèves jamaïcains de 6 à 10 ans, qui avaient subi une malnutrition sévère dans les deux premières années de leur vie, ne présentaient pas de différence avec un groupe contrôle d'enfants jamaïcains, or, si on compare des enfants normaux jamaïcains aux données de référence d'enfants américains ou européens,

30 % de jamaïcains seraient considérés comme gravement malnutris. Donc il ne peut y avoir comparaison.

D'autre part, est-ce que la composition de l'alimentation (avant et après la naissance) a un impact sur le développement cérébral ? Je pense en particulier au rôle des protéines et/ou des lipides ?

Prenons par exemple la population sud-soudanaise qui vit de façon très traditionnelle encore aujourd'hui, ne connaissant que 5-6 aliments de base : elle est certainement sous-nourrie sur le plan calorique et protéinique, mais son alimentation a un certain équilibre. Les Sud-Soudanais ont du lait au début de leur vie (du lait maternel d'abord, puis du lait de vache), ce qui est une protection importante au début de la vie, même si lors de l'adolescence et de la vie adulte ils sont très mal nourris. D'autre part, il est évident, dans cette région, qu'il n'existe aucune ou très peu de stimulation par l'environnement. La nutrition a-t-elle alors, elle aussi, un impact sur le développement intellectuel ?

**Madame CURZI :** Je ne peux rien dire sur le développement intellectuel des enfants mal-nourris. Néanmoins, les travaux sur les animaux malnutris ont montré qu'il y avait des problèmes, notamment au niveau des neurotransmetteurs. Par ailleurs, à la suite d'hypertension artérielle chez les femmes, entraînant une diminution globale de la nutrition fœtale, on a décrit des hypotrophies.

Madame AMIEL TISON considère que ces enfants ont une avance de maturation. Elle se base sur l'étude du tonus musculaire en utilisant les épreuves qu'on utilise dans les examens neurologiques. Son opinion est soutenue par des travaux sur les potentiels évoqués du tronc cérébral où on observe une certaine avance maturative. J'ai étudié le sommeil de ces enfants : pour l'instant, je n'ai pas pu trouver de différences entre le groupe d'enfants de poids normal et le groupe d'enfants hypotrophes. PRECHTL et ses collaborateurs considèrent qu'il n'y a pas de différences entre les enfants de poids normal et les enfants hypotrophes. PRECHTL considère qu'il ne s'agit pas d'avance maturative mais d'une perturbation. Les opinions sont très controversées à ce sujet.

**Monsieur FOURNIE** : En ce qui concerne le retentissement de la malnutrition sur le développement lors de la grossesse, tout ce que l'on peut dire, en gros, c'est qu'il faut une carence extrême (en dessous de 1 500 calories par jour) pour que l'on ait un retentissement sur la croissance du bébé in utero, toutes les autres choses étant égales par ailleurs. C'est d'un effet global sur la croissance qu'il s'agit. Je ne connais pas d'étude très spécifique faite sur le développement cérébral ou sur les aptitudes post-natales des bébés. En ce qui concerne l'avance de maturation dont parlait Madame CURZI, c'est une donnée classique. Elle a déjà été évoquée il y a une dizaine d'années à partir des examens anatomopathologiques de cerveaux de grands hypotrophes décédés à la suite de toxémie gravidique sévère. Par ailleurs, il y a aussi une avance au point de vue maturation biologique puisque des enfants, "du fait d'un état de stress chronique", auraient une cortisolémie un peu plus importante, seraient moins sujets à la détresse respiratoire néonatale et auraient un peu moins d'autres accidents néonataux. Je suis intéressé par ce que vous dites au sujet d'une avance qui ne serait constatée qu'après l'étude des potentiels évoqués.

En ce qui concerne les hypotrophes légers, non vasculaires, le groupe de PRECTHL travaillant avec celui de MARTIN a montré une structuration des états "comportementaux in utero" comparable à ce que l'on a chez l'enfant eutrophique d'âge gestationnel équivalent.

**Monsieur CHIVA** : Je suis incompétent au sujet de ces problèmes de maturation et de sur-maturation ; mais alors que j'étais à Henri-Rousselle, dans l'équipe qui a travaillé très longtemps sur la débilité mentale, j'ai travaillé notamment sur l'étiologie de la débilité mentale (et son retentissement sur les tableaux psychologiques ultérieurs et l'adaptation des enfants) ainsi que sur des problèmes liés à l'alimentation. Pendant la grossesse, selon des travaux récents, la mère peut souffrir de carence alimentaire sans qu'il y ait de retentissement sur l'enfant ; il faut une carence alimentaire énorme pour que l'enfant en souffre. Les travaux récents, qui ont été faits en Afrique et dans le Sud-Est Asiatique abondent dans le même sens. Un travail particulièrement intéressant a été fait, je crois, au Malawi. C'est un État où il y a périodiquement une carence alimentaire assez importante. Les femmes maigrissent tous les ans pendant une période de 6 mois de quelques kilos. Il est apparu que cela ne change pas grand-chose comparativement aux femmes hollandaises, suisses, africaines etc. Lorsque la mère est malnutrie, c'est elle qui souffre mais pas tellement le fœtus.

Pour essayer de répondre à votre question concernant le retentissement à long terme sur le développement intellectuel, je rappellerai ceci : il y a une quinzaine d'années, c'était la mode d'incriminer la carence nutritionnelle (notamment la carence protéinique) comme étant une des principales étiologies de la débilité ultérieure. À partir de là, on a essayé d'apporter des suppléments aux tout-petits au fur et à mesure qu'ils grandissaient... et on s'aperçoit maintenant que les choses sont beaucoup plus compliquées ! Il ne suffit pas de retenir seulement l'aspect nutritionnel ; l'aspect relationnel, la "nourriture stimulante" de l'environnement compte autant, sinon plus. Il existe une étude qui date maintenant d'une dizaine d'années, faite par un Canadien et un Indien, et qui montre qu'à un degré de malnutrition identique, la stimulation et l'attitude éducative étant différentes, il y avait un mieux sur le plan intellectuel pour le groupe qui, par rapport à la population moyenne, bénéficiait d'une stimulation plus importante. Je crois qu'on ne peut pas annuler simplement et ne pas prendre en considération les problèmes de nutrition de la petite enfance, mais il est difficile de nos jours de poser une causalité linéaire, une causalité univoque : malnutrition = débilité ou mauvais développement intellectuel. Dans des milieux où il y a malnutrition, il y a d'une façon générale peu de stimulation : soit parce que les parents étant eux-mêmes mal nourris sont apathiques, soit parce qu'ils passent la moitié de leur temps à chercher de la nourriture et ont par conséquent, autre chose à faire que de s'occuper de leurs enfants. C'est de ce contexte général de carence d'alimentation (physique et psychique) qu'il faut s'occuper et pas seulement à un niveau de suppléments alimentaires purs et simples.

**Monsieur FOURNIE** : D'après certains travaux, l'amélioration des conditions d'alimentation du prématuré et de l'hypotrophe, et d'une façon générale de l'enfant de petit poids, favoriserait quand même la rapidité du rattrapage.

**Monsieur CONTRAIRES** : C'est l'expérience courante de l'hypermaturité (même dans l'appréciation clinique), du prématuré ou de l'enfant ayant un petit poids de naissance pour son âge gestationnel. C'est un enfant qui ne pose pas de problème en néonatologie, parce que non seulement sa maturation neurologique est avancée, mais toutes ses fonctions vitales sont relativement très vite performantes, ce qui permet un certain degré de rattrapage mais pas forcément de rattrapage statural ou pondéral. En conséquence, le pronostic ultérieur est tout à fait conditionné par un petit poids et une petite taille de naissance.

**Monsieur OSTROWSKI** : Certaines études ont démontré que le périmètre crânien peut être lié à une malnutrition. Est-il vrai qu'un périmètre crânien diminué peut refléter l'état du développement du cerveau et que la masse du cerveau peut refléter éventuellement le niveau intellectuel ?

Comment alors explique-t-on le cas d'Anatole France qui avait un cerveau de 1077 g, c'est-à-dire presque à la limite des normes et dont le niveau intellectuel était élevé ?

**Madame CURZI :** Chez les enfants hypotrophes, le périmètre crânien est très rarement touché, en principe il est conservé ; la taille est presque dans les limites de la normale ; c'est le poids qui est vraiment petit, le plus touché.

**Monsieur FOURNIE** : Cela est vrai pour les hypotrophes segmentaires ou asymétriques ; mais il y a des hypotrophes globaux, qui ont apparemment l'extrémité céphalique atteinte.

**Madame CURZI** : Quelle est l'origine de l'hypotrophie dans ces cas ?

**Monsieur FOURNIE** : Cela peut être aussi bien une toxémie très précoce, que des anomalies de la vitesse de multiplication cellulaire consécutives à des embryopathies infectieuses ou des embryo-fœtopathies, ou à l'exposition à certains toxiques.

**Madame CURZI :** Est-ce observé dans la toute première période ?

**Monsieur CONTRAIRES** : Oui, avec les causes malformatives notamment. On attache beaucoup d'importance à la conservation du périmètre crânien par rapport aux tables d'évolution ; c'est un facteur pronostique qui n'est pas négligeable dans les déficiences intellectuelles ultérieures. L'hypotrophe harmonieux a un pronostic moins bon, (cela est prouvé par beaucoup d'études longitudinales sur des échelles de développement) que l'hypotrophe à grosse tête, qui va dans une certaine mesure rattraper sur le plan somatique et qui est certainement un enfant qui a souffert beaucoup plus tardivement pendant la grossesse.

**Monsieur POLONOVSKI** : La question que vous avez posée est une question de malnutrition et je pense qu'il faut quand même distinguer le fait que l'hypotrophie est une souffrance anténatale : la grande théorie initiale était que cette souffrance résultait d'une malnutrition placentaire ; cette théorie a été très discutée ; et ensuite on a avancé les perturbations vasculaires toxiques (y compris les fœtopathies alcooliques et autres) qui montrent qu'en réalité, tous ces hypotrophes sont des pathologies anténatales mais ne sont pas des sous-nutritions maternelles, ni même des sous-nutritions in utero. Je pense que c'est un exemple qui est très difficile à prendre et je pense que l'exemple que vous avez pris du prématuré est également sujet à discussion, dans la mesure où les grands prématurés qui ont souffert sont passés par des phases d'hypoglycémie dont on connaît très bien les séquelles considérables. Derrière la notion (qu'on ne peut pas contester) qu'il puisse y avoir un meilleur état eutrophique, il y aussi la notion de meilleures conditions de vie (en général), de stimulations (qui vont de pair) et d'oxygénation (comme l'avait montré ce matin Madame AMIEL TISON en disant "est-ce que cette succion n'est pas une amélioration d'oxygénation ?"). Ces meilleures conditions auraient évidemment vite fait aussi d'améliorer les performances ultérieures. Je crois que l'on sort quand même à ce moment-là de la nutrition proprement dite pour tomber sur tous les corollaires que comportent les changements de conditions dans lesquelles vivent les enfants précités.

**Monsieur CHIVA** : J'ajouterais une remarque qui est peut-être une remarque de méthode. Vous avez évoqué tout à l'heure les enfants soudanais qui vivent d'une part dans un milieu disposant d'un éventail alimentaire relativement restreint, réduit, monotone, et d'autre part, vous avez aussi mis l'accent sur le fait qu'il y a peu de stimulations de l'environnement. Cela pose toutefois une question : bien ou mal développés sur le plan intellectuel par rapport à quoi ? Je veux dire par là, par rapport à quelles normes, évaluées à l'aide de quels outils ? Le problème est important parce que l'on doit savoir si c'est par rapport à une norme absolue, occidentale ou autre ; et à ce moment-là il faut encore que l'outil d'estimation soit adapté à ces populations. Par ailleurs, lorsqu'on parle d'intelligence, tout au moins dans ce contexte-là, il faut en premier lieu poser la question de l'adaptation de l'individu par rapport à son milieu de vie. À ce moment-là, la question de la nature des stimulations va de pair avec l'exigence de l'environnement à l'égard de l'enfant et à l'égard de l'adulte qu'il sera par la suite. Pour que cela soit clair, je vais prendre un exemple presque caricatural : il y a quelques années, lors d'un colloque international sur la débilité, j'avais un collègue malgache qui disait : "vous savez, chez nous le problème existe sans exister. À la campagne, où subsiste encore une société très traditionnelle et très rurale, où les travaux des champs sont des travaux répétitifs, le débile moyen ne se voit pas car il est entouré par le groupe et répond aux exigences qui ne sont pas très élevées, on tolère des imprécisions à la limite". Bref, c'est l'idiot du village, qui a disparu maintenant chez nous, mais qui là est pris en charge par la communauté familiale et villageoise. Le même individu, toujours à Madagascar, transplanté dans un milieu urbain du jour au lendemain, devient inadapté parce qu'il ne peut pas répondre aux exigences de la scolarité, il ne peut pas répondre à la manière dont on attend qu'il se comporte dans un milieu urbain ; bref, la différence de milieu fait apparaître son inadaptation. Je crois donc qu'on ne devrait pas dissocier les deux choses, c'est-à-dire qu'on ne devrait pas seulement parler de malnutrition, mais se poser la question : quelle intelligence ? Estimée comment ? Et avec quel type de stimulation par rapport à quel milieu ?

**Monsieur OSTROWSKI** : Si nous abordons maintenant uniquement ce problème des aliments, j'ai une petite question à poser : est-ce que les aliments eux-mêmes peuvent être considérés comme stimulus tout au début de la vie ?

**Monsieur CHIVA** : Question délicate ! La première chose que l'on sache est que la variété est une stimulation et que le fait d'avoir affaire à des stimulations multiples éveille l'intérêt. La deuxième chose, c'est que la variété permettant des réactions différenciées, on revient à ce que j'avais suggéré hier, c'est-à-dire la possibilité pour l'enfant de manifester plus ou moins des mimiques de rejet, d'acceptation, etc. Et partant de là, d'entamer, si l'adulte fait attention, un autre type de relation plus gratifiant et plus stimulant de la part de l'adulte à l'égard de l'enfant. Je pense qu'il ne faut pas dire tel ou tel aliment, mais considérer la variété en tant que telle (bien qu'on sache très bien que nous sommes des animaux drôlement construits qui peuvent s'adapter dans des conditions extrêmes), regarder si j'ose dire, la variété dans l'autre sens : la variété alimentaire des Inuits, des Esquimaux, c'est un régime extrêmement monotone ; pourtant, ils ne se portent pas trop mal. C'est vous dire, si vous le voulez bien, les possibilités d'adaptation que nous avons.

**Monsieur POLONOVSKI** : Le nourrisson élevé normalement au sein a la variabilité du lait de femme, mais n'a que celle-là, car la norme c'est après tout de ne prendre qu'un seul type d'aliment, le lait maternel, qui sera poursuivi pendant une période très longue. Donc, si la variabilité était un facteur de sélection considérable, il est probable que l'alimentation normale du nourrisson ne serait pas l'allaitement maternel. Une alimentation artificielle est par définition plus diversifiée. Une réserve toutefois à cette remarque : le goût du lait de femme est influencé par les aliments ingérés par la mère. Même avec cet aliment naturel, il y a donc une réelle variabilité d'un moment à l'autre dans les apports du nourrisson allaité au sein.

**Monsieur CHIVA** : Vous êtes bien placé pour savoir qu'il n'y a pas si longtemps (il y a une quinzaine d'années), la mode pédiatrique en France était exactement le contraire de ce qu'elle est maintenant ; on préconisait que les parents dès la troisième semaine mettent les enfants à la bouillie, à des purées de légumes, à du steak haché, à du fromage. Heureusement les enfants sont solides, ils ont survécu ; mais c'était une mode qui n'est pas si lointaine.

**Monsieur POLONOVSKI** : Oui, mais c'était la mode de l'allaitement artificiel et justement, elle s'opposait totalement à l'alimentation spontanée et naturelle qui elle n'est pas diversifiée. Et c'est pour cela qu'on a toujours cherché en artificiel à faire la variabilité qui est un réflexe adulte et un réflexe de nos pays civilisés qui voudrait impliquer que la norme soit la variabilité, alors même qu'on a une variabilité dans la composition du lait lors de la tétée, mais que c'est une variabilité très relative. Je crois que la relative monotonie n'a jamais été pour le nourrisson un facteur de limitation ni de son appétit ni de ses stimulations.

**Monsieur OSTROWSKI** : Si nous évoquons le lait maternel, je ne pense pas qu'on puisse dire qu'il représente une monotonie puisque sa composition change dans la journée.

**Monsieur POLONOWSKI** : Il change, mais ce changement est quand même très relatif.

**Monsieur OSTROWSKI** : C'est un changement chimique, mais le goût du lait change-t-il ?

**Monsieur CHIVA** : Des travaux ont été effectués en Angleterre sur la modification du lait maternel, du point de vue sensoriel, en fonction de l'alimentation de la mère. En effet, on sait que certains aliments aromatisent le lait de femme. L'expérimentation consistait à faire goûter et classer des laits maternels de différentes régions. Le lait de femme indienne venait toujours en première place, car toujours parfumé (à cause du curry ou d'autres épices). À l'inverse, le lait de femmes des pays de l'Ouest Africain était toujours classé en dernier car plus lourd au goût et plus insipide. En Afrique du Nord, le lait est aromatisé par les cumins utilisés dans l'alimentation des femmes allaitantes comme galactogènes naturels et stimulants de la succion du bébé.

Quand on parle de variabilité, il ne faut pas oublier que nous sommes des omnivores et donc condamnés à manger un peu de tout, donc des aliments nouveaux et non une alimentation monotone.

**Madame CURZI** : Mais je pense que les enfants sont très conservateurs : ils aiment souvent un type d'alimentation qui pourrait paraître monotone.

**Monsieur CHIVA** : Il y a deux sortes de travaux qui existent. Les uns sont liés à la manière dont les enfants acceptent ou pas les aliments nouveaux. On peut se poser la question suivante : y a-t-il un goût enfantin totalement indépendant de la culture ?

Premier point : ce n'est pas du tout certain, et on sait très bien maintenant qu'il y a toute une série de conditions qui fait qu'un nouvel aliment est accepté ou pas ; et l'acceptation ou le refus est en général fortement lié à des conditions culturelles et familiales. Il y a eu aussi des travaux faits chez l'animal (parce que nous ne sommes pas les seuls à avoir des habitudes alimentaires), et en particulier un travail absolument magnifique fait par un Canadien (GALEF) qui a montré comment chez le rat de laboratoire existent des indicateurs qui font que le petit mange plutôt ceci qu'autre chose : il y a l'endroit où mangent les adultes, les marqueurs de territoire des adultes, l'aromatisation du lait maternel, etc. C'est-à-dire que lorsqu'ils ont plusieurs aliments à leur disposition, pour lesquels les adultes ont déjà fait un choix, les petits apprennent des adultes à partir d'un certain nombre d'indicateurs. Donc on dirait presque qu'il y a une sorte de protoculture.

Deuxième point : Il y a des choix, des préférences et des rejets inscrits dans l'organisme, et cela joue probablement au début de la vie.

On peut très bien apprendre à aimer l'amertume et à ne pas manger du sucré. Cela est vrai non seulement chez l'homme, mais aussi chez l'animal. Là encore, toute une série de travaux ont montré qu'au niveau de la puberté, au niveau du sevrage, en particulier, il y a des changements de comportement alimentaire même chez les mammifères non primates. Il y a des données "culturelles" et ce n'est pas seulement ce qui est inscrit dans l'organisme qui intervient. On connaît maintenant un certain nombre des conditions qui font que l'enfant accepte des aliments nouveaux. Parmi ces conditions, il y a bien sûr le modèle parental, il y a le modèle des pairs, c'est-à-dire des semblables. C'est un des cas qui fait le drame des familles. "Mais comment, à la cantine, il mange depuis trois ans déjà ce qu'il ne mange pas à la maison !". Mais oui, il mange ce qu'il ne mange pas à la maison parce qu'à la maison il utilise le comportement alimentaire pour se distinguer de ses frères et sœurs. Tout le monde sait que Jean n'aime que le pilon, quand Patrice n'aime que le blanc du poulet, alors qu'à la cantine ils mangent ce que les copains mangent pour faire partie du groupe. Les travaux de BIRCH là-dessus, qui sont tout à fait récents et passionnants, montrent comment en jouant de façon détournée sur l'environnement, c'est-à-dire en plaçant un enfant qui n'aime pas tel aliment avec un enfant qui le mange normalement, on arrive à modifier de façon durable les préférences et les rejets alimentaires. En revanche, il y a un autre phénomène qui est assez courant lorsqu'on le décrit mais qui a été très peu étudié et que Paul Rozin a baptisé "la néophobie alimentaire". En clair, c'est quoi ? Les tout-petits, jusque vers 2 ans, quand ils sortent des habitudes maternelles, avalent pratiquement tout. C'est dans la période se situant entre 2 et 3 ans que l'on observe le maximum d'hospitalisations pour ingestion de n'importe quoi (depuis le bouton de culotte jusqu'à l'eau de Javel en passant par tout ce que vous voulez). Et c'est à partir de 2-

3 ans, probablement, qu'on observe à la fois l'apparition d'un certain comportement de sélection (par exemple, le chipotage dans l'assiette : on trie le gras de la viande d'un côté, les carottes à gauche, les petits pois à droite, en les mangeant séparément, l'un après l'autre, l'un avant l'autre, etc. ou encore de préférence en mettant dans l'assiette d'à côté). Mais, ce qu'on ne sait pas très bien, alors que c'est un phénomène tout à fait courant, c'est à quel âge ce comportement apparaît, combien de temps il dure, et comment il disparaît ? En fin de compte, il semblerait qu'il s'agisse d'un phénomène tout à fait banal, courant. Dans une enquête menée récemment, plus de 50 % des mères des enfants entre 4 et 16 ans, ont mentionné spontanément sans qu'on leur pose de question particulière : "à tel moment il mangeait ceci, et puis, il a changé", mais il n'existe pas d'étude systématique pour nous dire à partir de quand et comment ce type de comportement cesse. Il semble qu'un phénomène de rétrécissement du champ alimentaire apparaisse au moment où, justement, l'enfant augmente son rayon d'autonomie (autonomie pratique) : il va alors plus facilement vers d'autres choses et tout se passe à ce moment-là (mais c'est une hypothèse) comme si en allant vers l'inconnu, il avait besoin de points de repère stables, dont les aliments. Cette sorte de rétrécissement du champ alimentaire dure pour les uns 1 an, pour d'autres 9 ans ou 10 ans, jusqu'à ce qu'ils en sortent. On est réduit pour l'instant à des descriptions de bon sens ou d'hypothèses. Maintenant on est en train de faire une recherche systématique là-dessus pour essayer de voir :

1) comment cela se passe réellement,

2) combien de temps cela dure,

3) si c'est quelque chose de spécifique aux pays où il y a beaucoup à manger et où l'on peut se permettre ce genre de chose ou si c'est universel,

4) enfin, si c'est différent selon les cultures ou non.

Dans 3 ans, peut-être pourrai-je vous en dire plus. Mais ce problème de monotonie auquel vous faites allusion, ce problème de restriction à un moment donné, semble participer directement à ce phénomène de néophobie alimentaire.

**Monsieur POLONOWSKI** : En ce qui concerne le goût alimentaire, il est relativement peu développé au stade de l'allaitement maternel. Nous avons des nourrissons qui, pour des raisons d'intolérance, sont nourris avec des aliments dont le goût pour nous est absolument intolérable. Or, quand nous alimentons un nouveau-né ou un nourrisson avec ce type d'aliment, nous n'avons aucun problème. Quand il atteint l'âge de 8-10 mois et éventuellement au-delà de 1 an, à ce moment-là, il change : il n'acceptera plus ou très difficilement d'avaler le type d'aliment qu'il consommait auparavant. Si bien que derrière la notion de disparité où je vous suis tout à fait, et de diversité antérieure, je pense qu'il y a quand même un changement des conditions de goût du nourrisson : dans ce cas, même adapté à un aliment, il a changé de conditions gustatives au moment de l'âge de diversification spontanée, donc de premier choix spontané (ou impliqué par les coutumes ou par les exemples de son alimentation).

**Monsieur CHIVA** : Dans une étude longitudinale réalisée sur 40 enfants, il y a en faveur de ce que vous venez d'évoquer au moins deux éléments qui me paraissent importants à souligner. Le premier c'est qu'en effet (et ceci confirme tout à fait ce qu'on vient de dire) la maturation du goût intervient très tôt : à 1 an déjà, et parfois à 6 mois ; la différence interindividuelle prime sur la pente évolutive, alors que pour d'autres modalités sensorielles ou liées au développement il y a une pente à peu près commune et il faut attendre assez longtemps pour que cela se diversifie. Dans le cas de la gustation (dès 6 mois pour la plupart des enfants, 1 an pour tous), il y a "la griffe individuelle" qui différencie beaucoup plus les enfants les uns par rapport aux autres que le groupe en tant que tel. Deuxième point, dans ce groupe-là, j'avais affaire à des enfants dont les uns étaient normo-gustatifs (mais c'est une notion statistique), les autres beaucoup plus sensibles que la moyenne et quelques-uns moins sensibles (hypogueusiques). Il y en avait même un agueusique, qui se portait parfaitement bien par ailleurs. En observant la mise en place des habitudes alimentaires, on peut souhaiter aux parents d'avoir des enfants agueusiques ou hypogueusiques.

Pourquoi ? Parce que c'était ceux qui faisaient le moins de caprices et le moins de difficultés. Une phrase revenait dans la bouche de tous les parents : "C'est parfait ; quand il a faim, il mange, quand il n'a plus faim, il s'arrête ; il mange de tout, c'est un enfant qui fait plaisir". Ce groupe d'enfants avait beaucoup moins de réactions sélectives vis-à-vis des plats qu'on leur présentait, que les enfants situés à l'autre extrémité de la courbe (ces derniers étaient ceux qui faisaient le plus de caprices). Cela frappe d'autant plus que dans ce groupe, je n'ai pas eu affaire à des enfants présentant des anorexies, des troubles alimentaires très graves, etc. Donc, il n'est pas impossible que l'équipement individuel joue un rôle dans l'acceptation (ou non), et dans les caprices (ou non) par rapport à l'alimentation.

**Monsieur CONTRAIRES** : Je voulais poser la question à propos du Pregestimil® et de ces hydrolysats de protéines qui ont peut-être (je n'en suis pas sûr), un goût épouvantable, mais en tout cas une odeur épouvantable. Hier vous disiez que l'olfaction et la gustation n'avaient pas la même connotation, vous disiez également que c'est au niveau de l'olfaction que l'on apprend à être dégoûté et pas du tout au niveau de la gustation. Quand nous préparons ces hydrolysats d'acides aminés, qui ont une odeur épouvantable, nous et les parents nous gardons bien évidemment de les goûter.

**Monsieur POLONOVSKI** : On ne peut pas dissocier odorat et gustation, car l'olfaction et la gustation sont intimement liées.

**Monsieur CHIVA** : C'est évident : la saveur d'un aliment est 50 % olfactive. Mais ce que l'on sait, c'est que l'aspect hédonique d'une odeur est intégralement appris et qu'il n'est pas inscrit dans l'organisme comme dans le cas de la gustation.

**Monsieur OSTROWSKI** : Je voulais demander à Monsieur JEANNEROD si on avait fait des expériences sur le furet, à propos de l'importance de l'alimentation sur le développement du cerveau.

**MonsieurJEANNEROD** : Malheureusement, je n'ai aucune donnée et aucune connaissance là-dessus. Je suppose qu'il y a eu des travaux, chez le rat en tout cas.

**Madame CURZI** : On sait que s'il y a une malnutrition chez les très jeunes enfants, elle se répercute sur le poids : ces enfants auront un très petit poids ; et on sait aussi que le cerveau est parmi les derniers organes à souffrir.

**Monsieur CONTRAIRES** : Je ne sais pas si on peut se permettre l'analogie, mais on a étudié par doppler, dans les hypotrophies d'origine vasculaire, la vascularisation viscérale et cérébrale. Indirectement, on peut en conclure que la vascularisation cérébrale est très protégée par rapport à la vascularisation viscérale qui est la plus rapidement atteinte dans les situations d'hypoperfusion placentaire. Bien sûr, on n'est pas dans le strict problème de la nutrition, mais dans un problème d'hypotrophie d'origine vasculaire. Tout se passe comme s'il y avait un mécanisme de répartition préférentielle du flux vasculaire vers les organes nobles, au détriment de la croissance somatique elle-même.

**Monsieur OSTROWSKI** : Je pense que la malnutrition ne joue pas un si grand rôle sur le plan intellectuel (contrairement à ce que l'on a dit très souvent). On répète toujours qu'il faut d'abord résoudre le problème de la malnutrition. Il me semble que ce n'est pas exactement le problème. Les enfants malnutris (qu'il s'agisse d'enfants éthiopiens, ou de ceux que nous avons vus au Sud Soudan) ont semble-t-il les mêmes possibilités de se développer, sauf s'ils souffrent de malnutrition très grave et chronique. Comme je vous l'ai déjà dit, les expériences faites pendant la guerre l'ont prouvé.

# L'éducation

**Monsieur BERSTECHER** : Dans les sciences auxquelles nous nous intéressons, c'est-à-dire l'éducation, la sociologie, l'économie, on ne conteste pas du tout que la malnutrition ait une influence très importante. Mais sur quoi exactement ? Sur les chances de réussite scolaire ? Qu'a-t-on exactement mesuré ? Le fait est tellement accepté que plus personne ne s'interroge. Je suis désolé de ne pas rentrer dans les détails, qui seraient sans doute nécessaires pour apporter quelque chose de substantiel. Aux Nations Unies, il existe des projets dont la logique et le bien-fondé sont basés sur cette thèse que plus personne ne remet en cause : la malnutrition a une influence désastreuse sur tout ce qui est lié à l'apprentissage et à la performance dans le système scolaire.

**Madame CHALLAMEL** : Mais la malnutrition fœtale, surtout, qui est très différente.

**Monsieur BERSTECHER** : Il faut évidemment la différencier.

**Monsieur OSTROWSKI** : Pour cette raison, ne faudrait-il pas revoir un peu la position adoptée par l'Organisation des Nations Unies depuis des dizaines d'années et même depuis la fin de la guerre ? À l'O.M.S., par exemple, les priorités sont données aux problèmes de morbidité, mortalité...

Récemment, ayant été amené à faire une évaluation de l'activité des services de Protection Maternelle et Infantile de l'O.M.S. dans l'Ouest Pacifique, j'ai constaté que la stratégie était restée presque inchangée depuis la création de l'O.M.S. dans les années 1947-48. Ne faudrait-il pas revoir un peu notre position et celle des Organisations Internationales sur le problème de la malnutrition ?

Nous savons que les parents pauvres ont moins le temps de s'occuper de l'éducation de leurs enfants : leur premier souci est de chercher une alimentation. D'autre part, dans les pays les plus pauvres du monde (où l'alimentation est dite "manquante"), un minimum d'alimentation est toujours disponible.

Nous ne pouvons pas assister, apporter ou envisager d'apporter en permanence un soutien à tous les peuples. La plupart d'entre eux sont adaptés à leur mode de vie et on ne peut pas imaginer de les comparer, par exemple, aux États-Unis. Pour cette raison, j'ai pensé qu'il fallait peut-être adopter un concept plus philosophique, intellectuel et scientifique pour voir jusqu'où l'on va.

Ne demeure-t-on pas toujours sur des positions trop strictes et trop anciennes ?

**Monsieur POLONOVSKI** : Oui, mais la position qu'a défendue Monsieur SOULE ce matin m'apparaît fondamentale. Nous savons très bien qu'en malnutrition, apparaît immédiatement un état dépressif (qui en fait partie) et nous savons également qu'il n'y a plus d'acquisition justement en période dépressive. Dans ce cas, ce n'est pas la malnutrition qui est en cause (en tant que nutrition), mais les conséquences psychologiques de la malnutrition et je pense que personne ne discutera ce point. Dans les intolérances alimentaires, on voit le comportement changer. Quand on supprime l'intolérance alimentaire ou l'anorexie totale, une euphorie, un réveil intellectuel et affectif réapparaissent dès lors que l'équilibre est retrouvé. Je pense donc qu'il est difficile de parler de nutrition pure en ignorant toutes les conséquences qu'entraînent ces malnutritions.

**Monsieur CHIVA** : Je pense que vous venez de poser là une question tout à fait fondamentale dans cette affaire. Trop souvent, on mélange dans tous ces écrits, les problèmes éthiques et philosophiques avec les données scientifiques. Lorsqu'on parle de malnutrition, on parle de malnutrition sévère, alors que dans les cas que vous avez évoqués, c'est bien davantage un problème de malnutrition chronique (ce qui est déjà une autre chose). Je voudrais justement évoquer une série de travaux faits par l'ethnologue Igor DE GARINE qui travaille depuis des années sur le comportement alimentaire, et le rendement des populations vivant dans des conditions extrêmes (c'est-à-dire soit montagne/altitude, soit froid, soit extrême chaleur). Depuis plusieurs années, il étudie certaines populations du Népal. Ces populations vivent normalement à 1 700 m d'altitude, mais leurs champs s'étagent entre 1 300 et 4 000 m : elles travaillent et vivent normalement avec une ration calorique journalière d'environ 1 800, ce qui est peu, et elles n'ont pas l'air d'être débiles. Cela pose des problèmes particuliers d'adaptation spécifique des populations à tel ou tel type d'alimentation. La question que vous avez soulevée me paraît importante.

Faut-il systématiquement supplémenter en quantité ou faut-il faire autre chose ? Vous le savez, ce sont les Chinois qui disent : "si on donne à quelqu'un un poisson, on le nourrit un jour, si on lui apprend à pêcher on le nourrit pour la vie". C'est peut-être ainsi qu'il convient de poser la question. Je suis très content que vous ayez soulevé la question parce que c'est un dogme de base qui est également un dogme éthique et qui vient, à la limite, se substituer à des problèmes étayés par des réalités scientifiques plus accentuées maintenant, différentes de celles de 1947.

Cela ne signifie pas que je sois contre le fait qu'il faille aider les gens à manger. Mais comment ? À quel prix ? De quelle façon ?

**Mademoiselle JOSSE** : Il est pourtant certain qu'une aide alimentaire peut sauver la vie. Dans les carences en vitamine A, dont nous connaissons les conséquences dramatiques (puisque l'enfant risque de devenir aveugle), un support alimentaire n'est pas inutile. À titre indicatif, il y a environ 500 000 cas de carences vitaminiques A en Asie.

**Monsieur BERSTECHER** : Les estimations portant sur l'ensemble du tiers-monde révèlent que 40 % des enfants de moins de 6 ans sont dans un état chronique de malnutrition protéino-énergétique et 12 % dans un état de malnutrition grave.

**Monsieur OSTROWSKI** : Par rapport à quelles données de référence ? Celles de l'O.M.S. ? C'est-à-dire des données américaines ?

Il nous semble que les données d'une population d'un pays du tiers-monde sont difficilement comparables aux références utilisées dans un pays développé.

Il y a 5 ans, lors du Congrès de C.D.C.C. (Children Development Center of China) à Pékin, la question suivante a été soulevée : peut-on juger de l'état nutritionnel des Chinois, sur la base de références O.M.S. ?

L'O.M.S. essaye maintenant de changer un peu son attitude, de ne pas prendre comme référence les données qui lui ont longtemps servi, à savoir celles de l'étude "Ten States Study" aux États-Unis. Les statistiques sanitaires de certains pays établies à partir de ces références et mentionnant des chiffres de 40 % d'enfants mal nourris, ou ceux de 12 % d'enfants sévèrement mal nourris, ne sont en réalité pas exactes.

Certes, il existe une malnutrition dans le monde, il existe des enfants sévèrement mal nourris, et des déficiences en vitamine A ou en fer. Nous l'avons constaté au Sud Soudan et dans d'autres pays. Mais dans ces pays, il existe parfois des aliments riches en fer ou en vitamine A que les populations ne savent pas utiliser ou qu'elles n'utilisent pas du fait de tabous ancestraux.

C'est donc un problème d'éducation qui se pose. Est-ce donc la meilleure politique que d'envoyer du lait en poudre enrichi en vitamine A ? C'est une question que devrait se poser par exemple, la C.E.E. à propos de l'aide alimentaire aux pays du tiers-monde. Ce lait en poudre écrémé, et enrichi en vitamine est envoyé tel quel, sans graisse ; or, à quoi sert la vitamine A consommée sans graisse ? À rien, puisqu'il s'agit d'une vitamine liposoluble. Le comble est que souvent, quelques mois après l'envoi de lait écrémé, on expédie du beurre ou de l'huile.

Il faut peut-être projeter dans le futur l'évolution si rapide de notre société technologique du XXe siècle. Nous ne sommes plus les mêmes qu'il y a 100 ans, ni les mêmes qu'il y a une dizaine d'années. Nous étions obligés dans la vie quotidienne d'utiliser davantage nos muscles. Aujourd'hui, nous utilisons les machines et si elles s'arrêtent, nous utilisons notre cerveau pour les réparer. Que faisons-nous dans le sens de cette évolution ?

C'est pour cette raison que notre réunion a eu lieu. Pour réfléchir aux chances qu'on peut offrir aux futures générations. Quelles indications peut-on donner aux scientifiques du XXe siècle dans ce domaine ? Faut-il s'occuper uniquement de diminuer de quelques percentiles le taux de mortalité ? Faut-il donner une chance à quelques centaines d'êtres humains de survivre quelques années ? Faut-il s'occuper seulement de l'éducation scolaire et préscolaire ? Ne faut-il pas peut-être s'occuper aussi et plus tôt du développement intellectuel ? Et dans ce cas, à partir de quel âge ? 3 ans, 2 ans, 1 an, plus tôt ?

Nous avons démontré précédemment que l'enfant est capable très tôt d'apprendre, ou d'être stimulé. Peut-être par les paroles après la naissance ? Tout de suite au début de la vie ? À partir du 10e mois de la 1re année ? Ou de la 2e année ? Ou même déjà avant la naissance ? Par quels moyens ? Par quelles stimulations ?

J'aurais bien aimé connaître la position de l'UNICEF, qui reste plus sensible à ce sujet que les autres organisations des Nations Unies.

**Madame CURZI** : On peut noter des retentissements sur les capacités intellectuelles sans qu'il y ait une détérioration majeure de la structure physiologique ou anatomique.

**Madame DE BOYSSON-BARDIES** : Vous avez parlé des populations qui sont dans le besoin, mais vivent relativement normalement, selon leur mode de vie, avec des rations extrêmement basses par rapport aux rations considérées "normales" pour des adultes occidentaux ou américains. A-t-on étudié dans ces pays, les rations des enfants et des nouveau-nés et les a-t-on comparées à celles des nouveau-nés et des enfants des pays occidentaux et américains ?

**Monsieur CHIVA** : À ce sujet, des travaux ont été effectués par Igor DE GARINE. Ce chercheur a travaillé avec une équipe dans une perspective d'anthropologie quantitative. Ils étudiaient, par une méthode très lourde, ce que chaque famille ou individu consommait jour par jour sur l'ensemble d'une année. Ce type de travail fait dans plusieurs endroits, a été analysé et publié. Il me paraît extrêmement important de distinguer deux cas : celui de malnutrition cause de détérioration et celui où la malnutrition chronique entraîne des états où l'on est tellement obnubilé par la situation qu'on ne pense pas à autre chose. À ce sujet, il y a eu des travaux américains établis à partir d'étudiants volontaires soumis à des régimes hypocaloriques. Au bout de 6 mois, ils devenaient absolument invivables, parce que polarisés par ce qu'ils mangeaient ; ils étaient irritables, anxieux, avaient du mal à se concentrer et souffraient de troubles du sommeil. L'intérêt de l'expérience est d'avoir (sauf erreur de ma part) duré 4 à 5 mois et donc sur une période suffisamment longue pour parler de phénomènes "chroniques". Il est apparu à ce moment-là qu'une restriction sévère par rapport à un régime antérieur pourrait entraîner des modifications du comportement et une moindre disponibilité à l'égard de l'environnement et du fonctionnement.

Les problèmes de malnutrition existent au moins à deux stades différents : la malnutrition gravissime qui entraîne des dommages et des lésions irréversibles (carence en vitamine A et tout le reste) et la malnutrition chronique qui permet aux gens de survivre, mais à quel prix ? Et de quelle façon ?

À cela s'ajoute une troisième question : celle de l'adaptation spécifique de certaines populations dont, on ne sait pas très bien ni comment ni pourquoi, elles vivent apparemment bien, ont une activité normale, avec des rations caloriques qui sont nettement inférieures à celles que nous considérons comme normales.

**Monsieur POLONOVSKI** : En dehors de la période in utero, nous avons toujours accordé une très grande importance aux deux premières années de vie pour la maturation cérébrale et par voie de conséquence pour les possibilités de maturation intellectuelle future. En pédiatrie, l'impression a toujours été que les enfants des pays du tiers-monde sont très protégés par l'allaitement maternel prolongé. Cela explique que malnutritions et Kwashiorkor surviennent à la période de sevrage et non pas en période néonatale.

Nous avons été amenés à faire sur des années des nutritions parentérales (avec toutes les erreurs qu'ont comporté les premières). Ainsi, nous avons eu l'occasion de comparer des enfants parfaitement renutris depuis le début de la vie et très stimulés, et des enfants stimulés (dans des conditions comparables) mais qui étaient mal équilibrés sur le plan nutritionnel pendant cette phase où ils n'avaient pas le bénéfice de l'allaitement maternel, puisqu'ils étaient alimentés uniquement par voie veineuse, mais de façon déséquilibrée. Avec l'évolution de nos techniques nous avons assisté à un changement très important dans les maturations intellectuelles atteintes, comme si justement c'était une période où le facteur nutritionnel joue un très grand rôle. Je pense qu'in utero la nutrition joue sûrement un rôle ; mais il y a protection, puisque c'est la mère qui, malnutrie, en fait les frais. Elle empêche le nourrisson de subir les malnutritions intra-utérines. Au contraire, toutes les intoxications et toutes les avitaminoses pendant la grossesse ont un retentissement cérébral certain.

Je pense qu'en fait les déséquilibres ont toujours des conséquences très importantes pour les phases de maturation. D'où l'intérêt dans les pays du tiers-monde de retarder au maximum la période de sevrage pour aborder les malnutritions à un stade de maturation cérébrale plus avancé où le retentissement paraît beaucoup plus léger dans ses dégâts.

**Monsieur OSTROWSKI** : Nous connaissons des travaux sur l'impact de la malnutrition lors de la dernière guerre mondiale. Il semble qu'il n'y ait pas d'influence de la malnutrition tout au début de la vie car l'enfant est alors bien protégé, lors de sa vie fœtale par sa mère et après la naissance par le lait maternel. Ceci est vrai dans la plupart des pays du tiers-monde, particulièrement dans ces pays où nous disons qu'il y a une malnutrition. Bien sûr, il y a des cas extrêmes, et des circonstances exceptionnelles. Dans ces cas, il est évident qu'il faut tout d'abord apporter une aide dans ce sens.

**Monsieur POLONOVSKI** : Il serait intéressant de connaître les quotients intellectuels de ces sujets malnutris dans l'enfance et que l'on voit maintenant à l'âge adulte, et dont on sait qu'ils ont été parfaitement malnutris dans leur enfance. La seule façon de voir réellement les séquelles intellectuelles est de suivre les enfants mal nourris, jusqu'à l'âge adulte. Je pense qu'il faut le faire dans toutes les populations du tiers-monde et ne pas suivre les enfants seulement à l'état d'écolier, mais jusqu'à l'état adulte, au moment où il y a eu une rééquilibration qui s'est faite.

**Monsieur CHIVA** : C'est là qu'interviennent les problèmes méthodologiques à savoir la nature des outils qu'on utilise pour estimer cela. Dans ce domaine, nous sommes assez démunis. Si on utilise les outils occidentaux, sans les avoir adaptés d'abord au problème local, on peut arriver à des conclusions catastrophiques. Il est nécessaire d'adapter ces outils pour estimer le développement de l'enfant dans la première enfance en fonction des conditions éducatives locales, car souvent, les enfants sont en avance ou en retard par rapport aux normes occidentales.

**Madame CHALLAMEL** : On ne peut pas nier qu'il y a des malnutritions sévères chez l'enfant dans le tiers-monde, malnutritions qui retentissent vraisemblablement sur le développement intellectuel. Maintenant, il existe des moyens pour éviter ces malnutritions sévères.

Le problème qui se pose est le suivant : faut-il apporter une aide alimentaire extérieure ou faut-il éduquer et encourager les mères à allaiter les enfants plus longtemps ? Il y a eu, il y a quelques années, une étude malheureuse : on a donné une alimentation artificielle à ces enfants. Le résultat a été catastrophique parce que cette alimentation ne pouvait absolument pas remplacer l'alimentation maternelle, et on a eu des marasmes épouvantables, dus aux changements des habitudes locales.

**Monsieur CHIVA** : L'existence d'une malnutrition chronique dans le tiers-monde et dans beaucoup de pays est indiscutable. La question qui se pose est : "faut-il seulement s'axer sur un apport alimentaire ou faut-il peut-être s'axer autant sur un apport autre ?". Pendant très longtemps, pour diverses raisons, l'effort a été porté surtout (et parce que c'était nécessaire) sur la supplémentation alimentaire en négligeant ou en ne privilégiant pas assez les autres aspects, éducatifs, etc.

Or, l'éducation des enfants, celle des parents et le problème de la stimulation sont aussi importants que la supplémentation alimentaire pure et simple.

**Madame CHALLAMEL** : Et l'éducation de ceux qui s'en occupent aussi.

**Monsieur BERSTECHER** : Il est vrai que les éducateurs sont sensibilisés à ce problème seulement depuis quelques années. Pendant longtemps il y a eu effectivement des programmes d'alimentation destinés à des groupes dits vulnérables, et ils ne comportaient que rarement une composante éducative. Mais si l'on considère que ces programmes ont eu des effets négligeables sur le développement psychosocial des enfants, il est cependant incontestable que des millions de gens ont été, et continuent d'être sauvés par des programmes d'aide alimentaire.

**Monsieur CHIVA** : Nous sommes d'accord, mais je crois qu'on ne s'est pas toujours posé la question sur la meilleure manière d'apporter cette aide alimentaire. Je vais vous citer un exemple personnel que j'ai vécu : c'était en Inde, dans l'état du Gujarat, où on a observé certaines actions de supplémentation et d'aide alimentaire aux mères et aux enfants de moins de 2 ans. J'ai pu observer des mères et des enfants qui se laissaient mourir de faim (au sens littéral du terme) à côté de montagnes de nourriture envoyées par l'Occident. Pourquoi mouraient-ils ? Tout simplement parce qu'ils ne considéraient pas les aliments mis à leur disposition comme des aliments. C'est-à-dire qu'il n'y avait pas adéquation entre l'envoi d'aliments et la conception de ce qu'est un aliment. À la limite il aurait fallu envoyer peut-être un tiers de ce qui avait été envoyé, mais de façon adéquate en se posant la question suivante : qu'est-ce qu'un aliment pour cette population ? Ce n'est que récemment que l'on a commencé à prendre en considération ce problème.

**Monsieur OSTROWSKI** : Je pourrais citer un autre exemple dans le même sens. Parmi les aliments envoyés par la C.E.E. dans le cadre de son programme d'aide alimentaire, il y a par exemple beaucoup de "corn-flakes", en raison de l'importance de leurs stocks. Ces aliments sont très mal acceptés par les populations locales qui préfèrent, en Afrique par exemple, la durra ou la farine de blé.

Certes, il est important de donner à chacun une chance de survivre sur le plan alimentaire. Néanmoins, il me semble qu'il faudrait aussi donner une autre forme d'alimentation, et cela tout au début de la vie : "l'alimentation intellectuelle".

À cette période de la vie, il est démontré que nous pouvons agir pour favoriser un développement intellectuel optimum. Peut-être faudrait-il commencer à réfléchir sur les moyens et la période propice pour préparer le futur homme à son adaptation à cette immense évolution récente de notre société, et ceci par une stimulation intellectuelle.

Si, dans les pays développés, on commence actuellement l'éducation aux environs de 3-4 ans, ne peut-on pas envisager de stimuler intellectuellement l'enfant encore plus tôt, au moment où le développement du cerveau est le plus rapide.

Malheureusement, on néglige cet aspect pour donner priorité aux problèmes de malnutrition trop souvent surestimés.

Je ne dis pas que la malnutrition n'existe pas. J'y ai été personnellement confronté et bouleversé par les ravages qu'elle fait. Mais ce n'est pas toujours un pays entier qui souffre de marasme et de Kwashiorkor. Je vous citerai à cet égard un exemple personnel. J'ai visité en novembre dernier une région des Philippines (Négros) où, selon la presse du monde entier, existait une malnutrition sévère. Certes, j'ai observé une mauvaise nutrition globale, mais je n'ai pas vu un seul cas de malnutrition SÉVÈRE. Pour cette raison, il convient d'être prudent vis-à-vis de la presse et de la publicité intempestive faite par certains qui utilisent l'image d'un enfant malnutri dans des buts autres qu'humanitaires. Il faut peut-être réfléchir et revoir notre politique d'aide aux pays du tiers-monde : ne faut-il pas plutôt les aider à prendre eux-mêmes en mains leur destin que de continuer à les assister périodiquement ?

**Monsieur JEANNEROD** : La confusion, dans cette discussion, vient de deux plans. D'une part l'apport alimentaire en éléments de base, en protéines, en vitamines, etc., joue un rôle pour le développement du cerveau proprement dit. Je pense que les conditions de la gestation et les conditions de la post-gestation, c'est-à-dire celles de l'allaitement maternel, sont telles que le cerveau peut le plus souvent se développer à peu près normalement. D'autre part, il existe un autre aspect où l'alimentation intervient et j'approuve les programmes qui ont été mis en place pour permettre un apport alimentaire suffisant. L'alimentation suscite en effet les conditions de base (évoquées tout à l'heure) d'attention aux stimulations de motivation qui sont nécessaires au développement intellectuel. Le sujet malnutri (non pas parce que son cerveau ne se développe pas, mais parce qu'il ne s'expose pas à des stimulations) va se mettre dans des conditions où il ne peut pas recevoir l'information. De ce fait, son cerveau ne va pas se développer. Autrement dit, ce n'est pas parce que le sujet ne mange pas que son cerveau ne se développe pas, mais parce que ne mangeant pas, n'étant pas attentif, disposé, motivé, étant déprimé, il ne va pas s'exposer à une stimulation adéquate ; à ce moment-là, une partie de son développement ne se fera pas. On sait que l'acquisition de l'information, pour être efficace, nécessite une participation active du sujet à cette acquisition. Si le sujet n'est pas en situation de pouvoir acquérir cette information, parce qu'il ne s'expose pas aux stimuli, parce qu'il n'intègre pas activement, il accumulera des retards mentaux. Ce serait alors un effet indirect de la déficience alimentaire et non un rôle direct du déficit alimentaire sur le développement cellulaire. Ceci peut être vérifiable par des examens adéquats. Je ne pense pas que la mesure du Q.I. soit un examen adéquat, mais il en existe peut-être d'autres.

**Madame CHALLAMEL** : Je crois qu'on ne peut pas accomplir une éducation sans une alimentation suffisante. Dans les cas extrêmes, on peut penser que le problème nutritionnel passe avant le problème de l'éducation. Mais l'un et l'autre sont étroitement liés. Bien sûr, si les adultes sont complètement sous-nutris, si les enfants sont dans un état de marasme, les mères ne peuvent pas stimuler intellectuellement leurs enfants.

**Monsieur JEANNEROD** : Je ne pense pas cela ! Ce ne sont pas les mères qui stimulent ! Ce sont les enfants qui se stimulent, qui attirent l'information qui doit évidemment être présente. Elle doit être offerte parce qu'ils sont capables de la capter lorsqu'ils ne sont ni déprimés, ni malades, ni dénutris.

**Madame CHALLAMEL** : Personnellement, je pense que les deux sont indissociables.

**Monsieur OSTROWSKI** : Ne vaudrait-il pas mieux diminuer un peu l'aide alimentaire que l'on envoie, mais y associer un apport : "l'apport intellectuel". À cette période du tout début de la vie, il convient de prêter attention à la stimulation intellectuelle. Ces enfants ne sont pas stimulés s'ils n'ont pas les moyens de l'être, il faut alors les aider dans ce sens. Avec le support alimentaire, on pourra inclure un autre support dans le domaine un peu délaissé jusqu'à présent de la stimulation intellectuelle.

**Monsieur JEANNEROD** : C'est ce que j'ai exprimé de manière un peu imagée en disant que le cerveau a besoin de deux types de nourritures : une nourriture matérielle (protéique et autres) et une nourriture informationnelle. Je crois que c'est vraiment cela qui fait que le cerveau, après la phase gestationnelle, va se développer ou non. C'est l'existence d'une nourriture informationnelle acquise de manière active, selon des schémas qu'on évoquait hier, qui va permettre aux synapses de se développer, aux voies nerveuses de devenir efficaces.

**Madame DE BOYSSON-BARDIES** : Il faut un certain seuil d'acceptation des stimulations extérieures et de présentation de ces mêmes stimulations pour qu'existe cette adaptabilité. Il y a beaucoup de pays, qui ne sont généralement pas ceux où sévissent les grandes malnutritions (ils souffrent de malnutritions légères), où il y a eu une très grande adaptabilité à des nourritures différentes. Il n'y a pas toujours refus de nourriture différente. On constate cela dans la façon dont le Coca-Cola® s'est répandu dans le monde ; on le trouve même dans des endroits absolument inattendus. Il y a eu adaptation et il y a adaptation possible, mais, pour la rendre possible, il faut que les gens soient capables d'un effort éducatif. Je crois qu'un moyen de mesure d'intelligence qu'on peut reprendre, c'est la mesure d'adaptabilité.

**Monsieur POLONOVSKI** : Ce que vous développiez tout à l'heure était en parfaite corrélation avec ce rappel que j'ai fait, à propos de l'accent mis par Monsieur SOULE sur l'aspect dépressif, apathique, anorexigène, qu'on constate dans toutes les grandes malnutritions et qui est tel que les hommes ne sont plus aptes à capter et à programmer leurs informations et leurs échanges. Là-dessus, je suis d'accord. Mais les cas que je vous citais tout à l'heure (ceux des enfants malnutris pendant la première phase que je considère comme essentielle et des enfants mal stimulés pendant la même période) me permettent empiriquement de dire que, pour nous, l'hospitalisation est bien la mauvaise solution de rechange parce que les parents ne sont pas réellement présents. Cela a des conséquences intellectuelles infiniment plus graves et plus rapidement graves que le côté nutritionnel pur. Le manque de stimulation affective et intellectuelle est tel qu'on a des régressions parfois définitives. Je pense en effet que le gros problème du futur tiers-monde, c'est sa programmation intellectuelle parce que son environnement ne lui permet pas d'avoir d'emblée l'environnement intellectuel qu'on a dans les pays occidentaux. Ce qui est un gros problème, car ils ont en revanche des échanges affectifs et même des échanges physiques inconnus ailleurs.

**Monsieur JEANNEROD** : D'ailleurs, tout à l'heure, j'étais incapable de répondre à Monsieur OSTROWSKI lorsqu'il me demandait s'il y avait des travaux montrant des déficiences caractérisées à la suite de malnutrition ou à la suite de privation de nourriture. Peut-être que cela existe, je ne sais pas. Par contre, on connaît très bien les séries expérimentales réalisées entre 1960 et 1970 environ, de malformations, de mal développement, de séquelles importantes dans le domaine de la structure du cerveau créees par privation d'information. Par exemple, toutes les expériences de ROSENSWIEG qui ont consisté à placer des rats dans des environnements appauvris, par opposition à d'autres rats placés dans des environnements enrichis avec la même quantité de nourriture, l'ont démontré.

**Monsieur CONTRAIRES** : On a l'air de conclure que le cerveau de l'enfant est relativement bien protégé dès sa conception jusqu'à son sevrage. Or, si le sevrage est tardif, il va lui manquer des informations. Il va vivre pendant 1 ou 2 ans avec et aux dépens de celle qui peut lui apporter le plus d'informations, qui est sa mère. Cette énergie qu'il va conserver, par le "pompage" protéique qu'il fait, il l'acquiert au détriment de sa mère. En fait de disponibilité, ce n'est pas de la sienne qu'il faut parler, mais de celle de sa mère. C'est elle qui aura une quête alimentaire à faire, c'est elle qui va être déprimée, c'est elle qui n'aura rien à lui apporter. Dans le programme d'aide alimentaire, l'apport protéique, si ce n'est pas pour l'enfant à ce moment-là, est certainement indispensable pour la mère. On ne peut quand même pas gommer cela. L'enfant mange bien quelque chose : il mange quelqu'un en l'occurrence !

**Monsieur OSTROWSKI** : Il ne faut pas non plus oublier la réalité que j'ai connue sur le terrain en Afrique ou en Asie, depuis des années. On ne peut pas imaginer d'aider une seule personne, un enfant malheureux, sans aider tous les membres de la famille et les voisins. Par exemple, si on donne un apport alimentaire seulement à l'enfant malnutri, il sera partagé (les frères et même les voisins vont prendre leurs parts !). C'est pour cette raison que notre aide alimentaire à ces pays doit être multipliée par 10 ou 20 par rapport au nombre de cas qui en ont besoin. L'aide alimentaire vraiment destinée à un nombre déterminé de "bouches à nourrir" n'arrive pas toujours à ces bouches mal nourries.

L'essentiel aussi est de donner une alimentation intellectuelle au tout début de la vie, déjà avant 2 ans. Pour cela, il faut peut-être organiser des dizaines d'autres réunions, plus précises, plus déterminantes, plus scientifiques. Aujourd'hui, il s'agit juste d'une réunion de réflexion. Nous avons voulu faire le point. Est-il important d'évoquer notre sujet ? Y a-t-il des problèmes à résoudre ? Ne faut-il pas aller plus loin dans ce sens et ne pas rester sur des conceptions datant de 1948, c'est-à-dire la création des organismes responsables de la Santé ?

Ne faudrait-il pas que ces organismes révisent leur politique et les besoins futurs de l'enfant dans un monde en pleine évolution ? Ce serait une possibilité de donner de nouvelles indications à chaque pays du monde.

Tous les pays sont sensibles aux informations venant des Organisations Internationales, en particulier de l'UNESCO (au point de vue intellectuel, de l'éducation et de la stimulation). Mais l'OMS, et l'UNICEF devraient être aussi plus impliqués dans ce domaine.

Le problème est de lancer et de coordonner les actions des trois grandes organisations des Nations Unies. Qu'en pensez-vous, Monsieur BERSTECHER ?

**Monsieur BERSTECHER** : Ce n'est pas en ignorant les problèmes qu'on arrive à les résoudre. Il existe dans certains pays un problème de malnutrition très grave des enfants et de leurs mères. La mortalité des enfants est très élevée, liée non seulement aux maladies mais à cette interaction entre malnutrition, maladie et ignorance.

C'est vrai, le facteur éducatif est important. Mais pour le programme de l'UNICEF par exemple, on s'est dit : "On va d'abord essayer de sauver des vies ; c'est quand même prioritaire". On le fait avec des campagnes d'immunisation et de nutrition. C'est dans cet ordre de priorité qu'on s'adresse seulement ensuite à l'aspect éducatif, y compris à celui de la stimulation mentale au début de la vie. Je trouve que ces priorités-là sont relativement logiques. Je ne reprocherais pas à l'UNICEF par exemple de ne pas être axé sur le problème de la stimulation éducative, compte tenu de la mortalité qui nous entoure et qui est quand même prioritaire. J'ai apporté des chiffres pour étayer ce que vous avez dit : 1/4 de tous les nouveau-nés dans le tiers-monde pèsent moins de 2 5OO grammes à la naissance. 50 % des femmes en âge de procréer souffrent d'anémie nutritionnelle.

**Madame JOSSE** : Je suis d'accord avec vous sur l'importance des actions des Organisations Internationales. L'UNICEF par exemple, a beaucoup contribué à lutter contre la carence en vitamine A. À court terme, ils distribuent des capsules de vitamine A. À moyen terme, ils travaillent sur l'éducation et cela marche. En Thaïlande, par exemple, où cette politique a été appliquée, il n'y a presque plus d'avitaminose A.

Il ne faut pas critiquer les priorités choisies par les organisations des Nations Unies car je pense qu'elles sont bonnes !

**Monsieur OSTROWSKI** : Il ne faut pas non plus généraliser et aider sans arrêt tous les pays du monde qui ont des problèmes de nutrition. Il faut aider les pays qui souffrent de malnutrition sévère, ou d'une avitaminose A ou encore d'autres problèmes nutritionnels endémiques. Il existe quand même de nombreux pays qui ne souffrent pas de malnutrition. Par exemple, les États-Unis, le Canada, l'Europe, la Chine... où il n'y a pas de malnutrition. Dans ces pays on peut certainement donner priorité dès maintenant à la stimulation intellectuelle au tout début de la vie.

Sauver la vie demeure une priorité. Mais trop souvent, on donne priorité aux actions "à la mode" qui ne sont pas forcément les plus importantes dans le monde. Monsieur BERSTECHER a souligné le problème de sauver la vie. C'est essentiel, mais il a aussi souligné le problème économique et social.

Il ne faut pas oublier les futurs hommes du XXIe siècle qui seront obligés de travailler différemment. Les changements se font si rapidement.

**Monsieur POLONOVSKI** : La stimulation intellectuelle n'est pas une priorité plus dominante que celle de sauver la vie. Vu la démographie, le problème est second par rapport à celui de l'augmentation des naissances : si on continue la politique actuelle, on aboutira à une démographie mondiale galopante, et on sera incapable de subvenir aux besoins des individus. Il n'y a plus dès lors, de stimulation possible puisqu'on rentre dans le cercle vicieux des pays du tiers-monde qui deviennent de plus en plus pauvres. Je pense que le problème est posé à l'envers : il faut d'abord sélectionner les entrées et éduquer ceux qu'on a fait naître. Les priorités, sur le plan international, sont l'inverse de celles que les organismes prennent en compte actuellement et qui ne tiennent compte que de la survie.

**Monsieur OSTROWSKI** : Il y a bien évidemment, aussi le problème de l'enfant unique dans une société qui cherche à résoudre son problème démographique. À ce propos, prenons par exemple la Chine avec sa politique d'enfant unique. Les parents, les grands-parents, la société et les responsables gouvernementaux sont très conscients du problème de la stimulation intellectuelle au tout début de la vie. Dans certaines maternités, ce problème commence à être pris en considération (par exemple à Shanghaï). Mais la politique d'enfant unique en Chine est-elle la meilleure solution ?

La même politique était pratiquée il y a 10 ans à Hong Kong et Singapour. Actuellement, cette politique a été revue : et les couples peuvent avoir deux à trois enfants.

**Monsieur CHIVA** : Pourtant, il est important de prendre en compte le problème de l'expansion démographique. Si tout continue ainsi, nous serons 7 milliards en 2020-2040 !

* * *

# Clôture du colloque

**Monsieur OSTROWSKI** : Avant que nous ne nous séparions, je tiens à renouveler nos remerciements à l'UNESCO, et en particulier à son Directeur Général Monsieur M'BOW, à son Directeur Général Adjoint Monsieur DE BONNECORSE, comme à Monsieur CHIBA et à Monsieur BERSTESCHER qui ont bien voulu participer à nos travaux.

C'est grâce à eux que ce colloque a pu être organisé, et que nous avons pu étudier pendant ces deux jours, en confrontant nos témoignages et nos informations, un aspect jusqu'à présent peu exploré du développement de l'enfant : **La stimulation intellectuelle au tout début de la vie.**

Plusieurs autres réunions de réflexion seront certainement nécessaires pour poursuivre cette étude, mais dès aujourd'hui, nos discussions nous ont amené à conclure que cette stimulation au début de la vie, est un des facteurs importants du développement intellectuel de l'enfant.

C'est grâce aux Organisations Internationales comme l'**UNESCO**, et à d'autres organismes travaillant dans le domaine de l'enfance, comme l'**A.D.E.**, que nous pourrons trouver des solutions aux problèmes que posent l'application dans les faits de cette conclusion. Je pense qu'il faudra, pour y parvenir, modifier notre attitude en ce qui concerne les ordres de priorité à choisir pour notre action vis-à-vis des populations défavorisées, en particulier dans les pays dits du tiers-monde.

Peut-être faut-il nous adresser de nouveau aux Organisations Internationales, pour attirer leur attention sur cette importance de la stimulation intellectuelle au tout début de la vie. Elles sont, mieux que d'autres, à même de mettre en œuvre des décisions prises dans ce domaine. Elles sont en effet particulièrement compétentes et bénéficient de la meilleure organisation. Je pense en particulier à l'UNESCO qui s'intéresse à l'éducation dès le plus jeune âge et réalise déjà des actions extrêmement importantes.

D'ores et déjà, je peux dire que nous sommes prêts à faire tout ce que nous pouvons pour apporter notre aide aux Organisations Internationales telles que l'**OMS,** l'**UNESCO**, l'**UNICEF**... qui tiennent dans leurs mains la suite à donner à notre Colloque.

# BIBLIOGRAPHIE

AMIEL-TISON C., Possible acceleration of neurological maturation following high-risk pregnancy, Am. J. Obstet. Gynecol., 1980, 138, 303-306.

AMIEL-TISON C., La vie foetale telle qu'elle peut être observée par l'échographie, EMC. Obstétrique, 1986 Oct.

AMIEL-TISON C., Pediatric Contribution to the Present Knowledge on the Neurobehavioral Status of Infants at Birth, in : Neonate Cognition, Beyond the Blooming Buzzing Confusion, Mehler J. and Fox R. (eds.), Lawrence Erlbaum Ass. Publ., New Jersey, 1985, 365-380.

AMIEL-TISON C. et GRENIER A., La surveillance neurologique au cours de la première année de la vie, Paris, ed. Masson, 1985.

ANTIER E. et AMIEL-TISON Cl., L'allaitement maternel, Résultats d'une enquête en Maternité, Ann. Pédiat., 1982, 29, 7, 482-487.

ANTONOV A.M., Children born during the siege of Leningrad in 1942, Journal of Pediatrics, 1947, 30, 250-259.

ANTONOVSKY H.F. and FEITELSON D., An observational study of intellectual stimulation of young children, Early Child Development & Care, 1973, Vol 2 (3), 329-344.

ATKINSON J., Human visual development over the first 6 months of life, A review and hypothesis, Human Neurobiol., 1983, 3, 61-74.

BERTONCINI J., La perception de la parole : une capacité précoce, Le Courrier du C.N.R.S., 1985, N□ 60, 28.

BOYSSON-BARDIES de B., Les Communication précoces, Le Courrier du C.N.R.S., 1985, N□ 60, 25-29.

BRANDT I., Brain growth, fetal malnutrition and clinical consequences, J. Perinat. Med., 1981, 9, 3-26.
BRAZELTON T. B., Vous parle de vos enfants, Edition Stock-Laurence Pernoud, Paris, 1987.
BRONFENBRENNER U., Is Early Intervention Effective? Facts and Principles of Early Intervention: a summary, in: A Report on Longitudinal Evaluations of Pre-school programs, D.H.E.W. Publication no (OHD) 74-25, Washington D.C., 1974, Vol 2.
CHALLAMEL M.J., LAHLOU S., REVOL M. and JOUVET M., Sleep and smiling in neonate: A new approach, in KOELLA W.P., RÜTHER E. and SCHULZ H., Sleep '84, Proceedings of the Seventh European Congress on Sleep Research, Gustav Fischer Verlag, Stuttgart, 1984, 289-292.
CHATEAU de P., Promotion of mother-infant relationships during delivery, In: D.Hervey, Parent-Infant Relationships, John Wiley & Sons, Chichester, 1987.
CHIVA M., Implications of sweetness in upbringing and education, in: J.DOBBING, Sweetness, Sringen Verlay, 1987, 237-238.
CHIVA M., Taste, facial expression and mother-infant interaction in early development, Baroda J. Nutr., 1982, 9, 99-102.
CLARK P.M. and DICKMAN Z., Features of interaction in infant twins, Acta Geneticae Medicae et Gemellologiae, Twin Research, 184, Vol 33 (2), 165-171.
COLE P.M., Children's Spontaneous Control of Facial Expression, Child Development, 1986, 57, 1309-1321.
CONSTANTINE-PLATON M.et LAW M., Le développement des cartes et des bandes dans le cerveau, Pour la Science, Fév. 1983, 33-45.
CORDERO L. et al., Effects of vestibular stimulation on sleep states in premature infants, Am. J. of Perinatology, 1986, 3, 319-324.
CRAVIOTO J., DeLICARDIE E.R. and BIRCH H.G., Nutrition, growth and neurointegrative development: an experimental and ecologic study, Pediatrics, 1966, 38, 319-372.

CRAVIOTO J., HAMBRAEUS L. and VAHLQUIST B., Early Malnutrition and Mental Development, The Swedish Nutrition Foundation, Uppsala, 1974.

CURZI-DASCAIOVA L., PEIRANO P., MOREL-KAHN F. and LEBRUN F., Developmental aspect of sleep in premature and full-term infants, In Neonatal Brain and Behaviour, H.Yabunchi, K. Watanabe and S. Okada, Eds. The University of Nagoya Press, 1987, 173-188.

CURZI-DASCALOVA L., PEIRANO P., SILVESTRI L. et KORN G., Organisation du sommeil des nouveaux nés-prématurés normaux, Etudes polygraphiques. Rev.EEG Neurophysiol., 1985, 15, 237-242.

DERIES X., PICARD A., DIDIER J.P. et LACERT Ph., Etude clinique du nystagmus optocinétique horizontal chez le nouveau-né et le jeune nourrisson, Intérêt séméiologique, Ann. Pédiatr., 1986, 33, n□ 9, 789-793.

DESOR J.A., MALLER O. et ANDREWS K., Ingestive responses of human newborn to salty, sour and bitter stimuli, J. Comp. Physiol. Psychol., 1975, 89, 8, 966-970.

DHOPESHWARKAR G.A., Nutrition and Brain Development, Plenum Press, New York, 1983.

DITTRICHOVA J., BRICHACEK V., PAUL K. et TAUTERMANNOVA M., The Structure of Infant Behavior: An Analysis of Sleep and Waking in the First Months of Life, In: Review of Child Development Research, Ed. W.W. Hartup, The UNiversity of Chicago, Chicago, 1982, 73-82.

DOBBING J., Nutrition de la mère pendant la gestation, 13 Novembre 1982 (communication).

DOBBING J., The later development of the brain and its vulnerability, In: Scientific Foundations of Paediatrics, edited by J.A. Davis and J. Dobbing, London 1981, 744-758.

DODGE P.R., PRENSKY A.L. and FEIGIN R.D., Nutrition and the developing nervous system, The C. V. Mosby Company, Saint Louis, 1975.

DOLTO F., Le cas Dominique, Editions du Seuil, Paris, 1971.

DOLTO F., Lorsque l’enfant paraît, Editions du Seuil, 1977.

FALKNER F. and TANNER J.M., Human Growth, tome 3, Neurobiology and Nutrition, Baillière Tindall, London, 1979.

GALLER J.R., Behavioral consequences of malnutrition in early life, In: J.R. Galler, Nutrition and Behavior, Plenum Press, New York, 1984, p. 84.
GORDON I.J. and JESTER R.E., Instructional strategies in infant stimulation, Catalog of Selected Documents in Psychology, 1972, Sum Vol 2, 122.
GRAHAM P., Child psychiatry, A developmental approach, Oxford University Press, 1986.
GRANTHAM-McGREGOR S., The effect of malnutrition on mental development, In: Proceedings of XIII International Congress of Nutrition 1985, edited by T.G. Taylor and M.K. Jenkins, Ed.John Libbey, London, 1986, 68-74.
GRENIER A., CONTRAIRES B., L'examen neuromoteur complémentaire, EMC., à paraître.
GRUBAR J.C., Sommeil et efficience mentale. Vers une neuropédagogie. Thèse de doctorat d'Etat, Université Paris X 1987.
HADI H.A., Fetal cerebral maturation in hypertensive disorders of pregnancy, Obstet. Gynecol., 1984, 2, 214-218.
HAINLINE L., TURKEL J., ABRAMOV I.,LEMERISE E. and HARRIS C.M., Characteristics of Saccades in Human Infants, Vision Res., 1984, Vol. 24, No. 12, 1771-1780.
HAINLINE L., LEMERISE E., ABRAMOV I. and TURKEL J., Orientational asymetries in small-field optokinetic nystagmus in human infants, Behav. Brain Res, 1984, 13, 217-230.
HAITH M.M., Rules that babies look by : the organisation of newborn visual activity, Lawrence Erlbaum, Hillsdale, N.J., 1980.
HARVEY D., Parent-Infant Relationships, Perinatal Practice Vol.4, John Wiley & Sons, Chichester, 1987.
HENDERSON-SMART D.J., PETTIGREW A.G. and CAMPBELL D.J., linical Apnea and Brain-Stem Neural Function in Preterm Infants, New England Journal of Medicine, 1983, 308, 353-357.
HENDERSON-SMART D.J., PETTIGREW A.G. and EDWARDS D. A., Prenatal Influences on the Brain Stem Development of Preterm Infants, in: The Physiological

Development of the Fetus and Newborn, Academic Press, London, 1985, 627-631.
HOLT K.S., Developmental Paediatrics, Postgraduate Paediatrics Series, John Apley, London, 1977.
HOUSEHAM K.C. and VILLIERS de J.F.K., Computed tomography in severe protein energy malnutrition, Arch. Dis. in Childhood, 1987, 62, 589-592.
ILLINGWORTH R.S., Développement psychomoteur de l'enfant, Masson, Paris, 1978.
JACOBSON M., Developmental neurobiology, Second Edition, Plenum Press, New York, 1978.
JAIN L. et al., Energetics and mechanics of nutritive sucking in the preterm and term neonate, J. Pediatr., 1987, 111, 894-898.
JOSSE M. Ch., Avitaminose A, Thèse, Université de Nancy, 1987.
KESSON A. M., HENDERSON-SMART D. J., PETTIGREW A. G. and EDWARDS D.A., Peripheral nerve conduction velocity and brainstem auditory evoked responses in small for gestational age preterm infants, Early Human Development, 1985, 11, 213-219.
KLINDOVA L., Intellectual stimulation and its enduring effect on preschool children, Psychologia a Pathopsychologia Dietata, 1980, Vol 15 (1), 7-17.
KLINDOVA L., The effect of purposeful learning on the level of general intellectual abilities in preschool children Psychologia a Pathopsychologia Dietata, 1976, Vol 11 (6), 503-518.
KOHLBERG L., Early education : a cognitive developmental view, Child Development, 1968, 39 (4), 1013-1062.
LECANUET J.P., Acquisitions auditives prénatales ?, Le Courrier du C.N.R.S., 1985, N° 60, 26.
LESTER B.M., Change and Stability in Neonatal Behavior, in : New Approaches to Developmental Screening of Infants, Brazelton T.B. and Lester B.M., Elsevier Science Publishing Co., 1983, 53-75.
LEVITSKY D.A., Malnutrition, environment and behavior, New perspectives, Cornell University Press, London, 1979.

LEZINE I., dans: "Le devenir de la prématurité", E. Kestmberg ed., PUF publ., 1977, 59-77.

LLOYD-STILL J.D., Malnutrition and Intellectual Development, MTP Press Ltd., Lancaster, 1976.

Mc GOWAN R.J. and JOHNSON D.L., The mother-child relationship and other antecedents of academic performance: A causal analysis, Hispanic Journal of Behavioral Sciences, 1984, Vol 6(3), 205-224.

Mc GREGOR S.M. and STEWART M., Reponse to Richardson's article concerning the relation of severe malnutrition in infancy, Ped. Research, 1977, 11, 2, 141.

MADISON L.S., MADISON J.K. and ADUBATO S.A., Infant Behavior and Development in Relation to Fetal Movement and Habituation Child Development, 1986, 57, 1475-1482.

MARSHALL W.A., Human Growth and its Disorders, Academic Press, London, 1977.

MAZET Ph. et HOUZEL D., Psychiatrie de l'enfant et de l'adolescent, Maloine S.A. Editeur, Paris, 1975.

MEHLER J., LAMBERTZ G., JUSCZYK P. and AMIEL-TISON Cl., Psychophysiologie. Discrimination de la langue maternelle par le nouveau-né, C.R. Acad. Sc. Paris, 1986, T.303, Série III, n□ 15, 637-640.

MEHLER J., LAMBERTZ G., JUSCZYK P.W. et AMIEL-TISON C., Discrimination de la langue maternelle par le nouveau-né, Comptes Rendus de l'Académie des Sciences de Paris, 1986, 303, Série 111, 637-640.

METCOFF J., Maternal-fetal nutritional relationships, In: Pediatric Nutrition, edited by G.C. Arneil and J. Metcoff, Butterworths, London, 1985, 56-108.

MONOD N. et GARMA L., Réactivité auditive et organisation du sommeil chez le prématuré humain. J. Physiol. Paris, 197O, 62, Suppl.1, 195-196.

MONOD N., PAJOT N. and GUIDASCI S., The Neonatal E.E.G.: Statistical studies and Prognostic Value in Full-Term and Pre-Term Babies, Electroenceph. Clin. Neurophysiol., 1972, 32, 529-544.

MORGAN B. and MORGAN R., Brain Food, Michael Joseph Ldt., London, 1986.

MOSLEY W.H., Nutrition and human reproduction, Plenum Press, New York, 1978.
NAEYE R.L., BLANC W. and PAUL C., Effects of maternal nutrition on the human foetus, Pediatrics, 1973, 52, 494-503
NELSON C.A. and SALAPATEK P., Electrophysiological Correlates of Infant Recognition Memory, Child Development, 1986, 57, 1483-1497.
NEWTON N., Psychologic aspects of lactation, The New England Journal of Medicine, 1967,277,1179.
NIJHUIS J. G., Behavioral states; concomitant clinical implications and assessment of the condition of the nervous system., Eur. J. Obstet. Gynecol. Repr. Biol., 1986, 21, 301-308.
OSTROWSKI Z.L., Impact of foods on intellectual stimulation in infancy and early childhood, In: S. Berger, A. Gronowska-Senger and M. Ziemlanski, Nutritional sciences for human health, Smith-Gordon Comp.Ltd.London and Nishimura Comp.Ltd. Asahimachi-Dori, 1988, 147-149.
OSTROWSKI Z.L., Nutrition et croissance, Etat nutritionnel des femmes enceintes au Soudan, Proceedings, A.D.E., Paris, 1982.
OSTROWSKI Z.L., Nutrition et croissance, Etat nutritionnel des enfants au Soudan, Proceedings, A.D.E., Paris, à paraitre
PEIRANO P., CURZI-DASCALOVA L. and KORN G., Influence of sleep states and age on body mobility in normal premature and full-term neonates. Neuropediatrics, 1986, 17, 186-190.
PETTIGREW A.G., EDWARDS D. A. and HENDERSON-SMART D. J., Screening for auditory dysfunction in high risk neonates, Early Human Development, 1986, 14, 109-120.
PETTIGREW A.G., EDWARDS D. A. and HENDERSON-SMART D. J., The influence of intra-uterine growth retardation on brain-stem development of preterm infants, Developmental Medicine & Child Neurology, 1985, 27, 467-472.
PETTIGREW A.G. and HUTCHINSON I., Effects of alcohol on functional development of the auditory pathway in the brain-stem of infants and chick embryos, in: Mechanisms of

alcohol damage in utero, Pitman, Ciba Foundation symposium, 1984, 105, 26-46.

PETTIGREW A.G. and RAHILLY P.M., Brainstem auditory evoked responses in infants at risk of Sudden Infant Death, Early Human Development, 1985, 11, 99-111.

PHAROAH P.O.D., BUTTFIELD I.H. and HETZEL B.S., Neurological damage to the fetus resulting from severe iodine deficiency during pregnancy, Lancet, 1971, 308-310.

PRECHTL H.F.R., Polygraphic studies of the full-term newborn infant, II Computer analysis of recorded data. In M.C.O. Bax and R.C. Mac Keith (Eds.), Studies in infancy. Clinics in developmental medecine No.12, Heinemann, London, 1964.

PRECHTL H.F.R., Brain and behavioral mechanisms in the human newborn infant. In R.J. Robinson, Brain and early behavior, Academic Press, London, 1969.

QUERLEU D., RENARD F, VERSYP F. et CREPIN G., Aptitudes sensorielles du nouveau-né et du fœtus, Oto-Rhino-Laryngologie, 1987, 1, 29-32.

REICHSMAN F., Hunger and Satiety in Health and Disease, S. Karger, Basel, 1972.

RICHARDSON S.A., The relation of severe malnutrition in infancy to the intelligence of school children with differing life histories, Pediat. Res., 1976, 10, 57-61.

ROBINSON R.J., Brain and Early Behavior, Academic Press, London, 1969.

ROZOVSKI S.J. and WINICK M., Nutrition and cellular growth, In: M. Wynick, Nutrition, Pre- and postnatal development, Plenum Press, New York, 1979, p. 61.

SAINT-ANNE DARGASSIES S., La maturation neurologique des prématurés. Etudes néonatales, 1955, 4, 71-122.

SAINT-ANNE DARGASSIES S., The first smile, Developmental Medicine and Child Neurology, 1962, 4, 531-533.

SAINT-ANNE DARGASSIES S., Neurological Development in the full-term and premature neonate, Ed. Masson, Paris, 1974.

SAINT-ANNE DARGASSIES S., La surveillance neurologique du développement de l'enfant. Grille-guides de la naissance àtrois ans, Ministère de la Santé, Paris, 1978.

SAINT-ANNE DARGASSIES S., Le développement neuro-moteur et psycho-affectif du nourrisson de 1 à 18 mois, Ed. Masson, Paris, 1982.

SAINT-ANNE DARGASSIES S., Developmental Neurology from the Fetus to the Infant: Some French Works, In: Review of Child Development Research, Ed. W.W. Hartup, The University of Chicago, Chicago, 1982, Vol.6, 45-72.

SCHWEBEL M., Facilitating cognitive development, Prospects, 1985, Vol XV, 2, 155-172.

SHIZUME K. and TAKANO K., Growth and Growth Factors, University of Tokyo Press, Tokyo, 1980.

SMITH C.A., Effects of maternal undernutrition upon the newborn infant in Holland 1944-45, Journal of Paediatrics, 1947, 30, 229-243.

STEIN Z., SUSSER M., SAENGER G. and MOROLLA F., Famine and human development, The Dutch Hunger Winter 1944-1945, Oxford Univ. Press, New York, 1975.

STEINER J. E., The gustofaciale response: observation on normal and anencephalic newborn infants, In: J.F. Bosma, 4th Symposium on oral sensation and perception, Bethseda, Md. NIH, 1973, 254-310.

STOCH M.B. and SMYTHE P.M., 15 years developmental study on effects of severe undernutrition during infancy on subsequent physical growth and intellectual functioning, Arch. Disease in Childhood, 1966, 51, 327-336.

SYLVA K. et LUNT I., Child development, A first course, Basil Blackwell, Ltd, Oxford, 1982.

TANNER J.M., Fetus into man: Physical growth from conception to maturity, Open Books, London, 1978.

TOMASELLO M. and FARRAR J., Joint Attention and Early Language, Child Development, 1986, 57, 1454-1463.

VELAZQUEZ A. and BOURGES H., Genetic Factors in Nutrition, Academic Press Inc., Orlando, 1984.

VISSER C., ZEELENBERG H. and VRIES de J., External physical stimulation of the human fetus during episodes of low heart rate variation, Am. J. Obstet. Gynecol., 1983, 145, 579-584.

VLIET van M., MARTIN C.B., NIJHUIS J.G., PRECHTL H.F.R., Behavioural states in growth-retarded human fetuses, Early Hum. Dev., 1985, 12, 183-197.
VLIET van M.A.T., MARTIN C.B.Jr., NIJHUIS J.G., PRECHTL H.F.R. The relationship between fetal activity and behavioral states and fetal breathing movements in normal and growth-retarded fetuses, Am. J. Obstet. Gynecol., 1985, 153, 582-588.
VITAL-DURAND F., Faut-il s'intéresser à la vision du bébé ?, INSERM U-94, 69500 Lyon.
WAINIO W. W., The mammalian mitochondrial respiratory chain, Academic Press, New York, 1970.
WALLIS S. et HARVEY D., Les conséquences d'un retard de croissance intra-utérine, Annales Nestlé, 1982, 40, 2, 32-46.
WEIFFENBACH J.M., Taste and development, The genesis of sweet preference, U. S. Dept. of Health, Education and Welfare, Bethesda, 1977.
WIESEL T.N., Le cortex visuel, MONACO 4, Monaco, 1982.
WILKINSON A. W., Early Nutrition and later development, Pitman Medical Publishing Ldt., Great Britain, 1976.
WINICK M., Malnutrition and brain development, Oxford University Press, New York, 1976.
WINICK M., Nutrition, Pre- and Postnatal Development, Plenum Press, New York, 1979.
WINICK M., Nutrition in the 20th century, John Wiley & Sons, New York, 1984.
WIRTH A., The effects of systematic training on the development of intelligence: Explanation and experimental verification of a program of intellectual stimulation for nursery school children, Enfance, 1978, 1, 31-51.
ZAMENHOF S., Malnutrition and brain, In: Handbook of Neurochemistry, 2nd ed., Lajtha Plenum Press, 1986, vol.9, 151-172.
*** SIZE OF BIRTH, Ciba Foundation Symposium 27, Elsevier, Exerpta Medica, North Holland, 1974.

## RÉSUMÉ

# Stimulation intellectuelle au tout début de la vie

La stimulation intellectuelle au tout début de la vie devrait être une des préoccupations toutes récentes des responsables de la santé et du bien-être de l'homme.

Le récent colloque international sur la stimulation intellectuelle au tout début de la vie, organisé par l'ADE (*), au siège de l'UNESCO à Paris, les 15 et 16 Juin 1987, a démontré qu'il est important de s'occuper de la stimulation intellectuelle déjà dans les toutes premières semaines de la vie et même avant la naissance. Un état de manque dans ce domaine a des répercussions à long terme plus importantes que d'autres problèmes de santé déjà bien couverts.

Un résumé des principaux points abordés est présenté dans les pages qui suivent.

### Rappel du développement anatomique

Du point de vue anatomique, le développement du cerveau se fait en trois étapes :

Lors de l'embryogenèse, les connexions s'établissent de manière très précise sur le plan topographique, et de manière strictement programmée.

La phase d'élimination ou de stabilisation se déroule probablement dans le dernier tiers de la grossesse. Les connexions excédentaires disparaissent soit par rétraction axonique, soit par mort des neurones en fin de gestation. Un phénomène de calibration mutuelle pourrait exister : les connexions entre le cortex visuel et le cortex auditif permettraient la mise en place d'une organisation topographique avant que l'on ait une canalisation des afférences, à un moment où il n'y a pas d'information de l'extérieur.

Lors de la phase d'installation qui suit la naissance, le réseau, stable, fonctionne sous l'influence de facteurs extérieurs, mais il peut encore se modifier. Cette période est une période critique.

Sur le plan fonctionnel, la croissance est fonction de l'apprentissage.

La programmation est en partie génétique. Des déficits de programmation peuvent être dus à des erreurs innées, ou à des agressions toxiques.

Établir un parallélisme entre le développement des capacités et celui des connexions est aujourd'hui très difficile.

L'avance de maturation du cerveau droit est évidente très tôt. On observe l'activation plus importante dans la première semaine : sourire endogène du sommeil actif, manipulation de la main gauche... Par contre, l'écoute est le fait de l'hémisphère gauche (oreille droite). La prédominance gauche pour le langage existe dès la naissance.

**Rappel des bases physiologiques**

Du point de vue physiologique, le sommeil et le développement des sens diffèrent selon l'âge (gestationnel et post-natal). Il existe des différences dans la quantité et la qualité des stimulations reçues avant et après la naissance : après la naissance, les stimulations sensorielles sont plus riches (stimuli tactiles, visuels). Avant la naissance, il y a un rôle possible du transfert placentaire de neuromédiateurs.

**Le sommeil**

Avant le terme normal, les phases de sommeil sont très longues, donc, si une stimulation doit permettre l'acquisition d'une compétence, elle doit se faire pendant le sommeil.

On distingue :

– un sommeil actif (ou sommeil agité), qui deviendra chez l'adulte le sommeil paradoxal, et qui est génétiquement programmé,

– un sommeil calme, qui deviendra le sommeil lent.

Il est possible que le sommeil agité serve de phase de mémorisation. Chez le grand enfant, l'apprentissage intensif augmente la durée du sommeil actif. La privation de sommeil diminue les performances du lendemain.

L'évolution des stades de sommeil est plus rapide chez les prématurés stimulés, avec augmentation du sommeil actif. Le débit cérébral, la consommation d'oxygène et les synthèses protéiques sont sans doute alors plus importantes.

**L'audition**

Il est évident qu'une habituation aux stimuli sonores existe in utero. Chez le nouveau-né, la réponse aux stimuli sonores dépend du moment dans le cycle du sommeil, de la stabilité du sommeil et de la durée du sommeil. Des phénomènes d'habituation existent déjà chez l'enfant de 3 ou 4 jours. Les phénomènes d'intégration et de sélection aux stimuli sonores se manifestent surtout avec le langage.

Le développement de l'audition et les potentiels évoqués sont comparables ex utero et in utero, avec l'acquisition des potentiels auditifs évoqués et la diminution du temps de latence (augmentation de la vitesse de conduction).

In utero, le fœtus perçoit des sons, mais la voix maternelle comme les voix extérieures sont déformées. Le taux de reconnaissance des phonèmes est de 30 % environ. Les sons aigus sont perçus : il y a une bonne transmission du triangle musical ; mais les bruits graves sont mieux transmis par le placenta.

La compréhension de la langue maternelle est sans doute possible en fin de grossesse ; il s'agit de la reconnaissance du timbre de voix. De nombreux indices existent confirmant la mémorisation prénatale. Cette mémorisation prénatale porte sur la reconnaissance des intonations perçues in utero. Il a été démontré que chez l'enfant de 4 jours, le taux de succion spontanée est plus important lors de l'écoute de la langue maternelle. L'enfant un peu plus âgé reconnaîtra aussi les césures dans les phrases.

**Les mimiques et le sourire**

Les mimiques faciales sont plus fréquentes en état de veille. Les mimiques avec connotation universelle mettent en jeu les mêmes muscles que chez l'adulte. Dans le sommeil actif, ces mimiques proviennent du cerveau droit et dans le sommeil lent elles proviennent du cerveau gauche. Cette différence existe dès la 30e semaine.

La latéralisation inter-hémisphérique diffère entre les nouveau-nés de certaines langues maternelles, en particulier le japonais et les nouveau-nés occidentaux, sans doute en raison de différences linguistiques.

**La communication**

L'enfant communique dès la naissance par grand sourire. Entre 8 jours et 3 semaines, il ébauche ou réalise une préhension.

L'expression des émotions peut se manifester aussi par le réflexe psycho-galvanique : l'émotion entraîne par exemple une transpiration du pied chez le nouveau-né. Chez le prématuré, cette activité est intense en sommeil actif.

**Le langage**

Les formes du premier langage reprennent le babillage, qui semble bien être universel, la langue maternelle intervenant dans des différences individuelles. La vocalisation apparaît entre 2 et 3 mois. À 6-7 mois, apparaît un changement assez net du langage.

Des contrastes phonologiquement pertinents sont discriminés jusqu'à 8 à 10 mois. La discrimination "perception" "production" disparaît vers 6 mois, avec la modification des conditions anatomiques du tractus vocal. La langue maternelle influence la vocalisation à 10 mois.

**Le goût et l'olfaction**

Le goût et l'olfaction sont des modalités archaïques fonctionnelles. La gustation est fonctionnelle dès le 4e mois gestationnel, où existe déjà une programmation hédonique : attirance pour le sucré, rejet de l'amertume ; cette programmation survient en dehors de toute éducation. L'olfaction est une sensation beaucoup plus riche, et n'obéit pas à une programmation hédonique, elle a toujours une programmation émotionnelle : culturelle et d'expérience personnelle.

**États thymiques du nourrisson**

<u>La gaieté du nourrisson</u>

L'acquisition de la gaieté est impossible sans affects positifs. L'acquisition est variable suivant l'état thymique de la mère. D'ailleurs, les mères, pour se rassurer, sollicitent fréquemment cet affect positif.

La dépression du nourrisson

La dépression mentalisée est tardive vers le 2e semestre de la vie. La dépression non mentalisée, s'exprime par l'insomnie, l'anorexie ou les difficultés dans les rythmes de sommeil qui peuvent avoir un impact sur la mémorisation. L'atonie, par insuffisance de mouvements, peut avoir des répercussions sur le développement intellectuel.

La traduction essentielle des dépressions est l'arrêt des acquisitions : elle provoque une stagnation du développement.

La dépression maternelle

La dépression maternelle avant la grossesse et la dépression post-partum (immédiate ou lointaine) peuvent avoir un impact important sur l'état de l'enfant.

La dépression maternelle retentit sur le nouveau-né soit par "occultation totale", soit par signaux contradictoires et mauvais accordage affectif. Le nourrisson envoie des signaux, mais ne reçoit pas de réponse, ou bien des réponses contradictoires.

Il convient donc de prévenir la dépression maternelle en sensibilisant le personnel des maternités, l'identification des femmes à risque, leur prise en charge, la surveillance du retour à la maison des accouchées et la prévention dès l'adolescence (projections de films sur la relation mère-bébé).

**Libération des compétences**

La gestualité observée avant la naissance (à l'échographie) ne se retrouve pas à la naissance, parce que la compétence est masquée par différentes causes. Par exemple, on peut réaliser une libération motrice par un soutien de la nuque, avec sollicitations.

**Rôle de la malnutrition**

La malnutrition pendant la grossesse a peu d'effets sur le développement du cerveau et l'état intellectuel de l'enfant. À long terme, un effet sur le développement intellectuel est possible : perturbations du milieu stimulant et pauvreté de celui-ci. Or, la variété des stimulations dépend du milieu stimulant ; cette variété permet des réactions différenciées : stimulations moindres chez les malnutris, notamment au moment du sevrage (auparavant protection du lait maternel). Lors d'une malnutrition prolongée, l'enfant ne se trouve pas dans les conditions d'être stimulable (mauvaise participation affective à l'acquisition des connaissances, maladies favorisées par la malnutrition). Il est certain que pour une nourriture informationnelle, il faut une nourriture alimentaire.

Les stimulations ne semblent jouer qu'à des moments précis : il faut que l'enfant soit prêt. Il existe de grandes variations d'un enfant à l'autre. Il est difficile à l'heure actuelle de dissocier le rôle de l'environnement et celui de la génétique.

Les récentes recherches scientifiques ont montré que la stimulation intellectuelle peut commencer très tôt dans la vie, même avant la naissance.

Stimuler précocement un enfant peut être un facteur de préparation des générations futures au développement technologique actuel, dans les pays développés, mais surtout dans le tiers-monde trop dépendant de l'ordre extérieur. Cette action devrait rentrer dans le cadre des tâches fondamentales de la santé, du bien-être de l'homme et de l'éducation menées par les États et les Organisations Internationales.

## SUMARY

# Intellectual stimulation at the very beginning of life


Intellectual stimulation at the earliest stages of life should be one of the most important concerns of health and welfare specialists and especially of organizations such as W H O, U N E S C O, U N I C E F...

The recent international colloquium on INTELLECTUAL STIMULATION AT THE VERY BEGINNING OF LIFE organized by A.D.E., under the auspices of UNESCO in Paris has shown the importance of considering this new area of intellectual development as it applies already in the very first weeks of life...and, even before birth. This consideration may have long-term consequences largely than other health problems that already addressed.

Anatomically, the brain develops very early. During embryogenesis, connections are established with a very strict topography, in a strictly programmed manner. The stabilized phase probably occurs in the last third of pregnancy, but in the installation phase, the stable network operates as influenced by external stimuli. This period is a critical one.

From a functional point of view, growth is function of learning. It's known that programming is partially genetically determined (programming defects can be the result of inborn errors or toxic aggressions).

The faster development of the right cerebral hemisphere is evident early. Higher activity can be observed in the first week of life, e.g. the genus smile in active sleep, left hand manipulation, etc. On the other hand hearing depends on the left hemisphere. Also, the left dominance for language already exists at birth.

Psychologically, sleep and development of senses varies depending on age (pregnancy and post birth). There are differences in the quantity and quality of stimuli before and after birth. Before birth, placenta transfer of neuromodulators is possible. After birth, the sensory stimuli (e.g. tactile, visual, etc...) are more important.

It is also possible that the agitated sleep represents the memorizing phase. In older children, intensive learning increases the duration of active sleep, and lack of sleep reduces the performance on the next day. The change in sleep phases is faster if premature babies are stimulated, with an increase of active sleep.

It is obvious that in utero, babies are familiar with sound stimuli. In the newborn, the response to sound stimuli depends on the particular time in the sleep cycle, and on the sleep stability and duration. Habituation phenomena can already be noticed 3 to 4 days after birth.

The fetus hears sounds in utero but the mother's voice as well as outside voices are altered. The sound recognition rate is about 30 %. High pitch sounds are less well perceived, and low pitch sounds are transmitted better through the placenta.

Some understanding of the mother's language is probably possible by the end of the pregnancy. A number of indications point to some kind of pre natal memorization. This memorization has to do with the recognition of in utero perceive intonations (a four day old child already recognizes its mother's language). Placid expressions during active sleep are generated by the right cerebral hemisphere and in slow sleep are generated by the left cerebral hemisphere. This difference exists from the 30th week of pregnancy onward. Children start to communicate through bright smiles. Already between 8 days and 3 weeks of age, they attempt to grasp with the hand or actually do it.

The characteristics of the first language appear between 2 and 3 months. With modification in anatomic conditions the beginning of understandable speech can occur at the age of about 6 months. The mother tongue influences the production of vocal sounds at 10 months.

Tasting and smelling are archaic functional modes. Tasting is operational from the 4th month in utero. Already a hedonic component does not depend on education. Smelling is a much richer feeling and does not develop as a hedonic pattern. It is always an emotional pattern: cultural and from personal experience.

The emotional status of the new born depends very much on the environment and particularly on the conditions of the mother. Development of happiness is impossible without positive influences. Mental depression is a later phenomenon that occurs beginning around the second semester after birth. Maternal depression before, during and after pregnancy (immediately or delayed) can have a major impact on the child's emotional status.

Malnutrition during pregnancy has little effect on the development of the brain and intellectual performance of the child (iodine deficiency is an exception). In the long term, some impact on the intellectual development is possible: disturbance of the stimulating environment or poor stimulation. The variety of stimulations depends on the stimulating environment: this variety allows for various reactions. Stimulations are fewer in under nourished children; particularly around the weaning period (protection was offered previously by the breast milk). If a child is malnourished over a longer period of time, it will be difficult to stimulate him.

* * *

Stimulation seems to have impact only at certain times: the child must be ready. It is difficult, at present, to dissociate with precision the roles of environment and genetics.

It is obvious nowadays that children are stimulated and memorize from the very beginning of life onward even before birth.

In view of the present accelerated technological development in our societies we should better prepare future generations to enable them to experience this evolution fully, and this can started at the very beginning of life.

This action should be also a fundamental concern of States and International Organizations in health and wellbeing of MAN as well as in education.

## التنشيط الذهني للجنين

يجب أن يصبح التنشيط الذهني للإنسان ، منذ بداية حياته ، أي وهو لا زال جنينا ، على رأس اهتمامات المسؤولين عن صحة ورفاهية الإنسان (مؤسسة الصحة العالمية - اليونسكو - اليونيسيف الخ ... ) إن الحلقة الدراسية العالمية حول التنشيط الذهني للإنسان منذ بداية حياته التي نظمتها A.D.E ( الجمعية الاوربية لدراسة تغذية وتطور الطفل) الذي يرأسها الدكتور زيجمند أوستروفسكي ، في مقر اليونسكو في باريس يومي ١٥ اي ١٦ يونيو/حزيران ١٩٨٧ ، اثبتت أهمية العناية بالتنشيط الذهني في بداية حياة الإنسان ، حتى وهو لا زال جنينا . وأثبتت أن أي تقصير في تلبية احتياجات الجنين أو الطفل يكون لها على المدى الطويل تاثيرات في تفوق اهميتها المشاكل الصحية المعروفة .

أصبح إذا من الثابت أن ، من الناحية التشريحية ، تطور عقل الإنسان يبدأ مبكرا . وأصبح ثابتا أيضا أن الجنين في الشهور الأخيرة من الحمل يبدأ في فهم لغة الأم من خلال نبرات صوتها . وهناك كثير من الشواهد التي تثبت أن الجنين قادر على التذكر. ومن هنا تتضح أهمية التغذية .

## سوء التغدية وتاثيرها على الإنسان منذ بداية حياته

يكون لسوء التغدية اثناء الحمل تاثير طفيف على تطور عقل الجنين وطفولته . ولكن على المدى الطويل يمكن أن يظهر التاثير السلبي على التطور الذهبي للإنسان بسبب سوء التغذية أثناء فترة الحمل مثل : اضطراب وضمور مركز التنشيط الذهبي الذي يتحكم في النشاطات المختلفة للعقل ، والذي يؤدى الى عدم المقدرة على التجاوب للمؤثرات الخارجية .

من الواضح أن العقل يحتاج الى التغذية الصحيحة لكي يصبح قادر على إستعياب المعرفة . يبدو ، حتى الآن ، أن التنشيط الذهني لا يمكن أن يتم الا في مراحل محددة ولهذا يجب أن يكون الطفل مهيأ دائما .

وهناك تنوع كبير بين طفل وأخر . ولم يتم ، للآن ، الفصل بين دور البيئة ودور الوراثه على التكوين الذهني للطفل .

الإهتمام للتنشيط الذهني المبكر للطفل يمكن أن يكون عاملا فعالا في تكوين الأجيال القادمة وتهيئتها لاستيعاب التكنولوجيا خاصه بالنسبة للدول النامية .

# Р Е З Ю М Е

## СТИМУЛЯЦИЯ УМА В САМОМ НАЧАЛЕ ЖИЗНИ

Стимуляция ума в самом начале жизни касается не только здоровья, но и деятельности международных организаций как WHO, UNESCO, UNICEF. Недавний международный коллоквиум, организованный на эту тему ADE° при содействии отделения ЮНЕСКО, показал, как важно рассматривать это новое поприще умственного развития на первых неделях жизни и даже до самого рождения.

Последствия могут иметь еще больше значение, нежели другие вопросы здоровья, давно уже решенные.

На этом коллоквиуме выдающие специалисты рассматривали разные аспекты этой темы, как анатомические, физиологические, психологические, воспитательные, генетические и касающиеся питания и т.д.

Последние научные исследования показали, что стимулирование развитиз интеллекта может начаться очень рано в жизни, даже до момента рождения.

Имея ввиду будущий прогресс техники в нашем обществе мы должны лучше подготовить будущие поколения, чтобы они были бы способны полностью воспользоваться этой эволюцией, и это может начинаться в самом начале жизни.

Доктор Зигмунт Л. Островский
Президент

Европейская ассоциация по изучению
вопросов питания и развития ребенка

## 生命早期的智力刺激

Dr. Z. L. Ostrowski (*)

生命早期阶段的智力刺激可能是健康 福利专家们最为关心的问题之一，同时一些国际组织如联合国教科文组织，联合国儿童福利基金会等对此也十分重视.

由联合国教科文组织赞助，欧洲儿童营养与发展研究会最近在巴黎组织召开了有关生命早期阶段的智力刺激的国际讨论会. 会议强调指出把环境智力刺激这一新领域应用于生命的头几个星期甚至还要超前的重要性. 这种观点在更大程度上可能比其它的健康问题具有长期效果.

从解剖学角度看，大脑发育开始得很早. 在胚胎发生阶段，大脑各部位的连接便已经按照严格的局部解剖学原理，以严格的编码方式建立起来. 然而在大脑建构的过程中，业已形成的稳定系统的操作深受外界刺激的影响，这是一个极为关键的阶段.

因为从功能主义观点看，生长是学习的函数. 大脑的程序编码部分决定于遗传，这是众所周知的（而编码的紊乱，丢失则可能应该归因于遗传的失误或有毒物质的侵袭）

婴儿大脑右半球的发育速度在产后的一段时间里明显比左半球快，产后的第一个星期里可以看到婴儿表现出的许多身体运动，例如快波睡眠阶段出现的种族性微笑，较好的左手控制等. 另一方面，听觉决定于左半球，左半球对语言的控制在儿童出生时业已然存在.

从心理学上看，睡眠的周期和各种感觉的发展变化随着年龄（怀孕期，出生后）的不同而表现出异质状态. 各种刺激的性质在婴儿出生前后存在着质与量上的差别. 出生前，神经介质可能通过胎盘而传递给胎儿，而产后，各种感官刺激（如视觉，触觉等）则显得更加重要.

快波睡眠阶段可能在执行记忆功能，对年龄较大的儿童来说，高度集中的学习提高了快波睡眠的持续时间，睡眠的不足会降低第二天的学习活动.

在受外界刺激的情况下，早产儿童睡眠的各阶段之间的交替要快于足月儿童，且伴随着快波睡眠的增强.

显然还在子宫里的时候，胎儿便已熟习了声音刺激，就新生儿而言，他们对声音刺激的反应发生在睡眠周期的特定时刻，而且与睡眠的稳定性和持续时间有关系习惯化现象也可在出生三，四天便出现.

胎儿在母亲子宫中可以听到各种声音，然而此时母亲的声音及外界的各种声音刺激经过母体的传递而产生了变形。胎儿对声音的识别率大约是３０％。　高频声音不易被感知，而低频则较易通过胎盘而更好地传递。

母亲的语言有可能在怀孕末期为胎儿所理解，许多研究结果均指出某种出生前记忆的可能性，该记忆往往与胎儿在子宫内对声音语调的认识相一致。在有的研究中，一个出生仅四天的婴儿已能再认其母亲的声音。在快波睡眠阶段婴儿所表现出的安静表情一般认为由大脑右半球控制，而慢波睡眠则被看成左半球活动的结果。这种差别约起始于怀孕的第三十周。一些研究指出婴儿在出生后八天至三周之间已开始以欢快的微笑方式与成人交流，并试图用手抓东西，甚至已能抓住物体。

最早的语言出现于二至三月间，随着发音器官的不断发育，调节，最初可为成人理解的语言大约发生在六个月左右。母亲的声音一般在十个月时可直接引起婴儿口头的反应。

味，嗅觉具有古老的功能特征。自怀孕期的第四个月始，胎儿的味觉开始起作用，拌随着与教育，习得无关的享乐成分，嗅觉作为一种更为复杂的感觉，在怀孕阶段尚未以享乐的模式发展起来；相反，它一直表现出一种情绪模式－－依赖于具体文化特性及个人经验。

新生儿的情绪状态在相当大的程度上受环境因素特别是母亲的状态的影响。没有或缺乏丰富的，积极的环境因素，儿童是无法建立起愉快的情续模式的。相对而言，精神抑郁是出现较晚的现象，通常是在出生后的第二个季度期间，儿童的这种抑郁气质常常是母亲在怀孕时或孩子降生后精神抑郁的直接后果。

怀孕期间的营养不良对儿童大脑的发育及智力的影响甚微（缺碘的情况例外）。从长远的角度看，环境刺激的紊乱或刺激的贫乏可能对智力发展有一些影响。依环境而变化的刺激的多样性会引起各种不同的反应：营养不良儿童周围的刺激较少，尤其在断奶阶段，如果长期营养不良，则各种刺激在儿童身上就难以引起反应。

外界刺激似乎只在某些特定时间－－儿童有充分准备的情况下才发挥作用。目前仍难以确切地区分环境与遗传在儿童智力发展上的作用。

今天已显而易见，儿童从生命的早期阶段甚至在出生前便已开始接受外界刺激并已具有记忆能力。

鉴于当前西方社会科技的迅速发展，我们必须培养出有能力全面适应这种发展的下一代，而对这样一代人的教育则应当从生命的早期便开始了。

**题要 （Summary）**

一个关于生命最早阶段的智力刺激的国际讨论会在联合国教科文组织的赞助下由欧洲儿童营养与发展研究会组织于８７年６月在巴黎召开．讨论会共进行了两天，集中了来自世界各地的儿童精神分析学家，营养学家，生理学家，心理学家及其它领域的专家学者．会议旨在讨论，交流有关大脑发育，成熟，婴儿出生前后其感知某些刺激及存储外界信息的能力等方面的研究成果．与会者认为，尽管迄今为止我们对记忆，思维过程以及智能方面的刺激所知甚少，但可以肯定的是，在生命的相当早的阶段，智力方面的刺激便应提到议事日程上来，以利于儿童的全面，健康的发展．这应当引起国际组织，公共健康部门决策者们的足够重视．

(*) 本文作者Z．L．斯托斯基医生为欧洲营养与儿童发育研究所（A．D．E．）所长．
A．D．E． ： Association Europeenne pour l'Etude de l'Alimentation et du Developpement de l'Enfant

## TABLE DES MATIÈRES

**L'HARMATTAN ITALIA**
Via Degli Artisti 15; 10124 Torino
harmattan.italia@gmail.com

**L'HARMATTAN HONGRIE**
Könyvesbolt ; Kossuth L. u. 14-16
1053 Budapest

**L'HARMATTAN KINSHASA**
185, avenue Nyangwe
Commune de Lingwala
Kinshasa, R.D. Congo
(00243) 998697603 ou (00243) 999229662

**L'HARMATTAN CONGO**
67, av. E. P. Lumumba
Bât. – Congo Pharmacie (Bib. Nat.)
BP2874 Brazzaville
harmattan.congo@yahoo.fr

**L'HARMATTAN GUINÉE**
Almamya Rue KA 028, en face
du restaurant Le Cèdre
OKB agency BP 3470 Conakry
(00224) 657 20 85 08 / 664 28 91 96
harmattanguinee@yahoo.fr

**L'HARMATTAN MALI**
Rue 73, Porte 536, Niamakoro,
Cité Unicef, Bamako
Tél. 00 (223) 20205724 / +(223) 76378082
poudiougopaul@yahoo.fr
pp.harmattan@gmail.com

**L'HARMATTAN CAMEROUN**
TSINGA/FECAFOOT
BP 11486 Yaoundé
699198028/675441949
harmattancam@yahoo.com

**L'HARMATTAN CÔTE D'IVOIRE**
Résidence Karl / cité des arts
Abidjan-Cocody 03 BP 1588 Abidjan 03
(00225) 05 77 87 31
etien_nda@yahoo.fr

**L'HARMATTAN BURKINA**
Penou Achille Some
Ouagadougou
(+226) 70 26 88 27

**L'HARMATTAN SÉNÉGAL**
10 VDN en face Mermoz, après le pont de Fann
BP 45034 Dakar Fann
33 825 98 58 / 33 860 9858
senharmattan@gmail.com / senlibraire@gmail.com
www.harmattansenegal.com

Achevé d'imprimer par Corlet Numérique - 14110 Condé-sur-Noireau
N° d'Imprimeur : 137853 - Dépôt légal : avril 2017 - *Imprimé en France*

www.ingramcontent.com/pod-product-compliance
Lightning Source LLC
LaVergne TN
LVHW011317061026
849535LV00005B/1604
* 9 7 8 2 3 4 3 1 1 9 4 7 2 *

# தமிழ்ச் சிறுகதை பிறக்கிறது

# தமிழ்ச் சிறுகதை பிறக்கிறது

**சி.சு. செல்லப்பா** (1912 – 1998)

பிறந்தது மதுரை மாவட்டத்திலுள்ள வத்தலகுண்டு. சொந்த ஊர் சின்னமனூர்.

சிறுகதை, நாவல், விமர்சனம், கவிதை, மொழிபெயர்ப்பு ஆகிய துறைகளில் செல்லப்பா பங்களித்திருக்கிறார். ‘ஜீவனாம்சம்’, ‘வாடிவாசல்’ நாவல்கள் முக்கியமானவை. *சந்திரோதயம்*, *தினமணி* இதழ்களில் உதவி ஆசிரியராகப் பணியாற்றினார்.

அவரது முதன்மையான சாதனை ‘எழுத்து’ இதழ். மிக மோசமான பொருளாதார நெருக்கடியைப் பொருட்படுத்தாமல் அந்த இதழைப் பத்தாண்டுகளுக்கு மேல் கொண்டுவந்தார்.

பரிசு, பணம், புகழ் ஆகியவற்றைக் கண்டு மிரளக் கடைசிவரை யிலும் மறுத்த படைப்பாளி அவர்.

‘விளக்கு’ விருது பெற்றவர். இவரது மறைவுக்குப்பின் ‘சுதந்திர தாகம்’ நாவலுக்காக சாகித்ய அகாதெமி விருது வழங்கப்பட்டது.

புகைப்படம் எடுப்பதிலும் செல்லப்பாவுக்குத் தனி ஈடுபாடு உண்டு.

ஜல்லிக்கட்டுப் பற்றி தமிழில் வெளிவந்த முதல் படைப்பு என்று ‘வாடிவாச’லைக் குறிப்பிடலாம்.

சி.சு. செல்லப்பா

# தமிழ்ச் சிறுகதை பிறக்கிறது

காலச்சுவடு பதிப்பகம்

**தமிழ்ச் சிறுகதை பிறக்கிறது** ✧ விமர்சனக் கட்டுரைகள் ✧ ஆசிரியர்: சி.சு. செல்லப்பா ✧ © செ. சுப்பிரமணியன் ✧ முதல் பதிப்பு: மே 1974, காலச்சுவடு முதல் பதிப்பு : டிசம்பர் 2007, நான்காம் (குறும்) பதிப்பு: டிசம்பர் 2017 ✧ வெளியீடு: காலச்சுவடு பப்ளிகேஷன்ஸ் (பி) லிட்., 669 கே. பி. சாலை, நாகர்கோவில் 629001

**tamizc ciRukatai piRakkiRatu** ✧ Critical Essays ✧ Author: si.su. cellappaa ✧ © C. Subramanian ✧ Language: Tamil ✧ First Edition: May 1974, Kalachuvadu First Edition: December 2007, Fourth (Short) Edition: December 2017

Published by Kalachuvadu Publications Pvt.Ltd., 669 K.P. Road, Nagercoil 629001, India ✧ Phone : 91 - 4652 - 278525 ✧ e-mail: publications@kalachuvadu.com ✧ Cover Design: K. Kalaiselvan

ISBN: 978-81-89945-19-0

12/2017/S.No.228, kcp 2036, 18.6 (4) RN

# பதிப்புரை

எழுத்து பிரசுர வெளியீடாக 1974இல் வெளிவந்த சி.சு. செல்லப்பாவின் 'தமிழ் சிறுகதை பிறக்கிறது' விமர்சன நூலின் மறுபதிப்பு இது. பீக்காக் பப்ளிகேஷன்ஸ் வெளியிட்ட அந்த நூலின் இரண்டாவது பதிப்பிற்கு (1988) சி.சு. செல்லப்பா எழுதிய குறிப்பும் அவர் புதிதாகச் சேர்த்திருந்த 'புது சிறுகதை வடிவம்' என்கிற கட்டுரையும் இந்தப் பதிப்பில் சேர்க்கப்பட்டுள்ளன.

சி.சு. செல்லப்பா தனது நூலில் வல்லெழுத்து மிகுமிடங் களில் சிலபோது ஒற்றெழுத்து இட்டும் சிலபோது இடாமலும் 'தமிழ் சிறுகதை', 'புது சிறுகதை' என்பனபோல் எழுதி யிருக்கிறார். இந்தப் பதிப்பில் வல்லெழுத்து மிகுமிடங்கள் ஒரே சீரான வகையில் திருத்தம் செய்யப்பட்டுள்ளன. சில எழுத்துப் பிழைகளும் சரிசெய்யப்பட்டுள்ளன. இவை தவிர்த்து எந்தத் திருத்தமும் செய்யப்படாமல் முதல் பதிப்பில் உள்ளவாறே இந்தப் பதிப்பு வெளிவருகிறது.

**பதிப்பாசிரியர்**

# பொருளடக்கம்

| சிறுகதை | | நூல் / இதழ் |
|---|---|---|
| குளத்தங்கரை அரசமரம் | - | மங்கையர்க்கரசியின் காதல் |
| என்னை மறந்து மன்னித்துவிடு | - | குசிகர் குட்டிக் கதைகள் |
| ஊமைச்சிக் காதல் | - | ஆனந்த விகடன் மே 1933 |
| மலரும் மணமும் | - | மலரும் மணமும் |
| கேதாரியின் தாயார் | - | கணையாழியின் கனவு |
| பூச்சூட்டல் | - | மணிக்கொடி 1935 |
| தபால்கார அப்துல்காதர் | - | பொன்மணல் |
| முள்ளும் ரோஜாவும் | - | பதினெட்டாம் பெருக்கு |
| காந்திமதியின் காதலன் | - | கணையாழியின் கனவு |
| நூர்உன்னிஸா | - | கனகாம்பரம் |
| ஸரஸாவின் பொம்மை | - | ஸரஸாவின் பொம்மை |
| வேதாளம் சொன்ன கதை | - | மணிக்கொடி 1935 |
| சிற்பியின் நரகம் | - | புதுமைப்பித்தன் கதைகள் |
| அந்திமந்தாரை | - | அந்திமந்தாரை |
| வேலையும் விவாகமும் | - | சக்ரவாகம் |
| பைத்தியக்காரி | - | சந்தனக்காவடி |
| ஏன்? | - | மௌனி கதைகள் |
| ஜ்வாலை | - | மணிக்கொடி 1938 |
| வெள்ளையின் வேட்கை | - | மணிக்கொடி 1935 |
| பரீக்ஷை | - | மணிக்கொடி 1936 |
| மலடு | - | மணிக்கொடி 1936 |
| காராவடை சுப்பய்யர் | - | மணிக்கொடி 1936 |
| சொத்துக்கு உடையவன் | - | சூறாவளி 1939 |
| குமரி முனையில் | - | மணிக்கொடி 1935 |
| தத்துப்பிள்ளை | - | மணிக்கொடி 1937 |
| சாவித்திரி | - | மணிக்கொடி 1938 |
| கன்யாகுமரி | - | கன்யாகுமரி |
| தேவநாயகி | - | தினமணி வார மலர் 1936 |
| தேவானை | - | தேவானை |
| பெற்றோர்கள் | - | கலைமகள் |
| கடைசி வேட்டை | - | ஆனந்தவிகடன் |
| கலைஞன் தியாகம் | - | கலைஞன் தியாகம் |

# முன்னுரை

*1956*இல் சுதேசமித்திரன் தீபாவளி மலரில் ஒரு சிறு இலக்கிய விவகாரம் முளைவிட்டது. அதில் சிறுகதை இலக்கியம் பற்றி நான் எழுதிய கட்டுரை ஒன்றின் மீது எழுந்த அந்த விவகாரம் அப்படி ஒன்றும் இலக்கியத் தரமாகத் தொடரவில்லை. ஆனாலும் முதல் முதலாக நான் ஈடுபட்ட சர்ச்சை அதுவரை படைப்பாளியாக மட்டுமே சிந்தித்து வந்திருந்த என்னை உசுப்பிவிட்டது. சுமார் ஐம்பத்தைந்து ஆண்டுகளுக்கு முன் வந்த வ.வே.சு. அய்யரின் 'குளத்தங்கரை அரசமரம்' முதல் தமிழ்ச் சிறுகதை வளமாகி இருப்பதைக் கணிக்க வேண்டிய சமயம் ஏற்பட்டிருப்பதாகப் பட்டது. எனவே அந்தத் துறையில் கொஞ்சம் மனசை முனைய வைத்து 'நல்ல சிறுகதை எப்படி இருக்கும்' என்று லா.ச. ராமாம்ருதத்தின் 'இதழ்கள்' சிறுகதை ஒன்றை ஆய்வு விமர்சனம் செய்து நீண்ட கட்டுரை எழுதினேன். பிறகு 'புதுமைபித்தன் கதைக்கரு', 'கு.ப.ரா. கதைகள்' என்று இரண்டு கட்டுரைகள் எழுதினேன். சிறுகதை ஆராய்ச்சி எனக்கு சுவாரஸ்யமாக இருந்தது. பிறகு *எழுத்து* ஆரம்பித்ததும் 'மௌனியின் மனக்கோலம்', 'ராமாம்ருதம் கலைத்திறன்' கட்டுரைகள் எழுதினேன்.

தனித் தனியாகச் சில சிறுகதைகளையும் சிறுகதாசிரியர்களையும் பற்றி எழுதிய பிறகு சற்று விரிவாகச் சிறுகதை இலக்கியம் பற்றி எழுதும் ஆசை எற்பட்டது. ஆனால் ஒரு எச்சரிக்கை நான் கொள்ள வேண்டியிருந்தது. சிறுகதையோ ஏராளமாக பெருகிய நிலை. சிறுகதை ஆசிரியர்களோ பலர். சிறுகதை உள்ளடக்கமோ பலவிதம். உத்தி கையாளலும் அதேபோல. அவ்வளவையும் ஆராய கணிக்க ஒரு நீண்ட நாள் அர்ப்பண வாழ்வு வேண்டும். அவ்வளவு

அவகாசம் எனக்குக் கிடைக்காது என்று நிச்சயமாகத் தோன்றியது. எனவே எச்சரிக்கையாக ஒரு கால அளவையும் ஒரு குறிப்பிட்ட முறையையும் பார்வையையும் தேர்ந்தெடுத்துக் கொண்டேன்.

*1964* ஜனவரியில் 'தமிழ் சிறுகதை' என்ற தலைப்பில் பீடிகை போட்டு ஆரம்பித்தேன். நான்கு கட்டுரைகள்தான் தொடர்ந்து எழுதினேன். என் மனம் வேறு விஷயங்களில் ஈடுபட்டது காரணமாக மேலும் எழுதுவது நின்றுவிட்டது. பிறகு *1965* ஜனவரியில் மீண்டும் தொடந்து மூன்று கட்டுரைகள் மட்டும் எழுதிவிட்டு வேலையை ஒழுங்காகச் செய்யத் தவறி விட்டேன். மூன்றாம் தடவையாக *1969* ஜனவரியில் தொடர்ந்து மூன்று கட்டுரைகள் எழுதினேன். எழுத்து நின்றுவிட்டதால் மீதி இரண்டு கட்டுரைகளை வெளியிடவில்லை. அவற்றையும் சேர்த்து என் கட்டுரைத் தொடர் முடிந்து முழுமையானது. அவற்றைச் சேர்த்து 'தமிழ் சிறுகதை பிறக்கிறது' புத்தகமாகி இருக்கிறது.

இந்தப் புத்தகத்தில் நான் என்ன உத்தேசம் காட்டி இருக்கிறேன் என்பது படிக்கும்போது தெளிவாகிவிடும் என்றாலும் என் எல்லையைத் தெரியப்படுத்திவிடுவது தேவையாகும். *1920* முதல் *1939* முடிய உள்ள இருபதாண்டு காலம்தான் நான் எடுத்துக்கொண்டது. அதைவிடக் குறிப்பிடவேண்டிய விஷயம் எந்தெந்த ஆசிரியர்கள் என்பதைவிட எந்தெந்தச் சிறுகதைகள் புதுசாக அவ்வப்போது வெளியானபோது, இலக்கியத்தரமாக அமைந்து, சிறுகதைத் துறைக்கு அஸ்திவாரம் போட்டன, துறை வளரக் கோடி காட்டின என்பதை ஆராய்வது தான். என் நோக்கத்துக்கு உதவக்கூடிய சிறுகதைகளை மட்டும் எடுத்துக்கொண்டு தனிப்பட்டு அவற்றின் குணம் குறை களை ஆராய்ந்தும் ஒன்றோடொன்று ஒப்பிட்டுப் பார்த்தும் என் ரசனாசக்தி உதவிய அளவுக்குப் பார்த்திருக்கிறேன்.

இது என் கன்னிமுயற்சி. தமிழ்ச் சிறுகதைத் துறை பற்றிய புதுவித முயற்சியும்கூட. இந்த ஆரம்பகாலச் சிறுகதை களின் அமைப்பு, அடக்கத்தை வைத்து நாற்பதுக்களிலும் பின்னரும் வந்த பங்கு செலுத்தக்கூடிய கதைகளை எடுத்துக் கொண்டு ஆராய, ஒப்பிட இந்த என் சிறு முயற்சி உதவும், கொஞ்சம் வழிகாட்டும் என்று நம்புகிறேன்.

*சென்னை-5* **சி.சு. செல்லப்பா**
*10.5.1974*

# இரண்டாம் பதிப்பு பற்றி

இந்த நூலின் முதல் பதிப்புக்கு பதினான்கு ஆண்டுகளுக்குப் பின் இந்த இரண்டாம் பதிப்பு வெளி வருகிறது. முதல் பதிப்பை என் சொந்த எழுத்து பிரசுரம் மூலம் வெளியிட்டேன். முதல் பதிப்புக்கு நல்ல வரவேற்பு இருந்தது. வெளிவந்த என் இரண்டு விமர்சன நூல்களில் இது சீக்கிரமே விற்றுவிட்டது. இன்றுவரைகூட பலர் இந்த நூலைத் தேடி வருகிறார்கள். என் வயது, பொருளாதார நிலைமை காரணமாக என் பிரசுரத் தொழிலைத் தொடர முடியவில்லை. இப்போது என் ஆப்த இலக்கிய நண்பர் கி.அ. சச்சிதா னந்தன் தன் சொந்த முயற்சியாக இந்தப் பதிப்பை ஆர்வத்துடன் வெளிக்கொணர்ந்திருக்கிறார். அவருக்கு என் நன்றி உரியதாகும்.

இந்தப் பதிப்பில் உள்ள கட்டுரைகளில் மேற் கொண்டு திருத்தங்கள் எதுவும் நான் செய்யவில்லை. அதுக்குத் தேவை இல்லை என்றும் ஏற்கெனவே சரியாக அமைந்து விட்டதாகவும் பட்டது. ஆனால் ஒரு புதுக் கட்டுரை சேர்த்திருக்கிறேன். நான் செய்திருந்த ஒரு பெரிய தவறைத் திருத்திக்கொண்டிருக்கிறேன். இரண்டாவது அத்தியாயமான 'இயக்கம்' கட்டுரைக்கும் மூன்றாவது அத்தியாயமான 'ரீதி புதிது' கட்டுரைக்கும் இடையே 'புது சிறுகதை வடிவம்' என்ற அத்தியா யத்தைச் சேர்த்திருக்கிறேன். அதில் அதுக்கான அவசி யத்தை உணர்த்தி இருக்கிறேன். இருந்தாலும் ஒரு சில வரிகள்.

தமிழ்ச் சிறுகதைக்கு வ.வே.சு. அய்யர்தான் மூலவர் என்ற கருத்தை மணிக்கொடி காலம் முதல் அழுத்திச் சொல்லி வந்திருக்கிறோம். 'மங்கையர்க்கரசியின் காதல்'

சிறுகதைத் தொகுப்பை வைத்து – குறிப்பாக ‘குளத்தங்கரை அரசமரம்’ சிறுகதையை வைத்து – தற்காலத் தமிழ் இலக்கியத் தின் சகல துறைகளையும் தொட்டு மகாகவி பாரதி சிறுகதைத் துறைக்கு ஆரம்பப் பங்கு செலுத்தியதாகச் சொல்வதற்கில்லை என்ற கருத்து பரவலாக இருக்கிறது. ஆனால் உண்மை வேறுவிதம் என்பதை அப்போது உணர இயலாத நான் இப்போது உணர்ந்தபோது விமர்சனப் பொறுப்பைச் சரிவரச் செய்யத் தவறிய குற்ற உணர்வு மனதை உறுத்தியது. பாரதியின் ‘ஆறிலொரு பங்கு’ என்ற கதை – 1913இல் எழுதப்பட்டது – தமிழில் குறிப்பிடத்தக்க முதல் சிறுகதையாக அமைந்திருப்பது தான் விசேஷம். எனவே அந்தச் சிறுகதையின் லட்சணங்களை ஆராய்ந்து கணித்து ‘புதுச் சிறுகதை வடிவம்’ கட்டுரையை எழுதி இதில் சேர்த்து, தவறுக்கு பிராயசித்தம் செய்து விட்டேன். வங்கக் கவி ரவீந்திரநாத் தாகூரின் படைப்புச் செல்வாக்கு இந்தச் சிறுகதையின் உருவம், உள்ளடக்கம் இரண்டிலும் முத்திரை பதித்திருப்பதைக் காணமுடிகிறது. சிறுகதைக்கும் பாரதி மூலவர் என்பது என் இன்றைய கணிப்பாகும்.

*சென்னை – 5* **சி.சு. செல்லப்பா**
*13.6.1988*

# 1

# பின்னணி

எட்கர் அல்லன் போ என்ற அமெரிக்கப் படைப்பாளிதான் தற்காலச் சிறுகதைகளுக்கு பிதாவா, இல்லை, சங்ககாலத்துக் கவிதைகளிலே சிறுகதை இருக்கிறதா, இல்லை, பஞ்சதந்திரக் கதைகளிலிருந்து பொக்காஷியோவின் கதைகள் பிறந்தனவா – இது மாதிரியான 'எரிந்த கட்சி – எரியாத கட்சி' வெட்டி விவாதங்களை எல்லாம் ஒதுக்கிவிட்டு சிறுகதை என்பது ஒரு தனிக் குண, உருவம் பெற்றுள்ள இலக்கியத் துறை இன்று என்பதை அடிப்படையாக வைத்துக்கொண்டு மேலே சிறுகதையைப் பற்றி பேசுவதுதான் பார்க்கப்பட வேண்டிய காரியம். போவுக்குப் பிறகு பிரஞ்சு மாப்பஸான், அமெரிக்க ஓ. ஹென்றி, ரஷ்ய செக்காவ் இந்த மூவரும் சிறுகதைக்கு பிரமாதமாக வளம் பெருக்கின சாதனையை ஏற்றுக்கொண்டு பின்னர் சிறுகதை வளர்ச்சிபற்றி பார்ப்பதும் செய்ய வேண்டிய வேலை. இவர்களுக்கும் பின் ஹென்ரி ஜேம்ஸ், டி.எச்.லாரன்ஸ் போன்றவர்களும் அவர்களுக்கும் பின்னால் வில்லியம் ஃபிராங்க் ஓ. கானர், எச்.இ. பேட்ஸ், வில்லியம் ஸரோயன், ஹெமிங்வே, ஆல்பர்ட்டோ மொரேவியா போன்றவர்களும் மேலும் உருவ, உள்ளடக்கச் சோதனைகள் செய்து சிறுகதைத் துறையை வீச்சாக்கினதையும் ஒப்புக்கொண்டு பின்னர் சிறுகதை இலக்கியம் பற்றி கணிப்பதுதான் நம்முன் இருப்பது.

உலகச் சிறுகதை இலக்கியத்தின் சில முன்னோடிகளை மட்டுமே குறிப்பிட்டு நிறுத்திவிடாமல் நம் தமிழ்ச் சிறுகதையாளர்கள் வளப்படுத்தினதையும் குறிப்பிடுவோம். தமிழில் தற்காலப் பாங்கான சிறுகதை

எழுதிய முதல்வர் என்று கருதப்படும் வ.வே.சு. அய்யர், அ. மாதவையர் இருவரும் எழுதின கதைகள் நமக்கு முன்னோடி. அது ஆயிரத்துத் தொள்ளாயிரத்து இருபதுக்கள் காலம். அதுக்குப் பிறகு முப்பதுக்களில் பி.எஸ். ராமையா, புதுமைப் பித்தன், ந. பிச்சமூர்த்தி, கு.ப. ராஜகோபாலன், கல்கி இன்னும் சிலரும் உருவ, உள்ளடக்கச் சோதனைகள் செய்து சிறுகதை வளம் பெருக்கியது ஒரு குறிப்பிடத்தக்க கட்டம். அதுக்கும் பின்னர் நாற்பதுக்களில் லா.ச. ராமாமிருதம், தி. ஜானகிராமன், சிதம்பர ரகுநாதன், கு. அழகிரிசாமி இன்னும் சிலர் சிறு கதைக்குத் தொடர்ந்து உத்வேகம் கொடுத்த புதியவர்கள். ஐம்பதிலும் அறுபதுகளிலும் இன்று வரையும் சொல்லும்படி யான புதியவர் ஜெயகாந்தன். பொதுவாக நன்றாக எழுதக் கூடிய, திறமைக்கு அறிகுறி காட்டும் ஒரு சிலர் இருப்பதையும் காணமுடிகிறது.

இதுக்குமுன் சில சந்தர்ப்பங்களில் பட்டியல்கள் சம்பந்த மாக விவகாரங்கள் கிளம்பி இருப்பதை மனதில்கொண்டு ஒரு வார்த்தை இங்கு அவசியம் ஆகிறது. இங்கு சுட்டிக் காட்டப்பட்ட பெயர்கள் 'ரெப்ரஸென்டேடிவ்' என்கிற படி, உதாரணத்துக்காகவே. இருபதுக்களில் *சுதேசமித்திரன்* முக்கியமான பத்திரிகை. பாரதி, வ.வே.சு. அய்யர், மாதவையர் ஆகியோருக்கு இடம் தந்தது – *பாலபாரதி, பஞ்சாமிர்தம்* இருந்த போதிலும், முப்பதுக்களில் *மணிக்கொடி, ஆனந்த விகடன், கலைமகள், பிரசண்டவிகடன்* எடுப்பாக, கொஞ்சம் பரந்த பத்திரிகை உலகம். முன்னைவிட பரவலான வாசக உலகமும் கூட. நாற்பதுக்களில் *கல்கி, தினமணிகதிர்* முன் தூக்கி, இன்னும் சில. ஐம்பதுக்களில் *அமுதசுரபி, குமுதம்* ஓங்கி இன்னும் சில. அறுபதுக்களில் குறிப்பிடும்படியான பத்திரிகை எதுவும் வரவில்லை. 'சின்ன' பத்திரிகைகள்தான் சில பிறந்தன. வாசக உலகம் நூற்றுக்கணக்கு, ஆயிரக்கணக்கி லிருந்து லக்ஷக்கணக்காகிவிட்ட தொகை அளவுக்குப் பரந்து கிடப்பது.

இப்போது, பத்திரிகைகளின் தொகைக்கு ஈடுகட்ட வாசகக் கூட்டமா அல்லது வாசகக் கூட்டத்தைச் சமாளிக்க பத்திரிகைகளின் தொகையா என்று நிர்ணயிக்க முடியாதபடி ஒரு நிலை. நமது தமிழகம் 'லிடரஸி' என்கிறோமே படிப்புப் பருவம் அடைந்துகொண்டிருக்கும் ஒரு கட்டத்தில் இருக் கிறது. இந்த 'லிடரஸி' வயது வேறு; 'லிடரரி' என்கிறோமே இலக்கிய வயது வேறு. இரண்டையும் குழப்பிக்கொண்டு விடக்கூடாது. தமிழகத்துக்குப் பொதுவாக 'இலக்கிய' வயதுவர, நாம் இன்னும் காத்திருந்துதான் ஆகவேண்டும். இந்த 'லிடரஸி' பருவத்தில் தேவைகள் பலவிதம் தோன்றுகின்றன. சமீபத்தில்

தோன்றி இருக்கும் *'இலக்கிய வட்டம்'* முதல் *'ராணி'* வரைக்கும் வேண்டி இருக்கிறது என்பதும் சரி. இன்னொன்றும் கூட. எதையும் வியாபாரமாகப் பார்த்து ஆக்க முடிகிற காலம் இது. பத்திரிகை உலகமும் விதிவிலக்காக இருந்துவிட இயலாது. படிப்புப் பருவம் வந்துகொண்டிருக்கிறவனது தாகத்தைத் தெரிந்துகொண்டு, எதையும் கொடுத்து அவனைக் கவரலாம் என்ற நம்பிக்கையும், எதைக் கொடுத்தால் கவர முடியும் என்ற ஆசையும் ஏற்பட்டு, அதுக்காகவே பத்திரிகை களை ஆரம்பிப்பது இயல்பாகிவிட்ட நிலை இப்போது.

ஆகவே, *'பாலபாரதி'*யிலிருந்து *'ராணி'* வரை பார்க்கப் போனால் உத்தேசம் எப்படி மாறிவந்திருக்கிறது என்பதைப் பார்க்க முடிகிறது. மறைந்துபோன, இன்று வெளிவருகிற இந்தப் பத்திரிகைகளின் ஒவ்வொரு பழைய புதிய ஏடுகளைக் கையில் எடுத்துப் பார்த்தோமானால், அவை எதை வெளி யிட்டன, வெளியிடுகின்றன; யாருக்காக எழுதின, எழுதி வருகின்றன என்பதைப் பார்க்கலாம். அதோடு, இந்த அக்கறை களின் விளைவாக அந்தந்தப் பத்திரிகைகளின் உள்ளடக்கம் வேறுபட்டிருப்பதையும் காணலாம்; இன்னும் தரம் மாறு பட்டிருப்பதையும் அறியலாம். உள்ளடக்க வேறுபாடு வர வேற்கத்தக்கது. காலத்தேவைக்கு ஏற்ப ஈடுகட்டுகிற மனப் பாங்கைக் காட்டுவது. ஆனால் தர மாறுபாடு பற்றி அதேவித மாகச் சொல்வதுக்கில்லை. தரம் ஒரு நிலையில் ஆரம்பத்தில் இருந்தால் பின்னால் உயர்வதைத்தான் விரும்புவது இயல்பு. குறைவதைப் பெருமையாகக் கொள்ள முடியாது.

பத்திரிகைகளின் 'உத்தேசம்' பற்றி மட்டும் சொல்லி நிறுத்திவிட்டால் அது அரை உண்மைதான். படைப்பாளியின் 'உத்தேசம்' என்பதையும் பொருட்படுத்தி ஆகவேண்டும். பத்திரிகைகளின் உத்தேசம் மாறிவந்திருப்பது போலவே, வ.வே.சு. அய்யர் முதல், 'லேட்டஸ்ட்' பேனாக்காரன் வரை உத்தேசம் மாறி வந்திருப்பதைப் பார்க்க முடிகிறது. படைப் பாளியின் உத்தேசம் மாறிவருவதை ஏற்கலாம்; ஆனால் தரம் கீழ்நோக்கிப் போவதைச் சிலாகிக்க முடியாது.

இப்போது நாம் எடுத்துக்கொண்டிருப்பது சிறுகதைத் துறை. சுமார் ஐம்பதாண்டுக்காலப் பத்திரிகை உலகம் சிறுகதைக்கு ஒரு இடம் ஏற்படுத்தித் தந்திருக்கிறது. கணிசமான இடம் என்றே சொல்லலாம். கிடைக்கப்பெற்ற இடம் எவ்வாறு பயன் படுத்தப்பட்டிருக்கிறது என்பதை, நிலை ஆராய்ந்தாக வேண் டியது இன்று அவசியம். ஏராளமான சிறந்த சிறுகதைகள் வெளிவந்திருக்கின்றன, தலைசிறந்த எழுத்தாளர்கள் நிறைய இருக்கிறார்கள், உலகத்துச் சிறுகதைகளோடு போட்டி போடக்

கூடியவை என்று பரவசப்பட்டு அகமகிழ்ந்து கொட்டி அளக்கிற மனப்பாங்கை ஒதுக்கிவைத்துவிட்டு உள்ளடக்கத்தில் தினிசுகள், தரத்தில் சிறப்பு எந்த மட்டுக்கு என்று நடப்புப் பாங்காகப் பார்க்கவேண்டியது கடமை.

'மங்கையர்க்கரசியின் காதல்' சிறுகதைத் தொகுதி மூலம் அய்யர் சிறுகதாசிரியராகத் தெரியவந்தாலும் 'குளத்தங்கரை அரசமரம்' சிறுகதை மூலம் அவரது சிறுகதைத் திறமை வெளியாகிறதாக நாம் மதிக்கிறோம். வங்கப் படைப்பாளி ரவீந்திரநாத் தாகூரின் ஒரு சிறுகதை உத்தியை முன்மாதிரியாகக் கொண்டு சுயமான ஒரு கதை. குடும்பப் பின்னணியில், உளப்பாங்கு ரீதியான பார்வையில், உணர்ச்சிகளை நாசூக்காகவும் மென்மையாகவும் வெளியிடும் ஒரு வெளியீட்டுத் திறனை வெளிக்காட்டும், நடப்பியல் போக்கான கதை அமைப்பும், சித்தரிப்பும் அடங்கிய கதை. அவரது மற்ற கதைகள் சரித்திர, புராண அடிப்படையில் புனைவியல் போக்கில் கதை நன்றாக எழுதப்பட்ட கதைகள்தான். ஆனாலும் தமிழ்ச் சிறுகதைக்குக் 'குளத்தங்கரை அரசமரம்'தான் முன் மாதிரி. இருபதுக்கள் காலத்தில் அந்தக் கதையைப் படித்த பாதிப்பு இன்றைய தலைமுறைக்குத் தெரிய இடம் இல்லை. ஒரு நல்ல கதையைப் படித்த உள்ளத்தில் அது குடைந்து கொண்டே இருக்கும் – ஒரு நல்ல இசையைக் கேட்ட காதுகளில் அது திரும்பத்திரும்ப ஒலிப்பதுபோல. இலக்கியத் துடிப்பு உள்ளோட்டமாக இருந்த உள்ளங்களில் அந்தக் கதை உறைத்து, அந்தப் பாதிப்பால் கதை எழுத தாங்களும் உத்வேகம் பெற்றவர்கள் அன்றைய இளம் படைப்பாளிகள்.

அதே காலத்து அ. மாதவையர் எழுதிய 'குசிகர் குட்டிக் கதைகள்', சிறுகதைத் துறைக்கு வித்திட்டதையும் பார்க்க வேண்டும். 'நமது வழக்கங்களில் சீர்கேடானவற்றை நயமாய் எடுத்துக்காட்டிக் கண்டிக்கும்' என்று கதாசிரியரே தன் உத்தேசத்தைக் கூறியிருப்பதுபோல சீர்திருத்த மனப்பான்மையுடன் எழுதப்பட்ட கதைகள் அவை. 'குசிகர் குட்டிக் கதை'களைப் படிக்கிறபோது மாதவையரின் சமூக சீர்திருத்த வேகம் அவைகளில் தொனிக்கிற அளவுக்குக் கலைத்திறன் வெளியாகாததைப் பார்க்க முடியும்; சிறுகதையாக உருவம் முழுப்பெறாமல் 'ஸ்கெச்' என்கிறோமே அந்த அளவுக்கு, ஒரு சோக சம்பவத்தைச் சுவாரஸ்யமாகவும், அனுதாபம் பெறும் வகையில் சித்தரித்துச் சொல்லப்பட்ட அளவோடும் நின்றுவிட்டவைகள். சிறுகதை உருவம் சம்பந்தமாக மாதவையர் கதைகள் படைப்பாளியை அன்று பாதிக்காவிட்டாலும் அவர் கதைச்கருக்கள் சந்தேகத்துக்கு இடமின்றி அன்றைய

இளம் படைப்பாளிகளின் உணர்வில்பட்டு உறைத்தன என்று சொல்லவேண்டும்.

ஆகவே முதன்மையாக உருவத்துக்கு வ.வே.சு.வும் முதன்மையாக உள்ளடக்கத்துக்கு மாதவையரும் எதிர்காலச் சிறுகதை தமிழில் தோன்ற வித்திட்டவர்கள் என்பதை நாம் நினைவில் வைத்துக்கொள்ள வேண்டும். 1930க்கள் காலத்தில் தமிழில் வாசகனுக்குக் கிடைத்த சுயப்படைப்புச் சிறுகதைகள் இவைதான். (தழுவல்களாக வேறு சில வந்திருக் கலாம். அவைகளை நாம் புறக்கணித்துவிடுவோம்.) இந்த இரண்டு தொகுப்புகள் மட்டுமே தமிழ்ச் சிறுகதையை ஊக்குவித்தன என்றும் சொல்லிவிட முடியாது. மேல்நாட்டுச் சிறுகதைகளுடன் பரிச்சயம் கொண்டிருந்தவர்கள் கவனத்துக்கு இவை வந்ததைப் பற்றித்தான் பேச்சு. ஒரு படிப்பாளி எல்லாத்தையும் மனதில் வாங்கிக்கொள்கிறான். படிப்பாளி ஒருவன் படைப்பாளியாக உருவாகிறபோது மேலே குறிப் பிட்டவைகளின் பாதிப்பு அவனுக்குள் வேலை செய்கிறது என்பதுதான் முக்கியம்.

இந்தப் பாதிப்பின் விளைச்சல்தான் முப்பதுகளின் முன்பாதி ஆண்டுகளில் ஏற்பட்ட சிறுகதை உற்பத்திப் பெருக்கு. பெருக்கு என்று சொல்கிறபோது அபூர்வமாக ஒன்று, இரண்டு என்று அவ்வப்போது வந்துகொண்டிருந்த முன்போன நாட்களோடு ஒப்பிட்டு, முறையாக, அடிக்கடி, சில சிறுகதைகளாக வெளிவர ஆரம்பித்தன என்ற அளவுக்குத் தான். இப்போது வெளிவருகிற யந்திர உற்பத்திக் கணக்கை வைத்து இல்லை. அந்தக் காலம் அப்படி.

சிறுகதைக்குக் கிடைத்த இந்த உயிர்ப்பு மேலே கூறப்பட்ட சிறுகதை இலக்கியத் தொடர்பினால் மட்டும்தானா? வெளி இலக்கிய பரிச்சயம், தான் வாழும் இடத்தின் முன்கால இலக்கிய அறிவு இருந்துவிட்டால் அது போதுமா புதுசாக இலக்கியம் பிறக்க? ஏட்டுச் சுரக்காய் கறிக்கு உதவுமா? நிச்சயமாக உதவாதுதான். இலக்கிய அறிவு புலமையைத் தரக்கூடுமே தவிர படைப்புச் சக்தியையும் தந்துவிடும் என்ப தில்லை. படைப்புக்கு உந்துதல் தரக்கூடியவை வேறு பல அம்சங்கள். உணர்வு, அனுபவம், கற்பனை, பார்வை இதெல்லாம் தேவை. இதுக்கெல்லாம் பிறகு கைத்திறன். வாழ்க்கை இலக்கியத்திற்கு அடிப்படை; மூலக்கரு. இதை வைத்துத்தான் உணர்வு, அனுபவம், பார்வை, கற்பனை இதெல்லாம் படைப்பாளிக்குக் கிடைப்பது. ஆகவே இவையும் பரிச்சயமும் கைத்திறனும் சேர்ந்து ஒரு புதுப்படைப்புக்கு வகை செய்கிறது.

*1930*க்கள் காலத்தில் புதுப்படைப்புக்கு இவை எவ்விதம் உதவின, படைப்பாளிகள் எப்படி மலர்ந்தார்கள் என்பது கேள்வி. வ.வே.சு. அய்யரும் மாதவையரும் *1925* வாக்கில் மறைந்தபிறகு, *1932* வரை சிறுகதை பற்றி குறிப்பிடும்படியாக எதுவும் வெளியானதாகச் சொல்வதுக்கில்லை. (என் கணிப்பில் தவறு என்று எனக்குத் தகவல் மூலம் எடுத்துக்காட்ட முடிந்தால் நான் ஏற்கத் தயாராக இருக்கிறேன்.) அதுக்குப் பின்தான் *ஆனந்தவிகடன்* மூலமாக கல்கியும், *மணிக்கொடி* மூலமாக வ.ரா.வும், *காந்தி* மூலமாக டி.எஸ். சொக்கலிங்கமும், *சுதந்திரச்சங்கு* மூலமாக சங்கு சுப்பிரமண்யனும் புது எழுத்துக்கு ஒரு உரம் ஏற்றினபோது சிறுகதைக்கு ஒரு வாய்ப்பு மீண்டும் கிடைத்தது. ஏன் *1925 – 32* காலத்தில் சிறுகதைகள் வரவில்லை என்று கேட்டுக்கொண்டு பதில் சொல்வோம். அப்போது சுதந்திர இயக்கத்தின் ஒரு போராட்ட கட்டம் (*1927 – 32*), காந்தீய இயக்கம். நாட்டில் உள்ள எல்லாச் சக்திகளையும் அதிலே ஒருமுனைப்படுத்தி ஈடுபடுத்த வேண்டியிருந்தது. ஈடுபடுத்தப்பட்டன. எனவே இலக்கிய அக்கறை பின்வரிசைக்கு வந்துவிட்டது. ரோம் எரிகிறபோது ஃபிடில் வாசித்த கலைஞனைப் பின்பற்றுபவர்கள் யாரும் இருக்கமாட்டார்கள் அல்லவா? இருந்த பத்திரிகைகள் சிலதான். அப்போது, இப்போதுபோல் பத்திரிகைகள் தொகை கிடையாதே. தேசியத்தைப் போதித்து, மக்களை விடுதலைப் போரில் ஈடுபடுத்தும் வேக நினைப்பிலே முனைந்து இருந்தன.

காந்திஜி தேசத்தை சத்யாக்ரகப் போருக்குத் தயார் செய்தது, அதை அன்றைய ஏகாதிபத்ய சர்க்கார் ஒடுக்க முஸ்தீப்பு செய்தது, பிறகு போராட்டத்தில் இருதரப்பு பலப்பரீட்சை நடந்தது, தினம் தினம் வெளிவந்த போராட்ட நிகழ்ச்சிகள், போராட்டப் போக்கு, விளைவு மாதிரியான விஷயங்களில்தான் பத்திரிகைகள் ஈடுபட்டன. படிப்பவனும் ஈடுபட்டான். எனவே போராட்ட காலத்திலே நேரடி அனுபவப் பாதிப்பு உறைத்த அளவுக்கு கலாரீதியான அனுபவப் பாதிப்பு உறைக்க வாய்ப்பு ஏற்படாமல் போய்விட்டது. இது ஒரு இழப்பு என்று புகார் சொல்ல முடியாது. இது இயற்கை யானது. மனித வாழ்வின் நேரடியான போராட்ட காலத் துக்கு முன்னும் பின்னும்தான் இலக்கிய இயக்கங்கள் நடப்பது சாத்யம். திலகர் நடத்திய இயக்கத்துக்கும் காந்தி நடத்திய இயக்கத்துக்கும் நடுவில் பாரதி ஒரு கவியானது இலக்கிய நிகழ்ச்சி; இலக்கிய இயக்கம். அதேபோல் காந்திய சத்யாக்ர கத்துக்குப் பிறகு (*1930 – 33*க்குப் பிறகு) ஒரு இலக்கிய இயக்கம்; சிறுகதைக்கு ஒரு நல்ல உந்துதல்.

இது எப்படி ஏற்பட்டது? அரசியலில் ஈடுபாடு உடைய வர்கள், காந்தீய நெறிப்படி நடந்து *1930*ஆம் ஆண்டு

சத்யாக்ரகத்தில் கலந்து போரில் ஈடுபட்டவர்கள், தங்கள் உணர்ச்சிகளை ஏகாதிபத்யத்துக்கு எதிர்ப்பாயும், விடுதலை வேட்கைகாட்டியும் கொட்டி ஒரு ஆவேச நிலையைத் தங்கள் ரத்த ஓட்டத்தில் எய்தினவர்கள், இயக்கத்தின் ஒரு கட்டம் முடிந்து முழு வெற்றி கிடைக்காத நிலையில், தங்கள் வேகத்தை எழுத்தில் காட்ட முன்வந்தார்கள். கல்கி, வ.ரா., சங்கு சுப்ரமண்யன், டி.எஸ். சொக்கலிங்கம் – இவர்கள் தீவிர தேசியவாதிகள். ஆளுக்கொரு பத்திரிகைப் பொறுப்பு ஏற்ற வர்கள், முறையே *ஆனந்தவிகடன், மணிக்கொடி, சுதந்திரச் சங்கு, காந்தி* ஆகிய நான்கு பத்திரிகைகளில். போராட்ட காலத்தில் அரசியலில் அவ்வளவு தீவிரம் காட்டாத *விகடன்* மாதம் இருமுறையாகி நகைச்சுவையைத் தன் அடிமூச்சாகக் கொண்டு அரசியல், கலை உலகக் கருத்துக்களை வெளியிட்டு, தமிழில் எதைப் பற்றியும் எழுத முடியும் என்பதை கல்கி ரா. கிருஷ்ணமூர்த்தியின் கைகளில் கண்டது. அதோடு சிறுகதைகளும் இடம்பெற்றன. பெரும்பாலான பிற மொழித் தழுவல்கள் – ஹிந்தியிலிருந்தும்கூட – கொஞ்சம் சுயமானவை வெளிவர ஆரம்பித்தன. சத்யாக்ரகக் காலத்தில் தேசிய முழக்கம் செய்து அடக்குமுறையால் அஞ்ஞாத வாசம் செய்ய ஏற்பட்ட *'சுதந்திரச் சங்கு'* பைந்தமிழ்ச் சோலையில் புது மலர்கள் புஷ்பிக்கும்படி சங்கு நீர் வார்க்கும். தமிழ்த் தொண்டுதான் சங்கிற்கு மூச்சு என்று ஒலித்துக்கொண்டு, திரும்ப வாரப் பத்திரிகையாக சங்கு சுப்ரமண்யன் கையில், தத்துவம், கலை பற்றிய கட்டுரைகளைத் தாங்கி வந்தபோது சிறுகதை களும் வெளிவந்தன. *'சங்கு'* போலவே தேசிய முழக்கம் செய்து அஞ்ஞாத வாசம் செய்த *'காந்தி'*யும் திரும்ப வந்து மாதம் இருமுறையாகி அரசியல் தத்துவப் பொருளாதாரக் கட்டுரைகளை வெளியிட்டு டி.எஸ். சொக்கலிங்கம் பொறுப்பில் வந்தபோது சிறுகதைகளுக்கும் இடம் கிடைத்தது. இந்த முயற்சிகளுக்கு எல்லாம் சிகரம் வைத்தாற்போல் பம்பாயில் தமிழன் சதாநந்த்தோடு துணைநின்று அதி தீவிரத் தேசியப் பத்திரிகை நடத்தின கே. சீனிவாசனும் (பின்னர் மணிக்கொடி சீனிவாசன் என்று அழைக்கப்படுகிறவர்), பாரதியோடு கொஞ்ச காலம் இருந்தும், சில பத்திரிகைகள் நடத்தியும், ஒரு நாவலை எழுதியும், தேசிய அரசியலில் முழுக்க முழுக்க ஈடுபட்டும் இருந்த திருப்பழனம் வ.ரா.வும் சேர்ந்து (டி.எஸ். சொக்கலிங்கத்துக்கும் நிர்வாகப் பங்கு உண்டு என்றாலும் *'காந்தி'*யில் போல் எழுத்து மூலம் அவர் அதில் அதிகம் கலந்துகொள்ளவில்லை என்பது என் நினைப்பு) சமுதாய, கலாச்சார, கலை இலக்கியத் துறையில் விழிப்புணர்ச்சி ஏற்படுத்த, *'மணிக்கொடி'*யை ஆரம்பித்ததுதான். அதிலும் சிறுகதைகள் இடம்பெற்றன. காந்தீயத்தைப் பரப்பியும் மற்றும்

முற்போக்கான சீர்திருத்தக் கருத்துக்களையும், தத்துவ நோக்கு களையும் கொண்டு திரு.வி. கல்யாணசுந்தர முதலியார் நடத்திய 'நவசக்தி'யில் சிறுகதைகளுக்கு இடம் கிடைத்ததா என்பது எனக்குத் தெரியாது.

ஆக, வ.வே.சு. மாதவையர்போல் இவர்களும் சிறுகதைகள் மூலம் ஏதோ தங்கள் உத்தேசங்களை நிறைவேற்ற முடியும், அந்தச் சாதனத்தைப் பயன்படுத்திக்கொள்ள வேண்டும் என்று நினைத்து தமிழ் இலக்கியத்துக்கு ஒரு புதிய உருவவகை மூலம் வளப்பம் தரும் செய்கையில் ஈடுபட்டார்கள். ஆனால் ஒன்று; இந்தப் பத்திரிகைகளில், இன்று காணப்படுவதுபோல் குறைந்தது நாலைந்து கதைகளும் அதிகம் போனால் ஏழெட்டும் இருக்கிறமாதிரி பார்க்க முடியாது. ஒன்றிரண்டுதான் இருக்கும். மற்றவைகளைவிட ஒன்றிரண்டு அதிகமாக இருக்கும் 'விகடன் பத்திரிகையில்கூட சிறுகதை என்று குறைந்தபட்சம் தான் இருக்கும். 'ஸ்கிட்' என்கிற வகையில் அதிகம் இருக்கும்.

நான் குறிப்பிட்ட இந்த நான்கு பத்திரிகைகளைத் தவிர அன்று இருந்த வேறு சில பத்திரிகைகளில் சிறுகதைகள் வந்திருக்கக்கூடும்தான். (எனக்குத் தெரியாமலும் இருக்கக் கூடும்.) சிறுகதைத்துறை செல்வாக்கு ஏற்பட இந்தப் பத்திரிகைகள் அன்று முக்கிய பங்கைச் செலுத்தின என்பதைக் குறிப்பிடத் தான் இவைகளைப் பற்றி எடுப்பாகச் சொன்னது. அங்கொன்றும் இங்கொன்றுமாக, அன்றொன்றும் இன்றொன்றுமாக இந்தப் பத்திரிகைகளில் வந்த சிறுகதைகளை அந்தந்தப் பத்திரிகை வாசகர்கள் எதிர்பார்த்துத் தேடிப்போய் படித்தார்கள் என்று சொல்ல முடியாது. இன்று அப்படி இல்லை. சிறுகதைகளை விரட்டிப்போய் படிக்கிற பல்லாயிரக்கணக்கானவர்கள் கொண்ட வாசகர் கூட்டம். அன்று இந்தப் பத்திரிகைகளில் பல துறைக் கருத்துக் கட்டுரைகளை விரும்பி, தேடிச் சென்ற வர்கள், அந்தப் பத்திரிகைகளில் உள்ள சிறுகதைகளில் இடறி விழுந்தார்கள். விழவும் தடுக்கினதைக் கவனித்தார்கள். படித் தார்கள். ரசிக்கவும் ஆரம்பித்தார்கள். ரொம்ப ஆர்வம் இருந்த தாகச் சொல்ல முடியாது. அது வளர்ந்ததாகவும் சொல்வதுக் கில்லை.

ஆனால் சிறுகதை படிக்கிற ஆர்வத்தை உண்டாக்க வேண்டும், சிறுகதைக்கு அதிக இடம் கொடுக்க வேண்டும், அது புதிதாக இருந்தாலும் இது இனிப்பான சாதனம், பயனுள்ள சாதனம் என்று இரண்டுபேர்கள் அன்று கண்டார்கள். ஒருவர் கல்கி ரா. கிருஷ்ணமூர்த்தி; மற்றவர் வத்தலக்குண்டு பி.எஸ். ராமையா.

❖ ❖

# 2

# இயக்கம்

கல்கி, ராமையா இருவர் கையில் சிறுகதை என்கிற போது இரண்டு நிலைகளில் அவர்கள் செயலைப் பற்றிச் சொல்ல வேண்டும். இருவரும் சிறுகதை யாளர்கள்; இருவரும் பத்திரிகையாசிரியர்கள். தாங்களே எழுதிவந்ததோடு மற்றவர்களையும் எழுதச் செய்யும் தூண்டுதல்காரர்களாகத் தங்கள் பத்திரிகைகளைப் பயன் படுத்தினவர்கள். *ஆனந்த விகடன்* ஆசிரியப் பதவி ஏற்கும் முன்பே, திருச்செங்கோடு காந்தி ஆசிரமத்தில் அப்போது இருந்த ரா. கிருஷ்ணமூர்த்தி 'ஏட்டிக்குப் போட்டி', முதலியவற்றை *விகடன்*இல் எழுதியிருந்தார். ராமையா பதினெட்டாவது வயதிலேயே 'கோமளா அல்லது கைலாசமய்யரின் கெடுமதி' என்கிற நாவலை எழுதி இருந்தார். ஆனாலும் *ஆனந்த விகடன்* 1933இல் நடத்திய சிறுகதைப் போட்டி மூலம் (தமிழில் முதல் சிறுகதைப் போட்டி அதுதான் என்று நினைக்கிறேன்) தான் அவர் சிறுகதைக்காரராக மலர்ந்து, தெரிய வந்தார். அந்த நூறு ரூபாய் பரிசுப் போட்டியில் ராமையாவின் 'மலரும் மணமும்' என்ற கதை பரிசு பெறவில்லை. 'றாலி' (எம். ஜே. ராமலிங்கம் – அவர் இப்போது இல்லை) யின் 'ஊமைச்சி காதல்' என்ற சிறுகதைக்குத்தான் பரிசு கிடைத்தது.

இந்த இடத்தில் கல்கி, ராமையா இருவரும் சிறு கதைக்குச் செய்ததைத் தொடருமுன், இந்தப் போட்டி பற்றி கொஞ்சம் பார்ப்போம். இந்தப் போட்டியின் விளைவுகள் ரசமானவை; அதோடு முக்கியத்வம் வாய்ந் தவை. இந்தப் போட்டியில் றாலி 'வின்னர்', ராமையா 'ரன்னர்' என்பது ஒரு பக்கம் இருக்கட்டும். இருவரும்

ஒரே போட்டி மூலம் தெரியவந்தவர்கள். ஆனால் இருவர் வழியும் வேறாகிவிட்டது. ஏன், வேறாகவே பிறந்தது என்றே சொல்லிவிடலாம்.

ஆனந்த விகடன் போட்டி நீதிபதிகள் மூவரில் இருவர் (அதில் ரா.கி. ஒருவர்) 'ஊமைச்சி காதல்' பரிசுக்கு உரியதாக மதித்தார்கள். மூன்றாமவர் பேராசிரியர் கே. சுவாமிநாதன் 'மலரும் மணமும்'தான் பரிசுக்குத் தகுதியானதாகக் கருதினார். ஒன்றுக்கு எதிராக இரண்டு ஓட்டுகளால் 'ஊமைச்சி காதல்' பரிசு பெற்றது. 'ஊமைச்சி காதல்' வெளியான பின் 'மலரும் மணமும்' ஆ.வி.யில் வெளியானபோது பேராசிரியர் சுவாமிநாதன் அந்தக் கதை பற்றிய தன் கருத்தை, ஏழெட்டுப் பக்கங்களில் ஒரு விமர்சனக் கட்டுரையாகவே எழுதி இருந்தார். அந்தக் கட்டுரையிலிருந்து அவர் அதை மேலான தாகக் கருதி இருந்தார் என்பதை அறியமுடிந்தது. சுவாமிநாதன் பார்வையில், வித்தியாசம் இருந்ததை நாம் இதிலிருந்து அறியமுடிகிறது. நீதிபதிகள் பார்வை வேறுபாடு கொண்டு இருவர் ஒரு பக்கமும் ஒருவர் ஒரு பக்கமும் சார்புகொள்ள நேர்ந்ததுக்குக் காரணமாக இருந்தது இந்த இரண்டு படைப்பாளிகளின் பார்வை வித்தியாசம்தான். அந்த வேறுபாடுதான் என்ன?

என்முன் இப்போது, முப்பது ஆண்டுகளுக்குப் பிறகு, இந்த இரண்டு சிறுகதைகளும் இருக்கின்றன. அன்று படித்ததை வைத்துக்கொண்டு நிதானிப்பதைவிட மறுமுறை படித்து நிதானிப்பது சரியானது என்று படித்தேன். இந்த வழி வித்தியாசம், பார்வை வேறுபாடு எவ்வளவு துல்யமாகப் பளிச்சிடுகிறது! மாமன் மகள் ஊமைப் பெண்ணை மணக்க ஆசைப்பட்டுத் துணிந்த அத்தை மகன், சீட்டு எழுதிப்போட்டு சுவாமி சம்மதம் கேட்கிற நிர்ப்பந்தம் ஏற்பட்டு விட்டபோது, தான் எழுதிய இரண்டு சீட்டிலும் தன்னை அறியாமலே சம்மதம் என்று எழுதிவிட, அந்தத் தவறும் அவனுக்கு சாதகமாகிவிட்ட ஒரு நிலைமையைத் தரும் ஒரு இன்பகர மான திருப்பம். விளைவை வெளியிடும் கதை 'ஊமைச்சி காதல்.' ஆனால் 'மலரும் மணமும்' கதை வேறு விதமானது. தான் மணக்க விரும்பிய அத்தை மகளை அந்தஸ்து வித்யாசம் காரணமாகத் தந்தையின் இஷ்டம் இன்மையால், மணக்க முடியாதுபோய், அவளும் விதவையாகித் தன் பழைய நினைவு மாறாமல், ஆனாலும் அதை நிறைவேற்றவும் தைரியம் அப்பா இருக்கும்வரை கொள்ளாமல், எதிர்பார்த்துக் காத் திருக்க, அவன் தூண்டுதலால் அவள் ஒரு வேகநிலையில் இருக்க, பிறகு சந்தர்ப்பம் அவனுக்குத் துணைசெய்ய, அவன் அவளைத் தனக்கு உறவாக்கிக் கொள்கிறபோது, அவள்

எதிர்பார்த்துக் காத்திருந்து மனம் முறிந்து, காலம் கடந்து வந்த அந்த உறவு அவளுக்கு அர்த்தமற்றுப்போக, மணமற்ற மலராக அவளைத் தன் கைகளில் ஏந்தி இருப்பதை உணரும் ஒரு நிலையைச் சித்தரிக்கும் துன்பமான திருப்பம், விளைவை வெளியிடும் கதை.

இந்த இரண்டு சிறுகதை உள்ளடக்கங்களும் படைப்பாளி களின் பார்வை வித்யாசத்தைக் காட்டுவதை நாம் பார்க்க முடிகிறது. ஊமைச்சியை மணந்துகொள்ள முற்படும் மனசுக்கு எவ்வளவு திடம் வேண்டுமோ அவ்வளவு திடம் விதவையை மணந்துகொள்ள முற்படும் மனசுக்கும் வேண்டிதான் இருந்தது. சீட்டுப்போட்டுப் பார்க்கிற ஒரு வேடிக்கை செய்து ஒரு விடுவிப்பு ஏற்படுத்திவிட்டார் றாலி. சாதுர்யமான ஒரு தந்திரம், யுக்தி, தப்பிக்கிறவழி என்ற அளவுக்குத்தான் அந்த விதமான விடுவிப்புக்கு மதிப்பு. முக்கியத்வம். உளப்பாங்கு ரீதியாகத் தரப்பட்ட ஒரு விடுவிப்பு இல்லை அது. கதை ஆரம்பத்தைக்கொண்டு நாம் அதிகம் எதிர்பார்த்தது – ஊமைப்பெண்ணை மணக்க முற்படுகிற ஒரு மனப்போக்கு எவ்வாறு உழன்று, போராடி இருக்கும் என்ற மனவோட்ட சித்தரிப்பு – எதுவும் நிறைவேற்றப்படாமல், ஒரு கேலிக்கூத்து என்று படித்த மனதில் நினைக்கத் தோன்றும்படியாக, 'டிரைஃப்ளிங்' என்கிறோமே ஒரு அற்பமான முகாந்திரம் ஏற்றப்பட்டு, முறையான, சரியான இயல்பான உணர்ச்சி வெளியீடு காட்டப்படாமல், பிடிப்பு இல்லாத, ஏற்படுத்தாத கதை. 'மலரும் மணமும்'மோ அன்று விதவையை மணக்க முற்படுகிற ஒரு மனதில் எழும் போராட்டம், மறுதளிர்ப்புக் காகத் தவிக்கும் ஒரு விதவையின் எதிர்பார்ப்பு மனநிலை இரண்டையும் சித்தரிப்பது. முடிவு இசைவாகத்தான் இருக்கும் என்று அறுதியிட்டுச் சொல்லிவிட முடியாது என்ற நிலை எடுத்துக்கொண்டு, சீட்டுப் போட்டுப்பார்த்துச் செய்கிற தீர்மானமாக மனித அவலநிலையில், தொல்லை நிலையில் விடுவிப்புக் காட்டிவிட முடியாது, அந்த விடுவிப்பு சில நியதிகளுக்கு – மனித மனப்போக்கு, சூழ்நிலை, பகைப்புலம் இவைகளால் பாதிக்கப்பட்டு உருவான சில வரையறை களுக்கு – கட்டுப்பட்டுத்தான் இருக்க முடியும், இயங்க முடியும் என்பதை வெளியிடும் முறையான, சரியான, இயல்பான உணர்ச்சி வெளியீடு காட்டப்பட்டுள்ள பிடிப் புள்ள கதை.

இந்தக் கட்டுரைத் தொடரில் இப்படியே பல சிறுகதை களின் உள்ளடக்கத்தை விளக்கிச் சொல்லிக்கொண்டு போவது என் உத்தேசம் இல்லை. சிறுகதையில் ஒரு திருப்பம் ஏற்படுத்திய ஒரு காலகட்டத்தை அறிய சாத்யமாவதுக்

காகவே இங்கு கொஞ்சம் அதிகமாகவே பேசுகிறேன். போகப் போக அங்கங்கே தொட்டுவிட்டுத்தான் போகமுடியும் என்று நினைக்கிறேன். ஆகவே இந்த இரண்டு கதைகளிடையே உள்ள அடிப்படை நோக்கு வித்யாசம் காரணமாகவே 'ஊமைச்சி காதல்' அன்று பரிசுக்குத் தேர்ந்தெடுக்கப்பட்டது அப்போது. 'ஊமைச்சி காதல்' பக்கம் சார்பு ஏற்பட *விகடன்* ஆசிரியரும் நீதிபதிகளில் ஒருவருமான ரா. கிருஷ்ண மூர்த்தியின் பார்வைதான் காரணம். கல்கி, வாழ்வின் துன்ப அம்சத்தை உணர்ந்தவர் இல்லை, பொருட்படுத்தினவர் இல்லை என்று நான் இன்று சொல்ல முற்படமாட்டேன். அவருடைய 'கணையாழியின் கனவு' சிறுகதைத் தொகுதியை இன்று மீண்டும் படித்துவிட்டு இதைச் சொல்கிறேன். வாழ்க்கையின் சோக அம்சம் 'கேதாரியின் தாயார்', 'ஸ்ரீகாந்தன் புனர்ஜன்மம்' போன்ற கதைகளில் தொனிக்கச் செய்யப்பட்டிருக்கிறது. மேலும் சமூகத்தின் கோளாறுகளை எடுத்துக் காட்டிக் கண்டிக்கும் உத்தேசம் காட்டின மாதவையரின் செல்வாக்கு கல்கியிடம் காணப்படுகிறது. (ராமையாவிடமும் அது காணப்படுகிறது.) எனவே கல்கியை, தன் அளவுக்கு யதார்த்தத்தைக் கண்டு முகம் சுளிக்கிற பார்வை கொண்டவர் என்று குற்றவாளி ஆக்கிவிட முடியாது. ஆனால் *விகடன்* பத்திரிகையின் போக்கும் இதே போக்கில்தான் சென்றது என்று முடிவுகட்டிவிட முடியாது. *விகடன்* ஆசிரியர் கல்கி, பத்திரிகை சம்பந்தமாக ஒரு உத்தேசத்தை வரையறுத்துக் கொண்டு அதுக்கு ஒத்து இசைந்து இராததை, வராததை விலக்கி வந்தவர். *விகடன்* போக்கு, *மணிக்கொடிப்* போக்கு என்கிறபோது பத்திரிகையின் தூக்கின, எடுப்பான குரல் பற்றித்தான் வித்தியாசம். கல்கி போக்கு, ராமையா போக்கு என்றில்லை. கல்கி எழுதி இருக்கவேண்டிய, எழுதக்கூடிய கதைகளான 'மாஜி கணவர்', 'கிராமபோன் மனைவி', 'மனோவச்ய தந்திரம்' என்ற – 'லைட்தீம்' என்கிறோமே – கதைகளை ராமையாவே எழுதியிருக்கிறார். எனவே அழுத்தம் எதில் விழுந்தது என்றுதான் நாம் பார்க்க வேண்டும். அதை வைத்துத்தான் சாதனையைப் பற்றி மதிப்பீடு.

'கேதாரியின் தாயார்' கதையில் பிராமணச் சமூகத்து ஒரு விதவை அலங்கோலப்படுத்தப்படுவதை, புண்பட்ட நிலையில் ஒரு அதிர்ச்சியாகச் சித்தரித்த கல்கியின் படைப்பு மனம் இன்னொரு விதவை அலங்கோலத்துக்குத் தப்பி, மறுமணம் ஆகியும் மணமற்ற மலராக ஆகிவிட்டதைச் சித்தரித்த இன்னொரு படைப்பு மனதை ஒப்ப மறுத்து விட்டது. அங்கேதான் முரண்பாடு, தன் எல்லை வரையறை, தன் விருப்பு என்பதெல்லாம் வருகிறது. இந்த இடத்தில்

நான் இதைக்கூட சொல்லத் துணிவேன். இந்தப் போட்டியில் 'மலரும் மணமும்' கதைக்குப் பதிலாக அய்யரின் 'குளத்தங் கரை அரசமரம்' வேறு துறையில் அய்யர் புகழ் தெரிய வராமல், வந்திருக்கக்கூடுமானால் அதுக்கும் இதேதான் நேர்ந்திருக்குமோ என்னமோ! கதையின் முடிவு கல்கிக்கு உவப்பாக இருந்திருக்க முடியாது.

'மலரும் மணமும்' அன்றைக்குக் கொஞ்சம் புரட்சி கரமான கதையும்கூட. அன்றைய சமூகம் பொதுவாக, ஏற்றுக்கொள்ள முகம் சுளித்துத் திரும்பும் ஒரு கருத்தைக் கொண்டது. கல்கி செலுத்திச் செல்ல விரும்பிய அன்றைய *விகடன்* போக்கு இந்த முகம் சுளிக்கிற மனப்பான்மை கொண்டது. எனவேதான் முதல் இடம்பெறும் வாய்ப்பை இழக்க நேர்ந்தது 'மலரும் மணமும்'. 'ஊமைச்சி காதல்' படைப்பாளியோ *விகடன்* ஆசிரியக்குழுவில் இடம்பெற்றார். 'மலரும் மணமும்' படைப்பாளி *விகடன்*இல் பிறகு ஒன் றிரண்டு எழுதிவிட்டு *காந்தி* பத்திரிகையில் சிறுகதைகள் தொடர்ந்தார். 'வார்ப்படம்', 'பூச்சூட்டல்' போன்ற சிறுகதை களைத் தொடர்ந்து படைத்த ராமையா, விகடன் ஆசிரியக் குழு நாற்காலி ஒன்றில் அன்று உட்கார்ந்து பேனா பிடித் திருக்க முடியாது. வாழ்வின் நேரடிச் சோகங்களையும் போராட்டங்களையும் பார்க்க முற்பட்டு வேதனையின் ஓட்டத்தையே, உளைச்சலையே தன் பருப்பொருளாகக் கொண்டு அதுக்கான கருப்பொருள்களைக் கலை வடிவில் ஆக்கிய ராமையா, கல்கியோடு ஒட்ட முடியாது. இதனால் தான் *விகடன்* மூலமாக, அதன் தீர்ப்பு மூலமாக வெளித் தெரியவந்த ராமையா, கல்கியோடு ஒட்டிப் போகாதது மட்டும் இல்லை, வெட்டியும் செய்கிற ஒரு காரியத்தில் மூர்க்கமாக முனைய ஏற்பட்டது. வ.ரா., சீனிவாசன் நடத்திய வாரப்பதிப்பு *மணிக்கொடி* இந்தச் சமயத்தில் நின்றுவிட, அதோடு தொடர்பு கொண்டிருந்த ராமையா, நின்றுபோன *மணிக்கொடியை* 'மாதம் இரு முறை சிறுகதைப்பதிப்பாக நடத்தினால் பயன் கிடைக்காதா என்ற ஆசை எனக்கு' என்று அவரே சொல்லி இருப்பது போல, *மணிக்கொடியை* முழுக்க முழுக்கச் சிறுகதைப் பத்திரிகையாக ஆக்கி, *விகடன்* போக்குக்கு – ஏன், கல்கிக்கு என்றே சொல்லலாம் – எதிராகக் கச்சை கட்டும் ஒரு நிலை ஏற்பட்டது. இந்தக் கச்சை கட்டுதல் வ.ரா. *மணிக்கொடியில்* நடந்துவந்தது, இப்போது உக்ரமாகியதுதான் விசேஷம்.

றாலி கல்கிக்குத் துணைசேர, துமிலன் (ந. ராமசாமி) ஏற்கெனவே இருக்க, தேவன் (மகாதேவன்) பின்பு சேர்ந்து கொள்ள, சிறுகதை *ஆனந்தவிகடன்* கையில் ஒரு உந்துதல்

பெற்றது. 'கணையாழியின் கனவு' முதலிய பல கதைகளைத் தான் எழுதியதோடு தன்னோடு சேர்ந்தவர்களும் இந்த மாதிரி எழுத வேண்டும் என்று எதிர்பார்த்தும் தன் பார்வையைச் சொல்லி, செல்வாக்கு விழச் செய்து எழுத வைத்தும் ஒரு போக்கைச் சிறுகதையில் உண்டாக்கினார் கல்கி. அன்றுமுதல் அந்தப் போக்கும் இன்றுவரை தொடர்ந்து வருகிறது. அதே போல *மணிக்கொடியைச்* சிறுகதைப் பத்திரிகையாக ஆரம்பித்து, தானும் எழுதி, முதல் இதழிலேயே 'துண்பக்கேணி', 'ஸரஸாவின் பொம்மை', 'வேதாளம் சொன்ன கதை' போன்ற கதைகளுடன் ஆரம்பித்து, வ.ரா. *மணிக்கொடி* மூலம் ஏற்கெனவே அறிமுகமாகி உருவாகிக்கொண்டிருந்த படைப்பாளிகளில் சிறுகதையாளர்களாக மலர்ந்த ந. பிச்சமூர்த்தி, புதுமைப்பித்தன் கு.ப. ராஜகோபாலன், பெ.கோ. சுந்தரராஜன், கி.ரா, பி.எம். கண்ணன், (என்னையும் சேர்த்துக்கலாம்) ஆகியோரின் கதைகளையும் போட்டு வந்து, பொதுத்தன்மையிலும் ஒரு தனித்தன்மை, தனித்தன்மையிலும் ஒரு பொதுத்தன்மையை வெளிக்காட்டும் ஒரு சிறுகதையாளர் கோஷ்டியை உண்டாக்கி ஒரு புதிய போக்கை, *விகடன்* போக்குக்கு எதிரான போக்கை, வ.வே.சு.வின் கலை வழியில் சிறுகதையில் உண்டாக்கினார் ராமையா. அந்தப் போக்கும் இன்றுவரை தொடர்ந்து வருகிறது.

இந்தப் போக்குகள் சம்பந்தமாக மேலே தொடர்வதுக்கு முன் ஒன்றிரு விஷயங்களைப் பார்க்கவேண்டி இருக்கிறது. இந்த 1933 காலத்தில் இன்னொரு சிறுகதைப் போட்டி நடந்தது. அப்போது சின்னப் பத்திரிகையாக, தரமான பத்திரிகையாக இருந்த *கலைமகள்* பதினைந்து ரூபாய் பரிசுப்போட்டி ஒன்றை வைத்தது. அதிலேதான் 'முள்ளும் ரோஜாவும்' கதை மூலம் ந. பிச்சமூர்த்தி தெரியவந்தார். எப்படி 'மலரும் மணமும்' 'குளத்தங்கரை அரசமரம்' மரபின் வழி வந்த பார்வையோ 'முள்ளும் ரோஜாவும்' அதே மரபு வழியேதான் வந்தது. ஒரு க்ஷண சித்தத் தடுமாற்றத்தில் – ஒரு திடீர் பலவீன நிலையில் – தன்வசம் இழந்து சிறு தவறு செய்துவிட்ட அவளும் அவனும் பெரிய தவறில் போய் முடியுமுன் 'பொய்த்திரை கழன்றுவிழ', தங்களைச் சமாளித்துக்கொண்டுவிட, அவளுக்குக் கற்பின் காலையொளி அவள் முகத்தில் வீசிக் கிடைத்த வாய்ப்பில் பழைய வாழ்வு திரும்பக் கிடைக்கப்பெற்று புது வாழ்வுக்குள் நுழைந்ததைச் சித்தரித்துக் காட்டும் கதை. 'மலரும் மணமும்' போல் இதுவும் புரட்சிக் கதைதான் – முடிவு இன்பமானதாக இருந்தாலும்கூட. அகல்யை சாபம் அவளுக்குக் கிடைக்கவில்லை; ராமன் கால்பட்டு அவள் மாசு நீங்க வேண்டிய நிலையும் ஏற்படவில்லை. தீக்குளித்தும்

தன் அசோகவன வாசத்தை நிரூபிக்கவோ, ஊராருக்குக் காட்டவோ ஏற்படவில்லை. இந்த கவுதமன் வாய்வார்த்தையை நம்பி ஏற்றுக்கொள்கிறான். இதுவும் *மணிக்கொடிப்* பாங்கான கதைதான். இந்தக் கதை மேலே குறிப்பிட்ட *ஆனந்தவிகடன்* சிறுகதைப் போட்டிக்குப் போயிருந்தால் 'மலரும் மணமும்' கதைக்கு நேர்ந்ததுதான் இதுக்கும் ஏற்பட்டிருக்கும். 'முள்ளும் ரோஜாவும்' கதையில் போல அதேவிதமான நிலையில் வைக்கப்பட்ட இருவர்தான் கல்கியின் 'காந்திமதியின் காதலன்' கதைக் கதாபாத்திரங்கள். 'காந்திமதியின் காதலன்' துக்ககரமான முடிவுதான். ஆனால் 'முள்ளும் ரோஜாவும்' ராமனாதனுக்கும் 'காந்திமதியின் காதலன்' காமாட்சி நாதனுக்கும் எவ்வளவு வித்யாசம்! பிச்சமூர்த்தி கொடுத்த புரட்சிகர விடுவிப்பைக் கல்கி கொடுக்கக்கூடியவரில்லை. புரட்சிகர விடுவிப்பு பெறப் பெற்றதில் 'மலரும் மணமும்' பக்கத்தில் நிற்பது 'முள்ளும் ரோஜாவும்.'

இந்த விதமான ஒப்பு நோக்குதலிலிருந்து நான் முடிவுக்கு வருவது இதுதான். சிறுகதைக்காரரான கல்கி வாழ்க்கையின் அசவுகர்யங்களை, அவலங்களைக் கண் திறந்து பார்க்க முற்பட்டாலும் ராமையா, பிச்சமூர்த்தி இந்த இரண்டு சிறு கதைக்காரர்களைப் போல புரட்சி மனப்பான்மை கொண்டவர் இல்லை. அரசியல்துறை பாஷையில் அவரை மிதவாதி என்றும் மற்ற இருவரையும் தீவிரவாதிகள் என்றும் சொல்ல லாம். ராமையா, பிச்சமூர்த்தி இருவரின் தீவிர மனப்பான்மை வளர்ந்து *மணிக்கொடியின்* தீவிர மனப்பான்மையாக ஆகி, அந்தப் புரட்சி கோஷ்டி எவ்வாறு செயல்பட்டது என்பதை நாம் பின்னால் பார்க்க இருக்கின்றோம். இப்போதைக்கு அதுக்கான அஸ்திவாரம் அமைக்கப்பட்ட ஒரு காலகட்டத்து சூழ்நிலையை மட்டும் நாம் ஆராய்ந்து கொண்டிருக்கிறோம்.

ஆக, ஆயிரத்துத் தொள்ளாயிரத்து முப்பத்தி மூன்றாம் வருஷம், அந்தப் பத்தாண்டுகால அளவுக்குள் ஒரு இலக்கிய சரித்திர நிகழ்ச்சி வருஷம். சிறுகதைக்கு கல்கி, ராமையா, றாலி, ந. பிச்சமூர்த்தி இவர்கள் சிறுகதைக்காரர்களாக மலர்ந் தவர்கள். இவர்களோடு 'தபால்கார அப்துல்காதர்' எழுதிய ம.சீ. கல்யாணசுந்தரம் ('முன்ஷி')மும் மலர்ந்தவர்; *ஆனந்த விகடன்* மீண்டும் நடத்திய இருபத்தைந்து ரூபாய் பரிசுப் போட்டிமூலம் தெரியவந்தவர். அவரது 'தபால்கார அப்துல் காதர்' கல்கிக்கும் ராமையா – பிச்சமூர்த்திக்கும் நடுவே ஒரு தனிப் பாதை வகுத்த கதையாகும். அதன் உருவச்சோதனையும் உள்ளடக்க நூதன அம்சமும், இலக்கியத்தரமும் தன்மையும் இரண்டு தரப்புக்கும் திருப்தி தந்தன – அன்று பண்டித மாளவியா மிதவாதி தீவிரவாதி இரு தரப்புக்கும் பொருந்தின

மாதிரி. ஆனாலும் றாலியைப்போல அவரும் விகடன் கோஷ்டியில் சேர்ந்தவரானார். (விகடன் பத்திரிகையில் அவர் ஹிந்திப்பாடம் பகுதி பொறுப்பு ஏற்று நடத்தி வந்தார்.) அவர் கதைகள் விகடன்இல் தொடர்ந்து வந்தன.

1933இல் உருவான இந்தப் படைப்பாளிகள் ஒரு திடீர் மொட்டு விடுதல்கள். எங்கெங்கிருந்தோ கிளம்பினவர்கள். றாலி, ராமையா, கல்யாணசுந்தரம் மூவரும் மதுரை ஜில்லாவி லிருந்து. கல்கி, பிச்சமூர்த்தி தஞ்சாவூரிலிருந்து. அவர்கள் எழுத்து புதுசு. சிறுகதையும் அவர்களுக்கு புதுசு. ஒவ்வொருவர் உள்ளடக்கம் புதுசு, உருவமைப்புப் புதுசு. நான் மேலே குறிப்பிட்ட ஐந்தாறு கதைகளையும் அன்று படித்த நான் உணர்ந்தேன். இன்று படிக்கிற வாசகர்களும் உணர முடியும். இந்தச் சிறுகதைகளின் உள்ளடக்கம் பற்றியே நான் இந்தக் கட்டுரையில் பேசி இருக்கிறேன். உருவம் பற்றியோ, வெளி யீட்டுத் திறன் பற்றியோ, கலைத்தரம் பற்றியோ சொல்ல வில்லை. இவைகள் அத்தனையையும் ஒப்பிட்டுப் பார்ப்பது ஒரு ரசமான வேலை; அது அவசியமான வேலையும்கூட. ஏனென்றால் சிறுகதை ஒரு இலக்கியப் பிரிவாக நம் மொழியில் பிறந்தது இந்தச் சிறுகதைகளை வைத்துத்தான். அந்த அஸ்திவாரம் எப்படி அமைந்தது என்று அறிந்து, பிறகு அதுக்கு மேல் எழுப்பப்பட்ட கட்டிடத்தைப் பார்ப்பது தான் நிலமை தெரிய, புரிய இடம் தரக்கூடியது. ஆகவே, 1935இல் சிறுகதை *மணிக்கொடி* பிறக்குமுன், *மணிக்கொடி* கோஷ்டி மூச்ரவாக சிறுகதைத் துறையில் செயல்படுமுன் பிறந்தவை, 'குளத்தங்கரை அரசமரம்', 'என்னை மன்னித்து மறந்துவிடு', 'மலரும் மணமும்', 'ஊமைச்சி காதல்', 'முள்ளும் ரோஜாவும்', 'தபால்கார அப்துல்காதர்', 'கேதாரியின் தாயார்', 'காந்திமதியின் காதலன்' ஆகியவை.

❖ ❖

# 3

# புது சிறுகதை வடிவம்

நம மரபான தொன்மை இலக்கியப் படைப்புகள் முழுவதும் காலக் கரையானால் அரித்துப் போய் விடுவதிலிருந்து கணிசமான பகுதியைத் தற்காலத்துக்கு மீட்டுத் தந்த ரக்ஷகர்களில் பெரும் பங்குக்கு உரிய முதல்வரான மகாமகோபாத்யாய உ.வே. சாமிநாத அய்யரை மனதில் ஆராதித்துக் கொண்டுதான் நம் பண்டையத் தமிழ் இலக்கியத்துறைக்குள் எட்டு எடுத்துவைக்க வேண்டும் இன்றைய தமிழ் வாசகன். அதேபோல 'பண்டிதர்களாலும் ஏனையோர்களாலும் பாயாய் சுருட்டிவைக்கப்பட்டுத் தமிழ் இறக்கும் தறுவாயில் இருக்கையில் தமிழுக்கு உயிர் கொடுத்துத் தமிழர்களை மரண மயக்கத்திலிருந்து தட்டி எழுப்பிய' என்று வ.ரா. கணித்தபடி மகாகவி பாரதியை நெஞ்சில் நினைத்துக்கொண்டுதான் தற்கால இலக்கியத்தை அணுக வேண்டும் இன்றைய இலக்கிய வாசகன். வ.ரா. கொடுத்த மகாகவி பட்டம்கூட பாரதிக்குப் போதாது என்று இன்று எனக்குத் தோன்றுகிறது. ஒரே காவியத்தால் வால்மீகியும், கம்பனும், வியாசரும், இரண்டு மகா காவியங்களால் காளிதாசனும் மகா கவியாகிவிட்டார்கள். அவர்கள் எழுதியவை கவிதைக் காவியங்கள். அவர்களது வசனப் படைப்புகள் எதுவும் நமக்கு எட்டவில்லை. பாரதியோ சுமார் அறுநூறு பக்க அளவில் சிறிதும் பெரிதுமாக இருநூற்றி எழுபது கவிதைகள் எழுதி இருக்கிறான். நானூறு பக்க அளவில் சுமார் எழுபத்தைந்து சிறிய கதைகள், நாவல் பகுதிகள், நாடகரீதி சம்பாஷணைகள், காட்சிகள் ஆகியவை எழுதி இருக்கிறான். இன்னும் நானூறு பக்கங்கள்

கொண்ட நூற்றி ஐம்பது சிறிதும் பெரிதுமான பலரக, பலபொருள் கட்டுரைகளும் எழுதி இருக்கிறான். இவை அத்தனையும் பதினேழு ஆண்டுக் கால (1904 – 1921) இலக்கிய வாழ்க்கைக்குள். சாதனை பிரமிக்கத்தக்கதுதான். காவியம், கவிதைகள் மட்டுமின்றி உரைநடையிலும் நாவல், சிறுகதைகள், பலதுறை விஷயக் கட்டுரைகள் எழுதிக் குவித்துள்ள பாரதி, மகாகவி பட்டத்துக்கும் மேலாக 'மகா இலக்கியன்' என்ற பட்டத்துக்கு உரியவன்.

இவ்வளவு இங்கே பாரதியைப் பற்றிக் குறிப்பிடக் காரணம் பாரதிக்கும் சிறுகதைக்கும் சம்பந்தம் உண்டா என்பதை ஆராயத்தான். முந்திய இரண்டு அத்தியாயங்களில் சிறுகதைத் துறையை ஆரம்பித்து வைத்த இருவர் வ.வே.சு. அய்யரும், அ.மாதவையாவும் என்று நான் குறிப்பிட்டிருக் கிறேன். பாரதியையும் சேர்த்துப் பார்க்காத தவறை இந்த இரண்டாம் பதிப்பில் இந்தப் புது அத்தியாயம் மூலம் திருத்திக் கொள்கிறேன். பாரதியின் எழுபத்தைந்து கதைகளில் 'ஞானரதம்', 'நவதந்திரக் கதைகள்', 'சந்திரிகையின் கதை', 'சில வேடிக்கை கதைகள்', 'சின்னச்சங்கரன் கதை', 'தராசு' முதலியன அடங்கி இருக்கின்றன. 'ஞானரதம்', நீண்ட கதா ரூபத்தில் தத்துவச் சிந்தனை வெளிப்பாடு கொண்டது. 'நவ தந்திரக் கதைகள்' 'பஞ்சதந்திரம்' பாணியில் அறிவூட்ட லாகக் குட்டிக் கதைகள் அடங்கியது. 'சந்திரிகை' முடிவு பெறாத நாவல். 'சின்னச் சங்கரன் கதை'யும் முடிவு பெறாதது தான். 'சில வேடிக்கை கதைகள்' நகைச்சுவைச் சம்பவங்கள், தத்துவம், ஒழுக்கம், நடப்புச் சம்பவங்கள், புராண நிகழ்ச்சிகள், இயற்கை வர்ணனைகள், சம்பாஷணைகள், கட்டுரைக் கதைகள், மனவோட்டங்கள், விவகாரப் பேச்சுக்கள் – இப்படி பலரகக் கருத்துக்கள் அடங்கிய குட்டிக் கதைகள் கொண்டது. தராசு லோக நடப்பு சுபாவம் பற்றிய கற்பனைச் சித்திரம். இவற்றில் எதிலும் சிறுகதை வடிவ அமைதி கிடையாது.

பாரதியின் படைப்புகளில் ஒரு சிறுகதை இருக்கிறது. 'ஆறிலொரு பங்கு' என்ற தலைப்புக் கொண்டது. இந்தச் சிறுகதை 1933இல் (24.11.33) 'சுதந்திரச்சங்கு' வாரப் பதிப்பு முதல் இதழில் அதன் ஆசிரியர் 'சங்கு' சுப்ரமண்யனால் மறுபிரசுரம் செய்யப்பட்டது. அதன் தலைப்பில் 'சங்கு' எழுதிய குறிப்பு பின்வருவது: 'தமிழ் இலக்கியத்தில் சிறுகதை களை சிருஷ்டித்து உதவிய பெரியோர்களுள் முக்யமானவர்கள் மூவர். மூவரும் புகழுடம்பில் இன்று உலாவுகிறார்கள். கவி சுப்ரமண்ய பாரதியார், ஸ்ரீயுத வ.வே.சு. அய்யர், அ.மாதவையா இம் மூவரையும் தமிழர் மறக்க முடியுமா? இருபது வருஷங்களுக்கு முன் பாரதியார் எழுதிய 'ஆறிலொரு

பங்கு' என்ற சிறுகதை இன்றைக்கு ஹரி சேவைக்கு மக்களைத் தூண்டுவதாயிருக்கிறது. இத்தகைய சாகாவரம் பெற்ற கதையைக் கொடுத்து உதவிய 'லோகோபகாரி' ஆசிரியர் பரலி. சு. நெல்லையப்ப பிள்ளைக்கு நமது நன்றி உரித்தாகுக.'

இந்தக் குறிப்பிலிருந்து இந்தச் சிறுகதையை பாரதி ஆயிரத்தித் தொளாயிரத்துப் பதிமூன்றில் எழுதி இருப்பது தெரிகிறது. அதாவது பாரதி, தன் முதல் கவிதையை *(1904)* எழுதி ஒன்பது வருஷங்களுக்குப் பிறகு எழுதியது. இந்தக் காலம் அவர் ஆங்கில ஆட்சிக் கெடுபிடிக்குத் தப்பி தன்னைத் தானே புதுச்சேரிக்கு நாடு கடத்திக்கொண்ட சமயம். அந்த நாட்களில்தான் அவர் நிறைய படைப்புகளை எழுதினார். அப்போதுதான் கவி ரவீந்திரநாத் தாகூரின் கதைகளை ஆங்கிலத்தில் படித்து அநுபவித்து ரசித்து அவரது கதைகளை மொழிபெயர்த்திருக்கிறார். மொழிபெயர்ப்பு மிகச் சிறப்பான நடைபாணியாக அமைந்திருக்கிறது. இதிலிருந்து எனக்கு யூகிக்கத் தோன்றுகிறது. தாகூரின் சிறுகதைகளை ரசித்தது, அவற்றை மொழிபெயர்த்தது, அவரது தமிழ் வர்ணனை நடை சிறப்பாக அமைந்தது ஆகிய மூன்றுடன் அவருக்குள்ளே எழுந்த படைப்பு ஆர்வம், அவரது கவிதை உள்ளம், அவரது தேசீய உணர்ச்சி, சமூக சமுதாய ஈடுபாடு ஆகியவையும் சேர, அதுவரை ஒன்பது ஆண்டுகளாகக் கவிதை எழுதிவந்த பாரதிக்குச் சிறுகதையும் எழுதத் தூண்டுதலாகி இருக்கின்றன. அதன் விளைவுதான் 'ஆறிலொரு பங்கு' சிறுகதை.

தமிழ்ச் சிறுகதைக்கு வ.வே.சு. அய்யர்தான் முதல்வர் என்ற முடிவுக் கருத்து எனக்கு இதுவரை ஆதாரரீதியாக மனதில் பதிந்து இருந்தது; அய்யரின் 'மங்கையர்க்கரசி முதலிய கதைகள்' (அவற்றுள் அடங்கிய 'குளத்தங்கரை அரசமரம்' உள்பட) ஆயிரத்துத் தொளாயிரத்து இருபதுக்கள் கால ஆரம்ப ஆண்டுகளில் எழுதப்பட்டன என்ற ஆதாரத்தை வைத்து அந்தக் கணிப்பு. ஆனால் பாரதியின் இந்த சிறுகதை பத்துக்கள் கால முன்பாதி ஆண்டுகளில் எழுதப்பட்டிருக் கிறது. அய்யருக்கு முன்பே பாரதி சிறுகதைத் துறையைத் தொட்டிருக்கிறான். ஆனால் பாரதியின் கதைப் படைப்பு களில் இந்தச் சிறுகதை ஒன்றுதான் காண்கிறது. அய்யர் எட்டு சிறுகதைகள் எழுதி சிறுகதை துறைக்கு அஸ்திவாரம் போட்டவர். அய்யரின் எட்டு சிறுகதைகளில் 'குளத்தங்கரை அரசமரம்' ஒன்றுதான் எடுப்பாக முப்பதுக்களில் பேசப் பட்டது. ஆனால் 'ஆறிலொரு பங்கு' சிறுகதை பற்றி அப்படிப் பேசப்படவில்லை. மணிக்கொடி வட்டாரத்தைக் குறிப்பிட்டுத் தான் சொல்கிறேன். பாரதியை மகாகவியாக கண்ட வ.ரா.கூட பாரதியின் இந்தச் சிறுகதை பற்றி எனக்குத் தெரிந்தவரை

பிரஸ்தாபிக்கவில்லை. ஆனால் சங்கு சுப்ரமண்யன் இந்தச் சிறுகதையின் சிறப்பை உணர்ந்து சிறுகதை மூலவர்களில் பாரதியை முதலில் வைத்து சிலாகித்திருக்கிறார். தமிழ் நாவலுக்குச் சென்ற நூற்றாண்டில் வேதநாயகம்பிள்ளை, ராஜம் அய்யர், மாதவையா ஆகிய மூலவர்கள் மூவர் போல இந்த நூற்றாண்டின் ஆரம்பத்தில் சிறுகதைக்கு மூலவர்களாக மூவரைக் கணித்துவிட்டார் சங்கு சுப்ரமண்யன். அவர் கணிப்பு சரியானதாகும்.

வரலாற்று ரீதியாக பாரதி, அய்யருக்கு முந்தியே சிறுகதை எழுதியவர் என்ற தகவலை நிர்ணயம் செய்துகொண்டுவிட்ட பிறகு, பாரதியின் அந்தச் சிறுகதை தமிழ்ச் சிறுகதைக்கு முன்னோடி என்பதையும் ஏற்றபின், இனி, ‘ஆறிலொரு பங்கு’ சிறுகதைத் துறைப் பிறப்புக்கு என்ன பங்கு செலுத்தி யிருக்கிறது என்பதைப் பார்ப்போம். ‘ரீதி புதிது’ என்று நெஞ்சறிந்து சிறுகதைச் சோதனை செய்தவர் அய்யர். பாரதியும் அதே போல நெஞ்சறிந்து சிறுகதைச் சோதனை செய்தவரா என்று கேட்டுக்கொள்ளத் தோன்றுகிறது. இந்தச் சிறுகதைக்கு பாரதி எழுதிய முகவுரையையும் சங்கு வெளி யிட்டிருக்கிறார். அது பின்வருமாறு:

‘ஒரு ஜாதி, ஓர் உயிர்’ பாரத நாட்டிலுள்ள முப்பது கோடி ஜனங்களும் ஒரு ஜாதி. வகுப்புக்கள் இருக்கலாம். பிரிவுகள் இருக்கலாகாது. வெவ்வேறு தொழில் புரியலாம். பிறவி மாத்திரத்தாலே உயர்வு தாழ்வென்ற எண்ணம் கூடாது. மதபேதங்கள் இருக்கலாம். மதவிரோதங்கள் இருக்க லாகாது. இவ்வுணர்வே நமக்கு ஸ்வதந்திரமும் அமரத் தன்மையும் கொடுக்கும். ‘நான்ய பந்தர வர்த்ததேயநாய.’ வேறுவழி இல்லை. இந்நூலைப் பாரத நாட்டில் உழவுத் தொழில் புரிந்து நமக்கெல்லாம் உணவு கொடுத்து ரக்ஷிப் பவர்களாகிய பள்ளர், பறையர் முதலிய பரிசுத்தத் தன்மை வாய்ந்த வைசிய சகோதரர்களுக்கு அர்ப்பணம் செய்கிறேன்.’

பாரதியின் இந்தக் கதைக்கான ஒரு பாரா சிறு முகவுரை யையும் வ.வே.சு. வின் ‘மங்கையர்க்கரசியின் காதல்’ சிறுகதைத் தொகுப்புக்கான ஒரு பக்கச் சிறு முகவுரையையும் சேர்த்துப் பார்க்கிற போது இரண்டுக்கும் உள்ள அடிப்படை வித்தியாசம் தெளிவாகத் தெரிகிறது. உருவத்திலும் சரி, உள்ளடக்கத்திலும் சரி, பார்வையிலும் சரி, வர்ணனை நடையிலும் சரி பாரதிக்கு முன்பு இந்த புதுவிதச் சிறுகதை தமிழில் எழுதப்பட் டிருப்பதாக எனக்குத் தெரிந்த மட்டுக்கு இல்லை. பாரதி முதன்முறையாகக் கவிஞன். அடுத்தபடியாகக் கட்டுரையாளன். மூன்றாவதாக நாவலாசிரியன். நான்காவதாகச் சிறுகதையாளன்.

பாரதி கவிதைகளில், தத்துவம், தேசீயம், சக்தி, சிருங்காரம் (காதல்), இயற்கை, நெறிவிளக்கம், அரசியல், அழகியல், தெய்வங்கள், மொழிப்பற்று, தொழில், பொருளாதாரம், இப்படிப் பல வாழ்க்கை அம்சங்களைக் கையாண்டிருப்பவன். தேசபக்தன், சக்தி வழிபாட்டுக்காரன், சமூகச் சீர்திருத்தவாதி. இந்தத் துறை ஈடுபாடுகள் அவனுக்குள் ஆழ்ந்து படிந்திருந்தன. அவற்றின் எதிரொலியே அவனது படைப்பு வெளிப்பாடுகள். அய்யர் தேசீயவாதி (அதிலும் புரட்சிவாதி), இலக்கிய விமர்சகன் (ரசனைப் பார்வை), வரலாற்றுப் பார்வைக்காரர் (வீரர்கள் வரலாறு), கதாசிரியர், கட்டுரையாளர், இவற்றின் பாதிப்புகளை அவரது படைப்புகளில் காணலாம்.

பாரதி கதையைப் பார்ப்போம். கதை, தொடர்கதை, நீண்ட கதை, நெடுங்கதை, சிறு கதை, சிறுகதை, குட்டிக் கதை ஆகிய பெயர்கள் சிறுகதை சம்பந்தமாகக் குறிப்பிடப் படுகின்றன. எந்த அளவை வைத்து இப்படிப் பிரிக்கப்பட் டிருக்கிறது என்று நிர்ணயித்துச் சொல்லப்படவில்லை. அவரவர் காலத்தில் இந்தச் சொற்கள் பிரயோகம் இருந்து வந்திருக்கிறது. நீண்ட காலமாகக் கதை என்றுதான் பொதுவாகப் பேசப்பட்டு இருக்கிறது. பின்னால் தொடர்கதை நெடுங்கதையாகி நாவலாக மாறிவிட்டது. நீளத்தை வைத்துக் கதை சிறு கதை (சிறிய)யாக மாறிவிட்டது. மணிக்கொடியிலும் ஆரம்பத்தில் சிறு கதை என்று இரண்டு சொல்லாக போடப் பட்டிருக்கிறது. சுதந்திர சங்குவிலும்தான். போகப்போகச் சிறுகதை என்று 'ஒரே சொல்' பிரயோகம் வந்தது. மேல் நாட்டுச் சிறுகதை இலக்கியப் பிரிவை உணர்ந்து, அதுக்கெனத் தனித்த விசேஷ இலக்கண நியதிகள் அமைந்திருப்பதை அறிந்ததும் சிறுகதை வடிவத்தை நெஞ்சறிந்து கையாண்டார்கள். கல்கி கிருஷ்ணமூர்த்தி அளவை வைத்துச் சிறுகதை எழுதினாரே தவிர சிறுகதை என்ற தனித்த வடிவ அமைப்பை உணர்ந்து எழுதியதாகத் தெரியவில்லை. அவரது சிறுகதைகள் இதை வெளிப்படுத்துகின்றன.

வ.வே.சு. அய்யர் 'ரீதி புதிது' என்று நெஞ்சறிந்து சோதனை முயற்சி என்று சொன்னது போல பாரதியும் 'ஆறிலொரு பங்கு' கதையை நெஞ்சறிந்து எழுதினாரா என்ற கேள்விக்குப் பதில் அவர் முகவுரைக் குறிப்பிலிருந்து தெரியவில்லை. சிறுகதை என்று சங்குதான் போட்டாரா அல்லது லோகோப காரி ஆசிரியர் பரலி. நெல்லையப்ப பிள்ளையோ அல்லது பாரதியோ முன்பே போட்டிருந்தார்களா, அதைப் பார்த்து சங்கு போட்டாரா தெரிய இடம் இல்லை. எனவே இந்த விவகாரத்தை ஒதுக்கிவிட்டு 'ஆறிலொரு பங்கு' வடிவம் பற்றி இன்று நமக்குத் தெரியவந்திருக்கும் சிறுகதை லட்சணங்

களை வைத்து உரைத்துப் பார்த்து நாம் நிதானிக்கலாம். 1934இல் இந்தச் சிறுகதையை நான் முதலில் படித்தபோது கதை என்ற பொதுத் தன்மையைக் கொண்டுதான் படித்து ரசித்தேனே தவிர சிறுகதை உருவ ஆராய்ச்சி எதுவும் செய்யவில்லை. எனக்கு அப்போது இதுபற்றிய போதிய ஞானம் கிடையாது. மணிக்கொடி கோஷ்டிக்குள் வந்த பிறகுதான் கொஞ்சம் கொஞ்சமாகத் தெரிய வாய்ப்பு ஏற்பட்டது. இந்தக் கதையை அப்போது பல தடவைகள் படித்து ரசித்தேன். நன்றாகக் கதை இருப்பதாகப் பட்டது. அதன்பின் ஐம்பத்திநான்கு ஆண்டுகளுக்கப் பின் இப்போது படிக்க நேர்ந்தபோதுதான், இந்தக் கதையின் அமைப்பை ஆராய முற்பட்டேன்; எனக்குத் தெரிந்த அளவு சிறுகதை லட்சணங்களை வைத்து அந்தக் கதை நன்றாக அமைந்த 'சிறுகதை'யாக எனக்குப் படுகிறது.

புத்தகப் பக்க அளவில் இது இருபத்திரெண்டு பக்கங்கள் தான் இருக்கிறது. இந்தப் பக்க அளவு பெரிய விஷயம் இல்லை. *மணிக்கொடிக்*காரர்களான ராமையா, ('தொண்டர் நாதன் தூது' 29 பக்கங்கள், 'குஞ்சிதபாதம்' 42 பக்கங்கள்) புதுமைப்பித்தன் ('துன்பக்கேணி' 40 பக்கங்கள், 'புதிய கூண்டு' 26 பக்கங்கள்) சி.சு. செல்லப்பா ('வாடி வாசல்' 64 பக்கங்கள், 'பெண்டிழந்தான்' 33 பக்கங்கள்) ஆகியோர் அதிக பக்க நீளமான சிறுகதைகள் எழுதியவர்கள். மேல்நாட்டுச் சிறுகதை இலக்கியத்தில் டால்ஸ்டாய், டாஸ்டாவ்ஸ்கி, ஹென்றி ஜேம்ஸ், மாப்பஸான் ஆகியோர் இதே போல அதிகப் பக்கச் சிறுகதைகள் எழுதியவர்கள். ஏன், நம் வங்கக்கவி ரவீந்திரநாத் தாகூர் நீண்ட சிறுகதைகள் பல எழுதி இருக்கிறார். எனவே, 'ஆறிலொரு பங்கு' பக்க அளவில் சிறுகதைக்கு மீறிப் போக வில்லை.

அடுத்து கதாசம்பவக் கட்டம் பற்றி. பாரதி அத்தியாய நம்பர் போட்டு ஐந்து அத்தியாயங்கள் எழுதி இருக்கிறார். அத்தியாயங்கள் சிறுகதைக்குக் கிடையாது. ஆரம்பம் – முடிவு ஒரே அத்தியாயம்தான். இதை வைத்தும் 'ஆறிலொரு பங்கு' சிறுகதை இல்லை என்று சொல்ல முடியாது. மேல் நாட்டுச் சிறுகதை உதாரணங்கள் நிறையத் தரலாம். நம் நாட்டு தாகூர், பிரேம்சந்த் முதலியோரும்தான். ஏன், ராமையா, பிச்சமூர்த்தி, புதுமைப்பித்தன் முதல் மௌனி வரை எல்லோருமே இந்த உத்தியை, ஒன்று இரண்டு என்று நம்பர் போட்டுக் கையாண்டு இருக்கிறோம். வ.வே.சு. அய்யர் இந்த மாதிரி செய்யவில்லை என்பது குறிப்பிடத்தக்கது. எனவே, இதை வைத்தும் சம்பவ நிகழ்ச்சி தொடராக சவுகரியத்துக்காகப் பிரித்துக்காட்டி இருப்பதை வைத்தும்

அத்தியாயம் என்பதை நாவல் அத்தியாயங்களாக பாவித்து சிறுகதை உருவத்துக்கு மீறியதாகச் சொல்ல முடியாது. அத்தியாயம் என்று போடாமல் நம்பர் போட்டு எழுதி இருப்பது ஒரு உத்தி. பிறகு நம்பர் போடுவதை நிறுத்தி நக்ஷத்திரக்குறி போட்டு இடைவெளியைச் சுட்டிக் காட்டுவதும் உண்டு. அதே போல ஒரு கதைக் கட்டத்தைக் கணிக்க முன்கட்டத்தின் கடைசி பாராவுக்கும் அடுத்த கட்டத்து ஆரம்ப பாராவுக்கும் இடையே இரண்டு வரி அளவுக்குக் காலி இடம் விட்டுவிட்டுக் காட்டுவதும் உண்டு. இன்னொரு உத்தியாக ஒவ்வொரு கட்டத்து ஆரம்ப பாராவுக்கு, பாராவின் முதல் சொல்லின் முதல் எழுத்தைக் கொட்டை எழுத்தில் போட்டு, விட்டுக் காட்டுவதும் உண்டு. இந்த உத்திகளை எல்லாம் பின்னால் போகப் போக நாங்கள் எல்லோரும் தள்ளிவிட்டோம். கதை முழுவதும் ஒரே கால கட்டத்தது போன்ற நினைவு எழும்படியாகச் செய்யக் கதைப் பின்னலைப் புதுவிதமாக இழையச் செய்து ஆரம்பம் முதல் முடிவுவரை இடையறாது ஒருமித்த ஓட்டம் இருக்கும் படியாக இழையச் செய்யும் உத்தி கையாளப்பட்டது. சம்பவத்துக்கு முக்கியத்துவம் இருந்தபோது அந்தப் பழைய உத்திகள் தேவைப்பட்ட மாதிரி தோன்றியது. மன வோட்டத்துக்கு முக்கியத்துவம் கொடுப்பது என்று வந்து விட்ட பிறகு இந்த உத்திதான் சிறப்பாகவும் எண்ண, உணர்ச்சி வெளியீட்டுக்குப் பொருத்தமானதாகவும் பட்டது. ஆகவே, பாரதியின் பழைய முறை உத்தியை வைத்து அது சிறுகதை இல்லை என்றும் தள்ளிவிட முடியாது.

கதையம்சத்தை எடுத்துக்கொள்வோம். ஒரு சிறுகதைக் கான அளவு விஷயம்தான் கருவாக எடுத்துக்கொள்ளப் பட்டிருக்கிறது. ஒரு காதல் கதைக் கரு. முறைமை உறவான மாமன் மகள் அல்லது மாமன் மகன், அத்தை மகள் அல்லது அத்தை மகன் ஆகிய உறவை விஷயமாக எடுத்துக் கொள்வது சிறுகதை ஆரம்பத்தில் படைப்பாளிக்கு உவப்பாக இருந்திருக்கிறது. பாரதியே இதை ஆரம்பித்து வைத்திருக்கிறார். கோவிந்தராஜன், அவனது தாய்மாமன் மகள் மீனாம்பாள் இருவரது காதல் உறவில் ஏற்படும் சிக்கல், அவர்கள் விருப்பம் ஈடேறாமல் போய்விட, 'காதல் வழிதான் கரடுமுரடாம்' என்பதுபோல இருவருக்கும் மன உடைவும் விரக்தியும் ஏற்பட்டு மீனாம்பாளின் தற்கொலை முயற்சியும் கோவிந்த ராஜனின் துறவறம் பூணுதலும் நேர்ந்துவிட்ட நிலையில் எதிர்பாராத நிகழ்ச்சியால் மீனாம்பாள் உயிர்மீட்சியும் கோவிந்தராஜனின் துறவறம் நீங்கலும் ஏற்பட்டு இருவர் விருப்பமும் ஈடேறுகிறது. இந்த நிகழ்வு சிறுகதைக்கு உரிய

அளவுதான் அமைந்திருக்கிறது. ஒன்றுக்கு மேற்பட்ட சிக்கல்கள், மோதல்கள், பிசிறுதட்டல்கள், தடம் பிசகல்கள் எதுவும் கிடையாது. இருவரது மனநிலை பிரதிபலிப்பாகத்தான், குறிப்பாக கோவிந்தராஜன் மனவோட்டத்தில்தான் கதைப் பாங்கு அமைந்திருக்கிறது. கதையின் உருவ அமைப்பு 'நான்' என்ற கதைசொல்லி பாணி உத்தியில்தான் சுயவெளியீட்டுத் தோரணையாகச் சித்தரிக்கப்பட்டிருக்கிறது. வ.வே.சு. வின் 'குளத்தங்கரை அரசமரம்' கதையில் அரசமரம் கதை சொல்லல் போக் கதாசிரியர் கதை நடத்திச் செல்லும் பாணியாக இல்லாமல் கதாபாத்திரத்தின் 'தான் பேசல்' ரீதியாக இருக் கிறது. பாரதிதான் இந்த உத்தியை முதலில் கையாண்டவராகப் படுகிறது. ஆரம்பம் முதல் இறுதிவரை நேர்த்தியாக கோர்வையாக இருக்கிறது. சிந்தனையோட்டமும் உணர்ச்சி வெளியீடும் அளவோடும் இயல்பாகவும் நயமாகச் சித்தரிக்கப் பட்டிருக்கிறது. கதை கட்டுப்போக்கு இறுதிவரை தளராமல், நெகிழாமல் விடைப்பாகவும், படிப்படியாக வளர்வதாகவும் இருக்கிறது. நடுவே, நடுவே கதாபாத்திரம் வெளிப்படுத்தும் கருத்துக்கள், உணர்ச்சிகள், சிந்தனைகள் நம்மை இடறிக் கொள்ள விடவில்லை. பராக்குப் பார்க்க விடவில்லை. கதையின் உச்சத்துக்கும் விடுவிப்புக்கும் இட்டுச் செல்லும் வழிகாட்டிகளாக பாங்காக இருக்கின்றன.

இந்தச் சிறுகதையின் விசேஷம் இதுவெறும் காதல் கதையாக மட்டுமே இல்லை. காதலர் இருவர் மனதிலும் லட்சியத் தன்மையை ஏற்றி இருக்கிறார் பாரதி. அவர்கள் உறவே லட்சியசித்தி பெற்றதாக ஆகிவிடுகிறது. கதையின் கடைசி இரண்டு வாக்கியங்களான 'இரண்டு ஜீவன்கள் மாதாவின் சேவைக்காக வயப்பட்டன. பிரகிருதி வடிவமாகத் தோன்றிய மாதாவின் முகத்திலே புன்னகை காணப்பட்டது' என்பதிலிருந்து அந்த லட்சிய நிறைவேற்றம் தெரிகிறது. இந்த வாக்கியங்களுக்கு முந்தின இரு வாக்கியங்களையும் சேர்த்துப் பார்க்கலாம். 'மாலைப் பொழுதாயிற்று. நான் சந்யாசி வேஷத்தை மாற்றி எனது தகுதிக்கு உரிய ஆடை தரித்துக்கொண்டிருந்தேன். பூஞ்சோலையிலே லதா மண்டபத்தில் தனியாக நானும் எனது உயிர் ஸ்திரீ ரூபம் கொண்டு பக்கத்தில் வந்து வீற்றிருப்பது போலத் தோன்றியவளுமாக இருந்தோம். நான்கு இதழ்கள் கூடின' என்பதில் காதல் லட்சிய நிறைவேற்றமும் பிந்தின இரு வாக்கியங்களில் அதைவிட உயர்ந்த, தத்துவ லட்சியமான 'மாதாவின் சேவை' லட்சியமும் எடுப்பாகக் குறிப்பிடப்பட்டிருக்கிறது.

மாதாவின் சேவை என்ற அந்த லட்சிய சித்தி நிலை அடைதலைத்தான் உன்னத நோக்கமாகக் கொண்டு அவர்கள்

காதலை ஒரு வியாஜமாகப் பயன்படுத்தி இருக்கிறார் பாரதி. பழைய பாரசீகக் காதல் கதையான லைலா மஜ்னூன், ஷெரின் ஃபர்ஹாத், ஷேக்ஸ்பியரின் ரோமியோ ஜுலியத் இவற்றில் தம் காதல் உறவு ஈடேறாததால் மனமுறிவு அடைந்து சோகமுடிவை வரவழைத்துக் கொண்டார்கள். வ.வே.சு. அய்யரின் குளத்தங்கரை அரசமரம் சிறுகதையில் இளம் கணவன் மனைவியாக இருந்தும் சேர்ந்து இன்பமாக வாழவிடாமல் குடும்பப் பெரியோர்கள் செய்த காரியங் களால் மனம் ஒடிந்துவிட, இருவரது வாழ்வும் விபரீத சோக முடிவில் கொண்டுபோய்விடுகிறது. கு.ப. ராஜகோபாலன் சிறுகதை 'நூருன்னிஸா'வில் பரஸ்பரம் காதலித்த முஸ்லீம் பெண்ணும் பிராமண வாலிபரும் தங்கள் மணம் சாத்ய மாகாது என்ற நிலையினும் முந்தியவர்களைப் போலத் தங்களைத் தாங்களே அழித்துக்கொள்ளாமல் தம் காதலை லட்சியக் காதலாக்கி, உடலுறவுக்கு அப்பாற்பட்ட மானசீகக் காதலாக அதை உயர்த்திக்கொண்டு ஆத்மார்த்தக் காதலாக மேம்படுத்திக்கொண்டு, 'பிளேடானிக்' என்கிற சதைப்பற்று அற்ற ஆன்மீகக் காதலாக உணர்வுகொண்டு இருவரும் வாழ்க்கை பூராவும் அவள் கன்னியாகவும் அவன் பிரம்மச் சாரியாகவும் வாழ்ந்து தமது வாழ்நாட்களை 'மன உறவிலேயே லயிக்கச் செய்து' கழிக்கப்போவதாக சங்கல்பம் செய்து கொண்டு 'உடலில் சதிபதிகளாக இல்லாவிட்டாலும் சரீர இச்சை நமக்கு வேண்டாம் என்றும் பூரணமாக நினைவு ஆகாசத்தில் ஜொலிக்கும் சுக சந்திரனுக்கு. களங்கம் உண்டாக்காதிருப்போம்' என்று பிரதிக்ஞை செய்துகொண்டு தம் காதலை பவித்ரமானதாக, தெய்வீகக் காதலாக பாவித்து அதிலே இன்பம் பெறுகிறார்கள். முந்தினவைகளிலிருந்து மாறுபட்டு பரிசுத்தமான ஆத்மா உறவில் காதல் நிலை இங்கே வெளிப்படுகிறது.

பாரதியின் நோக்கில் இந்தக் கதையில் இந்த அத்தனை யிலிருந்தும் மாறுபட்ட காதல் நிறைவேற்றத்தை, 'மாதாவின் சேவை' என்று குறிப்பிடப்படும் பாரதத் தாயின் சேவைக்கு இருவரும் தங்கள் வாழ்க்கையை அர்ப்பணித்துக் கொண்டு விட்டதைத்தான் காண்கிறோம். அவர்கள் காதல் விழைவு தேசபக்தி ஈடுபாடாக உயர்ந்துவிட்டது. அவர்களது காதல் வேட்கை பின் தள்ளப்பட்டு பாரத நாட்டுக்கான தியாகப் வாழ்வுக்கு பரிணமித்துவிட்டது. இங்கேதான் 'ஆறிலொரு பங்கு' அர்த்த முக்யத்துவம் வாய்ந்து பாரத சமுதாய முன்னேற் றத்துக்கான, விடுதலைக்கான சமர்ப்பண விஷயமாக ஆகிவிடுகிறது. ஆறிலொரு பங்கு என்பது பாரதத்தின் ஜனத் தொகையில் ஆறில் ஒரு பங்கு கொண்ட ஹரிஜனங்கள்,

ஆதிதிராவிடர்கள். அதாவது பாரதி கணக்கிட்ட முப்பது கோடி இந்திய மக்களின் ஐந்து கோடி மக்கள் தீண்டாத வகுப்பினர்களைக் குறிப்பது. அவர்களை இருபத்தைந்து கோடி ஹிந்து மேல் வகுப்பினர் பாரதத்தின் பொது வாழ்வி லிருந்து விலக்கி வைத்து, அவர்களை பிரஷ்டர்களாகக் கருதி அடிமைப்படுத்தி ஆதிக்கம் செலுத்திவரும் ஒரு சமூக மகா பாபத்தைக் குறிப்பதுதான் இந்தத் தலைப்பு. அவர்களை உயர்த்தும் பணியில், ஒரு மகத்தான நிமித்தத்துக்கு, சமூக சேவைக்கு இருவரும் தம்மை ஈடுபடுத்திக் கொள்கிறார்கள். சிருங்காரச் சுவை மதிப்பு கதையாகப் பிறந்து கருணைச் சுவை மதிப்புக்கு உயர்ந்து சமூக, சமுதாய, மனிதாபிமான, பொருளாதார, கலாச்சார தர்மார்த்தமான மதிப்புகள் இழைந்த, லோகாயதத் தன்மைக்கு மேலாக தார்மீகத் தன்மையான விசேஷ முக்யத்துவம் ஏறிய மதிப்புப் பார்வையாக மேம்பாடு கொண்ட நோக்கு பாரதிக்கு இருப்பது நிரூபணமாகிறது. கவிதை, கட்டுரை, நாவல் ஆகிய துறைகளில் பாரதியின் மதிப்புப் பார்வைகள் எவ்வாறு தேசீய, சமூக, சமுதாய, பொருளாதார ஈடுபாடு காட்டப் பட்டிருக்கிறதோ அதேவித ஈடுபாடு இந்த ஆரம்பச் சிறுகதைத் துறைப் படைப்பிலும் காண்கிறது. எனவே பாரதிக்குத் தன் உடனிகழ் கால இக்கட்டான மனிதநிலையை ஊன்றிக் கவனித்து சத்தான அடிப்படையான பிரச்னையைக் கையாண்டு சிறுகதை படைத்த முதல்வர் என்ற மதிப்பீட்டுக்கு உரிய இடம் கிடைக்கிறது. இதனால் அய்யருடைய 'குளத்தங்கரை அரசமரம்' கதையின் ஸ்தானம் இறக்கிவிடப் பட்டதாகக் கருதிவிடக் கூடாது. உருவ உத்தித் திறனில் இரண்டும் சம அந்தஸ்து பெற்றாலும் அய்யரின் குடும்பச் சூழல் கதைக்கு மேலாக பாரதியின் தேசச் சூழல் கதை வீச்சு கொண்டிருக்கிறது. தேசப் பொதுவான தார்மீக அடிப்படைப் பிரச்னை கையாளப்பட்டிருக்கிறது.

அடுத்த விஷயத்தைத் தொடுமுன் ஒரு சிறு ஒப்பீடு. பாரதி கதையின் ஒரு அம்சத்துக்கும் அய்யர் கதையின் ஒரு அம்சத்துக்கும் உள்ள ஒற்றுமை பற்றி 'ஆறிலொரு பங்கு'வில் கதாநாயகி மீனாம்பாள் தற்கொலை முடிவு பற்றிய கடிதத்தைப் படித்ததும் கதாநாயகன் கோவிந்தராஜன் 'ஆற்றாமையால் வெளியேறிய நான் அப்படியே காஷாயம் தரித்துக்கொண்டு துறவியாக வடநாட்டிலே சஞ்சாரம் செய்துவந்தேன்' என்று காதல் முறிவால் மனம் முறிந்து முடிவு செய்கிறான். அதே போலக் 'குளத்தங்கரை அரசமரம்' நாகராஜன் தன் மனைவி ருக்மணியின் தற்கொலையால் தாம்பத்ய உறவு முறிந்துவிட்ட மனமுறிவில், 'இனிமேல்

சம்சார வாழ்க்கை எனக்கு வேண்டாம். காஷாயம் வாங்கிக் கொள்கிறேன்' என்று முடிவு கொள்கிறான். முன்பு உதாரணம் காட்டப்பட்ட அந்நியநாட்டுக் காதல் முறிவுக் கதைகளில் இருவருமே தற்கொலை செய்துகொண்டோ, மற்றவருக்குப் பைத்தியம் பிடித்தோ அழிவு ஏற்பட, இங்கே சந்யாசம் வாங்கிக்கொண்டு பற்று நீங்குதல் என்ற அளவுமதிப்பு விடுவிப்பு கதைக்கு ஏற்றப்பட்டிருக்கிறது. இது இந்துமதத் தத்துவ மதிப்பில் ஆழ்ந்த நம்பிக்கை வைத்துள்ள பாரதி, அய்யர் இருவரது வாழ்க்கைப் பார்வையின் ஒற்றுமையை உணர்த்துகிறது.

இனி இந்தச் சிறுகதை வடிவம் பற்றி மீண்டும் சில வாக்கியங்கள். சிறுகதைக்கு வடிவம் இப்படித்தான் இருக்க வேண்டும் என்ற சட்டாம்பிள்ளை யாப்பு, உலகச் சிறுகதை இலக்கியத்திலேயே இன்னும் நிர்ணயமாகி இல்லை. ஆலன் போ முதல் (போவுக்கு முன்பும் சேர்க்கலாம்) வில்லியம் ஸரோயன் வரை முப்பதுக்கள் முடிய கணக்கற்ற சிறுகதைகள் உலக மொழிகளிலும் ஒவ்வொரு கால கட்டத்திலும் புதுப்புது உருவங்கள் கொண்டு சிறுகதையாளனின் கற்பனைத் திறனுக்கு ஏற்ப, சிறுகதைக்குச் 'சிறுகதை இயல்' வளர்ந்திருக்கிறது.

பொருள் அளவுக்குத் தக்க உருவம் அமைய உத்தி கையாளலும் உருவத்துக்குத் தக்க உள்ளடக்க அளவு தேர்ந் தெடுத்தலும் இணைந்துவிடுகிறபோது சிறுகதை சிறப்பாகி விடுகிறது. ஆனால் ஒன்று, சிறுகதைக்கு உள்ள பொதுவான அடிப்படை லக்ஷணங்களை மனதில் போட்டுக்கொள்ள வேண்டும். இது இதுவரைய உலகச் சிறுகதை இலக்கியச் சாதனையை கணிசமான அளவுக்குப் படித்து அநுபவித்த அநுபவத்தில் உணரக்கூடியதே அன்றி சூத்திர விதிகளால் மட்டும் சாத்யமாகாது.

'ஆறிலொரு பங்கு' சிறுகதையின் ஆரம்ப வரிகள் இவை: “மீனாம்பாள் வீணை வாசிப்பதிலே ஸரஸ்வதிக்கு நிகரானவள். புரசைவாக்கத்திலுள்ள எங்கள் வீட்டிற்கு அவள் வரும் சமயங்களிலெல்லாம் மேல்மாடத்து அறையை அவளுடைய உபயோகத்துக்காக காலிசெய்து விடுவது வழக்கம். நிலாக் காலங்களில் இரவு எட்டு மணிக்கெல்லாம் போஜனம் முடிந்துவிடும். ஒன்பது மணி முதல் நடுநிசி வரையில் அவள் தனது அறையில் இருந்து வீணை வாசித்துக்கொண்டிருப்பாள். அறைக்கு அடுத்த வெளிப்புறத்திலே பந்தரில் அவளுடைய தகப்பனார் ராவ்பஹதூர் சுந்தரராஜுலு நாயுடு கட்டிலின் மீது படுத்துக்கொண்டு, சிறிது நேரம் வீணையைக் கேட்டுக் கொண்டிருந்து சீக்கிரத்தில் குறட்டைவிடத் தொடங்கி

விடுவார் . . . ஆனால் மகாராஜன் குறட்டை சத்தத்தால் வீணைசத்தம் கேளாதபடி செய்துவிடமாட்டார். இலேசான குறட்டைதான். வெளிமுற்றத்தின் ஒரு ஓரத்திலே நான் மட்டும் எனது பிரம்மச்சாரி படுக்கையைப் போட்டுக் கொண்டு படுத்திருப்பேன். வீணைநாதம் முடியும்வரை என் கண்ணிமைகளைப் புளியம்பசை போட்டு ஒட்டினாலும் ஒட்டமாட்டா . . . வஸந்த காலம். நிலாப்பொழுது. நள்ளிரவு நேரம். புரசைவாக்கம் முழுதும் நித்திரையிலிருந்தது. இரண்டு ஜீவன்கள் விழித்து இருந்தன. நான் ஒன்று மற்றொன்று அவள் . . . கந்தர்வ ஸ்திரீகள் வீணை வாசிப்பதுபோல மீனாம்பாள் வாசிப்பாள். பார்ப்பதற்கும் கந்தர்வ ஸ்திரீயைப் போல் இருப்பாள். அவளுக்கு வயது பதினாறு இருக்கும். கதையை வளர்த்துக்கொண்டு ஏன் போகவேண்டும்? மன்மதன் தனது அம்பொன்றின் முனையிலே என் பிராணனைக் குத்தி எடுத்துக் கொண்டுபோய் அவள் வசம் ஒப்புவித்துவிட்டான் . . .!'

வேண்டும் என்றே ஆரம்ப வரிகளை அதிக மேற்கோள் கொடுத்திருக்கிறேன். காரணம் ஒரு புதுவித சிறுகதை ஆரம்பத்துக்கு உரிய அத்தனை லக்ஷணங்களும் இந்த வாக்கியங்களில், 'அச்சர'வாக அமைந்திருப்பதுதான். கதைக்குக் களம் நேர்த்தியாகப் போடப்பட்டிருக்கிறது. அஸ்திவாரமும் அழுத்தமாக விழுந்திருக்கிறது. தகவல்கள் அளவோடு தரப்பட்டிருக்கின்றன. சூசனை உணர்த்தல் சூட்சமமாகச் செய்யப்பட்டிருக்கிறது. வர்ணனை நடை லாகவமாக இருக்கிறது. சொற்செட்டு காண்கிறது. நடைபாணி (ஸ்டைல்)யில் பிகு இருக்கிறது. நடை பேச்சுப் பாங்கானதாக இருக்கிறது. இது அக நோக்குப் பார்வை (ஸப்ஜெக்டிவ்). சுயவெளியீடாக இருப்பதால் சகல தகவல்களையும் கதாபாத்திரமே மன வோட்டமாகச் சொல்லிக் கதையை நடத்திச் செல்வதால், நிகழ்வும் மனநிலையும் பின்னி வருகிறது. அத்தனை சம்பாஷணைகளும்கூட 'நான்' கதாபாத்திரம் பதிவு செய்து அதன் சிந்தனை, உணர்ச்சி இரண்டிலும் தோய்ந்து விடுகிறது. பிரதம கதாபாத்திரத்தின் ஆதாரபூர்வத்தை, பாடாந்திரத்தை (இன்டர்பிரட்டேஷன்) ஏற்றுக்கொண்டு முழுக்கதைப் போக்கையும் கவனிக்க வேண்டி இருக்கிறது. மீனாம்பாள் ஒரு தடவைகூட நம்மிடம் நேரில் பேசவில்லை. அவனது கடிதத்தை வைத்தும் கோவிந்தராஜனே சொல்லும் சம்பாஷணைகளை வைத்தும்தான் அவள் தெரியவருகிறாள். எந்த ஒரு இடத்திலும் பிசிறு தட்டாமல் விட்டுக் காட்டாமல், பராக்குக் காட்டாமலே தடம் இம்மியும் தவறாமல் கதையை இந்தத் தன்பேச்சு மூலம் நடத்திச் செல்லும் திறன் சிறப்பாக

இருக்கிறது. 'குளத்தங்கரை அரசமரம்' கதையும் தற்பேச்சுத் தோரணைதான் – ஆனால் இரண்டு தற்பேச்சுக்கும் வித்யாசம். அரசமரம் சாட்சியாகத்தான் ஒரு சோக சம்பவத்தைக் கூறுகையில் தன் பரிதாப உணர்ச்சியைக் கலந்து கதையாக மூன்றாம் மனித பார்வையில் விஸ்தரிக்கிறது. 'ஆறிலொரு பங்கு'வில் பிரதம கதாபாத்திரம் தன் அநுபவத்தை, உணர்ச்சி அறிவு வெளியீட்டை, மன மோதலை, தான் பாதிக்கப்பட்ட நிலையில் விவரிக்கிறது. எந்த உத்தி மூலம் அதிகபட்ச அனுபவ வெளிப்பாடு காட்டித் தன் படைப்புக்கு நியாயம், உரம், நயம், சத்து ஏற்ற முடிகிறதோ அதைப் பொறுத்துத்தான் தேர்ந்தெடுக்க வேண்டும் படைப்பாளி. பாரதி இந்த உத்தி மூலம் திறம்பட இதைச் செய்திருக்கிறான். உணர்ச்சி வெளி யீடும் எண்ண வெளியீடும் இயல்பாகவும் நயமாகவும் மிகையோ குறைவோ இல்லாமல் அளவோடு வெளிப்பட்டு வாசகர்களிடம் நல்ல பாதிப்பு ஏற்படுத்துகிறது.

இந்தச் சிறுகதையின் முடிவு (ஸஜஸ்டிவ்) குறிப்புணர்த் தலாக இருக்கிறது. காதலர்கள் சந்திப்பை ஏற்படுத்தி அப்பட்டமான காட்சி எழுப்பி தீவிர அதீத உணர்ச்சி வெளியீட்டுக்குப் பயன்படுத்தவில்லை பாரதி. சமூகச் சீர்த் திருத்தத் தலைவரான வங்காளி பாபு, காதலர்கள் இருவரும் யாரிடம் சென்று தம் மாதாவின் சேவையை மேற்கொள் கிறார்களோ அந்த ஆர்ய சமாஜத் தலைவர், கோவிந்த ராஜனிடம் 'மாலை நாலுமணிக்கு லதா மண்டபத்திற்குப் போனால் அங்கே மீனாம்பாளைச் சந்திக்கலாம்' என்று சொல்லிவிட்டுப் போய் விடுகிறார். முடிவு வரிகளை நான் ஏற்கனவே மேற்கோள் சொல்லி இருக்கிறேன். இருந்தாலும் இந்த இடத்தில் மீண்டும் சொல்கிறேன்:

"மாலைப் பொழுதாயிற்று, நான் சந்நியாசி வேஷத்தை மாற்றி எனது தகுதிக்குரிய ஆடை தரித்துக்கொண்டிருந்தேன். பூஞ்சோலையிலே லதா மண்டபத்தில் தனியாக நானும் எனது உயிர் ஸ்திரீரூபம் கொண்டு பக்கத்தில் வந்து வீற்றிருப்பது போலத் தோன்றியவளுமாக இருந்தோம். நான்கு இதழ்கள் கூடின. இரண்டு ஜீவன்கள் மாதாவின் சேவைக்காக லயப்பட்டன. பிரகிருதி வடிவமாகத் தோன்றிய மாதாவின் முகத்திலே புன்னகை காணப்பட்டது."

ஆரம்பத்தையும் முடிவையும் சேர்த்துப் பார்த்தால் கதை எவ்வளவு நயமாக பூரணத்வம் பெற்றிருக்கிறது. என்பதை உணரமுடியும். கதையின் பிரயாணம் எங்கே படியாக ஆரம்பித்து எங்கே உச்சகட்டத்தில் போய் விடுவிப்பு பெறுகிறது என்பதை உணரலாம். 'நான் மட்டும் என்

பிரம்மச்சாரி படுக்கையை போட்டுக் கொண்டு படுத்திருப்பேன். என் கண்ணிமைகள் புளியம்பசை போட்டு ஒட்டினாலும் ஒட்டமாட்டா' என்று ஆரம்பத்தில் சொன்ன குரல் முடிவில், 'நான்கு இதழ்கள் கூடின' என்கிற போது ஒட்டாத, ஏக்கத்தால் நித்திரைவரவிடாத இமைகளுக்கும் மாறாக புலன் இன்பப் பெருக்கால் இதழ்கள் ஒட்டிக் கொண்டதை 'காண்டிராஸ்ட்' பேதம் மூலம் அவர்கள் மன நிலையைச் சூசனை உணர்த்து கிறார். அடுத்து ஏற்கனவே சொன்னது போல இரண்டு ஜீவன்களின் ஒன்றிப்பில் பிரகிருதி சொரூபத்தில் இயற்கை அன்னையாக பாரத மாதாவுக்கு தொண்டு செய்யத் தம்மை ஐக்யப்படுத்திக்கொண்ட பேரின்ப உணர்ச்சித் தொனியையும் காட்டுகிறார் பாரதி.

இந்தச் சிறுகதையில் வரும் கதாபாத்திரங்கள் இருவரது அந்தஸ்து குறிப்பிடத்தக்கது. அவர்களது செல்வந்த நிலையை நான் குறிப்பிடவில்லை. அவர்களது அறிவார்த்த நிலையைத் தான் குறிப்பிடுகிறேன். மீனாம்பாள் இசைக்கலை அறிவு வாய்ந்தவள். கோவிந்தராஜன் ஜன சமூக – சமுதாய ஈடுபாடு, தொண்டு மனம் கொண்டவன். கிருஸ்துவக் கல்லூரி படிப்பின் போது கிருஸ்துவப் பிரசாரத்தால் மனம் தத்தளித்து தன் ஹிந்து மதம் மூடபக்தி கொண்டது என்றெல்லாம் ஆங்கிலேய சத்தியங்கள் அவன் மனதில் புகுந்து கொண்டாலும் கிருஸ்துவ மார்க்கமும் மூடபக்தி கொண்டதுதான் என்று படவும் ஆரிய சமாஜத்தில் சேர்ந்து உபதேசியாக மாறப் பயிற்சி பெற்ற 'ரேஷனிலிஸ்ட்' பகுத்தறிவுவாதி. இதன் விளைவாகக் குடும்பத்தில் அவனுக்கு ஏற்பட்ட தொல்லை களைச் சமாளித்து திட உறுதி கொள்கிறான். அவனது இந்த ஈடுபாட்டால்தான் அவனுக்கும் மீனாம்பாளுக்கும் நடக்க இருந்த மணம் தடைப்பட்டது. மீனாம்பாள் தந்தை மறுத்துவிடுகிறார். தன் செயலால்தான் இந்தக் காரியம் நடக்கவில்லை என்று அவனே உணர்ந்தாலும் தன் காதல் நிறைவேற்றத்துக்காகத் தன் லட்சியத்தை விட்டுக்கொடுக்க விரும்பவில்லை. அவனது மனப் போராட்டத்தைச் சொல்லிக் கொள்கிறான்: 'லோகோத்தாரணம் பெரிதா உனது புலனின்பம் பெரிதா? தர்மசேவை பெரிதா? ஸ்திரீ சேவை பெரிதா? எதனைக் கைக்கொள்ளப் போகிறாய்? சொல்லடா சொல்' என்ற ரீதியில் தன் மனப் போராட்டத்தை விவகாரம் செய்து பல விதமான சிந்தனைகள் மோதலில் தடுமாறி மீனாம்பாளிடமிருந்து தனக்க சாதகமான ஆதரவுப் பதிலை எதிர்பார்த்துத் தவிக்கிறான். 'நீ தர்ம பரிபாலனமே செய். என் பொருட்டாக தர்மத்தைக் கைவிடாதே. நான் மரணம் வரை உன்னையே மானஸீகத் தலைவனாகக் கொண்டு

நோம்புகளை இழைத்துக் காலம் கழிப்பேன். ஸ்வர்க்கத்தில் நாம் இருவரும் சேர்ந்து வாழலாம் என்று அவள் உறுதி தருவாளானால் ...' என்றெல்லாம் சிந்திக்கிறான். இந்த மனப் போராட்டத்தை வெகு நயமாகச் சிந்தனை 'மானாலாக்' தற்பேச்சுப் பாணியாக வர்ணிக்கிறான் பாரதி. இங்கே உளவியல் அம்சம் சிறப்பாக வெளிப்படுவதைக் காண முடிகிறது. அவள் அவனுக்குப் பதில் சொல்ல முற்படும் சமயம் அவளது தந்தையின் வருகையால் சம்பாஷணை தடைப்பட்டு அவன் எதிர்பார்த்த பதிலோ அல்லது அவளது வேறு அபிப்பிராயமோ அவனுக்குத் தெரிய வாய்ப்பில்லாமல் போய்விட அவன் தவிப்புநிலை நீடிக்கிறது. பின்னால் பதில் அவள் எழுதிய தற்கொலை முயற்சிக் கடிதத்தில்தான் கிடைக்கிறது. அதன் முடிவில் அவள், 'பகல் பத்து நாழிகைக்கு பரலோகம் போய் விடுவேன். உன் வரவை எதிர்பார்த்து அங்கும் கன்னிகையாகவே இருப்பேன். நீ உனது தர்மங்களை நேரே நிறைவேற்றி மாதாவுக்கு திருப்தி செய்வித்த பிறகு அவள் உன்னை நான் இருக்குமிடம் கொண்டு சேர்ப்பாள் ...' என்ற பதில் கிடைக்கிறது. இந்த வாழ்க்கையில் அவன் நினைத்து அவளிடமிருந்து விரும்பிய அவளது சம்மதத்துக்கும் அவள் விரக்தியால் தன்னையே அழித்துக்கொள்ளும் முயற்சி யுடன் அவனுக்குத் தந்த சம்மதத்துக்கும் இடையே விபரீத முரண் நிலை உணர்த்தப்படுகிறது.

அய்யரின் 'குளத்தங்கரை அரசமரம்' கதையில் பேதையாக அரசமரம் சோக வரலாற்றைச் சொல்லும்போது மிகை மனஉருக்கம், கழிவிரக்கம் காட்டுவதுபோல இல்லாமல் 'ஆறிலொரு பங்கு' கதையில் கதை சொல்லியின் உணர்ச்சி வெளியீடு சுத்திகரிப்பு 'கெதார்ஸிஸ்' செய்யப்பட்டு நயமான வெளியீடாக இருக்கிறது. இந்தக் கதையில் பிரசார நோக்கம் இருந்தாலும் பிரதம கதாபாத்திரம் அதைத் தன் சிந்தனை யோட்டத்தினூடே வெளிப்படுத்தினாலும் அது கதைக்குள் இழைந்து இருக்கிறது. நிகழ்வுகளாக அடுக்கிச் சொல்லாமல் தன் சிந்தனைகளாகவே தன் பேச்சில் கருத்துக்களை, உணர்ச்சி கலந்து வெளிப்படுத்துகிறது. கதைப் போக்குக்குக் குந்தகம் ஏற்படுத்தவில்லை. மதிப்புகளை (வேல்யூ) முன்வைத்துப் படைக்கப்படும் கதைகளில் தத்துவ விசாரணைக்கு இடம் இருந்துதான் தீரும். அந்த விசாரணை கதைத்தன்மைக்கு மீட்டாகக் கையாளப் பட்டுவிட்டால்தான் அது 'டைடாக்டிக்' நீதி போதகமானதாக ஆகிக் கதைப்பாங்கை இழந்துவிட்டு விடும். மாதவையா தன் 'குசிகர் குட்டிக் கதைக'ளில் இப்படிச் செய்துவிட்டதால் கதையின் கலைத்தன்மை பாதிக்கப்பட்டு சிறுகதை உருவம் பெறத் தவறிவிட்டன. பாரதி தக்க உத்தி

கையாளல் மூலம் அளவறிந்து கருத்தோட்டத்தை நடத்தியதன் மூலம் கோட்பாட்டு ரீதியான விதமாக அறிவார்த்த தர்ம நீதிவிசாரணையாக மாற்றிவிடாமல் உணர்ச்சிப் பகைப் புலத்தில் சுயானுபவ தோரணையாக சித்தரித்து விட்டதால் விட்டுத் தெரியவில்லை. இந்த கதையை படிக்கும்போது உணர முடிகிறது. கதைக்கு பொருந்தும் தேவையளவுக்கு கட்டுப்பட்டு இருப்பதால் பாரதி வறட்டு தத்துவ ஆராய்ச்சி செய்வதாகப் படவில்லை. கதையின் அங்கக்கட்டுக்கு ஊறு விளைவிக்காத வரையில், மதிப்பு வெளிப்பாடு, சமூக சமுதாய கருத்து வெளியீட்டுக்கு சிறுகதைகளில் இடம் உண்டு. காதல் கதையிலும் காதல் மதிப்பு ஒன்று இருக்கத்தான் செய்கிறது. அதை அளவு மீறி வெளிப்பாடு செய்தாலும் காதல் கதையும் பழுதாகி விடக்கூடும். ஆபத்து இல்லாமல் இல்லை. சமூக, சமுதாய, பொருளாதார, தேசிய அரசியல், விஷயமான கதைகளை எல்லாம் பிரசாரக் கதைகள் என்று ஒட்டுமொத்த மாக தள்ளிவிடமுடியாது. தத்துவ மதிப்புகள் இல்லாமல் படைப்புகள் இருக்கமுடியாது. அவை கதைக்குள் அடங்கி அடிநாதமாக ஒலிக்கச் செய்ய வேண்டும் என்பதுதான் இலக்கிய படைப்புலக நியதி ஆகும்.

முடிவாக பாரதியின் 'ஆறிலொரு பங்கு' தமிழில் பிறந்த முதல் புது உருவ நல்ல சிறுகதை ஆகும். சமூகப் பார்வை படைப்பு ஆகும். தற்கால தமிழ் சிறுகதை வடிவம் அதிலிருந்து தான் பிறக்கிறது. உருவம், உள்ளடக்கம் இரண்டிலும் புதுமையானது. அதை ஒட்டி அய்யரின் 'குளத்தங்கரை அரசமரம்' 'ரீதி புதிது' என்ற உணர்வுடன் தொடர்கிறது.

❖ ❖

# 4
# ரீதி புதிது

சிறுகதைக்காரர்கள் தங்கள் கதைக்கான விஷயத்தைத் தேர்ந்தெடுத்துக் கொண்டுவிட்ட பிறகு அடுத்து கவனிக்க வேண்டியது அதை அவர்கள் எப்படி உருவாக்குகிறார்கள் என்பதுதான். இங்குதான் உருவம் என்கிற பேச்சு எழுகிறது. உருவம் என்றால் ஏதோ ஒரு வரையறை ஏற்படுத்தி, இந்த மாதிரி இருந்தால்தான் அது ஒரு சிறுகதை என்று ஒரு ஆரம்ப சட்டம் இட்டு, ஒரு கட்டுப்பாட்டுக்குள், அடாபிடித்தனமாக, இயங்க வைக்கப்பட்ட ஒன்று என்று கொண்டுவிட முடியாது. ஆரம்பகாலப் படைப்பு ஒன்று தனக்குள் அடக்கி இருக்கும் ஒரு அமைப்பு முறையைக் கொண்டு, அந்த அமைப்பு முறைக்கு உதவிய சில தன்மைகளை மட்டும் கொண்டு, அதுவேதான் என்றைக்கும் கடைப் பிடிக்க வேண்டிய விதிமுறை என்று கலைத்துறையில் எந்த ஒரு பிரிவு பற்றியும் அறுதியிட்டுச் சொல்லிவிட முடியாது. சங்ககாலக் கவிதையிலிருந்து ஆரம்பித்து, சிலப்பதிகாரம் பார்த்து, கம்பராமாயணம் தாண்டி, ஆழ்வார்கள் நாயன்மார்களையும் கடந்து, பாரதிக்கு வந்து அவருக்குப் பின்னும் பார்க்கிறபோது கவிதைத் துறையில் நாம் கணக்கற்ற உருவ வகைகளைப் பார்க் கிறோம். அவரவர் சந்த மாறுபாடும், தளை சீர் சேர்க்கை அளவு வித்தியாசமும், சொல்லாட்சி மாறுபாடும் வரிக் கணக்கு வித்தியாசமும் ஒலிநயப்போக்கு மாறுதல் களும் நாம் பார்ப்பவை.

தொன்மையான, மரபான இலக்கியத் துறையில் முதலில் தோன்றின வகையான கவிதை பற்றியே இப்படி என்றால் இக்காலத்ததான, நூதனமான, வெகு சமீப

காலத்தில் கண்டுபிடிக்கப்பட்ட இலக்கிய வகையான சிறுகதை பற்றி திட்டவட்டமான ஒரு கோடிட்ட வழி உருவம்தான் என்று எப்படிச் சொல்ல முடியும்? எனவே எட்கார் அல்லன் போ முதல் வில்லியம் ஸரோயன் வரை வந்து, இன்னும் தள்ளிவந்து, சிறுகதை உருவம் எத்தனை தினிசாகக் கையாளப் பட்டிருக்கிறது என்பதைக் கவனிக்கவேண்டியது அவசியம். இதுக்கு அப்பாலும் உருவம் புதுசாக ஆக்கப்படவும் கூடும். இதை மனதில் கொண்டுதான் தமிழ்ச் சிறுகதை பற்றி நாம் ஆராய முற்பட வேண்டும்.

ஆனால் ஒரு எச்சரிக்கை. இப்படிச் சொல்வதைக் கொண்டு, சிறுகதைக்குத் திட்டவட்டமான உருவம் கணிக்க முடியாததால் எதையும் சிறுகதையாகக் கருதிவிடலாம் போலத் தோன்றும்; சொல்லவும் தோன்றும். அது சரியாகாது. சிறுகதை உருவம் சம்பந்தமாக நல்ல சுதந்திரம் இருந்தாலும் முதன்மையாக அது சிறுகதை என்கிற தன்மை வாய்ந்ததாக, அதுக்கான சில அடிப்படை அம்சங்களைக் கொண்டதாக இருக்க வேண்டும். கவிதை சம்பந்தமாக, அது எந்த விதமான யாப்பு நியதிக்கு உட்பட்டு இருந்தாலும் அது கவிதை என்ற தன்மை வாய்ந்ததாக இருக்க வேண்டும் என்பது போல; இசைத் துறையில் பாடகனின் கற்பனா சக்திக்கேற்ற ராகங் களை பாணி என்று சொல்லும்படியாகப் புதுவிதமாகப் பாடினாலும் குறிப்பிட்ட ராகத்தின் அடிப்படை லட்சணங்களை மீறிப் போகாமல் இருக்க வேண்டும் என்பதுபோல்.

இந்த எச்சரிக்கைகளைச் சொல்லக் காரணம், இப்போது தமிழில் எதையும் சிறுகதை என்று சொல்லும் அளவுக்கு ரசிக மனம் அவ்வளவு தாராளத் தன்மையும் அபிமான, அனுதாபப் பார்வையும் கொண்டுவிட்டதுதான். அவ்வப்போது வெளியாகிற சிறுகதைத் தொகுப்புகளில் படைப்பாளியாலும், தொகுப்பை அறிமுகப்படுத்துகிறவர்களாலும் பதிப்பாளர் களாலும் எழுதப்படுகிற முன்னுரைகளையும் பத்திரிகைகளில் வரும் மதிப்புரைகளையும் படிக்கிறபோது இந்தப் 'பரந்த மனப்பான்மை', 'தயாளம்' தாராளப் பாராட்டுகளை நாம் ரொம்ப பார்க்கிறோம். அதோடு இன்னொரு முக்கியமான விஷயம். சிறுகதைகளைப் பற்றி எழுதுகிறபோது வாழ்க்கையைச் சித்தரித்துக் காட்டுவது, சமூகத்தின் நிலையைப் படம் பிடித்துக் காட்டுவது, பொருளாதார ஏற்றத் தாழ்வை விண்டு காட்டுவது, மன உளைச்சலை வெளியிடுவது, தத்துவத்தை விளக்குவது இப்படி மதிப்பிடப்படுகிறதே தவிர, முதலில் இவை சிறுகதைகளாக இடம் பெற்றனவா, தரமான சிறுகதை களா, கலையம்சம் காண்கிறதா, அழகாகச் சொல்லப்பட்

டிருக்கிறதா, அனுபவம் சிலாக்யமானதா, வெளியீடு திறன்பட உள்ளதா, கற்பனாசக்தி எந்த அளவு காட்டப்பட்டிருக்கிறது, கையாண்ட மொழியானது வேகம், பொருத்தம், சக்தி, புதுமை கொண்டிருக்கிறதா என்றெல்லாம் பார்க்கப்படுகிறதே இல்லை.

உரைநடை இருந்தால் போதும், 'நடை' (ஸ்டைல்) தேவையில்லை; வாழ்க்கையைப் பற்றி ஒரு குறிப்பிட்ட கண்ணோட்டம், மனித ஜாதியிடம் ஒரு அக்கறை இருந்தால் போதும், அது அழகாக இருக்க வேண்டும் என்பதில்லை; கருத்துச் செழிப்பு இருந்தால் போதும், கலைத் தன்மை பற்றி கவலை இல்லை; சமூகவியல் ரீதியாகச் சரியாக இருந்தால் போதும், அழகியல் ரீதியாகப் பார்க்கத் தேவை யில்லை; போதனை மதிப்பு இருந்துவிட்டால் போதும், இன்ப மதிப்பு ஒரு பொருட்டில்லை என்றெல்லாம் பொதுவாகக் கருதப்படுகிற அளவுக்கு – சிறுகதை மட்டும் என்ன – இலக்கியமே கருதப்படுகிற அளவுக்கு இன்று இருக்கிற பரவலான நிலை.

இப்படிச் சொல்வதால் முதலாவதானவைகளை எல்லாம் விலக்கி இரண்டாவதானவைகளையே நான் தாங்கிப் பிடிக்கிறேன் என்று கொண்டுவிடக் கூடாது. நான் சொல்வது, முதலில் அது கலைத்தன்மையானதா என்று பார்த்துவிட்டுத் தான் பிறகு இதர மதிப்புகள் சம்பந்தமாகப் பார்க்க வேண்டும் என்பதுதான். அந்த மதிப்புகள் தம் தம் துறைகளில் வெகு சிறப்பாக விளக்கம் பெற்றவை. கலையில் கலை மதிப்புக்குத் தான் முதல் இடம். மற்ற மதிப்புகள் இதில் இரண்டாவதாக இடம் பெறுபவை. ஆகவே கலை மதிப்பு எந்த அளவுக்கு இந்தச் சிறுகதைகளில் காண்கிறது என்பதை இப்போது பார்க்கலாம்.

'குளத்தங்கரை அரசமரம்' கதையை எடுத்துக்கொள்வோம். வ.வே.சு. அய்யருக்கு நமது நாட்டுக் கதைகளில், இலக்கியங் களில் உள்ள ஈடுபாட்டை அவருடைய எழுத்துக்களிலிருந்து நாம் நிதானிக்க முடிகிறது. வெளிநாட்டு இலக்கியங்களில் பரிச்சயம் இருப்பதையும் காண முடிகிறது. ஆனால் சிறுகதை சம்பந்தமாக அவருக்கு எந்த அளவுக்குப் பரிச்சயம் ஏற்பட் டிருந்தது என்பதை நாம் அறிய முடியவில்லை. நல்ல படிப் பாளியான அவர் அந்தக் காலத்தில் கிட்டிய அளவுக்குப் படித்திருக்கக்கூடும் என்று யூகிக்கலாம். அவர் எழுதுகிறார் தன் சிறுகதைத் தொகுதி முன்னுரையில்:

> ரீதி புதிதாகையால், சிலருக்கு விளங்காமற்போனாலும் போகலாம் என்று சூசிகையைச் சேர்த்திருக்கிறேன்.

ரீதி புதிதாகையால் என்பதை நாம் கவனிக்க வேண்டும். நம் நாட்டு மரபான கதை ரீதி அவருக்குத் தெரியும். ஆகவே அதிலிருந்து பிரித்துக் காட்ட புது ரீதி ஒன்றை, தான் அறிந்து செய்ய முன் வந்திருப்பதைச் சொல்லி, நமக்கு அது அன்னிய மாக இருப்பதால் புரியாமல் போய்விடக் கூடுமோ என்ற சந்தேகம் கொண்டு இந்தப் புது ரீதியை ஏற்கச் செய்ய வாசகர்களைத் தயார்ப்படுத்தும் போக்காக அவர்கள் திகைக் காமல் இருக்கச் செய்ய, பீடிகை சில கதைகளில் போட்டு ஆரம்பித்திருக்கிறார். இதிலிருந்து புது ரீதியான சிறுகதைப் பாங்கை அவர் வெளிநாட்டு இலக்கியப் பரிச்சயம் மூலம் அறிந்துகொண்டு தமிழுக்கு அதைத் தர விரும்பினவர் என்று முடிவு கட்டிச் சொல்ல முடியும். இதோடு அவர் இன்னொன்றும் சொல்லி இருக்கிறார்:

> இவைகளின் தலைப்பில் எழுதி இருக்கும் சூசிகைகளைப் படிக்காமல் கதைகளையே துவக்கிப் படித்தால் அதிகமாகத் தெரியும்.

இதிலிருந்து, புது ரீதிக் கதைகள் இப்படித்தான் ஆரம்ப மாகும், இந்த விதமான அமைப்பு மூலம் படைப்பு சிறப் பானதாக இருக்கும், இந்தச் சிறப்பினால் இன்னும் நன்றாக ரசிக்க முடியும், அது இன்பம் தரும் என்பதை அவர் உணர்த்துவதை நாம் உணர்கிறோம். இந்த இரண்டு மேற்கோள் களோடு மூன்றாவதாக இரு கடைசி மேற்கோள்களையும் சேர்த்துப் பார்க்க விரும்புகிறேன்.

> கதைகள் கவிதை நிரம்பினவையாய், ரஸபாவோ பேதமாய் இருக்க வேண்டும் என்பது என் அபிப்ராயம். இக்கதைகளை இவ்வாறே செய்ய முயன்றிருக்கிறேன்.

என்று சொல்லிவிட்டு, 'முயற்சி பூர்த்தியான பயனைத் தரவில்லையானாலும் முயற்சி மாத்திரத்துக்காவது அவைகளில் உள்ள குறைகளை மன்னிக்கும்படி' ரசிகர்களைக் கேட்டுக் கொள்கிறார்.

இங்கிலீஷ் இலக்கியத்தில் சாமுவேல் டெய்லர் காலரிட்ஜ், பிரஞ்சு இலக்கியத்தில் சாந்தபோ போன்ற இலக்கிய விமர்சன முன்னோடிகள் – அந்தத் துறையில் விரிவான ஆராய்ச்சி செய்து நூல்கள் எழுதியவர்கள் – தமிழில் நமக்குக் கிடையாது தான்; அய்யர் அங்கங்கே சந்தர்ப்பங்களில் சொல்லியுள்ள இலக்கியக் கருத்துக்கள் விமர்சனப் பாங்கானவை; நல்ல படிப்பின் விளைவாக ஒரு முதிர்ந்த நோக்கிலிருந்து எழுந்த, உணர்வுள்ள ரசனை உள்ளத்திலிருந்து வெளிவந்த கருத்துக்கள். ஆகவே சிறுகதை எழுதிய அவர் எப்படிச் சிறுகதைகள்

இருக்க விரும்பினார் என்பதைச் சொல்லிய சில வரிகளைக் கொண்டு, அவர் எழுதியுள்ள சிறுகதையான 'குளத்தங்கரை அரசமரம்' பற்றிப் பார்க்கலாம். அந்தக் கதை ஆரம்பிக்கிறது:

> 'பார்க்கப்போனால் நான் மரந்தான். ஆனால் என் மனதிலுள்ளதையெல்லாம் சொல்லுகிறதானால் இன்னைக் கெல்லாம் சொன்னாலும் தீராது. இந்த ஆயுஸுக்குள் கண்ணாலே எத்தனை பார்த்திருக்கிறேன். காதாலே கேட்டிருக்கிறேன்! உங்கள் பாட்டிகளுக்குப் பாட்டிகள் தவுந்து விளையாடுவதை என் கண்ணாலே பார்த்திருக்கிறேன். சிரிக்கிறீர்கள். ஆனால் நான் சொல்லுகிறதிலே எள்ளளவேனும் பொய்யில்லை. நான் பழைய நாளத்து மரம். பொய் சொல்ல கத்ததில்லை . . .

சிறுகதைக்கு ஆரம்பம் என்று ஒன்று உண்டு, அதேபோல முடிவு என்றும் ஒன்று உண்டு. ஆனால் இந்த ஆரம்பம் முடிவு சம்பந்தமாக இப்படித்தான் ஆரம்பிக்க வேண்டும் என்ற சட்டநியதி எதுவும் கிடையாது. ஆனால் இந்த இரண்டும் ஒரு சம்பிரதாயத்துக்கு, தொன்றுதொட்டு வருகிற வழக்கத்துக்கு உட்பட்டு இருக்கும். ஸீன் ஓஃபெயோலின் என்ற அயர்லாந்து சிறுகதை விமர்சகர், சீட்டாட்டத்தில் பிரிட்ஜ் ஆட்டத்துக்கு இருக்கிறமாதிரி சில ஒப்புக்கொள்ளப் பட்ட சம்பிரதாயங்கள் சிறுகதைக்கும் உண்டு என்கிறார். இதைச் சிறுகதை எழுத முன்வருகிறவர்கள் ஏற்றுக்கொள்ளத் தான் வேண்டும். இவைகளைக் கற்றுக்கொண்டு, அவைகளை வைத்துக்கொண்டு என்ன செய்வது, அவைகளின் வரை யறைகள் என்ன, நம் காரியத்துக்கு எப்படிப் பயன்படுத்திக் கொள்வது, அடிக்கடி எப்படிப் புதிய சம்பிரதாயங்களைச் சேர்ப்பது என்று பார்க்க வேண்டும். அதேபோல சிறுகதை வாசகனும் தன்முன் உள்ள கலைப் படைப்பிலிருந்து அதிகபட்சம் பெறக்கூடிய பலனை அடைய வேண்டுமானால் இந்த சம்பிரதாயங்களோடு தனக்குப் பரிச்சயம் ஏற்படுத்திக் கொண்டாக வேண்டும் என்று குறிப்பிட்டிருக்கிறார். ரொம்ப சரியான கருத்து.

கதை ஆரம்பம் சம்பந்தமாக நமக்கெல்லாம் பழைய சம்பிரதாயம் தெரியும். அதன்படி 'குளத்தங்கரை அரசமரம்' பின்வருமாறுதான் ஆரம்பித்திருக்கும்:

> ஒரேயொரு ஊரில் குளத்தங்கரையில் ஒரு அரசமரம் இருந்தது. அது எத்தனையோ வருஷங்களாக இருந்து வந்தது. அதற்குத் தொண்ணூறு வயது இருக்கும் என்றுகூடச் சொல்லலாம். அந்த மரத்தின் அடியில்

நமது பாட்டிகளுக்குப் பாட்டிகள்கூட ஒரு காலத்தில் தவழ்ந்து விளையாடி இருப்பார்கள். அந்த மரம் இது வரையில் எத்தனையோ காட்சிகளைக் கண்டிருக்கிறது ...

'ஒரேயொரு குருவியாம்' கதையைப் பாட்டி சொல்லிக் கேட்டுள்ள நாம் இந்த சம்பிரதாய ஆரம்பத்தை ஏற்றுக் கொண்டு சுவாரஸ்யமாகக் கதையைப் படித்திருப்போம். ஆனால் அய்யர் ஆரம்பித்த விதத்தைப் பாருங்கள். அதுதான் அவர் சொன்ன ரீதி புதிதான ஆரம்பம். திடுதிப்பென ஒரு மரமே பேச ஆரம்பிக்கிறது. முன்பு போல தனக்கு எப்படித் தகவல் கிடைத்து 'சொல்ல முற்படுகிறேன்' என்று காட்டிக் கொள்கிற மாதிரி ஆசிரிய பீடிகைப் போக்காக ஆரம்பிக்க வில்லை. இந்த மரம் பேசுவதிலும்கூட, அதுவும் சாட்சியாக நின்றதுபோல நமக்குத் தோன்றினாலும், 'பார்க்கப் போனால் நான் மரந்தான்' என்று அறிமுகப்படுத்திக்கொண்டதுமே 'ஆனால் என் மனஸிலிருக்கிறதை' என்று தொடர்கிறது. பேசுகிற 'நான்' தன்னையும் ஈடுபடுத்திக்கொண்டு அக நோக்கான ஒரு கதாபாத்திரமாக ஆகிவிட்டது. மரம் ஒதுங்கி நின்று கதை சொல்லவில்லை. அந்தக் கதையில் பாதிக்கப் பட்ட ஒரு கதாபாத்திரமாக உணர்ச்சியைக் கொட்டிப் பேசுகிறது: 'டிரமாடிக் பெர்ஸோனே' என்கிறோமே அந்த நாடகப் பாத்திரம் மரம். அதுக்குப் பின்னால் அதன் படைப்பாளி மறைந்து நின்று.

இந்தவிதமான ஆரம்பங்கள் இப்போது சகஜமாகிவிட்டன. அதாவது இன்றைய சம்பிரதாயமாக ஆகிவிட்டது. பின்வரும் சிறுகதை ஆரம்ப வரிகளைப் பாருங்கள்:

1. *கோயமுத்தூரை விட்டுப் புறப்படுமுன் மாப்பிள்ளையைப் பார்த்தாயா? அவன் உடம்பு, சௌக்கியமாயிருக்கிறதா?' என்று நாராயணையர், வண்டியை விட்டுத் தன் அத்தான் சங்கரையர் இறங்கினதும், கவலையுடன் கேட்டார். ('என்னை மன்னித்துவிடு' – அ. மாதவையர்)*

2. *'கடைசி கட்டி மாம்பழம் யாருக்கு?' என்பாள் சானுப் பாட்டி. ('மலரும் மணமும்' – பி. எஸ். ராமையா)*

3. *ஸ்வாமி! இந்தக் கட்டை கேட்கிறதே என்று வித்தி யாசமாய் நினைக்கவேண்டாம். ஸ்வாமியின் மனதில் . . . ('காந்திமதியின் காதலன்' – கல்கி)*

4. *சுப்புலக்ஷ்மி அம்மாள் நல்ல மனுஷி. வேதராமையர் தங்கக் கம்பி. இருவரும் அடக்கத்தின் அவதாரங்கள். ('ஊமைச்சியின் காதல்' – எம்.ஜே. ராமலிங்கம், 'றாலி')*

5. மிராசுதார் ராமனாதனுடைய மனைவி நல்ல அழகு, அழகுப்போட்டி நமது தேசத்திலிருந்தால் முதற்பரிசு அவளுக்கே கிடைக்கும். ('முள்ளும் ரோஜாவும்' – ந. பிச்சமூர்த்தி)

6. சென்ற வருஷம் பெர்னாட்ஷா எங்கள் ஊருக்கு வந்தபோது இவ்வூரில் பார்க்கத் தகுதியானவை என்னென்ன என்று கேட்டார். ('தபால்கார அப்துல்காதர்' – ம.சி. கல்யாண சுந்தரம்)

இந்த ஆரம்பங்களை நாம் படிக்கவும் அந்த வரிகள் மூலம் தெரியவந்த தகவல்களுக்கு முன்னால் ஏதோ சில நிகழ்ச்சிகள் நடந்திருப்பது மாதிரி நினைக்கத் தோன்றுகிறது. ஆனால் கிடைக்கும் தகவல் அளவு ஒன்றுக்கு ஒன்று வித்தியாசம் இருக்கிறது. 1, 3 இரண்டிலும் முன்நடந்திருப்பது அதிகமாகவும், 2, 6இல் கொஞ்சம் குறைவாகவும் இருப்பது தோன்றுகிறது. சதவிகிதம்தான் வித்தியாசம். ஆனாலும் முன்நிகழ்ச்சிகளை யூகிக்கச் செய்கிற ஆரம்பங்கள், சினிமா படம் ஆரம்பித்து சில நூறு அடிகள் போய்விட்ட பிறகு நாம் போனால் அப்போது நடப்பதை வைத்துக்கொண்டு முன்நிகழ்ச்சிகளை யூகித்துப் பார்க்கிற மாதிரி, அந்த யூகங்களை இங்கு செய்து, இட்டு நிரப்பிக்கொண்டு இதுவரை நிகழ்ச்சிகளை முழுசாகப் பெற்றுக்கொண்ட ஒரு நம்பிக்கை ஏற்படுத்திக்கொண்டு மேலே தொடரவேண்டி இருக்கிறது. அப்போதுதான் கதைகளுடன் நமக்கு உறவு ஏற்பட முடியும்.

நாவல் ஆரம்பத்துக்கும் சிறுகதை ஆரம்பத்துக்கும் வித்தியாசம் உண்டு. நாவல் ஆரம்பம் சாவகாசமாக ஆரம்பிப்பதாக இருக்கும். உதாரணமாக –

1. இந்த தேசம் இங்கிலீஷ் துரைத்தனத்தார் சுவாதீனமாகிய சில காலத்திற்குப் பின்பு சத்தியபுரி என்னும் ஊரிலே தொண்டை மண்டல முதலியார் குலத்திலே நான் பிறந்தேன். ('பிரதாப முதலியார் சரித்திரம்' – வேதநாயகம் பிள்ளை.)

2. மதுரை ஜில்லாவில் சிறுகுளம் என்ற கிராமம் உண்டு. அந்த கிராமத்தின் நடுத்தெருவின் மத்தியில் பெரிய வீடு என்று பெயருள்ள வீடு இருந்தது. அந்த வீட்டில் . . . ('கமலாம்பாள் சரித்திரம்' – பி.ஆர். ராஜமையர்.)

3. பாண்டிய நாட்டிலே திருநெல்வேலி ஜில்லாவிலே சிறுகுளம் என்ற ஊரிலுள்ள சுமார் இருநூறு வீடுகளில், வேளாளர்களாலும் கீழ்ச்சாதிகளாலும் குடியிருக்கப்

பெற்ற அறுபது வீடுகளைத் தவிர மிகுதி யாவும்...
('பத்மாவதி சரித்திரம்' – அ. மாதவையர்)

4. மேட்டுத்தெரு என்று பெயரே தவிர உண்மையில் சாத்தனூரிலே அதுதான் மிகவும் பள்ளமான இடம். அரைக் காவேரி ஓடினால் போதும். தெருவெல்லாம் ஜலம் ஊற்றெடுத்துவிடும் ('பொய்த்தேவு' – க.நா. சுப்ர மண்யம்)

5. சுமார் எழுபது வருஷங்களுக்கு முன்பு ஒரு நாள் இலுப்பூர் கிராமத்து வீதியின் திருப்பத்திலிருந்த மாமரத்தடியில் நாலைந்து சிறுவர்கள் கோலி விளையாடிக் கொண்டிருந்தார்கள். ('இதயநாதம்' – ந. சிதம்பரசுப்ர மண்யன்)

சிறுகதை ஆரம்பங்களையும் நாவல் ஆரம்பங்களையும் ஒப்பிட்டுப் பாருங்கள். சிறுகதை ஆரம்பம் திடுதிப்பென 'காலப்' எடுத்த மாதிரியும், நாவல் ஆரம்பம் மெதுவாக, முதல் எட்டு நகர்த்த ஆரம்பிக்கிற மாதிரியும் நம் மனதில் படும். நாவல்களுக்கு ஆரம்பம், முடிவு சம்பந்தமாக சம்பிர தாயங்கள் உண்டு. ஆனால் மேலே குறிப்பிட்ட ஆரம்பங்கள் மாதிரியே இல்லாமல் இன்றைய நாவல்கள் ஆரம்பமும் சிறுகதைக்கு ஏற்பட்டது போல புதிய சம்பிரதாயங்களைப் பெற்று இருக்கின்றன. சிறுகதையில் போலவே ஆரம்ப வரிகள் திடுதிப்பெனவும் ஆரம்பித்து இருக்கும். ஆனால் ஆரம்ப தொனி பொதுவாகச் சற்று சாவகாசமாகவே இருக்கும். மந்தகதியிலே தகவல்கள் சேரும். சிறுகதையில் விறுவிறு என்று தகவல்கள் ஏறும். ஆகவே இந்த தொனியை வைத்து தான் வித்தியாசம்.

இன்னொரு விஷயமும்கூட. ஆரம்பம் சம்பந்தமாக வேறு சில குணங்களும் வேண்டி இருக்கிறது. சூசனையாகவும் ஊகையாகவும் தகவல்களைக் கொடுப்பது ரொம்ப முக்கிய மானது. நாவலில் போல் களம் விஸ்தாரமாக இல்லை. சிறுகதையில், காலம் இடம், நிகழ்ச்சி சம்பந்தமாக கதையம்சம் தாராளமாக யாத்திரை செய்ய அவகாசமும் இல்லை. ஒரே தொடர்ச்சியானாலும் நடுநடுவே தங்கல்களுக்கு இடம் நாவல்களில் இருப்பதுபோல் இல்லை. ஒரு தம், ஒரே மூச்சுப் பிடித்தால்தான். பலீன் சடுகுடுவில் ஒரே மூச்சில் போய் மறிப்பை எதிர்த்து காரியத்தை முடித்துவிட்டு வரவேண்டும். கிளித்தட்டுக்குத் தங்கல்கள் உண்டு. கட்டம் கட்டமாகத் தங்கி மறிப்பைச் சமாளித்து முடிவை எட்டலாம்.

ஆகவே சூசனையாகவும் ஊகையாகவும் தகவல்களை எடுத்த எடுப்பிலேயே கொடுத்து உணரச் செய்யவும் ஆரம்பம்

உதவ வேண்டும். ஆறாத ஓட்டம், தொடர்பு இருக்கிற பிரமை ஏற்படச்செய்ய வேண்டும். ஆரம்பத்துக்கு முன் ஏதேதோ நிகழ்ந்திருப்பதை எல்லாம் ஆரம்ப, தொடர்கிற வரிகளில் சாயல் விழச் செய்ய வேண்டும். அப்போது நமக்கு நல்ல பகைப்புலம் உருவாகி நிற்கும். இதைக் ‘குளத்தங்கரை அரசமரம்’ ஆரம்ப பாரா வெகு திறமையாகச் சாதிக்கிறது. ஆரம்ப வரிகள், நாம் பார்க்கத் தயாராகும் ஒரு தொடர்காட்சி, கேட்கத் தயாராகும் ஒரு வர்ணனைப் போக்கு இரண்டுக்கும் தயார்ப்படுத்துகின்றன. அந்த மரம் எடுப்பிலேயே வேதனையைக் கொட்டுகிறது. தான் பார்த்ததை அளவிடுகிறது. அதுமட்டு மல்ல. ‘சிரிக்கிறீர்கள்’ என்று நம்மைப் பார்த்துப் பேசுகிறது. அப்போது நாம் அதன் பக்கத்தில் நின்று கேட்கிற மாதிரி நமக்கு பிரமை விழுந்துவிடுகிறது. அது பேசுகிறதுபோல தொனி எழுத்தில் உள்ள வரிகள் நமக்குள் உணர்ச்சிகளாக மாறுதல் அடைகின்றன. இதுதான் அது செய்கிற மாயம். நமக்குள் ஏற்படுகிற பாதிப்புதான் அந்த மாயத்தின் விளைவு, உண்மை. இந்த மாயத்தை அணுஅணுவாகப் பிளந்து காட்ட முடியாது. மாயம் முழு மொத்தமானது. ஒட்டு மொத்தமாக உருவானதுதான் உள்ளூர உணர வேண்டிய விஷயம். ஒரு கலைப்படைப்பு சம்பந்தமாக இந்த மாயம்தான் எல்லா வற்றிலும் முக்கியமானது. ஆனால் இந்த மாயத்தை விளக்கிக் காட்டிவிட முடியாது என்ற காரணத்தால் அது இன்ன விதமான மாயம் என்பதை விமர்சகனால் எடுத்துச் சொல்ல முடியாது என்பதில்லை. மாயத்தின் வீச்சு, உள்ளூர உணர வேண்டிய அம்சம். மாயத்தின் தன்மையை நாம் சுட்டிக் காட்ட முடியும். ‘குளத்தங்கரை அரசமரம்’ செய்விக்கிற மாயம்தான் என்ன?

ஒரு மகத்தான சோக நாடகத்தை நமக்குமுன் நடத்திக் காட்டுகிறது. தவிர்க்க முடியாத ஒரு முடிவைக் கொடுத்து விபரீதத்திலே முடிகிற காட்சியை நம் மனதில் உருவாக்குகிறது. கதையில் காணும் சொற்கள், வரிகள் சுட்டிக்காட்டுவதுக்கும் மேலாக ஒரு நிகழ்ச்சித் தொடர் எழுப்பி, ஒரு உணர்ச்சித் தீவிரம் எழச்செய்து ஏராளமாக நம் யூகத்துக்கு இடம் வைத்து நம் உணர்வை அதில் கலக்கச் செய்து, நாமும் அந்தச் சோக நாடகத்தில் ஈடுபட்ட ஒரு கதாபாத்திரம்போல அந்தச் சமயத்துக்கு நம்மை மயங்க வைக்கிறது. மொத்தமாகச் சொல்லப்போனால் அந்தக் கதையின் வரிகள் மூலம் எழுப்பப் பட்ட ஒரு தனி உலகத்துக்கு நாம் கொண்டுபோய் விடப்படு கிறோம் – ஒரு பரவச நிலையில். இந்தப் பரவசம் ஏற்படச் செய்வது இந்த மாயம், சிறந்த படைப்பாளியால் சாத்திய மாகிற ஒரு சாதனை. இந்த மாயத்தை எப்படி, எந்த விதமாக

எல்லாம் படைப்பாளி சாதித்திருக்கிறான் என்பதை, அவன் கையாண்ட உத்தி, நடை, கற்பனை, சொல்வளம், படிமத்திறன் போன்ற பல அம்சங்களைக் கொண்டு பார்க்கலாம். அவை எந்த அளவுக்கு உதவி இருக்கின்றன என்பதை எடுத்துக் காட்டலாம் ரசித்தவன், விமர்சகன். வாசகனை மரத்தின் மேல் ஏற்றிவிடுகிறவன் விமர்சகன். அதுக்குமேல் கொப்பு கிளைகளைப் பிடித்து நுனிமரத்துக்குப் போவது அவனவன் திறமை. எனவே இந்த அளவுக்கு விமர்சனம் அலசிப்பார்த்துச் சொல்ல முடிவதுதான் அவன் சாதனை. இதிலே வெற்றி தோல்வி என்ற பேச்சுக்கு இடமே இல்லை. படைப்பை மறைத்தோ, அமுக்கியோ விமர்சனம் தன்னை முன்நீட்டிக் கொண்டுவிட முடியாது. அதன் உத்தேசமும் அது இல்லை. படைப்பு முதன்மையாகக் கற்பனையால் ஆனது. விமர்சனம் முதன்மையாக உணர்வினால் ஆனது. இரண்டின் பிறப்பே வேறுவிதம்.

அடுத்து மொழி எப்படிப் பயன்படுத்தப்பட்டிருக்கிறது என்று பார்க்க வேண்டும். இந்த மொழி என்பது எழுத்திலே ஒரு பேச்சுதான். அரசமரம் பேசுகிறது எழுத்திலே. பேச்சிலே இருக்க வேண்டிய சுதாரிப்பும் சூக்குமமும் இந்த எழுத்துக்கு வார்த்தைகளுக்கு இருந்தாக வேண்டும். குறிப்புணர்த்தல், இறுக்கம் இரண்டும் பேச்சுக்கும் எழுத்துக்கும் அத்யாவசிய மான குணங்கள். சிறுகதையில் எடுத்த எடுப்பிலேயே அதோடு ஒரு அன்யோன்ய அந்தரங்க, உடனடி உறவு ஏற்பட்டாக வேண்டும். ஃபெயோலின் சொல்கிறார், 'நாவல் மூலம் ஏற்படுகிற உறவு பீரங்கிச் சுடுகைதூர வீச்சு. சிறுகதையில் கைக்குக் கை சண்டைதூர வீச்சு' என்று. 'குளத்தங்கரை அரசமரம்' ஆரம்ப வரிகளின் நடைப் போக்கு எப்படி அந்தச் சில வரிகளிலேயே இந்த அன்யோன்ய உடனடி உறவை ஏற்படுத்திவிடுகிறது! 'என் மனஸிலுள்ளதை . . .' என்கிற வாக்கியம் முடிந்ததும் அது மரம் என்கிறதெல்லாம் நமக்கு மறந்துபோய் அதனுடைய தீராத் துக்கக் குரல் நமக்குள் சுடுகிறது. அடுத்தடுத்த வரிகள் மேலே சம்மட்டி யடியாக நம் உணர்வில் விழுகின்றன. நாமே மரமாகி கதையை நம் மனதிலேயே பேசுகிறமாதிரி ஒரு பிரமை ஏற்படுகிறது. இந்த மாயம் எழச்செய்ய மிகச் சிறப்பாக மொழியை உபயோகித்து ஒரு தனித்தனமான நடையைக் கையாண்டிருக்கிறார் அய்யர். ஆரம்ப தொனியிலேயே, சுருதி எங்கும் நடுவே பிசகாமல், டெம்போ என்கிறோமே விறுவிறுப்பு அது குறையாமல், 'டென்ஷன்' என்கிறோமே விறைப்பு, அது குறையாமல், கதை சொல்லலிலே தொய்வு ஏற்படாமல், சொல்லையும் பொருளையும் தக்கபடி சேர்த்த

ஒரு பேச்சுப்பாங்கான நடையை உருவாக்கி இருக்கிறார். இந்தக் கதையில் ஒரு பிரமாதமான நடை கையாளல், கொச்சையைத் தவிர்த்த, பேச்சுரீதியான ஒரு நடை. மொழி உணர்வுள்ள ஒருவரால் வெகு திறன்பட சொல்லப்படுகிற விஷயம். சொல்கிற குரல், மனசு இவைகளுக்கு இயைய நடை வளைக்கப்பட்டுக் கையாளப்பட்டிருக்கிறது.

இந்தக் கதைபற்றி அய்யர், 'அந்த அரசமரம் நன்னூல் முதலிய இலக்கணங்கள் படித்ததில்லை. அது பேசினபடியே எழுதியிருக்கிறேனாதலால் படிப்போர் அக்கதையில் செந்தமிழை எதிர்பார்க்கமாட்டார்கள் என்று நம்புகிறேன்' என்று சொல்லி, கொச்சையைப் பச்சையாக உபயோகிக்காமல் அதுக்கு மெருகு கொடுத்து உபயோகித்திருக்கிறார். கதைகளுக்கு நடை சம்பந்தமாக ஐயர் கருத்து ஊன்றிப் பார்க்க வேண்டிய ஒன்று. பேச்சு நடையாக, அந்தப் பேச்சு ஒலி நயம் தொனிக்க எழுத வேண்டும் என்ற கருத்தைக் கொண்டிருக்கிறார். இன்று, பேசுகிறதுபோல எழுத வேண்டும் என்று சொன்னோமானால், கொச்சையாக எழுதுவது, பேசுகிறபடி எழுதுவது என்று அர்த்தப்படுத்திக்கொண்டு, கொச்சையாக எழுதுவதா, அது சம்பாஷணையில் வேண்டுமானால் வந்துவிட்டுப்போகட்டும் வர்ணனைப் போக்குக்கு உபயோகிக்கக் கூடாது என்று உடனே உபதேசம் கிளம்பி விடுகிறது. செந்தமிழாக 'ஒரு' என்கிற இடத்தில் 'ஓர்' என்றும், 'ரொம்ப' என்கிற இடத்தில் 'மிகவும்' என்றும் 'கொஞ்சம்' என்கிற இடத்தில் 'சிறிது' என்றும் 'இருக்கு' என்கிற இடத்தில் 'இருக்கின்றது' என்றும் 'இதுக்கு' பதில் 'இதற்கு' என்றும் புலமை நோக்கிலிருந்து இன்று எழுத வேண்டும் என்று குரல்கள் எழுகிற நிலை. இதுக்குப் பதில் அய்யர் வரிகளில் இருக்கிறது. பேச்சுப் பாங்காகவே வாக்கியங்களை அமைத்திருக்கிற அவர் கொச்சை நடையை உபயோகிக்கவில்லை. ஆனால் இண்ணைக்கெல்லாம், தவுந்து, கத்ததில்லை, அழைச்சுக்கொண்டு, சீவனத்துப் போய், சித்தைக் கொருதரம், சித்த நாழி போன்ற பேச்சுப் பிரயோகச் சொற்களை உபயோகித்திருக்கிறார். பேசுகிற மாதிரியே உள்ள வாக்ய அமைப்பு, பேச்சிலே உபயோகிக்கிற சொற்கள் கலப்பு இரண்டும் அவர் நடையின் தனி விசேஷங்கள். இந்தவித நடைமூலம் அவர் எழுப்புகிற மாயத்தை நாம் உணரமுடிகிறது. ஒரு இருதயம் பேசுகிற மாதிரி இருக்கிறது அந்த மரம் பேசுகிற தொனி. மரத்துக்கு இந்தப் பேச்சுத் தொனியை ஏற்றிய அய்யர் மனிதன் பேச்சுக்கு வேறு நடையைத் தேர்ந்தெடுக்கமாட்டார். அந்த மரமே மனிதனாகத் தானே பேசுகிறது! அவரது மற்ற கதைகளிலும் பேச்சுப் பாங்கான நடைதான் பெரும்பாலும்.

இன்னும் 'குளத்தங்கரை அரசமரம்' பல சிறப்பான அம்சங்களைக் கொண்டிருக்கிறது. உணர்ச்சி வெளியீடு எவ்வளவு தீர்க்கமாகச் செய்யப்பட்டிருக்கிறது! 'கெதார்ஸிஸ்' என்று சொல்லப்படுகிறதே உணர்ச்சிகளைத் தூய்மைப் படுத்துதல் எவ்வளவு நேர்த்தியாகச் செய்யப்பட்டிருக்கிறது! அசட்டு அபிமான உருக்கமோ, போலியான, அல்பமான, மிகையான உணர்ச்சிக் காட்டலோ கிடையாது. உணர்ச்சி வெளியீடை நயமாக இயல்பாகச் சித்தரிப்பதில் வ.வே.சு. அய்யரைப் போல, ராஜமய்யரோ, மாதவையரோ கலையழகு ததும்ப அந்த அளவுக்குச் செய்யவில்லை என்றே நான் உணர்கிறேன். உதாரணத்துக்கு:

1. *'ஏதோ இத்தனை நாள் சுகமாக வாழ்ந்தோம். யாரைக் கேட்டுக்கொண்டு ஸ்வாமி கொடுத்தார்! அவர் கொடுத் ததை அவரே எடுத்துக்கொண்டுவிட்டார். இதனாலே என்ன இப்போ . . .'*

2. *'கீழே அந்த மல்லிகைக் கொடி ஓரத்திலேதான் அவளை விட்டிருந்தார்கள். எத்தனை தடவை அந்த மல்லிகை மொக்குகளைப் பறித்திருக்கிறாள் அவள் பொன்னான கையாலே! குளத்தங்கரையெல்லாம் அவள் குழந்தையாக யிருக்கிறபோது அவள் பாதம் படாத இடமேது, அவள் தொடாத மரமேது, செடியேது? ஐயோ நினைக்க நினைக்க மனம் குமுறுகிறது. அந்த அழகான கைகள், அந்த அழகான பாதங்கள் எல்லாம் துவண்டு தொஞ்சு போய்விட்டன. ஆனால் . . .'*

உணர்ச்சி வெளியீடு, நிதானம் கொண்டு சுதாவாக அமைந்திருக்கிறது. 'எமோஷனலிஸம்' என்கிற உணர்ச்சி வசப்பட்டு நிதானம் இழந்த ஒரு மனம் இந்தச் சொற்களில் காணவில்லை. நம் தற்காலச் சிறுகதையாளர் பலர் இந்த மாதிரி இடங்களில் ஒப்பாரியும் பிலாக்கணமுமாக தாங்களே கொட்டி விடுகிறார்கள்!

இதே மாதிரி, வர்ணனைக்கும் அழகான நடை இந்தக் கதையில். ருக்மணியை வர்ணிக்கிறதும், அவளுடைய நிலமை யையும், ருக்மணி நாகராஜன் சந்திப்பையும் வர்ணிக்கிறதும் ஒவ்வொன்றும் புதுமையான, செழிப்பான, வேகமான, சொற்சேர்க்கைகளால் ஆன நடை. உதாரணங்களை நான் அடுக்குவதைவிட, வாசகர்கள் கதையைப் படிக்கும்படி கேட்டுக்கொள்கிறேன். ஆனால் ஒன்றை மட்டும் சொல்ல விரும்புகிறேன். இடி முழக்கம், காற்றின் அமளி, இரைச்சல் நடுவே கல்யாணியும் நாகராஜனும் குளத்தங்கரையிலே ராத்திரி சந்தித்த சமயம் அவர்களுக்குள்ளே என்ன சம்பாஷணை

நடந்தது என்கிறதை மரம் தன் காதில் விழுந்ததைச் சொல்கிறதைப் பார்ப்போம்.

> '... பிராணன் நிற்காது ... அம்மாவுடைய ஹிருதயம் திருப்தி ... வெள்ளிக்கிழமை ... ஸ்திரீகளின் – உடைந்து விடும் ... சொல்லாதே ... கொடுத்து வைத்ததுதானே ... அந்தப் பெண்ணையாவது நன்றாய் வைத்துக் கொள்ளுங்கள் ... மனப்பூர்த்தியாக வாழ்த்துகிறேன் ... அன்றைக்குத் தெரிந்து கொள்வாய் கடைசி நமஸ்காரம் ... வரையில் பொறுத்துக் கொள் ...'

உத்திபற்றி பேசவேண்டிய அவசியம் இப்போது. தாகூரின்படி சொல்கிற ஒரு கதை முறையைப் பின்பற்றி ஒரு அரச மரத்தைப் பேசவைக்கும் உத்தியைக் கையாண்டிருக்கக்கூடும் அய்யர். ஆனால் மேலே குறிப்பிட்ட உத்தியை எதைப் பின்பற்றி அய்யர் எழுதி இருக்கக்கூடும் என்று யூகிக்கப் பார்க்கிறேன். எனக்கு எட்டவில்லை. நனவோடை உத்தி என்பது இப்போது அடிபடுகிற ஒரு வார்த்தை. அந்த உத்தியின் – அப்படியே என்று நான் சொல்ல வரவில்லை – சாயலை இதில் பார்க்கிறோம். ஒன்றும் இரண்டுமாக விழுந்த வார்த்தைகளைக் கொண்டு, ஒரு முழு சம்பாஷணையை வாங்கிக் கொண்டுவிட்டதான பிரமை விழுந்து விடுகிறது. இந்த உத்தி மூலம் சாதிக்கப்பட்ட மாயம் இது. சொற்றொடர்கள் ஒன்றுக்கு ஒன்று சம்பந்தம் இல்லாதது மாதிரி முதலில் தெரிகிறது. ஆனால் அந்த இருவரது அப்போதைய நிலமையில் யார் யார் வார்த்தை, எதுக்குப் பதிலாக எது, ஏன் சொல்லப்பட்டது என்பதை நாம் உருவாக்கிக்கொள்ள முடிகிறது. இன்று சிலர் கையில் இம்மாதிரி உத்திகள் கையாளப்படுவது, ஐம்பதுக்கு மேலான ஆண்டுகளுக்கு முன்பே அய்யர் கையில் கையாளப்பட்டிருக்கிறதைப் பார்க்கிறோம். இந்தக் காட்சியை நம் இன்றைய பல சிறுகதையாளர்கள் சித்தரிப்பதானால் எவ்வளவு அசட்டுத்தனமாக, அசிங்கமாகக் கையாண்டிருப்பார்கள் என்பதையும் என்னால் நினைக்காமல் இருக்க முடியவில்லை. பாத்திரங்கள் அசட்டு அபிமான உருக்கம் கொண்டதாக இருந்தாலும்கூட அந்தத் தன்மையை அழகாகச் சித்தரிக்க வேண்டியவன் கலைஞன். அய்யர் ஒரு கலைஞன்.

இன்னும் கதை ஏற்றம், உச்சநிலை, மோதல், முடிவு எல்லாம் நன்றாகச் சாதிக்கப்பட்டிருக்கின்றன இந்தக் கதையில். நான் இங்கு அந்தச் சிறுகதையை ஆய்வு செய்ய முற்படவில்லை. விசேஷத்தன்மைகள் சிலதை எடுத்துக்காட்டுவதுதான் உத்தேசம். வாசகர்கள் மற்ற தன்மைகளைத் தாங்களே பார்க்க முற்பட வேண்டும். முடிக்குமுன் முடிவு சம்பந்தமாகச்

சில வார்த்தைகள். ஆரம்பம் போலவே சிறுகதைக்கு முடிவு ரொம்ப முக்கியம். நாவல் முடிவுக்கும் சிறுகதை முடிவுக்கும் பெரும் வித்தியாசம். நாவல் முடிவு ஒரு டெர்மினஸ்ஸிலிருந்து இன்னொரு டெர்மினஸுக்குப் போய் இறங்குகிற பிரயாண முடிவு. ஆரம்பத்துக்கு முன் நிகழ்ச்சிகள் சூசனையாகவும் யூகையாகவும் உணர்த்தப்படுவது போலவே முடிவுக்குப் பின்னும் நிகழ்ச்சிகள் நீள்வதுபோன்ற ஒரு தோற்றமும் ஏற்படச் செய்ய சூசனையாகவும் யூகையாகவும் உணர்த்த வேண்டும். தவிர, அய்யர் இயல்பாக முடித்திருக்கிறார். தவிர்க்க முடியாமையைக் கொண்டுவந்துவிட்டார். நாகராஜன் சன்யாசியாகப் போய்விட்டான் என்று ஒரு தொடர்ச்சியும் காட்டிவிட்டார்.

முடிவு சம்பந்தமாக இன்னொரு கருத்தையும் சொல்லத் தோன்றுகிறது. கதையைச் சொல்லி முடித்த மரம் 'இப்படி முடிந்தது என் ருக்மணியின் கதை' என்று சொல்லிவிட்டு, ஒரு நீதியைப் போதிக்கிறது. இது ஒன்றுதான் இந்தக் கதையில் பழமையான போக்கு. இன்றைய சிறுகதைக்காரன் (நல்ல படைப்பாளிகளைச் சொல்கிறேன்) இந்த விதமான ஒரு அப்பட்டமான நீதிச் சொல்லை உபயோகிக்கமாட்டான். நாகராஜன் கௌபீனதாரியாய் புறப்பட்டுப் போய்விட்டான் என்ற வரியோடு முடித்திருப்பான். மரம் பேசும் ஆரம்ப வரிகளின் தோரணையை ஒட்டி 'இப்படி முடிந்தது என் ருக்மணியின் கதை' என்று முடிவதுகூட பொருத்தமே. ஆனால் பின் உள்ள மூன்று வரிகளைச் சேர்க்க மாட்டான். ஐயர் தானாகச் சொல்லாமல் மரத்தைச் சொல்ல வைத்து விட்டதால் அதன் பேதமையை உத்தேசித்து நாம் மன்னித்து விடலாம்.

இந்தக் கதை பற்றி அதிகமாகவே இடம் கொடுத்துவிட்டேன். தமிழில் முதலில் தெரியவந்த பிரபலமான சிறுகதை பிரமாதமாக அமைந்துவிட்டதை, இன்று தலை சிறந்த பல கதைகள் வந்துவிட்ட பிறகும்கூட ஒப்பு நோக்குதலில் இன்னும் சிறப்பாக இருப்பதைத் தக்கபடி கவனிக்காமல் மேலே போக முடியாது. இதை வைத்து மற்றவைகளை அளக்க முற்படுவது எளிதானதும்கூட.

❖ ❖

# 5

# உருவக் குறை

'குளத்தங்கரை அரசமரம்' கதையின் கலைத் தன்மையைப் பார்த்துவிட்டு நகரவும், நமக்கு முன்னால் இருப்பது அ. மாதவையர் எழுதிய 'குசிகர் குட்டிக் கதைகள்.' இந்தத் தொகுப்புக்கு அவர் எழுதியுள்ள முகவுரையிலிருந்து மூன்று மேற்கோள்களைப் பார்த்தோ மானால் அந்தக் கதைகள் படைப்பான விதத்தை நாம் பார்க்க முடியும்.

1. *நமது வழக்கங்களில் சீர்கேடானவற்றை நயமாய் எடுத்துக்காட்டி கண்டிக்கும் இக்கதைகளை . . .*

2. *இவற்றைப் படித்து இவற்றின் உட்கிடைகளைப் பற்றி உள்ளத்தில் ஊன்றி நினைத்துப் பார்த்து முடிவான தீர்மானங்கள் செய்வது நமது ஜன ஸமுதாய முன்னேற்றத்திற்கு இன்றியமையாத தாகும்.*

3. *இவற்றைப் படிப்பவருள் சிலரேனும் இவ்வழக் கங்களைப் பற்றி ஆழ்ந்து ஆலோசனை செய்வராயின் அதுவே என் சிரமத்துக்குப் போதிய கைம்மாறாகும்.*

இந்த வரிகளையும் நான் மேற்கோளாக ஏற்கெனவே குறிப்பிட்டிருக்கும் வ.வே.சு. அய்யரின் வரிகளையும் வாசகர்கள் கவனமாக ஒப்பிட்டுப் பார்க்கும்படி கேட்டுக் கொள்கிறேன். இலக்கியப் படைப்பு சம்பந்தமாக இருவரது லட்சியங்கள் வேறாகவும் உத்தேசம் மாறாகவும் பார்வை ஒத்து இல்லாதும் இருப்பதை உணர்கிறோம். வ.வே.சு. சுவையைப் பற்றிக் குறிப்பிடுகிறார். மாதவையர் சிந்தனையைப் பற்றிக் குறிப்பிடுகிறார். முன்னவர், தமிழ் நாட்டுப் பழைய வீரத்தன்மையையும் பழக்கவழக்கங்

களையும் விளக்கிக் காட்டும் தன் கதைகளில் உள்ள கவிதைத் தன்மையை, ரஸபாவோபேதங்களை ரசிக்கும்படி ரசிகர்களைக் கேட்டுக் கொள்கிறார். பின்னவர் 'நமது வழக்கங்களில் சீர்கேடானவற்றை நயமாய் எடுத்துக்காட்டி கண்டிக்கும் இந்தக் கதைகளின் உட்கிடைகளைப்பற்றி நினைத்து, சிந்தித்து வழக்கங்களைப்பற்றி ஆலோசனை செய்து சமுதாயம் முன்னேற முடிவாக தீர்மானங்களைச் செய்யும்படி' படிப்பவர்களைக் கேட்டுக் கொள்கிறார். முன்னவர் கலாரீதியாக அழுத்தம் கொடுக்கிறார், பின்னவர் சமூக ரீதியாக.

இந்த இரண்டு வித மாறுபட்ட வலியுறுத்தல்கள், சம காலத்தவரான இருவரையும் வித்தியாசப்படுத்திக் காட்டு கின்றன. அவர்கள் பார்வை படைப்பைப் பாதித்து, படைப்பு களின் தன்மையே மாறுபட்டு, தொனிக்கின்றன. வ.வே.சு. அய்யர் கலைஞனாகப் பேசுகிறார்; மாதவையர் ஒரு சீர்திருத்தக் காரராகக் குரல் கொடுக்கிறார். ஒருவர் நோக்கில் இலக்கிய வடிவம், அமைப்பு சம்பந்தமாக அக்கறை ஓங்கி தொனிக்கிறது. மற்றவரதில் கருத்து, உள்ளடக்கம் பற்றிய அக்கறைதான் எடுப்பாக விழுகிறது. இந்தக் கருத்து வித்யாசத்தை நாம் மனதில் வாங்கிக்கொண்டால்தான் இருவரது கதைகளுக்கும் உள்ள வித்யாசத்தை நாம் பார்க்க முடியும்.

மாதவையர் எழுதிய 'என்னை மன்னித்து மறந்து விடு' என்கிற கதையை எடுத்துக் கொள்கிறேன். பின்னர் நாம் பார்க்க இருக்கும் கல்கியின் 'கேதாரியின் தாயார்', ராமையாவின் 'மலரும் மணமும்' கதைகளைப்போல பிராமண சமூகத்து விதவை வாழ்வை, பிரச்னையைக் கதைக்கான விஷயமாகக் கொண்ட கதை அது. ஒரு பால்ய விதவை, விடிவு கிடைக்கப் பெறாமல் மனம் கசந்து நாட்களைக் கடத்தி வந்தவள் – சந்தர்ப்பம் ஏற்படுத்திய ஒரு பேதலிப்பு மனநிலையிலே உணர்ச்சிக்குப் பலியாகித் தவறு செய்து விட்டவள் – தன் விடிவை, விடுதலையைக் கிணற்றில் மூழ்கிப் பெறுகிறாள். மாதவையரின் இந்தக் கதைக்கான விஷயம், கதையின் உள்ளடக்கம் சத்தானதுதான். ஆனால் அவர் இதைச் சிறுகதையாக எப்படி ஆக்கி இருக்கிறார் என்று பார்க்க முற்படுகிறபோது சத்தான இன்னொரு விஷயத்தை, உள்ளடக்கத்தைக் கொடுத்து நல்ல சிறுகதையாக ஆக்கிய 'குளத்தங்கரை அரசமரம்' ஆசிரியரின் கலைத்திறமை இவருக்கு இல்லை என்பது நிரூபணம் ஆகிறது.

'என்னை மன்னித்து மறந்துவிடு' ஒரு சிறுகதையாகவே உருவாகவில்லை. ஒரு துக்க சம்பவத்தைச் செய்தியாக வர்ணித்துச் சொல்லப்பட்டதுக்கு மேல் கதைக்கு வேண்டிய

குணங்களைக் காண முடியவில்லை; ஒரு சோக நிகழ்ச்சியை, ஒரு நிஜமான நடப்புத் தகவலைக் கேட்பதுக்கு மேல் ஒரு கற்பனையான, கலைப்போக்கான ஒரு படைப்பை ரசிக்கும் உணர்வை நமக்கு ஏற்படுத்தக் கூடிய தன்மைகளை உள்ளடக்கி இருக்கவில்லை. 'குளத்தங்கரை அரசமரம்' ஒரு சோக நாடகத்தை நமக்கு முன் நடத்திக் காட்டுகிறது. 'டிரமாடிக் ஏக்ஷன்' என்கிறோமே ஒரு வேகமும் உக்ரமும் தீவிரமும் கொண்ட நிகழ்வு சிறப்பாக வந்திருக்கிறது. கதாபாத்திரங் களின் நினைப்பு, செய்கை மூலமாகவே 'கான்ஃபிளிக்ட்' என்கிறோமே போராட்டமும், 'கிளைமாக்ஸ்' என்கிறோமே உச்ச நிலையும் எழும்பி நாடகக் காட்சிகளை உருவாக்கி இருக்கிறது. மூன்றாம் மனிதப் பார்வையாக அரசமரம் கதை சொல்வதுபோல் இருந்தாலும் அதுவும் கதாபாத்திரமாக ஆகிவிட்டதால் அதன் நினைப்பும் சேர்ந்து சித்திரம் எழுப்புதல் சிலாக்யமாகி இருக்கிறது.

ஆனால் 'என்னை மன்னித்து மறந்துவிடு' முந்தினத்துக்குச் சமமான ஒரு சோகப் பொருளை உள்ளடக்கி இருந்தாலும் அந்தச் சோக நாடகத்தை நடத்திக் காட்டவில்லை. மூன்றாம் மனிதப் பார்வையாகப் பேசும் – ஆசிரியக் குரலாகவும் வைத்துக் கொள்ளலாம் – சதுரங்கக் காயை நகர்த்துவதுபோல் தானே பீடிகை போட்டு, நிலமைகளை அவ்வப்போது விளக்கிக் கொண்டுபோகும், கதாபாத்திரங்கள் சிந்தித்துப்பேசி, செயல் படுவதையும் அதன் மூலம் நாம் நேரடி உறவும் பாதிப்பும் பெறுவதற்கு வகை செய்யாமல், தானே அவர்களுக்காகத் துக்கப்படும், அவர்கள் துக்கத்தை நமக்குச் சொல்லி நாமும் வருத்தப்படும்படி எதிர்பார்க்கும் குரலாகப் பேசுகிறது. உதாரணமாக:

> தன் தங்கையை அவன் கவனிப்பதே இல்லை, பாவம்! சீதையின் அழகான கூந்தலை எடுத்துவிட்டார்கள். அவள் மதனி அவளைத் திட்டிக்கொண்டே இருந்தாள். சீதை மனம் கசந்து மற்றவர் சந்தோஷத்தைக் கண்டு பொறாமை கொள்ளத் தொடங்கினாள் . . .

இப்படிக் கதை நெடுகப் பார்க்கலாம். ஆசிரியக் கூற்றாகக் கதை சொல்லப்படுவதிலே தவறு இல்லை. அதுவும் ஒரு உத்திதான். ஆனால் ஆசிரியன் கதாபாத்திரங்கள் தங்கள் உயிர்த்துடிப்பைக் காட்டிக்கொள்ளச் செய்ய வேண்டும். நாவல்களில் போல பெரும் அளவுக்கு முடியாவிட்டாலும் குணச்சித்திரத்துக்குச் சிறுகதைகளில் இடம் உண்டு. நுணுக்க மாக முழு விவரமடங்கிய விவரிப்புக்கு இடம் இல்லாவிட் டாலும் உள்ளதாக எண்ணவும் இட்டு நினைக்கவும் ஏதுவாக

பாவனையாக எழுப்பப்படத்தான் வேண்டும் ஸீன் ஓ ஃபெயோலின் சொல்வதுபோல் சவிஸ்தாரமானதாக முழு விவரம் அடங்கியதாகச் செய்துவிட்டால் பொம்மலாட்டப் பொம்மைகள் மாதிரி ஆகிவிடும். ஒரு வைக்கப்பட்ட நிலை, சம்பாஷணை, காட்டுகிற சமிக்ஞை, அவர்கள் நினைப் போட்டம் இவற்றிலிருந்து அவர்களது குணவிசேஷங்களை நாம் அறியலாம். கதாசிரியன் இதைச் செய்ய வேண்டும். தானே விளக்கிச் சொல்லிக்கொண்டே போக வாய்ப்பு இல்லை. அதுக்கு அவகாசமும் இல்லை. மாதவையர் தானே எல்லாம் சொல்லிக்கொண்டே போகிறார். துரைசாமி இப்படிப்பட்டவன், குஞ்சம்மாள் இப்படிப்பட்டவள், சீதையின் நிலைமை இப்படி, இப்படி நடந்துகொண்டார்கள் என்றெல் லாம் எழுதிக்கொண்டே போகிறாரே தவிர, கதாபாத் திரங்களை மோதவிட்டு, பேசவிட்டு, நிலைகள் எழுப்பி, சம்பாஷணைகளைச் சத்தாகவும், பொருள் செறிவு, உணர்ச்சி வெளியீடு கொண்டதாகவும் செய்யவே இல்லை. சீதை, அவள் தாயார், அவள் அண்ணா, மன்னி இத்தனை பேருக்கு மாகத் தானே பேசிவிடுகிறார். சீதைக்கு மறுமணம் செய்விக்கும் யோசனையைத் தாயாரிடம் துரைசாமி சொல்கிற இடத்திலும், சீதை தவறு செய்துவிட்ட தகவலை அவன் மனைவி அவனிடம் தெரிவிக்கிற இடத்திலும் நிலை எழுப்பப் பார்க் கிறார். பரிதாபகரமான தோல்விதான் காண்கிறது. சீர்திருத்தம் பற்றிய ஒரு சப்பையான விவாதத்துக்கு மேல் ஒன்றும் எழவில்லை. ஆத்திரமாக வைவதுக்கு மேல் உயரவில்லை. சம்பாஷணை தோரணை வலியுறுத்தலாக, வெளியீடாக, விடைப்பு ஏற்றுவதாக, கதையை மேலே நகர்த்துவதாக எல்லாம் கையாளப்படவில்லை. இதுக்கெல்லாம் உதாரணங் களை நிறைய தரலாம். ஆனால் வாசகர்கள் அந்தக் கதை யிலிருந்தே தெரிந்துகொள்ள விட்டுவிடுகிறேன்.

இது சிறுகதை உருவமே பெறவில்லை என்று சொன் னேன். இதையும் கொஞ்சம் ஆராய்வோம். எந்த ஒரு படைப்புக்கும் 'ஆர்கானிக் ஸ்டிரக்சர்' என்கிறோமே ஒரு அங்கக்கட்டு அவசியம். சிறுகதை அங்கக்கட்டு வேறு; நாவல் அங்கக்கட்டு வேறு. அதைப் பற்றி முன்பு சொல்லி இருக் கிறேன். 'குளத்தங்கரை அரசமரம்' சிறுகதை அங்கக்கட்டு வாய்ந்தது. காலம், இடம், காரணத்தன்மை எல்லாம் இழைய, ஒருமிக்க, யுக்தி கையாளப்பட்டிருக்கிறது. ஒருவரது வாழ்க்கை யில் ஒரு காலப் பகுதி ஜீவிய சரித்திரத்தை, கால அளவில் ஒரு அளவு நீண்ட நாட்களைப் பற்றிய வரலாற்றை, வருஷக் கணக்கான காலத்து நிகழ்ச்சிகளை, தகவல்களை அது அடக்கி இருந்தாலும், மரத்தின் பேச்சிலே ஒரு நிகழ் கணத்திற்கு

அத்தனையும் அதன் மனப்பதிவுகளாக ஆக்கி, அந்தக் கணத்து 'மூட்' என்கிறோமே அப்போதைக்கான மனச்சார்பு, சித்த விருத்தி எழுப்பி வெளியிட்டுக் காட்டும்படியாக, காட்டப் படும் ஒரு நிலமைக்கு ஏற்ப பொருத்திக் கொண்டுவரப்பட்டு, ஒரு முழு மொத்தமான, ஒரு குறுகின வரையறைக் கால நினைப்போட்டத்துக்குள்ளே ஒரு நீண்ட, வரலாற்றுக்கு உரிய தகவல்களைப் பெற்ற ஒரு பாவனை நமக்கு ஏற்படுவதை உணர்கிறோம். வருஷங்கள் கடக்கின்றனதான். இடைவெளி விட்டுத் தெரியவில்லை. மைய நிகழ்ச்சியை முன்வைத்துக் கொண்டு அதனுடைய வளப்பம், தீவிரம் இரண்டும் இந்த இடைவெளியால் கிடைக்கத் தவறும் தகவல்களின் குறைவால் நஷ்டப்படாமல இருக்க 'ஃபியூஷன்' என்கிறோமே ஒன்று கலந்த ஐக்ய தன்மை ஏற்படுத்தப்பட்டு ஒரு முழுமை உருவாகி இருக்கிறதை உணர்கிறோம். இது கலாரீதியான சாதனை.

ஆனால் 'என்னை மன்னித்து மறந்துவிடு'வில் இந்த ஒன்றுகலந்த ஐக்கியத்தன்மை ஏற்படவில்லை. ஒரு கூட்ஸ் வண்டி போவதுபோலச் சம்பவங்கள் அடுக்கப்பட்டு, காலம் நடுவே இடைவெளி விட்டு, தாண்டப்பட்டு, மையக் கருத்து என்ன என்று தெளிவுபடாமல் இருக்கிறது. அது மட்டுமில்லை, ஆசிரியர் வலிந்து கொடுத்துள்ள ஒரு முடிவு கதையைக் குட்டிச்சுவராக்கி இருக்கிறது. துரைசாமிக்கும் அவன் தாய்க்கும் நடந்த சம்பாஷணையிலிருந்து நாம் சீதைக்கு மறுமணம் செய்விப்பது சம்பந்தமான ஒரு பிரச்னை கிளப்பப் பட்டிருப்பதாகவும் அது சம்பந்தமான ஒரு முடிவு, ஒன்று சீதைக்கு மறுமணம் நடந்தது அல்லது நடக்கவில்லை, அல்லது அதனால் விளைவு ஏற்படும்படியாக அதுக்கான சிக்கல், நிலை, மோதல், விடுவிப்பு பற்றி ஏதாவது இருக்கும் என்று தான் எதிர்பார்க்கத் தோன்றுகிறது. ஏனெனில் கதையில் அந்த சம்பாஷணை மூலம் களம் அவ்வளவு அது பற்றியே எழுப்பப்பட்டிருக்கிறது ஆசிரியரால். அதுக்குப் பிறகு நாம் 'தவிர்க்க முடியாமை' என்கிறோமே, அதாவது, முன்நிகழ்வு களின் பாதிப்பாக, இப்படி நேருவதைத் தவிர வேறு வழி இல்லை என்ற முடிவுதான் எதிர்பார்ப்பது. 'குளத்தங்கரை அரசமரம்' கதையில் இது சரியாகச் செய்யப்பட்டிருக்கிறது. ருக்மணி, நாகராஜன் பற்றிய இரண்டிலொரு முடிவு நியாய மானதே என்று படுகிறது. ஆனால் 'என்னை மன்னித்து மறந்துவிடு'வில் அந்த பிரச்னை அப்படியே நிறுத்தப்பட்டு விட்டது; மறக்கப்பட்டுவிட்டது. ஏழு வருஷ காலம் கதை சொல்பவரின் வாய் மூலம் ஒரு நாலு வார்த்தைகளில் கடக்கப்பட்டுவிட்டது. ஒருவேளை ஏழு வருஷம் கழித்துத்

தாய் போனபின், அல்லது அவளே மாறி, ஏதாவது இது சம்பந்தமாக நடக்கப்போகிறதோ என்ற நினைப்புடன் மேலே தொடர்கிறபோது, தூக்கிப்போடுகிற மாதிரி ஒரு புது பிரச்னையை முன்விட்டு, தக்க களம், நிலைகூட எழுப்பாமல், எதிர்பாராத, எந்தவிதமாகவும் தயார் செய்யப்படாத ஒரு விபரீத முடிவைக் கொடுத்துவிடுகிறார். சொல்லப்பட் டிருப்பதைப் பாருங்கள்:

> *இவ்வாறு அவள் வருந்தி ஏங்கிக்கொண்டிருக்கும் (அதாவது வீட்டில் யாரும் தன்னிடம் பிரியம் காட்டாததைக் கண்டு வருந்தி) நாளிலே குஞ்சம்மாள் தம்பி அங்கே விருந்தாளியாக வந்தான். அவன் இரகசியமாக சீதையுடன் பேசிப் பழக ஆரம்பித்தான். அவன் கண்ணுக்கு லக்ஷணமான விடன் . . .*

இப்படியே ஒரு புது 'எபிஸோட்' என்கிறோமே கிளைக் கதையம்சம், முந்தினதுக்கு எல்லாம் சம்பந்தம் இல்லாமல், இந்த நிகழ்ச்சிக்காவது ஒரு நியாயம் காட்டும் வகையில் பகைப்புலமோ, சூழ்நிலையோ, மனோதத்துவப் பாங்கோ, இக்கட்டான நிலை ஏற்படுத்தலோ செய்யாமல், 'அவன் வந்தான்', 'இப்படி நடந்துவிட்டது' என்ற போக்காக, அவளை நெறி தவறவைத்து தற்கொலையும் செய்துகொள்ளச் செய்துவிட்டார் கதாசிரியர். உண்மையில் இந்த முடிவை நான் இந்தக் கதையில் எதிர்பார்க்கவே இல்லை. எதிர் பார்க்கும்படியாகவோ இப்படியும் நேரக்கூடும் என்று யூகிக்கவோ 'பாஸிபிலிட்டி' என்கிறோமே சாத்தியமாகுதல், ஒருக்கால் நேருதல் என்பதுக்கு இடம் வைக்கவே இல்லை. அதுக்கான வழிவகை செய்யப்படவே இல்லை. இதனால் 'பிராபபிலிட்டி, என்கிறோமே நம்பக்கூடிய தன்மை அதுவும் பெறாமல் போய்விடுகிறது கதை. ஒரு சிறுகதை முதற்பாதியில் களமும் நிலையும் தயாராக்கப்பட்ட விதத்திலிருந்து இப்படித் தான் நடக்கும், முடியும் என்று வாசகன் முடிவுகட்டும் படியாகக் கதாசிரியன் தன்னை வெளிக்காட்டிக்கொண்டு விட்டால் கதை தொலைந்தது. அதேபோல் பின்பாதியில், முன்பாதி நிகழ்ச்சிகளின் விளைவாக ஏற்படும் ஒரு நிலை ஏற்பட்டு அதுக்கு ஏற்ப கதையில் ஏற்பட இருக்கிற ஒரு நியாயமான, சுதாவான 'சீக்வென்ஷியல்' என்கிறோமே, பயனாக விளைகிற ஒரு முடிவு ஏற்படச் செய்யாமல், இதுவரை ஏற்றின விவகாரப் போக்கை முறித்து ஒரு திடீர் திருகலான நியாயம் காட்டப்படாத, செயற்கையான முடிவைக் கொடுத்துவிட்டாலும் கதை தொலைந்தது. வாசகனை ஏமாற்றிய, பின்னால் இருந்து குத்திய காரியம். இந்த மாதிரி செய்வதைத்தான் 'அசிங்கம்' என்று இலக்கியத்

துறையில் சொல்வது. அழகாகப் படவில்லை என்று சொல் கிறோம். 'என்னை மன்னித்து மறந்துவிடு' ஒரு அழகில்லாத படைப்பு இந்த அர்த்தத்தில்.

'குளத்தங்கரை அரசமரம்' வெற்றிக்குக் காரணம் தக்க உத்தி கையாளப்படல்தான். உத்திதான் ஒரு படைப்பு சம்பந்த மாக அது எந்த இனம், பாணி என்று இனம் காணச் செய்கிறது. உத்தியைப் பற்றிய பிரக்ஞையே இல்லாமல் 'என்னை மன்னித்து மறந்துவிடு' எழுதப்பட்டதுதான் அதன் தோல்விக்குக் காரணம். உத்திக்காகக் கதை எழுத வேண்டும் என்று நான் சொல்லவந்ததாக நினைத்துவிடக் கூடாது. எழுத எடுத்துக்கொண்ட இனத்துக்குத் தக்க உத்தியைக் கையாண்டால்தான் அது உத்தேசித்த உருவம் பெறும்; எழுதப்படுகிற விஷயம் தக்க, பொருத்தமான, சுதாவான வெளியீடு பெற சாத்தியமாகும். வ.வே.சு. அய்யர் குறிப்பிடுகிற 'புது ரீதி' மாதவையருக்கு நிச்சயமாக விழவே இல்லை. அவருக்குத் தெரிந்திருக்கலாம். மேல்நாட்டு இலக்கியங்களை நிறைய படித்தவர் அவர். ஆனால் நாவல் துறையைத் தோற்றுவித்த முதல்வர்கள் மூவரில் ஒருவரான அவர், குறிப்பிடத்தக்க படைப்பான 'பத்மாவதி சரித்திரம்' நாவலில் காட்டிய சாதனையளவுகூட சிறுகதைத் துறையில் சாதிக்க வில்லை. அந்த உருவம் அவருக்குக் கைவரவில்லை. இன்றைய, முற்போக்கு என்று சொல்லிக்கொள்ளும் படைப்பாளிகள், பொருளாதார ஏற்றத்தாழ்வைத் தங்கள் விஷயமாகக் கொண்டு, பொருளாதாரவாதிகளாக அதை அழுத்துவதிலே, பொரு ளாதாரக் கொள்கைகளுக்கும் மதிப்புக்கும் கலைத்தன்மையை யும், கலைமதிப்பையும் பலி கொடுப்பதுபோல, சமூகச் சீர்கேடு என்பதை விஷயமாகக் கொண்டு ஒரு சீர்திருத்தக் காரராக அழுத்தினதிலே சீர்திருத்த பிரசாரத்துக்கும் மதிப்புக்கும் கலைத்தன்மையைப் பலி கொடுத்தவர் மாதவையர்.

'என்னை மன்னித்து மறந்துவிடு'வில் ஒரு நாவலுக்குத் தேவையான கதையம்சம் சுருக்கிக் காணப்படுகிறதே அன்றி சிறுகதைக்கான அளவாகத் தேர்ந்தெடுக்கப்படவில்லை. ஒரு 'அனக்டோட்' சம்பவ நிகழ்ச்சி அல்லது 'சங்கதி' தேவை சிறுகதைக்கு. அடுக்கப்பட்ட சம்பவ நிகழ்ச்சிகள், சங்கதிகள் நாவலுக்கு. ஒரு 'எபிஸோட்' – ஒரு கட்டத்து நிகழ்ச்சிப் பூர்த்தி போதும் சிறுகதைக்கு; அடுத்தடுத்துத் தொடரும் பல கட்டத்து நிகழ்ச்சிப் பூர்த்திகளுக்கு இடம் உண்டு நாவலில். ஒரு புள்ளி மையம் சிறுகதைக்கு; ஒரு வட்டம் மையம் நாவலுக்கு. இந்த வித்யாசங்களை நாம் மனதில் கொண்டு இந்த உருவங்களைப் பற்றி பார்க்க வேண்டும். மாதவையர் இந்தக் கதையில் சம்பவம் சம்பவமாக, நிகழ்ச்சி

நிகழ்ச்சியாக அடுக்கிக்கொண்டே போகிறார். நாவலில் வரும் அத்யாயங்கள் கணக்கில் இந்தத் தகவல் பாராக்கள் படுகின்றன. ஒரு சிறுகதையில் நிகழ்கணத்து ஒரு நிலை ஏற்படுத்தி, 'ஃபிளாஷ்பாக்' என்கிற பின்னோக்கிய பார்வை உத்தி வழியே அந்த நிலைக்கு உதவி, பொருந்தி முக்யத்வமும் மதிப்பும் ஏற்றத்தக்க, முன்போன நீண்டகாலத்து, வெவ்வேறு இடத்து நிகழ்ச்சிகளை எல்லாம் காரணப் போக்காகப் பொறுக்கி, அந்த ஒரு நிகழ் கணத்து நிலைக்குச் சம்பந்தப்படுத்தி ஒரு சிறுகதை நிறைவுபெறச் செய்யலாம்தான். வ.வே.சு. தன் கதையில் இதைச் செய்திருக்கிறார், வெகு சாதுர்யமாக. மாதவையர் செய்யவில்லை. அடுக்குகிறார் வ.வே.சு. மரத்தின் மனப் பதிவுகளாக மாற்றிவிட்டார். மாதவையர் தூல நிகழச்சிகளைத் தொடுத்துக்கொண்டே, ஒரு விளைவுக்குப்பின் மறு விளைவு, அடுத்து மறு விளைவு, இப்படி முடிவில் ஒரு பெரிய புது, திடீர் விளைவைத் தருகிறார். சிறுகதையில் ஒரு விளைவுக்குத்தான் இடம். நாவலில் விளைவுகளுக்கு இடம் உண்டு. ஆக, சிறுகதை வீச்சுக்கு, எல்லைக்கு மீறின கதையம்சம் மாதவையர் கதை. அவர் சிறுகதைத் தொழிலாளி யாக இருந்தால் இதைச் சரியாகச் செப்பனிட்டு ஒரு உருவம் கொடுத்திருப்பார்.

உணர்ச்சி கையாளல் ஒரு முக்கியமான அம்சம். வ.வே.சு. அய்யர் இதைக் கையாண்டிருக்கும் தன்மைபற்றி குறிப்பிட் டிருக்கிறேன். கதைசொல்கிறவரின் பேச்சாக வருகிற இடத் திலும் சரி, கதாபாத்திரம் பேசுகிற இடத்திலும் சரி, உணர்ச்சி வெளியீடு 'என்னை மன்னித்து மறந்துவிடு'வில், ஒன்று சப்பென்று இருக்கிறது அல்லது உணர்ச்சி வசப்பட்டு நிதானம் இழந்த பேச்சாக இருக்கிறது. கதாபாத்திரங்களின், மன உளைச்சலை அவருக்கு நுண்மையாக, மென்மையாக, யதார்த்தமாக வர்ணிக்கத் தெரியவில்லை:

> பாவம்! ஒன்றும் அறியாத பெண், தன் விதியின் கொடூரத்தில் ஒரு சிறிதையும் அவள் அப்போது உணர வில்லை. தான் அழுததனாலும், தன் தமையனது அன்பினாலும் சீக்கிரத்தில் ஆறுதலையடைந்தாள்.

இந்த வரிகள் கதைசொல்லியினுடைய அனுதாபப் படுதலுக்கு மேல் ஒரு கதாபாத்திரத்தின் உளப்பாங்கு பற்றி எதுவும் தெரிவிக்கவில்லை, வெளியிடவில்லை. நெறி தவறின சீதையை மதனி பேசுகிற பேச்சுத் தோரணை அருவருப் பூட்டுவதாக இருக்கிறது. வாழ்க்கையில் அப்படி நடக்கலாம். கன்னாபின்னாவென்று வையலாம். ஆத்திரம் அந்த மாதிரி சொற்களை உபயோகிக்கச் செய்யும். உண்மை, நியாயமும்

இருக்கக்கூடும். ஆனால் இலக்கியத்தில் ஒரு கலைப் படைப்பில் கடுமை எந்த அளவுக்கு இருந்தாலும் அது நாசூக்காக, சொல்லப்பட வேண்டும். சாவு விழுந்த வீட்டில் கதறல், ஒப்பாரி, பிலாக்கணம் நம் கண்களில் நீரை வரச் செய்கிறது. அங்கே துக்கம் வாழ்வின் நிஜம். சினிமாவிலே நாடகத்திலே வாழ்வின் பாவனை. அங்கே நடிப்பிலே இந்த அளவு கதறல், ஒப்பாரி முதலியன இருந்தால் அருவருப்பு ஏற்படத்தான் செய்கிறது. முந்தினதில் தன் உணர்ச்சி வெளியீடு. பிறரைப் பாதிப்பதைப் பற்றிய நினைவே இல்லை. அந்த உறவும் இல்லை. நாடகம், சினிமாவில் பார்ப்பவரை, பாதிக்கவைக்கும் உத்தேசம் இருக்கிறது. தன் சொந்த துக்கமாக இல்லாததை, கற்பனையில் உண்டாக்கப்பட்ட தோற்றமான ஒரு சோக நிகழ்ச்சியை நம்முன் காட்டி வெளியிடப்படும் துக்க வெளியீட்டில், நாம் நம்மையும் அந்தக் கணத்துக்கு மறந்து, 'விரும்பி நம் அவநம்பிக்கைகளை ஒதுக்கிவிட்டு' நாம் ஈடுபட்டு ஒரு கண நேர ஒன்றிப்பு ஏற்படச் செய்கிறது. ஆகவே கலைத் துறையில்: பாவனையாகத்தான் துக்கம், மகிழ்ச்சி வெளியீடு இருக்க வேண்டும். பாவனை என்கிறபோது அதிலே அசலின் தீவிரம், கடுமை, தொனி எல்லாம் இருக்க வேண்டும். அதே சமயம் அது நாசூக்காகவும் இருக்க வேண்டும். இந்த நாசூக்கான வெளியீட்டுத் தன்மைக்குச் சுத்தப்படுத்தப்பட்ட, இயல்பான, நயமான, உணர்ச்சிப் போக்கு அவசியம். இந்தத் தன்மையை மாதவையர் கதையில் காணமுடியவில்லை.

வர்ணிப்பதுகூட 'ரியலிஸ்டிக்காக' இல்லை. அதுக்கான நடையும்கூட இல்லை. 'சீதை மிகவும் அழகான பெண் . . . சீதை இப்போது அதிரூபவதியான பெண்ணாக இருந்தாள்' . . . இவ்வளவுதான் சீதையைப் பற்றி. வ.வே.சு. ருக்மணியை வர்ணிப்பதுக்கும் இதுக்கும் எவ்வளவு வித்யாசம். ருக்மணியைச் சித்திரம் எழுப்பி நாம் நம் மனக்கண்முன் பார்க்கச் செய்கிறார் வ.வே.சு. ஆனால் மாதவையரோ 'நான் அவளை அழகுள்ளவள் என்று சொல்லிவிட்டேன். நீங்களும் அப்படி நினைத்துக் கொள்ளுங்கள்' என்று ஆமோதிக்கச் சொல்கிறார்.

இன்னும் இந்தக் கதையில் குறைகளைத்தான் அடுக்க முடிகிறது. போதுமான குறைகளை எடுத்துக் காட்டிவிட்டதாக நினைக்கிறேன். இன்று எழுதப்படும் கதைகளில் பெரும் பாலானவைபற்றி இப்படித்தான் கருத இடம் இருக்கிறது சிறுகதைத் துறை ஆரம்பமான காலம் மாதவையர் நாட்கள். மூவர்களில் ஒருவர். குறைகளைச் சொல்லி மன்னிக்கலாம். ஆனால் இன்றும் அப்படி எழுதப்படுவதை மன்னிக்க முடியாது. மாதவையரின் உத்தேசம் (சீர்திருத்தம்) காரணமாகவும் அவரை அதிகம் நீதிக் கூண்டில் நிறுத்த வேண்டாம். அவர்

செய்யத் தவறியதை நாம் நமக்கு எச்சரிக்கையாகக் கொள்ளத் தான், இவ்வளவு, அதைப் பற்றி சொல்ல வேண்டி ஏற்பட்டது. ஆனால் மாதவையர், இன்று சிறுகதைகளில் கையாளப்படும் பலவித சமூகப் பிரச்னைக் கருத்துக்களுக்கெல்லாம் முன்னோடி. அவரிடமிருந்துதான் பின்வந்த கல்கி, ராமையா முதலானோர் விஷயங்களைத் தேர்ந்தெடுத்துக்கொண்டார்கள் என்று சொல்லலாம். கதைக்கான விஷயம், கதைக்கரு விஷயமாக மாதவையர் வழிகாட்டி. அந்த அளவில் அவருக்கு இடம் உண்டு. பின்வந்த சிறுகதைக்காரர்களிடையே வ.வே.சு. அய்யர், மாதவையர் இருவரது செல்வாக்கும் ஏற்பட்டு சிறுகதை வளம் பெற்றது அடுத்த காலகட்டம்.

❖ ❖

# 6

# ஊமைக் கதை

வ.வே.சு. அய்யர், மாதவையர் சிறுகதை முயற்சி களுக்குப் பிறகு ஒரு பத்தாண்டுக் காலம் சிறுகதைத் துறையில் அக்கறை அவ்வளவாகக் காட்டப்படவில்லை என்பதை நாம் பார்க்கமுடிகிறது 1925இல் இருவரும் காலமாகிவிட்டனர். அவர்கள் கதைகள் அதுக்கு இரண்டு மூன்று ஆண்டுகள் முன்பு எழுதப்பட்டவை. ஆகவே 1924 முதல் 1931 வரை சிறுகதையில் தேக்கம்தான் இருந் திருக்கிறது. அவ்வப்போது அங்கங்கே ஏதாவது வந்திருக் கலாம். ஒரு பிரக்ஞையுடன் தொடர்ந்து செய்யப்பட வில்லை என்பதுதான் விஷயம். அந்த நாட்கள் கொஞ்சம் நாவல் துறையில் அக்கறை காட்டப்பட்ட நாட்கள். ரங்கராஜு, வடுவூர் துரைசாமி அய்யங்கார், ஆரணி குப்புசாமி முதலியார், கோதைநாயகி அம்மாள் போன்றவர்கள் மூச்சுரவாக நாவல்கள் எழுதிய காலம். நாவல் வெளியிடவே *மனோரஞ்சனி, ஜகன் மோஹினி* என்ற பத்திரிகைகள் வெளிவந்தன. ஆக நாவல் துறையில் அதிகம் கவனம் செலுத்தப்பட்டதாலோ, அல்லது சிறுகதை தனிப்பட்ட இருவரது முயற்சியாக இருந்து விட்டதால் அதன் செல்வாக்கு அவர்களோடு போய் விட்டதாலோ, அல்லது இந்தப் பத்து வருஷ காலத்தில் பத்திரிகைகள் அதை முக்கியமானதாகக் கருதாததாலோ சிறுகதை தொடரவில்லை. பெருகவில்லை. வளம் பெறவும் இல்லை. துறையே புது ஆரம்பமாக இருந்ததால் அந்தத் தொழிலைச் சரிவரச் செய்யும் ஆற்றல் உள்ளவர்கள் இல்லாமல் இருந்துவிட்டதும் ஒரு காரணமாக இருந் திருக்கலாம். எதானாலும் சரி சிறுகதை இந்தப் பத்தாண்டு களுக்குப்பிறகே ஒரு உந்துதல் பெற எதிர்பார்த்து நிற்க வேண்டி இருந்திருக்கிறது என்பது உண்மை.

இந்த உந்துதல் எப்படி ஏற்பட்டது என்பதைப் பற்றி என் முதல் கட்டுரையில் ஆராய்ந்திருக்கிறேன். *ஆனந்த விகடன்* வைத்த நூறு ரூபாய் சிறுகதைப் போட்டி ஒரு மறு ஆரம்பம் சிறுகதைக்குச் செய்து வைத்தது குறிப்பிட்டாக வேண்டிய விஷயம். பி.எஸ். ராமையா ('மலரும் மணமும்' முகவுரையில்) எழுதி இருக்கிறார்:

> *1933ஆம் ஆண்டு தமிழ் மலர்ச்சி இலக்கியச் சரித்திரத்தில் ஒரு எல்லைக்கல். அந்த ஆண்டில் ஆனந்த விகடன் தமிழ்ச் சிறுகதை இலக்கியத்திற்கு ஒரு பெரும் பணி செய்தது. அந்தப் பத்திரிகையில் முதல் முறையாக சிறுகதைப் போட்டி ஒன்று நடத்தினார்கள். அந்தப் போட்டிதான் தமிழ் படிப்பவர்களை இலக்கிய வகைகளில் சிறுகதைக்கு உரிய இடத்தையும், மதிப்பையும் பற்றிச் சிந்திக்கச் செய்தது. தமிழில் இலக்கியச் சுவையை அது தீவிரமாகத் தூண்டிவிட்டது. சிறுகதைபற்றி சிந்தித்துக்கொண்டிருந்த எழுத்தாளர்களுக்கு விகடன் நடத்திய போட்டி வழி திறந்துவிட்டது.*

*விகடன்* அன்று செய்த பணிக்கு உரிய பாராட்டைத் தந்திருக்கிறார் ராமையா. *விகடன்* முயற்சியை ஒட்டி, *காந்தி*, *சுதந்திரச்சங்கு*, *மணிக்கொடி* (வாரப்பதிப்பு), *கலைமகள்*, *பிரசண்டவிகடன்*, *குமாரவிகடன்* ஆகிய பத்திரிகைகள் சிறு கதைகளை வெளியிட்டு வந்தன. அய்யர், மாதவையர் காலத்தில் முளைவிட்ட சிறுகதை அப்போது துளிர்க்க ஆரம்பித்தது. இந்தத் துளிர்ப்பை முன்வைத்துத்தான் 1933ஆம் ஆண்டை ஒரு இலக்கியச் சரித்திர எல்லைக்கல்லாகக் குறிப்பிடுகிறார் ராமையா. முளைவிட்ட காலத்துச் சிறுகதைகளான 'குளத்தங் கரை அரசமரம்', 'என்னை மன்னித்து மறந்துவிடு' இரண்டின் கலாரீதியான நிறைவேற்றம் பற்றி முந்தின இரு கட்டுரை களில் ஒப்பு நோக்கிப் பார்த்த பிறகு, துளிர்ப்புக் காலத்தில் முதலில் தெரிய வந்த சிறுகதைகளான 'ஊமைச்சி காதல்', 'மலரும் மணமும்' இரண்டின் கலைத்தன்மை பற்றி இப்போது பார்ப்போம்.

பி.எஸ். ராமையா தன் 'மலரும் மணமும்' புத்தக முக வுரையில் *விகடன்* போட்டிபற்றி குறிப்பிடுகையில், 'என் வரையில் நான் அதற்கு முன் சிறுகதை என்ற சொல்லைப் புரிந்துகொண்டதுமில்லை, அதைப்பற்றி எண்ணிப் பார்த்ததும் இல்லை' என்று சொல்கிறார். இதையும் நாம் மனதில்கொண்டு 'மலரும் மணமும்' கதையை விசாரணைக்கு எடுத்துக்கொள்வது உசிதமானதாக இருக்கும். அதோடு 'அவ்வப்போது மனதில்

தோன்றும் ஒரு கருத்து, அல்லது என் அனுபவத்தில் அறியும் ஒரு மனநிலையைக் கற்பனையில் பாவு போட்டு நெய்த கதைகளில் ஒரே தத்துவத்தை அடிப்படையாகக் கொண்டு அமைந்த சில கதைகள்' *(1954)*; 'நான் எழுதும் கதைகளில், அநேகமாக ஒவ்வொன்றுக்கும் 'பிறந்த கதை' ஒன்று உண்டு. நான் என் வாழ்க்கையில் நேருக்கு நேர் கண்ட அல்லது அனுபவித்த கணங்களைத்தான் என் கதைகளில் பிடித்து வைக்க முயலுவது வழக்கம்' *(1954)* என்ற கருத்துக்களையும் இப்போதைக்கு நினைவில் போட்டுக்கொள்வோம்.

சிறுகதை சம்பந்தமாக வ.வே.சு. அய்யர், அ மாதவையர் இருவரது பார்வைகள் பற்றிய அவர்களது மேற்கோள்களைச் சென்ற கட்டுரைகளில் ஆராய்ந்திருக்கிறேன். மாறுபட்ட வலியுறுத்தல்கள், சமகாலத்தவரான இருவரது படைப்பு உத்தேசத்தையும் நிறைவேற்றத்தையும் வித்தியாசப்படுத்தி, தரம் பிரித்துக் காட்ட உதவி இருப்பதையும் எடுத்துக்காட்டி இருக்கிறேன். மற்ற இருவரும் வலியுறுத்தாத, ஏன், பிரஸ்தாபிக்கவே செய்யாத சில கருத்துக்களை ராமையா இந்த வரிகளில் வெளியிட்டிருக்கிறார். சிறுகதை உருவம் பற்றிய உணர்வு இன்னும் ஆழ்ந்து தோன்றுவதையும், இன்னும் நுட்பமான பார்வை விழ ஆரம்பித்திருப்பதையும் இந்தக் கருத்துக்கள் காட்டுகின்றன. ராமையாவின் வரிகள் நமக்குக் கிடைத்திருக்க றாலியின் வரிகள் எதுவும் எனக்கு, சிறுகதை சம்பந்தமாக – கிடைக்கவில்லை. றாலியின் சிறுகதைத் தொகுப்பு ஒன்று அவர் வாழ்நாள் காலத்தில் வரவில்லை என்று என் ஞாபகம். எனவே அவரது முகவுரை எதுவும் எட்ட வாய்ப்பில்லை. அதனாலும் பரவாயில்லை. ஒரு சிறுகதைக்காரரின் படைப்பை ரசிக்க, ஆராய அந்தப் படைப்பாளனின் உத்தேசங்கள், கருத்துக்கள் தெரிந்தாக வேண்டும் என்ற வலுக்கட்டாயம் இல்லை. நாமே அவர்களது படைப்பிலிருந்து நிதானிக்க முற்படலாம்.

எனவே பரிசு பெற்ற 'ஊமைச்சி காதல்', கதையை எடுத்துக் கொள்வோம். 'ஊமைச்சி காதல்' கதையை முன்பே குறிப்பிட்டிருக்கிறேன். இந்தச் சந்தர்ப்பத்தில் ஒரு முக்கியமான விஷயத்தைக் குறிப்பிட்டாக வேண்டி இருக்கிறது. ரவீந்திரநாத் தாகூர் எழுதிய 'சுபா' என்ற சிறுகதை ஒரு ஊமைப் பெண்ணைப் பற்றிய கதை. றாலிக்குப் பரிசு கிடைத்த பிறகு, தாகூரின் கதையைச் சிலர் பிரஸ்தாபித்து றாலியின் கதை, அதைப் படித்ததின் விளைவாக ஏற்பட்டிருக்கக் கூடும் என்று முடிவு கட்டிப் பேசியதுண்டு. இருக்கலாம் அது. 1921இல் வெளியான 'தாகூரின் சிறுகதைகள்' என்ற கதைத் தொகுப்பில் உள்ள 'சுபா' இருபதுக்கள், ஆரம்ப முப்பதுக்கள் காலத்து வாசகருக்கு

அறிமுகமானதுதான். றாலியும் அதைப் படித்திருக்கக் கூடும். ஆனால் றாலி தன் கதையை அதை ஒட்டி உருவாக்கவில்லை. 'சுபா' கதையில் பெற்றோர் ஊமைப் பெண்ணைத் தந்திரமாக ஒருவனுக்கு மணம் செய்து கலியாணத்தை நிறைவேறச் செய்து விட்டார்கள். தாகூரின் கதையில் சுபாதான் கதாநாயகி. ஊமைப் பெண்ணின் நிலையை நயமாகச் சித்தரித்திருக்கிறார் தாகூர். ஆனால் அழகாக உருவாக வந்த கதையை வெற்றி கரமானதாக ஆக்கவில்லை தாகூர். சப்பென்று முடிகிறது. றாலியின் கதையில் ஊமைப் பெண் மதுரபாஷிணி இல்லை கதாநாயகி; ராஜூதான். ஊமைப் பெண்ணுக்குக் கலியாணம் ஆகிற ஒரு நிகழ்ச்சி ஒற்றுமைக்கு மேல் இரண்டு கதைகளுக்கும் ஒப்பு எதுவும் கிடையாது.

நூறு ரூபாய் பரிசு கொடுக்கப்பட்டுவிட்டதால் றாலி கதை சிறப்பானது என்று கருதிவிட முடியாது. உண்மையில் இன்றைய நோக்கிலிருந்து, 'ஊமைச்சி காதல்' கதையை, 'குளத்தங் கரை அரசமரம்' கதையோடு ஒப்பிட்டு 'என்னை மன்னித்து மறந்துவிடு' கதையைத் தள்ளிவிட்டதுபோல்தான் 'மலரும் மணமும்' கதையுடன் ஒப்பிட்டுத் தள்ளிவிடத்தான் தோன்று கிறது. 'ஊமைச்சி காதல்' வெகு சாதாரணமானது மட்டும் இல்லை; அவ்வளவு அன்றைக்கு மிகப் பெரிய பரிசு என்று கருதப்பட்ட நூறு ரூபாய் பரிசு பெற்றும் சிறுகதைக்கு ஒரு பங்கு செலுத்திய சிறுகதை என்று கருதத்தக்கதாகவும் இல்லை. சொல்லப்போனால் அந்தக் கதை இன்று மறக்கப் பட்டுவிட்ட கதை. பரிசு கொடுக்கப்பட்டிருக்க வேண்டும் என்று கருதப்பட்ட 'மலரும் மணமும்'தான் இன்றைக்கும் பேசப்பட்டு வருகிறது. அது சிறுகதைத் துறைக்குப் பங்கு செலுத்திய கதையாக இருப்பது மட்டும் இல்லாமல் ஒரு போக்குக்கே வித்திட்டதாகவும் இருந்தது என்று சொல்லலாம்.

'ஊமைச்சி காதல்' கதையை அதிகம் ஆராய்வுக்கு எடுத்துக் கொள்ளத் தோன்றவில்லை எனக்கு. 'என்னை மன்னித்து மறந்துவிடு'வைப் பொருட்படுத்த வேண்டிய அளவுக்குக்கூட இது பொருட்படுத்தக்கூடிய தகவல்களை உள்ளடக்கியதாக இல்லை. மாதவையரிடம் சீர்திருத்த முற்போக்கு மனப் பூர்வம் இருந்ததைப் பார்க்க முடிந்தது. கலைஞனாக அவரால் சாதிக்க முடியாவிட்டாலும் ஒரு வேகமாவது இருப்பது தொனிக்கிறது அவர் கதையில். தாகூர் கதையிலும்கூட உணர்ச்சி வெளியீட்டுத் தொனி ஏறி இருக்கிறது. றாலியிடம் இந்த இரண்டும் இல்லை. ஓ. ஹென்றி பாணியில் ஒரு 'ஸர்பிரைஸ்' முடிவு கொடுத்து கதைக்கு விடுவிப்பு செய்துவிடும் திருப்தி தான் இருந்தது. யதார்த்தம் என்கிறோமே நடப்பியல் பாங்காக இயங்கச் செய்யும் ஒரு தன்மையை ஏற்ற முற்படவில்லை

றாலி. தாகூர் கதையில் ஊமைப் பெண்ணின் மன நிலையை நன்றாகத் தீட்டி இருக்கிறார். அவர் எழுதுகிறார்:

> சுபாவுக்குப் பேச்சில்லாமல் போனால் என்ன? நீளமான இமைகள். நடுவே கறுத்து அகன்று நீண்ட இரண்டு கண்கள் இல்லாமல் போகவில்லையே! அவளது மனதில் ஏதேனும் தோன்றினால் இளந்துளிர்களைப்போல அவளது இதழ்கள் துடிக்குமே!

என்று பேசமுடியாத ஒரு பெண்ணின் பேசும் மனதைத் துருவிப் பார்த்து வெளிக்காட்டுகிறார் தாகூர். இன்னும் –

> நாளும் கழிந்தது; அவளும் வளர்ந்தாள். வளரவே அவளுக்குத் தன் நினைவு வந்தது. பூரண சந்திரனைக் கண்ட சமுத்திரம் அலையெழும்பி எங்கும் பொங்குவது போல, ஏன் எப்படி என்று காரணம் சொல்ல முடியாத படி புதிதாக அவளுக்கு ஓர் அறிவு உண்டாயிற்று. அந்தச் சுபா தன்னைத் தானே விசாரித்துக்கொண்டாள்.

என்று சுபாவின் மனப்போக்கை அளவிடுகிறார் தாகூர். இதோடு நின்றுவிடவில்லை. சுபாவின் மனவோட்டத்தை நுட்பமாகத் தொடர்கிறார். இதனால் எல்லாம் சுபா நம்முன் உருவாகிறாள். 'சுபா' ஒரு மனோதத்துவக் கதை. ஆனால் 'ஊமைச்சி காதல்' உளப்பாங்கு ரீதியாக உருவாக்கப்படாத கதை. மதுரபாஷிணி நம்முன் உருவாகவே இல்லை. ஊமைச்சி ஒரு பொம்மை அளவுக்குத்தான் நிற்கிறாள். தாகூரின் ஊமைச்சி பேசுகிறாள். றாலியின் ஊமைச்சி ஊமையாகவே நிற்கிறாள். அங்கேதான் கலைஞன் தாகூருக்கும், கலைத்தன்மை கைகூட வராத றாலிக்கும் உள்ள வித்தியாசம். தாகூர் சுபா வளர்ந்ததைக் குறிப்பிட்டு எழுதிய, மேலே மேற்கோள் காட்டப்பட்ட வரிகளுக்கும் பின்வரும் வரிகளுக்கும் உள்ள வித்தியாசத்தைப் பாருங்கள்.

> ஊமைச்சிக்கு வயதாகிவிட்டது. அவள் கல்யாண விஷய மாய் வேதராமையர் ராஜுவின் தந்தை நடேசய்யரிடம்' பேசினார்.

ஆக ஊமைச்சிக்கு வயதானது கலியாண விஷயமாக ஏற்பாட்டுக்கான தகவலாகத் தெரிவிக்கப்பட்டிருக்கிறதே தவிர ஊமைச்சி பாத்திரப் படைப்புக்கு வேண்டிய தகவலாக இல்லை. 'ஊமைச்சி காதல்' என்ற தலைப்புக்கு இடமே இல்லை. ஏன், அர்த்தமே இல்லை – இந்தக் கதையின் அமைப்பைப் பார்க்கிறபோது, அந்த தொனி ஏறவே இல்லை. போகட்டும், அந்த உத்தேசம்தான் இல்லை, ஊமைப் பெண்ணை ஆர்வத்துடன் மணக்க விரும்பும் ராஜுவின் மனநிலையாவது

எழுப்பப்பட்டிருக்க வேண்டுமே. ஊமைப் பெண்ணை மணக்க முடிவு செய்கிற ஒரு மனசைக் காட்டத் தெரியவில்லை றாலிக்கு. ஊமைச்சியை முடிவுவரை ஊமையாகவே வைத்துவிட்டமாதிரி பன்னிரண்டு வயதுப் பையன் விளையாட்டு மனசை அவன் வளர்ந்து தன் வாழ்நாளையே பாதிக்கும் ஒரு முடிவு செய்ய ஏற்பட்டபோதும் முதிராத அதே ஒரு விளையாட்டு மன துடன் நடந்துகொள்ளும் போக்கைத் தொடரவைத்துவிட்டார் றாலி. தாகூர் கதையில் பெற்றோர் சுபாவை ஊமை என்று சொல்லாமல் ஒருவரிடம் ஏமாற்றித் தலையில் கட்டிவிடுகிறார்கள். தாகூரின் 'சுபா' கதைப் போக்குக்கு இந்த ஒரு தகவல் ஏற்ற தாக இல்லை. சுபாவை உருவாக்கி வந்தவர் திடீரென அவள் பெற்றோர் கவலைக்கு முக்யத்வம் கொடுத்து கதைப் போக்குக்கு ஒவ்வாத ஒரு திருப்பம் கொடுத்துவிடுகிறார் ஆனால் றாலியோ ஒரு விளையாட்டுக் காரியம் மூலம், ராஜுவின் கவலைக்கு முக்யத்வம் கொடுத்து அதுக்கு விடுவிப்பு ஏற் படுத்துகிறார். மன நிலை, உணர்ச்சி வெளியீடு என்று ஒன்று இருப்பதாக றாலி கருதவே இல்லை. சுவாரஸ்யமான சம்பவங் களைக் கொண்டு சாதுர்யமாகக் கதை சொல்லி எதிர்பாராத முடிவு கொடுத்து, க்ஷணநேர பிரமிப்பு ஏற்படுத்திவிட்டால் போதும் என்ற மனப்பான்மையில் எழுதப்பட்ட கதை 'ஊமைச்சி காதல்'. தாகூருக்கு இருந்த ஒரு கலை மனம் இல்லாத கையின் படைப்பு.

உருவம் சம்பந்தப்பட்ட மட்டுக்கு 'ஊமைச்சி காதல்' சிறு கதை உருவம் பெற்றதுதான்; மாதவையர் கதைபோல் இல்லை. ஆனால் போஷாக்குப் பெறாதது. காரணம் கற்பனை மனம் இல்லாததுதான். ராமையா கூறி இருப்பதுபோல, மனதில் தோன்றும் ஒரு கருத்து அல்லது அனுபவத்தில் அறியும் ஒரு மனநிலையைக் கற்பனையில் பாவு போட்டு நெய்கிற ஒரு திறமை இந்தக் கதை மூலம் காட்டப்படவில்லை. அப்பட்ட மாக ஒரு சம்பவத்தை 'ஒரேயொரு ஊரில்' பாணியில் ஆசிரியக் கூற்றாகக் கதை சொல்கிறதுக்கு மேல் முயற்சி செய்யப்பட வில்லை. 'குளத்தங்கரை அரசமரம்'போல் ஒரு மகத்தான சோக நாடகத்தை நடத்திக்காட்ட வேண்டும் என்று நாம் எதிர்பார்க்கவில்லை. ஒரு இன்ப நாடகத்தையாவது நடத்திக் காட்டி இருக்கலாமே. அதிலாவது நம்மை மயங்கவைத் திருக்கலாமே. ஐயர் நாடக நிலை எழுப்பி இருக்கிறார். றாலி நாடகத் தன்மையையே உருவாக்கவில்லை. உத்தி, நடை, கற்பனை, சொல்வளம் எதுவும் உதவவில்லை இந்தக் கதைக்கு. நாம் கதையைப் படித்து முடிக்கிறபோது ஏதோ கிச்சுகிச்சு மூட்டிவிட்டமாதிரிதான் உணர்ச்சி ஏற்படுகிறது. நடேசய்யர் கொஞ்சம் வினோதப் பிரியர் என்று கதையில் சொல்லப்

பட்டிருக்கிறதுபோல றாலியே கொஞ்சம் வினோதப் பிரியர். அதனால்தான் தட்டாரப் பூச்சியைக் கையில் பிடித்து விளையாடும் விளையாட்டுப் பையனாக நடந்துகொண்டு விட்டார். கை விரல்களில் தவிக்கும் ஒரு தட்டாரப் பூச்சியின் வேதனையை உணரக்கூடிய ஒரு மனப்பாங்கு இல்லாததால் தான் சுபாவைப் போல் மதுரபாஷிணியை உருவாக்க முடிய வில்லை. ராஜூவையும் உருவாக்க முடியவில்லை. ஒரு படைப் பாளிக்கு வேண்டிய அந்தரங்கசுத்தியும் இல்லை றாலிக்கு. அதனால்தான் நிலமைகளில் வைக்கப்பட்ட கதாபாத்திரங் களின் அந்தரங்கத்தை விண்டு அறிய முடியவில்லை அவரால். அவர்களைப் பகடைக்காயாக உருட்டிவிட்டு வேடிக்கை பார்க்கிறார். பகடைக்காய்கள் உருண்டாலும் உயிர்ப் பொருட்கள் ஆகமாட்டாதே. உயிர்ப் பொருள்களாகக் கலை யுலகத்துப் பொருள்கள் நம்மைப் பாதிக்கும்படியாக ஒரு மாயம் ஏற்படுத்தும் திறமைதானே ஒரு கலைஞன் சாதனை.

❖ ❖

# 7

# திறமை அறிகுறி

இந்த மாயத்தை ஏற்படுத்தக்கூடிய ஒரு திறமையை 'மலரும் மணமும்' படைப்பாளியிடம் காணமுடிகிறது. 'மலரும் மணமும்' கதை: 'குளத்தங்கரை அரசமரம்' வழி வந்தது என்று முன்பு எழுதியிருக்கிறேன். *ஆனந்தவிகடன்* சிறுகதைப் போட்டி தனக்குத் தெரியவரும் வரையில் சிறுகதைபற்றி தான் எண்ணிப் பார்த்ததே இல்லை, அந்தச் சொல்லையே புரிந்துகொண்டதுமில்லை என்கிற ராமையா, தனது முதல் கதையை ஒரு கலைஞனுக்கு வேண்டிய மனப்பூர்வத்துடன், தீவிரத்துடன், பொறுப் புணர்வுடன், கற்பனைத் திறனுடன், சொல்திறமை யுடன் எழுதி இருப்பது அன்று வியக்கவைத்தது. அந்தக் கதையை அன்று படிக்க வாய்ப்பு ஏற்பட்டவர்களிடம் ஏற்பட்ட பாதிப்பை நான் இன்னும் புதுமையாக நினைவில் வைத்திருக்கிறேன். 'குளத்தங்கரை அரசமரம்' கதைக்குப் பிறகு பேசப்பட்ட கதை அதுதான். ஏன் அப்படிப் பேசப்பட்டது?

'மலரும் மணமும்' அன்றைக்குக் கொஞ்சம் புரட்சி கரமான கதை என்று முன்பு கூறியிருக்கிறேன். 'குளத்தங் கரை அரசமரம்' கதை முடிவு அன்று ஏற்கப்பட்ட முடிவு, மனமுறிவிலே ஏற்படுகிற விபரீத விளைவு இயல் பானதாகக் கருதப்பட்டது. அன்றைய சமூகச் சூழ் நிலையில். மாதவையரின் கதைகளில் காணும் இடிந்த வாழ்வு பாதித்த மனங்களின் காரியங்கள் சமூகத்தில் தவிர்க்க முடியாதவையாகி, அந்நிலையில் அது சகஜ மானதாக, வேறுவழி இல்லாத முடிவுக்கு வர ஏற்பட்ட ஒரு சூழ்நிலைக்காலத்து நிகழ்ச்சிகளாக உணர்ச்சித் தீவிரத்தின் விளைவுகளாக இருந்தன. சமூகச் சூழ்நிலை

அன்று அப்படி. எதிர்த்து முண்டிப்போகத் தெம்பு இல்லாமல் தனக்குள் புழுங்கிக்கொண்டு, சித்திரவதைப்படுவதுதான் அதிகபட்சம் செய்ய முடிந்தது. இதைக் 'குளத்தங்கரை அரச மரம்', என்னை மறந்துவிடு' கதைகளில் காண்கிறோம். ஆனால் 'மலரும் மணமும்' கதையில் எதிர்நீச்சுப் போட்டு மனப் புழுக்கத்துக்கு ஒரு விடுவிப்பு, விடுதலை காணச் செய்யும் முயற்சியில் இறங்கும் துணிச்சலைப் பார்க்க, பாராட்ட, ஏற்க மன இணக்கம் இல்லை *விகடன்* போட்டி நீதிபதிகளின் பெரும்பான்மையினருக்கு. ராமையாவின் துணிச்சல், விதவை செல்லத்துக்கு மறுமணம் செய்வித்த ஒரு சமுதாய உள்ளத்துக் காரியத்தோடு மட்டும் நிற்கவில்லை. மாதவையர் இதோடு நின்றிருப்பார் திருப்தி அடைந்து.

ஆனால் ராமையா ஒரு உளவியல்வாதி, அன்றைய தனி மனித உள்ளத்தின் உளப்பாங்கையும் உன்னிப்பாகக் கவனித்தவர். விதவா விவாகம் உடனே அந்த இருவரது வாழ்வையும் இன்பகரமானதாக ஆக்கிவிட முடியும், அது ஒரு 'சொலூஷன்' திறவு என்ற முடிவுக்கு வரவில்லை. காரணம் அந்தத் தனி மனிதர்கள் இருவருக்கும், தங்களது மனப்போக்கு அடிப்படையில் தாங்கள் வளர்த்துவந்த ஆசை, ஏமாற்றம் இவைகளின் பாதிப்பால் அவர்கள் மனம் சலன மடைந்து பேதலித்த மனநிலை இருந்து வந்ததுதான். பொதுப் படையாக சமூகச் சீர்திருத்த நோக்கில் பிரச்னைகளை நோக்கு வது வேறு; தனி மனித மனப்பாங்காக ஒரு பிரச்னையைக் காண்பது வேறு. மாதவையர் சமூக நோக்காக, பொதுப் படையாகப் பார்த்தவர். ராமையா தனி மனிதப் பாங்காக உளவியல் ரீதியாகப் பார்த்தவர்.

சமூக ரீதியாக இலக்கியத்தைப் பார்ப்பது அன்று சீர் திருத்தவாதிகளுக்கும், சமுதாய ரீதியாக இலக்கியத்தைப் பார்ப்பது இன்று பொருளாதாரவாதிகளுக்கும் பிடித்தமான காரியம். ஆனால் கலைஞன் சமூகம், சமுதாயம் இரண்டை விட இலக்கியத்தில், ஒரு கலைப் படைப்பில் தனி மனித உணர்வுக்குத்தான் அழுத்தம் கொடுப்பான். இலக்கியத்துக்கும் சமூகத்துக்கும், சமுதாயத்துக்கும் உள்ள உறவு அவனுக்குத் தெரியும். தான் ஒரு அம்சமாக இருக்கும் வாழ்வு உலகத்தி லிருந்து இலக்கியம் பிரிந்து இருக்க முடியாது என்பதை ஏற்றுக்கொள்பவன்தான் கலைஞன். மறுப்பவன் இல்லை. ஆனால் இந்தச் சமூக, சமுதாய வாழ்வு உலக நியதிகளுக்குக் கட்டுப்பட்டு, அவைகளின் விளைவுகள் சம்பந்தமானதாக, அவைகளுக்குக் கீழ்ப்படிந்து அடங்கி நடக்கும் காரியங்கள் சம்பந்தப்பட்ட துறை அது என்று கருதமாட்டான். இந்தச் சமூக, சமுதாய வாழ்வு உலக நியதிகளால் பாதிக்கப்பட்டு

அதன் விளைவுகளை அநுபவித்த ஒரு தனி மனித உள்ளம் எவ்வாறு எதிருறைக்கும் அதைப்புக்கொள்ளும், வைக்கப்பட்ட ஒரு குறிப்பிட்ட விதமான நிலையில், மன நிலையில் என்று குடைந்து பார்க்க முற்படுவான். வெளியுலகச் சட்டதிட்டம் அவனுக்கு எஜமான் அல்ல. தனி மனித மனவோட்டம் தான் அதிகாரி அவனுக்கு.

எனவே 'மலரும் மணமும்' கதையில் ராமையா, வைக்கப் பட்ட ஒரு நிலையில் இரு உள்ளங்களின் மோதலைத் தன் பார்வையாக எடுத்துக்கொண்டார். செல்வமும் ராமதாஸும் மாறிமாறிச் சுழலில் அகப்பட்டுத் தடுமாறுவதையும் கடைசிச் சுழல் அவர்களைப் பலிவாங்கிவிட்டதையும் பார்க்கிறோம். 'மலரும் மணமும்' கதையில் இந்தப் பலி வாங்குதல் சாதாரண நிகழ்ச்சியாக முடிவுகொள்கிறது. முதலில் ராமதாஸும் பின்னால் செல்லமும் தங்களுக்குள் ஏற்றிக்கொள்கிற ஒரு ஆசை வெறி, சாத்தியத் தன்மைக்கு இடம் வைக்கிறது. ஆனால், அவர்கள் மனப்பாங்கிலே உள்ள சிறு சிறு இருட்டு ஓரங்கள் இந்தச் சாத்தியத் தன்மைக்கு உலை வைத்துவிடுகின்றன. இந்தக் கதாபாத்திரங்களின் மனவோட்டத்தை, அவர்கள் குணங் களால் ஏற்படுகிற மனநிலை மாறுதல்களை அதன் விளைவாக அவர்கள் பேசுகிறதை, செய்கிற காரியங்களை, கதையின் வளர் போக்கிலே பார்க்கிறபோது, ஏற்படுகிற முடிவால், தவிர்க்க முடியாமை என்கிறோமே – இப்படி நேருவதைத் தடுக்க முடியாது. இவர்கள் உறவில் வேறு வழி இல்லை என்பதை நாம் உணர முடிகிறது. அந்த முடிவுக்கு நாம் வரும்படியான அளவுக்குக் கதையில் தரப்பட்ட தகவல்கள் தங்களுக்குள் பொருந்தும், இயையும் ஒரு விவகாரத் தன்மை வாய்ந்தனவாக இருக்கின்றன. அத்தகைய தகவல்களைத் தன் கற்பனையில் உற்பத்தி செய்து பாவு போட்டு நெய்த கதையாக, ஒரு தத்துவத்தை அடிப்படையாகக் கொண்டு அமைந்திருக்கிறார் ராமையா.

ராமையாவின் கதையை ஆய்வு செய்கிற உத்தேசம் இல்லை எனக்கு இங்கு. சிறுகதை இலக்கியத்தில் அதன் இடத்தை நிதானிக்கும் அளவுக்குத்தான் அதைப் பற்றி ஆராய்வு. பின்னர் ராமையா எழுதிய பல சிறந்த சிறுகதை களைப் படித்த அனுபவத்தில் எனக்குச் சொல்லத் தோன்று வது இதுதான். கதை சொல்லும் அழகிலே ராமையாவை மண்புரட்ட இன்னும் ஒரு சிறுகதைக்காரன் தோன்றவில்லை. இந்தத் தனித் திறமைக்கான அறிகுறியை ராமையாவின் முதல் கதையிலேயே காண்கிறோம். 'ஊமைச்சி காதல்' கதையையும் 'மலரும் மணமும்' கதையையும் சேர்த்து வைத்துப் படித்துப்

பார்க்கிறபோது இதை உணர முடியும். றாலி மாணவன் எழுதும் ஒரு 'காம்போஸிஷன்' எழுதி இருக்கிறார். ராமையா ஒரு உணர்ச்சிச் சித்திரம் எழுப்பி இருக்கிறார். ராமையாவின் நடை இலக்கிய நடை. றாலியின் நடை 'காம்போஸிஷன்' நடை. ராமையாவுக்கு வர்ணிக்கத் தெரிந்தது. றாலிக்குத் தெரியவில்லை. ஒப்பிட்டுப் பார்ப்போமே.

*'பெண்ணுக்குத்தான் என்ன? தங்கப்பதுமை போலிருந்தது' – றாலி*

'இதழ் விரித்துப் புன்னகையுடன் தன்னைச் சுற்றி நறு மணத்தை விசிறிக்கொண்டிருக்கும், ரோஜா மலரைப் போல் அவள் காணப்பட்டாள்.

செடியிலிருந்து பறித்தெறியப்பட்டு வாடி வதங்கிக் கிடக்கும் ஒரு மலர்போல் தோன்றினாள்' – ராமையா.

வர்ணனை இருக்கட்டும். உணர்ச்சி வெளியீடு எப்படி?

'செல்லம் என்று அழைத்த ராமதாஸ் அவளிடம் ஏதோ சொல்ல விரும்பினான். அவனால் தனது உள்ளக் கருத்தை வெளியிட முடியவில்லை. அவன் அழைத்தவுடன் செல்லம் ஆவலின் உருவமாக அவன்முன் வந்து நின்றாள். அவளுடைய முழு உருவமும் கெஞ்சுதலின் சித்திரமாக இருந்தன. ஒருவரது உள்ளக் கருத்தை மற்றவர் நன்றாக அறிந்துகொண்டனர். அவன் ஒரு வார்த்தை சொல்லமாட்டானாவென்று செல்லம் ஏங்கினாள். அந்த வார்த்தையைச் சொல்லப் போதிய தைரியம் வராதா என்று ராமதாஸ் துடித்தான்' – ராமையா.

பின் எழுதிய கதைகளில் இன்னும் வெகு திறன்பட உணர்ச்சி வெளியீட்டைக் கையாண்டுள்ள ராமையாவின் இந்த ஆரம்ப கால வரிகளுக்கு ஈடாக்கக்கூட றாலி கதையில் ஒரு வரி கிடையாது. சிறுகதை இலக்கிய ஆரம்பகாலப் படைப்புகளில் நாம் காணும் இந்த நிறைகுறைகளை வைத்து அளவிடுவதால் பின்னர் வளர் சிறுகதை இலக்கியப் படைப்புகளின் தராதரத்தை அளவிட நமக்குச் சாத்யமாகும்.

❖ ❖

# 8

# தேர்ந்த கையும் புதுக்கையும்

'மலரும் மணமும்' கதையை 'ஊமைச்சி காதல்' கதையுடன் ஒப்பிட்டுப் பார்ப்பதைவிட வ.வே.சு. அய்யர், ராமையா இருவரது கதைகளையும் ஒன்று சேர்த்துப் பார்ப்பதுதான் சரியான காரியம். ஒரு போட்டிக்கு வந்த இரண்டு கதைகளில் ஒன்றுக்குப் பரிசு கிடைத்தது. மற்றதுக்குக் கிடைக்கவில்லை என்பதனால் முதல் இரண்டையும் சீர்தூக்கிப் பார்க்க நேர்ந்தது. மற்றப்படி எந்த விதத்திலும் இணை பார்க்க வழி எதுவும் இல்லை. பின் இரண்டையும் சேர்த்துப் படிக்கிறபோது தான் இரண்டு படைப்பாளிகளின் திறமைகள் தெரிய வருகின்றன. நான் ஒரு போட்டி வைத்து நான் ஒருவனே நீதிபதியாக இருந்தால் 'குளத்தங்கரை அரசமரம்', 'மலரும் மணமும்' ஆகிய இரண்டு கதைகளும் போட்டிக்கு வந்திருந்தால் நான் எதைத் தேர்ந்தெடுப்பேன் என்று எனக்குள் கேட்டுக்கொள்கிறேன். நிச்சயமாக 'குளத்தங் கரை அரசமரம்'தான் பரிசு பெறும். ஏன்?

படிக்கிற போக்கிலே 'குளத்தங்கரை அரசமரம்' எழுதின கை ஒரு 'மெச்சூர்' என்கிறோமே கைதேர்ந்த கலைக்காரனின் கை என்பது படுகிறது. அய்யரின் முதல் கதையா அது, இல்லை பின்னர் எழுதப்பட்டதா என்கிற தகவல் எனக்குத் தெரியவில்லை. (தெரியப் படுத்துபவர்களுக்கு நன்றி செலுத்துவேன்.) அது அவரது முதல் கதையாக இருக்க முடியாது என்பது என் அனு மானம். இருந்ததானால் அது ஒரு பெரிய சாதனை. ஏறக்குறைய ஒரு முழுமையான கலைப் படைப்பு அது. 'மலரும் மணமும்' கதையைப் படிக்கிறபோது அது ஒரு புதிய கை, ஆனால் திறமை அறிகுறி காட்டும்

கை என்பது படுகிறது. அதுக்குப் பின் ராமையா எழுதியுள்ள நூற்றுக்கணக்கான சிறுகதைகளிலே இருந்து சிறந்ததாக – சில தலைசிறந்ததாக, பொறுக்கக்கூடிய பத்துக் கணக்கான கதைகளைப் படித்திருக்கிற இன்றய நிலையிலிருந்து 'மலரும் மணமும்' மட்டும் இல்லை. 'குளத்தங்கரை அரசமரம்' கதையை விடத் தூக்கலான சிறுகதைகளை அவர் எழுதி இருக்கிறார் என்று சொல்லத் துணிகிறேன்.

'மலரும் மணமும்' சில நல்ல அம்சங்களை உள்ளடக்கி இருக்கிறதுதான். அய்யரைவிட, தீவிரமான, வலுவான கதைப் பொருளைக் கொண்டிருக்கிறது 'அம்பிஷஸ்' என்கிறோமே, ஒரு பெரும் பிரயத்தன, பேரவாக் கொண்ட முயற்சி என்பதும் கூட. இதுவும் ஒரு மகத்தான சோக நாடகத்தை நமக்கு முன் நடத்திக் காட்டுகிறதுதான். தவிர்க்க முடியாத ஒரு முடிவிலே, விபரீதத்திலே முடிகிற ஒரு காட்சியை நம் மனதில் உருவாக்குகிறதுதான். அய்யரைவிட ஒருபடி முற்போக்கான அம்சம், உளப்பாங்குரீதியாக இன்னும் ஆழ்ந்து, விண்டு பார்த்து மோதல் ஏற்படுத்தி, சிக்கல் விளைவித்து, மனக் குடைசலை ராமையா காட்ட முயன்றிருப்பதுதான்.

இன்னும் சொல்லப்போனால் 'ஸைகலாஜிக்கல்' என்கிறோமே மனோதத்துவப் போக்காக நுட்பமாகச் சித்தரிப்பது, மென்மையாகச் சொல்வது, ஆகிய விசேஷ அம்சங்கள் 'மலரும் மணமும்' கதையில்தான் தொனிக்கின்றன. ஏன், பிறக்கின்றன என்றே சொல்லலாம். அய்யர் கதையில் மனநிலை வர்ணிக்கப் படுகிறது சிறப்பாக வெளியே இருந்து. ராமையா கதையிலோ மனநிலை ஆராயப்படுகிறது உட்புகுந்து. அய்யரைவிட ராமையா பாத்திரங்களின் மனவோட்டத்தை நிதானமாகவும், 'ஸடிலிடி' என்கிறோமே கூரியதன்மையுடனும் தொடர்கிறார். மேலும் உணர்ச்சி வெளியீடு ராமையாவின் கைகளில் இன்னும் நாசூக்கானதாக மட்டும் இல்லாமல் சூசனையாகவும் உணர்த்துவதும் கையாளப்பட்டிருக்கிறது. அய்யர் கொஞ்சம் குரலை உயர்த்தி இருக்கிறார் அழுத்தம் காட்ட; ராமையா குரலை உயர்த்தாமலே உணர்ச்சித் தீவிரம் காட்ட முயன் றிருக்கிறார்.

மாதவையர்போல் ஒரு சமூகச் சீர்திருத்தப் பிரச்னையைத் தன் கதையடக்கமாகத் தேர்ந்தெடுத்துக்கொண்டாலும் ராமையா அவரைப் போல வெறும் சீர்திருத்தக்காரராகக் குரல் கொடுக்காமல் கலைஞனாகப் பேசுகிறார். அய்யரும், மாதவையரும் கலந்த உருவம் ராமையா. அய்யர் கதை சொல்கிற போக்கிலே அவ்வளவையும் சொல்லிவிடுகிறார். நம் யூகத்துக்கு இடம் விடவில்லை. அவர் சொற்களின்

வலுவிலேயே நாம் கதையைத் தொடர்கிறோம். ராமையா நம் யூகத்துக்கு இடம் தருகிறார் ருக்மணி – நாகராஜன் நினைப்பு நமக்கு வெளிப்படையாக அறிய முடிகிறது. அவர்களே தங்கள் மனநிலையைத் தாங்களே வார்த்தைகள் மூலம் அப்படியே வெளிக்காட்டிவிடுகிறார்கள். அவர்கள் சொல்லா ததை மரம் வெளியிட்டு விடுகிறது. செல்லமும் ராமதாஸும் பேசுவதே கொஞ்சம். அதிலும் தங்கள் சொற்கள் மூலம் நினைப்பை வெளியிடுவதைவிட வெளியிடாமல் அதிகம் அடக்கிக் கொள்கிறார்கள் என்பதை நாம் உணர்கிறோம்.

நாகராஜன் தன்னைக் கைவிட்டுவிடுவான் என்று ருக்மணிக்கு மனதில் நிச்சயமாகப் பட்டதும் அவன் அவளைச் சந்திக்கிறபோது, தான் பிராணனை விடப்போவதைத் தவிர வேறு வழி இல்லை என்பதை மறைக்காமல் சொல்லிவிட்டாள். ஆனால் 'உன்னுடைய திருப்திக்கும் சந்தோஷத்திற்கும்தான் நான் இதற்கு சம்மதிக்கிறேன் . . . உயிருள்ள வரை இந்தக் கட்டையை நீ பயன்படுத்திக் கொள்ளலாம்' என்று சொல்லி அவன்மீது ஆயாசத்துடன் பெருமூச்செறிந்து சாய்ந்த செல்லம் ராமதாஸ் அரவணைப்பில் ஒரு மணமற்ற மலராகத் துவண்டு விழுந்துகிடக்கும் நிலை ஏற்படுவதை நாம் அவள் முன் பேச்சிலே இருந்து ஒரு அட்சரம் மூலம்கூட அறிய முடிய வில்லை. கதாபாத்திரம் செல்லத்தின் குணமே அப்படி. இந்தக் குணத்தைக் காட்டிக் கொடுக்காமல் கதாபாத்திரத்துக்கு நியாயம் செய்து நம்மை வியப்பில் ஆழ்த்தும் விதமாக ஒரு முடிவை ஏற்படுத்திவிட்டார் ராமையா. முடிவு நம்மை வியப்பில் ஆழ்த்துகிறது உடனேயே. ஆனால் அடுத்த கணம் நமக்கு செல்லம் மணமற்ற மலராக ஆனது எதிர்பார்க்காமல் நம்மைத் தூக்கிப் போடும்படியாகச் செய்யப்படவில்லை என்று படுகிறது. நாம் கொஞ்சம் கதையில் முன்னே பார்க் கிறோம். செல்லத்துக்கு எப்போதோ மனம் முறிந்துவிட்டதே. அவள் வராதா என்று பார்த்து நின்ற கணம் வந்தும் அது கிட்டாமல் ஏமாந்துபோன நிலையையும், காலம் கடந்து வந்த உறவு அவளுக்கு அர்த்தமற்றுப் போனதையும் சேர்த்துப் பார்க்கிறபோது, ஏற்கெனவே மணம் இழந்த மலராக ஆகி இருந்த செல்லத்துக்கு மணமற்ற மலர் வாழ்வு ஏற்பட்டது இயல்பானதாக, யதார்த்தமானதாகவே நமக்குப் படுகிறது.

ஆனால் நாகராஜனிடம் இடி மழை இரவில் விடை பெற்றுச் செல்கிற ருக்மணி சொல்லிச் செல்லும் வார்த்தைகள், கொஞ்சம், அவளை மட்டுமல்ல, முடிவையும் காட்டிக்கொடுத்து விடுகிறது. தவிர்க்க முடியாத முடிவுதான் என்றாலும் இப்படி ஏற்படக் கூடும் என்று நினைக்க வைத்துவிட்டது. அப்படி

ஏற்பட்டதும் வியப்பு ஏற்படுத்தவில்லை. இந்த அம்சத்தில் ராமையா மனப்பாங்கைச் சித்தரிப்பதில் அதிக அக்கறையும், சொல் முறைப் பாங்கும் காட்டி இருக்கிறார். வியப்பைக் கடைசிவரை காப்பாற்றிவிட்டார்.

இந்த வியப்பைச் சரிவரத் தரமுடிந்த ராமையா கொஞ்சம் மாதவையராகவும் பேசிவிட்டார் ஒரு சந்தர்ப்பத்தில். ராமதாஸ் சட்டக் கல்லூரியில் படிக்கச் செல்லுமுன் அவனும் செல்லமும் தனியாகச் சந்திக்க ஏற்பட்ட சம்பவத்தைச் சித்தரிக்கையில் கொஞ்சம் நின்று, கதையைத் தடைப்படுத்தித் தான், கதையின் சுருதி பிசகும்படிதான், சமூகத்தில் வைதவ்யத்தின் கொடுமையையும், அத்தகையவளுக்கு மனதை மூடிக் கொண்டிருக்கும் திரை விலகி அவள் மனதிலே ஒரு புது உணர்ச்சி ஊக்கிவிடக்கூடிய சந்தர்ப்பங்களையும் பற்றி ஒரு குட்டிப் பிரசங்கம் செய்தே விடுகிறார். ('நமது இந்து சமூகத்தில் . . . தூண்டி விடக்கூடும்' வரை உள்ள இரண்டு பாராக்கள்.) நீதி போதித்தலுக்கான குளத்தங்கரை அரச மரத்தின் வார்த்தைகளை அதன் பேதமையை உத்தேசித்து மன்னிக்கத் தயாராக இருந்த நான், மாதவையரின் கதையில் பெரும் பகுதி, சமூகக் கொடுமைகள், அபாக்யவதிகளின் அவதி, சீர்த்திருத்த வற்புறுத்தல் ஆகியவையே இருந்ததைக் கண்டித்த நான், ராமையாவின் இந்த வரிகள் ரசனைக்கு இடையூறாக இருந்ததைக் குறிப்பிட்டுத்தான் ஆகவேண்டும். அதுவரையில் சிறுகதை என்ற சொல்லைத் தான் புரிந்து கொண்டதே இல்லை என்கிற ராமையா தனது முதல் கதையில் இதைச் செய்தவர் என்பதை வைத்துக்கொண்டு தான் நான் இதைப் பார்க்கிறேன். அதுக்குப் பிறகு இரண்டாம் தடவை இந்த தவறை ராமையா செய்ததாக என் ஞாபகத்துக்கு எட்டிய வரையில் கிடையாது. இதை வைத்துத்தான், அய்யரையும் ராமையாவையும் ஒப்புநோக்கிப் பார்த்து, அய்யர் கை தேர்ந்த கை என்று குறிப்பிட்டேன். அது மட்டுமல்ல, வர்ணனை சாமர்த்தியம் றாலியைவிட ராமையாவுக்குப் பல மடங்கு அதிகம் என்றாலும் அய்யர் அளவுக்கு ராமையாவுக்கு அந்தச் சிறுகதை மூலம் தெரியவரவில்லை. நீங்கள் இரண்டையும் சேர்த்துப் படிக்கிறபோது தெரியும். கதை சொல்லும் அழகில் ராமையாவை மண் புரட்ட இன்னும் ஒரு சிறுகதைக்காரன் தோன்றவில்லை என்று எழுதியிருந்தேன். ஆனால் 'குளத்தங் கரை அரசமரம்' கதைசொல்லிமுன் 'மலரும் மணமும்' கதைசொல்லி நிற்க முடியாது. அய்யர் உத்தி புதிதாகக் கையாண்டார். 'மலரும் மணமும்' உத்தி புதிதல்ல. அய்யர் நினைப்புகளில் கதையை உருவாக்குகிறார். ராமையா மன நிலையை அடிப்படையாகக் கொண்டாலும், நிகழ்ச்சிச் சம்பவங்

களை ஒன்றன்பின் ஒன்றாக அடுக்கிக் கதை வளர்த்தார். நிகழ்ச்சிக் கோர்வையாகவே தந்தார். ராமையா சொல்லி இருக்கிறார்: 'நான் என் வாழ்க்கையில் நேருக்கு நேர் கண்ட அல்லது அனுபவித்த கணங்களைத்தான் என் கதைகளில் பிடித்து வைக்க முயல்வது வழக்கம்' என்று. இது கொஞ்சம் புதிராகவே இருக்கிறது எனக்கு. வாழ்க்கையில் நேருக்கு ஒருவன் கண்ட அல்லது அனுபவித்த கணங்களைத்தான் தன் கதைகளில் பிடித்து வைப்பதுதான் ஒரு கலைஞன், படைப் பாளி செய்கிற காரியமா? இல்லை, அவரே சொல்வது போல், 'என் அனுபவத்தில் அறியும் ஒரு மனநிலையைக் கற்பனையில் பாவுபோட்டு நெய்வது' ஒரு கலைஞன் அல்லது படைப்பாளி செய்கிற காரியமா? இரண்டில் எது?

ஒவ்வொரு கதைக்கும் பிறந்த கதை இருக்கலாம், உண்டு. ஆனால் பிறந்த கதை கற்பனையில் நெய்யப்பட்ட கதையாக ஆகிறபோது, வாழ்க்கையில் அனுபவித்த கணங்களைக் கதையில் பிடித்து வைப்பது என்பது ஆகாதே. கட்டுக்கதையில் நாம் பிடித்து வைக்கும் கணங்கள் வேறு, வாழ்க்கையில் நாம் அனு பவிக்கும் கணங்கள் வேறு. வாழ்க்கையில் நடப்புக் கணங்கள், கதை உலகில் கற்பனை நடப்புக் கணங்கள். நடப்புக் கணங் களிலே நிகழ்வதை, அவன் உணர்வதை, ரசிப்பதை, விமர்சனக் கண்ணோடு பார்க்கிறான். 'வெளி உலக நடப்புக்கும் உள் உலக பிரமைக்கும் ஏற்படுகிற உறவிலே விளைகிறதுதான் கதை. வாழ்க்கையில் ஏதோ ஒன்று எழுத்தாளன் மனதில் சுரீரிடுகிறது. அதுக்கு அவன் பிரமை உதவுகிறது. அவன் அனுபவத்தை விளக்குகிறது. விஷயம் இருக்கிற விதமாக இருப்பதை ஏற்க மறுத்து வேறுவிதமாக இருந்தால் எப்படி இருக்கும் என்கிற விதமாக அவைகளைப் படைக்க முற்படுவது தானே கதை. தெரிந்ததைக் கொண்டு தெரியாததைப் பார்க்க முற்படுவதுதானே படைப்பாளியின் கற்பனை. நிஜ நடப்புக்கும் கற்பனைக்கும் பாலம் கட்டுவதுதானே அவன் படைப்பு முயற்சி?

எனவே வாழ்க்கையில் நேருக்கு நேர் கண்ட, அனுபவித்த கணங்கள் இல்லை கதைகளில் பிடித்து வைக்க முற்படும் கணங்கள். அனுபவத்தில் அறியும் ஒரு மனநிலையைக் கற்பனையில் பாவு போட்டு நெய்யப்பட்ட கணங்கள்தான். இந்தக் கணங்களைத்தான் ராமையா கதைகளில் பார்க்கிறோம். ராமையாவுக்கு இந்தக் கணங்களைப் பிடித்து வைக்க முயலும், வைக்கும் சக்தி நிறைய இருக்கிறது. ராமையா பின்னர் எழுதி யுள்ள 'கார்னிவல்', 'தொண்டர் நாதன் தூது', 'குஞ்சிதபாதம்', 'பணம் பிழைத்தது' போன்ற கதைகளில் இதை வெகு திறமை

யாகச் சாதித்திருக்கிறார். ஆனால், 'மலரும் மணமும்' கதையில் இந்த முயற்சி கோடிகாட்டலாகத்தான் செய்யப்பட்டிருக்கிறதே தவிர முத்திரையாகப் பதியவில்லை. ராமையா இதைச் சொல்லி இருப்பதால் இங்கு பிரஸ்தாபிக்க நேர்ந்ததே தவிர இந்தத் தன்மையை வைத்து இந்தக் கதையை அளவிடுவதற்காக பிரஸ்தாபிக்க வரவில்லை. அந்தத் தன்மையைப் பற்றி சிந்திக் காமலே இந்தக் கதையைப் பார்க்கலாம். அதனால் கதைக்குக் குந்தகம் ஏற்படவில்லை.

'குளத்தங்கரை அரசமரம்' பெற்றிருக்கிற ஒன்றிப்பு ரொம்ப சுத்தமானது. பிசிர் இல்லாதது – உத்தி காரணமாக, உத்தியைச் சரிவரக் கையாண்டது காரணமாக. கதைக் களத்தில் உள்ள காலக் கணக்கு இரண்டு கதைகளுக்கும் ஒரேமாதிரி நீளம்தான். செல்லமும் குழந்தையிலே இருந்து வளர்கிறாள் பதினெட்டு வயது வரை. ருக்மணியும் குழந்தையிலேயிருந்து வளர்கிறாள் பதினேழு வயதுவரை. அவர்களைப் பற்றின கதைதானே. இந்தக் காலத்தைக் கதையிலே விட்டுக் காட்டாமல் சித்தரிக்க குளத்தங்கரை அரசமரம் உத்தி சிறப்பாகப் பயன்பட்டிருக் கிறது, நான் ஏற்கெனவே சொன்னபடி, ஒரு குரல் பேச்சாக, நினைப்புகளாகச் சொல்லப்பட்டதினாலே. 'மலரும் மணமும்' கதையிலே வேறு உத்தி. கொஞ்சம் சம்பிரதாய உத்திதான். இதுக்கு அப்புறம் அது, அதுக்கு அப்புறம் இது என்ற வரிசைக் கிரமம். இது கொஞ்சம் இடைவெளியை விட்டுக்காட்டத்தான் செய்கிறது. கதாசிரியர் சொல்லிச் சொல்லிக் கதையைச் சேர்த்துக் கொண்டே போகவேண்டி இருக்கிறது. கதைக்குச் சம்பந்த மான விஷயம்தான், குந்தகம் விளைவிக்காத தகவல் தான் அடுக்கப்பட்டிருக்கிறது. சிறுகதை எல்லைக்கு உட்பட்டும் தான். அதெல்லாம் இல்லை என்று சொல்ல முடியாது. ஆனால் 'குளத்தங்கரை அரசமரம்' எக்ஸ்பிரஸ் பிரயாணம் மாதிரியும் 'மலரும் மணமும்' பாசஞ்சர் பிரயாணம் மாதிரியும் படுகிறது. போகிற ஊர் ஒன்றுதான், நடுவே நிற்கிறதுதான் அதிகம்.

இந்த மாதிரி நீண்ட பகுதி வாழ்க்கைச் சரித்திரத்தை அளவாகக் கொண்டு ஒரு நாவல் எழுதுவது வேறு, சிறுகதை எழுதுவது வேறு. நாவலுக்குக் கலப்பு அதிகம். சிறுகதைக்கு ஒரே சாமான்தான். 'மலரும் மணமும்' ஒரு சிறுகதைக்கு உரிய, ஒரு கட்டத்து மனநிலைப் போராட்டத்துக்கு, மோதலுக்கு உதவும் வகையாகக் கதை ஏற்றத்தைக் கொண்டு செல்லும் நிகழ்ச்சிகளைக்கொண்டு மட்டுமே ஆனது என்பது சந்தேகமே இல்லை. ஆனால் அது ரொம்பவும் அறாத மனவோட்ட வழியே செல்லாமல், ஒரு சில காலகட்டத்துச் சம்பவங்கள் மூலம் ஒரு தொடர்பு கொடுத்து, அதேசமயம் கதையின் முழு அங்கக் கட்டுப்பாடுக்குப் பாதகம் செய்யாத வகையில்

ஒரு காலகட்டத்துக்கும் அடுத்த காலகட்டத்துக்கும் முரண் பாடு, மாறுபாடு காட்டாத வகையில் உளப்பாங்குப் போக்கை விருத்தி அடையச் செய்து ஒருமுனைப்படுத்திச் சென்று ஒருமிப்பு சாதிக்கப்பட்டிருக்கிறது.

ராமையாவின் இந்த முதல் கதையை எடுத்துக்கொண்டு இதைச் சொல்லும்போது ராமையா பின்னால் எழுதி இருக்கும் 'குடும்ப கௌரவம்' (*கல்கி: 17 – 1 – 1965*) என்ற கதையையும் வாசகர்கள் கவனத்துக்குக் கொண்டுவருகிறேன். ராமையாவின் சிறந்த கதைகளில் அது ஒன்று. இந்தக் கதையில் ராமையா தன் முதல் கதையில் கையாண்ட உத்தியிலிருந்து எவ்வளவு தாண்டி வந்திருக்கிறார் என்பதைப் பார்க்க முடிகிறது. ஒரு முதிர்ந்த, தேர்ந்த கையின் படைப்பு அது என்பதைப் பார்க்கலாம். ஒரு நிகழ் கணத்தைப் பிடித்து நிறுத்தி அதுக் குள்ளே எவ்வளவு காட்டி இருக்கிறார் ராமையா! உத்தி எவ்வளவு வசப்பட்டிருக்கிறது அந்தக் கதையில்!

உணர்ச்சி வெளியீடு சம்பந்தமாக ராமையா குறிப்பிடத் தக்கவர். சுத்தமாகச் சொல்பவர். அந்தத் தன்மையை 'மலரும் மணமும்' கதையில் ஓஹோ என்று இல்லாவிட்டாலும் பாஸ்மார்க் அளவுக்குப் பார்க்கிறோம். இன்று ஏராளமான சிறுகதைகள் எழுதிய அனுபவம் பெற்றவர்கள் சிறுகதைகள், இந்த பாஸ்மார்க்கூட பெறத் தவறிவிடுகின்றனவே. ஆனால் வ.வே.சு. இதில் 'டிஸ்டிங்ஷன்' வாங்கி இருக்கிறார். அந்தத் தன்மையைப்பற்றி நான் ஏற்கெனவே ஆராய்ந்திருக்கிறேன்.

ஆகவே இந்தச் சில தகவல்களைக் கொண்டு, 'குளத்தங் கரை அரசமரம்', 'மலரும் மணமும்' இரண்டையும் ஒப்பு நோக்கிப் பார்த்துவிட்டு, 'குளத்தங்கரை அரசமரம்' கதைக்குப் பின் வந்த, ஒரு பத்துப் பதினைந்து ஆண்டுக்கான இடை வெளிக்குப்பின் வந்த முதல் நல்ல மனோதத்துவக் கதை 'மலரும் மணமும்' என்று இடம் ஒதுக்கிக் கொடுத்து, இனி கல்கியின் 'கேதாரியின் தாயார்' சிறுகதையை எடுத்துக் கொண்டு பார்ப்போம்.

❖ ❖

# 9

# கைவன்மைக் குறைவு

'கேதாரியின் தாயார்' கதையை நான் எடுத்துக் கொள்ளக் காரணம் அதுவும் விதவை பற்றிய விஷயம் என்பதற்காக. கல்கியின் எத்தனாவது கதை அது என்பது எனக்குத் தெரியாது. முதல் கதை இல்லை அது. 1937க்கு முன் அது எழுதப்பட்டதையும் 'கணையாழியின் கனவு' புத்தகத்தில் அது இரண்டாவதாக இருப்பதையும் கொண்டு அது அவருடைய ஆரம்ப காலக் கதைகளில் ஒன்றாக இருக்கக்கூடும் என்று யூகிக்கிறேன். முடிந்த மட்டுக்கு ஆரம்பகாலக் கதைகளை எடுத்துக் கொள்வது இப் போதைய கணிப்புக்கு ஏற்றதாக இருக்கும்.

விதவையான தாய் அலங்கோலப் படுத்தப்பட்டதை எதிர்பாராதவிதமாகப் பார்க்க ஏற்பட்ட அதிர்ச்சியில் மனம் உடைந்து சாகிறான், சீமை சென்று படித்துத் திரும்பிய மகன். அவன் மனைவிக்கும் அதே கதி ஏற்பட்டதைக் கண்டு திடுக்கிடுகிறான் அவன் நண்பன். 'கேதாரியின் தாயார்' சோகக் கதைதான். கதையில் கேதாரியே, 'இந்த தனி கௌரவம் நம்முடைய சாதிக்கு மட்டும் வேண்டாம்' என்பதுபோல, ஒரு கொடிய வழக்கத்தினால் ஏற்படும் பரிதாபகரமான விளைவை, சோக சம்பவத்தை உள்ளடக்கமாகக் கொண்ட கதைதான். மாதவையருக்கு இருந்த ஆத்திரம் கல்கிக்கு இருக்கிறது. வேகம் இருந்திருக்கிறது. ஆனால் அவரைப் போல ஒரே அப்பட்டமான சீர்திருத்தப் பிரசார மனப்பாங்கு இல்லாமல் வ.வே.சு.வைப்போலக் கதையாக உருவாக்கித் தர வேண்டும் என்ற சிரத்தை இருந்திருக்கிறது. ஆகையால் மாதவையரைவிட ஒரு படி மேல் போனவர் கல்கி.

வ.வே.சு., மாதவையர், றாலி, ராமையா கதைகளைக் பார்த்துவிட்டு கல்கிக்கு வருகிறோம். எனவே 'கேதாரியின் தாயார்' எப்படி அமைந்திருக்கிறது, அதன் இடம் என்ன என்பதைக் கொஞ்சம் பார்ப்பது எளிதாக இருக்கிறது. முன்னவைகளில் உள்ள நிறை குறைகளை வைத்து இதைப் பார்க்க வாய்ப்பு ஏற்பட்டிருக்கிறது. இந்த நிலையில் பார்க்கிற போது, 'குளத்தங்கரை அரசமரம்', 'மலரும் மணமும்' வரிசையில் சேர்த்து சிலாக்யமான சிறுகதை அது என்று சொல்லத் தோன்றவில்லை. அதேசமயம், 'என்னை மன்னித்து மறந்து விடு', 'ஊமைச்சி காதல்' போலக் கழித்து விடக்கூடிய ஒன்றாகவும் நினைக்கத் தோன்றவில்லை. எழுத்தாளர் கல்கிக்குப் பல சாமர்த்தியங்கள் உண்டு. எழுத்தாளர் வ.ரா.வைப்போல. வ.ரா.வுக்குச் சிறுகதை கைவராதுபோல அவருக்கும் கை வர வில்லை என்பதை ஒட்டுமொத்தமாகப் பார்த்ததிலே இருந்து எனக்குச் சொல்லத் தோன்றுகிறது. சில குறைகள் இருந்த சிறுகதையுடன் ஆரம்பித்த ராமையா திருத்தி முன்னேறினார். கல்கி ஆரம்ப நிலையை விட்டு வளராமல் தன் கடைசிச் சிறுகதை வரையில் (அவர் கதைகள் பெரும்பாலானவற்றைச் சிறுகதை என்பதுகூட சரி இல்லை.) குறைகளுடனேயே தள்ளிவிட்டார். சிறுகதை உருவம் பற்றி அக்கறை இருக்காதது தான் காரணம். இது பொதுவாகச் சொல்லத் தோன்றுவது. 'கேதாரியின் தாயா'ரைப் பார்ப்போம். ஒரு அமங்கிலியின் கூந்தலுக்கு வந்த ஹானியை மையமாக வைத்துக் கதை எழுப்புதல் அதில். இந்தச் சமயத்தில் எனக்கு இன்னொரு கதை ஞாபகம் வருகிறது. ஒரு விதவையின் கூந்தல் பிழைத்ததை மையமாக வைத்து ராமையா எழுதிய 'பூச்சூட்டல்' என்ற கதை (1935). 'கேதாரியின் தாயார்' கதையும் 'பூச்சூட்டல்' கதையும் ஏகதேசம் சமகாலத்தவையாக இருக்கலாம். அல்லது கொஞ்சம் ஒன்றி ரண்டு ஆண்டுகள் முந்திப் பிந்தி இருக்கலாம். எனவே ஒரு பொருள் பற்றி இரு பார்வைகள் விழுந்த விளைவுப் படைப்புகள் இரண்டைச் சேர்த்துவைத்துப் பார்ப்பது பொருத்தமானது. இருவர் கையாண்ட விதமும் இருவர் கை நிறைவேற்றமும் தராதரம் பார்க்க வழிவைக்கும்.

'பூச்சூட்டல்' கதையில் விதவையான பெண்ணின் கூந்தல் அவளுடைய அண்ணாவின் முயற்சியால் தப்புகிறது. அது மட்டுமல்ல, பூவிழந்த அவள் மீண்டும் பூச்சூட்டிக் கொள்ளும் ஒரு புனர்வாழ்வுக்கும் வழி செய்யப்படுகிறது, எதிர்ப்பைச் சமாளித்து. 'கேதாரியின் தாயார்' கதையிலோ புனர்வாழ்வுக்கு வழி ஏற்படாதது கிடக்கட்டும், உருக்குலைக்கும் விபரீத காரியத்தை விதிவசமாகக் கருதிவிட்டுச் செயலிழந்து, முறிந்து போன வாழ்வுதான் காட்டப்படுகிறது. இரண்டுக்கும் இடம்

உண்டு. ஆனால் அவரவர் தம் உத்தேசம் நிறைவேற, அழகான கதையாக்க என்ன முயன்றிருக்கிறார்கள் என்று பார்ப்பது தான் நம் வேலை.

'பூச்சூட்டல்' கதையை ஆய்ந்து பார்க்க உத்தேசம் இல்லை இங்கு எனக்கு. 'மலரும் மணமும்' கதைக்குப்பின் இரண்டு ஆண்டுகள் கழித்து *மணிக்கொடி* காலத்தில் எழுதப்பட்ட கதை அது. *மணிக்கொடி* சூழ்நிலைக்கு நாம் இன்னும் வர வில்லை. இப்போது வெறுமனே குறிப்புக்குத்தான். 'மலரும் மணமும்' கதையைவிட நிறையும் கூட இருக்கிறது, குறையும் கூட இருக்கிறது. உணர்ச்சி வெளியீட்டிலே அதிகச் சிறப்பும், வர்ணனைத் திறத்தில் முன்னேற்றமும், ஆனால் உத்தி கை யாளலிலே வளர்ச்சியின்மையும் தெரிகிறது. ராமையா சிறு கதைகளை மொத்தமாகப் பின்னால் பார்க்க ஏற்படுகிறபோது விவரமாக ஆராயலாம்.

'கேதாரியன் தாயார்' சிறுகதை உருவம் பெற்றதுதான். 'குளத்தங்கரை அரசமரம்' மாதிரி ஒருவன் பின்நோக்கிய பார்வையில் பழசைத் திரும்ப நினைவுக்குக் கொண்டுவந்து மன அசை போடுகிற பாங்கில் உருவாக்கப்பட்டது. கேதாரியின் நண்பன் வரலாறு சொல்லி ஒரு அதிர்ச்சி நினைப்புடன் முடிக்கிறான். கல்கியின் சிறுகதைகள் பலவும் சிறுகதை அம்சத்துக்கு மீறின கதை அடக்கம் கொண்டதாக இருக்கும். சிறிய கதை அல்லது நீண்ட சிறுகதை என்று சொல்லக்கூடியவை. (அவர் பின்னால் எழுதிய 'சிரஞ்சிவிக் கதை' என்ற சிறுகதை குறிப்பிடத்தக்கது.) 'கேதாரியின் தாயார்' அப்படி இல்லாமல், ஆரம்பம், வளர்ச்சி முடிவு சிறுகதைப் பாங்குக்கு ஏற்ப அமைந்த சிறுகதைதான் – என்று சொல்கிறேன்.

ஆனால் சிறுகதை சொல்கிற மனப்பாங்கு கல்கிக்கு எப்படி இருந்தது? றாலியின் 'ஊமைச்சி காதல்' கதையைத் தேர்ந் தெடுத்துள்ள ஒரு மனம், ஒருவரது ரசனை உள்ளம் அவரது என்பதை மனதில் வைத்துக்கொண்டுதான் நான் பார்க்க முற்படுகிறேன். தானும் ஒரு கதை எழுதுகிறவராக இருந்து, றாலியின் கதையை ரசித்த ரசனைப் போக்கு எப்படி இருக்கும் என்று அவர் எழுத்தைக்கொண்டே பார்க்க ஆசை ஏற்படு கிறது. றாலி செய்த விளையாட்டு கல்கிக்குப் பிடித்திருக்கிறது. காரணம், கல்கியே அந்த மாதிரி விளையாட்டுகளைத் தன் கதைகளில் செய்யும் மனப்போக்கு கொண்டவராக இருந்ததே. 'கேதாரியின் தாயார்' கதையில் அது அவ்வளவாகக் காணப் படவில்லை. கதையின் சோக அம்சம் அதுக்கு இடம் கொடுக்க வில்லை. கல்கி வாழ்க்கையின் சோக அம்சங்களைத் தன் மட்டுக்குப் பிடிக்காமல் மூடிக்கொள்கிறவர் இல்லை; விகடன்

போக்குதான் அப்படிச் செயல்பட்டது என்று முன்பு எழுதி இருந்தேன். இந்த 'கேதாரியின் தாயார்' கதையிலேயே கதை சொல்கிறவன் வாய்மூலம் வெளியாகிற வரிகள் அவர் மனதை எழுதுகின்றன என்றுகூட எடுத்துக்கொள்ளலாம். அந்த வரிகள்:

> நம்முள் சிலர் சோக ரசத்தை அனுபவிப்பதற்காக நாடகங்களுக்குப் போவோம். ஆனால் வாழ்க்கையில் நம் கண் முன் நிகழும் சோக சம்பவங்களைப் பார்க்கப் பிடிக்காமல் கண்களை மூடிக் கொள்வோம். அத்தகையவர்கள் கேதாரியின் கதையைப் படிக்காமல் விடுவதே நல்லது.'

ஆகவே சோக ரசத்தைத் தன் கதைக்கு உரிய தொனியாக எடுத்துக்கொள்ளத் தயங்கவில்லை அவர் என்று முடிவு கொள்ளலாம். மாதவையரின் கதை விஷயம் போன்ற சமூக அவல நிலை ஒன்றை எடுத்துக்கொண்டு அதன் சோகத்தைப் பார்க்க முற்பட்டிருக்கிறார், ராமையா போலப் புரட்சிகரமான பார்வை கொள்ளாவிட்டாலும். ஆனால் மாதவையர் மாதிரி அவரும் வருத்தப்பட ஆரம்பித்துவிட்டார். கதை சொல்லி நண்பன் கதை நெடுக வருத்தப்பட்டுக்கொண்டே சொல்கிறான். அதை ஆசிரியக் குரலாகக் கொள்ளலாமே. மாதவையர் நிஜ நடப்பாக வேதனைக் குரல் காட்டுகிறார். கல்கி கதை நடப்பாக மனச் சங்கடம் கொள்கிறார். அதுதான் வித்யாசமும்கூட. மாதவையரிலிருந்து கல்கியைப் பிரித்துக் காட்டுவது இதுதான். இல்லாவிட்டால் கல்கியும் தப்பி இருக்கமாட்டார்.

❖ ❖

# 10

# நிறையும் குறையும்

கல்கி சோக ரசத்தைத் தொட்டிருந்தாலும் அதுக்கு நியாயம் செய்யக்கூடிய கைவன்மை இல்லை அவருக்கு. 'கேதாரிக்கு இந்த கதி நேரும் என்று யார் நினைத்தார்கள்? ஆமாம், ரொம்பவும் துயரமான கதைதான், இந்த பரிதாப வரலாற்றில் சொல்ல வேண்டியது இன்னும் ஒன்றுதான் பாக்கி இருக்கிறது.' இப்படித் துயரம், பரிதாபம், கதி என்று ஒருவர் சொல்லிச் சொல்லி சோக ரசம் ததும்பும் சித்திரத்தை எழுப்பிவிட முடியாது. ஒரு துயரச் சம்பவம் சம்பவமாகவே இருந்து நம்மைப் பாதிக்கும் நடப்பு உலகில், எழுத்து உலகில் துயரச் சம்பவம் எழுத்து மூலமாக உருவாகி நம்மைப் பாதிக்கும். அந்தப் பாதிப்புக்கு வகை செய்யும் சக்தி அந்த எழுத்துக்கு ஏற்றப்பட்டிருக்க வேண்டும். ராமையா வரிகள் 'பூச் சூட்டல்' கதையில்:

*(1)* 'பார்க்கப்போனால் சீதாவுக்கே தான் ஏன் பூ வைத்துக் கொள்ளக்கூடாது என்பதற்குக் காரணம் தெரியாது. விதவைகள் பூ வைத்துக்கொள்ளக் கூடாது. பொட்டு இட்டுக்கொள்ளக் கூடாது. அவ்வளவுதான் தெரியும் அவளுக்கு. ஹிந்துப் பொண்கள் ஏன் விதவையாகிறார்கள்? விதவை யானவர்கள் என்னென்ன செய்யக்கூடாது? ஏன் என்பதெல்லாம் தெரிந்திருந்தாலும்கூட அந்தப் பச்சைக் குழந்தைக்கு விளங்கும்படி திருப்தியாகும் படி சொல்லிவிட முடியுமா?,

*(2)* 'பத்தாம் நாள் பகலில் நடந்ததெல்லாம் ஏதோ நாடகம்போல இருந்தது சீதாவுக்கு. அவளுடைய

கலியாணம் நிச்சயமானதிலிருந்து அவள் அந்த மாதிரிப் பல சடங்குகளுக்கு உட்பட்டவள். அவை மாதிரி அதுவும் ஒன்றோ என்று அவள் முதலில் நினைத்துவிட்டாள். ஆனால் மற்றவற்றிற்கும் அதற்கும் ஒரு பெரிய வித்யாசம் இருந்தது. மற்ற நாட்களில் கொட்டும் முழக்கும் சிரிப்பும் விளையாட்டுமாக இருந்தது போய் அன்று ஒரே ஒப்பாரி யாக இருந்தது.'

நிறைய நகைபோட்டு அலங்கரித்து தலை நிறைய பூச்சூட்டி சீதாவை ஆற்றுக்கு அழைத்துக்கொண்டு போனார்கள். அப்புறம் என்னவெல்லாமோ நடந்தது. மற்றவர்கள் அழுதது சீதாவையும் வாய்விட்டுக் கதறச் செய்துவிட்டது.

சோக நிலையைச் சித்திரமாக எழுப்பும் சக்தியுள்ள இந்த வரிகளுக்கும், மேலே குறிப்பிட்ட 'கேதாரியின் தாயார்' கதை வரிகளுக்கும் உள்ள வித்யாசத்தைப் பாருங்கள். ராமையா வுக்கு அனுபவத்தைக் கற்பனையில் செய்து காட்ட முடிந் திருக்கிறது. கல்கிக்கு அப்பட்டமாக ஒரே வரியில்தான் சொல்லி விட முடிந்திருக்கிறது. ராமையா விவரங்களை ஏற்றி நிலை ஏற்படுத்துகிறார். கல்கி மொண்ணையாகச் சொல்லி நிறுத்தி நகர்ந்து விடுகிறார். இடமோ, உணர்ச்சியோ, பாத்திரப் படைப்போ எதானாலும் சித்திரம் எழுப்புதல் வேண்டும். நாம் கொடுக்கிற தகவல்களால் அது அந்த இடத்தில் பிறந்து உருவாக வேண்டும். அதுதான் கலைப்படைப்புக்கு அவசியம். இந்தச் சித்திரங்களால் ஆனதுதான் கலை உருவம். அதன் சிறப்பும் அவைகளின் பலத்தில்தான் நிலைக்கிறது. 'கேதாரியின் தாயார்' கதையில், கல்கி நிற்காமல் முடிவு நோக்கிப் பறக்கிறார். 'அவளைக் கிளி என்று சொன்னேனல்லவா? அந்தக் கிளிக்கு இப்போது தலையை மொட்டையடித்து முக்காடும் போட் டிருந்தார்கள்' என்று ஒரு அதிர்ச்சி முடிவைச் சொல்லும் பரபரப்பில், கேதாரி, அவன் தாயார் உணர்ச்சி நிலைகளை எல்லாம் நின்று பார்க்காமல் மேலோட்டமான கதைசொல்லிக் குரலாகத் தான் சொல்லிக்கொண்டே போகிறார். ராமையா சீதாவை நிறுத்தி நிறுத்தி ஆராய்கிறார். அவள் மனப்போக்கையும், அண்ணா மனப்போக்கையும் தொடர்கிறார். 'மலரும் மணமும்' கதைக்குத் திரும்புவோம். செல்லத்தையும் ராமதாஸையும் படிப்படியாக உறவுபடுத்துகிற காரியத்தில் ஈடுபடுகிற வேளையில் லாவகமாக கதை பின்னுகிறார். அவரும் அதிர்ச்சி முடிவுதான் தருகிறார். அந்த முடிவுக்கு நம்மைத் தயார்படுத்திச் செல் கிறார். கல்கியோ, தாயாரின் பரிதாப நிலைகண்டு அதிர்ந்து போன கேதாரியின் முடிவுக்கு நம்மைத் தயார் செய்துவிட்டு

முத்தாய்ப்பு அந்த இடத்தில் விழுந்ததோடு நிறுத்தாமல் அப்புறம் என்று ஆரம்பித்து, கேதாரியின் மனைவிக்கும் அதே வித அலங்கோலம் ஏற்பட்ட இன்னொரு அதிர்ச்சியைக் கொடுத்து இன்னொரு 'கிளைமாக்ஸ்' கொடுக்கிறார். இது நிச்சயமாகக் கதையின் அழகைக் கெடுக்கிறது. இந்த இரண் டாவது அலங்கோலம்தான் கதையின் முடிவுக் கட்டத்து அதிர்ச்சியாக இருக்க வேண்டும் என்று கல்கி நிச்சயித் திருந்தால் அதுக்குத் தக்கபடி கேதாரி, அவன் தாயார் உறவு சம்பந்தமாகக் கொஞ்சம் படியிறக்கமாகக் காட்டி அவன் மனைவி சம்பந்தமாக அழுத்தம் விழும்படியாகக் கதைக் களத்தை அமைத்திருக்க வேண்டும்.

நான் நினைக்கிறேன். கேதாரி சாவதோடு முடித்து அந்த மாதிரியான ஒரு சோக உணர்ச்சியைச் சித்தரிக்க முடிவு கட்டி இருந்த கல்கி அந்த வரிகளை எழுதி முடிக்கவும், பின்னால் ஒரு திடீர் கருத்து தோன்றவும், பின்குறிப்பு சேர்ப்பது போல ஒட்ட வைத்துவிட்டார் என்றுதான் தோன்று கிறது. கதையோடு இந்த ஒட்டு நிற்கவில்லையே.

'பூச்சூட்டல்' சம்பந்தமாகவும் இந்தக் குறை சொல்லு வேன். முதல் பாதியில் சீதாவுக்கு ஏற்பட இருந்த விபரீதத்தி லிருந்து அவள் தப்பியதை, அவள் கூந்தல் தப்பியதை, மைய மாக வைத்தே கதைக்களம் அமைக்கப்பட்டிருக்கிறது. 'பூச் சூட்டல்' என்ற தலைப்புக்கு ஏற்ப பூ பிரஸ்தாபமாகவே ஆரம்பிக்கிறது. கூந்தல் பற்றியே பிரச்னை உருவாகிறது. அது பற்றிய முடிவு நோக்கி நம் எதிர்பார்ப்பு இருக்கிறது. கூந்தல் பிழைத்தாலும் 'உசுப்பி விடப்பட்ட வேட்டை நாய் போல அவள் மனம் சீறி எழும்' ஒரு கட்டத்தில் ஏற்படும் மோதலும் நம் எதிர்பார்ப்புக்கும் புறம்பான நிகழ்ச்சி இல்லை. சீதா உக்ராண அறைக்குள் புகுந்து அழுகிறபோதும் கதையின் மையக் கருத்துக்கு ஒவ்வாத எதுவும் நடக்கவில்லை. இயை வான ஒரு முடிவு நோக்கிப் போகிற நினைப்பு தொடர்கிறது. ஆனால் அதுக்குப் பிந்தின விளைவாக, அண்ணன் தங்கைக்கு ரகசியமாக, ஏன் திருட்டுத்தனமாக மறுமணம் செய்விக்கிறது கதையில் சேர்க்கப்பட்டு ஒரு புதிய திருப்பம் ஏற்பட்டுவிடுகிற போது நிச்சயமாக அந்தத் திருப்பத்தை ஏற்க முடியவில்லை நம் உணர்வுக்கு, ஏதோ பூசை வேளையில் கரடி விட்ட காரியமாகவே படுகிறது.

'பூச்சூட்டல்' தலைப்புக்கு ஏற்ப ராமையா கடைசியில் பூச்சூட்டலிலே முடித்தது சரிதான். விதவை சீதாவை, 'நீ ஏன் பூ வச்சிக்க மாட்டேன்கிறே அத்தே' என்று கேட்ட அதே குழந்தை, 'அத்தே, நீ கூட பூ வச்சுக்கிண்டையே'

என்ற கேள்வியோடு கதை முடிகிறதெல்லாம் அழகாக இருக்கு. ஆனால் ராமையா இரண்டு கதைகளை ஒன்று சேர்த்து இருக்கிற மாதிரி படுகிறது. கல்கி பின்னாலே ஒட்டவைத்த மாதிரி ராமையா பின்பாதியை உருவாக்கினாரோ என்று கூட நினைக்கத் தோன்றுகிறது. பின்பாதி விளைவுகளுக்கு முக்யத்வம் கொடுத்து அதை மையக் கருத்தாகக் கொண் டிருந்தால் முன் நிகழ்ச்சிகளை இந்த இடத்துக்கு இயைய தயாரித்துக்கொண்டே வந்திருக்க வேண்டும். இரண்டு அத்தியா யங்கள் சேர்ந்த உருவமாகக் கதை ஆக்கப்பட்டிருக்கக் கூடாது. சிறுகதைக்கு ஒரே அத்யாயம்தான் உண்டு. அத்யாயங்கள் நாவலுக்கு, அல்லது நீண்ட கதைகளுக்கு, அல்லது ஒரு சிறுகதைக்கு அதாவது சிறிய கதைக்கு. சிறுகதைக்கு இது அளவுமீறின கதையம்சம். உத்தி முறையால் இதை நல்ல சிறுகதையாகவே மாற்றி இருக்கலாம். இதைவிட பல மடங்கு அதிக சம்பவ, நீண்ட கால அளவு உள்ளடக்கத்தைக் கொண்ட பல சிறுகதைகளை ராமையா பின்னால் எழுதி இருக்கிறார். அவை சிறுகதை வடிவம் பெற்றிருக்கின்றன. இந்தப் 'பூச் சூட்டல்' சுத்த சிறுகதை உருவம் பெறத் தவறிவிட்டது, உத்தி காரணமாக. உத்திதான் தன்மையை, அமைப்பை நிர்ணயிக்கிறது. 'குளத்தங்கரை அரசமரம்' உத்தியால் எவ்வளவு நிறைந்த கால அளவு கொண்ட கதையம்சத்தைக் கொண்ட சிறுகதையாக உருவாகிவிட்டது! ஃபிளாஷ் பாக்கிலே கொணர்ந்து இந்த மாதிரி கதைகளைச் சாதிப்பது பின்னால் சகஜமாகிவிட்டது. 'மலரும் மணமும்', கதையில் அந்த உத்தி கையாளப்படவில்லை. 'பூச்சூட்டல்' கதையில் கையாள முயன்று இருக்கிறார். ஆனால் கதையின் 'யூனிடி' என்கிறோமே ஒருமிப்பு அதுக்குத் தேவையான அளவுக்கு அது கதையில் பயன்படுத்தப்படவில்லை. நான் முன்பு குறிப்பிட்ட அவரது சமீபத்திய கதையான 'குடும்ப கௌரவம்' கதையில் துளி பிசிர் பார்க்க முடிகிறதா?

'பூச்சூட்டல்' கதையை ஆராயப் போவதில்லை என்று சொல்லிவிட்டுக் கொஞ்சம் சஞ்சாரம் செய்துவிட்டேன். தவிர்க்க முடியவில்லை. 'கேதாரியின் தாயார்' கதையைப் பற்றிச் சொல்கிறபோது இதுவும் சொல்லத் தக்கதாகிறது.

இந்தக் குறை இருந்தும் 'கேதாரியின் தாயார்' கதையை விட மேலான கதைதான் 'பூச்சூட்டல்.' 'மலரும் மணமும்' கதையும் அப்படித்தான். கல்கி நடை காம்போசிஷன் நடை இல்லை. எளிய, சரளமான, வர்ணனை நடைதான். ஆனால் அவரது நடை குறிப்பிட்ட அளவுக்குள்ளேயே இயங்குகிறது. சக்தி குறைவுதான். உணர்ச்சிகளை, மன மோதல்களைச்

சொல்கிற இடமெல்லாம் சப்பைதான். சூசனை உணர்த்தலும் இறுக்கமும் கிடையாது. சொல்விதமும் புதுசானதாக இருக்காது.

> அவனுடைய உடம்பு கொதித்துக்கொண்டிருந்ததைப் போல் உள்ளமும் கொதித்துக்கொண்டிருந்தது. – கல்கி

> அவள் மனம் உசுப்பிவிடப்பட்ட வேட்டை நாய் போலச் சீறியெழுந்தது. – ராமையா

> ஐயோ, அம்மா, என்று பயங்கரமாக ஒரு கூச்சல் போட்டு விட்டுத் தொப்பென்று கீழே உட்கார்ந்தான். தலையைக் கைகளால் பிடித்துக்கொண்டான். – கல்கி

> திடீரென்று நெருப்பை மிதித்தவள் போல – கொடிய மிருகம் ஒன்றினாலே துரத்தப்பட்டவள் போல – மிரண்டு, அந்தக் கூட்டத்திலிருந்து பிரிந்து ஓடினாள். எதிரிலிருந்த உக்ராண அறைக்குள் நுழைந்து, அங்கிருந்த ஒரு அரிசி மூட்டையின் மேல் முகத்தைப் புதைத்துக்கொண்டு அழ ஆரம்பித்துவிட்டாள். – ராமையா

ஒரு உணர்ச்சி நிலையை, நிகழ் சம்பவத்தை, மன நிலையை எழுத்தில் உருவாக்கும்போது அந்தக் காரியத்தை வெறும் செய்தி வெளியீடாக வெளியிடுவதில்லை கலைஞன் வேலை. அந்தக் காரியத்தை, 'பிராஸஸ்' என்கிறோமே செய்யும் கிரமம் அல்லது ஒழுங்குப் போக்கு வழியே நுட்பமாக, வேண்டிய அளவுக்குத் தொடர்ந்து, பச்சையாக இல்லாமல் ஏற்கெனவே சொல்லப்பட்ட விதமாகவே திரும்பச் சொல் லாமல், வேறு விதமாகச் சொல்லிப் பார்க்க முற்பட வேண்டும். மனிதனது நடை உடை பாவனைகளில் மாறுதல்கள் ஏற்படு கிற மாதிரி இலக்கிய நடை, பாவனைகளுக்கும் இந்த மாறுதல் உண்டு. நாணயங்கள், ஸ்டாம்புகள், மற்ற பொருள்களுக்கும் உருவ மாறுதல்கள் தேவைக்கு ஏற்ப, நமது அழகுணர்ச்சிக்கு ஏற்ப ஏற்படுவது போல இலக்கியத்தில் படிமங்கள், வர்ண னைகள், சொற்கள், நடைப் போக்குகள் எல்லாம் அவரவரது அழகுணர்ச்சிக்குத் தக்கபடி, அனுபவ ஞானத்துக்குத் தக்கபடி புதுசு புதுசாகக் கைகூடிவரும். அந்த வகையில் கற்பனை செயல் பட வேண்டும். கல்கி இதுக்கு அதிகம் சிரமப்படவில்லை. 'கேதாரியின் தாயார்' கதை முடிவில்,

> ஆனால் ஐ.ஸி.எஸ். வர்க்கத்தைச் சேர்ந்த ஒருவன் இந்த மாதிரி அற்பமான காரியங்களில் இறங்குவது யமதர்மனுக்கே விருப்பமில்லை போலிருக்கிறது. கேதாரி உடம்பு குணமடையாமலே சீமையிலிருந்து வந்த இருபத் தோராம் நாள் காலஞ் சென்றான்.

என்று கதைசொல்லி மூலம் தகவல் ஏற்றுகிறார். சாதாரண மாக இந்த மாதிரி துக்கத்தைப் பற்றி உலக நடப்பிலே பேசுகிற போது 'யமனுக்கே பொறுக்கவில்லை, கொண்டு போய் விட்டான்' என்று வேதனைப்பட்டுச் சொல்வதுண்டு. அங்கே துயரம் நேரடித் தாக்கல். யமன்மேல் பழி போடத் தோன்று கிறது முதலில். அப்புறம் நிதானித்துப் பார்க்கிறபோது அவனைப் பழித்து பிரயோசனம், விதி போட்டிருக்கிறபோது என்று மாற்றிக்கொள்வதும் உண்டு. இயல்புதான். அங்கே வாய்ச் சொல்லுக்குப் பின்னால் மனவோட்டம் ஓடிக்கொண்டிருக் கிறது. பின்வரும் நினைப்பு, சொற்கள் இந்த ஒரு வாக்கியத்தை அழித்துவிட்டும் மறுத்துவிட்டும் போய்விடும். முக்யத்வம் மாறிக்கொண்டே, முடிவு ஒத்திப் போட்டுக்கொண்டே போகும். ஆனால் எழுத்தில், உபயோகிக்கப்பட்ட வார்த்தைகள் மூலம் மனநிலை, கருத்து எல்லாம் உடனேயே முடிவாகத் தெரிந்து விடவேண்டியவை. எனவே, சொல்வது முழு மொத்தமாகப் பார்த்து ஒரு நிலையான கருத்து வெளித்தெரியச் செய்ய வேண்டும். அதை வைத்துத்தான் நாம் பார்க்க வேண்டும். 'மொட்டையடிக்கும் வழக்கத்தையொழிக்க ஒரு பெரிய கிளர்ச்சி செய்யப்போகிறேன்' என்று, சாகும் ஒரு மனம் பச்சையாகச் சொன்னதைக் கொண்டு, 'இந்த மாதிரி அற்பமான ...' என்று தொடர்வது, சொல்லப்போனால், ரொம்ப உணர்ச்சித் தீவிர மான கருத்தை தமாஷ் பண்ணுகிறமாதிரிகூடப் படுகிறது. தமாஷ் பண்ணுகிற இடம் உண்டு. இந்த இடத்தில் முடியாது. வாழ்க்கையிலே சொல்கிறோமே இங்கு சொன்னால் என்ன என்று கேட்டால் இலக்கிய உலகில் அழகாகச் சொல்லப்பட வேண்டும். இது அழகாகச் சொல்லப்பட்டது இல்லை என்றுதான் சொல்லலாம்.

கதையில் உள்ள சிறு சிறு விஷயங்களை எல்லாம் இவ்வளவு பெரிதாக எடுத்துக்கொண்டு விவகாரம் நான் செய்கிறேனே என்று தோன்றும். இந்தச் சிறு விஷயங்கள் பல சேர்ந்துதான் ஒரு படைப்பு முழு மொத்தமான அழகு பெறுகிறது. இந்த அழகை ரசிக்கக் குந்தகமாக இருக்கும் அம்சங்களையும் உதவி யாக இருக்கும் அம்சங்களையும் நாம் இந்த ஆரம்பகாலத்தி லிருந்தே பார்த்துக்கொண்டே போனோமானால் பின்னால் நமக்கு ரொம்ப உதவியாக இருக்கும்.

❖ ❖

# 11
# தனிரகம்

*1934*இல் *ஆனந்தவிகடன்* பத்திரிகை மீண்டும் ஆறு வாழ்க்கைத் துறைகள் சம்பந்தமாக இருபத்தைந்து ரூபாய் சிறுகதைப் போட்டி வைத்தது. விவசாயி, தொழிலாளி இப்படி. அந்த ஆறில் ஒரு பரிசுக் கதை ம.சீ. கல்யாணசுந்தரம் எழுதிய 'தபால்கார அப்துல்காதர்.' *விகடன்* போட்டி ஆறு கதைகளில் அது ஒன்றுதான் இன்றுவரை கவனத்தில் இருந்து வருகிறது. அதே ஆண்டில்தான் *கலைமகள்* பத்திரிகை பதினைந்து ரூபாய் போட்டி வைத்ததில், ந. பிச்சமூர்த்தியின் 'முள்ளும் ரோஜாவும்' பரிசு பெற்றது. இந்த இரண்டு போட்டிகளில் எது முந்தி பிந்தி என்பது (சில மாதங்கள் வித்யாசம்தான்) எனக்கு ஞாபகம் இல்லை. முதலில் 'தபால்கார அப்துல் காதர்' கதையை எடுத்துக்கொள்கிறேன். ஏனென்றால் அது ஒரு தனி ரகம். அது ஒரு புதுசு தமிழுக்கு அப்போது. நாம் இதுவரை பார்த்த ஆறு கதைகளிலிருந்து முழுக்க மாறுபட்ட ஒரு படைப்பு. எப்படி?

*1934*இல் *மணிக்கொடி* வந்துகொண்டிருந்தது. வ.ரா. *மணிக்கொடி*யைக் குறிப்பிடுகிறேன். அதில் 'நடைச் சித்திரம்' என்ற ஒரு புதிய இலக்கிய உருவத்தை மிகச் சிறப்பாகக் கையாண்டு எழுதிக்கொண்டிருந்தார் வ.ரா. அவரது 'நடைச் சித்திரம்' பெயர் பெற்றவை. அந்த நடைச் சித்திரப் பாத்திரங்களில் ஒன்றாக இருக்கக்கூடியது தபால்கார அப்துல்காதர். உண்மையில் வ.ரா.வின் நடைச் சித்திரங்களைப் படித்துவிட்டு 'தபால்கார அப்துல்காதர்' கதையைப் படித்துவரும்போது ஒரு நடைச் சித்திரம்

படிப்பது போன்ற உணர்வுதான் ஏற்படுகிறது. ஒரு 'ஸ்கெட்ச்' மாதிரி தோன்றுகிறது. ஆனால் ஒரு நடைச் சித்திரத்துக்கும் ஸ்கெட்சுக்கும் கிடைக்க இயலாத ஒரு முடிவு இதுக்குத் தரப் பட்டதும்தான் இது ஒரு சிறுகதையாகிவிடுகிறது. அப்துல் காதருடைய தினசரி 'ரொடீன்', அவனது பேச்சு இதெல்லாம் அவனைக் குணபாத்திரமாக நமக்கு முன் உருவாக்கி வருகிறது. ஒரு கதைக்கான நிலைக்களம் ஆரம்பத்திலிருந்து அமைக்கப் பட்டு இருப்பதாகவோ, ஏற்பட்டு வருவதாகவோ நமக்குத் தோன்றவே இல்லை. புது தபால்காரன் வரவும்தான் அவனது தினசரி நடைமுறைக்கும் மற்றவரதுக்கும் வித்யாசம் தெரிந்து அப்துல்காதர் செய்வது தவறாகப் படுகிறது. கதைசொல்லிக்கு, ஆத்திரம் ஏற்படுகிறது. இந்த இடத்தில்தான் கதைக்கு வேண்டிய அம்சங்கள் கதையில் ஏறுகின்றன. மறுபடியும் அப்துல்காதர் வந்ததும் கதைசொல்லி அவனிடம் நடந்துகொண்டதும், அப்போது ஏற்பட்ட மனமோதலும் சிறுகதை உருவம் வளர்த்து நிறைவு நோக்கி திசை திருப்புகின்றன. அப்துல்காதர்மீது ரிப்போர்ட் எழுதியிருந்தவர், அவன் பேச்சாலும் மனநிலை யாலும் பாதிக்கப்பட்டு காகிதத்தைக் கிழித்துப் போட்டுவிட்டு, 'கடிதங்கள் மறுநாள் காலை வந்தாலும் பாதகமில்லை. அப்துல்காதர்தான் கொண்டு வரவேண்டும்' என்று தனக்குள் தீர்மானித்துக் கொள்கிற முடிவு கொடுக்கப்பட்டபோது சிறுகதையாகிவிட்டது.

நாம் இதுக்குமுன் பார்த்த ஆறு சிறுகதைகளில் சில, கனமான விஷய அடக்கம் கொண்டவை. சில ரொம்ப கனமான விஷய அடக்கம் கொண்டவை. கதையம்சம் தூக்கலாக இருப்பவை. ஆனால் 'தபால்கார அப்துல்காதர்' மிகக் குறைவான கதையம்சம் இவைகளோடு ஒப்பிட்டுப் பார்க்கிறபோது. முன்னவை உணர்ச்சித் தீவிரமானவைகள். அதனால் கட்டடம் எழுப்புதல் அதிக தகவலோடு, விவரங்க ளோடு, உக்ரத்தோடு. ஆனால் கல்யாணசுந்தரம், ரொம்ப அற்பமான, நாம் கவனியாமலே போய்விடக்கூடிய சில சின்னத் தகவல்களைக் கொண்டு கதையை உருவாக்கி இருக்கிறார். உணர்ச்சியை வெளிக்காட்டுவதற்காக, மன நிலைகளைப் படம் பிடிக்க முயற்சி செய்யாமல், அவர்கள் பேச்சு மூலமாகவே ஏற்றி, கடைசியில் 'தேள் கொடுக்குமுனை விஷம்போல ஒரு உணர்ச்சி' நெறி தொனிக்கச் செய்து ஒரு பிரமிப்பு முடிவு ஏற்படுத்திவிட்டார். இது *விகடன்* போக்குக் கதையும் இல்லை. அசல் *மணிக்கொடி*ப்போக்கு கதையும் இல்லை. ஆனால் இரண்டு தரப்பாரும் அன்று பாராட்டக்கூடிய கதையாக இருந்ததுதான் குறிப்பிடத்தக்க விஷயம். சிறு துரும்பும் பல்லுக்குத்த உதவும் என்கிற மாதிரி,

‘குளத்தங்கரை அரசமரம்’, ‘மலரும் மணமும்’, கேதாரியின் தாயார் இவைகளுக்கு நடுவில், மிக லேசானதாக இருக்கும் விஷயங்களைக்கூட சரிவரக் கையாண்டால் அதுவும் சிறு கதைக்கு உரிய பொருளாக இருக்கத்தக்கது என்பதைக் காட்டியவர் கல்யாணசுந்தரம்.

கல்யாணசுந்தரம் இந்தியில் நல்ல புலமை வாய்ந்தவர் அன்றே. இந்தி இலக்கியத்தில், மற்றும் இந்திக்கு மொழி பெயர்த்து வந்த மற்ற இந்திய மொழி இலக்கியங்களில் அவருக்கு அன்று பரிச்சயம் இருந்திருக்கிறது. எனவே அவர் ‘தபால்கார அப்துல்காதர்’ எழுதும்போது அந்தப் படிப்பின் விளைவாக நன்றாக, அழகாகக் கதை சொல்ல முடிந்தது. இயல்பான போக்கில், நளினமான நடையில் சுபாவமான சம்பாஷணைப் போக்குக் கலக்க, மனவோட்டமும் காணச் செய்யும் கதை சொல்லும் பாங்குடன் கதையைத் தொடர்ந் திருக்கிறார். இப்போது படிக்கிறபோதும் அதில் என்னால் குறையைக் காண முடியவே இல்லை. குற்றமற்றதாகவே இருக்கிறது. அவர் ‘அம்பிஷஸ்’ என்கிறோமே, பேரவாக் கொண்ட முயற்சி செய்யாதிருக்கலாம். ஆனால் எடுத்துக் கொண்ட விஷயத்தைச் சரியாகச் சாதித்திருக்கிறாரா என்று பார்ப்பதுதான் நம் வேலை. இதுக்கு ஆம் என்பதுதான் என் பதில். பின்னால் கல்யாணசுந்தரம் கதைகள் பல எழுதி இருக்கிறார். அவைகளையும் சேர்த்துப் பார்க்கும்போது அவர் போக்கு தனிப்பட்டது என்பது படுகிறது.

ஆனால் இந்தக் கதையில் ஒரு குறையைப் பார்த்து விட்டேன். அவருக்கு, தான் ஆனந்த விகடன் போட்டிக்குத் தான் கதை அனுப்புகிறோம் என்ற நினைப்பு இருந்திருக்கிற தாக ஊகிக்கிறேன். ‘அப்துல்காதர்தான் கடிதங்களைக் கொண்டு வர வேண்டும்’ என்று கதைசொல்லி தீர்மானித்ததாகச் சொல்லிவிட்டு பின்வருமாறு முடித்திருக்கிறார்:

> உமது கட்டுரைகள் எமக்குத் தேவையில்லை, என்று பத்திராதிபர்கள் அனுப்பும் அறிவிப்புகள் இன்று சாயங் காலம் வந்தாலென்ன, நாளைக் காலைதான் வந்தா லென்ன ?

கொஞ்சம் தமாஷ் செய்துவிட்டார் கல்யாணசுந்தரம். இவ்வளவு அழகாகக் கதையின் உச்சி நிலைக்குப் பிறகு இந்த அற்பத் தகவல் தேவையே இல்லை. ஒன்று, வேறே ‘சிக்னி பிகண்ட்’ என்கிறோமே, முக்கியமான ஒரு கருத்தைச் சொல்லி இருக்கலாம். இல்லை, இந்த ‘கமெண்ட்’ இல்லாமலே முடித் திருக்கலாம். இது முக்கியமான கருத்து இல்லையா என்று கேட்கலாம். அந்தக் காலத்திலே இப்பவும்தான் – எழுத்

தாளர்களுக்குப் பத்திரிகை ஆபீஸ் உறவிலே ஏமாற்றங்கள் நிறையத்தான். அது பெரிசாகப்பட்டு இந்த வரிகள் வந் திருக்கலாம். ஆனால் இன்னும் கொஞ்சம் நிலையான ஒரு கருத்து இருந்திருக்க வேண்டும் என்றுதான் நான் நினைக் கிறேன். இதெல்லாம் போகட்டும். ஒரு நல்ல சிறுகதையைப் புதுவிதமான கதையை, 1934இல் படிக்க முடிந்தது. அந்தக் கதை பின்னால் ரொம்ப குறைந்தபட்ச கதையம்சம் கொண்ட கதைகளுக்கு ஆரம்பம் செய்து வழிவைத்தது. அதோடு, சீர் தகராறு, வைதவ்யக் கொடுமை இதுமாதிரி சமூகக் கோளாறு விஷயங்கள்தான் கதைக்கு ஏற்ற கதையம்சங்கள், மற்றெல்லாம் தக்கது இல்லை என்று கருதப்படுவதை அடித்துவிட்டு, வாழ்க்கையின் எந்தத் துறையிலும் அதுக்கு ஏற்ப உள்ள சூழ்நிலை, பகைப்புலம், வாழ்வுமுறை, மனப்போக்கு இவைகள் எல்லாம் ஒரு படைப்பாளியின் கவனத்துக்கு வரவேண்டி யதை வலியுறுத்துவதுபோல் ஒரு புதுக்குரல் காட்டியது. இந்தக் கதையை அப்போதைய மற்ற கதைகள் எதோடும் நான் ஒப்பிட்டுப்பார்க்க வகை எதுவும் இல்லை. ஆகையால் தனியே ஆராய்ந்திருக்கிறேன். அது தனித்தே நின்றது. தனி மதிப்பும் பெற்றது. சிறுகதைக்கு ஒரு புதுப்பார்வையும் கொடுத்தது.

❖ ❖

# 12

# கலைக் கை

'முள்ளும் ரோஜாவும்' மூலம்தான் ந. பிச்சமூர்த்தி நமக்குத் தெரியவந்தார். *கலைமகள்* பத்திரிகையில் அந்தக் கதை அன்று வந்ததைப் படித்தேன். பிறகு எத்தனையோதரம் படித்தேன் இன்று இந்தக் கட்டுரை எழுதும்போதும் படித்தேன். பிச்சமூர்த்தி எழுதிய முதல் கதைதான் அது. ஆனால் அதுக்கு முன்பே 'விஞ் ஞானத்துக்கு பலி' என்ற இரண்டாவது கதை *கலை மகள்* பத்திரிகையில் வெளிவந்துவிட்டது 'முள்ளும் ரோஜாவும்' கதை காரைக்குடியில் அப்போது வெளியாகிக் கொண்டிருந்த *குமரன்* என்ற பத்திரிகைக்கு அனுப்பப் பட்டுத் திருப்பி அனுப்பப்பட்ட கதை. *கலைமகள்* போட்டியில் அதுக்குப் பரிசு கிடைத்துவிட்டது!

நான் முன்பு எழுதி இருக்கிறேன், புரட்சிகர விடு விப்பு பெறப் பெற்றதில் 'மலரும் மணமும்' பக்கத்தில் நிற்பது 'முள்ளும் ரோஜாவும்' என்று. ஏன், ஒரு படி முன்னே சென்றது என்று இப்போது கூறத் துணிகிறேன். 'மலரும் மணமும்' கதைபற்றி பேராசிரியர் கே. சுவாமி நாதன் எழுதினார்:

> இக்காலத்தில் சற்று அனுசிதம் என்று சிலர் நினைக்கக் கூடிய விஷயத்தைப் பற்றியதாயிருந் தாலும், இச் சிறுகதை வருங்காலத்தில் தமிழ் நூல்களுள் முன் னணியில் நின்று விளங்கும் என்பதே என் நம்பிக்கை.
>
> நம்முடைய மதக்கொள்கைகளையும், சமுதாயக் கொள்கைகளையும், ராஜீயக் கொள்கைகளையும் மூட்டையாய்க் கட்டி வெளியில் வைத்துவிட்டு

ஒரு நூலினுள் புகுந்தாலொழிய நாம் உண்மையான ரஸிக அனுபவத்தைப் பெறுவதற்கு அருகராகோம்.'

'அனுசிதம்' என்பதை வாசகர்கள் கவனிக்க வேண்டு கிறேன். விதவைக்கு மறுமணம் செய்விப்பது அன்று அனுசித மாகப் பட்ட காரணத்தால் அந்தக் கதைக்குப் பரிசு கிடைக்க வில்லை. ஆனால் அதைவிட பலமடங்கு அனுசிதமாகக் கருதத்தக்க விஷயத்தைப் பற்றிய 'முள்ளும் ரோஜாவும்' கதையைக் *கலைமகள்* தேர்ந்தெடுத்துவிட்டது. எந்தக் *கலை மகள்?* கு.ப.ரா. *கலைமகள்* பற்றி எழுதி இருக்கிறார்:

*கலைமகள்* முக்கியமாகப் பெருவாழ்வின் மிதப்பைப் போற்றும் மனப்பான்மை கொண்டது. கற்பனையிலும் வாழ்க்கையிலும் பெருமையையும் பேறையும் அந்தஸ்தையும் கௌரவத்தையும் போற்றுவது இதன் இயற்கை. வாழ்க்கைப் போர் அலட்சியம் செய்யவேண்டிய விஷயம். அது நிரந்தர மல்ல. முக்கியமல்ல. சீரும் செல்வமும்தான் வாழ்க்கையின் லட்சியங்களை நிறைவேறச் செய்யும் கருவிகள். அவைதான் போற்றுதற்குரியவை. வாழ்க்கையின் லட்சியம் – பெயர், பதவி, சுகம், கலாரசனை, லட்சியத்திற்கொத்த கலை.'

இப்படி 'கலைமகள் மனப்பான்மை' என்று பொதுவாகக் கருதப்பட இடம் கொடுத்த *கலைமகள்* இந்தச் சிறுகதையை வெளியிட்டது மட்டுமல்ல, பரிசே கொடுத்துவிட்டது. கு.ப.ரா. வின் அபிப்ராயத்தைச் சரியில்லாததாக ஆக்குவது போல தோன்றுகிறது இது. இந்தக் கதை பின்னால் பெயர் பெற இருந்த 'மணிக்கொடி மனப்பான்மை'க் கதைதான். விதவா விவாகம் அனுசிதமானதானால், கணவனை விட்டுச் சென் றவள் மீண்டும் அவனால் சேர்த்துக்கொள்ளப்படுவது இன்னும் எவ்வளவு அனுசிதமானது. இந்தக் கதையின் உள்ளடக்கம் பற்றி முன்கட்டுரை ஒன்றில் குறிப்பிட்டிருக்கிறேன். கமலம் ஓடிப்போனவள். ராமனாதன் மறுபடியும் சந்திக்கிறான் அவளை. அவளை ஒரு கேள்வி கேட்கிறான். 'சந்திரசூர்யர்கள் சாட்சியாக உண்மையா' என்ற கேள்விக்குக் கிடைத்த பதில் அவனை நம்பச்செய்கிறது. இவ்வளவு பெரிய, ஒழுக்கம் பற்றிய ஒரு உறவு முறையைப் பிரச்னையாக எடுத்துக் கொண்ட 'முள்ளும் ரோஜாவும்' தமிழில் முதல் முதல் ரொம்ப துணிகர முயற்சி. அனுசிதத்திலும் அனுசிதமான விஷய அடக்கம் கொண்ட ஒரு கதையை அன்று பாராட்டிய *கலை மகள்* பத்திரிகையை, அதுக்காக இன்றும் நாம் பாராட்டித் தான் ஆகவேண்டும். கதைக்கு உரிய உள்ளடக்கம் பற்றிய வளர் கருத்துக்களை நாம் இந்தப் பாராட்டுதலிலிருந்து யூகிக்க, நிதானிக்க முடிகிறது. 'மனமுறிவு' தொனிக்கும் 'குளத்தங்கரை

அரசமரம்' காலத்திலிருந்து நாம் எவ்வளவு முன்வந்துவிட்டோம் என்பதை உணர்கிறோம்.

உள்ளடக்கம் மட்டும் இல்லை, உருவம் சம்பந்தமாகவும் எவ்வளவு கைத்தேர்ச்சி காண்கிறது என்பதையும் பார்க்கிறோம். 'குளத்தங்கரை அரசமரம்' முதல், ஏழு கதைகளை நாம் பார்த்துவிட்டு இந்தக் கதைக்கு வருகிறோம். அதுவும் பிச்சமூர்த்தியின் முதல் கதை அது என்பதைக் கவனத்தில் கொண்டு பார்க்கிறேன். மற்றவர்களைவிட சிறுகதைக் கலை அதிகம் கைகூட வந்தவர் பிச்சமூர்த்தி. படிக்கிறபோது உணர முடிகிறது. முதலில் ஆரம்பத்தை எடுத்துக்கொள்வோம்.

> மிராசுதார் ராமனாதனுடைய மனைவி கமலம் நல்ல அழகு. அழகுப் போட்டி நமது தேசத்திலிருந்தால் முதல் பரிசு அவளுக்கே கிடைக்கும். அதனுடன் கூர்மையான புத்தி, தங்கமான குணம். தற்காலத்துப் பெண்கள் பலரைப்போல் அசட்டுத் தமிழ் நாவலில் ஏறக்குறைய நூறாவது படித்திருந்தாள். எனவே பின்னால் வந்த கோளாறுக்கு முதல் வேர் அவைகளிடையில் பிறந்திருக்க வேண்டுமென்று நினைத்தால் அது பிசகாகாது.

இதுக்கு முன் நாம் பார்த்த ஏழு கதைகளின் ஆரம்பங்களோடு இந்த ஆரம்பத்தை ஒப்பிட்டுப் பார்க்கிறபோது இந்த ஆரம்பத்தின் தனிச்சிறப்பு தெரியும். 'ஒரே ஒரு காலத்தில்' பாணியில் இல்லாமல், பீடிகை போடாமல் திடுதிடுப்பென ஆரம்பிக்கிற சிறுகதை ஆரம்பம் நமக்கு இந்தக் கதைகள் மூலம் பழக்கப்பட்டிருந்தாலும், இந்தக் கதை ஆரம்பம் தனித்து நிற்கிறது. முன் ஏழு கதைகளில் 'குளத்தங்கரை அரசமரம்' தான் சிறந்த ஆரம்பம். ஆனால் அது களத்தை உடனே போடவில்லை, சூசனையாகவோ கூடமாகவோகூட எதுவும் உணர்த்தவில்லை. கதை எதைப் பற்றி என்று யோசிக்க இடம் ஏற்படாமல், கொடுக்கப்படுகிற தகவல்களை அப்படியே வாங்கிக்கொண்டு ஏதோ ஒரு பெரிய விபரீத விஷயத்துக்கு அடிபோடுகிற மாதிரி, ஒரு பொதுவான நினைப்புடன் மேலே போகிறோம்.

ஆனால் மேலே காட்டிய ஆரம்பம், கதையின் களத்தை உடனேயே அமைத்துவிட்டது மட்டும் இல்லை. வர இருக்கும் மோதலைக்கூட குறிப்புணர்த்திவிட்டது. ஆரம்பத்திலேயே நம்மை ஈடுபடுத்திவிடுகிறது. பொறுக்கிக் கொடுக்கப்பட்ட தகவல்கள், வெறுமனே கூட்டல் கணக்காக இல்லாமல் கலவைக்குப் பயன்படுவதைப் பார்க்கலாம். இந்தப் பாராவை நான் விளக்கப் போவதில்லை. ஒரு தடவைக்கு இரண்டு தடவை நிதானித்துப் பார்த்தால் சம்பந்தப்படுத்தல் நமக்குத்

தெளிவாகப் படும். குறிப்புணர்த்தல், அல்லது அனுமானிக்கச் செய்தல் ஆகிய வழிகள் மூலம் தகவல்களைச் சிறுகதைகளில் ஏற்றுவது தற்காலச் சிறுகதை உத்திச் சம்பிரதாயங்கள். இது இந்தக் கதையில் சரியாகச் செய்யப்பட்டிருக்கிறது. அதைப் படித்துவிட்டு அடுத்த பாராவுக்கு நாம் நகரவும் களம் அமைப்பு முழுமையானதாக ஆகிவிடுகிறது.

'ராமனாத சாஸ்திரியோ வெனில்...' என்று ஆரம்பிக்கும் அடுத்த பாரா விவகாரத்தைப் போட்டு விடுகிறது. கதையின் வளர்ச்சி இதிலிருந்து சுதாவாகத் தொடர்ந்து போகிறபோது ஆரம்பத்திலிருந்து யாத்திரையின் முடிவுவரை வழியைச் சரியாகவும், தெளிவாகவும் வைத்துக்கொண்டிருக்கிற சாமர்த்தியம் தெரிகிறது. பிச்சமூர்த்தி மற்றவர்களைவிட சிறந்த உதாரணம் இதுக்கு. அய்யர், ராமையா இரண்டு பேரும் கொஞ்சம் சுற்றி வளைத்துப் போவதுகூட இதில் கிடையாது. 'மலரும் மணமும்' கதையில் நாம் கதையின் ஜீவனாக உள்ள ஒரு கட்ட நிலைக்கு வருமுன் வெகு தூரம் வந்திருக்கிறோம். 'கடைசிக் கட்டி மாம்பழம் யாருக்கு?' என்கிற சிறுவயது முதல் கொண்டு, 'குளத்தங்கரை அரசமரம்' கதையில் ருக்கு மணியின் தவழ் பருவத்திலிருந்து தொடர்கிறோம். அதே மாதிரி ஒரு கட்ட நிலைக்கு வருமுன். தொலை தூரப் பிரயாணம். ஒரு தினுசான பீடிகை அவசியம்தான். ஆனால், 'முள்ளும் ரோஜாவும்' போடுகிற பீடிகை வேறுவிதமானது. முன்னது இரண்டும் தற்போதய நிகழ் கணமோதலுக்கு ரொம்பவும் தயார்ப்படுத்துகிற பல தகவல்களைக் கிரமப்படுத்திக்கொடுத்து வந்திருக்கிறது. 'முள்ளும் ரோஜாவும்' தயார்ப்படுத்துகிற விதமே வேறு. நேரடியாக உடனுக்குடனேயே பாதிப்பு ஏற்படுத்துகிற ஒரு உத்தி சாதுர்யம் இருக்கிறது. அறிமுகம், விளக்கம் இதெல்லாம் அவர்கள் அளவு கிடையாது. முதல் பாரா வரிகளைப் படிக்கிற போதே நமக்குக் கதாபாத்திரம் மட்டும் இல்லை, பிளாட் என்கிறோமே கதைக்கருகூட உருவாகிவிட்டது தெரிகிறது.

'தற்காலப் பெண்களைப் போல அசட்டுத் தமிழ் நாவல் களில் ஏறக்குறைய நூறாவது படித்திருப்பாள்' என்ற ஒரு வரி எவ்வளவு தகவல்களை ஏற்றுக்கொண்டிருக்கிறது. தற்காலப் பெண்கள் என்கிறபோது முன்தலைமுறைக்கும் இந்தத் தலைமுறைக்கும் பாகுபாடு, நாவல்கள் படிப்பது இப்போது சகஜமாகிவிட்டது, வருகிற நாவல்களும் எவ்வளவு தரக் குறைவாக, அசட்டுத்தனமான கருத்துக்களைக் கொண்டதாக இருக்கின்றன, இந்த விதமான நாவல்களால் பாதிக்கப்படுவது பலவிதமாக, இப்படிப் பலவித கருத்துக்களை நமக்குள் தோன்றும் படியாக, யூகித்து உணரும்படியாகச் செய்யக்கூடிய தகவல் களைக்கொண்ட ஒரே வாக்கியம் இது. இதெல்லாம் ஒருவன்

நீட்டி முழங்கி வளர்த்து ஒரு பாராவில் சொல்லி இருந்தால் எவ்வளவு அலுப்புத் தட்டி இருக்கும்?

இப்படிக் குறிப்புணர்த்தலாக, இறுக்கமாகச் சொல்கிறது சிறுகதைக்கு ரொம்ப அவசியம். ஆரம்பத்தைப் பற்றி நான் இங்கே அதிகமாகத் துளாவினதுக்குக் காரணம், சிறுகதைக்கு அத்யாவச்யமான, பொருத்தமான, சிலாக்கியமான ஒரு ஆரம்பம் வாய்ந்த முதல் கதை தமிழில் இது எனக்குப் பட்டதைச் சொல்ல விரும்பியதுதான். சிறுகதைக்கு ஆரம்பம் போலவே முடிவும் நாம் கவனிக்கத்தக்கது. 'முள்ளும் ரோஜாவும்' முடிவு இது:

> இப்பொழுது கிழவி பள்ளிக்கூட மாணவர்களுக்கு சாதம் போடும் தொழிலை நிறுத்திவிட்டாள். புது மாப்பிள்ளையைக் கண்டுபிடித்து விட்டாளல்லவா? கடவுளின் கருணையால் கமலமும் கற்பும், ராமனாத னும் கிழவியுமாய் திருவல்லிக்கேணியில் இன்பமாய் காலம் கழித்து வருகிறார்கள். கடற்கரைப் பக்கம் போன ஜகந்நாதன் விஷயம் என்ன ஆயிற்றோ?

உத்தி கையாளலில் ஆரம்பம் சம்பந்தமாக நான் கொடுத்த பாராட்டை இந்தவித முடிவு சம்பந்தமாகக் கொடுக்க முடியாது தூக்கி வாரிப்போடக் கூடிய சர்க்கஸ் முடிவு இல்லைதான். நீதி போதிக்கிற, தத்துவம் பேசுகிற முடிவும் இல்லைதான். ஆனால் கொஞ்சம் அப்பட்டமாகவே பேசிவிட்டார், ந.பி. 'மலரும் மணமும்' கதையின் முடிவு இப்போது நமது ஞாபகத்துக்கு வரவேண்டும், 'முள்ளும் ரோஜாவும்' கதைக்கு ஆரம்பம் அமைந்த மாதிரி. முடிவு சிறப்பாக அமைந்தது மலரும் மணமும். பிச்சமூர்த்தி முடிவில் வெளிப்படையாகச் சொல்லி 'சுபம்' போடுகிறார். ராமையா சூசனை உணர்த்தலாக முடிக்கிறார். ந.பி. கதையில் இந்தக் கடைசி பாரா எடுக்கப்பட்டிருக்க வேண்டும். அதுக்கு முந்தின பாரா இது:

'இவற்றையெல்லாம் பார்த்துக்கொண்டிருந்த கிழவிக்கு ஒரு கணம் ஒன்றும் விளங்கவில்லை. விளங்கியதும் கண்ணீர் நின்றபாடில்லை.'

இதோடு நின்றிருந்தால் பின்நிகழ்வுத் தொடர்ச்சிக்குக் குறிப்புணர்த்தலாக இருந்திருக்கும். பின்தொடர்ச்சி தொனி இருப்பது போலவே ஒரு விடைப்பு நிலையில் நிற்கிறதும் சிறுகதைக்கு முடிவில் அவசியம். சப்பையாக முடிந்துவிடக் கூடாது. இன்னொன்றையும் சுட்டிக்காட்டுகிறேன்:

> 'இரவாயிற்று. வெள்ளிக்குடம் ஜலத்தில் மிதப்பதுபோல் மரங்களின் மேலாகப் பூரண சந்திரன் தவழ்ந்து சென்

றான். எட்டாக் கையினின்று சமுத்திரராஜன் ஆயிரம் குரல் கொண்டு ஓலமிட்டான். முற்றத்தின் ஓரத்தில் சுழலில் அகப்பட்ட துரும்புகள் போல் இருவரும் உட்கார்ந்திருந்தனர். இருவர் மனதிலும் ஆறாத்துயரின் அலைகள் தாறுமாறாய்ப் பொங்கி எழுந்தன. என்ன செய்வார்கள் பாவம்!'

இது ஒரு அழகான வர்ணனை பாரா. ஆனால் அந்தக் கடைசி வரியான 'என்ன செய்வார்கள் பாவம்!' என்ற ஆசிரிய அங்கலாய்ப்பு எவ்வளவு கரகரப்புத் தட்டுகிறது. இதே மாதிரி ஆசிரிய அனுதாப வாக்கியம் ஒன்று 'ஆனால் அவன் என்ன செய்வான் பாவம்!' என்று 'மலரும் மணமும்' கதையிலும் விழுந்திருக்கிறது. இந்த வாக்கியங்கள் இருந்திருக்கக் கூடாது. பெரிய கைகளின் ஆரம்ப காலத்து எழுத்தின் சிறிய குறைகள் என்று நாம் எடுத்துக்கொண்டால் போதும்.

கதையில் உத்தி வெகு அழகாகக் கையாளப்பட்டிருக்கிறது. ஒருமைப்பாடு நேர்த்தியாகச் சாதிக்கப்பட்டிருக்கிறது. படிப்படியாகக் கதை வளர்ச்சி இருந்திருக்கிறது. விட்டுக் காட்டல் இல்லை. பிசிர் இல்லை. இடைவெளி தடுக்கும்படியாகக் காட்டப்படவில்லை. இழைவு பூரணமாக இருக்கிறது. 'மலரும் மணமும்' போலவே ஒரு 'ரொமாண்டிக்' நிலையில் கதாபாத்திரங்கள் இதிலும் வைக்கப்படுகிறார்கள். நாம் கவனிக்கிறபோது ஒவ்வொரு எட்டும் சோதிக்கிறதாக இருப்பதை உணர்கிறோம். ஒரு தப்படி கதையைக் குட்டிச் சுவராக்கி விடக்கூடும். கிழவி வீட்டில் அந்த இக்கட்டான நிலையிலிருந்து எப்படி நிவர்த்தி ஏற்படப்போகிறது என்ற ஆவல் நினைப்பு நமக்கு ஏற்படுகிறது. ந.பி. லாவகமாகவும் இயல்பானதாகவும் இந்த மாதிரி கதைகளுக்கு சகஜமாக ஏற்படக் கூடிய விபத்தான 'சென்டிமெண்டாலிடி' என்கிற அசட்டுணர்ச்சி தொனி விழுந்துவிடாதபடியும் போக்கை வளர்த்து முடிவு ஏற்படுத்திவிட்டார்.

இந்த ஆரம்பகால ஏழெட்டுக் கதைகளைப் பார்க்கிறபோது பிச்சமூர்த்தி மற்ற எல்லாரையும்விட மேலான கலைஞன் என்பது படுகிறது. மற்றவர்களைவிட எழுதுகிற விதம் சிறப்பானது, சுத்தமானது. பிச்சமூர்த்தியின் நடையைக் குறிப்பிட்டாக வேண்டும். மற்ற எல்லாரையும்விட செட்டுக்காரர், சொல் பிரயோகத்தில். நல்ல இறுக்கம் காண்கிறது. இதுக்கெல்லாம் மேலாகப் பொருள் கனம் அதிகம் கொண்டவை அவரது வாக்கியங்கள். கதையின் வளர்ச்சிக்குப் பயன்படாத தகவல்களை அடக்கியுள்ள வாக்கியங்கள் கிடையாது. இட்டு நிரப்புவதுக்கான வரிகளோ, பாராக்களோ இல்லை. பிச்ச

மூர்த்தி ஒரு வக்கீல் என்பது தெரியும். ஆதலால் சொல்கிறேன். 'விவகாரம்' என்கிற தன்மை ஓங்கி நிற்கிறது அந்த முதல் கதையிலேயே. எவ்வளவுக்கெவ்வளவு கதையில் விவகாரம் வளர்க்கத் தெரிகிறதோ அவ்வளவுக்கவ்வளவு கதை சத்தான தாக ஆகும். இந்த விவகாரம் ஏற்றத்தக்க திறமை ஒரு வக்கீலுக்கு உரியது. அந்தத் துறை அவருக்குப் படைப்புத் துறைக்குப் பயன்பட்டிருக்கிறது. ராமையா, அய்யர் கதைகளைவிட கதாபாத்திரங்கள் பேச்சோ, நினைப்போ, அவர்களைப் பற்றி ஆசிரியர் கூற்றோ விவகாரப் போக்கானதாக இருக்கிறது. இந்த விஷயத்தில் ரஷ்யச் சிறுகதை ஆசிரியர் ஆண்டன் செகாவ்வைப் பற்றி பிரஸ்தாபிக்கத் தோன்றுகிறது. அவர் ஒரு டாக்டர். அவர் சொல்லி இருக்கிறார்:

> *என் வைத்திய சாஸ்திரப் படிப்பு என் இலக்கிய முயற்சி களுக்கு ரொம்பவும் பயன்பட்டிருக்கிறது என்பதில் எனக்கு சந்தேகமே இல்லை. என் பார்வை அதனால் விரிவாகி இருக்கிறது. விஷய ஞானம் நிறைய ஏற்படுத்தியது. எழுத்தாளனான எனக்கு அவைகளின் மதிப்பு தேவை; ஒரு டாக்டராகவும் இருக்கக்கூடிய ஒருவரால்தான் அதை அறிந்துகொள்ள முடியும். மருந்து பற்றிய அறிவு இருந்த தால் நான் தவறுகளைத் தவிர்க்க முடிந்திருக்கிறது. இயற்கை சாஸ்திரங்களும், விஞ்ஞான முறையும் எப்போதும் என்னை எச்சரிக்கைப்படுத்திக்கொண்டே இருந்ததால் விஞ்ஞான ரீதித் தகவல்களை முடிந்த இடத்தில் எல்லாம் கவனத்துக்கு எடுத்துக்கொண்டிருக்கிறேன்.*

பிச்சமூர்த்திக்கு சட்ட ஞானம் எவ்வளவு அவர் படைப்புக்கு உபயோகப்பட்டிருக்கிறது என்பதைப் பின்னால் அவர் எழுதியுள்ள கதைகளிலிருந்து நிதானிக்க முடியும். இந்த விவகாரத் தன்மையைக் கதைக்குள் ஏற்ற முடிந்ததால் அவர் கதைகளுக்கு என்னென்ன தனி குணங்கள் ஏற்பட்டது என்பதைப் பின்னால் தனியாகப் பார்க்கும்போது பார்க்கலாம். இந்த முதல் கதையில் ஒரு பாரா பார்ப்போம்:

> *பசித்தவன் பழங்கணக்குப் பார்ப்பதுபோல ஜகம் ஏதேதோ சிந்திக்கலானான். விஷயங்களை எல்லாம் புது வியாக் யானத்துடன் மனனம் செய்தான் . . . அன்று என்மேல் சரிகை முந்தாணி வீசவில்லையா, அது என்ன? மூன்றாம் நாள் கோணலாகச் சிரித்தாளே, அதற்குப் பொருள் என்ன? அனாவச்யமாய் கால் மெட்டிகளின் பொன் னோசை உரத்துக் கூவுவானேன்? கைவளை குலுங்கு வானேன்?'*

ஜகம் தன் நினைப்போட்டத்தை எவ்வளவு விகாரமாக உருவாக்கி இருக்கிறான் என்பது மட்டும் இல்லை இங்கு முக்கியம்; பிச்சமூர்த்தி அவன் விவகார மனநிலையை எப்படிச் சித்திரித்திருக்கிறார் தன் வாக்கியங்கள் மூலம் என்பதையும் நாம் பார்க்கிறோம். இந்த விதமான விவகாரமான சொல் திறன் இல்லாவிட்டால் ஜகம் நினைப்பு அதன் முழு தீவிரத்துடன் வெளியீடு பெற்றிருக்காது. நம்மையும் அது தாக்கம் செய்திருக்காது.

இதெல்லாம் பார்த்துவிட்டு எனக்குச் சொல்லத் தோன்று கிறது இதுதான். சிறுகதைத் துறை ஏற்படுத்தியது 'குளத்தங்கரை அரசமரம்.' துறைக்கு ஒரு திருப்பம் தந்தது 'மலரும் மணமும்'. துறையில் கலைத்தன்மைக்கு ஒரு முக்யத்வம் கொடுத்தது. 'முள்ளும் ரோஜாவும்'. இங்கிலீஷ் நாவல் பிறப்பை அதன் முதல் மூன்று நாவலாசிரியர்களான ரிச்சர்ட்ஸன், பீல்டிங், ஸ்மார்லெட் ஆகியோரை வைத்துப் பார்ப்பதுபோல, இந்த மூன்று கதைகளையும் வைத்துக்கொண்டு தமிழ்ச் சிறுகதைத் துறை வளர்ச்சியைப் பார்க்கலாம்.

❖ ❖

# 13

# உருவச் சிதைவு

இந்தச் சந்தர்ப்பத்தில் இன்னொரு கதையையும் பற்றி பார்த்தாக வேண்டி இருக்கிறது. கல்கியின் 'காந்தி மதியின் காதலன்' கதை அது. நான் ஏற்கெனவே குறிப்பிட் டிருக்கிறேன். கல்கியின் சிறுகதைகள் என்று சொல்லப் படுபவைகள் பலவும் சிறுகதை அம்சத்துக்கு மீறினதாக இருக்கும் என்றும், கல்கிக்குச் சிறுகதைக் கலை கைகூடி வரவும் இல்லை என்றும். அதை மெய்ப்பிக்கிற கதை 'காந்திமதியின் காதலன்'. பின் ஏன் இங்கு அதை எடுத்துக் கொள்ளவேண்டும்? எப்படி என்று காட்ட சொல்லித் தான் ஆகவேண்டி இருக்கிறது. 'முள்ளும் ரோஜாவும்' போலவே ஒரு கட்டம் இதிலும். கணவனை விட்டு வேறு ஒருவருடன் புறப்பட்டு விட்டவள். ஒருவித முடிவு செய்துவிட்ட பிறகு அதை நிறைவேற்றத் தைரியம் இல்லாமல், தங்களுக்குள் ஏதோ குட்டை குழப்பிக் கொண்டு விலவிலத்துப்போய் கோழையாகித் தவித் தவர்கள். கமலத்துக்குப் புனர்வாழ்வு கிடைக்கிறது, காந்திமதிக்குக் கிடைக்கவில்லை. இதுதான் எனக்குத் தெரிகிற அளவு கதையின் உயிர்ப் பொருள். பிச்சமூர்த்தி பொருத்தமானதைக் கொண்டு சிறுகதையாக்கி விட்டார். கல்கி கதை உருவாக்கி இருக்கிறார்; சிறுகதையாக இல்லை. 'கேதாரியின் தாயார்' சிறுகதைப்பாங்கு கொண்டிருக்க, 'காந்திமதியின் காதலன்' கதை சிறுகதை உருவம் பெறாத காரணம் என்ன? எவ்வளவு குறைந்தபட்சம் தேவை என்பதுக்குப் பதில், எவ்வளவு அதிகபட்சம் கொடுக்கலாம் என்று நினைத்து, நிகழ்ச்சிகள், தகவல்கள் சேர்க்கப் பட்டும் தொடுக்கப்பட்டும், உத்தேசம் சரியாகக் கொண் டிராமலும், மையக் கருத்து எது என்ற நிர்ணயம் இல்லா

மலும், கொடுக்கிற தகவல்கள் எதுக்கு உதவும் என்று பார்க்கப் படாமலும், ஒரு புராணமாக ஆகிவிட்டதே தவிர சிறுகதை ஆகவில்லை. பிச்சமூர்த்தி கான்ஃபிளிக்ட் என்கிறோமே மோதலை ஒரு நிலையில் கொடுத்து அதைச் சுற்றி வியூகம் எழுப்பிவிடுகிறார். கமலம் – ராமநாதன் இருவரிடையே ஏற்படுகிற மனமோதல அது. அதுக்கே ஆரம்பம் முதல் வழிவைக்கிறார். கல்கி முதலில் காந்திமதி – விருத்தாசலம் மோதலை ஆரம்பித்துவிட்டு, பிறகு விலக்கி மறக்கப்பண்ணி, மறுபடியும் ஒரு சந்திப்பு கொடுத்து, இன்னொரு மோதல் ஏற்படுத்தி உறவுபடுத்தி, அதுக்குப்பிறகு மறுபடியும் விலக்கி, மறக்கப்பண்ணி, மறுபடியும் சந்திக்க வைத்து மோதல் கொடுத்து உறவுபடுத்தி – இப்படிக் கட்ட நிகழ்ச்சிகளைக் கொண்டு தொடர்பு கொடுக்கிறார். இந்த நிகழ்ச்சிகள், அடுக்குகள் ஒரு நிலைக்கு உதவினால் பரவாயில்லை. ஒவ் வொன்றும் வேறு வேறு நிலைக்கு உதவுபவை. கமலம் – ராம னாதன் உறவுபோல், காந்திமதி – விருத்தாசலம் உறவு மையக் கருத்தா கதைக்கு, இல்லை, காமாட்சிநாதன் – காந்திமதி உறவு மையக்கருத்தா கதைக்கு இல்லை விருத்தாசலம் – காமாட்சிநாதன் உறவ மையக் கருத்தா கதைக்கு – எது? படிக்கிறபோது நம்மைத் திண்டாட வைக்கிறது. இவர் எது சம்பந்தமான ஒருமிப்பு நோக்கிப் போகிறாரோ தெரியவில்லை. கதை முடிவை அடையவும் இரண்டு சாமியார்களுடன் ஆரம்ப மான சம்பாஷணை அவர்களுடைய சம்பாஷணையோடயே முடிந்தாலும் (அது உத்தி விஷயம், சரிதான்) நாம் கதை உலகில் செய்த யாத்திரை, முன்காலத்து சினிமா சீரியல் பார்த்தமாதிரிதான் நமககுப் படுகிறது. ஒரு பெரிய நாவலைச் சுருக்கி 'ஸினாப்ஸிஸ்' என்கிறோமே கதைச் சுருக்கம் அது தரப்பட்டிருக்கிற நினைப்பு ஏற்படுகிறது.

'கிரியேடிவ் குவாலிட்டி' என்கிறோமே படைப்புத் தன்மை அது காணப்படவில்லை என்றுகூடச் சொல்வேன். ஒரு பிரச்னை இருவர் கதைக்கும் விஷயமாக ஓரளவுக்கு அமைந்தது என்பதால்தான் இந்தக் கதையை எடுத்துக்கொண்டேன். பிச்சமூர்த்தி கலைக்கை. உபமானம் இருவர் கையாண் டிருப்பதையும் ஒப்பிட்டுப் பாருங்கள்:

> *பெண்களின் முகங்களை தாமரை மலருக்கு ஒப்பிடு கிறார்களே, அதன் பொருத்தம் அப்போதுதான் எனக்குத் தெரிந்தது. – (கல்கி)*

> *பெரியம்மை சேஷ்டையால் பழய கோலிபோல் சொள்ளை மூஞ்சி. – (பிச்சமூர்த்தி)*

ஜகத்தின் நினைப்போட்டத்தை வர்ணிக்கும் ஒரு பாராவை மேலே மேற்கோள் காட்டி இருக்கிறேன். அது எவ்வளவு அழகாகச் சொல்லப்பட்டிருகிறது. அவன் உணர்வு எவ்வளவு நுணுக்கமாகச் சித்திரிக்கப்பட்டிருக்கிறது உணர்ச்சி நிலை எழுப்பப்பட்டிருக்கிறது இந்த வரிகளில் வெறுமனே சொல்லப் படவில்லை. கல்கி பின்வருமாறு சொல்லுவதோடு நின்று விடுவார்:

> என்னைப் பார்த்தாள். ஆனால் இம்முறை அவள் தலை குனியவில்லை; புன்சிரிப்புக் கொள்ளவும் இல்லை. இரண்டாவது தடவை என்னைத் திரும்பிப் பார்க்கவும் இல்லை. விர்ரென்று போய்விட்டாள். ஆனால் அவளுடைய அந்த ஒரு பார்வையே என் இருதயத்தில் ஊடுருவிப் பாய்ந்துவிட்டது. அதன் பொருள் முழுதும் நான் அப்போது அறிந்து கொள்ள முடியவில்லையானாலும் அதில் நிந்தையும் கோபமும் நிறைந்திருந்தது மட்டும் என் உணர்வுக்குத் தெரிந்தது. சொல்ல முடியாத வேதனை கொண்டேன்!

கல்கி வரிகளில், முதல் வரிகளில் தூலமான நிகழ்ச்சித் தகவல்கள் தரப்படுகின்றன. பார்த்தாள், குனியவில்லை. விர்ரென்று போய்விட்டாள் – இப்படி. பிறகு மனநிலையைச் சொல்ல ‘இருதயத்தில் ஊடுருவிவிட்டது’, ‘சொல்ல முடியாத வேதனை கொண்டேன்’ – இப்படி. இந்த நடையோ இந்தத் தகவல்களோ சித்திரம் எழுப்பத் தவறியவை. கணக்குப் போட்ட மாதிரி தகவல்; அவ்வளவுதான். ஒன்று, இரண்டு, மூன்று, நாலு என்று. இதில் மன அசைவே இல்லை. ஆனால் பிச்சமூர்த்தியின் வரிகளில் அசைவு தெரிகிறது. மனவேகம் தொனிக்கிறது. அது பேசுகிறது. உயிர்ப்புடன் இருக்கிறது. எனவே நம்மைத் தாக்குகிறது. பின்னது ஊமையாக, ஜடமாக, நம்மைத் தொடவே இல்லை. மொழி சரியாகக் கையாளப்படவே இல்லை. அதுக்கும் மேலாக முடிவைச் சொல்லுவதுற்கு மேலாக ‘பிராஸஸ்’ என்கிறோமே, செய்யும் கிரமம் சரியாக உருவாக்கப் படவில்லை. இதுக்கு முக்கியக் காரணம், கற்பனை உதவாதது தான். பிச்சமூர்த்தி கதையில் சந்திப்பு ‘டிரமாடிக்’ ஆகச் செய்யப்பட்டிருக்கிறது. வீர்யமாகச் சித்தரிக்கப்பட்டிருக்கிறது. படித்து உணர வேண்டிய விஷயம். கல்கி கதையில் தொய்ந்து போன சித்தரிப்பு. கமலம், காந்திமதி இருவரும் தாங்கள் ஆசை வைத்திருப்பவர்களிடம் பேசுவதைப் படித்துப்பாருங்கள் சேர்த்து. படும். இங்கே எல்லாவற்றையும் விளக்கி நச்சுப் பண்ணுவது தேவையில்லை. கதையைப் படித்து உணருவது தான், வித்யாசம் காண்பதுதான் செய்யவேண்டியது. நான் இடத்தைக் காட்டிவிட்டேன். பாருங்கள்.

உளப்பாங்குப் போக்குகூட கல்கி கையில் சரிவரக் கையாளப் படவில்லை. கேதாரியின் தாயார் பற்றிய குறைதான் இதிலும்: கதாபாத்திரங்கள் அசட்டுத்தனமாகப் பேசட்டும். கதாசிரியன் சொற்கள் அசட்டுத்தனமாக இருந்துவிடக் கூடாது ஆக, 'குளத்தங்கரை அரசமரம்', 'மலரும் மணமும்', 'முள்ளும் ரோஜாவும்' கதைகள் *1935*க்கு முன் அதாவது 'மணிக்கொடி காலம்' என்கிறோமே அந்த நாட்களில் சிறுகதை ஒரு உந்துதல் பெற்ற நட்களுக்கு முன், சிறுகதைத் துறைக்குப் பங்கு செலுத்திய கதைகள் என்று இடம் கொடுத்துவிட்டு நாம் மேலே போக வேண்டும்.

❖ ❖

# 14

# உணர்ச்சி சித்தரிப்பு

சிறுகதை *மணிக்கொடி* மூன்றாவது ஏட்டில் *(28 – 4 – 1935)* கு.ப. ராஜகோபாலனின் 'சிறுகதை' என்ற சிறுகதை வெளிவந்தாலும் அதுக்கு முன்பே கு.ப.ரா *சுதந்திரச் சங்கு* வாரப் பதிப்பு பத்திரிகையில் மூன்று கதைகள் எழுதி இருக்கிறார். 'குடும்ப சுகம்' *(23 – 3 –1934)* 'நூர் உன்னிஸா' *(30 – 3 – 1935)* 'தாயாரின் திருப்தி' *(13 – 4 –1934)* ஆகியவை.

கு.ப.ராவை அவரது 'நூர் உன்னிஸா'வை வைத்துத் தான் பார்க்க வேண்டும். அது *சுதந்திரச்சங்கு*வில் இரண்டாவதாக வெளிவந்தாலும் அதுதான் முதலில் அவர் எழுதிய கதை, 'குடும்ப சுகம்' பின்னால்தான் எழுதியது என்பது பிச்சமூர்த்தி கொடுத்த தகவல். ஆகவே 'நூர் உன்னிஸா' சிறுகதைக்கு என்ன பங்கு செலுத்தியது என்று பார்ப்போம். 'குளத்தங்கரை அரச மரம்', 'என்னை மன்னித்து மறந்துவிடு', 'மலரும் மணமும்', 'ஊமைச்சி காதல்', 'கேதாரியின் தாயார்', 'முள்ளும் ரோஜா வும்', 'தபால்கார அப்துல்காதர்', 'காந்திமதியின் காதலன்' ஆகிய இதுக்கு முன் நாம் பார்த்த கதைகளுக்குப் பின்வந்த கதை நூர் உன்னிஸா.

இதுதான் முதல் காதல் கதை என்று நான் கருது கிறேன். அதாவது மணமாகாத இருவரின் உறவு சம்பந்தப் பட்டது. 'மலரும் மணமும்', 'முள்ளும் ரோஜாவும்' விஷயம் வேறு. மணமான நிலையில் ஆசைவெறியில் ஏற்பட்ட பின்விளைவுகள் பற்றியது. 'ஊமைச்சி காதல்' தமாஷானது என்று ஏற்கெனவே பார்த்திருக்கிறோம். மற்ற கதைகள் பிரச்னைகள் வேறானவை. ஆணும்

பெண்ணும் சேர்ந்து குடும்பமாக வாழ்க்கையைத் தொடர மணமுறை ஒரு சமுதாய நியதியாகக் கைக்கொள்ளப்பட்டு வருகிற நிலையில், அந்த வாழ்க்கைச் சக்கரம் சரியாகச் சுழல பெரியோர், பெற்றோர், குணம் தரம் பார்த்து, அறிவுபூர்வ மாக அந்த உறவை நிர்ணயிக்கும் நடைமுறை இருந்து வருகிறது. அதிலிருந்து வேறுபட்டு ஆணும் பெண்ணும் தாமே குணம் பார்த்து, தரம் பார்த்து, பரஸ்பரம் அறிந்து உணர்ச்சிபூர்வமாக மனம் கொடுத்து தங்கள் வாழ்க்கைத் துணைகளைத் தேர்ந் தெடுத்துக் குடும்பம் அமைவது இன்னொரு நடைமுறை. முன்னதுக்குப் பெற்றோர் பொறுப்பு. பின்னதுக்குத் தாங்களே பொறுப்பு. பின்னதைக் காதல் அடிப்படையில் எற்பட்ட உறவு என்கிறோம். பழய புராண, சரித்திர, இலக்கியத் துறை களில் இதுக்கு இடம் இருந்திருப்பது தெரியும். ஆனாலும், தற்காலச் சமூக வாழ்வில் அதுக்கு இடம் பொருட்படுத்தத் தக்கதாக இருந்துவரவில்லை. இன்று வரையிலும்கூட. அது பேசும்படியாகப் பாதிப்பு விளைவித்திருப்பதாகவும் சொல்வதுக் கில்லை.

இந்த நிலைமையில் 'நூர் உன்னிஸா' வெளிவந்தது. 'நூர் உன்னிஸா'வில் 'டீன் ஏஜ்' என்கிற வளர்பருவ மயக்கம், அது நீடித்து வளர்ந்து உக்ரமாகி தாங்கள் பகுத்தறிந்து உணர்ந்த ஒரு உணர்ச்சித் தீவிரம், அதன் பயனாக அவர்கள் உறவிலே ஏற்பட்ட முடிவு ஆகியவை சேர்ந்து ஒரு சுத்ததமான காதல் கதை உருவாகி இருக்கிறது. இதிலே ஏற்பட்ட சிக்கலும் புது விதமானது. இந்தக் கதையின் முடிவில் வரும் கடிதமே கலைப் பாங்குடன் சொல்லி விடுகிறது:

> 'இக் கடிதத்தை என் வாக்காகவும் அடையாளமாகவும் நீ வைத்துக் கொள்ளலாம். நாம் திருச்சியில் சிறு குழந்தை களாக விளையாடியபோது என் மனதில் உன்னிடம் ஏற்பட்ட பற்று என்னைவிட்டு இன்னும் அகலவில்லை. ஏனென்றால் ஸதா உன் உருவம் சிலைபோல என்முன் நிற்கிறது. நித்திய இளமையோடு உன்னுடன் விளையாடு வது போலவே கனவு காண்கிறேன். உன்னை மற்றொரு முறை இவ்வுயிரில் பார்க்கவேண்டுமென்ற அவாவும் நிறைவேறிவிட்டது. இனி நாட்களை பூர்வம் ஜெபுன்னிஸா வைப் போல் கழிக்கப் போகிறேன். என் தாயாரிடம் நீ கலியாணமில்லையென்று சொன்னது எனக்கு திருப்தியைக் கொடுத்தது. இனிமேல் நீ இன்னுமொரு ஸ்த்ரீயுடன் பேசாது உன் வாழ்நாட்களை என் மனத் தோடு மட்டும் லயிக்கச் செய்து கழிப்பாயானால் நானும் சோர்வின்றி வாழ்வேன். அப்படியே செய்கிறேனென்று நீ எனக்குப் பதில் எழுத வேண்டாம். நீ செய்வாயென்று

எனக்கொரு தீவிர நம்பிக்கை இருக்கிறது. அதே என் உயிர்நாடி. நான் மெய்மறந்து உன்னையே நினைக்கிறேன். ஆனால் நாமிருவரும் இவ்வுடலில் ஸதிபதிகளல்ல. சரீர இச்சை வேண்டாம். பூர்ணமாக என் ஆகாசத்தில் ஜொலிக்கும் சுகச் சந்திரனுக்குக் களங்கமுண்டாக்காதிரு. சரிதானே?

இப்படிக்கு
**நூர் உன்னிஸா,**

கதாநாயகன் சொல்வதாக அமைந்த கதை முடிவில் வரும் வரிகள் இவை:

என் மனமோகினியின் கட்டளைப்படி நான் உலக வழிகளில் திரிந்து வருகிறேன். நான் செய்யும் காரியங் களிலும் நான் நினைத்த மாத்திரத்தில் என் முன் தங்கப்பதுமை போல வந்து நின்று என்னை உத்ஸாகப் படுத்துகிறாள். என் சோர்விலும் என் மனதின் முன் குதித்துக்கொண்டுவந்து என்னை ஆற்றுகிறாள்.

லைலா மஜ்நூன், ஷெரீன் பர்ஹாத், ரோமியோ ஜுலியட் கதைகள் நமக்குத் தெரியும். இளம்பருவக் காதல் நிறைவேறாமல் மனம் முறிந்து சோககரமாக வாழ்க்கை முடிவுகள் அவர்கள் உறவில். அதுமாதிரி முடிந்திருக்க வேண்டிய ஒரு சம்பவம்தான் இதுவும். முதலில் காதலுக்கு இடம் இல்லாத காலம். இரண் டாவது, முன் சொன்னவர்களிடையே அந்தஸ்து வித்யாசம், குடும்ப விரோதம் இவை அவர்கள் உறவுக்குத் தடையாக நிர்ணயிக்க, இங்கே ஜாதிக்கும் மேலாக மதம் இடையே சுவர் எழுப்பிய நிலை. நடப்புரீதியாகப் பார்த்தால் சாத்தியமே இல்லாதது.

அவர்களின் காதல் சாத்யமாகாதது இருக்கட்டும். அத் தகைய காதல் ஏற்படுவதுக்கான பகைப்புலமே ஏற்பட வழி இல்லாத காலம் என்றும் சொல்வேன். சமுதாயக் கட்டுப் பாடுகள் அவ்வளவு அமுக்கின சந்தர்ப்பம். விதிவிலக்குகள் இருந்ததா என்பதுகூட எனக்குச் சந்தேகம்தான். கேள்விதான். ‘மலரும் மணமும்’ பிரச்னைக்கே களம் இல்லாதபோது ‘நூர் உன்னிஸா’ பிரச்னைக்கா வாய்ப்பு? ராமையா, பிச்சமூர்த்திக்கு மேலே ஒரு படி போய்விட்டார் கு.ப.ரா. தன் கதைக்கு விஷயம், கரு தேர்ந்தெடுப்பதில். கலைஞன், பார்வையிலே கோணங்கள், மதிப்புகள், உணர்ச்சிகள் கால தேச வர்த்தமானத்துக்கு ஏற்ப மாறி வருவதையும் விரிவடைவதையும் நாம் பார்க்கிறோம்.

கு.ப.ரா. கதையில் கோணம் மாறுதல் குறிப்பிடத்தக்கது. காதல் வழி மணம் என்றால், அதுவும் பெற்றோருக்குப்

பிடிக்காததாக, சமூகம் விரும்பாததாக இருந்துவிட்டால் அதில் தோல்வியுற்று மனமுறிந்து காதலர்கள் தங்களை அழித்துக் கொள்வது அல்லது பிறரால் அழிக்கப்படுவது (அனார்க்கலி விஷயம்) நடந்து வாழ்வு முடிவதுதான் கையாளப்பட்டிருக் கிறது. துஷ்யந்தன் – சகுந்தலை காதல்கூட வேறு விதமான, ஒரு தரப்பின் குற்றத்தால் துக்ககரமாக ஆகிவிடுகிறது. ஆனால் கு.ப.ரா. இந்தப் பழசாகிவிட்ட கோணங்களிலிருந்து தன் பார்வையைத் திருப்பிப் புதுக்கோணத்தில் பார்க்கிறார். மேலே குறிப்பிட்ட கடிதம் அதை நிரூபிக்கிறது. சிறுவயதில் ஏற்பட்ட பற்று, அவனைப் பனிரெண்டு வருஷங்களாகப் பார்க்கா விட்டாலும் அவனைப் பற்றி எதுவும் தெரியாவிட்டாலும், வளர்ந்து, அவன் நினைவாகவே, கனவாகவே, என்றோ ஒரு நாள் மற்றொரு முறை பார்த்தாலே போதும் என்று எதிர்பார்த்து வாழ்ந்து, அந்தக் கணம் கிடைத்ததும் அதாவது தன் அண்ணன் கல்யாணத்தன்று அவனைச் சந்திக்கும் சில விநாடி வாய்ப்புக்குப்பின் தன் மனநிறைவைப் பெற்று தன் காதலின் பரிசைப் பெற்றுவிட்ட திருப்தியுடன் தன் மீதி வாழ்நாட்களைக் கழிக்க முடிவு செய்து ‘சோர்வின்றி வாழ்வேன்’ என்று தன் காதலனிடம் சொல்லும் அளவுக்கு அவள் என்ன மனதிடம் கொள்கிறாள்! அது மட்டும் இல்லை. அவனுக்கும் ஆணையிடுகிறாள், அவனும் தன் மனதோடு மட்டும் லயிக்கச் செய்யும்படியும் தன் லட்சியத்துக்கு மாசு ஏற்படாதபடி நடந்துகொள்ளும்படியும். அவனும் அந்த ஆணையின்படி நடந்து வாழ்ந்து சோர்வு இன்றி மனநிறை வுடன் வாழ்கிறான்.

இந்தப் பார்வை சிறுகதை இலக்கியத்தில் புதியது. புரட்சிகரமானது. இது யதார்த்தமானதா என்று இந்தக் காலத்தில் கேள்வி கேட்கக்கூடும். அசட்டுக் கேள்வி. காதல் என்பதின் புனிதம் தெரியாமல் காமத்தை எடுத்துக்கொண்டு பால் உணர்ச்சி வெளியீட்டுப் படைப்புகள் இன்று மிஷின் உற்பத்தியாக வெளிவருகிற காலகட்டத்தில், வேறு எப்படி இருக்கும் கேள்விகள்? காதலின் பரிசுத்தம், பரிசுத்தமான காதல் எந்த அளவுக்கு உயர்த்தக்கூடும் என்பதுக்கு இந்தக் கோணம் நிரூபணம்.

மதிப்பை எடுத்துக்கொண்டாலும், ‘நாமிருவரும் இவ் வுடலில் சதிபதிகளல்ல. சரீர இச்சை வேண்டாம்’ என்கிற போது, தாம்பத்ய வாழ்க்கையில் உடலுறவுக்கு ‘சரீர இச்சை’ என்பதுக்கு எவ்வளவு புறக்கணிக்கத்தக்க, குறைந்தபட்ச இடம் ஒதுக்கப்பட்டிருக்கிறது என்பது தெரிகிறது. இதுவும் இன்று ‘பிளேடானிக்’ காதலா, புலன்களுக்கு உரியதாக இல்லாத, ஆத்மார்த்தமான காதலா என்று இடக்கான கேள்விக்கு

உரியதுதான். சதையுணர்ச்சிக்கு மித மிஞ்சிய மதிப்புக் கொடுத்து, ஆண் பெண் உறவு அதையே வைத்துத்தான் என்று கீழ்த்தர மான காம வேட்கை ஒரு கடைக்கோடியிலே படைப்பில் சித்தரித்துக் காட்டப்படுகையில் மறுகோடியிலே அதுக்கு எதிராக சரீர ஸ்பரிசமே இல்லாமல் தாம்பத்ய உறவு இருக்க வேண்டும் என்பதுக்காக வலியுறுத்தப்படுவது இது என்று ஆகாது. கு.ப.ரா.வே பின்னால் ஒரு கட்டுரையில் (‘சதைப் பற்றற்ற காதல்’ *பாரததேவி 30–7–1938*), ‘சதை என்ற சேற்றில் முழுக அல்ல, அதற்குமேலே போய் தாமரையைப் போலத் தலையெடுத்து நிற்க, இரவும் பகலும் போலவும், துக்கமும் சுகமும் போலவும் வேற்றுமை கொண்டிருக்கும் ஸ்திரீ புருஷ சுபாவங்களை ஒன்றாக்க’ என்றும் ‘உடற்சேர்க்கையை விட மனச்சேர்க்கையே புனித உள்ளங்களுக்கு அதே பெருத்த கலவி இன்பத்தைத் தரும்’ என்றும் ‘அருகாமைகூட காதலுக்குத் தேவையில்லை; பிரிவாற்றாமையில் காதல் வளர்கிறது; ‘விரகே பிரேம ராசி பவதீ’ என்று காளிதாஸன்கூடச் சொல்லி இருக்கிறார்’ என்றும் குறிப்பிட்டிருக்கிற மாதிரி சீக்கிரமே அழியக்கூடிய அலுக்கக்கூடிய ஒரு உறவுக்கும் அப்பால் நீடித்து நிலைக்கும் ஒரு உறவு இருக்கக்கூடும் என்பதை இந்தச் சிறு கதைத் தத்துவ மதிப்பாக வைத்திருக்கிறார் கு.ப.ரா.

‘மலரும் மணமும்’ கதையில் விதவைப் பெண் செல்வம் ராமதாஸை நேருக்கு நேர் காணத் தினம் மெய்மறந்து நிற்பதும் ‘முள்ளும் ரோஜாவும்’ கதையில் உடலழகு என்னும் பொய்ப் படுதா கமலம் கண்களை மறைத்து கணவனின் ஆத்மவனப்பை அறியாமல் செய்துவிட்டதும் இரண்டும் உடல் இச்சையை முன்வைத்து நின்ற பாத்திரச் சித்தரிப்புகள். கு.ப.ரா. நோக்கு இந்தக் கதை மூலம் உடல் இச்சை திருப்தி சாத்யமாகாத நிலையிலும் உறவைக் காப்பாற்றிக்கொண்டு வாழ்க்கையை நிறைவானதாக ஆக்கிக்கொள்ள முடியும் என்பது.

மூன்றாவதாக உணர்ச்சி. தங்கள் லட்சியம் ஈடேற இயலாத நிலையில் உணர்ச்சிவசப்பட்டு தங்களை, அசட்டு அபிமான உணர்ச்சியால் அழித்துக்கொள்ளாமல், அறிவைக் கொண்டு உணர்ச்சியைச் சமனப்படுத்தி, சுத்தப்படுத்தி தங்கள் வாழ்க்கையை வேறு பயனுள்ள காரியங்களுக்குப் பயன் படுத்துகிறார்கள் இருவரும். அதே சமயம், நித்திய இளமை யோடு தங்கள் உறவு நீடிப்பதான நம்பிக்கையால்தான் மனிதன் வாழ்கிறான் என்கிறதானால் காதலிலும் அதில் தோல்வி கண்டாலும் அது சாத்யம் என்பது இந்தக் கதையில் தெரிவது.

எனவே ‘நூர் உன்னிஸா’ அன்று சிறுகதையில் ஒரு புதுக் கதவைத் திறந்ததும், இதைப் பற்றி எல்லோரும் பேசிக்கொண்

டோம். அவருடைய 'விடியுமா' கதை வெளிவரும்வரை இந்தக் கதை எனக்கு அபிமானக் கதை, நடுவில் 'காதலே சாதல்', 'வீரம்மாளின் காளை', போன்ற அவர் கதைகளைப் படித்து ரசித்தபோதும். இன்றும் அது அப்பழுக்கு இல்லாத கதையாகவே நான் கருதுகிறேன். எழுதியுள்ள விதம் ரொம்ப சிறப்பானது. ஆரம்பமே நல்ல பிகு. முடியும்போது அதே தொனியில். இடையில் நெகிழ்ச்சி தளர்ச்சி கிடையாது. ஏற்றப்பட்ட நாணின் விடைப்பு. கதாபாத்திரமே சொல்கிற பாணி. சிறு கடிதத்துடன் ஆரம்பம். சிறு கடிதத்துடன் முடிப்பு. நடுவிலே சம்பவச் சித்தரிப்பு. காட்சி எழுப்பு. சிக்கனமாகச் சொல் உபயோகம். அழுத்தமான உணர்த்தல். உதாரணம்:

> என் மனதில் தோன்றித் தோன்றி என்னை மயக்கிய பெண்ணுரு யாருடையது என்று தவித்தேனே – அப்பா, அது நூருன்னிஸாவினுடையதே. ஒரு சிறுமியின் முக்கா டிட்ட குற்றமற்ற முகம், அதில் மைதீட்டிய இமை களிடையே குரு குரு என்று சஞ்சலித்த இரண்டு குறை கூறும் விழிகள், ரோஜாக்களிடையே மல்லிகைபோல கீழிதழைச் சற்றே கடித்து வெளியே தோன்றின பல்வரிசை – இத்தகைய உருவம் மோகினி போல் என் மனதில் குடி கொண்டு ஆட்டிவைத்ததே – அது அவளுடையது. அவளுடைய மனநிலையும் என்னுடைய மன நிலையை ஒத்திருக்கக்கூடுமா என்ன! இல்லாவிட்டால் இக் கடிதத்துக்கு ஏன் காரணமாகிறாள்! கூட்டத்தில் திரியும் என்னைக் குறித்தல்லவோ கூப்பிடுவது போலிருக்கிறது!
>
> 'என் ஹிருதய நிலைமையை அவள் அறிவாளோ? முடியாது. பூவின் அவாமணமாக வெளியேறித் தாக்கு கிறது. நினைவில் புறப்படும் அலை எப்படி அவள் இருதயக் கரையில் போய் மோத முடியும்? ஸாத்திய மில்லை . . . அக்கடிதத்தில் தன் சகோதரனைக் கருவி யாகக் கொண்டு என்னையேனிங்கு வரவழைத்தாள்? என்னிடத்தில் அவளுக்கோர் – அதெப்படி நான் சொல்வது?'

உணர்ச்சிச் சித்தரிப்பில் கு.ப.ரா. பின்னால் இன்னும் சிறப்பான வெளியீடு காட்டி இருப்பதுக்கு நல்ல சூசனை இந்தக் கதையில் தெரிகிறது. சமஸ்கிருத இலக்கியங்களில் நல்ல பரிச்சயம் உள்ள அவரது நடையில் அந்த மொழிச் சொற்கள் தக்க இடங்களில் பொருத்தமாகப் பயனாகி, வ.வே.சு. அய்யர், சங்கு சுப்ரமண்யன் நடைபோல் ஒரு கம்பீரம் அமைந்ததாக இருக்கும். அவரது நடையில் கவிதைப் பாங்கும் தொனிக்கும். 'மலரும் மணமும்' போல் சோகமாகவும் 'முள்ளும் ரோஜாவும்' போல் இன்பமாகவும் முடியாமல்,

நெடுகிலும் அநுபவிக்கும் வேதனையைத் தள்ளிக்கொடுத்து அந்த வேதனையையும் இன்பக் கனவுகளாக தம் இச்சா சக்தியால் மாற்றும் முயற்சியில் ஈடுபட்ட இரு உள்ளங்களின் போராட்டத்தை வெளியிடும் முடிவாக இருக்கிறது. ஒரு சுத்தக் கலைஞனின் சுத்தமான படைப்பான இந்தக் கதையை நான் இன்றும் முன்போலவே ரசிக்க முடிகிறது. இதுக்குப் பின் கு.ப.ரா. வாழ்க்கையின், குடும்பத்தின், ஆண் பெண் உறவின் சிக்கல்களை, போராட்டங்களை, பிரச்னைகளை வைத்துப் பல கதைகளை எழுதி இருக்கிறார். அவரைச் சிறந்த சிறுகதை ஆசிரியர்களில் ஒருவராக ஆக்கத்தக்க திறமை இந்தக் கதையிலேயே வெளித் தெரிகிறது.

*மணிக்கொடியில்* முதல் நல்ல சிறுகதையான 'சிறுகதை' வருமுன் வ.ரா. *மணிக்கொடியில்* கட்டுரைகள், 'கருவளையும் கையும்' என்ற தலைப்பில் கவிதைகள், பூரூரவஸ், ஊர்வசி ஆகிய புராதன பாத்திரங்களைத் தன் கற்பனையில் புதுசு படுத்திய சித்தரிப்புகள் எழுதி இருந்தாலும் இந்தக் கதைதான் அவரை எடுத்துக்காட்டியது.

❖ ❖

# 15

# மணிக்கொடிக் களம்

தனி மனித முயற்சிகளாக வ.வே.சு. அய்யர் முதல் அங்கங்கே, அவ்வப்போது, பிச்சமூர்த்தி வரை ஒரு ஐந்தாறு பேர்களின் அப்போதய குறிப்பிடத்தக்க ஒரொரு சிறுகதைகளைப் பார்த்துவிட்டு நாம் மணிக்கொடி காலத்துக்கு, அதாவது 1933 முடிவுக்கும் 1934 ஆரம்பத்துக்கும் வருகிறபோது ஒரு மாறுதலைக் காண்கிறோம். அபூர்வமாக ஒன்றிரண்டு கதைகளைப் படிக்க வாய்ப்பு இருந்தது மாறி ஒரு குறிப்பிட்ட காலத்தவணைக்குள் அதிகமான கதைகளைப் படிக்கும் வாய்ப்புக் கிட்டி இருப்பதைக் காண்கிறோம். ஏற்கெனவே இருந்த *சுதேச மித்திரன்* (வாரப்பதிப்பு), *'ஆனந்த விகடன்* (வாரப்பதிப்பு) *கலைமகள்* (மாத சஞ்சிகை), *பிரசண்ட விகடன்* (மாத மிருமுறை), *காந்தி* (மாதமிருமுறை), *குமார விகடன்* (மாத மிருமுறை) இவைகளில் இரண்டுக்குக் குறையாமல், சிலதில் கூடவும் இருக்கும். அப்போதுதான் புதிதாக *மணிக்கொடி* (வாரப்பதிப்பு), *சுதந்திரச் சங்கு* (வாரப் பதிப்பு) இரண்டும் பிறந்தன. இவைகளிலும் சிறுகதைகள் வெளியாயின.

இத்தனைப் பத்திரிகைகள் வந்த போதிலும் *மணிக் கொடி* எடுப்பாக நின்றது. இத்தனையிலும் சிறுகதைகள் வந்தபோதிலும் மணிக்கொடிக் கதை என்ற தனி முத்திரை தெரியவந்தது. இதுதான் அன்றைய விசேஷம். இது ஆராயப் பட வேண்டிய விஷயம். அதுக்கு முன் ஒன்றைத் தெளி வாக்கிக்கொள்ள வேண்டும். மணிக்கொடிக் கதை என்று குறித்துச் சொல்ல இடம் ஏற்பட்டது 1935க்குப் பிறகுதான். அதாவது வாரப் பத்திரிகையாக வ.ரா.வும் சீனிவாசனும் செப்டம்பர் 1933 முதல் 1935 பிப்ரவரி வரை நடத்தி,

அது நின்ற பிறகு, உடனே பி.எஸ். ராமையா சீனிவாசனிடம் தான் அதைத் தொடர்ந்து நடத்த அனுமதி பெற்று 1935 மார்ச் 31 இல் முதல் இதழை மாதம் இரு முறையாகக் கொண்டு வர முற்பட்ட பிறகுதான்.

இதோடு இன்னொன்றையும் கவனிக்க வேண்டும். *மணிக் கொடிக்குச்* சிறுகதை ஆகாயத்திலிருந்து தொப்பெனக் குதிக்க வில்லை. மணிக்கொடிக் கதைக்கு ஆரம்பமும் முன்கோடி காட்டப்பட்டிருந்தது. முதலில் ராமையா *விகடனில்* 'மலரும் மணமும்' புகழ் கிடைத்த பின் *காந்தியில்* பத்து கதைகளையும் (வார்ப்படம்), *கலைமகள்* பத்திரிகையில் (நட்சத்திரக் குழந்தைகள்) ஒன்றும் வ.ரா. *மணிக்கொடியில்* சிலதும் எழுதி விட்டுத்தான் சிறுகதை *மணிக்கொடி* ஆசிரியப் பொறுப்பு ஏற்று 'பூச்சூட்டல்' ஆரம்பிக்கிறார். *கலைமகள்* பத்திரிகையில் 'முள்ளும் ரோஜாவும்' புகழுக்குப் பிறகு ஆறேழு கதைகளை அதில் எழுதிவிட்டு, வ.ரா. *மணிக்கொடியிலும்* எழுதிவிட்டுத் தான் ந. பிச்சமூர்த்தி சிறுகதை *மணிக்கொடிக்கு* 'பரீட்சை தாண்டி'யுடன் வருகிறார். *கலைமகள்* பத்திரிகையில் மூன்று சிறுகதைகளை எழுதிவிட்டுத்தான் பெ.கோ. சுந்தரராஜன் (சிட்டி) சிறுகதை *மணிக்கொடிக்கு* 'ரப்பர் பந்து'டன் வருகிறார். வ.ரா. மணிக்கொடியில் கதைகள் ஒரு சில (பொன்னகரம்) எழுதிவிட்டுப் பிறகு *ஊழியன்* வாரப் பத்திரிகையிலும் பல (தெருவிளக்கு) எழுதிவிட்டுத்தான் புதுமைப்பித்தன் சிறுகதை *மணிக்கொடிக்குத்* 'துன்பக்கேணி'யுடன் வருகிறார். *சுதந்திரச் சங்குவில்* (குடும்பசுகம், நூருன்னிஸா) எழுதிவிட்டு வ.ரா. *மணிக்கொடியிலும்* கலந்துகொண்டுவிட்டு கு.ப. ராஜகோ பாலன் 'சிறுகதை'யுடன் சிறுகதை *மணிக்கொடிக்கு* வருகிறார். 'சுதந்திரச் சங்கு'வில் ஆரம்பித்து (மார்கழி மலர்) வ.ரா. மணிக்கொடியிலும் பங்கு செலுத்திவிட்டு 'ஸரஸாவின் பொம்மை'யுடன் சிறுகதை *மணிக்கொடிக்கு* நான் வருகிறேன். வ.ரா. *மணிக்கொடியில்* பிறந்த கி.ரா. சிறுகதை *மணிக் கொடியில்* தொடர்கிறார். பி.எம். கண்ணன். ந. சிதம்பர சுப்ரமண்யன், மௌனி சிறுகதை *மணிக்கொடியில்* கொஞ்சம் தள்ளி பிறக்கிறார்கள். தி.ஜ.ர. *சுதேசமித்திரன்* வாரப்பதிப்பில் 1928லேயே (சந்தனக்காவடி) ஆரம்பித்து *ஊழியன், சங்கு* இரண்டிலும் எழுதி *மணிக்கொடிக்கு* வெளியே இருந்து தொடர்கிறார்.

ஆக, இந்தத் தகவல்களைக் கொண்டு நாம் ஒன்று கணிக்க முடியும். ராமையா ஆவாகனம் செய்த சிறுகதை *மணிக் கொடிக்கு* முன்பே, சிறுகதை ஒரு இலக்கியப் பிரிவு என்ற சுமரணை ஏற்பட்டு இருப்பதும் ஒரு பத்துப் பேர்கள் அந்தத்

துறையில் துளாவ ஆரம்பித்திருப்பதும் தெரிகிறது. அப்போதய பத்திரிகைகளில் பொறுப்பு ஏற்றிருந்தவர்கள் பத்திரிகைக்கு வேண்டிய அம்சங்களில் ஒன்றாகச் சிறுகதையைக் கருத முன்வந்ததும் மேல் நாடுகளில் சுமார் முக்கால் நூற்றாண்டு காலமாக வளம் பெற்று வந்திருந்த சிறுகதை இலக்கியத்துடன் இவர்களுக்கு ஏற்பட்டு இருந்த பரிச்சயமும் இதுக்குக் காரணம். இதோடு நம் நாட்டில் தாகூர், பிரேம்சந்த் இருவரது சிறு கதைகள் அப்போது தமிழுக்கு அறிமுகம் ஆனதும் சேரும். இவையோடு அய்யரின் சிறுகதை முயற்சிகள் தந்த உந்துதலும் காரணம்.

இப்படி வெவ்வேறு பத்திரிகைகளில் சிறுகதை முயற்சி செய்தவர்கள் சிறுகதை *மணிக்கொடி*யில் வந்து கூட ஏற் பட்டது எப்படி? *சுதேசமித்திரன்* வாரப்பதிப்பு ஏதோ கதை போடும். அதுக்குமேல் சிறுகதை என்ற பிரக்ஞை அதுக்கு கிடையாது. ரா. கிருஷ்ணமூர்த்தி (கல்கி) கையில், *விகடன்* கு.ப.ரா. குறிப்பிட்டது போல 'சிக்கல்களை லேசாக ஒதுக்கி விட்டு முகம் கோணாதபடி வாழ்க்கையின் சௌகர்யமான அம்சங்களை மிகைப்படுத்தி சித்தரிப்பது. துக்கத்தையும் வீழ்ச்சியையும் மகத்தான சோகங்களையும் கண்டு கண்ணை மூடிக் கொள்வது' என்ற மனப்பாங்கில் சிறுகதைகளைச் சல்லடை போட்டுச் சலிக்கும். இரண்டே சிறுகதைகளைப் போடும் *கலை மகள்* சிலரை எட்டவே இல்லை. ஒரு குறுகிய வட்டத்துக்குள் அப்போது இயங்கி வந்தது. *காந்தி* நின்றுவிட்டது, *சுதந்திரச் சங்கும்*கூட. உருவாகும் வளரும் எழுத்தாளர்களின் சோதனை முயற்சிகளுக்குக் களமாக இருந்த வ.ரா. *மணிக்கொடி*யும் நின்றுவிட்டது. வ.ரா. *மணிக்கொடி*யைப் பற்றி இதைச் சொல்லியாக வேண்டும். தமிழில் பல துறைக் கருத்துக்களைச் சொல்லவும் புது இலக்கிய உருவங்களைப் படைக்கத் தூண்டவும் உத்தேசம் கொண்டது அது. அதில் சிறுகதைகளும் வெளி வந்தன என்பதுக்கு மேல் அதன் சிறுகதைச் சாதனையைப் பற்றிச் சொல்ல முடியாது. ஆனால் ஒன்றரை ஆண்டு (11 செப்டம்பர் 1933 முதல் 10 பிப்ரவரி 1935 வரை) அது வெளி வந்த காலத்தில், அதில் சிலர் தங்கள் கன்னி முயற்சிகளையும் சோதனை முயற்சிகளையும் செய்து பார்த்ததையும் இலக்கிய உருவங்கள் சம்பந்தமாக அவர்கள் தடவி தேடிப் பார்த்துக் கொண்டிருந்ததையும் இன்றய பார்வையிலிருந்து கணிக்க முடிகிறது. பின்னால் திட்டவட்டமான சிறுகதை உருவம் அமையவும் தற்காலத் தன்மையான கதைக்கருக்கள் பிறக்கவும் உருவம் சம்பந்தமாக நூதன உத்தி வகைகள் பிடிபடவும், இவைக்கான தக்க மொழி நடைப்பாங்கு வளரவும் அந்த *மணிக்கொடி* ஏடுகளிலேயே அறிகுறி தெரியவருகிறது. இந்த

ஒரு விழிப்பு உணர்ச்சியை ஏற்படுத்திவிட்டு வார வ.ரா. *மணிக்கொடி* தொடராமல் போய்விட்டது.

அது நின்றபின் சுமார் இரண்டு மாத காலம் இடைவெளி, சிறுகதை *மணிக்கொடி*யை ராமையா 31 மார்ச் 1935இல் முதல் மாதம் இருமுறை இதழைக் கொண்டு வரும்வரையில், இந்த இரண்டு மாத காலம் ரொம்ப குறைந்த அளவுதான். ஆனால் *மணிக்கொடி* நின்றுவிட்ட பிறகு – சோதனை முயற்சிகளுக்கு? வேறு பத்திரிகை அதைப் போல? என்ற நினைப்பு அலைத்தபோது கவலையால் அந்த நாட்கள் எவ்வளவு நீண்டன! *மணிக்கொடி* மீண்டும் வரப்போகிறது சிறுகதைகளுக்காக மட்டும் என்று எனக்குத் தெரியவந்தபோது எனக்கு ஏற்பட்ட நிம்மதிக் கணத்தை இன்றும் நான் நினைவுபடுத்திக் கொள்ள முடிகிறது. தொலை தூரத்தில் இருந்த எனக்கே அப்படி இருந்தது. என்போல் தள்ளி இருந்தவர்களுக்கும் சென்னையில் *மணிக்கொடி* கூட்டிலேயே இருந்தவர்களுக்கும் எப்படி இருந்திருக்கும்? என் யூகம்தான் இது.

ஆனால் *மணிக்கொடி* கடைசி வார இதழில் மார்ச் மாதத்தில் *மணிக்கொடி* 'முறையில் புதுமை'யுடன் வரும் என்ற தலையங்கத்தில் குறிப்பிட்டு பின்வருமாறு முறையில் புதுமையை விளக்கி இருந்தது:

> *மணிக்கொடி* (வாரப்பதிப்பு) தாங்கியுள்ள லட்சியங்களைக் கதையாக ரூபித்துப் பரப்பினால் எளிதில் பரவும் என்பது நம்பிக்கை. அரசியல், பொருளாதாரம், சமூகப் புரட்சி, இலக்கிய வளர்ச்சி, பெருவாழ்வு இவைகளில் இயங்கும் எண்ணங்களுக்கும் தோற்றங்களுக்கும் வேஷம் போட்டு ஆட்டம் கொடுத்தால் மக்களின் மனதில் அவை பசுமரத்தாணிபோல் பதியும் இந்த நோக்கத்துடன் இனி *மணிக்கொடி*யில் பிரசுரமாவது பெரும் பாலும் கதைகளாகவே இருக்கவேண்டும் என்று தீர்மானிக்கப் பட்டிருக்கிறது. நவீன, புராதன, சரித்திர வாழ்வுகளை ஒட்டிய சிறுகதைகளாக இருக்கும்.
>
> பண்டைப் பாரத நாகரிகத்திற்கும் இன்றைய மேநாட்டு நாகரீகத்திற்கும் அடிப்படையாக உள்ள சமூக அமைப்பு விதிகள், வளர்ச்சி வழிகள் இவைகளையே கதைகள் ஒரு முகமாக விஸ்தரிக்கும். தினையளவு போதாச் சிறு புந்நீர் பனையளவு காட்டும் விந்தை யாரும் அறிந்தது. நூறு வாக்கியத் தொடர்களாலான சிறுகதை நூறு வருஷ அநுபவத்தை பிரதிபிம்பித்துக் காட்டமுடியும். இலக்கிய வளர்ச்சி விதிகளை ஒட்டி எழுதப்படும் கதைகளே இனி *மணிக்கொடி*யின் முதல் அணி. கதைகளில் வர்ணனையும்

நவரசங்களும் இருக்கும். ஒரு நிகழ்ச்சியையோ ஒரு மனோ நிலையையோ மையமாகக் கொண்டு சிறுகதைகள் பின்னப்படும்.'

இந்த வரிகள் ராமையாவால் எழுதப்பட்டவை. அது வரையில் தான் எழுதிய, படித்த சிறுகதைகளை வைத்து, *மணிக்கொடி* செய்ய இருக்கும் முயற்சியை விளக்கி, சிறுகதை இலக்கணம் லேசாகத் தொட்டு, பி.எஸ். ராமையா தன் *மணிக் கொடியைத்* தொடரவும், அதுவரை வ.ரா. சூழ்நிலையில் உருவானவர்கள், வ.ரா. *மணிக்கொடி* நின்றுவிட்டதையும் வ.ரா.வுக்கும் *மணிக்கொடிக்கும்* முன்பே உறவு அறுந்து விட்டதையும் கண்டு வேதனைப்பட்டவர்கள் இலக்கிய உறவுக்குக் கிடைத்த ஒரு வாய்ப்பைப் பயன்படுத்திக்கொள்ள முன்வந்தார்கள். ராமையாவும் வ.ரா. *மணிக்கொடி* சூழ்நிலையில் வெளித்தெரியவந்த படைப்பாளிகளின் திறமையை, தனித்தனி தன்மைகளைத் தன் நுண்ணறிவால் உணர்ந்து தன் சிறுகதை *மணிக்கொடியில்* பங்குபெற அழைக்க முன்வந்தார். இரண்டு கைகளும் பற்றிக்கொண்ட சமயத்தில்தான் சிறுகதை *மணிக் கொடி* உருவானது. *மணிக்கொடி* கோஷ்டி சேர்ந்தது. *மணிக் கொடிக்* கதைகள் பெருகியது, வளர்ந்தது. தனி முத்திரை பெற்றது.

தன் முதல் *மணிக்கொடியை* ராமையா 1935இல் மார்ச் 31ஆம் தேதி அன்று கொண்டு வந்தபோது, ராமையா, (புலியின் பெண்டாட்டி), பிச்சமூர்த்தி (பரீட்சை தாண்டி), புதுமைப் பித்தன் (துன்பக்கேணி), சங்கு சுப்ரமண்யன் (வேதாளம் சொன்ன கதை), பி.எம். கிருஷ்ணசாமி மொழிபெயர்த்த ஒரு இந்திக் கதை (மிட்டாய் வாலா), இவைகளுடன் என்னுடைய கதை 'ஸரஸாவின் பொம்மை'யும் வெளிவந்தது. வேறு எந்தவித அம்சங்களையும் சேர்க்காமல் சிறுகதைக்காக மட்டும் ஆரம்பிக்கப் பட்ட *மணிக்கொடி* தனக்கு முன் இருந்துவந்த அத்தனையி லிருந்தும் மாறுபட்டுப் புதுமையானதாக இருந்தது. இங்கிலாந்தில் சிறுகதைகள் மட்டும் அடங்கி வந்த 'ஆர்கோஸி'யை முன் மாதிரியாகக் கொண்டு வந்திருக்கக்கூடும். அரசியல் கட்டுரை, துக்கடா, பலதுறைக் கட்டுரைகள், விஞ்ஞானம், ஆராய்ச்சிக் கட்டுரைகள் இவைகள் நடுவே சிறுகதையையும் இதுவரை படித்து வந்த வாசகனுக்கு ஒரே பத்திரிகையில் கதை பின் கதையாகப் படிக்கும் அனுபவம் ஏற்பட்டது அதுதான் முதல் தடவை.

❖ ❖

# 16

# எண்ண அலைகள்

*முதல் மணிக்கொடி* வரவேற்கப்பட்டுப் பாராட்டும் பெற்றது. சிறுகதைகள் அடங்கிய ஒரு பத்திரிகை இல்லாத குறையை அது நீக்கி விட்டதாகவும் இலக்கிய வளர்ச்சிக்குக் *கலைமகள்* பத்திரிகையைவிட அது ஒரு படி முன்னணி யில் நிற்பதாகவும் குறிப்பிடப்பட்டன. பொதுவாக அந்தப் பத்திரிகையைப்பற்றி *தினமணி*யில் வந்த மதிப்புரையில் இளங்கோவன் (ம.க. தணிகாசலம்), 'இந்த மணியில் ஸரஸா வின் பொம்மை என்ற கதை முதன்மை ஸ்தானம் வகிக்கிறது . . . செல்லப்பாவிற்கு எதிர்காலம் ஜெய கோஷம் செய்கிறது' என்று எழுதினார். இன்னொரு பத்திரிகாசிரியரும் பாராட்டினாராம். (*மணிக்கொடி*யில் அவர் பெயர் வெளியிடப்படவில்லை) உடனே இந்தக் கதையை மணிக்கொடி சீனிவாசன் – அப்போது பம்பாயில் இருந்தார் – தானே இங்கிலீஷில் மொழி பெயர்த்து *பம்பாய் ஸ்டாண்டார்டு* பத்திரிகையில் முதல் இதழில் வெளியிட்டார். *மணிக்கொடி* வட்டத்துக் குள்ளும் இந்தக் கதை அன்று குறிப்பிடப்பட்டு பேசிக் கொள்ளப்பட்டது.

இதை எல்லாம் வைத்துப் பார்க்கிறபோது 'ஸரஸா வின் பொம்மை' ஒன்றுதான் முதல் *மணிக்கொடி*யில் தனித்து எடுப்பாக நின்று கவனத்தை இழுத்த கதை என்பது தெரிகிறது. அது தவிர, அந்த முதல் எட்டுச் சிறுகதைகளில் அது ஒன்றுதான் இன்றுவரை ஞாபகத்தில் இருந்து வருகிறதையும் கொண்டு பார்த்தால், அந்தக் கதை சில விசேஷத் தன்மைகளை உள்ளடக்கி இருக்க வேண்டும் என்று படுகிறது. அவை என்ன என்று பார்க்க வேண்டியது சிறுகதை இலக்கிய வளர்ச்சியில் நாம் அடுத்து பார்க்கவேண்டியதாகும்.

இதுவரை குறிப்பிட்ட 'குளத்தங்கரை அரசமரம்', 'மலரும் மணமும்', 'முள்ளும் ரோஜாவும்', 'தபால்கார அப்துல்காதர்' ஆகிய நாலு கலைத்தரமான சிறுகதைகளுக்குப் பின் வந்த இந்தச் சிறுகதையின் தனி விசேஷம் என்ன? இந்த நாலு கதைகளின் உள்ளடக்கத்தையும் அமைப்பையும் மனதில் வைத்துக்கொண்டு பார்க்க வேண்டும். உள்ளடக்கம் சம்பந்த மாக முதல் மூன்றும் வலுவான, வீச்சான கதையம்சம் கொண்ட கதைகள், சீர்வரிசை தகராறு, விதவையின் துயர நிலை, ஆண் – பெண் உறவில் கோளாறு முறையே சிறுகதைக்கான விஷ யங்கள். ருக்மணி – நாகராஜன் உறவிலே கீறலும் ருக்மணியின் சோக முடிவு. செல்லம் – ராமதாஸ் உறவிலே ஆசையால் உணர்ச்சி மோதலும் மனப் புழுக்கத்துக்கு ஒரு விடுவிப்பு. ராமனாதன் – கமலம் – ஜகன் மூவர் உறவிலே, பாலுணர்வு உணர்ச்சித் தீவிரத்துக்கு உள்ளாகி க்ஷண நினைப்பில் செய்த காரியம், அதன்பின் ஏற்பட்ட மனமோதலின் விளைவு இவை முறையே கதைக் கருக்கள். மூன்றிலும் ஓடும் மனப் போராட்டம், தங்களுக்கு இடையே சந்தர்ப்பங்களால் தடம் தவற ஏற்பட்ட உறவை சரிசெய்துகொள்ளத் தவிப்பதுதான். மூன்றும், சமு தாயம் என்று தாங்கள் உறுப்பாக உள்ள ஒரு கட்டுத் திட்டத் தின் பிடிப்பில் சிக்கிப் படும் அவஸ்தையை அல்லது சமாளித் தலை முன்கொண்டது. ருக்மணிக்கு விமோசனம் ஏற்பட வில்லை. செல்லத்துக்குக் கிடைத்தும் கிடைக்காததுமான இரண்டுங்கெட்டான் நிலை. கமலத்துக்கு கிடைத்தது.

இந்த மூன்று கதைகளில் கடுமையான உணர்ச்சி மோத லோடு அதுக்காக எதையும் இழக்கத் துணிந்த உள்ளங்களைப் பார்க்கிறோம். விதி, சமூகக் கட்டுப்பாடு, ஒழுக்கம் இவை பிரச்னைகளாகி அடிப்படைக் கேள்விகள் எழுவதைப் பார்க் கிறோம். விபரீதம் மரணம் வரை போய்விடுகிறது. ருக்மணி தற்கொலை செய்துகொண்டுவிடுகிறாள். செல்லம் மணமற்ற மலர் ஆகிறாள். கமலம் நல்ல வேளையாகத் தப்புகிறாள். மூவர் மனநிலையும் வேறு வேறு. ருக்மணிக்குத் திடன் அழிவு. செல்லத்துக்கு விரக்தி. கமலம் மூவரிலும் திடமானவள். இப்படி அடிப்படையான, ஆழமான, தீவிரமான பிரச்னை களும் உணர்ச்சித் தீவிரமான, அதனால் துணிந்து காரியங் களைச் செய்து அதனால் ஏற்பட்ட பலனை அனுபவிப்பது மான கதாபாத்திரங்களின் வாழ்வு, இந்த மூன்று கதை உலகத்து நடப்புகள். இந்த மூன்று கதை நடப்புகளோடு 'தபால்கார அப்துல்காதர் கதை நடப்பை ஒப்பிட்டுப் பார்த்தால் அந்த ரகத்து அம்சங்களோ குணங்களோ இம்மியும் அதில் காணா ததைப் பார்க்கலாம். அதைப் பற்றிக் கட்டுரையில் குறிப்பிட் டிருக்கிறேன். விவரமாக ஆராய்ந்திருக்கிறேன். தீவிரமான

உணர்ச்சி மோதலோ சமூகப் பாதிப்பு பிரச்னைகளோ இல்லாமல், அடிப்படை உறவின் மோதலாக ஆண் பெண் உறவோ இல்லாமல், வாழ்க்கையில் தன் 'ரொடீன்' வேலையைச் செய்யும் ஒரு சாதாரணக் குணபாத்திரத்தைக் கொண்டு சகஜ மானதாக அல்பமானதாகக் கருதித் தள்ளிவிடக்கூடிய ஒரு விஷயத்தைப் பெரிசுபடுத்தித் தன் மனதை லேசாக அலட்டிக் கொண்டு பிறகு சமாளித்துக்கொள்ளும் ஒரு சுபாவத்தை வைத்து கதை. இதைக் காரிய சாதகமாக (எஃபக்டிவ்) செய்ய முடியும் என்பதை ருசிப்பித்துக் காட்டும் கதை அது. மேற்கு நாட்டுச் சிறுகதைத் துறையில் கொஞ்சம் முன்னேறிய கட்டத்தில் கையாளப்பட்ட ஒருவகை தன்மைக்கு ஒப்பாக அதைச் சொல்லலாம். அய்யர், ராமையா, பிச்சமூர்த்தி ஆகியோர் கையாண்ட கனமான கதைக் கருக்கள் பின்னால் உடனே கையாளப்பட்ட வளர்ச்சி நிலையில், கல்யாணசுந்தரத்தின் இந்தக் கதையின் போக்கில் கதைகள் வர தாமதம் ஆனது.

இந்தச் சந்தர்ப்பத்தில்தான் 'ஸரஸாவின் பொம்மை' கதையின் பிறப்பு கவனிக்கத் தக்கதாக இருக்கிறது. இந்தக் கதையைப் பற்றி அன்று எழுதப்பட்ட வரிகளைக் குறிப்பிடுவது பொருத்த மாகும். 'உல்லாசமான நடையில் **உணர்ச்சிப்** பெருக்கை **நுணுக்கமாகக்** குறிப்பிடும் இந்தக் கதை' (இளங்கோவன்) என்றும் 'குழந்தை மனத்தைப் படம் பிடித்துக் காட்டி காலத்துடன் அங்கு தோன்றும் மாறுதலையும் எடுத்துக்காட்ட முயல்வதுடன் அந்தக் குழந்தைப் பாத்திரத்தைச் சித்தரித்துக் காட்டி அதிலேயே **நுட்பமான** கதாநாயகன் என்ற பாத் திரத்தையும் எடுத்துக்காட்டும்' என்றும் (*மணிக்கொடி* இரண் டாவது இதழில்) குறிப்பிடப்பட்டிருந்தது. இதில் தடித்த எழுத்தில் காணப்படும் சொற்கள் புதுசாக முதல் முறையாக உபயோகப்படுத்தப்பட்டவை. வார *மணிக்கொடி* கடைசி இதழில் ஒரு நிகழ்ச்சியையோ ஒரு மன நிலையையோ மைய மாகக் கொண்டு சிறுகதைகள் பின்னப்படும் என்பதையும் சேர்த்துப் பார்த்தால் 'ஸரஸாவின் பொம்மை'யின் புதுமை படும்.

'ஸரஸாவின் பொம்மை' கதை பற்றி ந. சிதம்பரசுப்ர மண்யன் அதே பெயரில் வெளிவந்த என் கதைத் தொகுப்புக்கு எழுதிய முகவுரையில், 'ஸரஸாவை பொம்மையாக வைத்து விளையாடி வந்தான் அவன். ஆனால் அவன்தான் ஸரஸா வின் பொம்மையாக இருந்தான். அந்த உண்மை தெரிந்தபோது ஏற்பட்ட திகைப்பும் திருப்தியும் ஏமாற்றமும் 'ஸரஸாவின் பொம்மை'யில் வெகு அழகாக செதுக்கப் பெற்றிருக்கின்றன' என்று குறிப்பிட்டதைவிட சுருக்கமாகக் கதையைச் சொல்ல முடியாது; நீட்டிச் சொல்லவும் போதிய கதையம்சமும் அதில்

கிடையாது. சிதம்பர சுப்ரமண்யன் மேலும், 'ஒரு சிறு ஞாபகம் எழுப்பும் சிந்தனை அலைகள், ஒரு நொடிப் பொழுதில் உதயமாகும் எண்ணம் போன்றவைகள்தாம் இவர் கதைகள் கட்டிடம் எழுப்புவதற்கேற்பட்ட அஸ்திவாரங்கள். இக்கதை களில் சம்பவங்கள் அதிகம் இல்லை. சிறியதைப் பெரிதாக்கு வதும் நிமிஷத்தை நித்தியமாக்குவதும்தான் சிறுகதையின் வேலை' என்று சொன்னது போல் முன்பு குறிப்பிடப்பட்ட சிறுகதைகளைவிட மேலே குறிப்பிடப்பட்ட அம்சங்கள் அதிகபட்சம் காணப்பட்டது 'ஸரஸாவின் பொம்மை'யில்.

'ஸரஸாவின் பொம்மை'யை இப்போது மறுபடியும் படித்தேன் விமர்சன நோக்குடன். உண்மையில் அதுக்கு முன் வந்த சிறுகதைகளைவிட புதுவிதமானதுதான். அந்தக் கதையை எழுதியபோது அதுக்கு முன் வெளியான 'குளத்தங் கரை அரசமரம்' முதல் வார *மணிக்கொடி* கடைசி இதழில் வெளியான 'மரப்பாச்சி' (கு.ப.ரா.), 'சாமாவின் தவறு' (புதுமைப் பித்தன்) வரையில் படித்திருக்கிறேன். 'மார்கழி மலர்' முதல் நாலு கதைகள் *சுதந்திர சங்கு*விலும் இரண்டு கதைகள் *வார மணிக்கொடி*யிலும் ஆக ஆறு கதைகளுக்குப்பின் என் ஏழாவது கதை 'ஸரஸாவின் பொம்மை'. இந்த ஆறு கதைகளில் 'மார்கழி மலர்', 'பசி', 'செய்த கணக்கு' மூன்றும் தொகுப்புகளில் அடங்கி இருக்கின்றன. மற்றவை பற்றி நான் குறிப்பிட விரும்பவில்லை. 'பசி'யையும் நான் தள்ளி விடுவேன். மற்ற இரண்டும் ஆரம்பம் முதலே நான் எவ்வளவு குறைந்தபட்சம் சம்பவக் கதையம்சம் எடுத்துக் கொள்கிறேன், எண்ண அலைகளைப் பெரிதாகக் கருதுகிறேன் என்பதை ருசுப்பிக்கும்.

பி.எஸ். ராமையா பொறுப்பேற்ற சிறுகதை *மணிக்கொடி* முதல் இதழில் வெளியான என் கதையின் தலைப்பில் மாறுதல் இருந்தது. படித்துக்கொண்டே வந்தவன் கடைசிப் பகுதிக்கு வந்ததும் திடுக்கிட்டேன். அந்தப் பகுதி நான் எழுதியதில்லை. ஆசிரியர் ராமையாவினுடையதாக இருந்தது. என் கதையின் தலைப்பு 'ஸரஸா விரும்பியபடியே' என்பது. கதையில் சிறுமி ஸரஸா அத்தானிடம் குழந்தையாகச் சொன்ன மாதிரியே, பின்னால் நிகழ்ந்ததாக அதாவது அவன் மனைவி இறந்து போய் ஸரஸாவை அவன் இரண்டாம் தாரமாக மணந்து கொண்டதாக என் கதை முடிவு. இயல்பானதாக, யதார்த்த மானதாகத்தான் முடித்திருந்தேன். அந்த முடிவு இப்போது நினைத்துப் பார்த்தாலும் சரியான முடிவுதான். கதையின் மனைக்கும், அஸ்திவாரத்துக்கும் கட்டடம் எழுப்புதலுக்கும் இசைந்த மாடி கட்டின முடிவுதான். ஆனால் என் கட்டட மாடி பார்த்துப் பழகிப்போன மோஸ்தராக இருக்கும்.

இது புது மோஸ்தராகிவிட்டது; கதையின் கோணத்தையே மாற்றிவிட்டது. அவனுடைய கேலிக்கு உரியவளான குழந்தையின் கேலிப் பொருளாகத் தான் இருப்பதாக, தான் அவளுக்கு ஒரு பொம்மை என்ற நினைப்பு, உணர்வு ஏற்படும் ஒரு கணநேர அதிர்ச்சி ஏற்பட வைத்ததான திருப்பம்; முடிவு. வேறு எந்தவிதமான முடிவும் தர இயலாத ஒரு பெரிய உணர்த்தலை, அநுபவத்தைக் காட்டிவிட்டது. உண்மையில் ராமையாவின் கடைசி சில பாராக்களோடு கதையைப் படித்து முடித்தபோது நான் பிரமித்துப்போய்விட்டேன். ராமையா எப்படி அதைக் கருக்கொண்டார் என்பதுதான் இந்த வியப்பு. இந்த முடிவுத் திருப்பம், திரிப்பைத் தவிர கதையில் வேறே எங்கும் ஒரு சொல் கை வைக்கவில்லை ராமையா. கதையின் இயல்பான வளர்ச்சி சிறந்த படைப்பு மனம் வாய்ந்த ராமையாவின் கையில் இந்த விடுவிப்புக்கு வகை செய்திருக் கிறது. அவரும் இந்த வாய்ப்பை நழுவவிடவில்லை. அவரது ஆசிரிய, சிறுகதை ஞானக் குணங்கள் தம் கடமையைச் செய்தன. 'ஸரஸாவின் பொம்மை' அன்றைக்குப் பேசப்பட்ட சிறுகதை ஆயிற்று.

என் முடிப்பினால் கதையில் நிறைய கனம் ஏறி இருந்தது. ராமையா முடிப்பால், கதை கனம் 'தபால்கார அப்துல்காதர்' கதையில் உள்ளதைவிட பல மடங்கு குறைந்துவிட்டது. ஆனால் எண்ண அலைப் புரட்டலும் மனோதத்துவ ஆழமும் புதுவிதமான மனப்போராட்டமும் மோதலும் மனதின் மேல்மட்டத்தில் தோன்றுவதைவிட அடுத்த அடித்தட்டில் ஆடையாக எழும் நினைப்புகள் திடீரென விஸ்வரூபம் எடுத்து உலுப்பி ஒரு புதுவித அதிர்ச்சி ஏற்படுத்தலும் ஏறி ஒரு புதிய அநுபவத்தைத் தருகிறது இந்தக் கதை. அதனால்தான் அந்தக் கதைக்கு அவ்வளவு பாராட்டும் இன்றுவரைகூட நீடிக்கிறது.

இந்தக் கதை நானும் ராமையாவுமாக முழுசாக்கிய ஒரு கலைப் படைப்பு. எனக்குத்தானே இன்று சொந்தம். பெருமையும் எனக்குத்தான். எனவே இதில் உள்ள குறைகளும் எனக்கே சொந்தம். இப்போது எழுதினால் எப்படி அந்தக் கதையை உருவாக்குவேன் என்று நினைத்துப் பார்க்கிறேன். ராமையாவின் 'மலரும் மணமும்' கதை பாணியிலேயேதான் நான் எழுதி இருந்தேன். குழந்தைகள் பேச்சு நாட்களிலிருந்து அது வளர்கிறது போலவே இதுவும். 'கல்யாணம் நடந்து சில வருஷங்கள் ஆகிவிட்டன', 'மேலும் ஒரு வருஷம் ஆகி விட்டது' என்றெல்லாம் அந்தக் கதையில் கட்டங்கள் வருவது போலவே 'அதே வருஷம் எனக்கு மணம் நடைபெற்று',

'மேற்கூறிய சம்பவங்கள் நிகழ்ந்ததற்கப்பால் ஐந்தாறு வருஷங்கள் ஆகிவிட்டது', 'அடுத்த வருஷம் ஸரஸாவுக்கு கல்யாணம் நடந்தது', 'அடுத்த தடவை நான் ஸரஸாவைப் பார்க்கப் போனபோது' (பின் இரண்டும் ராமையா பகுதி வாக்கியங்கள்) என்று வயது வளர்ச்சி, கால வளர்ச்சி, சம்பவ வளர்ச்சி, கதை வளர்ச்சிக் கட்டம் வளர்கிறது.

இந்த மாதிரி சிறுகதையில் வருவது கொஞ்சம் பழைய போக்கான உத்தி. உணர்ச்சிப் போராட்டம் ஏற்பட்ட நிகழ் கணத்தை எடுத்துக்கொண்டு அதுக்கான ஏதுக்களைப் பின் நோக்கி நினைப்போட்டமாகப் பார்த்து நிகழ்நிலை சந்தர்ப்பத் துக்குப் பொருத்தி ஒரு டிரமடிக் மோதல் கொடுத்து ஒரு விடுவிப்புத் தருவது பின்னால் அதிகம் கையாளப்பட்ட உத்தி. எனக்கு அது தெரிந்திருந்தால் இந்தக் கதையை அப்படி அமைத்திருப்பேன். இப்படிக் கட்டம் கட்டமாக, சம்பவ நிகழ்ச்சி இருக்கட்டும், எண்ண நிகழ்ச்சிகளைத் தொடராக அடுக்குவதுகூட சிறுகதை உருவத்துக்குக் கொஞ்சம் பிசிர் தட்டுவதுபோல் எனக்கு இப்போது படுகிறது. தவிரவும் 'சாந்த குண ஸரஸா சாப்பிட ஆரம்பித்தாள்', 'அவளது மோஹனப் பேச்சும் சுந்தரவடிவமும் மனோஹர நடத்தையும் என்னை அப்படியே கவ்விவிட்டன' போன்ற வரிகளை எழுத மாட்டேன். 'குழந்தைகள் பேச்செல்லாமே அப்படித்தானே? இருந்தாலும் ஸரஸாவிடம் சொல்ல முடியுமா?' என்றெல்லாம் அசட்டுக் கேள்விகளை இப்போது கேட்கமாட்டான் என் கதா பாத்திரம். 'பேதைக் குழந்தை', 'கலியாணம் என்றால் இன்ன தென்று தெரியாத குழந்தை!' என்று அசட்டு அபிமான உணர்ச்சி காட்டவும் மாட்டேன்.

இந்தக் குறைகளை எல்லாம் வைத்துக்கொண்டு பார்த் தாலும் 'ஸரஸாவின் பொம்மை' பொருட்படுத்தத் தக்க புதுசானது தான். புது அநுபவத்தை வெளியிடும், உணர்த்தும் படைப்பு தான். மனோதத்துவக் கதை என்ற பிரிவில் வந்தது. சிறுகதைக்குச் சம்பவத்தைவிட எண்ணப் பெருக்கு முக்யத்வம் அதிகம் தரப் பட்ட கதைகள் வரிசையில் முன்வந்தவைகளைவிட நுட்ப மாக, இறுக்கமாகச் சித்தரிப்பு அதில் காணப்பட்டிருந்தது, ஒரு முன்னோடியாக அமைந்தது. *சிறுகதை மணிக்கொடி* முதல் இதழில் வெளிவந்தது இந்தச் *சிறுகதை மணிக்கொடி* முத்திரைக் கதை.

❖ ❖

# 17

# உவமைக் கதை

முதல் *சிறுகதை மணிக்கொடி*யில் 'ஸரஸாவின் பொம்மை' என்ற கதையோடு பேசப்பட்ட இன்னொரு கதை 'வேதாளம் சொன்ன கதை' என்ற சங்கு சுப்ர மண்யன் எழுதிய கதையாகும். பாரதி, வ.வே.சு. அய்யர் இருவரின் நேரடி தரிசனமும் ஆதர்சமும் பெற்ற அவர், அதுக்கு முன்பே *சுதந்திரச் சங்கு, சுவராஜ்யா* பத்திரிகை களில் கதைகள் எழுதி இருக்கிறார். 'ரோஜாவின் அவ தாரம்' கதை 1933இல் *சுவராஜ்யா* என்ற பத்திரிகையில் வெளியாகி இருக்கிறது.

இந்த 'ரோஜாவின் அவதாரம்' கதையும் 'வேதாளம் சொன்ன கதை'யும் நாம் இதுவரை பார்த்த கதைகளி லிருந்து மாறுபட்டிருப்பதை உணரலாம். 'ரோஜாவின் அவதாரம்' கதையை வ.வே.சு. அய்யரின் 'எதிரொலி யாள்' கதை ரீதியைத் தழுவி எழுதி இருப்பதாக அவரே எழுதி இருக்கிறார். 'ரோஜாவின் அவதாரம்' கச்சித மான கதை. அழகிய, மணமுள்ள, மேன்மையுள்ள, வண்ண புஷ்பமான ரோஜாவின் காம்புகளில் முட்கள் இருக்கும் ஒரு இயற்கைப் போக்கில் ஒரு முரண்பாட்டை உணர்ந்த நினைப்பில் எழுந்த கற்பனைக் கதை. அந்த முரண் பாட்டுக்குப் பொருள் காண, நியாயம் காட்ட மனித வாழ்விலிருந்தே, சுபாவத்திலிருந்தே, நடத்தையிலிருந்தே ஒரு தன்மையை எடுத்துக்கொண்டு, ஒரு போராட்டத்தைக் கற்பனையில் எழுப்பி ஒரு மதிப்பு ஏற்றி இருக்கிறார். அழகு ரசிக்கவேண்டிய அம்சம், ஆனால் அழகை ரசிக்கும் சாக்கில் அதைக் குலைப்பதில்தான் மனிதன் ஈடுபடு கிறான். உடல் அழகை எதுக்காகத் தான் விரும்பிப் பெற்றாளோ ரோஷாந்தா, அதுக்கு மாறாக, அதைப்

பயன்படுத்தும் முயற்சி – அவள் எதிர்பார்க்காமல் – செய்யப் படவும், அவள் அதிர்ந்து போகிறாள். புதுமைப்பித்தனின் ‘சில்பியின் நகரம்’ கதையில் சாத்தனுக்கு ஏற்பட்ட அதிர்ச்சி ஏற்படுகிறது ரோஷாந்தாவுக்கு. சாத்தனுக்காவது அவன் படைத்த பொருளுக்கு வந்த ஆபத்து லட்சிய நாசம். ரோஷந்தா வுக்கோ அவளுக்கு வர இருந்த அழிவு ஆத்ம நாசம்.

இந்த வாழ்க்கைப் பார்வையை அற்புதமான கற்பனையில் ஒரு நல்ல கதையாக ஆக்கி இருப்பது சங்கு சுப்ரமண்யன் திறமை. இது ஒரு ரூபகாலங்காரமான, உவமைக் கதை என்று சொல்லலாம். இந்தக் கதை புனைவியல் போக்கான, அதிச யோக்தியான, அமானுஷ்யமான பகைப்புலம், களம் கொண் டிருந்தாலும், கதை உள்ளடக்கத்தின் சுபாவம் இயற்கையானதும் யதார்த்தமானதாகவும் இருக்கிறது. மனித வாழ்வின், மனப் போக்கின் பரப்புக்கு உட்பட்ட இயல்புக்கு ஒத்த சித்தரிப்பாக இருக்கிறது. இதேபோல ‘வேதாளம் சொன்ன கதை’யும், கிழவன் சிறுமியை மணந்துகொள்ளும் சமூக அநீதியை விஷயமாக வைத்து எழுதி இருக்கும் கதை. சமூகச் சீர்திருத்தவாதிகளின் மனதில், அன்று உறுத்திக்கொண்டிருந்த பிரச்னையை வைத்து எழுதப்பட்ட முதல் சிறுகதை இதுதான் என்று நான் நினைக் கிறேன். சமூகத்தின் பல குறைகளை வைத்துக் கதைகள் எழுதியுள்ள மாதவையரின் ‘குசிகர் குட்டிக் கதை’களில் இது பற்றிய கதை இல்லை. வ.வே.சு. அய்யரும் தொடவில்லை.

இந்தக் கதையில் சங்கு உத்தி புதிதாகக் கையாண்டிருக் கிறார். மனிதரைக் கதாபாததிரங்களாகக் கொள்ளாமல் மரங் களைத் தேர்ந்தெடுத்திருக்கிறார். குழந்தை இல்லாதவர்கள் அரச மரத்துக்கு வேப்ப மரத்தைக் கல்யாணம் செய்துவைத் தால் குழந்தை பிறக்கும் என்பது ஒரு நம்பிக்கை. இதை வைத்துக்கொண்டு ஒரு நெடு நாளான பழைய அரச மரத்துக்கும் இளம் வேப்பங் கன்றுக்கும் முடிந்துபோட்டு இரண்டுக்கும் மனித உள்ளங்களைக் கொடுத்து கிழ அரசு பக்கத்தில் சிறுமி வேம்பு நிற்க உறவு ஏற்படுத்தி வேம்புவின் சோக வாழ்வு கதையில் எடுத்துக்காட்டப்பட்டிருக்கிறது. குளத்தங்கரை அரச மரம் ஒன்று உயிர் கொண்டு பேசியது போல இந்த இரு மரங்களும் மனித உணர்ச்சிகளை வெளிக்காட்டுகின்றன. கிழ அரசு சீக்கிரமே இறக்க (புயலால் விழுந்துவிட) இளம் வேம்பு வளர்ந்து விதவையாகத் தன் மீதி நாட்களைக் கழிக்கிறாள்.

இந்தக் கதையில் கிழவன் – குமரி உறவு அநீதி மட்டு மின்றி பால்ய விதவைக் கொடுமையும் சேர்ந்து எடுத்துக் காட்டப்பட்டிருக்கிறது.

கதையைச் சொல்லக் கதாசிரியர் கையாண்டுள்ள உத்தியும் புது விதமானது. குளத்தங்கரை ஓரமாக இருந்த ஒரு தனி வேப்பமரத்தைப் பார்த்ததில் வளர்ந்த கற்பனையில் குளத்தங் கரை அரசமரம் சொல்வதுபோலச் சொல்லலாம். ஆனால் இங்கே அதிசயோக்தியாக, அமானுஷ்ய காலத்துப் பின் னணியை எடுத்துக்கொள்கிறார். வேப்பமரமும் அரசமரமும் பேசும்போது, பிள்ளையார் தோன்றி மார்க்கம் காட்டும்போது வேதாளம் இருந்த காலத்துக்குப் போவதோ அல்லது விக்ர மாதித்த கால வேதாளத்தை இன்று கொண்டுவருவதோ பொருத்தம்தானே. அந்த வேதாளம் பல நூற்றாண்டுகள் கழித்து விக்ரமாதித்தனையும் உஜ்ஜயினியையும் பார்க்க வந்து, முடியாமல் தமிழ்நாட்டில் ஒரு ஊரின் முருங்கமரத்தில் குடி இருக்கையில், வேதாளத்தின் பாஷை தெரிந்த ஒரு சாமியார் வர, அவரிடம் சொன்ன கதைகளில் ஒன்றாக வாய்வழி வந்த கதையாக அறிமுகப்படுத்தப்படுகிறது.

'வேதாளம் சொன்ன கதை' இன்னும் இரண்டு சங்கு சுப்ரமண்யன் *மணிக்கொடி*யில் எழுதினார். இந்த 'வேதாளம் சொன்ன கதை' உத்தியும் அதன் கருவும் அன்று புதுவித மானதுதான். சங்கு சுப்ரமண்யத்தின் இந்த இரண்டு கதை களையும் நான் படித்ததில் எனக்குப் பட்டது, சிறுகதை உருவம் கையாளத் தெரிந்த ஒரு கலைஞன் என்பதுடன் 'உயர்ந்த நோக்கத்தோடு எழுதுகிறோமோ என்று பேனாக்காரர்கள் கொஞ்சம் கவனிக்க வேண்டும்' என்று அவரே சொல்லி இருப்பது போல் அந்த நோக்கத்துடன் எழுதி இருப்பவர் என்பதும்தான்.

இவரது தமிழ் நடை வ.வே.சு. அய்யர் வழிப்பட்டதாகும். அதாவது சமஸ்கிருதச் சொற்கள் பயன்படுத்தப்பட்ட கம்பீரமான நடை. அரசியல் எழுத்துக்கு அவர் உபயோகித்த நடையில் உள்ள வேகத்துக்கும் அழுத்தத்துக்கும் மாறாகக் கதைகளில் வர்ணனைக்கு உபயோகித்தது நளினமான நடை. அவருடைய நடைக்கும் வர்ணனைக்கும் இரண்டொரு உதாரணங்கள்:

> அந்த நிலவின் அவாங்கமயமான ஒளியில் பிரகிருதி தேவியின் இன்ப வெள்ளத்தில் ஸ்ரீதியானா தேவியின் எதிரே ரோஷாந்தா நின்றிருந்தாள்.
>
> உயிரை உடலிலிருந்து பிரிப்பது பழத்தைத் தோலினின்று விளக்குவது போன்ற சாதாரணச் செய்கையென அவன் நினைத்திருந்தான். செய்கைகளுக்கும் எண்ணங்களுக்கும் தகுந்தவாறே மனிதனின் உருவம் மாறுவது வழக்கம்

என்பார்கள். ஆதலால் அந்தக் கொலையாளியின் கட்டமைந்த தேகம் நாளுக்கு நாள் மாறுதலடைந்து உலகத்திலுலாவும் பூதம் போன்ற உருவத்தை அடைந்து விட்டது. (‘ரோஜாவின் அவதாரம்’)

வேம்பு நல்ல அழகி. அவ்வளவு அழகாக அந்த ஜாதியில் யாரும் இருந்ததில்லை. இன்னும் அவள் பூப்பூக்கவில்லை. தங்கம் தங்கமான இலைகளையும் செக்கச் செவேலென்ற கொழுந்துகளையும் அணிந்திருந்தாள். அவள் சூரியன் ஒளியிலும் சந்திரன் நிலவிலும் களித்தாடும்போது வெகு அழகாகயிருக்கும். வாய்க்காலருகே வேம்பு வளர்ந்திருந்தாள்.

அன்றைக்கிருந்து வேம்புவின் அழகு தேயத் தொடங்கியது. கிழவனை அவள் ஏறெடுத்துப் பார்ப்பதில்லை. அவன் என்ன என்ன பேசினாலும் கேட்பதில்லை. பசேலென்றும் செவேலென்றும் இருந்த அவள் பட்டாடைகள் கருகத் தொடங்கின. தன்னை அழகு செய்துகொள்ள விரும்பவில்லை. ஆனால் இயற்கை சும்மா இருக்குமா? ஒரு மாதத்தில் அவள் உடம்பில் சின்னச் சின்ன புஷ்பங்கள் அரும்பின. அழகாயிருக்க, முறுவல் காட்டுவது போலிருக்க வேம்பு விரும்பவில்லை. புஷ்பங்களை எல்லாம் உலுக்கி உதிர்த்துவிட்டாள்.

சங்குவின் ‘வேதாளம் சொன்னகதை 1’ இன்று நான் படிக்கிறபோதும் உணர்ச்சிகளைத் தூய்மைப்படுத்தி உளப் பாங்கைச் சரியாக வெளிக்காட்டும் தன்மை அடங்கியதாக, முன்போலவே படித்து ரசிக்கத்தக்கதாக இருக்கிறது.

❖ ❖

# 18

# நெஞ்சறிந்த சோதனை

'ஸரஸாவின் பொம்மை' வெளிவந்த முதல் *மணிக்கொடி* ஏட்டிலேயே 'துன்பக்கேணி' என்ற ஒரு கதையும் வெளிவந்தது. 'நமது தொடர்கதை' என்ற குறிப்பின் கீழ் மூன்று ஏடுகளில் பிரசுரிக்கப்பட்டது. சிறுகதைகளுக்கான பத்திரிகையில் 'தொடர்கதை' என்று போட்டிருப்பதை நாம் ஆராய்ந்தோமானால் அதை வெளியிட்டவர்கள் அதைச் சிறுகதையிலிருந்து வேறுபட்டதாகக் கருதி இருக்கிறார்கள் என்பதை உணர முடிகிறது. இந்தக் கதையைப் பற்றி பேராசிரியர் ரா.ஸ்ரீ. தேசிகன் எழுதிய ஒரு முகவுரையில் (புதுமைப்பித்தன் கதைகள் தொகுதி), 'துன்பக்கேணி ஒரு குறுநாவல் திட்டத்திற்கு வளர்ந்து போனாலும் அதில் ஒருமை நிற்கிறது' என்று (1940) எழுதி இருக்கிறார். குறுநாவல் என்ற சொல் தொடரை அவர்தான் முதலில் உபயோகித்திருக்கிறார் என்று தோன்றுகிறது அவர் குறிப்பிட்டபடி 'துன்பக்கேணி' சிறுகதையின் எல்லையை மீறிய படைப்புதான். அதைப் பற்றி விவரமாக ஆராய வேண்டிய அவசியம் இல்லை இங்கு. *மணிக்கொடி* இரண்டாவது இதழில் 'டாக்டர் சம்பத்' என்ற தலைப்பில் சொ. விருத்தாசலம் என்ற அவரது இயற்பெயரில் ஒரு துப்பறியும் கதையும் வெளியானது. அது சாதாரணக் கதை.

அதுக்குப் பிறகு 'ஞானக்குகை' (1935 ஜூலை 28) என்ற அவரது கதை வந்தது. இந்த 'ஞானக்குகை' *மணிக்கொடிக்கு* மட்டும் இல்லை, அப்போதய சிறுகதைத் துறைக்கே புதுசுதான். 'வார்த்தைகளை வைத்துக் கொண்டு ஜனங்களை பயம் காட்டுவது ரொம்ப லேசு என்பதைக் கண்டு கொண்டேன்' என்று புதுமைப்பித்தன் ஒரு முக

வுரையில் (காஞ்சனை தொகுதி) எழுதி இருப்பது கேலிக்கோ அல்லது பொருள் வைத்துச் சொன்னதோ, அவர் கருத்து நமக்குத் தெரியாது. இந்தக் கதை அந்த விதமானது. அமானுஷ்ய சக்திகள் கலப்பு ஒரு புராணக் கதையம்சத்தைக் கொடுத்துவிடுகிறது. ஒருவேளை இந்தக் கலப்பினால் அதில் ஒரு குறியீட்டான கருவைக் காண முடிகிறதா என்றால் அதுவும் சாத்தியமாக இல்லை. எப்படிப் பொருத்திப் பார்த்தாலும் உதைக்கிறது. ஆம்பிக்யூயிட்டி என்கிறோமே உபா யார்த்தம் தொனித்தால் கதை வெற்றியாகும். ஆனால் தெளிவின்மைதான் இருக்கிறது. 'ஞானக்குகை' என்ற கதைத் தலைப்பை வைத்துக்கொண்டு பார்த்தால், பேச்சும் சபலமும் அஞ்ஞானமும் அழிகிற இடத்தில் ஞானம் பிறக்கிறது என்று பொருள் கொள்வதானால், இருண்ட குகையில் குழந்தை கருகி கரிக்கட்டையாக இருண்ட ஊற்றுச் சுனையில் மிதப்பதான ஒரு படிமப் பிரயோகம் ஞானக்குகை என்ற படிமத்துக்கு முரண்பாடானதாக இருந்து, இசைவுக்கு வழி இல்லாமல் போகிறது. இந்தக் கதை வெளிவந்த *மணிக்கொடி* 'முதல் அத்தியாயத்தில் 'ஞானக்குகை ஒரு நுட்பமான கருத்தின் கற்பனைச் சித்திரம். மனிதனது சிந்தனை – கற்பனை அசைய ஆரம்பித்தவுடன் அது செயலாகவோ அல்லது பேச்சாகவோ வெளியே இயங்க வேண்டும். அந்த இயக்கத்திற்கு இடம் இல்லாவிட்டால் அதன் பலன் ரொம்ப கோரமாக இருக்கும்' என்ற கருத்து ஒன்று இருப்பதையும் பார்ப்போம்.

இருளுக்கே ஒரு பிரகாசம் உள்ளது போல் காட்டும் தேவி பிறந்த கோலத்தில், வாலைக் கனிவு குன்றாத கன்னி உருவில், கொடூரமான உயிரைக் கொல்லக்கூடிய, ஆனால் உடலின் உணர்ச்சி வேட்கையைப் பொருக்கக்கூடிய புன்னகையுடன் தோன்ற, பையன் (திடீரென்று பையனைக் குழந்தை என்று மறுபடியும் சொல்லப்படுகிறது) உணர்ச்சி வேட்கை எழ, தேவியை, கருப்பாயியைக் கண்டுவிட்ட குழந்தை கருப்பாயி எனப் பேச்சு வந்து உச்சரிக்கவும் ஆயிரம் மின்னல்கள் குழந்தையின் நெஞ்சில் பாய்ந்து குழந்தை கருகிக் கரிக்கட்டையாகிவிட்டது என்றால் பேச்சாக வெளியே இயங்குவதுக்குத் தடையாய் இல்லை. அந்த இயக்கத்துக்கு இடம் கிடைக்க ஆரம்பிக்கிறது. இந்தச் சமயத்தில் பலன் கோரமாக இருக்கும் என்பதானது இசைந்ததாகப் படவில்லையே. இந்தக் கதையை நான் எத்தனையோ தடவைகள் படித்துவிட்டேன். ரொம்ப சிறப்பாக அமைந்திருக்க வேண்டிய ஒரு கதை தெளிவின்மையால் குறைப்பட்டிருப்பதாக எனக்குப் படுகிறது. யாராவது இந்தக் கதை பற்றி தெளிவுபடுத்தக் கூடுமானால் நான் கடமைப்படுவேன்.

எனவே இந்தக் கதையை *மணிக்கொடி* முத்திரைக் கதையாக புதுமைப்பித்தன் தனிவழிப் படைப்புக்கு உதாரண மாக எடுத்துக்கொள்ள முடியாமல் போகிறது. அடுத்த *மணிக்கொடி* கதையான 'சில்பியின் நரகம்' கதைக்குத்தான் நாம் போகவேண்டியிருக்கிறது. அதைத் தொடுமுன் சில தகவல்கள். வ.ரா. *மணிக்கொடி*யில் 'பொன்னகரம்', 'கவந்தனும் காமனும்', 'ஆண்சிங்கம்' போன்ற சிறுகதைகளும் 'ஊழியன்'னில் 'அகல்யை', 'தேக்கங்கன்றுகள்', 'தெருவிளக்கு', 'கொடுக்காப்புளி மரம்', 'புதிய ஒளி' போன்ற கதைகளுமாக சுமார் முப்பது கதைகள் எழுதிவிட்டுத்தான் சிறகதை *மணிக்கொடி*யில் 'துன்பக்கேணி'யுடன் ஆரம்பித்து 'சில்பியின் நரகம்' எழுது கிறார் புதுமைப்பித்தன். நான் நினைக்கிறேன் *சிறுகதை மணிக் கொடி*க்கு வருமுன் அதிகம் கதைகளை எழுதி இருப்பவர் புதுமைப்பித்தன்தான் என்று. ராமையா கூட *மணிக்கொடி* இரண்டாம் இதழில் 'பூச்சூட்டல்' எழுதுமுன் இந்த அளவு கதைகள் எழுதி இருக்கமாட்டார் என்று எனக்குத் தோன்று கிறது.

'சில்பியின் நரகம்' கதைக்கு முன்னால் புதுமைப்பித்தன் எழுதிய கதைகளைப் பார்த்தால், அவரது ஆரம்பகாலக் கதைகள் பெரும்பாலும் அடங்கியுள்ள 'புதிய ஒளி' என்ற சிறுகதைத் தொகுதிக்கு எழுதப்பட்ட பிரசுரகர்த்தரின் பதிப் புரையில் காணும், 'தவளைக் குஞ்சு பார்வைக்கு மீன் குஞ்சு போன்றிருந்தாலும் தவளைக்குரிய தன்மைகளை எல்லாம் தன்னுள் அடக்கி இருக்கிறது என்ற உண்மையை இந்நூலில் காணலாம்' என்ற கருத்து முழுக்க ஏற்றுக்கொள்ளும்படி யாகவே இருக்கின்றது. புதுமைப்பித்தன் எழுத்துப் பாங்கிலே என்னென்ன சிறப்புகள், தனித்தன்மை பின்னால் எடுப்பாக நாம் பார்க்க முடிந்ததோ அவைகளுக்காக அவர் தடவிப் பார்ப்பதை 'டிரையல் அண்டு எர்ரர்' என்கிறோமே முயற்சி பரிசோதனை செய்து பிசகு பண்ணித் தெரிந்துகொள்வது என்ற மாதிரியான ஈடுபாட்டை, முனைப்பைப் பார்க்கிறோம். நெஞ்சறிந்து தீவிர சோதனை செய்த சிலரில் புதுமைப்பித்தன் ஒருவர் என்பது மட்டும் இல்லை, முதலிலேயே அதிகமாகவே செய்தவர் என்பதை அவருடைய ஆரம்பகாலக் கதைகளே நிரூபிக்கும் – கதையமைப்பு, அடக்கம், நடை மூன்றிலும்.

எனவே, 'சில்பியின் நரகம்' கதைக்கு வரும்போதுதான் புதுமைப்பித்தன் கை திருந்திய கையாக வருவதைப் பார்க் கிறோம். அது ஒரு முழுமையான கலைப்படைப்பாக இருப்ப துடன் உள்ளடக்கம் சம்பந்தமாகவும் இதுவரை குறிப்பிடப் பட்ட கதைகளிலிருந்து மாறுபட்டுத் தனி விதமானதாக இருப்பதை உணர்கிறோம். இந்தத் தனிவிதம் என்ன? இதுவரை

பார்த்த கதைகளின் கதையம்சம் பற்றி முந்தின ஏட்டில் ஆராய்ந்திருக்கிறேன். சமூகக் கட்டுத் திட்டங்களால் பாதிக்கப் பட்டு தங்கள் சொந்த உறவில் உணர்ச்சி தீவிரம் காரணமாக எழுந்த மோதலில் ஈடுபட்டுப் போராடி வெற்றியும் தோல்வியும் கண்ட சிலரையும் ஒரு சிறு நுண்மையான சம்பவம் விளை வித்த மனநிலை அதிர்ச்சியில் கணநேர கனவிலிருந்து எழுந்தது போன்ற ஒரு விழிப்பை உணர்ந்தவர்களையும் பார்த்தோம். அவர்கள் உறவு, பாசம், ஆசை, வேட்கை இவைகளால் ஏற்படும் தவிப்பை அடிப்படையாகக் கொண்டது.

ஆனால் 'சில்பியின் நரகம்' கதை இந்த ரகத்தது இல்லை. ஒரு கலைஞனை அதிலும் ஒரு சிற்பியைக் கதாபாத்திரமாகக் கொண்டு, ஒரு சிலையைப் பொருளாகக் கொண்டு, கலா ரசனையா வழிபாடா என்ற கேள்வியைச் சில்பியின் பார்வை யிலே கிளப்பும் ஒரு உள்ளடக்கக் கதைப் படைப்பு இதுதான் தமிழில் முதலாவது என்று நினைக்கிறேன். கதைச் சுருக்கம் இதுதான். தன் வாழ்க்கை லட்சியமாக அழகுப் பொருளாக சாத்தன் சிருஷ்டித்த மகத்தான நடராஜ சிலை, 'எனக்கு மோட்சம்' என்று குனிந்தபடி தலை வணங்கி சிலையை ஏறிட்டுப் பாராமல் வேண்டிக்கொள்ளப்படும் வழிபாட்டு விக்ரகமாக ஆகிவிட்டதைக் கனவு நினைப்பில் உணர்ந்தபோது அதிர்ந்துபோன அவன் கலை மனம் 'உயிரற்ற மோட்ச சிலையே, நீ உடைந்துபோ' என்று கதறும் அளவுக்கு உடைந்து போகிறது. தன் உத்தேசத்துக்கு மாறுபட்ட மதிப்பு அதுக்குக் கொடுக்கப்படுவதாகவே உணர்கிறான். வடிவம் பெற்று விட்டதாக அவன் திருப்திப்பட்ட அவன் லட்சியம் அவன் கண்முன் அர்த்தமற்றுச் சிதைந்து போய்விட்டதை அவனால் சகிக்க முடியவில்லை. அலறி விழிக்கவும் பேய்க் கனவாக அவனுக்கு இந்த நிகழ்ச்சி கசக்கிறது. நிரீஸ்வரவாதமும் உமார்கயூம் தத்துவமும் பேசி லோகாயத மனோபாவம் கொண்ட தன் மறைத்த நண்பனைப் பற்றிய அனுதாப நினைப்பில் ஆழ்கிறான் சிற்பி சாத்தன்.

கலைஞனுக்கும் உலக நடப்புக்கும் உள்ள உறவை வைத்து பல கோணங்களில் சித்தரிக்கப்பட்ட கதைகள் உண்டு. நடப்பு உலகத்தில் தன்னுடைய தனித் தன்மையை, ஆளுமையைச் சிதறாமல் காப்பாற்றிக்கொள்ள முடியாமல், தன்னை முழுக்க அழித்துக்கொண்டு கரைந்து போய்ப் பிரிக்க முடியாதபடி அதில் கலந்துபோய்விடவும் முடியாமல், இந்த இரண்டும் கெட்டான் நிலையில் தவிப்பவன் கலைஞன். இந்தப் போராட்டத்தில் அவன் படும் அவஸ்தை, சித்திரவதையை நாம் பல கதைகளில் பார்க்கிறோம். பிரபல அமெரிக்கச்

சிறுகதை நாவலாசிரியர் ஹென்றி ஜேம்ஸ்ஸின் சிறுகதை 'புரூக்ஸ்மித்' எனக்கு ஞாபகம் இருக்கிறது. கனவான் வீட்டில் பட்லராக இருந்த கலைமனம் உள்ள அவன் – அந்தச் சூழ் நிலையில் தன்னை உருவாக்கிக்கொண்டவன் – சூழ்நிலை மாறியதும் தன்னை அதுக்கு இசைவுபடுத்திக்கொள்ள முடியாமல் குழம்பி தன்னை அழித்துக்கொள்கிறான். இது ஒரு கோணம். இப்படிப் பல இருக்கும்.

புதுமைப்பித்தன் பார்வையில் ஒரு கலைஞனின் புது விதமான அவஸ்தையைப் பார்க்கிறோம். மேல்நாட்டு புரூக்ஸ்மித் போலப் பாரதத்து சாத்தன் தன்னை அழித்துக் கொள்ளவில்லை. ஆனால் தன் ரூப சொந்தர்யப் பொருள் மனிதனுக்குத் தெரிந்ததெல்லாம் தெரியவேண்டியதெல்லாம் அடங்கி இருப்பதாக அவன் நினைத்த அந்தக் கூத்து உருவம், 'தெய்வம் ஒன்று உண்டு. அதன் அர்த்தத்தை என் சிலை உணர்த்த முடிந்தது' என்று அவன் கருதின ஒரு சாதனைப் படைப்பு ஒருநாள் – வருஷங்கள் நூற்றாண்டுகள் யுகங்களுக்குப் பின்னாலும் சரி – அதுவே விக்ரகமாக ஆகிவிடக்கூடுமோ, அதுவே தெய்வத்தன்மை ஏற்றப்பட்டு வழிபாட்டுக்கு உரிய தெய்வச் சிலையாக ஆகிவிடக் கூடுமோ என்ற ஒரு கலக்கம் திடீரென எழ, பதறி பின் சமாளித்து இந்த நினைப்பை ஒரு பேய்க்கனவாக உதறிவிடுகிறான். சாத்தன் மனமுறிவு கொள்ளவில்லை, ஆனாலும் எதிர்கால நம்பிக்கையில் தளர்ச்சி கண்டுவிட்டதைக் கதை முடிவில் உணர்கிறோம்.

இந்தக் கதையில் வரும் மூன்று பேர்களில் யவனன் பைலார்கஸ் தெய்வ நம்பிக்கை இல்லாதவன், லோகாயதவாதி. சன்யாசி, சாத்தனின் சிலையைப் பார்த்ததும் 'பனித்த சடையும்' என்று பாடிய பக்திமான். இரண்டும் நேர் எதிர் எதிர் எல்லைக் கோடியில் நிற்பவர்கள். இந்த இரண்டு பேருக்கும் நடுவே சிற்பி சாத்தன். உலகத்தின் அர்த்தத்தை, தெய்வத்தின் அர்த்தத்தை உணர்த்த தன் கைகளால் முடியும் ஒரு சிலை மூலம் என்று காட்டிய கலைஞன். முதலாமவனுக்கு அந்தச் சிலை அரசன் அந்தப்புரத்துக்கான காட்சிப் பொருளாகப் படுகிறது. இரண்டாமவனுக்கு அரசன் கோயிலுக்கான விக்ரகமாகப் படுகிறது. மூன்றாமவனுக்கோ அதாவது படைத் தவனுக்கு, அந்தக் கூத்து உருவத்தின் கால் வளைவு, முகத்தின் சாந்தி, உதட்டின் புன்சிரிப்பு, அதன் ஒவ்வொரு வளைவிலும் உள்ள ஜீவத்துடிப்பு இத்யாதிகளை வெளியிடும் ஒரு ஜீவ னுள்ள சுந்தர சிருஷ்டியாகப் படுகிறது. சாத்தன் இருவரது நோக்குகளையும் ஏற்காதவன். தன் படைப்பு பற்றி 'தெய்வச்

செயல்' என்று சாத்தன் சொன்னபோது, 'உன் சிருஷ்டி சக்தி' என்று பைலார்கஸ் சொன்னதும், பைலார்கஸ், உன் பேச்சு எனது பெருமையை சாந்தி செய்யலாம்' என்று அசட்டை செய்துவிடுகிறான். தன் பூர்வ ஜென்ம பலன் என்று பெரிய சக்தியில் நம்பிக்கை வைத்தவன் ஆகிறான். ஆனால் அதே சமயம் தன் படைப்பு அந்தப் பெரிய சக்தி யாகவே கருதப்படுவதையும் அவன் விரும்பவில்லை. லோகாயத தெய்வீக உலகங்களுக்கு நடுவே தனித்த கலை உலகத்தை அவன் காண்கிறான். அந்த நடுத்துறைத் தத்துவத்துக்காக நிற்கிறான். பௌதீகத்தை வெறுத்ததுபோலவே வெறும் மதச் சின்னமாவதையும் வெறுத்தான். 'அந்த அநந்தகோடி வருஷங் களில் ஒரு சாயையாவது அந்தச் சிலையை ஏறிட்டுப் பார்க்க வேண்டுமே' என்று அவன் அங்கலாய்க்கிறபோது கலை, மதச் சடங்குக்குப் பலியாகிவிட்டதைக் காட்டுகிறது. கலையை அவன் தெய்வாம்சமாகவே ஆக்க மறுத்து கலையில் தெய்வ அர்த்தத்தை உணர்த்த முடியும் திறனோடு திருப்தி அடைவதில் தான் நம்பிக்கை வைத்திருந்தான்.

இந்தவிதமான பார்வை தமிழ்ப் படைப்புத் துறையில் முதன்முதலாகக் காட்டப்பட்டதுதான் உள்ளடக்கம் சம்பந்த மாக மற்ற முன்குறிப்பிட்ட சிறுகதைகளிலிருந்து மாறுபட்டுள்ள புதுமையான அம்சம். இந்தச் சிறுகதை வெளிவந்தபோது ஒரு புதிய அனுபவத்தை வெளியிட்டது. அனுபவத்தைத் தந்தது. இந்தக் கதை சிறப்பாக எழுதப்பட்ட கதை, புதுமைப் பித்தன் கதைகளில் மூன்று சிறந்த கதைகள் தேர்ந்தெடுக்கச் சொன்னால் இதைத்தான் நான் முதலில் சொல்வேன். இந்தக் கதை கட்டுக்கோப்பில் அப்பழுக்குச் சொல்ல முடியாதது. சாத்தன் மனச் சாந்தி குலைய ஒரு கனவு மூலம் அது ஏற்படுவதாக வைத்து உத்தியைக் கையாண்டிருப்பது கதைக்கு 'ரிமார்க்கபிள்' என்று சொல்லும்படியாக அபூர்வமானதாக இருக்கிறது. இப்படிச் செய்யாமல் அந்த அம்சத்தை நடப்புக் கதையாக பின்நிகழ் சம்பவமாகத் தொடர்ச்சி கொடுத்து 'எபிசோடிகல்' ஆகவும் 'சீக்வன்ஷியல்' ஆகவும் அதாவது அடுத்தடுத்த கட்டத்துக் கதைச் சம்பவங்கள், கோர்த்த வரிசைத்தொடராகவும் செய்திருக்க முடியும். கதை கெட்டுப் போயிருக்காது. ஆனாலும் இது விளைவித்த வலுவான பயனை அது தந்திராது. கதை இழுபட்டுப் போயிருக்கும், 'டென்ஷன்' என்கிறோமே விடைப்பும் நெகிழ்ந்திருக்கும். இந்த உத்தியால் அவை காப்பாற்றப்பட்டிருப்பது மட்டுமன்றி உக்ரம் அதிகரிக்கச் செய்யப்பட்டிருக்கிறது. கதை முடிகிற போது சுண்டிவிட்ட துடிப்பை நம்முள் உணர்கிறோம்.

இந்தக் கதையின் நடையும் குறிப்பிடத்தக்கது. 'பவர்ஃபுல்' என்கிறோமே சக்தியான நடை. இதுக்குமுன் நான் குறிப்பிட்டவர்களது நடைகளைவிட முகத்தில் அடித்தமாதிரி சொற்கள் பொருளும் உணர்ச்சியும் கலக்க வேகத்தோடு நம்மைத் தாக்குபவை; நம்மைப் பாதிப்பவை. அதோடு சரித்திர அம்சம் கலையம்சம் சம்பந்தமான கதைகளில் விழவேண்டிய சொற்கள் பொறுக்கியதாக, செட்டாக விழுந்திருக்கின்றன. (இந்த பாராவில் மேலே குறிப்பிடப்பட்ட நடை அம்சங்கள் கு.ப.ரா.வின் நடையிலும் தூக்கித் தெரியும்.)

இந்தக் கதையில் குறைகள் ஏதாவது பார்க்க வேண்டும் என்று நானும் துருவித் துருவிப் பார்த்தேன். அகப்படுவது சிரமமாகத்தான் இருக்கிறது. ஒரு துரும்பும் கிடைத்தது. திரை ஒதுக்கப்பட்டதும் மூவரும் சிலையைப் பார்க்கிறார்கள். அவர்கள் பார்த்தது 'ஒற்றைக் காலைத் தூக்கி நிற்கும் பாவனையில் ஆள் உயரத்தில் மனித விக்ரகம்' என்று வரும் வாக்கியம் தட்டியது. இதுவரை சிலையாகவே சொல்லி வந்திருக்க திடீரென இந்த மனித விக்ரகம் என்ற சொல் நடுவில். பிறகு மறுபடியும் சிலை என்ற வார்த்தையே தொடர்கிறது கடைசிவரையில். 'ஐயோ தெய்வமே உடையமாட்டாயா' என்று அவன் கனவில் வெறி பிடித்தவனைப்போல் கத்துகிறபோதும் அதுக்கு முன் 'மோட்சம் மோட்சம்' என்று சாயைகள் போன்ற உருவங்களின் குரல்கள் எழும்பும்போதும் தான் அந்தச் சிலைக்கு விக்ரகம் என்ற அந்தஸ்து ஏற்படுகிறது. எனவே கதை நடுவில் மனித விக்ரகம் என்ற வார்த்தை சந்தர்ப்பத்துக்குத் தேவை இல்லாமலும் அதனால் ஒரு புதுத் தகவல் கிடைத்ததன் பாதிப்பு எதுவும் விளைவிக்க இயலாததாகவும் பயன்படுத்தப்பட்டிருக்கிறது. ஒன்று அந்த வார்த்தையே கதை பூராவும் வராமல் இருந்திருக்க வேண்டும். வராமலே இருந்திருந்தால் நல்லது. ஐரானிகலாக ஒரு வேளை பயன்படுத்தப்பட்டிருக்கலாமோ என்று பார்த்தால் அதுக்கும் இடம் இல்லை. அவசியமும் இல்லை. போகட்டும்.

'சில்பியின் நரகம்' *மணிக்கொடி* முத்திரைக் கதைகள் ரகத்தில் ஒன்று. அதன் களமும் கட்டிடமும் புதுசானது. *சிறுகதை மணிக்கொடியில்* இதுக்குமுன் வெளியான 'ஸரஸாவின் பொம்மை' (சி.சு. செல்லப்பா), 'எதிர்க்கட்சி' (பி.எஸ். ராமையா), 'தாய்' (ந. பிச்சமூர்த்தி) ஆகிய குறிப்பிடத்தக்க கதைகளிலிருந்து தோரணையில், தொனியில், பொருளில், நடையில் வேறுபட்டு ஒரு தனித் தன்மையை நிரூபித்து நின்றது. அதனால்தான் அன்று இது ரொம்பவும் பேசப்பட்டு வந்தது, 'எதிர்க்கட்சி', 'தாய்' போல. இந்தக் கதை சிறுகதைத்

துறைக்குப் பங்கு சேர்த்ததைப் பார்த்துவிட்டு *சிறுகதை மணிக்கொடியைப்* புரட்டுகிறபோது அதன் இரண்டாவது இதழில், 'ரப்பர் பந்து' என்ற சிறுகதையை எழுதியுள்ள பெ.கோ. சுந்தர ராஜன் நம் கவனத்தை இழுக்கிறார். அவர் எழுதிய 'அந்தி மந்தாரை' *(15 செப்டம்பர் 1936)* என்ற கதை அடுத்த *மணிக்கொடி* முத்திரைக் கதை.

❖ ❖

# 19

# மனோதத்துவப் பாங்கு

'அந்திமந்தாரை' கதைக்குமுன் *சிறுகதை மணிக் கொடியில்* பெ.கோ. சுந்தரராஜன் 'ரப்பர் பந்து', 'பெண்மையின் பிரிவு', 'ஜானகி' முதலிய ஏழு கதைகளும் அதுக்கு முன் *கலைமகள்*இல் 'கௌரவ நாசம்' முதலிய மூன்று கதைகளும் *சுதந்திரச் சங்குவில்* 'காணாமற் போன கன்று' என்ற கதையும் ஆக பத்துக்குமேற்பட்ட கதைகள் எனக்குத் தெரிய எழுதி இருக்கிறார். இன்னும் சிலவும் இருக்கலாம். அவர் ஏற்கெனவே இங்கிலீஷில் கதைகள் எழுதி இருப்பவர், வ.ரா.வோடு *மணிக்கொடி* ஆரம்பம் முதலே நெருங்கிப் பழகியவர். 'சிட்டி' என்ற புனைபெயரில் ஹாஸ்யக் கட்டுரைகள் தனிச் சிறப்புடன் எழுதியவர். புதுமைப்பித்தன் பெயரைத் தெரிந்தவர்கள் சொ. விருத்தாசலம் யார் என்று கேட்பதுபோல் சிட்டியைத் தெரிந்தவர்கள் பெ.கோ. சுந்தரராஜனை அறிய மாட்டார்கள். அவருடைய இயற்பெயரில் சிறு கதைகள் எழுதினார். பலருக்கு இன்று வரைகூட அவர் சிறுகதைகள் எழுதி இருக்கிறார் என்பதே தெரியாது. நல்ல சிறுகதைகள் சில தனித் தன்மையுடன் எழுதியவர்.

'அந்திமந்தாரை'க்கு முன் அவர் எழுதிய கதைகளி லிருந்து புதுமைப்பித்தனைப் போல அவரும் சிறுகதை உருவத்தை வசப்படுத்த செய்த முயற்சிகளைப் பார்க்க முடிகிறது. அவரது ஆரம்பக் கதை 'கௌரவ நாசம்' (*கலைமகள்*) உள்ளடக்கத்தில் வ.வே.சு. அய்யரின் குளத்தங்கரை அரசமரம் கதையை நினைவூட்டுகிறது. ஆனால் முடிவு சுபமாக்கப்பட்டிருக்கிறது. அது குறிப்பிடும் படியான கதை இல்லை. 'காணாமற்போன கன்று' சாதாரணமானதுதான். ஆனால் *சிறுகதை மணிக்*

கொடியில் வெளியான முதல் கதை 'ரப்பர் பந்து'வில் அவர் கைத்திறன் வளர்வதைப் பார்க்கிறோம். ராமையா மாதிரி, என் மாதிரி குடும்பத்துச் சிறுவர் உலகத்தை எடுத்துக்கொண்டு மாமா பெண் அத்தை மகன் உறவுக் கதையாகத்தான் கதை. ஆனால் அந்த இரண்டிலிருந்தும் மாறுபட்டு 'மலரும் மணமும்' போல் தீவிர உணர்ச்சி மோதலுக்கு இடம் ஏற்படவில்லை. 'ஸரஸாவின் பொம்மை' போல ஒரு திடீர் அதிர்ச்சி, விழிப்பு உணர்ச்சி ஏற்பட்டதாகவும் இல்லை. ஜாதகம் பொருந்தாததால் அத்தான் சீனு அம்மங்காள் தாக்ஷாயணி மணம் நடக்க வழி இல்லாமல் போக, சகஜமாக எடுத்துக்கொள்ளப்பட்டு மறந்து விடப்படுகிறது. அவர்களது விளையாட்டுத் தோழன் மணிக்கு அவளைத் தர ஜாதகம் பற்றி பேசப்படுகிறபோது தன் ஜாதகமும் சேராமல் போய்விடுமோ என்ற கலக்கத்தில் நடுங்கி அம்மாவிடம், ஜாதகத்தைக் கொடுக்க வேண்டாம் என்கிறான். பையன் ஜாதகம் பார்க்காமல் கலியாணத்தை முடிக்கும்படி குறிப்பாக உணர்த்துகிறான். கதை சரியாக அமைந்திருக்கிறது. ஆனால் கதை முடிவில் 'ஆத்திரமுண்டவர்க்கே' என்ற பாரதியாரின் இரண்டு வரிகள் எதுக்காக இருக்கிறது என்று எனக்கு இன்னமும் புரியவில்லை. அந்த விளையாட்டு தேவையே இல்லை.

இந்தக் கதையைப் படித்துவிட்டு, மென்மையான உணர்வுகளை, உறவுகளைச் சித்தரிக்கும் 'பெண்மையின் பரிவு', 'ஜானகி' ஆகிய சில கதைகளையும் படிக்கிறபோது மனோதத்துவம் என்பது சிறுகதைக்கு எவ்வளவு அத்யாவச்யமான குணம் என்பதையும், அதைக் கையாளுவதில் எவ்வளவு நுண்மையான சித்தரிப்பு தேவை என்பதையும், கடும் தீவிர உணர்ச்சிகள் மட்டுமின்றி லேசான உணர்ச்சிகளும் மோதல்களும் விளைவிக்கும் சக்தி வாய்ந்தவை என்பதையும் டிரமாடிக் குவாலிடி என்கிற நாடகத்தன்மை அத்தகைய நிலையிலும் காணக் கூடியது என்பதையும் பார்க்கிறோம். இந்தக் கதைகளில் அவர் கை இந்த விதமான சித்தரிப்பில் கவனம் முனைந்து அதைச் சாதகம் பழகுவதை உணர்கிறோம். 'அந்திமந்தாரை' கதைக்கு வருகிற போது சிறப்பான சித்தரிப்பைப் பார்க்கிறோம்.

'அந்திமந்தாரை' கதைதான் என்ன? கிராமத்தில் அன்னிய புருஷர்களுடன் பேசிப் பழக்கம் இல்லாத பெண் சென்னையில் கணவனுடன் குடித்தனம் போட்ட ஒரே வாரத்தில், கணவனைத் தேடிவந்து விசாரித்த நண்பனிடம் சங்கோசத்தால் பதில் சொல்லாமல் இருந்துவிட, அவன் போய்விட அவள் மறந்து விட்டு கணவனிடம் தாமதமாகத் தெரிவிக்கவும், அவள் வேண்டுமென்றே செய்ததாக அவன் கோபித்துக் கொண்டு

விட, அவள் மனம் நொந்து பிறகு சாமர்த்தியத்தால் சமாளித்து விடவும் அவர்கள் மனஸ்தாபம் தீர்வதுதான் கதையம்சம். உண்மையில் 'ஸரஸாவின் பொம்மை'யைவிட இன்னும் குறைவான கதையம்சம். அதில் சிறு வயது முதல் இருந்தே ஏற்பட்ட உறவினால் பல வருஷங்கள் கழித்து நடந்த நிகழ்ச்சியின் போது உண்மைப் போக்கு ரீதியான ஒரு அதிர்ச்சி ஏற்படுகிறது.

இந்தக் கதை நடப்புக் காலம் ஒரு முழுநாள் நேரம் தான். கால அளவில் நேரம் குறைந்து மன ஓட்ட அளவில் பெருக்கம் கொண்டிருப்பது. சங்கோசம் காரணமாக தான் நடந்துகொண்ட விதத்தால் தன் கணவன் விபரீதமாக நினைத்துக்கொண்டுவிட்டதைக் கண்டு மனம் புழுங்கிய காமாக்ஷியின் மனப்போக்கு, மனைவி செய்த தவறால் தன்னைத் தப்பாக நினைத்துக்கொண்டுவிடப் போகிறானே என்று தவிக்கும் பட்டாபியின் மன உளைச்சல், அந்தச் சம்பவம் காரணமாகத் தன் நண்பனுக்கும் தனக்கும் உள்ள நட்பில் ஒரு புதிய திருப்பம் ஏற்பட்டிருப்பதாகத் தனக்குள் கேள்வியும் பதிலுமாய் குழம்பிக்கொண்டிருக்கும் சேஷாத் திரியின் மன அவதி – மூன்றும் வெகு நுட்பமாக, நிகழ்ச்சியின் கனத்துக்கு ஏற்ப அளவமைந்ததாகவும் வீச்சுக்கு ஏற்ப விரி வாகவும் சித்தரிக்கப்பட்டிருக்கிறது. அந்த மாதிரிக் கதைகளில் 'சென்டிமெண்டாலிட்டி' அதாவது அதீத அசட்டுணர்ச்சி வெளியீடு ஏற்படும் ஆபத்துதான் அதிகம். ஆனால் சுந்தர ராஜன் இந்த ஆபத்தைத் திறமையாகச் சமாளித்திருக்கிறார்.

இந்தச் சிறுகதையைப் பற்றி இன்னொரு முக்கியமான விஷயத்தைச் சொல்லியாக வேண்டும். இது என்ன பெரிய கதைவிஷயம், அல்பமான நிகழ்ச்சி, இந்தக் காலத்துக்கு ரசிக்கும்படியான, சத்தான கதையம்சம் இல்லை என்றெல்லாம் இது போன்ற கதைகளைப் பற்றிச் சொல்லக் கேட்டிருக்கிறேன். அதுக்கு என் பதிலாக, 'ஸரஸாவின் பொம்மை' பற்றி சிதம்பர சுப்ரமண்யன் எழுதியுள்ள, நான் முந்தின கட்டுரையில் மேற்கோள் குறிப்பிட்டுள்ள கருத்துக்களை, வரிகளை மீண்டும் படிக்கும்படி கேட்டுக்கொள்கிறேன். சிறு துரும்பும் பல்குத்த உதவும் என்றபடி 'கலைக்கான விஷயங்களில் அற்பமானது என்று கிடையாது. சிறிதைப் பெரிதாக்குவதுதான்' (சிதம்பர சுப்ரமண்யன்) கலையின் வேலை. இன்னும் காலத்தால் இத்தகைய கதைக் கருக்கள் ரசிக்க முடியாதபடி பழசானது என்றும் சொல்ல முடியாது. அந்த நியதியை எந்த ஒரு பழங்காலப் படைப்புக்கும் பொருத்திப் பார்த்து எதையும் தள்ளிவிடலாம். இன்று புதுசு, நாளை பழசாகிவிடும். அப்போது

எதுவும் என்றைக்குமானதாக நிலைத்து இருக்க முடியாது இந்தச் சிறுகதை எழுதப்பட்ட காலம் முப்பத்துக்கள் கால மத்தி ஆண்டு நாட்கள். அப்போது நிலவிய பழக்கவழக்க, சுபாவ மனப்போராட்ட நிலைகளின் மீதுதான் கலைமனம் அனுபவங்களைக் கற்பனையில் வர்ணம் கொடுத்து உருவாக்கி வெளியிடும். அத்தகைய அனுபவ வெளியீட்டுக்குக் காலப் பழசாதல் கிடையாது. காலப் பழமை மதிப்புதான் ஏறும். ஆக 'அந்திமந்தாரை' போன்ற கதைகளை அதன் கால கட்டத்தில் முதலில் வைத்துப் பார்த்தும், பிறகு அதுபோன்ற பின் காலகட்டத்துக் கதைகளை வைத்துப் பார்த்தும் அதுக்கு உரிய இடத்தை ஒதுக்கவேண்டும். கலைத் தன்மைக் குறையால் தான் ஒரு படைப்பை உதறிவிட வேண்டுமே தவிர கதைக் கான விஷயம், கதையின் உள்ளடக்கம் காரணமாக உதட்டைப் பிதுக்கிப் பேச முடியாது.

நான் இன்றுவரை ரசிக்கும், அன்று முதல் என் கணிப்பில் இன்றுவரை பொருட்படுத்தும்படியானதாக இருக்கும் கதை களில் 'அந்திமந்தாரை' ஒன்று. உத்தி ரீதியாகப் புதுசாக எதுவும் இதில் காணமுடியவில்லை. ஆனால் நேரடியான சொல்முறை வழியில், தடங்கல் எதுவும் காணமுடியாத, இழை பிசகாத நெசவு இந்தக் கதை. இதுமாதிரியான அவரது பின் கதை களுக்கும் என் கதைகளுக்கும் முன்னோடியாக இருக்கிறது. குறைந்த தொகை சிறுகதைகளை எழுதி இருக்கும் சுந்தர ராஜனின் இந்தக் கதையானது எண்ணப் போராடுதலைச் சிறப்பாக வெளியிட்டு 'தாழை பூத்தது' என்ற அவரது பிற்காலத்து மற்றொரு சிறந்த சிறுகதை போன்ற சிறுகதைகளுக்கு வகை செய்த கதை. நான் மேலே குறிப்பிட்ட இதுவும் தனிவித *மணிக்கொடி* முத்திரைக் கதை.

❖ ❖

# 20

# லட்சண சிறுகதை

'அந்திமந்தாரை' கதையைப் படித்து விட்டு '*மணிக்கொடி*யில் நகர்கிறபோது அடுத்து நான் சந்திக்கும் குறிப்பான சிறுகதாசிரியர் ந. சிதம்பரசுப்ரமண்யன். நாம் இதுவரையில் பார்த்த, *மணிக்கொடி*யில் சிறுகதைகள் எழுதிய பி.எஸ். ராமையா, பிச்சமூர்த்தி, சி,சு. செல்லப்பா, கு.ப. ராஜகோபாலன், புதுமைப்பித்தன், பெ.கோ. சுந்தர ராஜன் ஆகியோருக்கும் சிதம்பர சுப்ரமண்யனுக்கும் ஒரு முக்யமான வித்யாசம் உண்டு. மற்றவர்கள் எல்லாரும் வேறு வேறு பத்திரிகைகளில் கதைகள் எழுதிவிட்டுச் *சிறுகதை மணிக்கொடி*க்கு வந்தவர்கள். சிதம்பர சுப்ரமண்யன் *சிறுகதை மணிக்கொடி*யிலேயே பூத்தவர். சுத்த மணிக்கொடிக்காரர் என்று அவரைத்தான் முதலில் சொல்ல வேண்டும். *சிறுகதை மணிக்கொடி* ஐந்தாவது ஏட்டில் *(26 மே, 1935)* 'வாழ்க்கை முடிவு' என்ற அவரது முதல் கதை வெளிவந்தது.

அவரது இந்த முதல் சிறுகதையை எடுத்துக்கொண்டு சிறுகதை இலக்கியத்துக்கு அது அளித்த பங்கைப் பார்ப்பதா என்று வருகிறபோது எனக்கு அது சரியா என்று சந்தேகம் ஏற்படுகிறது. இதுவரை இந்தக் கட்டுரைத் தொடரில் குறிப்பிட்ட கதாசிரியர்களில் ஒரு சிலரது முதல் கதையை வைத்தும் மற்றவரது பின் கதைகளை வைத்தும் பார்க்கப்பட்டிருக்கிறது. அதாவது எந்தக் கதை பங்கு செலுத்தியதாகக் கருதமுடிகிறதோ அந்தக் கதைகளே எடுத்துக் கொள்ளப்பட்டது. அதேபோலத்தான் சிதம்பரசுப்ரமண்யன் சம்பந்தமாகவும் முறை கையாள உத்தேசம்.

*சிறுகதை மணிக்கொடிக்கு* வந்தவர்களுக்கு ஏற்கெனவே வேறு பத்திரிகைகளில் கதைகள் எழுதி கைப்பழக்கம் ஏற்பட்டிருந்தது. முன்னரே கிடைத்த வாய்ப்பு, சிறுகதைக் கலை சம்பந்தப்பட்ட நுட்ப விவரங்களை அறிந்து எழுதிய கதைகளின் குறை நிறைகளைத் தன் அனுபவத்தில் தெரிந்துகொண்டு *மணிக்கொடிக்கு* வருகிறபோது, கொஞ்சம் எழுத்துச் சாமர்த்தியம், சாதுர்யம் வாய்ந்தவர்களாக இருக்க சாத்யமாக்கி இருந்தது. அதனால் குறிப்பிடும்படியான கதைகளை அதில் அவர்கள் எழுத முடிந்தது. நாம் பார்க்க முடிந்தது உடனேயே. ஆனால் சிதம்பரசுப்ரமண்யன் *மணிக்கொடியிலேயே* பிறந்து நடை பழக வேண்டி இருந்தது. 'வாழ்க்கை முடிவு' முதல் ஏழு கதைகளுக்குப் பின் வந்த எட்டாவது கதையான 'வேலையும் விவாகமும்' *(15–11–1937)* கதையையே நான் இங்கு எடுத்துக் கொள்கிறேன். சிதம்பரசுப்ரமண்யன் தன் முதல் சிறுகதைத் தொகுப்பு 'சக்ரவாகம்'–க்குக் கதைகளைத் தேர்ந்தெடுக்கையில் இந்த எட்டுக் கதைகளில் மேலே குறிப்பிட்ட கதையையும், இன்னும் ஒன்று, ஆக இரண்டு மட்டுமே சேர்த்திருக்கிறார். அந்த மற்றக் கதைகள் தான் நடை பழகிய கதைகள் என்று அவர் மதித்திருக்கக் கூடும் என்று நான் கருதுகிறேன்.

சிதம்பரசுப்ரமண்யன் *மணிக்கொடியில்* நடை பழகினாலும் பிறந்த இட விசேஷத்தாலும் உலக வெளி மொழிக் கதைப் பரிச்சயத்தாலும் ஆரம்பத்திலிருந்தே சிறுகதைக் கலை அவருக்குப் பிடிபட்டிருப்பது இந்த ஆரம்பக் கதைகளிலேயே தெரிகிறது. உத்தி, நடை இவைகளில்தான் மெருகு ஏறவேண்டி இருந்ததே தவிர சிறுகதைக்கான அளவு நிதானம் படிந்திருப்பதும் தெரிகிறது. முதல் கதை 'வாழ்க்கை முடிவு'வில் 'மீனாக்ஷியின் வாழ்க்கையிலே அநேக ஜன்மங்கள். அதில் ஒன்று முடிந்தது. அளகம்மாள் வாழ்க்கையில் ஒரே ஜன்மம்தான். அது முடிவடைந்தது' என்று இருப்பது சிறப்பான கதை முடிவுகளில் ஒன்று. மாற்றலாகிப் போகக்கூடிய ஒரு ரயில்வே உத்யோகஸ்தனின் குழந்தையிடம் ஒரே ஊரில் நிரந்தரமாகத் தங்கி இருக்க வேண்டிய ஒரு போட்டரின் மனைவி வைத்த பாசத்தால் ஏற்பட்ட உணர்ச்சி அநுபவத்தைச் சித்தரிக்கும் கதையான அது அளவறிந்து இயல்பான கதையம்சம் கொண்ட படைப்பு.

'யோகி' என்ற இன்னொரு கதை அன்றைக்கு அதிர்ச்சி தரக்கூடிய கதை. நண்பன் மனைவி என்று தெரியாமல் கை வைத்துவிட்ட காமுகனின் அதிர்ச்சி அநுபவமாக அவன் யோகியாகிவிட்டதும் யதார்த்தம்தான். 'இரண்டு நாடகங்கள்', 'கலைஞன் கவலை', 'விஷகன்னிகை' ஆகியவைகளும் கச்சித

மான கதைகளாக அமைந்தவையே. ஆனால் 'வேலையும் விவாகமும்' அப்போதைக்கு ஒரு புதுவித கதை. நல்ல அமைப் பானதும் கூட. இதுவரை நாம் பார்த்த அத்தனைக் கதைகளி னின்றும் முழுக்க மாறுபட்டது. ஆசை வெறி, பாலுணர்வு மனசலனம், சமூக அநீதி, விதவை துயரம், வயது வித்யாச மணம், வரதட்சிணைக் கொடுமை, காதல் உணர்வு, கலைஞன் அவதி, பழக்க வழக்க வித்யாசம் ஆகிய விஷயங்கள் அந்தக் கதைகளுக்கு மூலப்பொருள்களாக இருக்கின்றன. இந்தக் கதைக்கு மூலப் பொருள் கதையில் வரும் கதாபாத்திரம் பாஸ்கரன், 'மலரை வைத்து மாலை கட்டலாம், கோட்டை கட்ட முடியுமா' என்பது போல், வாழ்க்கையில் எது எதுக்குப் பயன்படும், எந்த அளவுக்குப் பயன்படும், அந்த அளவை நாம் எப்படி அறிவது, அந்த அளவுக்கு உட்பட்டு வாழ்க்கையை எப்படிச் சீராக நடத்திச் செல்வது என்று எழும் ஒரு பிரச்னைதான்.

மணந்து கொள்ளவே போவதில்லை என்ற தீவிர சீர் திருத்தவாதி, புதுமை மன மிஸ் குஞ்சிதம் தன்னோடு நெருங்கிப் பழகிய, இஷ்டப்படத்தக்க டாக்டர் பாஸ்கரனிடம் மனதைப் பறிகொடுக்காதிருந்தவள், டிராமில் கூட்ட நெருக்கத்தில் பெண்மைக்கு அதிர்ச்சிதரும் படியாக நடந்த சம்பவத்தினால் ஏற்பட்ட அநுபவத்தில், மனக் கொதிப்பில் தன் பழைய எண்ணங் களை உதறிவிட்டு மிஸஸ் பாஸ்கரனாக ஆனதுதான் கதை. சுதந்திரத்துக்கும் லட்சியத்துக்கும் ஒரு எல்லை உண்டு, அதுக்குள்தான் இயங்க முடியும். இயங்க வேண்டும் என்ற ஒரு நியதி உணர்தல் அல்லது உணர்த்தல் இந்தக் கதையின் தொனிப் பொருள் ஆகும்.

இதுவரையில் நாம் பார்த்த கதைகளில் 'படித்த பெண்' என்று நாம் தற்காலப் பார்வையில் கணிக்கத்தக்க பாத்திரம் எதுவும் காணவில்லை. பெண் சுதந்திரமாக பாரதி சொன்னது போல் 'ஆணுக்குப் பெண் இளைப்பில்லை காண்' என்று, அவரது புதுமைப் பெண்ணாகச் செயல்பட்ட பெண்ணை நாம் பார்க்கவில்லை. 'குளத்தங்கரை அரசமரம்' ருக்மணி, 'என்னை மன்னித்து மறந்து விடு' சீதா, 'மலரும் மணமும்' செல்லம், 'கேதாரியின் தாயார்' தாய், 'நூர்உன்னிஸா'வின் நூருன்னிஸா, 'அந்திமந்தாரை' காமாக்ஷி, 'வேதாளம் சொன்ன கதை' வேம்பு ஆகிய எல்லாப் பெண்களும் தாங்கள் இளைத்தவர்கள் என்பதைக் காட்டிக் கொண்டவர்கள். 'முள்ளும் ரோஜாவும்' கமலம்கூட – கொஞ்சம் தற்காலப் பெண், அதாவது அசட்டுத் தமிழ் நாவல்களைப் படித்தவள்கூட – ஒரு நூலிழை தடம் பிசகியவள் தன்னைச் சுதாரித்துக்கொண்டு தன் பழைய எல்லைக்குள் வந்துவிடுகிறாள்.

அப்படிப்பட்ட பெண்களுக்குப்பின் வரும் குஞ்சிதம் பி.எ., எல்.டி.தான் தமிழ்ச் சிறுகதை உலகில் முதல் படித்த பெண். சாவித்ரி, ஜோன் ஆஃப் ஆர்க் முதல் அமி மாலிசன் வரை தெரிந்தவள். முப்பதுக்கள் கால சாரதா சட்ட அமுலுக்கு ஏங்குபவள். விவாகரத்து வந்தாலும் நல்லது என்றுகூட நினைப்பவள். 'இந்த மேல் நாட்டுப் படிப்பு பெண்களை புருஷர்களாக ஆக்கிவிடுகிறதே. தயவுசெய்து பெண்கள் பெண்களாக இருங்கள்' என்று டாக்டர் பாஸ்கரன் கிண்டல் செய்வதை எதிர்த்து, 'இங்கிலீஷ் படித்த புருஷர்களும் மனோ தைரியம் இழந்து பெண்களாகிவிடுகிறார்கள்' என்று பதில் சொல்கிறவள். 'பெண் கேட்பது ஓட்டு இல்லை, நீட்ஷே சொல்கிறானே பெண் கேட்பது சாட்டை. அதால் கொடுத்தால் சரியாகிவிடும்' என்கிற பாஸ்கரனுக்கு 'அதே நீட்ஷேயே சொல்கிறான், புருஷன் குழந்தை, பெண்ணைக் கண்டு பயப்படும் என்று' என்று எதிர் அடி கொடுக்கிறவள், 'புருஷன் மாதிரி நானும் ஓடியாடி சம்பாதிக்கவா? சந்தி சிரிக்கும் போலிருக்கிறது என் பிழைப்பு. பெண்கள் வீட்டுக்குள்ளே இருப்பதற்குத்தான் லாயக்கு, இந்த பிழைப்பே வேண்டாம்', என்று அந்தப்புரத்தில் கோஷாவாக இருந்து 'சாட்டை'யடி வாங்கவும் பிரியப்படும் அளவுக்கு மனப்பக்குவம் அடை கிறவள்! குட்டையிலிருந்து தப்பிக் குளத்தில் விழவா என்கிற அதிர்ச்சி தான் இருந்த மரபான பழமைக்குத் திரும்பச் செய்கிறது அவளை.

குஞ்சிதம் முப்பதுக்கள் காலத்தவள். இன்று அறுபதுக்கள் தாண்டி எழுபதுக்களுள் நுழைந்து விட்ட காலகட்டத்தில் குஞ்சிதத்தைப் பார்த்து இன்றய மினி ஸ்கர்ட் 'மாடர்ண்' பெண் சிரிக்கக்கூடும். ஆனால் அவளுக்கு முன்பும் ஒரு குளம் இருப்பது அவளுக்கும் புரியப் போவது எதிர்பார்க்க வேண்டி யதே, என்று குஞ்சிதம் தன் அனுபவத்தில் பதிலுக்குச் சிரிக்கக் கூடும். இந்தவிதப் பார்வை சம்பந்தமாக முற்போக்கு பிற் போக்கு என்று மதிப்பு சம்பந்தமாகப் பேசுவது அர்த்தமற்றது. இந்தக் கதையில் அடிப்படையான மதிப்பு தொடப்பட் டிருக்கிறது. 'நட்சத்திரங்களை ஆட்டி வைக்கும் ஆசையுடன் நான் பாட ஆரம்பிக்கிறேன். ஆனால் அது குரங்கை ஆட்டி வைக்கும் கேலிக்கூத்தாக ஆகிறது என்று ஒரு கவிபாடிய மாதிரி ஆயிற்று என் வாழ்வும்' என்று கதையில் குஞ்சிதம் சொல்வதுபோல, வாழ்க்கையும் தாம்பத்திய உறவும் கேலிக் கூத்தாக ஆகாமல் சத்தான நிரந்தர நேர்மையான உறவில் இருக்க வேண்டியது வலியுறுத்தப்பட்டிருக்கிறது. கதை முடிவு சம்பாஷணை இந்த உறவை எவ்வளவு நளினமாக ஏற்படுத்து கிறது!

‘நான் இனிமேல் உன் டாக்டர் இல்லை. உன் ட்ரைவர். வண்டியை ஓட்ட ஆரம்பிக்கலாமா?’

‘என்னை என்ன கேள்வி? நான் உங்கள் சமையல்காரி.’

‘சமையல்காரியா? என் உயிரையும் உணர்வையும் உலகத்தையுமன்றோ சமைக்கப் போகிறாய்.’

ஆண் பெண் உறவிலே வேண்டிய நிதானம், பரஸ்பர விட்டுக் கொடுத்தல் இதில் எவ்வளவு சூசனையாக உணர்த்தப் பட்டிருக்கிறது. இந்தக் கதையின் உருவம் இதுவரை பார்த்த கதைகளைவிட அச்சாவானது. ஒரு லட்சியச் சிறுகதை என்பேன். கதையில் முதல்வரி, ‘மிஸ் குஞ்சிதம் மிஸஸ் பாஸ்கரன் ஆகவில்லை.’ கதையின் கடைசி வரி ‘மிஸ் குஞ்சிதம் மிஸஸ் பாஸ்கரன் ஆகிவிட்டாள்.’ இந்த இரண்டும் ‘டிரமடிக்’ தன்மை கொண்ட வரிகளாக இருப்பதுடன் கதையின் கட்டுக்கோப்பு அங்கக்கட்டாக அமையப் பயன்பட்டவை. அதோடு எதிரிடை விரோதமான இரு கடை நிலைகளுக்கு இடையே ஒரு காரணகாரிய வளர்ச்சி ஏற்பட்டிருப்பதை உணர்த்தி எதிர் மறைவிலிருந்து உடன்பாடான மாற்றம் காட்டவும் பயனாகி இருக்கிறது. கதை இந்த வரிகளுக்கு இடையே வளர்ந்து உச்சகட்டத்தில் போய் நிற்பதை, முடிவை நாம் படிக்கவும் உணர்கிறோம். இதேமாதிரி, தமிழில் தலை சிறந்த பத்துக் கதைகள் தேர்ந்தெடுத்தால் அதில் ஒன்றாக இருக்கவேண்டிய ‘ஊர்வலத்தில்’ என்ற அவரது இன்னொரு சிறுகதையில் ‘ஊர்வலம் மூலை திரும்பிற்று. பாண்டு கோஷ்டியார் தாரினி தெலுசு கொண்டி என்ற கீர்த்தனத்தை முடித்துவிட்டு நிறுத்திக் கொண்டார்கள்’ என்று ஆரம்பம். ‘பாண்டு கோஷ்டியார் நாடகமே உலகம் என்ற பாட்டை வாசித்துக்கொண்டு போயினர். ஊர்வலம் மற்றொரு மூலை திரும்பிற்று’ என்பது முடிவு. இந்த உத்தி அற்புதமான சாதனை காட்டி இருக்கிறது அந்தக் கதையில்.

படைப்புக் களத்துக்கு அறிவு முக்கியமா உணர்ச்சி முக்கியமா என்று கட்சி வாதம் செய்யும் மனப்பான்மைக்கு இந்தக் கதை ஒரு நல்ல உணர்த்தல். இரண்டுக்கும் சமநிலை இங்கு காணப்படுவது மட்டுமின்றி ஒன்று மற்றதுக்கு உதவி ஒரு சுத்தமான நினைப்போட்டம், தூய உணர்ச்சிப் போக்கு, ஒரு நெறியான தத்துவப் பிடிப்பு எல்லாம் கதாபாத்திரங்களிட மிருந்து வெளிவருவதும் தெரிகிறது.

அநேகமாக மணிக்கொடிக் கதைக்காரர்கள் எல்லோரும் ‘ரிஃப்ளக்டிவ்’ என்கிறோமே சிந்திக்கிற, முன்னும் பின்னுமாக மனதை ஓடவிடுகிற, நுட்பமாக மனவோட்டத்தைத் தொடர்

கிற, மாடு அசைபோடுவதுபோல் மனதின் சிக்கலான கலப்பான, ஆழமான உணர்வுகளை ஆழத்திருந்து மேல் தளத்துக்குக் கொணர்ந்து திரும்பத் திரும்ப உரைத்துப் பார்க்கிற விதமான எழுத்துப் போக்கை கடைப்பிடிப்பவர்கள் என்பதை இதுவரை குறிப்பிட்ட கதைகளிலிருந்தே நாம் யூகிக்க முடியும். 'நூருன்னிஸா'வின் கதாநாயகன் தானே நினைப்பதாகக் கதை வழி. இதில் கதாசிரியர் சாட்சியாக வர்ணித்த முறையேயானாலும், கதாபாத்திரம் மனப்போக்குப் பாங்காகவே சித்தரிப்புத் தோரணை.

நடை சிக்கனமான பிரயோகம். சின்னச் சின்ன வாக்கியங்கள். 'சீக்வன்ஷியல்' என்கிறோமே அறாமல் பின் தொடர்கிற வரிசைக் கருத்தமைப்பு வாக்கியங்கள். இதுக் கெல்லாம் உதாரணம்:

'வண்டி நகர்ந்து வேகமெடுக்க ஆரம்பித்தது. அவசரமாக ஓடிவந்து ஏறினான் ஒருவன். ஏறின வேகத்தில் குஞ்சிதத்தை இடித்துக்கொண்டு போனான். அந்த அதிர்ச்சியால் குடையும் புத்தகங்களும் கீழே விழுந்தன. அவைகளைப் பொறுக்க கீழே குனிந்தாள். அவள் புடவை சரிந்து விழுந்தது உடனே. சரிப்படுத்திக்கொண்டு நிமிர்ந்து பார்த்தாள். அநேக கண்கள் அவள் பக்கம் திரும்பி இருந்தன. அவள் உடம்பு குன்றிக் குறுகிப்போயிற்று. அவமானமும் துக்கமும் பொங்கிக் கொண்டு வந்தன. அவர்கள் பார்த்த பார்வை அவளுடைய ஆண் எண்ணங்களைத் துளைத்துச் சென்று அவள் உள்ளத்தில் பாய்ந்து பெண்மையையே தாக்குவது போலிருந்தது. அவளுக்கு அப்பொழுது ஏற்பட்ட மனக்கொதிப்பில் வெகு நாளைய அவளுடைய எண்ணங்கள் பொசுங்கி, பஸ்பமாகிப் போய் விட்டன.'

நான் மேலே குறிப்பிட்ட மூன்று தன்மைகளை இந்த மாதிரி பாராவில் காணலாம். ஆக, 'வேலையும் விவாகமும்', டஜன் கணக்கில் சிறுகதை வளம் பெருக ஆரம்பித்த காலத்துச் சிறந்த கதை மட்டுமின்றி நூறு, ஆயிரக்கணக்கில் சிறுகதைகள் வந்துகொண்டிருக்கிற இந்தக் காலத்துக்கும் சிறந்த கதை. அடுத்தபடி பார்க்கவேண்டியது 'பைத்தியக்காரி' என்பது. இந்தக் கதையை எழுதியவர் தி.ஜ.ர. என்ற தி.ஜ. ரங்கநாதன்.

❖ ❖

# 21

# புதுப் பரிமாணம்

தி.ஜ.ர. கதைகள் *மணிக்கொடி*க்கு முன்னாலேயே அறிமுகம் ஆனவை. *சுதந்திரச் சங்கு* வாரப் பதிப்பில் 'திருடன் தந்த லஞ்சம்' *(24–11–33)* முதல் ஏழு கதைகள் வெளிவந்தன. தி.ஜ.ர. *சுதந்திரச் சங்கு*வில்தான் பிறந்த சிறுகதாசிரியர் என்று எனக்கு வெகு காலம் நினைப்பு. அப்புறம் தகவல் கிடைத்துப் பார்த்தால் அவர் இருபதுக்கள் காலத்து அதாவது வ.வே.சு. அய்யர், மாதவையர் காலத்துப் படைப்பாளி என்று நான் அறிந்து கொண்டேன். அவரது 'சந்தனக் காவடி' கதை (கதைத் தொகுப்புப் புத்தகத்தின் தலைப்பும் அது) 1925இல் எழுதப்பட்டது. அதுக்கு முன்பும் ஒரு சில கதைகள் எழுதி இருக்கிறார். *சுதேசமித்திரன்*, *ஊழியன்*, *குமரன்* ஆகிய இருபதுக்கள் காலப் பத்திரிகை களில். ஆகவே பார்க்கப்போனால் கிரமப்படி அவரை வ.வே.சு., மாதவையர் இருவருக்குப் பின் நான் எடுத்துக் கொண்டிருக்க வேண்டும். அது போனாலும் 'மலரும் மணமும்' கதைக்குப் பிறகு பார்த்திருக்க வேண்டும். போகட்டும், அப்படியொன்றும் பெரிய தவறு செய்து விடவில்லை நான். சிறுகதை இலக்கியம் வளம் பெற எந்தெந்தச் சிறுகதைகள் தம் பங்கை எந்தவிதமாக உதவின என்று கணிப்பதே என் உத்தேசம் ஆதலால் *மணிக்கொடி*யில் வந்த 'பைத்தியக்காரி'க்குப் பிறகு அவரை எடுத்துக்கொண்டது சரியானது என்றே நினைக்கிறேன்.

'சந்தனக் காவடி' கதை முதல் 'பைத்தியக்காரி'க்கு முந்தின பத்துக் கதைகளைப் படிக்கவுமே சிறுகதை உருவம் தி.ஜ.ர.வுக்கு நன்கு பிடிபட்டிருப்பது தெரிகிறது. தமிழுக்குப் புதுசு புதுசான கதையம்சங்களையும் சேர்க்க

வேண்டும் என்ற உணர்வு இருந்திருப்பதும் தெரிகிறது. *சுதந்திரச் சங்கு* (12–1–1934) வாரப் பதிப்பு ஏட்டில் அவர் புதிய வித விதமான சிறுகதைகள் ரூபம், விஷயம், உணர்ச்சி இவைகளை வைத்து எழுத வேண்டும் என்று அன்றயத் தேவையை வலியுறுத்தி இருக்கிறார். ரூபம் சம்பந்தமாக, 'சிறுகதைகள் ஏராளமாக மலிந்துவிட்ட இங்கிலீஷில் சிறுகதை இப்படித் தான் இருக்க வேண்டும் என்று வரையறுக்கப்படவில்லை, சில சமயம் ஒரு வியாசத்தின் தன்மையைக் கூட அவை அடைந்துவிடுகின்றன. நடைச் சித்திரமாகவும் நிகழ்ச்சி வர்ணனையாகவும் பாத்திர வார்ணனையாகவும் விசித்திர கற்பனையாகவும் ரூபம் பெற்ற சிறுகதைகள் உண்டு' என்று எழுதியிருக்கிறார். அதோடு, 'காதலைத் தவிர வேறு உணர்ச்சிகள் கிடையாதா? அவற்றையெல்லாம் காட்டக் கூடிய கதைகளை எழுதக் கூடாதா? நமது கதைகளில் நமது பழக்க வழக்கங்கள் நிறைந்திருக்க வேண்டும். நமது நடையுடை பாவனைகள் நிலவி இருக்க வேண்டும். தேசிய மணம் கமழ வேண்டும். இதை விட்டு அன்னிய நாட்டு பழக்கவழக்கங்களைப் புகுத்தி எழுதுவது அசம்பாவிதமாகும். அதனால் பயனுமில்லை. இப்படிச் செய்வதைவிட அயல்நாட்டு சிறந்த சிறுகதைகளை மொழிபெயர்ப்பதே மேலாயிருக்கும்,' என்றும் கூறி இருக்கிறார். மேலும், 'கதைகள் ஒவ்வொன்றிலும் தெள்ளத் தெளிய பிரசாரம் இருக்கவேண்டுமென்று எண்ணுவதும் தவறு. தற்காலத்தில் பிரசாரத்துக்குத் தேவை இருக்கிறது என்பது வாஸ்தவம்தான். ஆனால் என்றும் மங்காப் புகழுடன் பொலியக் கூடிய கலைச் சுவை நிரம்பிய சௌந்தரியமான கதைகளும் வேண்டும். அவைதான் திரும்பத் திரும்ப எவ்வளவு முறை படித்தாலும் அலுக்காத தெள்ளமுதமாயிருக்கும்' என்றும் எழுதி இருக்கிறார்.

இந்த வரிகள் தி.ஜ.ர.வுக்குச் சிறுகதை பற்றிய பிரக்ஞை எவ்வளவு இருந்திருக்கிறது என்பதைக் காட்டுவதாகும். அந்த நாட்களில் வ.ரா.வும் தி.ஜ.ரா.வும் சங்கு சுப்ரமண்யனும் கல்கியும் தான் தமிழில் மறுமலர்ச்சி ஏற்பட என்ன செய்ய வேண்டும் என்று வாய்விட்டுச் சொன்னவர்கள். அதோடு தாங்களும் செய்து காட்டியவர்கள். இதனால் இவர்கள் ஒரு இயக்கத்துக்குக் காரணமாக இருந்தவர்கள், தலைவர்கள் ஆகியவர்கள். இந்த மூவரில் தி.ஜ.ர. சிறுகதையில் தனி கவனம் காட்டியவர் என்பதை மேலே காட்டிய அவர் கருத்துக்கள் நிரூபிக்கும். அவர் கருத்துக்களையும் அவர் கதைகளையும் சேர்த்து வைத்துப் பார்க்கிறபோது அந்தரங்க சுத்தியும் வளர்ச்சியும் தெரிகிறது.

'சந்தனக் காவடி'யில் கடவுள் பக்தி என்ற பெயரில் ஏமாற்று நடப்பதை அதாவது சேறு காவடி சந்தனக்காவடியாக மாறும் அதிசயம் விளைவதாகக் காட்ட குறிப்பிட்ட இடத்தில்

தண்ணீருக்குள் சந்தனச் செம்பைப் புதைத்து வைத்து, சேறு செம்புக்குப் பதில் அதை எடுத்துக்காட்டும் மோசடியைக் கதை யாகக் கொண்டது. கதை பற்றி விசேஷமாகச் சொல்ல எதுவும் இல்லை. சுதந்திரச் சங்குவில் வந்த ஏழு கதைகளும் வெவ் வேறு விஷயம், உணர்ச்சி, மனப் போராட்டம் கொண்டவை. அவைகளில் சிறப்பாக அமைந்த கதை 'சமாதானம்' என்பது. பிடில் இசைப் போட்டியில் பரிசுபெற்ற யுவதி தான் வாசித்த பின், போட்டியில் அடுத்து கடைசியாக வாசிக்க இருந்த யுவன் தான் வாசிக்க விரும்பவில்லை என்று மறுத்துவிட்டவன் – தன்னைவிட சிறந்த வாசிப்புக்காரன் தனக்காக விட்டுக் கொடுத்தவன் என்று அறிய வரவும், தான் பெற்ற பரிசு அவனுக்கே உரியது என்று வலிவுறுத்துகிறபோது, அவன் இருவரும் பங்கிட்டுக் கொள்வோம் என்கவும் இருவரும் வாழ்க்கைப் பங்காளிகள் ஆகிவிடுகிறார்கள். கதையின் உருவம் வடிகட்டின மாதிரி அமைந்தது. சுத்தமான உணர்ச்சி வெளியீடு. கச்சிதமான நடை.

இந்தக் கதைகளைவிட 'பைத்தியக்காரி'தான் ஒரு புதிய சேர்க்கை தந்தது சிறுகதைப் பிரிவுக்கு. மனோதத்துவப் போராட்டம் இங்கு இன்னும் ஆழ்ந்ததாகவும் இருக்கிறது. விபரீத விளைவுக்கும் கொண்டுபோய்விடுகிறது. குஞ்சு என்ற குழந்தையின் தாயான காமுவின் கணவன் பசுபதி, சுந்தரி என்ற ஒருத்தியை வீட்டுக்குக் கொண்டுவந்துவிட, அதிர்ச்சி யடைந்த காமு சித்த சுவாதீனம் இழந்து, அவனது குழந்தை யிடம் சுந்தரி பிரியமாக இருந்தும் புருஷனை அவள் திருடிக் கொண்டதுபோலத் தன் குழந்தையையும் அவள் பறித்துவிடுவாள் என்று, அந்தக் குழந்தையைக் கோயிலுக்குள் ஒளித்து வைத்து காத்து நிற்க, குழந்தையைத் தேடிவந்த சுந்தரியைப் பயமுறுத்தி விரட்டவும், தன் தவறையும் தன் காரணமாக பைத்தியம் ஆனாலும், அவளது தாய்ப்பாசத்தையும் உணர்ந்து அதிர்ந்த சுந்தரி அந்தக் குடும்ப வட்டத்தை விட்டு வெளியேறி விடுகிறாள்.

இந்தக் கதை தமிழ்ச் சிறுகதைக்கு ஒரு புதிய பரிமாணம் சேர்க்கிறது. இதுவரை பார்த்த கதைகளில் ஒரு தரப்பு பார்வையிலே இருந்து ஒரு உணர்ச்சிகரத் தன்மனப் போராட்டம் அல்லது இருவருக்கு இடையே உள்ள நெருக்க உறவிலே ஏற்பட்ட மனமோதல் ஆகிய அளவுக்குக் கதையம்சம் இருப்பதைப் பார்த்தோம். இதில் பசுபதி, காமு, சுந்தரி ஆகிய மூன்று மனப் போக்குகள் ஒரு குழந்தையை மையமாக வைத்துத் தங்களை அலட்டிக்கொள்வதைக் காண்கிறோம். அந்த மூவர் உறவிலே எற்பட்ட விபரீதங்களைப் பார்க்கிறோம். இதுவரை பார்த்த கதைகளில் வில்லன் என்று சொல்கிறோமே

இருவரது சமூக உறவுக்கு உலை வைத்து தான் லாபமடையப் பார்க்கும் துஷ்டன் என்று எடுத்துக்காட்டக் கூடிய ஆள் கிடையாது. ஒன்று பெற்றோரின் எதிர்ப்பு, அல்லது சமூகத்தின் கொடூரம், அல்லது தன் மனப் போக்கின் வக்ரம் இவை போன்றவைதான் துஷ்டத்தனமாக இருந்திருக்கும். இங்கேயோ சுந்தரி ஒரு துஷ்டையாக காமுவின் வாழ்வில் குறுக்கிடுகிறாள். அவள் தன் லாபத்துக்குச் செய்தது காமு வாழ்வைக் குலைத்து விட்டது. ஏன், பசுபதியையே துஷ்டனாகவும் ஒரு பார்வை கொள்ளலாம். காமுவின் அழிவுக்கு அவன்தானே காரணம், சுந்தரியைச் சேர்த்துக்கொண்டதின் மூலம். ஆனாலும் காமு வுக்கு சுந்தரிதான் துஷ்டையாகப்படுகிறாள். 'இனி எனக்கு வேண்டாம் அந்த புருஷன். என் புருஷன் செத்துவிட்டான். என் குஞ்சு' என்று பைத்தியமும் புத்தித் தெளிவும் கலந்த வெறியில் கத்துகிறாள். சுந்தரியும் ஒரு 'லட்சிய' துஷ்டை இல்லை. அவள் செய்கை அதைக் காட்டவில்லை. தன்னுடைய முன்பாதி வாழ்வில் ஒரு குழந்தையை இழந்த அவள் தன் புது உறவுக் குடும்பத்துக் குழந்தையிடம் வைத்த பாசம் தனக்கு நீடிக்காது என்பதை உணர்ந்து அதிர்ச்சி அடைகிறாள். தன் உறவு செயற்கையானது, தன் ஒரு தவறு பல தவறுகளுக்குக் காரணமானது, விளைவுகளுக்கு வழி செய்தது என்று படவும் 'அவள் தன் நகைகள் அத்தனையையும் பசுபதி காலில் விட்டெறிந்து விட்டு, சாவதானமாக, பலத்த சில பெரு மூச்சுகளுடன், நிமிர்ந்து, செருக்கோடு, கம்பீரமாக யார் துணையுமின்றி ஏகாந்தமாக நடந்தாள்.' எங்கே போகிறாளோ என்று நாம் யூகிக்க சிரமப்பட வேண்டுமோ. அவளுக்கு ஞானம் வந்துவிட்டதை மேலே கண்ட வாக்கியத்தின் ஒவ்வொரு சொல்லும் நமக்குக் குறிப்புணர்த்தவில்லை? 'மலரும் மணமும' கதை முடிவில், 'ராமதாஸ் தனது கரங்களில் மணமற்ற மலரே தங்கி இருந்ததென்பதை உணர்ந்தான்' என்று வேறு விதமாகக் குறிப்புணர்த்தப்பட்டிருப்பது மாதிரி இங்கும். காமுவுக்கு நியாயம் கிடைக்காததுக்குச் சாட்சியாக நிற்கும் நாம் சுந்தரிக்கும் நியாயம் கிடைக்காது போய்விட்டதையும் பார்க்கிறோம், உணர்கிறோம்.

இந்தக் கதையில் 'பவர்ஃபுல்' என்கிறோமே ஒரு வேகம் தெரிகிறது. கதைத் தன்மையிலும் சரி கதை சொல்லும் விதத்திலும் சரி. அந்த உணர்வுக்கு ஏற்ற மொழி கையாளுதல் இருக்கும். கதை ஆரம்பம்:

> 'பசுபதி நெல்லூர்ப் பசு வாங்கி விட்டான். பசுபதி வேதாந்த பரமான நூல்கள் படிக்க ஆரம்பித்துவிட்டான். பசுபதி வீட்டில் ஒரு புதிய ஸ்திரீ குடித்தனம் செய்யத் தொடங்கிவிட்டாள். இந்த மூன்றும் சமீப கால நிகழ்ச்சிகள்!'

இந்தத் தொனியிலேயே கதைப் போக்கு. வ.ரா.வின் முதல் சீடராக தி.ஜ.ர. தன் குருவின் மின்வெட்டு நடையை வாங்கிக்கொள்ளாமல் எப்படி இருக்க முடியும்? கட்டுரைக்கும் கதைக்கும் தி.ஜ.ர. நடை அலாதியானது. உயர்தரமானது. இவ்வளவு நல்ல கதையில் ஒரு குறையும் என்னை உறுத்து கிறது. பாழடைந்த கோயில் திருப்பணி முயற்சி விவகாரத்துக்கு இவ்வளவு இடம் வேண்டியதில்லை. அதை ஒட்டி கூட்டத்தில் குறுக்கிட்டுப் பிச்சைகேட்ட ஒரு பரதேசியைப் பசுபதி அடித்து விரட்டுவது; அவன் குழந்தையைக் கொண்டுபோயிருக்கக் கூடும் என யூகித்து குற்றம் செய்யாதவனை உபத்திரவிப்பது ஆகிய நிகழ்ச்சிகள் இந்த உளவியல் பாங்கான சிறுகதைக்குத் தேவையில்லை. அந்த அம்சம் நீக்கப்பட்டு மனவியல் அம்சம் இன்னும் கொஞ்சம் போஷாக்கு ஏற்படுத்தி இருந்தால் மிகச் சிறந்த கதையாக ஆகி இருக்கக் கூடும் என்று படுகிறது.

❖ ❖

# 22

# மனப்பிரமை

'அப்ஸார்பிங்' என்கிறோமே மனதைக் கவ்வும் அந்தக் கதையை ரசித்துவிட்டு *மணிக்கொடியில்* நகர்ந்தோமானால் நம் கவனத்துக்கு உரிய கதை 'ஏன்' (பிப். 1936) என்பது. எழுதியவர் மௌனி. அதுவரையில் சிறுகதை உலகத்துக்கு அறிமுகமாகாத பெயர். அந்தக் கதையும் இதுவரை அறிமுகமாகாத விதமான கதை தான். இது 'காஃப் – லவ்' என்கிற வளரும் இளம் பருவகாலத்து ஒரு மோகப்பற்று அடிப்படை விஷயம். கதைக்கு இந்த மோகப்பற்று நிலைக்காமல் நீடிக்காமல் போய்விடக்கூடும். ஆனால் அது நீடித்து பிரமையாகிற போது ஏற்படுகிற விபரீதம் இந்தக் கதையில் சித்தரிப்பு.

'மலரும் மணமும்', 'நூர் உன்னிஸா' ஆகிய கதைகளில் இதே பருவத்தில் ஏற்பட்ட உறவுதான் அடிப்படை. ஆனால் இரண்டும் வெவ்வேறு விதமாகத் திருப்பங்கள் பெற்றுப் பயன் விளைவுகள் திசை மாறினவை. ஒன்றிலே மறுமணம் மூலம் மறுமலர்ச்சி ஏற்படக் கூடும் என்கிற சமயம் மணம் போய்விடுவதும் இன்னொன்றிலே அழியாத மணமாக ஆகிவிடுவதும் நாம் கண்டது. இதிலே மொட்டு விரியும் போதே வாடிவிடுகிறது. சிறுவன் மாதவன் 'ஏன்' கேள்விக்குறிகள் உள்ள எதிர் வீட்டுச் சிறுமி சுசிலாவிடம் மனதை இழந்தவன். அவளுக்குச் சீக்கிரமே மணமாகிக் கணவன் வீடு போய் நான்கு ஆண்டுகள் கழித்து ஒரு குழந்தையுடன் வந்தவளைப் பார்த்து பழய 'ஏன்' கேள்வி அவள் கண்களில் இன்றும் இருப்பதாக பிரமையில் அதன் தாக்குதலால் அவளிடம் தன் பழய ஈடுபாட்டை இழத்தலைத் திரும்ப நினைவுக்குக் கொணர்ந்து எங்கி ஒடுங்கி மூச்சடங்கிவிடுகிறான்.

ஆனால் சுசிலாவுக்கோ தன் கண்ணில் கேள்விக்குறி இருப்பதான உணர்வே இல்லாமல் அல்லது அது ஒரு தனி அர்த்தமற்ற சுபாவமாகிவிட்ட ஒரு பார்வையுடனே, அவன் பிரேதம் போவதையும் பார்த்துக்கொண்டிருக்கிறாள். இரண்டு 'ஏன்'கள் சந்திக்காத ஒரு உறவு, ஒன்றுக்குத் துக்கமாகத்தானே முடியும்.

இந்தத் கதையை 'மலரும் மணமும்' கதையுடன் ஒப்பிட்டுப் பார்க்க அடிப்படை இல்லை. 'நூர் உன்னிஸா'வுடன் வைத்துப் பார்க்கலாம். சுசிலாவை 'மறந்தவன் போல ஆன' மாதவன் நான்கு வருஷங்கள் கழித்துப் பார்க்கவும் தன்னைக் கிளறி விட்டுக் கொண்ட மாதிரி 'நூர்உன்னிஸா' கதை கதாநாயகன் (அவன் பெயர் கிடையாது) பனிரெண்டு ஆண்டுகளுக்குப் பிறகு ஒரு கடிதம் மூலம் தன் பால்ய வயது விளையாட்டுத் தோழியை, இந்தக் காலத்தில், யாருடையது என்று அவனுக்குத் தெரியாமல் அவளை மயக்கிய பெண்ணுருவத்தை அழுத்த மாக நினைவுக்குக் கொண்டுவருகிறான். ஏன் தன்னை அவள் இன்னும் மனதில் வைத்துக்கொண்டிருக்கிறாள், 'ஏன்' என்று தன்னைக் கேட்டுக்கொள்கிறான். மாதவன் சுசிலா இருவரிடையே ஒரு வழிப் போக்குத்தான். கடைசி வரையில் சுசிலா ஒரு விநாடி அவனைப் பற்றி நினைத்ததாகச் சொல்ல முடியாது. நூர் உன்னிஸா அவள் தோழன் இருவரிடையேயும் ஒரு வழிப் போக்குதான் இருந்திருக்கிறது. ஏதோ மனதில் ஓரொரு சமயம் ஒரு சிறுமி உருவத்தை நினைத்துப் பார்த்ததுக்கு மேல் அவன் மனதில் அவள் நிலைக்கவில்லை. மனம் உழலவும் இல்லை. ஆனால் நூர் உன்னிஸா, 'உன்னை மற்றொரு முறை பார்க்க வேண்டும் என்ற அவாவும் நிறைவேறிவிட்டது' என்று ஒரு திருப்தி ஆறுதல் கொள்ளும் அளவுக்குப் பனிரெண்டு ஆண்டுகள் ஒருவழிப் போக்காகத் தன்னை அவனோடு ஐக்யப்படுத்திக் கொண்டிருந்திருக்கிறாள். இங்கே மாதவன், அங்கே நூர் உன்னிஸா.

ஆனால் நூர் உன்னிஸா கண்ட வெற்றியை மாதவன் பெற இயலவில்லை. அவளுக்கு ஒரு ஆணின் இயல்பு உறுதி இருந்து காப்பாற்றியது. இவனுக்குப் பெண் இயல்புச் சஞ்சல பலவீனம் இருந்து அழித்துவிட்டது. இருவர் பார்வையும் இந்தத் தன்மைகளைவிட முக்யமானது. அவள் உருகி விடாமல் சோர்வின்றி வாழ விரும்பினாள். உடலை உதறி விட்டு ஆத்மாவில் நம்பிக்கை வைத்தாள். அதிலே இன்பம் கண்டு நிறைவு காணத் தீர்மானித்தாள். மாதவனால் முடிய வில்லை. 'சுசீ நான் உன்னை மறக்க மாட்டேன், நீயும் என்னை மறக்காமல் இருக்கிறாயா?' என்று கேட்டவனுக்கு

சாதகமான பதில் கிடைக்காமல். புரியாத 'என்ன ஏன்' கேள்வி மட்டும் வர திடுக்கிட்டவன் அந்த 'ஏன்'னை நினைத்தே மறுகிப் போய்விடுகிறான். ஆனால் நூர் உன்னிஸாவோ, 'உன் வாழ்நாட்களை என் மனத்தோடு மட்டும் லயிக்கச் செய்து கழிப்பாயானால் நான் சோர்வின்றி வாழ்வேன்' என்று எழுதிவிட்டு 'அப்படியே செய்கிறேன் என்று நீ எனக்கு பதில் எழுத வேண்டாம். நீ செய்வாயென்று எனக்கொரு நம்பிக்கை இருக்கிறது. அதே என் உயிர்நாடி' என்று ஒரு திட மனத்தைக் காட்டுகிறாள். அவள் பதிலோ உறுதிமொழியோ எதிர்பார்க்கவே இல்லை. 'ரியாக்ஷன்' என்கிறோமே அதைப்பு அதைத் தன் கோணத்திலிருந்துதான் நிர்ணயித்துக்கொள்கிறாள். மறுதரப்பின் கோணம் அவளுக்கு இரண்டாம் பக்ஷம். அவளுக்குத் தேவையும் இல்லை. அவன் அவளுடைய நம்பிக்கைக்கு ஈடுகட்டாவிட்டாலும் சரி, அவள் சோர்வடைந்திருக்கமாட்டாள். அவன் அதுக்கு ஈடு கட்டினான் என்பது, மறுதரப்பும் அந்த ஐக்யத்தைப் புனித மாகக் கருதியது என்பதுதான்.

ஆக, 'ஏன்' கதையில் புதுவித உணர்ச்சிப் போக்கு, பாங்கு சித்தரிக்கப்பட்டிருப்பதைப் பார்க்கிறோம். ஒரு திட்டமான அர்த்தத்தைத் தானே உணர்ந்துகொள்ள இயலாத, வேறு கேள்விக்குறியை வைத்துக்கொண்டு – அதுவும் அது கேள்விக் குறிதானா என்பதே சந்தேகம் – அந்தக் கேள்வியிலேயே பதிலும் அடங்கி இருக்க முடியும் என்று தனக்குச் சாதகமான ஒரு விடையை அளித்துக்கொண்டு மறு கேள்விக்குப் பிறப்பு வைத்து, இப்படி மனப்ராந்தியாகத் தனக்குள் உழன்று சித்திர வதைப்பட்டுக் கொள்ளும் ஒரு புதுவித சுபாவ சித்தரிப்பைப் பார்க்கிறோம்.

இந்தவிதமான உளவியல் பார்வையைத் தமிழ்ச் சிறு கதைக்கு முதலில் கொண்டு வந்தவர் மௌனி. வெளி உலகக் கலப்பு இல்லாததால் தங்களுக்கெனச் சில தனிப்பட்ட நியதி களை ஏற்படுத்திக்கொண்டு அதன்படி நியாயம் கற்பித்துக் கொண்டு, அவஸ்தைப்படுகிற கதாபாத்திரம் இந்தக் கதையில். இவர்கள் தங்களைத் தாங்களே காப்பாற்றிக்கொண்டா லொழிய வேறு யாரும் விமோசனம் அளிக்க முடியாது.

மௌனியின் முதல் வெளியான சிறுகதை இது. முதலில் எழுதப்பட்டதாகவும் இருக்கக் கூடும். சம்பவம், நிகழ்ச்சியே காட்சிப் போக்காக எழுப்பப்படாமல், நான்கு வாக்கியங்களுக்கு மேல் சம்பாஷணையும் இல்லாமல், கதாபாத்திரங்கள் தங்கள் உள்ளங்களைத் தாங்களே திறந்து காட்டாமல் கதாசிரியரே காய் நகர்த்தி தன் சொற்கள் மூலமே அவன் நினைப்பு

அவஸ்தை, அவள் நினைப்பு, யூகம் தெரிவித்துக் கதை எழுதி இருக்கிறார். ‘வேலையும் விவாகமும்’ இதே மாதிரி உத்தி இருந்தாலும் அந்தக் கதாபாத்திரங்கள் நினைத்தது பேசியது தெரிகிறது. காரண காரியம் புரிகிறது. இங்கே காரண காரியம் வெளித் தெரியாத நிலை. மனப்புழுக்கம் உள்ளே இருப்பது தெரிகிறது. கதாசிரியர் சொல்வழியில் அதை நாம் அங்கீகரிக்க வேண்டி ஏற்படுகிறது. பின்னர் வளர்ச்சி பெற்ற, ஒரு முதிர்ச்சி பெற்ற ஒரு எழுத்துப் போக்குத் திறமைக்கான அறிகுறிகள் இந்தக் கன்னிமுயற்சிக் கதையில் தொனித்தாலும் ஆரம்ப எழுத்துக் குறைகள் இதில் தொனிக்காமல் இல்லை. ‘ஏன்’ என்ற ஒரு கேள்வி நிலை கதையின் ஆரம்பம் முதல் கடைசி வரை மென்மையாக, நொய்மையாக, சுதாவாக எழுந்து நம்மைப் பாதிக்காமல், ஆசிரியர் பன்னிப்பன்னி, தேவைக்கு மேல் மீறி, உணர்த்தலுக்குப் போதியதுக்கு விண்டு சொல்ல விரும்புகிற அப்பட்டத் தன்மையுடன் நமக்குச் சங்குப் பாலாகப் புகட்டும் ஒரு ஆசிரிய அக்கறை இருக்கிறது. ரஷ்யச் சிறுகதை ஆசிரியன் நிகோலாய் ஆண்டிரிவ் எழுதிய ‘பொய்’, ‘மவுனம்’ என்ற இரண்டு கதைகளைப் படித்தவர்கள் அதில் காட்டப் பட்டுள்ள அற்புதமான திறமையைப் பார்க்கலாம்.

கதையின் உத்தேச ‘ஏன்’ மாதவன் சுசிலா சம்பந்தப் பட்டது. கதையின் உச்ச நிலையில் அவர்களது ‘ஏன்’ நிலை தான் நமக்குள் ரீங்காரமிடச் செய்திருக்க வேண்டும். உச்ச நிலை ‘சுசிலா ஏன் என்று தெரியாமலேதான் உள்ளே சென்றாள்’ என்பதோடு வந்துவிட்டது. அதுக்கு அப்புறமும் கதை நீண்டு மாதவன் படிப்பை நிறுத்தியது ஏன் என்ற அவன் சினேகிதர் களது ஏன், சுசிலாவின் கண்களில் சோகத்தோற்றம் ஏன் என்ற அவள் கணவனது ஏன், எல்லாம் தெரிந்ததாகச் சொல்லிக்கொள்ளும், மனம் புகையும் கதைசொல்லி நண்பனுக்கு எதுவும் தோன்றாமை (அதுவும் ஒருவித ஏன் தான்) ஆகியவை கதையின் ஒருமிப்புக்கு ஏற்றம் தருவதாக இல்லாதது மட்டுமின்றி கதையின் உருவத்துக்கும் உத்தேச நிறைவேற்றலுக்கும் குந்தகமாக, பிரஸ்தாபத் தகவல்கள் மூலமாக நமக்குள் உருவாகி இருக்கும் ஒரு கவனத் தீவிரத்துக்குத் தளர்வு தருவதாயும், ஏன், கவன முனைப்புக்குப் பராக்குக் காட்டுவ தாகவும் இருக்கிறது. அவன் என்ற போக்கில் கதை சொல்லப் பட்டு முடிவில் ‘நானோ வெனில்...’ என்று ஒரு ‘நான்’ கதைசொல்லி அர்த்தம் இல்லாமல் அநாவச்யமாகத் திடீரென முளைக்கத் தேவையில்லை.

நடை எளிமையாக இருந்தாலும், பின்னால் ஏறின மெருகு நடை, நினைப்புக்கும் எண்ணத்துக்கும் பின்னாடி எழுத்து விச்வரூபம் எடுத்து நம்மைத் தாக்கும் மனவெழுச்சி வெளி

யீட்டு நடை இதில் அவ்வளவாகத் தெரியவில்லை. ஆக, இந்தக் கதை அதன் புதுமையான கதைக்கரு மனவோட்டம், 'மார்:பி:ட்' என்கிற வியாதி மன சுபாவம் இவைகளால் ஒரு புதுத் திக்கு ஏற்படுத்துகிறது சிறுகதையில். இந்தக் கதையின் புதுவிதத்தைக் கவனித்துவிட்டு *மணிக்கொடியில்* நடை போட்டால் *15–3–1938* ஏட்டில் வெளியான 'ஜ்வாலை' என்ற கதையைப் பார்க்கிறோம்.

❖ ❖

# 23

# திருகல் பார்வை

'ஜ்வாலை' கதையின் ஆசிரியர் 'காமாக்ஷி' என்று இருந்தது. 'புதுமைப்பித்தன்', 'மௌனி' என்ற பெயர்கள் போல், மேற்கோள் குறிக்குள் ஒரு பெண் பெயர் தாங்கியது அது. புனைபெயராகத் தோன்றியது. அந்தக் கதை வந்த ஏட்டுக்கு முந்தின ஏட்டில் 'புலி ஆடு' என்று அதே எழுத்தாளரின் கதை வந்திருந்தது. அந்தக் கதையும் கவனத்தை இழுத்த கதைதான்.

புலி – ஆடு ஆட்டம் ஆடிக்கொண்டிருக்கும் அடிவர்க்க கணவன் மனைவி இருவரில், கணவன் புலிகளை மனைவி, தன் வெட்டுப்பட்டதுபோகப் பாக்கி ஆடுகளைக் கொண்டு மடக்கிவிட, நகர்த்தத் தெரியாமல் தவித்த அவனை, அவன் கேட்டும் வழி சொல்ல மறுத்து அவள் அளவுக்கு மீறிச் சீண்டிவிடவும், தோற்றதும் சீண்டுதலும் சேர்ந்து அவனுக்கு ஆத்திரமூட்ட, வெறியாய் மனைவியை மூர்க்கமாய் வாயில் ரத்தம் வர அடித்து நொறுக்க, அவள் அவன் கேட்டபடி, முதலில் மறுத்தவள் நகர்த்திக் காட்டிவிட்டு அழுதுகொண்டு எழுந்துபோய் விடுகிறாள். அவன் ஆட்டத்தில் ஜெயித்துவிட்டதாகச் சொல்லிக் கொள்கிறான். 'ஆம் ஆட்டத்தில் ஜயித்துவிட்டான். ஆனால் அவளை – ?' என்று கதை முடிகிறது.

'ஏன்' கதைக்கு முந்தின கதை உலகப் பாத்திரங்களின் சுபாவத்தில் சாமான்ய இயல்புக்கு மீறிய ஒரு விபரீதத் தன்மையைப் பார்க்க முடியாது. தங்களுக்குள் ஏற்படும் உறவிலே ஏற்படும் உரசலுக்கு, விரிசலுக்கு, உணர்ச்சி அறிவு இரண்டு மூலமாகவும் விவகார ரீதியாக விடை காண முயல்வார்கள். 'ஏன்' கதைப் பாத்திரம் இதுமாதிரி

விடை காண இயலாத சக்தியற்ற ஒரு பிணிமன சுபாவத்தால் அவஸ்தைப்படுத்திக்கொண்டது. ஆனால் இந்த ‘புலி ஆடு’ கதைப் பாத்திரங்கள் இரண்டும் மேலே சொன்ன இரண்டு தினுசைச் சேர்ந்தது இல்லை. இரண்டுக்கும் ஒரு குரூர குணம் துக்கி நிற்பது தெரிகிறது. ஒன்று மற்றதைத் துன்புறுத்துவதிலே ஒரு திருப்திப்பட்டுக்கொள்வது போலவும் அதிலே இன்பம் அடைவது போலவும்கூட படுகிறது. ஒரு அல்ப விஷயம். அவன் தான் தவித்ததை உணர்ந்தும், தோற்றதாக ஒப்புக்காமல், ‘எங்கே நீ எப்படி ஆடறே, புலியை நகர்த்திக் காமி’ என்று ஒரு ஆண் மிடுக்குடன் சொன்னபோது, அவள் அதைச் செய்து காட்டி அவன் முகத்தில் தோல்வி அசடுவழிய வைத்திருக்கலாம். அவளுக்கும் தன் வெற்றித் திருப்தி இருக்கும். விஷயம் அதோடு அமைதியாக முடிந்திருக்கும். ஆனால் அவளோ அவன் தன் தோல்வியை வாய்விட்டுச் சொல்ல வேண்டும் என்று விரும்புகிறாள். அவன் ஆணவத்தை அடக்கத் தன் ஆணவத்தைக் காட்டவும், அவன் ஆணவம் விபரீதமாகப் பேயுருவம் கொண்டுவிடுகிறது. அவனும் தனக்குத் தெரிய வில்லை என்ற உண்மையை ஒரு சொல் சொல்லி இருந்தாலும் விஷயம் கோளாறாகி இருக்காது. ஆக இரண்டுமே தங்களைத் தாங்களே முடுக்கிவிட்டுக்கொண்டு, ‘வழியில் போகும் சனியனை விலைக்கு வாங்குவது’ என்பது போல வாழ்விலே உறவில் விபரீத முறிவைத் தேடிக்கொள்பவர்கள்.

இந்த மாதிரி சுபாவம், சம்பவம், மோதல் இந்தக் கதை மூலம் புதுசாகச் சிறுகதைக்குக் கிடைத்தாலும் ‘ஜ்வாலை’ தான் இன்னும் பெரிய விஷயம் சம்பந்தமாக மனப் போராட்டத்தை, விபரீதத்தை ஏற்படுத்துவது. வக்கீலின் இள மனைவி விலாசினி, தன் கணவன் அவள் நினைவே இல்லாமல் வேலையே பழியாக இருக்கக் கண்டு கசந்துகொண்ட சமயம், கோவில் இள அழகிய குருக்கள் அவளை விழித்துப் பார்த்த பார்வையில் தானும் தடுமாற, அவள் கண் தனக்கு ஊக்கம் அளித்ததாக அவன் வீடு வந்து நெருங்கவும், அவள் பதறிப்போய் ஏற்கவும் மறுக்கவும் தீர்மானிக்க முடியாத மனப்போராடுகையில், அவன் மறுநாள் அதே சமயம் வருவதாக அவளிடம் தர்ம சங்கடநிலை பதிலை வற்புறுத்திப்பெற்று, முத்தமிட்டுவிட்டுப் போய்விடுகிறான். பழுக்கப் பழுக்க வாயில் வைத்த நெருப்பு பட்டதாகத் துடித்த அவள், மறுநாள் சமாளித்துப் பார்த்தும் முடியாமல் அவன் வரவை எதிர்பார்த்து நிற்க, அவன் வராதது கண்டு கோவிலுக்குப் போக, அங்கே அம்மனுக்கு கற்பூர ஹாரத்தி காட்டிக்கொண்டிருந்த அவன் திடீர் ஆவேசம் வந்து ருத்ராகாரமாக ஆடியதையும், அவன் ஆவேசம் தணிந்து களை போட்டுக் கிடந்து தெளியவும் தன்னைப்

பார்த்துச் சிரித்ததையும் கண்டு கலவரப்பட்டு வீடு திரும்புகிறாள். தூக்கத்தில் கோவில் விக்ரகமான ஜகதீஸ்வரி, அவளை, கணவனுக்குத் துரோகம் செய்ததோடு தன் பக்தனையும் தொலைத்துவிட்டதாகக் கத்திப் பயமுறுத்துவதாகக் கனவு கண்டு அலறி விழித்து மூர்ச்சையாக, அதுவே ஜன்னியாக மாற, அவனுக்குப் பைத்தியம் பிடித்துவிட்ட தகவலும் கிடைக்க அவள் வாழ்வும் முடியப் போகிற நிலையில் கதை முடிகிறது.

இந்தக் கதையைக் காதல், பாலுணர்வு (அல்லது இணை விழைச்சு) என்ற இரு பிரிவுகளில் ஒன்றுக்கு உரியது என்று ஒதுக்க முடியாது. விலாசினியிடமோ குருக்களிடமோ இந்த இரண்டில் ஒன்று உணர்ச்சி ரீதியாகக்கூட வளர்ந்ததாகத் தெரிய இடம் இல்லை. காதலுக்கு வேண்டிய மன ஈடுபாடு இல்லை. இணை விழைச்சுக்கான பசி, வேட்கையும் இல்லை. நடந்ததை வைத்து இந்த முடிவு செய்ய முடிகிறது. காரண காரியமே பார்க்க முடியவில்லை இருவரிடமும். அவர்கள் சிந்தித்ததாகவும் தெரியவில்லை. விஷ ஐந்து கடித்து நெறி ஏறித் துடித்த உச்சகட்ட அவஸ்தை தெரிகிறது. ஒன்று நடந்து விட்ட பிறகு அதன் தொடர்பாகக்கூட எதுவும் நிகழவில்லை. விலாசினியின் மனப் போராட்ட உணர்ச்சி, அவஸ்தை தமக்குத் தெரிகிறது. புருஷன் திருப்தி தரவில்லைதான். ஆனால் அவள் மாற்று நினைக்கவில்லை. ‘இவர்கூட என்னை இன்னும் சரியாத் தொட்டதில்லை. இந்த பேர் ஊர் தெரியாதவன் என்னை இப்படி’ என்று முத்தத்தை நெருப்புச் சூடாக உணர்ந்தவள், அவன் வரவில்லை என்றதும், காரணம் அறியவோ பார்க்கவோ போகிறாள். அங்கே எதிர்பாராது அவனுக்கு நேர்ந்ததைக் கண்டு திடுக்கிட, அவன் தன்னைப் பார்த்துச் சிரித்ததில் ஒரு ஆனந்தம் கொள்கிறாள். ஆனால் கனவில் கண்டது அவளை நிலைகுலைத்துவிடுகிறது. அவனுக்குப் பைத்தியம் பிடித்துவிட்டது தெரியவும் ‘அடப்பாவி, நீயும் மோசம் பண்ணிப்பிட்டையா’ என்று ‘யும்’ போட்டுச் சொல்கிறபோது புதுத் தடுமாற்றம். பிறகு முடிவில் ‘நேத்து ராத்திரி சொப்பனம் கண்டேன். தேவி சூலத்தை என் மாரிலே பொறித்த மாதிரி இருந்தது. இனிமேல் சந்தேக மில்லை . . .’ என்கிறபோது மறுபடியும் தடுமாற்றம். அதுதான் கடைசி நிலை.

ஆக இந்தப் பழிபாவம் அவளுக்குள் பெரிய போராட்டமாக நடந்து, அவள் அறிந்து செய்யாத, அவளால் தெளிவாக நிதானிக்கக்கூட முடியாத ஒரு குற்ற உணர்ச்சியின் தவிப்பில் உழன்று ஒரு நிழலோட்ட குற்றத்திற்குப் பிராயச்சித்தமாக அவள் வாழ்வு முடிகிறது. இதிலே இன்னொன்று. அவன் மறுநாள் வந்திருந்தால்கூட அவள் நிலை மாறி இருக்காது.

வேறு சூழ்நிலையில் அவள் தன்னைச் சமாளித்திருப்பாள். அவள் சுபாவம் அது. அந்த இரண்டு கனவுகளும் நமக்கு சூசனை தெரிவிக்கின்றன. அவள் அப்படி தன்னை எளிதில் விட்டுக் கொடுத்துக்கொண்டு ஆத்மநாசம் செய்துகொள்ளக் கூடியவள் இல்லை. ஜகதீஸ்வரி, தேவி எச்சரிக்கை கொஞ்சம் முன்னால் அவளுக்கு வந்திருக்கும். ஆனாலும் அவள் ஆத்மா கடுவேதனைப்பட்டது என்பதையும் பார்க்கிறோம். காதலுக்கு வாய்ப்பில்லை. அவள் மணமானவள். காமத்துக்கு மனமில்லை. தான் மணமானவள் என்பதை உணர்ந்தவள். கனவில் தேவி சொன்னதான வார்த்தைகள் அவள் நினைப்புகள்தானே.

அவனை – குருக்களை எடுத்துக்கொண்டால், கோவிலில் அவளைக் கண்டதும் அவன் முகம் மாறிக் குஞ்சிரிப்பாகச் சிரித்துப் போகிறான். குங்குமம் அவளுக்குக் கொடுக்கிறபோதும் அதே பார்வை. மறுநாள் திடீரெனச் சுவரேறிக் குதித்து வந்து அவள் கையைப் பலவந்தமாகப் பிடித்துப் பேசிவிட்டு ஒரு வெறி வேகத்தில் சின்ன காரியம் செய்துவிட்டுப் போகிறான். மறுநாள் அதே நேரத்துக்கு வருவதாகச் சொன்னவன் வரவில்லை. விலாசினி மனப்போராட்டம் தெரிகிறது. அவன் மனப்போர் நமக்குத் தெரிவில்லை. ஏன் அவன் வரவில்லை, அதுவும் நமக்குத் தெரியவில்லை. கோவிலில் தன் கடமையைச் செய்கையில் அம்மனுக்கு கற்பூரஹாரத்தி எடுக்கையில் ஆவேசம் வந்து ஆடி, மூர்ச்சையாகிப் பைத்தியமாக ஆகிவிட்டான். ஆக அவனுக்கும் தன் குற்ற உணர்ச்சி வதைத்திருக்கக்கூடும் என்று நினைக்கத் தோன்றுகிறது. வராததுக்குக் காரணம் வேறு ஏதுவாக இருக்க கூடும்? கோழையாகிவிட்டதாகவும் சொல்ல முடியாது.

ஆக, இரண்டு கதாபாத்திரங்களுமே திருகல் பார்வைக் காரர்கள். தாங்கள் செய்வது குற்றம் என்று முதலில் பட வில்லை. சந்தேகம் வரும்போது நிலை கலங்கிவிடுகிறார்கள். இருவரையும் அழித்துவிடுகிறது அந்த நிலைகுலைவு. மீட்சிக்கு வழி இல்லாமல் போய்விடுகிறது. 'முள்ளும் ரோஜாவும்'மில் மீட்சி வாழ்வு சாத்யமாயிற்று. 'நூர் உன்னிஸா'வில் இரு பக்கத்துக்கும் வாழ்வு கிடைத்தது. 'ஏன்'னில் ஒரு பக்கத்து அழிவு தவிர்க்க முடியாததாகிவிட்டது. இதில் இரு பக்கத்து அழிவும் விலக்க இயலாததாகிவிட்டது. இப்படி சாத்யமாவது அந்தந்தப் பாத்திரங்களின் மனப் போக்கு, உணர்ச்சிப்போக்கு, வைத்துள்ள நம்பிக்கை, மதிப்பு காரணமாகத்தான். இந்த நான்கு கேஸ்களில் ஒன்றுக்கொன்று மேலே சொன்ன அம்சங்களில் உள்ள வித்யாசத்தால் இப்படி மாறுபட்ட விளைவுகள் முடிவுகள். அவர்களது எதிர்ப்புச் சக்தியும் வித்யாசப்பட்டது.

'நூர் உன்னிஸா' ஜோடியின் எதிர்ப்புச் சக்தி அதிகபட்சம். 'ஜ்வாலை' ஜோடியில் தாழ்ந்த அளவு.

இவைகளிலிருந்து நாம் இந்தச் சிறுகதாசிரியரின் புதிய கோணத்தை நன்றாக நிதானிக்க முடிகிறது. இதுவரை நமக்குப் பழக்கமான உளப்பாங்குப் போக்கு கொண்டவர்களிலிருந்து மாறுபட்டவர்களை இந்தக் கதையில் நாம் சந்திக்கிறோம். 'நார்மல்'ஆக நடந்துகொள்ள வேண்டியவர்கள், சாவி கொடுத்த பொம்மைகள் ஓடுவதுபோல தங்களைத் தாங்களே முடுக்கிவிட்டுக்கொண்டு நியமம் இல்லாமல், கணநேர மன இசிவுகள், வலிப்புகள், விகாரங்கள் கொண்டு, ஏன் இப்படி நடந்துகொள்கிறோம் என்று தங்களுக்கே தெரியாமல் நடந்துகொள்கிறார்கள். இந்த விதமான மனத்திருகல் கொண்டவர்கள் 'புலி ஆடு', 'ஜ்வாலை' மூலம் நமக்கு அறிமுகமாவது தமிழ்ச் சிறுகதைத் துறைக்கு ஒரு புதிய பங்கு செலுத்துதல் ஆகும்.

இந்த நான்கு கதாபாத்திரங்களையும் 'ஏன்' கதை மாதவனைப் போல நோய்மனக்காரர்கள் என்று சொல்ல முடியாது. அவன் தனக்குள்ளேயே மறுகி அழிகிறவன். இவர்கள் வெளித் தொடர்பு கொண்டு அவைகளோடு தங்கள் தனித்த திருகிய, வக்ரப் பார்வைகொண்டு மோதி அழிக்கிறவர்கள், அழிகிறவர்கள். இவர்கள் பேச்சு, நடத்தை எல்லாம் உணர்ச்சி சம்பந்தமாக நிதானம் இழந்து உணர்ச்சி வசப்பட்டு தராதரம் அறிய இயலாதுபோய்த் தேவைக்கு மீறிய பதட்டம், மன உளைச்சல் கொண்டு சமயத்துக்குத் தேவையான அளவுக்குமேல் விஷயத்துக்கு வேகம், வெறி காட்டி, அதனால் அதீத விபரீத விளைவுகளுக்கு இட்டுச் செல்லும்படியாக நடந்துகொள்ளும் ஒரு 'ஹிஸ்டிரிகல்' மனோநிலையில் நடந்துகொள்பவர்களாகத் தோன்றுபவர்கள்.

நேர்கோட்டுப் பார்வை இருக்காது எந்த விஷயத்துக்கும். 'புலி ஆடு'வில் அவளும் அவனும் நேரடியாகத் தம் தகராறை அணுகி இருக்கலாம். வெற்றி, தோல்வி யாருக்கு என்பது தானே. ஒருவருக்குத்தான் வெற்றி. மற்றவருக்குத் தோல்விதான் இருக்க முடியும் என்பதை அங்கீகரித்திருந்தால் இந்த மோதல் ஏற்பட்டிருக்காது. அவனுக்கு ஆட்ட வெற்றியில் குறி. அவள் உடனே சொல்லி இருந்தால் அதோடு போயிருப்பான். அவளுக்கு அவனைத் தோற்றவனாக்கி அதில் தான் அடையும் வெற்றியில்தான் குறி, ஆட்ட வெற்றியைவிட. அதுவரை அவள் விஷயத்தை விட்டுவிட மனது இல்லை. இருவரில் ஒருவரை மற்றவர் அறிந்திருந்தால் நாசுக்காக இந்தப் பின் நடந்த விபரீதத்தைத் தவிர்த்திருக்கலாம். 'ஜ்வாலை'யில்

நடக்க முடியாததுக்கு, வழியே இல்லாததுக்கு, ஈ ஒன்று கண்ணாடி அடைப்பு வழியே வழி கண்டு வெளியேற முட்டிக்கொண்டு மோதி உடைந்த நிலை. அவர்கள் இருவர் சுபாவமும் தங்கள் உத்தேசத்தைத் துணிந்து நிறைவேற்றிக் கொள்ளும் துணிச்சலுக்குப் பயனாகாது. மனச்சாட்சி இருவருக்கும் உறுத்துகிறது. அவன் பூஜை செய்யும், அவள் வழிபடும் ஜகதீஸ்வரியே இருவரையும் தண்டிப்பதாக நமக்குப் படுகிறது. விலாசினி வாயிலிருந்து அறிகிறோம். அவனுக்கு அம்பாள் முன் ஏற்பட்ட அனுபவம் உணர்த்துகிறது நமக்கு. 'என் பக்தன்' என்று அம்பாள் கருதும் அவளைத் தான் பூஜிக்கும் புனித தெய்வத்துக்குப் பொறுக்காத ஒரு காரியத்தைச் செய்துவிட்டோம், மேலும் செய்யப் போகிறோம் என்ற ஒரு பழிபாவ எண்ணம் உலுக்கிவிட்டிருக்கும். அதிர்ந்துபோய் விட்டான் என்று நாம் கருதத் தோன்றுகிறது.

ஆக இந்தக் கதையும் *மணிக்கொடி* முத்திரை வாய்ந்த கதைதான் உள்ளடக்கம் சம்பந்தமாக. இந்தக் கதை உருவமும் சரியான அமைப்பு. கதை டையரி மாதிரி உத்தி முறையில் எழுதப்பட்டிருக்கிறது. ஒரு வாரத்துக் குறிப்புகள் ஒரு பெண் எழுதியிருப்பது போல. குறிப்பு நேரத்திற்குப் பிறகு அவள் வாழ்வு முடிந்திருக்க வேண்டும் என்று நாம் அனுமானிக்க முடிகிறது. அவளுக்குக் கனவு மூலம் உணர்த்தலும் தண்டனை யும் கிடைப்பது போல் தெரிவிப்பு. அவனுக்கு ஆவேசம், சித்தம் சுவாதீனம் இழத்தல் மூலம் தண்டனை கிடைப்பது போல் தெரிவிப்பு. இந்தக் கதையின் நடையும் கவனத்தை இழுத்தது. உதாரணம்:

> 'உடனே தீபாராதனை ஆரம்பம் ஆயிடுத்து. குருக்களை நான் அப்போதான் சாவகாசமாகப் பார்த்தேன். அந்த ஒடம்பு, எப்படித்தான் அந்த மெருகு வந்ததோ தெரியல்லே. செக்கச் செவேலென்று நல்ல சிகப்பு. அந்த மயிரும் நன்கு அடர்த்தியா பட்டுக் குஞ்சம் மாதிரி சுருட்டை சுருட்டையா, பளபளன்னு காது, புடர், நெத்தி முன் னாடிக்கே எல்லாம் தொங்கறது. கரு கருன்னு தாடி வச்சிண்டிருக்கான். தீக்ஷையோ என்னமோ தெரியல்லே. மூஞ்சியும் மூக்கும் முழியும் நெத்தியும் அவ்வளவு எடுப்பா நான் எங்கேயும் பார்த்ததில்லே. அப்பா, புருவம் எவ்வளவு அடர்த்தி! என்னமோ இரண்டு வில்லை நன்னா வளைச்சுவிட்டாப் போல இருக்கு! அவன் ஒடம்பசையாமே ஒவ்வொரு தீபமா யெடுத்து அம்மனுக்கு காட்றபோது எனக்கு என்னமோ கல்பூரம் கொழுந்து விட்டு அசையாமே அலுங்காமே எரியரதே அந்த ஞாபகம் வந்துடுத்து. தம்பிகூட பம்பரத்தே

விட்டுட்டு, 'அக்கா பம்பரம் தூங்கறது பார் அக்கா,' அப்படீம்பான். அது மாதிரி ஒடம்பையும் மனசையும் அப்படி இப்படி போகவொட்டாமல் வசப்படுத்தி ஒரே நிலையா . . . பாத்தா என்னமோ ஒரு வித பீதிகூட உண்டாகிறது !'

நறுக்குத் தெறிந்தாற்போல் சொல் சேர்க்கை. வர்ணனைக் கேற்ற வார்த்தைகள், பேச்சு நடைத் தோரணை. புதுவித உபமானங்கள். மேலும் உதாரணம்:

'கூந்தல் அடர்த்தியாய் அவன் தோள் முதுகு கழுத்து எங்கும் மேகம் படர்ந்த மாதிரி 'புசுபுசு' வென்று படர்ந் திருந்தது.'

'அவன் முகத்தைப் பார்த்தால் தீனியை நன்றாய் வயிறு புடைக்கத் தின்றுவிட்டு ஆநந்தமாய் அரைக்கண் மூடிய வண்ணம் அசை போட்டுக் கொண்டிருக்கும் எருமைமாட்டின் ஞாபகம் வந்தது!' ('புலி ஆடு').

இந்தக் கதை பற்றி முடிக்குமுன் இரண்டு தகவல்களை நான் தரக் கடமைப்பபட்டவன். மாதம் இருமுறை *சிறுகதை மணிக்கொடியாக* 1935 மார்ச் முதல் 1938 ஜனவரி வரை பி.எஸ். ராமையா பொறுப்பில் இருந்த சமயம் முன்பு குறிப் பிட்டுள்ள கதைகள் வெளிவந்தன. ஆனால் 'புலி ஆடு', 'ஜ்வாலை' கதைகள் 1938 பிப்ரவரி முதல் 1939 பின்பாதி வரை ப. ராமசாமி பொறுப்பாக இருந்த காலத்தில், ஆரம்பத்தில் வந்தவை என்பது. இன்னொன்று இந்தக் கதையின் ஆசிரியர் பற்றியது. இதுக்குள் வாசகர்கள் யாராவது 'ஜ்வாலை' எழுத்துப் போக்கை நான் விமர்சித்ததை வைத்து 'காமாக்ஷி' என்ற புனைபெயர் கொண்ட அந்தக் கதாசிரியர் லா.ச. ராமாம்ருத மாக இருக்கக்கூடுமோ என்று யூகிக்கப் பார்த்திருந்தால், முடிந்திருந்தால் சரியாக மதிப்பிட்டிருப்பார்கள். ஆமாம், அவர்தான் அந்தப் புனைபெயருக்கு உரியவர். பிறகுதான் சொந்தப் பெயரில் எழுத ஆரம்பித்தார்.

ராமாம்ருதத்துக்குப் பிறகு *மணிக்கொடி* மூலம் சிறு கதைக்குத் தனிவிதமான பங்கு செலுத்தியவர்கள் யாரும் குறிப்பிடும்படியாக இல்லை. *மணிக்கொடியும்* 1939 இறுதிக்குள் நின்றுவிட்டது. அதுக்குப்பின் *மணிக்கொடி* சிறுகதாசிரியர்களே வேறு பத்திரிகைகளில் தங்கள் கதைகளுக்கு இடம் தேட வேண்டியதாயிற்று. 'மணிக்கொடி காலம்' என்று இன்று முப்பது ஆண்டுக்குப்பிறகு கணிக்கிறோமே அந்தக் காலம் சிறுகதை வளம் பெருக்கியது எனக்கு இன்னும் பசுமையாகவே இருக்கிறது. வ.வே.சு. அய்யர், அ. மாதவையா, தி.ஜ.ர., றாலி,

பி.எஸ். ராமையா, ரா. கிருஷ்ணமூர்த்தி (கல்கி), ம.சீ. கல்யாண சுந்தரம், ந. பிச்சமூர்த்தி, கு.ப. ராஜகோபாலன், சி.சு. செல்லப்பா, சங்கு சுப்ரமண்யன், புதுமைப்பித்தன், பெ.கோ. சுந்தரராஜன், மௌனி, லா.ச. ராமாம்ருதம் ஆகிய பெயர்கள் அன்று சிறுகதைத் துறைக்குத் தங்கள் தனிவித முதல் நல்ல கதைகளைச் சேர்த்து அந்த இலக்கியப் பிரிவு உருவாகக் காரணமாக இருந்தவர்கள். தொடர்ந்து நிறைய தரமான கதைகள் எழுதி சிறுகதை வளம் பெருக்கியவர்கள். இன்று சிறுகதை முன்னோடிகள் என்று இடம் பெற்றிருப்பவர்கள். இதில் பெரும்பாலோர் மணிக்கொடிக்காரர்கள் என்பதால் *மணிக்கொடி*யின் முக்யத்வம் குறிப்பிடத்தக்கதாகும். இவர்கள்தான் *மணிக் கொடி* மூலம் எடுப்பாகத் தெரியவந்தவர்கள் என்றாலும் இவர்களைத் தவிர வேறு சில *மணிக்கொடி* கதைகளுக்கும் கதாசிரியர்களுக்கும் பங்கு உண்டு. மணிக்கொடிக்கு வெளியே யும் ஒரு சிலரின், சில கதைகளின் பங்கும் உண்டு.

❖ ❖

# 24

# வேறு பங்குகள்

முப்பதுக்களில் (1930 – 39) ஆனந்தவிகடன், சுதேச மித்திரன் (வாரப்பதிப்பு) கலைமகள், சுதந்திரச் சங்கு, காந்தி, மணிக்கொடி, பிரசண்ட விகடன், குமாரவிகடன், சூறாவளி, பாரததேவி ஆகியவை சிறுகதைகளை வெளி யிட்டவை. இவைகளை நான் அப்போது தொடர்ந்து படித்து வந்திருக்கிறேன். எத்தனையோ கதைகள் வெளி வந்தன. புதிய சிறுகதாசிரியர்கள் – ஏன் எல்லோருமே புதியவர்கள்தானே – எழுதினார்கள். அந்தப் பத்து வருஷ காலத்தில் அந்தப் பத்திரிகைகளில் வந்த சுயமான கதைகளை எல்லாம் ஒருவன் படித்து ஆராய்ந்து பார்க்க முயன்றால், வாய்ப்பும் கிடைத்தால் இப்போது நான் செய்வதைவிட சிறப்பான கணிப்பு ஒருவருக்கு சாத்யமாகும். கதை உலகுக்குப் புதிய விஷயங்கள் எப்படிச் சேர்ந்தன, கதை வடிவம் எப்படிச் சிறப்பாகி வந்தது என்ற இரண்டு அம்சங்களில் நாம் பார்க்கும்போது அன்று வந்த எல்லாக் கதைகளையுமே எடுத்துக்கொண்டு விட முடியாது.

உதாரணமாக 1935 முதல் 1939 முடிய நாலரை ஆண்டுக் காலத்தில் வெளிவந்த சுமார் நூறு *மணிக்கொடி* ஏடுகளில் ஏறக்குறைய ஆயிரம் கதைகள் வந்திருக்கக் கூடும். அவை அத்தனையையும் நான் படித்து அசை போட்டவன். ஆனால் அவை செலுத்திய குறிப்பிடத்தக்க பங்கு என்கிறபோது திராசை இழுத்துப் பிடித்துத்தான் பார்க்க வேண்டி இருக்கிறது. பல கதைகளை, அவற்றை எழுதியவர்களை, அப்போதைக்குப் பிடித்தவைகளைக் கூட, இன்று முப்பது முப்பத்தைந்து ஆண்டுகளைத் தாண்டிவந்து பார்க்கிறபோது, சேர்த்துச் சொல்ல

முடியாமல் இருக்கிறது. அதே போலத்தான் மற்ற பத்திரிகை களில் வந்தவைகளைப் பற்றி நினைக்கும்போதும். இருந்தாலும் மேலே நாம் இதுவரை பார்த்த விஷயங்களைத் தவிர, பார்வைகளைத் தவிர, வேறானவை அடங்கிய சில கதைகளைப் பார்க்கலாம். நான் கதைகளை வைத்துத்தான் பங்கு பற்றிப் பேசுகிறேனே தவிர கதாசிரியர்களை வைத்துப் பேசவில்லை. நான் மேலே குறிப்பிட்ட கதாசிரியர்கள் அன்று தங்கள் தனிவிதமான சிறுகதைகளை எழுத ஆரம்பித்து தொடர்ந்து எழுதி அன்று உருவாகிக்கொண்டிருந்தவர்கள். இன்று அந்தக் கதாசிரியர்களை நாம் கணிக்க இடம் இருக்கும்படியாகத் தங்கள் படைப்பு அளவை, கலைச்சிறப்பை வளர்த்துக் கொண்டவர்கள். இந்த மாதிரி கணிப்புக்கு இடம் இல்லாமல் குறிப்பிடும்படியான ஒன்றிரண்டு சிறுகதைகளுடன் நின்று விட்டவர்கள் உண்டு. நிறைய எழுதியும் குறைந்த பட்சமே தேறக் கூடியவைகள் உண்டு.

I

*மணிக்கொடி* இரண்டாவது இதழில் 'வெள்ளையின் வேட்கை' என்ற கதை வந்தது. நடைபாதை உலகத்து வெள்ளை என்ற ஏழைப் பையன்; ஒரு நொண்டி நாய் அவனுக்கு நண்பன். பையனுக்குத் தன் வாழ்நாளில் ஒரு முறை காரில் போக வேண்டும் என்று ஆசை. அந்த ஆசை நிறைவேறுகிறது ஒரு நாள். இரவில் சாலையில் ஒரு புறத்தில் நின்ற நொண்டி நாய் வேகமாக வரும் மோட்டார் வெளிச்சத்தில் மிரண்டு குறுக்கே பாய்ந்து எதிர்ப்புறம் நின்ற வெள்ளையிடம் ஓடி வர முயல, அது அடிபடுமே என்ற பதட்டத்தில் அவன் குறுக்கே பாய, நாய் தப்பிவிட, அவன் அடிபட்டு காரில் போட்டுக்கொண்டு ஆஸ்பத்திரிக்குப் போக ஏற்படுகிறது. சிறுகதையின் உருவமும் சரியாக அமைந்த இந்தச் சிறுகதையை எழுதிய பி.எம். கண்ணனின் இன்னொரு கதை 'இரண்டுங் கெட்டான்.' மூன்று குழந்தைகளில் மூத்தது அப்பா செல்லம், மூன்றாவது அம்மா செல்லமாக இருக்க நடுவில் உள்ள, இருவராலும் அலட்சியப்படுத்தப்படுகிற குழந்தை ராமு தன்னை அம்மாவே 'இரண்டுங்கெட்டான்' என்று சொல்லக் கேட்டு அதிர்ந்து தன்னிடம் பரிவு காட்டும் எதிர் வீட்டுப் பாட்டி 'அவனுக்கு மட்டும்தான் தான் பாட்டி' என்றதில் ஆறுதல் கொள்கிறான். ஒரு சிறு விபத்தில் அவன் காயப்படவும் அப்பா அம்மா பரிவைவிட பாட்டி காட்டிய பரிவுதான் அவனை உணர்ச்சிவசப்படுத்துகிறது. நல்ல கதை விஷயம். இப்போது படிக்கும்போது இன்னும் மெருகு ஏறி இருந்தால் சிறப்பான கதைகளில் ஒன்றாக அது இருந்திருக்கும் என்று படுகிறது.

*மணிக்கொடியில்* அன்று வந்த கதைகளை இன்று படிக்கிறபோது நெல்லும் பதருமாகக் கலந்து கட்டி இருப்பது தெரிகிறது. நல்ல உள்ளடக்கம் கொண்ட கதைகள் பல சிறுகதை உருவம் பெறாமல் போயிருக்கின்றன. கைத்திறன் இல்லாததால் கலையம்சம் இல்லாமல் சொத்தை ஆகி இருக்கின்றன. ஒவ்வொரு ஏட்டிலும் உள்ள ஏழெட்டுக் கதைகளில், ஒன்றிரண்டுதான் சராசரியாகத் தேறும். ஒரு சில ஏடுகளில் தான் அதிகமாகத் தேறும்: அதிலும் நான் மேலே குறிப் பிட்டவர்கள் கதைகள்தான் தரமானதாக இருக்கும். புதிதாக எழுதுபவர்கள் கதைகள் அபூர்வமாகத் தரமாக இருக்கும். அந்த மாதிரி புதிதாக எழுதுபவர்கள் கதைகளைத்தான் நான் இங்கே குறிப்பிட விரும்புகிறேன்.

II

*மணிக்கொடி* ஏழாவது ஏட்டில் 'பரீக்ஷை' என்ற ஒரு கதை குறிப்பிடக்கூடியது. வசதியான நிலையில் இருக்கும் தம்பி தன் ஏழையான அண்ணா தன் குடும்பத்தைப் பார்க்க கிராமத்தலிருந்து வரும்போது அவருக்கு ஏழ்மையை நினைவு படுத்தக் கூடாது என்பதுக்காக அந்தச் சமயத்துக்கு வீடுமாற்று கிறார். தன் வசதி வாழ்வைக் காட்டிக்க விரும்பவில்லை. தான் வந்து இருந்தால், தன் அந்தஸ்துக்கு வெளித் தெரிய பங்கம் வராமல் இருக்க, தம்பி அப்படி தாற்காலிகச் சூழ்ச்சி செய்ததாகத் தப்பர்த்தம் செய்துகொண்டு அண்ணா விடை பெற்றுக்கொண்டு போய்விடுகிறார். தன் உத்தேசம் இப்படித் தவறாகப் புரிந்துகொள்ளப்பட்டதுக்கு வருந்திய தம்பிக்கு ஹோட்டல் சர்வர் மூலம் ஒரு சம்பவத்தால் இந்த கவுரவம் பற்றிய உணர்த்தல் ஏற்பட்டு அவன் மூலமே தன் அண்ணா வுக்கும் தான் சமாதானம் சொல்ல வழி ஏற்பட எதிர்பார்க் கிறான்.

இந்தக் கதை நன்றாக எழுதப்பட்டிருக்கிறது. உத்தியும் சம்பாஷணைப் போக்காக சினிமாச்சுருள் மாதிரி கையாளப் பட்டு சுத்தமான அமைப்பு. இறுக்கமாக விறுவிறுப்புடன் இருக்கிறது. இந்தக் கதையை எழுதியவர் நா. சிவராமன். தற்போது *தினமணி* ஆசிரியராக இருக்கும் அவர் அதுக்குப் பின் *மணிக்கொடியில்* '4 அவுன்ஸ் பிராந்தி' என்று ஒரு கதை எழுதி இருக்கிறார். அதுவும் குறிப்பிடத்தக்கது.

III

அடுத்து பதினோறாவது ஏட்டில் உள்ள 'மலடு' என்கிற கதை. மணமாகி ஐந்தாறு ஆண்டுகள் ஆகியும் குழந்தை இல்லாமல் மாமியார், நாத்தனார் கொடூரத்துக்கு உள்ளாகிய

சரஸ்வதியின் கணவன் நாராயணன் இருதரப்புக்கும் நடுவே தவித்து வந்த நிலை. குழந்தை பிறக்காததுக்காகச் சூழ்ச்சி செய்து சரஸ்வதிக்கு மலட்டுப் பட்டம் கட்டி இரண்டாவது மனைவியை அவன் மணக்கத் தாயார் போட்ட தூபத்துக்கு, வற்புறுத்தலுக்கு இணங்கி, ஒரு டாக்டரின் பெண்ணைப் பார்க்க சென்னை வருகிறான். அந்த டாக்டர் அவர்களுக்குக் குழந்தை இல்லாததுக்குக் காரணம் அவனாகவே இருக்கக் கூடாதா என்று அவன் சம்மதத்துடன் பரிசோதனை செய்து பார்க்கிறார். குறை அவனிடம்தான் என்று முடிவு தெரிய வருகிறபோது மனைவியை 'நீ மலடு' என்ற கணவன் வாய் 'நான் ஒரு மலடு' என்று சொல்லிக்கொள்கிறது அதிர்ச்சியுற்று. இந்தக் கதை அன்று புதுவித உள்ளடக்கக் கதை. இதை எழுதியவர் திண்டுக்கல் கே. ராமசாமி. அவர் பிறகு வேறு கதைகள் எழுதினாரா என்பது ெரியவில்லை. எழுதப்பட்ட விதமும் பரவாயில்லை.

## IV

பதிமூன்றாவது *மணிக்கொடி* ஏட்டில் வெளிவந்த 'காரா வடை சுப்பையர்' என்ற சிறுகதை. முதலில் கிராமத்திலும் பிறகு சென்னையிலும் ஹோட்டல் வைத்துப் பணக்காரர் ஆன காராவடை சுப்பையரின் பிள்ளை கலாசாலை மாணவன் ராமு தன்னைக் 'காராவடை' என்று பிறர் கேலி செய்வதைக் கண்டு நொந்து ஹோட்டல்காரன் பிள்ளை காலேஜில் படிக்கக்கூடாதா என்று கேட்டுக்கொண்டு, அவர்கள் கிராமத்தில் இருந்தபோது உதவி செய்த ஏழைக் குடும்பத்தைச் சென்னையில் சந்திக்கவும் அவர்கள் பெண் மீனாட்சியை அம்மாவின் சம்மதத்துடன் மணக்க விரும்பி அப்பாவிடம் சொல்ல, அவர் அந்தஸ்து பார்த்து மறுத்துவிட, ராமு வீட்டை விட்டுப் போய்விடுகிறான். மகன் மறைவால் ஏங்கிய சுப்பையர் மனம் முறிந்து கிராமத்துக்குப் போக அங்கே தான் முன்பு கடை நடத்திய இடத்தில் தன் மகன் கடை கண்டு திகைத்துச் சமாளித்து, தன் மகனுக்குப் பொட்டலம் கட்டத் தெரியாததைக் கண்டு, 'முட்டாள், செய்கிறதை திருந்தச் செய்ய வேண்டாம்' என்று தான் சரியாகக் கட்டிக் காட்டி காராவடையை ருசி பார்த்து நன்றாக இருக்க அதைச் செய்தது அவன் மணந்துகொண்ட அந்த மீனாக்ஷி என்று அறியவும் பழைய காராவடை சுப்பையராக மாறி திருப்தி பெறுகிறார். இன்று படிக்கிறபோதும் இந்தக் கதை நயமாகப் படுகிறது. இந்தக் கதையை எழுதியவர் எம்.என். சுப்ரமண்யன். அவர் இன்னும் சில கதைகள்தான் எழுதினார். பிறகு தமிழில் எழுதவே இல்லை.

## V

*மணிக்கொடி* இருபத்திரெண்டாவது ஏட்டில் வெளியான 'புலிக்குட்டியின் பெண்' என்ற கதை இன்று 'ஸ்டிரலைசேஷன்' என்கிற வலிய மலடாக்கிக்கொள்ளுதலை விஷயமாகக் கொண்டது. அதனால் ஏற்பட்ட விபரீத விளைவைச் சித்தரிக்கும் கதை. நவீன கருத்துடைய கணவன் ஒரு குழந்தைக்குப் பின், தன் அழகிய இள மனைவியைக் கட்டாயப்படுத்திக் கருத்தடை ஆபரேஷன் செய்துகொள்ளச்செய்ய, அந்த ஒரு குழந்தையும் இறந்துவிட, அதிர்ச்சியில் மனைவிக்குப் புத்தி மாறாட்டம் ஏற்பட்டு முற்றி, வெறியில் கணவனைக் கொன்று விடுகிறாள். கி.ரா. (கி. ராமச்சந்திரன்) எழுதிய இந்தக் கதை சரியாக அமைந்த கதை. 'சொத்துக்கு உடையவன்' என்ற அவரது இன்னொரு கதை (*சூறாவளி* 30–4–1939) குறிப்பிட்டுச் சொல்ல வேண்டிய கதைகளில் ஒன்று.

தன் ஒரே பெண் மணமாகி, ஒரு பெண் குழந்தையைப் பெற்றுவிட்டு பிரசவித்தபின் இறந்துவிட, தன் பிரியம் அத்தனையையும் கொட்டி குழந்தையை வளர்த்துவருபவர், மறு கல்யாணம் செய்துகொண்ட மாப்பிள்ளை ஆறு ஆண்டுகள் கழித்து அந்தக் குழந்தையை அழைத்துப்போகத் தேதி குறிப்பிட்டு அன்று வர இருக்கையில், பாசத்தால் தவித்த நிலையில் 'சொத்துக்கு உடையவன் யார்' என்று தனக்குள் கேள்வி போட்டு மறுகி நிற்க, மாப்பிள்ளையிடமிருந்து மூன்று நாள் கழித்துதான் வருவதாகத் தந்தி வரவும் இன்னும் மூன்று நாளா என்ற கேள்வியுடன் திகைத்து நிற்கிறார் பலராமையர். இந்தக் கதை உருவம், உத்தி, சொல் முறை, நடை, உணர்ச்சி வெளியீடு, யதார்த்தம், மென்மையான உளவியல் பாங்கு எல்லாம் நன்றாக அமைந்த கதை. நான் இன்றும் நினைத்துப் பார்த்துக்கொள்ளும் கதைகளில் ஒன்று இது. கி.ரா. *மணிக்கொடியிலேயே* நடந்த முதல் சிறுகதை பரிசுப் போட்டியில் பரிசு வாங்கியவரும்கூட. எனவே அவரும் சிதம்பரசுப்ரமண்யன், பி.என். கண்ணன், மௌனி, லா.ச.ரா போல *மணிக்கொடியில்* பிறந்தவர். நிறைய கதைகள் *மணிக்கொடி* காலத்தில் முப்பதுக்களில் அவர் எழுதி இருந்தாலும் இந்த இரண்டு கதைகள் குறிப்பிடவேண்டியவை.

## VI

*மணிக்கொடி* ஏழாவது ஏட்டில் 'குமரி முனையில்' என்ற கதை வந்தது. தான் தங்கி இருந்த ஹோட்டலில், அந்த ஹோட்டல்காரர் தாயில்லாத தன் அழகிய நல்ல பெண்ணைக் கொடூரமாக நடத்தி வேலை வாங்கியதைக் கண்டு, அந்தப்

பெண்ணைச் சந்தித்த சமயம், அவளைக் கஷ்டத்திலிருந்து தப்புவிக்க, தன்னை மணந்துகொண்டு வந்துவிடுமாறு கேட்ட போது அந்தப் பெண், 'நான் இல்லாவிட்டால் என் அப்பா கஷ்டப்படுவாரே' என்கவும் அவன் திகைத்துப்போனதுடன் மறுநாள் அவள் தந்தை அவளைக் குரூரமாக அடித்த சமயம் தலையிட்டு அவரை அடித்துவிடவும் அந்தப் பெண் அவர்கள் விஷயத்தில் தலையிட அவனுக்கு உரிமையில்லை என்று எதிர்க்கவும் அதிர்ந்துபோய் அந்த இடம் விட்டு வெளியேறுகிறான்.

இந்தக் கதை ஆசிரியர் 'சுந்தா' என்ற புனைபெயரில் எழுதிய மே.ரா. மீனாட்சிசுந்தரம். இந்தக் கதையும் சரியாக அமைந்த கதை. இந்தக் கதைகளைப் படிக்கும்போது மனித மனப்பாங்கு எத்தனைவிதமாக எல்லாம் வாய்க்கால் விட்டு ஓடக்கூடியது என்பதை உணர்கிறோம். ஒவ்வொரு கதாசிரியனும் புதுசாக ஏதாவது சொல்ல, ஒரு கோணம் காட்ட முற்படு கிறான் என்பதையும் பார்க்கிறோம்.

## VII

*மணிக்கொடி* 1937 அக்டோபர் ஏட்டில் 'தத்துப் பிள்ளை' என்ற கதை வந்தது. இந்தக் கதையை எழுதியவர் எம்.வி. வெங்கட்ராமன். இந்தக் கதைக்கு முன்பே 'சிட்டுக் குருவி' என்ற கதையை 1936 நவம்பரில் அதில் எழுதி இருக்கிறார். தான் மணந்த கணவனிடம் மனம் ஒட்டாமல் மேலுக்கு நடந்துகொண்டிருந்த பெண்ணின் இதயத்துக்குள் இருந்த ரகசியம் பற்றியது. அவள் முன்பு தன் உயிரை – உடலை இல்லை – விற்றிருந்தவனின் தற்கொலையை அறியவும் வெடித்து அதிர்ந்து ஜன்னி பிறந்து மரணத்தின் வாய்க்குள் போய்விடுகிறாள். அடிபட்ட குருவியை விலைக்கு வாங்கி அதுக்கு உயிர்த்தானம் கொடுத்தவளுக்கு உயிர்த்தானம் 'தூர்த்தன்' கணவனும் அவள் மனம் ஈடுபட்ட 'துரோகி'யான வனும் கொடுக்க முடியவில்லை. சிறுகதை வடிவம் அமைந்து, ஐந்தாறு காட்சிகளாகத் தொகுத்து, 'பரீக்ஷை' கதை போல, பாத்திரங்களின் மனோநிலையைச் சூசனையாக உணர்த்தி உத்தி கையாளப்பட்டு இருக்கிறது. புருஷனைப் பிடிக்காத அவள் தலை மலர்களைக் கசக்கி எறிய நினைப்பதும் கோபத்தில் இலைகளையும் பூக்களையும் ஒடிப்பதும், குற்ற மெனக் கணவன் ஒவ்வொரு மலர்மீதும் உட்காரும் தேனீயைப் பிடித்து நசுக்க விரட்டுவதும் ரோஜா இதழ்களைப் பிய்ப்பதும் குறிப்புணர்த்துகின்றன. மௌனி 'ஏன்' கதை எழுத்துப் போக்கு போன்றது. ஒரு 'மூடு மந்திர' தொனி இருக்கிறது. கதாபாத்திரங்களின் மனவோட்டத்தைக் குடைந்து பார்த்து

நிதானிக்க வேண்டி இருக்கிறது. சில சிறு குறைகள் இருந்தாலும் இந்தக் கதை நல்ல ஆரம்பம்.

அவரது அடுத்த கதை 'தத்துப் பிள்ளை' அதிலிருந்து நல்ல வளர்ச்சி. தங்கள் ஒரே பையன் இறந்துவிட, கணவனது தங்கை குழந்தையைத் தத்து எடுத்து அபிமானம் முழுக்கவைத்து வளர்த்தும், பையன் சீதாராமன் அவர்களை அப்பா, அம்மா என்று ஒரு தடவைகூட கூப்பிடாமல் இருப்பதைக் கண்டும் பக்கத்து வீட்டுக் குழந்தைகள் காட்டும் அபிமானத்தைப் பார்த்தும் ஒப்பிட்டு மனம் புழுங்கி இருக்கையில், ஒரு நாள் அவன் தத்துத் தாய் மீனாக்ஷி அம்மாளை அவன் துடுக்காகப் பேசிவிட அவர் தன் வேதனையைக் கடும் சொல் மூலம் அவனுக்கு உணர்த்த, 'எங்க பிள்ளையாக இருந்தால் கூப்பிட மாட்டானா' என்கவும், அவன் வெளியேறி தன் சொந்த பெற்றோர் வீட்டுக்குப் போனபோது தனக்கு முன்பே அவன் தத்துத்தாய் அங்கே வந்திருப்பதைக் கண்டு திகைத்து தன் சொந்த தாயை அம்மா என்று கூப்பிடவும், அவள் சீறி, 'யார் நானா? நானா உன் அம்மா? நானா உன்னை வளர்த்தேன்' என்று கேட்கவும் அங்கிருந்து திரும்பி, இரவு சீதாராமன் தத்துத் தாய் காலடியில் படுத்து தூக்கத்தில் 'அம்மா அம்மா' என்று முனகுகிறபோது, அவன் அழைத்தது தன் பிரமை என்று கருதிய தத்துத் தாய்க்கு அந்த அழைப்பின் அர்த்தத்தை உணர முடியாமல் போகிறது. மென்மையான உணர்ச்சிகளை நாசூக்காகச் சித்தரித்த கைத்திறன் இங்கே காண முடிகிறது.

## VIII

*1938இல் ஜனவரி 15 மணிக்கொடியில்* 'சாவித்திரி' என்ற கதை ஒன்று வெளியானது. அதை எழுதியவர் க.நா. சுப்ரமண்யம். அவர் அதுக்கு முன்பே 'பேசாமடந்தை' 'லீலா' என்ற இரு கதைகள் அதில் எழுதி இருக்கிறார். ஊமைப் பெண்ணுக்கு வாழ்வு கொடுக்க – அவள் முதலில் ஆக்ஷேபித்தும் – விரும்பிய மணந்தவன், பிறகு மனம் தடுமாற, பிறந்த குழந்தையும் ஊமையாக இருக்க வேறு ஒரு பெண்ணுடன் உறவு கொண்டதைப் பார்த்த ஊமைப்பெண் தன் குழந்தையுடன் நீரில் மூழ்கி விடுகிறாள், அவர்கள் வாழ்க்கைக்கு தான் இடையூறாக இருக்க வேண்டாம் என்று. அதுதான் 'பேசாமடந்தை' கதை. கணவனுக்குத் துரோகம் செய்து அவன் நண்பன் விமானி சீதாராமனுடன் உறவு கொண்ட லீலா புருஷன் நோட்டீஸ் கொடுத்து விடவும் தன் கர்ப்பத்துக்குக் காரணமான தன் காதலனும் துரோகம் செய்யக்கூடும் என்று அறிந்ததும் ஏரோப்ளேனில் இருவரும் போகையில் மிஷினில் கோளாறுக்கு

வழி செய்துவிட விபத்தில் இருவரும் இறக்கிறார்கள். இது 'லீலா' என்ற கதை.

இந்த இரண்டு கதைகள் ரொம்ப சாதாரணமாக இருக்க 'சாவித்திரி' குறிப்பிடத்தக்கதாக இருக்கிறது. எதிர் வீட்டுப் பெண் இறந்துவிட அதைப் பற்றி எதிர் வீட்டில் உள்ள ஒருவர், அவர் மகன், அவன் மனைவி ஆகியோரின் 'ரியேக்ஷன்' என்கிறோமே அதைப்பு அதுதான் கதை. பதினாலாவது வயதில் போன வருஷம் மணமாகிக் கர்ப்பம் தரித்துப் பிறந்தகம் வந்திருந்த பெண் சாவித்திரி டான்சில் ஆபரேஷனில் குளோரபார்ம் கோளாறால் ஆஸ்பத்திரியில் மரணம் அடைகிறாள். பிணத்தை வீட்டுக்குக் கொண்டுவருகிறார்கள். எதிர் வீட்டில் உள்ள பெரியவர் அந்தப் பெண்ணின் தந்தையின் ஆசை, டாக்டர்கள் அசிரத்தை, தன் மகள் மரணம், குடும்பத்து வேறு மரணங்கள் பற்றி தன் மகனிடம் உணர்ச்சியுடன் பேசுகிறார். மகனின் மனைவி பெண்ணின் மரணத்துக்குத் துக்கப்பட்டு, அந்த வீட்டில் குடி இருந்த 'ஒருவிதமான ஒருத்தி' வீட்டில் பிணம் கிடக்க, அலங்காரத்துடன் நிற்பதைக் காட்டி கணவனிடம் ஆத்திரத்துடன் தெரிவிக்கிறாள். அவனோ அவர்களைப்போல் அலட்டிக் கொள்ளாமல் அப்பாவிடம் வாழ்வு சாவு பற்றி தத்துவ விசாரம் செய்து மனைவியிடம் யார் எப்படியோ போகட்டும் என்று சொல்லிவிட்டு இரவில் தன் அப்பாவைப் பார்க்கிறான். எதிர்வீட்டில் இறந்த பெண்ணின் தாயாரைப் பார்க்கிறான். சிந்தனை கிளறப்பட்டு இரவு பூராவும் ஏதோ எழுதிக்கொண்டே இருக்கிறான். மறுநாள் வந்த அந்தப் பெண்ணின் கணவன் பட்டுக்கொள் ளாமல் வேடிக்கை பார்க்கும் அன்னியன்போல் நிற்பதைக் காண்கிறான். பிணம் எடுத்துச் செல்லப்படுவதையும் பலருடன் அப்பா பின்னால் செல்வதையும் பார்க்கிறான். அப்பாவின் உணர்ச்சி பற்றி அவனுக்குக் கலவரம் ஏற்பட்டது. அவர் திரும்பி வந்து ஸ்நானம் செய்துவிட்டு சாப்பிட்டபோது தன் அப்பா தன் கனவின் ஒரு மகாத்மாவாக ஆகிவிட்டதாக கனவு கண்டபடி ஒரு மகாத்மா இல்லை என்று நினைத்து மனம் நிம்மதி பெறுகிறான்.

இதில் கதை என்ன, எந்த அளவு இருக்கிறது என்று பார்க்கப்போனால் இதுவரை பார்த்த கதைகளைப்போல் சொல்ல எதுவும் இல்லை. பெண் இறந்த சம்பவம் ஒரு வியாஜ்யம் கதையின் வேறு ஒரு உத்தேசத்துக்கு. கதையின் உத்தேசம் ஒரு சாவை எப்படி ஒவ்வொருவரும் பார்க்கிறார்கள், பாதிக்கிறது என்பதை உணர்த்தி சித்தனாரீதியாக ஒரு சூழ்நிலைப் பரவ வைத்து உணர்ச்சி வசமான வெளியீட்டை விட அறிவு ரீதியாக ஒரு பார்வையிலிருந்து அதாவது

பிள்ளையின் பார்வையிலிருந்து வாழ்வு, மரணம், மனிதர்கள் பற்றிய மதிப்பு காட்டுவதுதான். இந்தக் கதையில் கதாபாத் திரங்களிடையே ஏற்படுகிற உணர்ச்சி மோதல்கள், அதன் விளைவுகள் கிடையாது. கதை சொல்லியான 'இன்டலக்சுவல்' பார்வையில் அவன் பார்த்தது பேசியது கேட்டது இவை களுக்கு ஒரு முடிச்சுப்போட்டுத் தனக்குள் தர்க்கித்து நிதானிப்பது. அப்பாவின் உணர்ச்சித் தீவிரத்தைக் கண்டு உழன்றவன், கவலை மனம் காட்டியவன், பிறருக்காக இப்படி மன வேதனைப்படும் தன் அப்பா ஒரு மகாத்மாவாக ஆகிவிட்டது போல் கனவு கண்டவன், அப்பாவும் மற்றவர்களைவிட அதிகபட்ச அளவுக்குப் பாதிக்கப்பட்டாலும் அதுக்கும் ஒரு எல்லையுண்டு, அதுக்குமேல் போக முடியாது என்பதை அவர் மயானத்துக்குப் போய் வந்து மற்றவர்களைப் போல வழக்கப்படி சாப்பிட்டதைப் பார்த்த போது அப்பாவும் மற்றவர்களைப் போன்றவர்தான் என்று மதிப்புக் கொள் கிறான். 'ரிவீலிங்' என்கிறோமே, இந்தப் புலப்பாடுதான் கதையின் விடுவிப்பாக வருகிறது.

இந்தக் கதை சிறுகதைக்குப் புது விதமான உள்ளடக்கமும் தொனியும் கொடுத்து வளம் விரியப் பங்கு செலுத்திய கதை. கதையம்சத்தைவிட அறிவுபூர்வமாகவோ உணர்ச்சி பூர்வமாகவோ ஒரு அநுபவத்தை வெளியிடுவதே ஒரு சிறுகதைக்குப் போதும் என்கிற அளவு சிறுகதை இலக்கணம் விரிந்து இடம் கொடுத்திருக்கும் நிலையில் இந்த மாதிரி கதைகள் ஒரு புது உருவம் காட்டுகின்றன. க.நா.சுவின் இந்தக் கதை அந்த மாதிரியான சிறுகதைகளுக்கு முன்னோடி. க.நா.சு. இதுக்குப் பின் எழுதிய ஏராளமான கதைகளில் இந்தத் தனித்தன்மை வளர்ந்து தூக்கி நிற்பதைப் பார்க்கலாம்.

## IX

ஆக, *சிறுகதை மணிக்கொடி*யின் நாலரை ஆண்டுக் காலத்தில், தமிழ்ச் சிறுகதை இலக்கியத்துக்குக் கரு உரு சம்பந்தமாக நானாவிதத்தன்மை கொண்டு அதன் வீச்சை விஸ்தரித்த சில கதைகளையும் அவைகளின் ஆசிரியர்களையும் குறிப் பிட்டதுடன் *மணிக்கொடி* சம்பந்தமாக இப்போதைக்கு நான் நிறுத்திக்கொண்டாக வேண்டும். *மணிக்கொடி* நின்றதும் அந்தக் காலம் முடிந்துவிட்டது. நான் மேலே குறிப்பிட்ட *மணிக்கொடி* கதாசிரியர்கள் அந்தக் காலத்தில் அதிலேயே பல கதைகள் எழுதினார்கள். அதுக்குப் பின்னரும் தொடர்ந் தார்கள்.

வ.வே.சு. அய்யர் முதல் க.நா. சுப்ரமண்யம் வரை நாம் பார்த்த கதாசிரியர்கள் ஏதோ தாங்கள் சோதனை செய்ய

வேண்டும் என்று நினைத்துக் கதைகள் எழுதியதாக அவர்கள் முதல் கதைகளை அல்லது முதல் குறிப்பிடத்தக்க கதைகளை வைத்துச் சொல்வதற்கில்லை. கதைகள் எழுத வேண்டும் என்று தோன்றி இருக்கிறது. மேல் நாட்டுக் கதைகளுடன் நல்ல பரிச்சயம் இருந்திருக்கிறது. நம் நாட்டு வாழ்க்கைப் போக்கு அவர்களை உறுத்தி இருக்கிறது. அந்த அநுபவத்தைக் கற்பனையில் சொல்லத் தோன்றி இருக்கிறது. கற்பனை உதவி இருக்கிறது. அதுக்கு ஏற்ற நடை தேர்ந்தெடுத்துக்க முடிந்திருக்கிறது. உருவம் கருவூலத்துக்கு ஏற்ப அமைக்க முற்பட்டிருக்கிறார்கள். சிறுகதை எல்லை தெரிந்து மீறாமல் அந்த உருவத்தை ஆக்கி இருக்கிறார்கள், ஆக சோதனைக்காகச் சோதனை என்று அவர்கள் சோதனையை முன்வைத்து கதை விஷயத்தைத் தேடிப் போகவில்லை. ஆனால் அவர்கள் சிறுகதைகள் போன்றவை அதுவரை தமிழ் இலக்கியத்தில் இல்லாததால், இவைகள் 'எக்ஸ்பெரிமெண்டல்' என்கிறோமே சோதனை முயற்சிகளாகப் படிப்பவர்களுக்குப் பட்டன. முன்னால் அங்கீகரிக்கப்பட்டுப் பழக்கமாகி இருக்கும் எந்த விஷயத்துக்கும் உருவத்துக்கும் பின்னால் வருபவை எதுவும் வந்தவுடன் சோதனை முயற்சிகளாகத்தானே கருதப்படும். பிறகு போகப் போக அதுவும் மரபில் சேர்ந்து விடும். அதுக்குப் பின்னால் வருவது சோதனை முயற்சி, இப்படியேதானே.

## X

*மணிக்கொடி*யை விட்டு நாம் வெளிவந்தோமானால், அந்த நாட்களில் வேறு பத்திரிகைகளில் அன்று வந்த இதர கதாசிரியர்களின் கதைகளுக்காகத் தேடுகையில் அத்தி பூத்தது மாதிரி என்று சொல்வது மிகையானாலும் அபூர்வமாகத்தான் குறிப்பிடத்தக்க கதைகள் வந்திருக்கின்றன. *மணிக்கொடி*யில் போல பிரக்ஞையுடன் சிறுகதை சாதகம் செய்தார்கள் என்று சொல்லக் கூடியவர்களைத் தேடித்தான் பார்க்க வேண்டியிருக்கிறது. கதைகள் பல வந்திருக்கின்றன ஆனால் சிறுகதைகள் பல வந்திருக்கின்றனவா என்பதுதான் கேள்வி. ஏன், *மணிக்கொடி*யிலேயே எத்தனையோ கதைகள் வந்திருக்கின்றன சிறுகதைகளாக இல்லாமல். ஆனால் *மணிக் கொடி*யில் நிறைய சிறுகதைகள் கிடைத்தன. மற்ற பத்திரிகை களில் அபூர்வமாகத்தான்.

*மணிக்கொடி*, *சுதந்திரச்சங்கு*, *சூறாவளி* ஆகிய அந்தக் காலப் பத்திரிகைகளை இப்போது மீண்டும் நான் படிக்கச் சாத்யமாகி இருப்பதுபோல் அவைகளைப் படிக்க இயலாத நிலை. நான் ஆரம்பத்தில் குறிப்பிட்ட இதர பத்திரிகைகளின் அந்தப் பத்து ஆண்டுக்கால ஏடுகளை மீண்டும் எடுத்துப்

படித்து ஒவ்வொன்றையும் பார்த்தால் மதிப்பீடு சரியாகச் செய்ய முடியலாம். பத்திரிகைகள் கிடைப்பது, அவகாசம் இரண்டும் சாத்யமானால்தான் அது நிறைவேறும். அது எனக்கு இப்போது முடியாத நிலையில் நான் அன்று படித்ததை, நினைவில் இருப்பதை, குறிப்பிடக்கூடியவை என்று நினைப்பதைத்தான் சொல்ல முடியும்.

இந்த முப்பதுக்களில் சிறுகதைகள் எழுத ஆரம்பித்து தொடர்ந்தவர்கள் பெயர்கள் சில சொல்ல முடியும். சங்கரராம், த.நா. குமாரஸ்வாமி, ரா.ஸ்ரீ. தேசிகன், புரசு பாலகிருஷ்ணன், சக்கரவர்த்தி ராஜகோலாச்சாரியார், பெ. தூரன், இளங்கோவன், ஆர். ஷண்முகசுந்தரம், கி.வா. ஜகந் நாதன், குகப்ரியை, கொத்தமங்கலம் சுப்பு, கி. சந்திரசேகரன் ஆகியோர். இவர்களில் பலரது பெயர்களைச் சொல்ல முடிகிறதே தவிர அவர்களது முதல் கதையை அல்லது முதல் நல்ல கதையைப் பற்றிச் சொல்ல எனக்கு முடியவில்லை. எனவே புதிதாகப் பங்கு சேர்த்த கதைகள் பற்றிச் சொல்ல முடியாத நிலையில் பொதுப்படையாக இவர்களது சில சிறுகதைகளும் சிறுகதைக் களம் விரிய உதவியவைகள் என்று சொல்லி நிறுத்திக்கொள்ள வேண்டி இருக்கிறது. சிலர் கதைகளைப் பற்றி மட்டும் பேச முடியும்.

## XI

த.நா. குமாரஸ்வாமியின் கதை 'கன்யாகுமாரி' அன்று பேசப்பட்ட கதை. சிவபெருமானைத் தவிர யாரையும் மணக்க மறுத்த இளவரசி குமாரி தந்தையின் பரிதாப வற்புறுத்தலுக்கிசைந்து ஆர்ய ராஜகுமாரனை மணக்கச் சம்மதித்தவள், தன்னை இந்தச் சங்கடத்திலிருந்து விடுவிக்கும் படி சிவபெருமானை வேண்டிக்கொள்ள, அருள் கிடைத்து விட்டதாகத் திருப்திப்பட்டுக்கொண்டு. அந்த அரசகுமார னிடம் ஒரே இரவில் அவள் மாளிகைக்கு எதிரேயுள்ள வெளியில் ஆயிரம் கோவில்களைக் கட்டி முடிக்கும்படி கல்யாண நிபந்தனையாகப் போடுகிறாள். அவனும் அந்தச் சவாலை ஏற்றுக்கொள்ள, குமாரி இது நடந்துவிடக் கூடாதே என்று சிவனை வேண்டி நிற்க, விடிந்ததும் கட்டப்பட்டிருந்த கோயில்களைப் பார்த்து வியந்து, அரசகுமாரனுடன் எண்ணிக் கொண்டு போகையில், ஆயிரத்துக்கு ஒன்று குறைவாக அதுவும் சிவனுக்கு இல்லாமல் இருப்பதைக் கண்டு ஏங்கிய போது, எதிரே பூமியை வெடித்துக்கொண்டு ஒரு பிரமாண்ட மான ஆலயம் கிளம்ப அதைப் பார்த்த குமாரி கல்லாய் நின்று கற்சிலையாக மாறிவிடுகிறாள். கடல் சீறி எழுந்து அத்தனையையும் விழுங்கிவிட குமாரி மட்டும் சிலையாய்

நெஞ்சுக்குள் துயரம் குமுற அழிவைப் பார்த்துக்கொண்டே நிற்கிறாள் – தான் கன்யாகுமரியாக.

இந்தக் கதை, கன்யாகுமரி பாறையில் படுத்துச் சுற்றுப்புறக் காட்சியில் லயித்து இருந்த ஒருவன் மனதில் எதிரே கடலும் பின்புறம் ஈஸ்வரி கன்யாகுமரியும் இருப்பதை வைத்து கற்பனையாக அவன் நினைவில் உருவானதாக உத்தி கையாளப்பட்டுக் கதை சொல்லப்பட்டிருக்கிறது. சிறுகதை உருவம் சரியாக அமைந்ததுதான். இதுவரை நாம் கவனித்த கதைகள் பெரும்பாலும் சமூகக் கதைகள். 'சில்பியின் நரகம்', 'வேதாளம் சொன்ன கதை' ஆகிய இரண்டில் முன்னதில் கனவாகவும் பின்னதில் கற்பனையாகவும் அமானுஷ்ய அம்சம் சேர்க்கப்பட்டது. அதே போல அதிக பட்ச அமானுஷ்ய அம்சம் கொண்ட கதை. இதுக்கு முந்தின கதைகளிலிருந்து முழுக்க மாறுபட்டது. நல்ல வர்ணனை நடை. சமஸ்கிருதம் அதிகமாகக் கலந்த, பொருள்பொதிந்த வாக்கியங்கள். இந்தக் கதைக்குப்பின் குமாரஸ்வாமி தொடர்ந்து பல கதைகள் எழுதி இருக்கிறார்.

## XII

'இளங்கோவன்' என்ற புனைபெயருடைய ம.க. தணிகாசலம் *தினமணி*யில் 'தேவநாயகி' என்று ஒரு கதை எழுதினார். அந்தக் கதை *மணிக்கொடி*யே மறுத்த கதையாகும். அது அந்தக் காலத்துக்குப் புரட்சிகரமான கதைதான். சுமார் இருபத்தைந்து வயது ஆனவன் தன்னிடம் ரொம்ப பிரியமாக விளையாடும் ஒரு பேதைச் சிறுமியை ஏதோ ஒரு மன மயக்கத்தில் கெடுத்துவிட, அந்தக் குழந்தை ஜன்னியில் 'பொல்லாத மாமா' என்று பிதற்றுவதும் தன் மகாதவறை உணர்ந்து அவன் துடிப்பதும் (அந்தக் குழந்தை இறந்து விட்டதோ என்னமோ எனக்கு இப்போது நினைவில்லை) அந்தக் கதையின் உள்ளடக்கம். சிறப்பாக எழுதப்பட்ட கதை. உக்ரமான நடை. இளங்கோவன் அதிகம் பின்னால் எழுதவில்லை.

## XIII

சக்ரவர்த்தி ராஜகோபாலச்சாரியாரின் 'தேவானை' என்ற கதை அடுத்ததாக. சேலத்தில் தாயாருடன் இருக்கிறாள் தேவானை. சம்பாதிக்க பங்களூர் சென்ற அண்ணன் அனுப்பி வந்த பணமும் நின்றுவிடுகிறது. தான் சம்பாதிக்கப் பட்டணம் போய் சென்னைக்கு வந்துவிட்ட அண்ணன் உதவியால் மில்லில் வேலை கிடைக்கிறது. அங்கே அவள் பிரிவுக்கு மேஸ்திரியாக இருந்தவன் தன் பிழைப்பில் மண்போடாதிருக்க

மற்ற பெண்களைப்போல தானும் நடந்துகொண்டு அவனைத் திருப்திப்படுத்த வேண்டிய நிர்ப்பந்தம் அவளுக்கு ஏற்படுகிறது. குழந்தை உண்டாக, தவித்து, கருவை அழிக்கவும் மனம் இல்லாமல் ஒரு கிழவியின் வீட்டிலிருந்தே அவள் சூழச்சியால் தொழில் செய்ய ஆரம்பித்து, முடிவில் குழந்தையுடன் பிச்சை எடுக்கும் நிலைக்கு வந்துவிடுகிறாள். இது கதைக்குள் கதை. தேவானை கிராமத்தில் வேலை செய்த வீட்டுக்காரத் தம்பதிகள் சென்னையில் தங்கள் காரில் சென்று சைனாபஜாரில் சாமான்கள் வாங்கிக்கொண்டிருக்கையில் சிறு குழந்தையுடன் பிச்சை கேட்ட ஒரு பெண்ணை விரட்ட, திரும்பத் திரும்ப பிச்சைகேட்டவள் தங்கள் ஊரோ என்ற சந்தேகம் ஏற்பட்ட நினைவில் இந்த தேவானை வரலாறு சொல்லப்படுகிறது. மறுதடவை அவளைச் சந்திக்க ஏற்பட்டபோதும் பிச்சைக் காரியை விசாரிப்பதா என்று சங்கோசத்தால் பேசாமல் இருந்துவிடுகிறார். அவருக்கு அதே நினைப்பு பிரமை. இரவு தூக்கத்தில் தேவானையோடு பேசியது போலவும் வீட்டுக்கு அழைத்துச் செல்வதுபோலவும் மனைவி கோபிப்பது போலவும் அவள் கெஞ்சுவது போலவும் ஒரு ரூபாய் கொடுக்கத் தேடினது போலவும் குழந்தை அழுவதுபோலவும் கனவு கண்டு விழித்துக்கொள்கிறார். அப்புறம் அந்தப் பிச்சைக்காரியை அவர் எங்கேயும் பார்க்க முடியவில்லை.

கதையாக இது சரியாக இருந்தாலும் சிறுகதை உத்தி இன்னும் ஜாக்கிரதையாகக் கையாளப்பட்டிருந்தால் நன்றாக இருந்திருக்கும். இறுக்கமும் இருந்திருக்க வேண்டும்.

## XIV

புரசு பாலகிருஷ்ணன் ‘பெற்றோர்கள்’ என்று ஒரு கதை எழுதி இருந்தார். பெண்ணுக்குக் கல்யாணம் செய்ய, செல்வம் இருந்து இழந்துவிட்ட பெற்றோர்கள் படும் அவஸ்தையை வைத்துக் கதை. தன் கணவன் ஜானகிராமையர் வரனை நிச்சயிக்க வெளியே போயிருக்க, பெண் பட்டு கோயிலுக்குப் போயிருக்க, மழை பெய்யும் இரவில் இருவரை யும் எதிர்பார்த்து நிற்கிறாள் அம்புஜவல்லி அம்மாள். கணவன் வரவும் போன காரியம் என்ன ஆச்சு என்று அறிய அவள் தூண்டித் தூண்டிக் கேட்டும் அவரிடமிருந்து உடனே நேரடி பதில் கிடைக்காமல் தவித்த நிலையில், அவர் அன்று நடந்ததை எல்லாம், அதாவது பெண் பிடித்து பணம் அதிகம் அவர்கள் கேட்டது, வேறு வழியின்றித் தன் நிலத்தை விற்க ஏற்பாடு செய்தது இவைகளை அசைபோட்டுக் கொண்டே தன் நினைப்புகளாகவே இருந்துவிடுகிறார். பிறகு மனைவியிடம் பேசும்போது பெண் பட்டு இல்லாத

தைர்யத்தில், 'உன்னைத்தான் நான் நிந்திக்கிறேன். உன் பேச்சைக் கேட்டுத்தானே ராமேஸ்வரம் மற்ற இடங்களுக் கெல்லாம் போனோம்', என்று கசந்து பேச ஆரம்பித்து மனைவியிடம் விஷயத்தைத் தெரிவிக்கிறார். 'நம் அருமைப் பெண்ணை இழப்பதற்காக எல்லாவற்றையும் இழந்து விடுகிறோம்' என்கிறார். ஆனால் அவர் மனைவியோ எப்படியோ கலியாணம் நிச்சயம் ஆச்சே என்ற ஒரே பார்வையில் அவர் மனோவேதனையை முழுக்க வாங்கிக்கொள்ளாத வளாகவோ அல்லது அறிந்து பொருட்படுத்தாதவளாகவோ இருந்துவிடுகிறாள். ஏனெனில் அவர் வேதனைக்கு ஈடுகட்டும் போக்கில் அவள் பேசாமல் 'விஷயத்தை உடனே சொல்லக் கூடாதா', 'என்னை பயமுறுத்திட்டேளே', 'நல்ல வேளையாக காரியத்தை முடிச்சுண்டு வந்துட்டேளே' என்றுதான் பேசுகிறாள். அப்போது பெண் மழையில் நனைந்து வீடு திரும்ப, மகளிடம் தாய் கல்யாணம் நிச்சயமானதைத் தெரிவிக்கும் உற்சாகத்தில் இருக்கிறாள். தந்தை அவர்கள் இருவரையும் மாறி மாறிப் பார்த்துவிட்டுப் பெண்ணைப் பார்த்து, 'பட்டு, போய் புடவையை மாத்திக்கோ. உடம்புக்கு ஏதாவது வந்துடப் போகிறது' என்கிறார் வாஞ்சையுடன்.

பெற்றோர்களின் மனோபாவம் நுட்பமாகச் சித்தரிக்கப் பட்ட இந்தக் கதை திருப்தி தருகிற கதைகளில் ஒன்று. சிறுகதை உருவம் நேர்த்தியாக அமைந்தது. புரசு பாலகிருஷ்ணன் பல கதைகள் எழுதி இருப்பவர். நான் மேலே குறிப்பிட்ட கதை *மணிக்கொடியில்* வந்தது.

## XV

'சங்கரராம்' என்ற புனைபெயரில் டி.எல். நடேசன் எழுதிய 'கடைசி வேட்டை' புதுவிதக் கதை. வேட்டைக்குச் சென்ற ஒரு மகாராஜா மழையால் வேட்டையாட முடியாமல் இருக்கையில், கிடைத்த தகவலின் பேரில் போய்ப் பார்க்க ஒரு புலி கன்றுக்குட்டி ஒன்றை இழுத்துக்கொண்டு புதருக்குள் போவதைப் பார்த்தார். முதலில் சுட்டது குறி தவறியும் லட்சியம் செய்யாமல் அது போவதையும் இரண்டாம் தடவை சுட்டும் லேசாகக் காயப்பட்டும் புலி எதிர்க்காமல் விழுந்து எழுந்து லட்சியம் செய்யாமல் தொடர்ந்து கன்றை இழுத்துப் போவதையும் கண்டு மூன்றாவது தடவை சுட்டதும் அது சுருண்டு கீழே விழுந்து இறந்துவிட்டது. புலி விசித் திரமாக நடந்துகொண்டது புரியாமல் ஆட்களுடன் போய் பார்க்க, புதருக்குப்பின் இருந்த குகையில் ஒரு பெண் புலி அப்போதுதான் செத்துக் கிடக்க பக்கத்தில் சீறும் இரண்டு புலிக்குட்டிகளைப் பார்க்கவும் புலியின் பாசத்தின்

உச்ச அளவைக் கண்டு திடுக்கிட்டு, 'சுகமாக வாழ்ந்த ஒரு குடும்பத்தை ஒழிக்க, நம்மால் ஆன உபகாரத்தை செய்தோம்' என்று அன்று முதல் வேட்டையாடுவதை நிறுத்திவிடுகிறார். உருவம் உள்ளடக்கம் பொருத்தமாக அமைந்த கதை இது. சங்கரராம் நிறைய கதைகள் எழுதி இருப்பவர்.

## XVI

கலைத்திறனையும் ஜாதிக் கொடுமையையும் விஷயமாகக் கொண்ட கதை கி.வா. ஜகந்நாதன் எழுதிய 'கலைஞன் தியாகம்' என்பது. பொம்மை செய்து கிழவன் நாராயண பிள்ளை தன் மகன் கிருஷ்ணனைவிட வளர்ப்பு பிள்ளை முருகன் சிறந்த கலைஞனாக இருப்பதைக் கண்டு திருப்திப் பட்டிருந்த சமயம், கிருஷ்ணன் முருகனிடம் அசூயைப்பட்டு இருக்கையில் முருகன் ஒரு சக்கிலியன் மகன் என்று தெரிய வரவும் கிருஷ்ணன் அவனை இம்சித்து விரட்டி, அவன் பொம்மை செய்யக் கூடாது என்று சத்தியம் செய்ய வைத்ததைப் பார்த்து நொந்து போகிறான். தன் சொந்தத் தந்தையுடன் சேரியில் இருந்து கலைத்தன்மை உள்ள பொம்மைகளைத் தன் கலைத் திருப்திக்கு முருகன் செய்ய, கிருஷ்ணன் அவைகளையும் வாங்கி வந்து உடைத்துக்கொண்டிருக்கிறான். வளர்ப்புத் தந்தை இறந்த செய்தி கேட்ட முருகன் அவரைப் போல் ஒரு உருவம் செய்து, அதைத் தன் வழிபாட்டுக்காக வைத்துக்கொண்டிருக்கையில் கிருஷ்ணன் வந்து அதையும் பறித்துப் போய் மூட்டையைப் பிரித்து உடைக்கப் போகும் சமயம் அது தன் தந்தையின் உருவமாக இருக்கக்கண்டு அதன் தத்ரூபத்தைப் பார்த்து திக்பிரமை கொண்டு முருகனிடம் போய் அதைத் திரும்பக் கொடுத்து தன் தவறை ஒப்புக்கொண்டு அவன் கலையைப் பாராட்ட, முருகன் தன் இறுதி ஆசை நிறைவேறிவிட்டதால் இனி பொம்மை செய்யப் போவதே இல்லை என்று முடிவு செய்து விடுகிறான். இந்தக் கதைக் கரு நன்றாக இருக்கிறது. ஆனால் ஒரு நல்ல கதையம்சம் கொண்டதாக இருக்கிறதே தவிர உத்தி சரிவரக் கையாளப்படாததால் சிறுகதை என்ற உருவம் பெறாமல் போய் விடுகிறது. அதோடு சென்டி மெண்டாலிட்டி என்கிற அசட்டுணர்ச்சி தொனிக்காமல் எழுதப்பட்டிருந்தால் சிறப்பான கதையாக ஆகி இருக்கக்கூடும்.

## XVII

மற்ற சிலருடைய கதைகள் குறிப்பிடும்படியான கதை எதுவும் எனக்கு நினைவில் இல்லை. அவர்களுடைய கதைகள் புதுவித விஷயங்களை அடக்கி இருக்கக்கூடும். சிறுகதை

உருவம் எனக்கு முக்கியமானது. அந்தக் குணம் பெற இயலாத கதைகளை நான் எடுத்து அடுக்கிக்கொண்டிருக்க விரும்ப வில்லை. ஆக, இருபதுக்கள், முப்பதுக்கள் காலத்தில் *(1920–1939)* ஒரு இருபது ஆண்டுகளில், சிறுகதை தமிழ் இலக்கியத்தில் பிறந்து விரிந்ததைச் சில சிறுகதைகளை முன்வைத்து ஆராய்ந்து, சிறுகதை நானாவித உள்ளடக்கமும் உருவமும் பெற்று வளர்ந்ததை நான் இங்கே என் பார்வையில் ஆராய்ந்திருக் கிறேன். வேறு சிலரின் பங்கை மற்றவர்களும் கணிக்க முடியலாம்.

நான் இதுவரை குறிப்பிட்டுள்ளவர்கள் அந்த இருபதாண்டு காலத்தில் தொடர்ந்து பல கதைகள் எழுதி இருக்கிறார்கள். அவை அத்தனையும் சேர்ந்துதான் சிறுகதை வளம் ஏற்பட்ட காலம் என்கிறோம். இனி இந்தச் சிறுகதை மரபைப் பின்பற்றி அடுத்து வந்த நாற்பதுக்களிலும் *(1940 – 1949)* அடுத்தடுத்த பத்தாண்டுகளிலும் சிறுகதைக் களம் விரிவாகுகையில் வளம் எப்படி இருந்தது, தனி விதமான பங்கு செலுத்திய கதைகள் எவை, உருவம், கரு, உத்தி, தற்காலத்தன்மை ஆகிய அம்சங் களில் அவைகளிலிருந்து வேறுபட்ட தனித்தன்மைகள் சேர்ந்ததா என்றெல்லாம் நாம் இனி பார்க்க வேண்டும். அப்படிப் பார்க்க முற்படும்போது அதுவரை வளர்ந்த சிறுகதைகளை வைத்து, அவைகள் வகை செய்த இலக்கணத்தை யும் அளவுகோல்களையும் கொண்டு பின் வந்தவைகளை ரசித்துப் பார்த்து, புது இலக்கண விதிகளுக்கும் அளவுகோல் களுக்கும் தேவை ஏற்படும்படியாகப் படைப்புகள் புது தொனி காட்டுகிறதா என்றும் பார்க்க வேண்டும். புதுத் திருப்பம் காண்கிறதா இவைகளால் என்பதும் ஆராய வேண்டியதாகும்.

## XVIII

முப்பதுக்களில்தான் பத்திரிகைக்கு முக்கியமான அங்கம் சிறுகதைகள், பொது மக்கள் படிப்புத் தாகத்துக்கு அதுதான் பானகம், அந்த அம்சம் இருந்தால் வாசக வளர்ச்சி பெருகும், பத்திரிகைகளும் சந்தா பெருகி வசதியாக நடக்க வழி வைக்கும் என்பது வெளித்தெரிய வந்தது. எனவே முப்பதுக்கள் கால இந்தப் போக்கை உணர்ந்தவர்கள் நாப்பதுக்களில் இந்த வாய்ப்பைப் பயன்படுத்திக்கொள்ள முற்பட்டார்கள். ஏற்கெனவே இருந்த பத்திரிகைகளும் கதைத் தொகையை அதிகப்படுத்தின. புதிதாக ஆரம்பிக்கப்பட்ட வார மாதப் பத்திரிகைகளும் கதைகளில் முக்கிய கவனம் செலுத்தின. தினசரிப் பத்திரிகைகளின் வார அனுபந்தங்களும் சேர்ந்தன. இதோடு ஆண்டு மலர்களும் கதைகளில் ஸ்பெஷல் சிரத்தை

கொண்டன. இதெல்லாம் சேர்ந்து பத்திரிகை உலகம் பரந்துபட்டதன் விளைவாக நிறைய கதைகளுக்குத் தேவை ஏற்படவே, மவுசு ஏற்பட்டது சிறுகதைகளுக்கு. எழுதும் வாய்ப்பு அதிகமாக ஆகி எழுதுபவர்கள் தொகையும் பெருக ஆரம்பித்தது.

இந்தக் கட்டத்தில் முப்பதுக்களில் சிறுகதை அஸ்திவாரம் பலமாகப் போட்ட *மணிக்கொடி, சுதந்திரச்சங்கு, காந்தி, சூறாவளி, குமார விகடன், பாரததேவி, ஹனுமான்* ஆகியவை மறைந்துவிட்டதுதான் ஏற்பட்ட ஒரு விசித்திரமான நிலை. நாப்பதுக்களில் புதிதாகப் பிறந்த *ஹிந்துஸ்தான், கல்கி, கிராம ஊழியன், கலாமோஹினி, தேனி, தினமணிக்கதிர், அமுத சுரபி, கதாமணி, சக்தி, சந்திரோதயம், வெள்ளிமணி, பாரிஜாதம்* ஆகிய பத்திரிகைகள் சிறுகதைக்கு பறந்தன. சுயமான கதைகள், தழுவல்கள், மொழிபெயர்ப்புகள் கணக்கு பெருகியது. நாப்பதுக்களாவது பரவாயில்லை. ஐம்பதுக்கள் அறுபதுக்கள் இன்னும் புதுப்புதுப் பத்திரிகைகள், செய்திப் பத்திரிகைகளின் வார அனுபந்தங்கள் விசேஷ மலர்கள், ஆண்டு மலர்களுக்குக் கொள்ளை கொள்ளையாகச் சிறுகதைத் தேவை ஏற்பட்டது.

முப்பதுக்களுக்குப் பின் ஆகியுள்ள முப்பது ஆண்டு களுக்கு மேலாக ஏற்பட்டுள்ள சிறுகதை ராக்ஷஸப் பெருக்கத்தை அளவிட்டு ஒருவன் கணிக்கப் பெரு முயற்சி செய்ய வேண்டி இருக்கும். நான் ஆரம்பித்து வைத்துள்ளதைத் தொடர்ந்து பத்துப் பத்து ஆண்டு காலமாக எடுத்துக்கொண்டு ஆராய்ச்சி மாணவர்கள் சிறுகதை ஆராய்ச்சி செய்யலாம்.

❖ ❖

www.ingramcontent.com/pod-product-compliance
Lightning Source LLC
LaVergne TN
LVHW090344051026
849518LV00006B/2045
* 9 7 8 8 1 8 9 9 4 5 1 9 0 *